典藏風華，品悅智識

典藏閣

智慧，

不是死的默念，而是生的沉思。

——巴魯赫・斯賓諾莎（Baruch de Spinoza）

典藏風華，品悅智識

典藏閣

智慧，

不是死的默念，而是生的沉思。

——巴魯赫・斯賓諾莎（Baruch de Spinoza）

神救急

文言文制勝攻略

激增大考即戰力關鍵50篇

國學博士
遲嘯川——編著

編者序

打通你的古文任督二脈

在研討一〇八年度的高中國語文新課綱之初，從文言和白話之間的比例調整，再到文言文推薦選文的篇目內容，無不吵得沸沸揚揚，令人霧裡看花；從舊課綱的三十篇核心選文，再到新課綱的十五篇推薦選文，還有大考中越來越冗長的古文閱讀題，也令家長和學生無所適從，不知道該如何應對。到底要不要閱讀文言文，應該學習哪些文言文，又究竟該如何研讀文言文，才能在這新舊課綱交接的震蕩時期殺出一條血路，成爲考場黑馬呢？

語言是具有生命力的，隨著時代的發展演化，不斷地有新辭彙、充滿創造力的文法揉入人們的日常生活，讓語言得以豐厚飽滿，展現它的無限可能。所以，換個角度思考，除了向上關注語言現階段的發展之外，人們也不可不向下探索使得語言能夠生機勃勃的歷代文學。歷代文學是經過時間淬鍊而留存下來的寶貴資產，它不僅是國語文中重要的組成部分，也是文化的底蘊以及文學的養分。

是故本書根據高中生的學習需求，並兼顧古文研讀的深度與廣度，精心選錄教育部新頒定的十五篇推薦選文，和二十三篇國學大家指定推薦的經典名作，最後再加上香港教育局推薦必讀的十二篇文章，拓展學生視野，共計五十篇關鍵文言文。

每一篇文章先從原文、註釋、翻譯和意旨等單元著手，幫助你掌握基本知識和考試內容，再輔以寫作秘笈，詳細剖析文章內的各種修辭、章法、句式和體裁，深入淺出地引導你從古文中學習寫作的技巧，並且提供課外的例句閱讀與說明，以利你舉一反三。除此之外，還提供各篇章的成語精粹，看文學大家如何運用成語寫作，同時熟知典故，增進你的文學涵養。豐富的考古題與編者自編的試題演練，則讓你可以馬上驗收學習成果。最後，本書旁徵博引了與該篇有關的歷史背景、人物簡介、延伸閱讀等相關知識，讓你不僅僅是讀完關鍵五十篇文言文，更加深加廣了自己的國學資料庫，事半功倍。

就讓本書打通你的古文任督二脈，成為你在古典文學世界中的燈塔，從此在浩瀚的古文字海中如魚得水！

編者 謹識

目錄

※為一〇八新課綱推薦選文
#為香港教育局推薦選文

第一單元 先秦

第二單元 漢朝

目錄

第五單元

宋朝

第六單元

明朝

目錄

第七單元 清朝

第八單元 台灣古典散文

文體分類檢索

傳狀類

論辯類

文體分類檢索

奏議類

書信類

文體分類檢索

哀祭類

序跋類

雜記類

文體分類檢索

寓言類

小說類

韻文類

第一單元

先秦

燭之武退秦師
論語選
莊子選
孟子選
漁父
勸學
大同與小康
馮諼客孟嘗君
諫逐客書

燭之武退秦師

作者簡介

左丘明（生卒年不詳），為《左傳》和《國語》的作者。據說左丘明是春秋時期的盲人史官，與孔子同時代或在其前。漢代司馬遷《史記》稱其為「魯君子」，又說他失明或無目。左丘明知識淵博，品德高尚，孔子曰：「巧言、令色、足恭，左丘明恥之，丘亦恥之；匿怨而友其人，左丘明恥之，丘亦恥之。」《左傳》重記事，《國語》重記言，《左傳》為解釋歷史著作《春秋》的作品。

出處：左傳
難易度☺☺☺☺☺

古文鑑賞

晉侯、秦伯圍鄭，以其無禮於晉❶，且貳於楚也❷。晉軍函陵，秦軍氾南。

佚之狐言於鄭伯曰❸：「國危矣，若使燭之武見秦君❹，師必退。」公從之。辭曰：「臣之壯也，猶不如人；今老矣，無能為也已。」公曰：「吾不能早用子❺，今急而求子，是寡人之過也。然鄭亡，子亦有不利焉！」許之。

夜縋而出❻，見秦伯。曰：「秦、晉圍鄭，鄭既知亡矣。若鄭亡而有益於君，敢以煩執事❼。越國以鄙遠❽，君知其難也。焉用亡鄭以陪鄰❾？鄰之厚，君之薄也。若舍鄭以為東道主❿，行李之往來⓫，共其乏困⓬，君亦無所害。且君嘗為晉君賜矣，許君焦、瑕，朝濟而夕設版焉⓭，君之所知也。夫晉，何厭之有⓮？既東封鄭⓯，又欲肆其西封⓰。若不闕秦⓱，將焉取之？闕秦以利晉，唯君圖之。」秦伯說⓲，與鄭人盟。使杞子、逢孫、楊孫戍之，乃還。

子犯請擊之⓳，公曰：「不可！微夫人之力不及此⓴。因人之力而敝之㉑，不仁；失其所與㉒，不知㉓；以亂易整㉔，不武。吾其還也。」亦去之㉕。

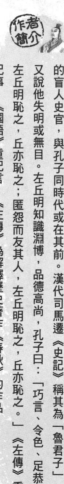

【說文解字】

❶以：因爲。❷貳：有貳心，此爲依附之意。❸佚之狐：鄭大夫。❹燭之武：鄭大夫。❺子：古代對男子的尊稱。❻縋：繩索。這裡指用繩子綁住身體，從城牆上往下放。❼執事：左右辦事的人。這裡爲敬詞，指秦穆公。❽鄙：邊疆，這裡當動詞，以……爲邊境。❾陪：增厚，增強。鄰：晉國。❿東道主：東征路上招待食宿的主人。鄭在秦東，故稱。⓫行李：使者。⓬共：通「供」。⓭版：打土牆用的夾板。設版：指築城備戰。⓮厭：通「饜」，滿足。⓯封：疆界。這裡當動詞，以……爲疆界。⓰肆：放肆，指極力擴張。⓱闕：損害。⓲說：通「悅」。⓳子犯：即狐偃，晉大夫，晉文公的舅父。⓴微：非，沒有。夫人：指秦穆公。㉑敝：敗壞，損害。㉒所與：同盟者。㉓知：通「智」。㉔亂：指秦晉兩國同盟破裂，互相攻戰。整：指秦晉兩國和睦相處。易：代替。㉕去：離去。

白話解讀

晉文公、秦穆公率軍圍攻鄭國，因爲鄭文公曾經對晉文公無禮，而且又依附楚國。當時晉軍進駐函陵，秦軍進駐氾南。

佚之狐對鄭文公說：「國家情勢告急，若派燭之武去見秦穆公，一定能使敵人的軍隊撤退。」鄭文公於是採納他的建議。然而燭之武卻推辭道：「我年輕力壯時，尚且比不上別人；如今老了，更辦不好事了。」鄭文公說：「我不能及早重用您，直到危急的關頭才來求您，這是我的過錯。但如果鄭國滅亡了，對您也沒好處啊！」燭之武聽了覺得也有道理，便答應了他。

夜裡，燭之武用繩子縛住自己，從城上吊了下來，到秦軍營拜見秦穆公。燭之武說：「秦、晉兩國圍攻鄭國，鄭國人知道自己就要滅亡了。如果滅亡鄭國對您有好處，那還得麻煩您呢！越過他國佔領遙遠的國家作爲自己的邊境，您一定知道其中的困難。何必滅掉鄭國來增強鄰國的實力呢？鄰國實力的增強，就等於是秦國實力的削弱啊！若您放棄攻打鄭國，並把它作爲東方道路上爲秦國準備食宿的主人，貴國的使者經過這裡，供應他們缺乏的東西，這對您也沒有什麼害處。再說，您曾經協助晉惠公回國繼位，他答應把焦、瑕兩地送給您作爲酬謝，可是他早晨才剛渡過黃河，傍晚就修築城牆來防備您，這是您知道的。晉國怎麼會滿足呢？等到晉國東邊的疆土擴展到鄭國，勢必會接著擴張西部的疆土。如果不侵犯秦國，那他要從哪裡獲得土地呢？如此損害秦國而牟利晉國之事，希望您能好好考慮。」秦穆公聽後非常高興，於是和鄭國聯盟。派杞子、逢孫、楊孫守衛鄭國，自己率軍回國。子犯請求出兵襲擊秦軍。晉文公說：「不行！如果沒有秦穆公的幫助，我也不會有今天。受過人家的幫助卻反過頭來危害人家，這是不講仁義；失去自己的盟友，這是不明智；用交戰來代替結盟，這是不勇武。我們還是回去吧。」於是晉軍也撤離了鄭國。

意旨精鑰

在秦晉夾攻之下，年邁的燭之武挺身而出，以「利」說秦。先言滅鄭之弊，再言捨鄭之利，最後以滅鄭之弊挑撥秦晉聯盟關係。全文言簡意賅、說理犀利，巧妙地以秦的立場分析利害，從而保全鄭國，爲上乘的遊說名篇。

寫作密技

一、**婉曲：**以委婉、含蓄、暗示的言辭表達本意。

例 1：臣之壯也，猶不如人；今老矣，無能為也已。

Tips. 委婉地表達「君王為何不早重用我」。

例2：柳原笑道：「這一炸，炸斷了多少故事的尾巴！」流蘇也怡然，半晌方道：「炸死了你，我的故事就該完了。炸死了我，你的故事還長著呢！」柳原笑道：「你打算替我守節嗎？」

（張愛玲《傾城之戀》）

Tips. 委婉地表達「柳原用情不專」。

二、設問：語文中，故意採用詢問語氣，以引起對方注意的一種修辭技巧。

提問 先假設問題，激發讀者疑惑，再說出答案。有引起注意、加深印象、凸顯論點、啟發思考的效用。

激問 又名「反問」或「詰問」，為激發本意而問，表面上雖然沒有說出答案，其實答案就在問題的反面，所以「問而不答」。

懸問 作者內心確實存有疑惑，並刻意將此疑惑說出詢問。

例1：焉用亡鄭以陪鄰？鄰之厚，君之薄也。

Tips. 激問。

例2：夫晉，何厭之有？既東封鄭，又欲肆其西封。

Tips. 激問。

小試身手（*為多選題）

*1.（　）語言裡有時會有將語音合併的「合音連讀」現象，如現今口語中「最ㄅㄧㄤˋ的感覺」，其中「ㄅㄧㄤˋ」的語音就是「不一樣」三個字的合音。此種合音連讀現象有時可用文字形式呈現。下列有關合音的敘述，正確的選項是：
A.「焉用亡鄭以陪鄰」，「陪」為「匹配」二字的合音連讀。
B.「聞斯行諸」，「諸」為「之乎」二字的合音連讀。
C.「這個自然，何消吩咐」，「消」為「需要」二字的合音連讀。
D.「胡屠戶被眾人局不過」，「局」為「急逼」二字的合音連讀。
E.「關於那件事，以後就甭提了」，「甭」為「不用」二字的合音連讀。

2.（　）古人言談、行文常使用「謙詞」，以示自我謙抑。下列文句「　」內的詞語，屬於謙詞的選項是：
A.句踐之困於會稽而歸，「臣妾」於吳者，三年而不倦。
B.若舍鄭以為「東道主」，行禮之往來，共其乏困，君亦無所害。
C.當獎率三軍，北定中原，庶竭「駑鈍」，攘除姦凶，興復漢室，還於舊都。
D.（孟嘗君）謝曰：文倦於事，憒於憂，而性懧愚，沉於國家之事，開罪於先生。先生「不羞」，乃有意欲為收責於薛乎。

3.（　）歷史散文多載人物出處進退的事跡，選出下列敘述正確的選項：
A.召公引用周書：「皇天無親，惟德是輔」勸諫厲王廣開言路，接納民意。
B.劉邦赴鴻門宴，宴中項伯起而舞劍，常意在沛公。
C.齊湣王因孟嘗君挾外援以自重，心生恐懼，故復以孟嘗君為相。
D.鄭莊公因秦、晉、楚三國出兵攻鄭，形勢險惡，故要求燭之武連夜赴秦軍說服秦穆公退兵。

4.（　）下列文句中的「焉」字，何者用來表達「疑問」的語氣？

A.為機變之巧者，無所用恥「焉」。
B.上有好者，下必有甚「焉」者矣。
C.越國以鄙遠，君知其難也，「焉」用亡鄭以陪鄰。
D.古之聖人，其出人也遠矣，猶且從師而問「焉」。

5.（　）**燭之武對秦伯曰：「越國以鄙遠，君知其難也。焉用亡鄭以陪鄰？鄰之厚，君之薄也。」（〈燭之武退秦師〉）關於這段引文的意旨，下列敘述何者錯誤？**
A.秦若取下鄭國為邊邑，亦難以越晉而常保。
B.秦攻鄭，徒以土地增益晉國。
C.秦晉相鄰，晉國增強，秦國便可減少軍事支出。
D.滅亡鄭國，將種下禍根。

6.（　）**下列各組詞語「　」中的讀音，完全相同的是：**
A.「喘」氣／「惴」惴不安／「揣」摩
B.「緋」聞／「悱」惻／「誹」謗
C.夜「縋」而出／「搥」打／鐵「鎚」
D.錯「愕」／下「顎」／鐵「鍔」

7.（　）**同一個詞語在不同的語境中，常會產生不同的意思，下列「　」內的詞語意義，何者兩兩相異？**
A.酒債「尋常」行處有，人生七十古來稀／歧王宅裡「尋常」見，崔九堂前幾度聞
B.居處恭，「執事」敬，與人忠／若鄭亡而有益於君，敢以煩「執事」
C.搖落深知宋玉悲，「風流」儒雅亦吾師／吾愛孟夫子，「風流」天下聞
D.晉侯、秦伯圍鄭，以其「無禮」於晉／秦師輕而「無禮」，必敗

8.（　）說話或行文時，為了引起對方注意，常會使用詢問的語氣，這種修辭技巧稱為「設問」。設問分為「疑問」、「提問」、「激問」，其中，「激問」為不直接說出答案，而是隱藏在字裡行間，以詰問的方式讓對方自然而然接受解答。下列文句，何者未使用「激問」修辭？

A.焉用亡鄭以陪鄰？

B.然後世未有能及之者，豈其學不如彼哉？

C.富者曰：「子何恃而往？」

D.此豈近於人情哉？

9.（　）下列「　」成語的使用，何者不恰當？

A.做人要言而有信、重然守諾，絕不可以「朝濟夕版」。

B.林先生夫婦淡泊名利，即使身居陋屋、「簞食瓢飲」，兩人仍甘之如飴。

C.許多事情的弊端，皆由於執行者總是「空言立說」、疏細節忽所導致的。

D.克勤做事認真、積極奮取，常常「枵腹從公」，因此深得主管賞識。

10.（　）在古代，「東西南北」除了實指方向，亦可借代指稱身分，下列代稱，何者正確？

A.「東道」指主人。

B.「南面」指臣子。

C.「西席」指大夫。

D.「北面」指君王。

解答：1.BCE　2.C　3.C　4.C　5.C　6.D　7.B　8.C　9.C　10.A

旁徵博引

經部三傳——《左傳》、《公羊傳》、《穀梁傳》

《春秋》為儒家「五經」之一，是現存中國古代第一部編年體史書。而解釋《春秋》的著作主要有《左傳》、《公羊傳》、《穀梁傳》，合稱為「三傳」。唐代時期，「三傳」正式列入九經之列。《春秋》主要記載從魯隱公元年至哀公十四年（西元前七二二年—西元前四八一年），共二百四十二年，各諸侯國之間的重大歷史事件，內容包括政治、軍事、經濟、文化、天文氣象、物質生產、社會生活等諸多方面。《春秋》相傳為孔子所作，孟子說：「世道衰微，邪說暴行有作，臣弒其君者有之，子弒其父者有之，孔子懼，作《春秋》。」他認為孔子在《春秋》中寄寓了自己的政治理想和主張，以供後人效法。

《左傳》，亦稱為《春秋左氏傳》或《左氏春秋》，《漢書．藝文志》認為是春秋時期的左丘明所撰。《左傳》以文史見長，記事詳實，多用事實解釋《春秋》，所記載的事件甚至比《春秋》多出十七年。《左傳》記載的思想對後世影響極大，其史學、文學、美學的價值尤其顯赫。

《公羊傳》，亦稱為《春秋公羊傳》或《公羊春秋》。相傳為子夏傳授公羊高，而公羊一氏口耳相傳，至漢景帝時，由公羊壽與胡毋生寫定。《公羊傳》以問答形式解經，著重闡釋《春秋》的「微言大義」，發揮其中的政治觀念和社會理想。經過董仲舒的宣揚，《公羊傳》在漢代有很高的地位。

《穀梁傳》，亦稱為《春秋穀梁傳》或《穀梁春秋》。相傳為子夏所傳授，戰國時由穀梁赤所撰。據後人考證，《穀梁傳》亦經過口授，在西漢時始寫定，成書應晚於《公羊傳》。《穀梁傳》的體裁和《公羊傳》相似，亦側重傳《春秋》之「義理」，但其地位與影響則不及《左傳》和《公羊傳》。

論語選

出處：論語
難易度☺☺☺☺☺

作者簡介

孔子（西元前五五二年—西元前四七九年），名丘，字仲尼，魯國人，祖籍河南夏邑。春秋末期的思想家和教育家，是中華文化的核心學說儒家的開派宗師，集華夏上古文化之大成，被後世尊為至聖、至聖先師、萬世師表。孔子和儒家思想對中國和朝鮮半島、日本、越南等地影響甚遠，這些地區又被稱為儒家文化圈。

古文鑑賞

一、〈學而〉

子曰：「君子不重則不威❶；學則不固❷。主忠信❸。無友不如己者❹。過，則勿憚改❺。」

二、〈為政〉

孟懿子問孝。子曰：「無違❻。」樊遲御，子告之曰：「孟孫問孝於我，我對曰，無違。」樊遲曰：「何謂也？」子曰：「生，事之以禮；死，葬之以禮，祭之以禮。」

子游問孝。子曰：「今之孝者，是謂能養❼。至於犬馬，皆能有養；不敬，何以別乎！」

子曰：「視其所以，觀其所由，察其所安。人焉廋（ㄙㄡ）哉❽？人焉廋哉？」

三、〈里仁〉

子曰：「不仁者，不可以久處約❾，不可以長處樂❿。仁者安仁，知者利仁。」

子曰：「富與貴，是人之所欲也；不以其道得之，不處也⓫。貧與賤，是人之所惡也；不以其道得之，不去也⑫。君子去仁，惡乎成名？君子無終食之間違仁⑬，造次必於是⑭，顛沛必於是⑮。」

子曰：「見賢思齊焉，見不賢而內自省也。」

子曰：「士志於道，而恥惡衣惡食者，未足與議也。」

子曰：「事父母幾諫⑯，見志不從，又敬不違，勞而不怨⑰。」

子曰：「父母之年⑱，不可不知也⑲。一則以喜，一則以懼。」

四、〈述而〉

子曰：「不憤不啟，不悱不發⑳，舉一隅不以三隅反，則不復也。」

子曰：「君子坦蕩蕩㉑，小人長戚戚㉒。」

五、〈泰伯〉

子曰：「恭而無禮則勞，慎而無禮則葸㉓，勇而無禮則亂，直而無禮則絞㉔。君子篤於親，則民興於仁；故舊不遺，則民不偷。」

六、〈顏淵〉

顏淵問仁。子曰：「克己復禮為仁。一日克己復禮，天下歸仁焉。為仁由己，而由人乎哉？」

顏淵曰：「請問其目㉕。」子曰：「非禮勿視，非禮勿聽，非禮勿言，非禮勿動。」顏淵曰：「回雖不敏㉖，請事斯語矣㉗。」

司馬牛問君子。子曰：「君子不憂不懼。」曰：「不憂不懼，斯謂之君子已乎？」子曰：「內省不疚，夫何憂何懼？」

子曰：「君子成人之美，不成人之惡。小人反是。」

七、〈子路〉

子曰：「君子易事而難說也，說之不以道，不說也；及其使人也，器之。小人難事而易說也，說之雖不以道，說也；及其使人也，求備焉㉘。」

八、〈憲問〉

子曰：「有德者，必有言。有言者，不必有德。仁者，必有勇。勇者，不必有仁。」

子曰：「古之學者為己，今之學者為人。」

子曰：「君子恥其言而過其行。」

九、〈衛靈公〉

子曰：「志士仁人㉙，無求生以害仁，有殺身以成仁。」

子貢問為仁。子曰：「工欲善其事，必先利其器。居是邦也，事其大夫之賢者，友其士之仁者。」

子曰：「君子義以為質，禮以行之，孫以出之，信以成之。君子哉！」

子曰：「君子病無能焉㉚，不病人之不己知也。」

子曰：「君子求諸己㉛，小人求諸人。」

子曰：「君子不以言舉人㉜，不以人廢言。」

【說文解字】

❶重：敦重，嚴肅。威：威嚴，威儀。❷固：鞏固，堅定。❸主：親近。❹無：通「毋」，沒有。❺憚：畏懼。❻無違：不要違背禮。❼養：供養。❽廋：隱匿。❾約：指仕途窮困。❿樂：安逸快樂。⓫處：享用，接受。⓬去：逃避。⓭終食之間：吃一頓飯的時間，比喻時間短暫。⓮造次：倉卒。⓯顚沛：比喻世道衰亂或世事挫折。⓰幾諫：委婉地提出勸諫。⓱勞：勞苦。⓲年：歲數。⓳知：記在心中。⓴悱：心裡有意見卻表達不出來的樣子。㉑坦蕩蕩：行事光明磊落。㉒戚戚：憂懼的樣子。㉓葸：畏懼，退縮。㉔絞：偏激，急切。㉕目：條款，做事的總綱。㉖不敏：不聰敏，反應不敏捷。㉗事：實行。㉘備：齊全，完備。㉙志士：有志之士。㉚病：憂慮。㉛求：要求，依靠。㉜舉：推薦，推選。

白話解讀

一、〈學而〉

孔子說：「君子爲人處世不莊重便沒有威儀，所學的知識道理也就不能堅實。要親近忠信之人，不與道德品行不如自己的爲友。如果自己有了過失缺點，也不要畏懼改正。」

二、〈爲政〉

孟懿子向孔子詢問怎麼做才算合乎孝道？孔子說：「不要違背禮制。」有一次樊遲爲孔子駕車，孔子告訴他：「孟孫問我怎麼做算是孝，我告訴他：『不要違背禮制。』」樊遲就問：「這是什麼意思呢？」孔子說：「父母健在時，侍奉他們要合乎禮制；父母過世後，安葬要依禮，祭祀也要依禮，這樣就是不違背禮制了。」

子游問孔子怎麼樣才算孝。孔子說：「現在人所謂的孝，是指能夠供養父母。但說到犬、馬，也都需要豢養；如果不以恭敬的態度供養父母，那與養狗、養馬的行為又有什麼差別呢？」

孔子說：「分析其動機，觀察其行動，瞭解其態度，人還能怎麼隱藏自己的眞實面目呢？人還能怎麼隱藏自己的眞實面目呢？」

三、〈里仁〉

孔子說：「不仁的人，無法長久處於窮困的環境，也無法長久處於安樂的環境。有仁德的人，無論環境困苦或快樂都能安然地遵行仁道，有智慧的人知道行仁是對人、對己都有利的，所以也會樂於行仁。」

孔子說：「富與貴是人人都想得到的，但若不是取之有道，就不應該留戀；貧與賤是人人都厭惡的，雖不是理應得到的，但如果不幸遇上了也絕不躲避它。一個人若丟棄了仁，又怎麼能叫做君子呢？君子應該每時每刻都不背離仁，在匆忙之間應該如此，在困頓之中也應如此。」

孔子說：「見到有賢德的人，要向他學習看齊；見到不賢的人，則要反省自己。」

孔子說：「立志追求眞理，卻對粗布淡飯的生活感到羞恥的人，不值得和他談論大道。」

孔子說：「侍奉父母時，若父母有過錯，要委婉地勸諫他們；如果父母不願意接受勸諫，也要繼續孝敬不違，雖然辛勞，卻不能有所怨言。」

孔子說：「父母的年歲，不可以不知道或忘記。一方面要為父母的高壽感到欣喜，另一方面也恐懼父母的衰老。」

四、〈述而〉

孔子說：「不到他苦思冥想時，不去提醒他；不到他欲說無語時，不去引導他。若他不能用一個例子便能理解三個類似的問題，就不值得再教導他了。」

孔子說：「君子沒有個人得失之慮，故心胸開闊；小人每天都只考慮私利，所以憂戚不安。」

五、〈泰伯〉

孔子說：「恭敬卻未合乎禮，則會白忙一場，他人並不認爲你恭敬；謹愼卻未合乎禮則顯得膽怯；勇猛卻未合乎禮則容易闖禍；直率卻未合乎禮則淪於急躁。若在上位者能眞心愛護下屬，百姓就會崇尚仁愛；若在上位者能眞心愛護故人舊屬，百姓就不會冷漠無情。」

六、〈顏淵〉

顏淵請教爲仁的方法。孔子說：「克制自己的欲念，使言行思想都能歸順於禮，就是行仁之道。如果有一天，可以克己復禮，那天下人都將歸從於仁道。爲仁是從自己身上努力，和別人有什麼關係呢？」顏淵繼續問：「請問實踐的詳細準則。」孔子說：「不合於禮的不要看，不合於禮的不要聽，不合於禮的不要說，不合於禮的不要動心。」顏淵說：「我雖不聰敏，卻會盡力奉行老師的這幾句話。」

司馬牛請教何謂君子。孔子說：「君子沒有憂愁也不會感到恐懼。」司馬牛說：「只是沒有憂愁也不會感到恐懼，這樣就可以算是君子了嗎？」孔子說：「心裡省察自己，沒有愧疚，還憂愁什麼、恐懼什麼呢？」

孔子說：「君子總願意成全他人的善事，而不願意助長他人的惡行。小人則剛好相反。」

七、〈子路〉

孔子說：「爲君子做事容易，但要取悅他卻很困難，討好的舉止若失去分寸，他就不會高興；用人時，他總能視材而用。爲小人做事難，但要取悅他很容易，即使討好的行爲有失分寸，他也高興；用人時，他總是要求完美齊全。」

八、〈憲問〉

孔子說：「品德良好的人一定也有良好的談吐，能言善道的人則不一定具有良好的品德。高尚的人必定勇敢，勇敢的人不一定高尚。」

孔子說：「古人學習是為了提升自己的內涵與能力，現在的人學習則是為了向人炫耀。」

孔子說：「君子認為言過其行，是一件非常可恥的事情。」

九、〈衛靈公〉

孔子說：「志士和仁人，不會為了保全生命而破壞仁道，只有可能犧牲生命，以成就仁道。」

子貢問怎樣培養仁德。孔子說：「工人要順利完成工作，必定會先磨好工具。在哪裡生活，就要追隨當地品德高尚的領袖，結交當地的仁義之士。」

孔子說：「君子做人處事以義理為原則，按照禮節行事，再用謙遜的態度表現出來，最後誠懇信實地完成，這的確是一個君子該有的行為啊！」

孔子說：「君子只會憂慮自己沒有能力，而不會擔憂他人知不知道自己的能力。」

孔子說：「君子所為，以修學進德為目的，只須要求、督促自己就能達到。小人所為，以富貴榮華為目的，所以需要仰賴他人、攀附他人。」

孔子說：「君子不會因為某人說話動聽而舉薦他，也不會因為某人品德不好就不採納他的善意規勸。」

意旨精鑰

一、〈學而〉

孔子論君子求善的原則有三點，要端重、近賢、能改過。

二、〈爲政〉

孔子主張以合乎禮制的方式對待父母，即所謂孝。

孔子教誨子游敬親盡孝之道。孔子認爲孝的最高層次是敬，即敬重父母，而不應只有奉養的表面功夫。

孔子提出三種觀察人善惡的方法。

三、〈里仁〉

孔子提出人應該有自己的操守、氣節，有仁心，然後才能安於貧苦。

孔子論述君子求仁之道。孔子認爲人面對物質利益時，取捨的標準是一個「道」字，道即仁、義。故人不應見利忘義，而應見利思義。

孔子勉人要效法賢能之人，並懂得自我省察。

本篇闡明士人應安貧樂道，不貪求世俗外物的享受。

孔子教人孝親之道，要委婉不違，辛勞而無所怨言。

孔子教誨爲人子女要時常關心父母的身體健康。

四、〈述而〉

本篇說明孔子的教學方法爲「啓發式」，學習應要觸類旁通、舉一反三。

孔子論君子與小人心態上的差異。

五、〈泰伯〉

本篇說明人的言行舉止應該遵守禮的規範。

六、〈顏淵〉

孔子講述禮與仁的關係，以及實行的準則。

孔子表示君子行事問心無愧，故能無憂無慮。

孔子表示成人之美而不成人之惡，就是仁的精神體現。

七、〈子路〉

本篇說明君子、小人在待人處事方面的差異。

八、〈憲問〉

本篇說明要以德行作爲評斷一個人的標準。

本篇批評古今之人對於求學的態度與目的。

孔子表示君子應以言行相符爲美德，不妄言，不吹噓。

九、〈衛靈公〉

孔子勉人成爲志士仁人，以保全心德。

孔子教誨子貢培養仁德的方法在於：侍奉賢德之人，親近仁義之士。

孔子論君子做事之道應兼備義、禮、謙、信。

孔子說明求知的目的是爲了提升自己，而非沽名釣譽。

孔子說明君子和小人處世態度上的差異。

孔子說明舉用人才、採納建言的原則。

寫作密技

一、排比：用結構相似的句法，接二連三地表現出同範圍、同性質的意念。

例1：子曰：「父母之年，不可不知也。一則以喜，一則以懼。」

例2：子曰：「君子坦蕩蕩，小人長戚戚。」

例3：春不得避風塵，夏不得避暑熱，秋不得避陰雨，冬不得避寒凍。（漢代晁錯〈論貴粟疏〉）

例4：浦陽鄭君仲辨，其容闐然，其色渥然，其氣充然，未嘗有疾也。（明代方孝儒〈指喻〉）

成語錦囊

一、犬馬之養：泛指奉養父母。

原典 今之孝者，是謂能養。至於犬馬，皆能有養；不敬，何以別乎！

書證1：願殯先人之丘冢，自託於笎庫，以終犬馬之養焉。（宋代王安石〈上相府書〉）

二、克己復禮：克制自己的私欲，使言行舉止合乎禮節。

原典 克己復禮為仁。一日克己復禮，天下歸仁焉。為仁由己，而由人乎哉？

書證1：然古之厲行高尚之士，或棲身巖穴，或隱跡丘園，或克己復禮，或耄期稱道，出處默語，唯義所在。（《晉書．李重傳》）

三、成人之美：成全他人的好事。

原典 君子成人之美，不成人之惡。小人反是。

書證 1：妹夫見他有志向上，而且人情是勢利的，見他如此，也就樂得成人之美。（清代李寶嘉《官場現形記》）

四、殺身成仁：爲正義或崇高的理想而犧牲生命。

原典 志士仁人，無求生以害仁，有殺身以成仁。

書證 1：論曰：「……然其論議常排死節，否正直，而不敘殺身成仁之為美，則輕仁義，賤守節愈矣。」（《後漢書．班彪列傳》）

書證 2：有若仲由之結纓，鉏麑之觸樹，紀信之蹈火，豫讓之斬衣，此所謂殺身成仁，臨難不苟者也。（《舊唐書．忠義列傳》）

書證 3：自周漢迄於巨唐，殺身成仁，代有髦傑，莫不顯一身之義烈，未有繫一國之存亡。（唐代李德裕〈三良論〉）

書證 4：《傳》曰：「雖危起居，竟信其志，猶將不忘百姓之病也。」二臣有焉。殺身成仁，不違其素，所守豈不卓哉！（《明史．劉宗周等傳》）

小試身手（*為多選題）

1.（　）「君子不重則不威；學則不固。主忠信。無友不如己者，過，則勿憚改。」句中的「無友不如己者，過，則勿憚改」，意思與下列何者相同？

A. 謹慎交友，有過則改。
B. 知過能改，善莫大焉。
C. 不結交成績差勁者。
D. 三人行，必有我師焉。

2.（　）「今之孝者，是謂能養。至於犬馬，皆能有養；不敬，何以別乎？」這段話與下列那一選項的精神最接近？

A. 事父母幾諫，見志不從，又敬不違，勞而不怨。（《論語．里仁》）
B. 父母之年，不可不知也。一則以喜，一則以懼。（《論語．里仁》）
C. 有事弟子服其勞，有酒食，先生饌，曾是以為孝乎。（《論語．為政》）
D. 父在觀其志，父沒觀其行。三年無改於父之道，可謂孝矣。（《論語．學而》）

3.（　）「不仁者，不可以久處約，不可以長處樂。仁者安仁，知者利仁。」此句意謂：

A. 不仁者既不儉約又少智慧。
B. 仁者不因外物而失其本心的仁德。
C. 智者以智慧行事，永不失誤。
D. 仁者知行仁的好處，而勉力行仁。

4.（　）「君子無終食之間違仁，造次必於是，顛沛必於是。」句中的「造次」可換為：

A. 倉卒。
B. 再次。

C. 造作。

D. 輕易。

5.（　）「君子無終食之間違仁，造次必於是，顛沛必於是。」意謂：

A. 君子隨時隨處皆應堅守仁道。

B. 君子之飲食起居，必定要節儉、恬寧。

C. 食不求飽，居不求安。

D. 君子不可在緊要關頭變節。

6.（　）子曰：「事父母幾諫，見志不從，又敬不違，勞而不怨。」下列選項，何者正確？

A.「幾諫」，婉言規勸之意。

B.「幾諫」，沈默不語之意。

C.「勞」，跪求。

D.「勞」，出遊。

7.（　）「父母之年，不可不知也。一則以喜，一則以懼。」下列關於孔子對於「喜」、「懼」兩種情緒的說明，正確的選項是：

A. 喜父母安享高壽，懼父母不久人世。

B. 喜父母後繼有人，懼父母過度期望。

C. 喜父母神智清明，懼父母依賴牽絆。

D. 喜父母同居相伴，懼父母嘮叨不休。

8.（　）下列各句中「君子，小人」之義，和其他三者不同的選項是：

A. 君子之德風；小人之德草；草上之風，必偃。

B. 君子學道則愛人，小人學道則易使也。

C. 君子坦蕩蕩，小人長戚戚。

D. 君子多欲，則貪慕富貴，枉道速禍；小人多欲，則多求妄用，敗家喪身。

9.（　）**下列《論語》文句，解釋正確的選項是：**

A.「子食於有喪者之側，未嘗飽也」，反映孔子哀人之哀、傷人之傷的懷抱。

B.「古之學者為己，今之學者為人」，意謂古之學者心存一己，今之學者心存社稷。

C. 子貢問「君子亦有惡乎？」孔子答以「有惡。惡稱人之惡者」，可知孔子討厭那些稱惡為善、是非不分的人。

D.「君子篤於親，則民興於仁；故舊不遺，則民不偷」，後兩句意謂人民珍惜故舊之物，則可免於因匱乏而淪為盜賊。

10.（　）**儒家著重德行、理想的追求，反對物質生活的耽溺，下列《論語》引文中，並非陳述此種意旨的選項是：**

A. 君子憂道不憂貧。

B. 士而懷居，不足以為士矣。

C. 奢則不孫，儉則固；與其不孫也，寧固。

D. 士志於道，而恥惡衣惡食者，未足與議也。

11.（　）**儒家曾提出一些「察人之法」，下列哪一選項不是察人之法？**

A. 眾惡之，必察焉；眾好之，必察焉。

B. 雖小道，必有可觀者焉；致遠恐泥，是以君子不為也。

C. 視其所以，觀其所由，察其所安，人焉廋哉？人焉廋哉。

D. 存乎其人者，莫良於眸子。眸子不能掩其惡。胸中正，則眸子瞭焉；胸中不正，則眸子眊焉。

*12.（　）根據被說服對象的身分或特質，調整勸說的態度與內容，是想要說服他人的重要原則。下列文句，與此一原則相關的選項是：

A.君子不以言舉人，不以人廢言。

B.說大人則藐之，勿視其巍巍然。

C.與富者言，依於高；與貧者言，依於利。

D.君子易事而難說也，說之不以道，不說也。

E.困於心，衡於慮，而後作；徵於色，發於聲，而後喻。

13.（　）下列《論語》中文句的解說，何者有誤？

A「不憤不啟，不悱不發」——孔子教學重在啟發，而學生必須主動積極。

B「求也退，故進之；由也兼人，故退之」——由此可見孔子因材施教。

C「自行束脩以上，吾未嘗無誨焉」——孔子自述對來學者無不加以教誨。

D「人潔己以進，與其潔也，不保其往也」——孔子認為學生為學的態度要始終如一。

14.（　）下列各選項中的「見」字，用法與其他三者不同的是：

A.信而「見」疑，忠而被謗。（《史記．屈原賈生列傳》）

B.「見」不賢而內自省也。（《論語．里仁》）

C.憨狀可掬，其「見」笑於市人。（蒲松齡《聊齋誌異》）

D.門人問曰：夫子何以知其將「見」殺。（《孟子．盡心下》）

15.（　）下列文句，何者與《論語．述而》「三人行，必有我師焉」的旨意相近？

A.德不孤，必有鄰。

B.學而時習之，不亦樂乎。

C.見賢思齊焉，見不賢而內自省也。

D.志士仁人，無求生以害仁，有殺身以成仁。

解答：1.A 2.C 3.B 4.A 5.A 6.A 7.A 8.C 9.A 10.C 11.B 12.BC 13.D 14.B 15.C

旁徵博引

四科十哲

據《史記．仲尼弟子列傳》記載，孔子有弟子三千，其中精通六藝者有七十二人，被稱為「七十二賢人」。而孔子又有十位傑出弟子，因此號稱「孔門四科十哲」。

四科十哲是根據《論語．先進》一章中十大弟子而得名。分別為，德行科：顏回（顏淵）、閔損（閔子騫）、冉耕（伯牛）、冉雍（仲弓）。言語科：宰予（宰我）、端木賜（子貢）。文學科：言偃（子游）、卜商（子夏）。政事科：冉求（冉有）、仲由（子路）。開元八年（西元七二〇年），塑孔門四科十人坐像於孔廟，配享先聖。曾參以孝聞名，特塑曾子像坐於十哲之次。

孔子死後，「七十子之徒散游諸侯，大者為師傅卿相，小者友教士大夫」。在政治上打破貴族壟斷的世卿世祿制，為專制君主得以自由任用布衣卿相的官僚體制，創造了絕佳條件。

莊子選

莊周（西元前三六九年—西元前二八六年），名周，戰國宋國蒙人，曾任漆園吏。是道家學派的代表人物，老子思想的繼承和發展者，後世將他與老子並稱為「老莊」。莊子的文字奇幻、想像豐富奧妙，將先秦散文帶至新的高峰，寓言〈莊周夢蝶〉、〈濠梁之辯〉皆可窺其一二。據傳，其嘗隱居南華山，故唐玄宗天寶初年，詔封莊周為南華真人，稱其著作《莊子》為《南華經》。

出處：莊子
難易度☺☺☺☺☺

古文鑑賞

一、大瓠之種（節選〈逍遙遊〉）

惠子謂莊子曰❶：「魏王貽我大瓠之種❷，我樹之成而實五石❸。以盛水漿，其堅不能自舉也❹。剖之以為瓢，則瓠落無所容❺。非不呺然大也❻，吾為其無用而掊之❼。」莊子曰：「夫子固拙於用大矣❽！宋人有善為不龜手之藥者❾，世世以洴澼絖為事❿。客聞之，請買其方百金⓫。聚族而謀曰：『我世世為洴澼絖，不過數金；今一朝而鬻技百金⓬，請與之。』客得之，以說吳王⓭。越有難⓮，吳王使之將⓯，冬，與越人水戰，大敗越人，裂地而封之⓰。能不龜手一也⓱；或以封⓲，或不免於洴澼絖，則所用之異也。今子有五石之瓠，何不慮以為大樽而浮乎江湖⓳，而憂其瓠落無所容，則夫子猶有蓬之心也夫⓴！」

二、無用之用（節選〈逍遙遊〉）

惠子謂莊子曰：「吾有大樹，人謂之樗㉑；其大本擁腫而不中繩墨㉒，其小枝卷曲而不中規矩㉓。立之塗㉔，匠者不顧。今子之言，大而無用，衆所同去也。」莊子曰：「子獨不見狸狌乎㉕？卑身而伏㉖，以候敖者㉗；東西跳梁㉘，不避高下㉙，中於機辟㉚，死於罔罟㉛。今夫斄牛，其大若垂天之雲；此能為大矣，而不能執鼠。今子有大樹，患其無用，何不樹之於無何有之鄉㉜，廣莫之野㉝，彷徨乎無為其側㉞，逍遙乎寢臥其下？不夭斤斧㉟，物無害者。無所可用，安所困苦哉？」

三、庖丁解牛（節選〈養生主〉）

庖丁為文惠君解牛㊱。手之所觸，肩之所倚，足之所履㊲，膝之所踦㊳，砉然嚮然㊴，奏刀騞然㊵，莫不中音㊶，合於〈桑林〉之舞㊷，乃中〈經首〉之會㊸。

文惠君曰：「嘻，善哉！技蓋至此乎㊹？」

庖丁釋刀對曰㊺：「臣之所好者，道也，進乎技矣㊻。始臣之解牛之時，所見無非牛者；三年之後，未嘗見全牛也。方今之時，臣以神遇而不以目視，官知止而神欲行。依乎天理，批大郤㊼，導大窾㊽，因其固然㊾。技經肯綮之未嘗微礙㊿，而況大軱乎(51)？良庖歲更刀(52)，割也；族庖月更刀(53)，折也(54)。今臣之刀十九年矣，所解數千牛矣，而刀刃若新發於硎(55)。彼節者有間，而刀刃者無厚；以無厚入有間，恢恢乎其於游刃必有餘地矣(56)！是以十九年而刀刃若新發於硎。雖然，每至於族(57)，吾見其難為，怵然為戒(58)，視為止，行為遲，動刀甚微，謋然已解(59)，牛不知其死也，如土委地(60)。提刀而立，為之四顧，為之躊躇滿志(61)，善刀而藏之(62)。」

文惠君曰：「善哉！吾聞庖丁之言，得養生焉。」

四、濠梁之辯（節選〈秋水〉）

莊子與惠子游於濠梁之上(63)。莊子曰：「儵(ㄔㄡˊ)魚出游從容(ㄘㄨㄥˊ)(64)，是魚之樂也。」惠子曰：「子非魚，安知魚之樂？」莊子曰：「子非我，安知我不知魚之樂？」惠子曰：「我非子，固不知子矣(65)；子固非魚也(66)，子之不知魚之樂，全矣！」莊子曰：「請循其本(67)。子曰『汝安知魚樂』云者，既已知吾知之而問我。我知之濠上也。」

【說文解字】

(1)惠子：宋國人，姓惠，名施，莊子的朋友，爲先秦名家代表。《莊子》中寫惠施與莊子的故事多爲寓言性質，並不是反映惠施的思想。(2)魏王：梁惠王。貽：贈送。瓠：葫蘆。(3)樹：種植，培育。石：容量單位，十斗爲一石。(4)舉：拿起來。(5)瓠落：很大的樣子。(6)呺然：龐大又中空的樣子。(7)爲：因爲。掊：砸破。(8)固：實在，確實。(9)龜：皮膚受凍而開裂。(10)洴：浮。澼：在水中漂洗。絖：絲絮。(11)方：藥方。(12)鬻：賣，出售。(13)說：勸說，遊說。(14)難：發難，此處指越國對吳國有軍事行動。(15)將：統帥部隊。(16)裂：劃分。(17)一：一樣的。(18)或：有的人。以：憑藉。(19)慮：考慮。樽：本爲酒器，此處指形似酒樽，可以拴在身上的游泳工具，俗稱「腰舟」。(20)蓬：草名，其狀彎曲不直。(21)樗：一種高大的落葉喬木，但木質粗劣不可用。(22)大本：樹幹粗大。擁腫：此處用以形容樹幹彎曲。中：符合。繩墨：木工用以求直的墨線。(23)規矩：即圓規、角尺。(24)塗：通「途」，道路。(25)狸：野貓。狌：黃鼠狼。(26)卑：低。(27)敖：通「遨」，遨遊。(28)跳梁：跳躍。(29)避：避開。(30)機辟：捕獸的機關陷阱。(31)罔：網。(32)無何有之鄉：指什麼也沒有生長的地方。(33)莫：大。(34)彷徨：徘徊。無爲：無所事事。(35)夭：夭折。斤：伐木之斧。(36)解：分割，剖分。(37)履：踩，踏。(38)踦：抵住。(39)砉然：形容皮肉相離的聲音。(40)奏：進，插入。騞然：形容刀割物的聲音。(41)中音：合乎音樂的節奏。(42)〈桑林〉之舞：〈桑林〉舞曲的節奏旋律。〈桑林〉，商湯時樂曲名。(43)乃：而且。〈經首〉之會：〈經首〉樂曲的節奏。會，節奏。(44)蓋：通「盍」，怎麼。(45)釋：放下。(46)進：超過。(47)批：用刀使物分離。(48)導：順著。窾：骨骼間的空穴。(49)因：依照。固然：原來的結構。(50)技：「枝」字之誤，意指枝脈。肯：附在骨上的肉。綮：筋肉聚結之處。(51)大軱：大骨頭。(52)更：改換，變換。(53)族：一般的。(54)折：用刀砍骨頭。(55)發：磨。硎：磨刀石。(56)恢恢乎：寬綽貌。(57)族：筋骨肌肉交錯糾結處。(58)怵然：小心謹慎的樣子。(59)謋然：

形容分解糾結的骨肉的聲音。60委：拋去。61躊躇：隨意移動腳步，從容自得的樣子。62善刀：使刀妥善，引申爲拭刀。63濠梁：濠水上的橋樑。莊子和惠子在濠水橋上辯論魚樂，後以濠梁比喻隱士悠然自得的出世思想。64從容：舒緩悠閒的樣子。65固：當然。66固：本來。67循：追溯。

白話解讀

一、大瓠之種

惠子對莊子說：「魏王送給我一顆大葫蘆的種子，我把它栽在土裡後，結出的果實有五石的容量那麼大。如果用這個大葫蘆去盛水，它承受不了水的壓力，如果把它剖開做瓢也太大了，沒有什麼地方可以放得下。這個葫蘆不是不大，但我最後卻因爲它沒有什麼用處，而砸爛它。」莊子說：「先生，你實在是不善於使用巨大的物品啊！宋國有一戶善於調製使手不龜裂藥物的人家，他們世世代代都以漂洗絲絮爲業。有一個遊客聽說這件事後，就想用百金的高價收購這個藥方。這戶人家聚在一起商量：『我們世世代代漂洗絲絮的所得不過數金，如今一下子就可賣得百金，就把藥方賣給他吧！』遊客成功得到藥方後，便前來遊說吳王使用這個藥方。此時，恰巧正值越國對吳國用兵，吳王便派他統率部隊。遊客讓士兵們都使用這個藥方，在嚴冬之際，吳軍與越軍在水上交戰，最後大敗越軍，吳王劃割土地封賞給這位遊客。藥方都是同樣的，有的人用它獲得封賞，有的人卻只能靠它在水中漂洗絲絮，這是使用方法的不同。如今你有五石那麼大容量的大葫蘆，爲什麼不考慮用它製成腰舟，浮游於湖上，卻擔憂葫蘆太大無處可容呢？看來你的心思不夠靈活啊！」

二、無用之用

惠子對莊子說：「我有一棵大樹，人們都叫它『樗』。它的樹幹凹凹凸凸，不符合繩墨取直的要求；它的樹枝彎彎扭扭，也不符合圓規和角尺取材的需要。因此，雖然它就長在路旁，但路過的木匠們卻連看也不看一眼。就像如今，你的言談大而無用，大家都鄙棄它一樣。」莊子說：「先生，你沒看過野貓和黃鼠狼嗎？牠們低著身體，匍匐在地，等待出洞覓食或遊樂的小動物。一會兒東，一會兒西，四處跳躍；一會兒高，一會兒低，上下竄躍。最後卻落入獵人設下的機關，死於獵網之中。再來說到犛牛，牠龐大的身體就像天邊的雲一般巨大，牠雖然有很多其他能力，但卻不能捕捉老鼠。如今，你有一棵大樹，與其擔憂它沒有用處，爲什麼不把它栽種在什麼也沒有的地方呢？栽種在無邊無際的曠野中，你可以悠然自得地徘徊於樹旁，悠遊自在地躺臥於樹下。大樹不會遭到砍伐，也沒有什麼可以傷害它。雖然沒有用處，但也沒有什麼可擔憂啊！」

三、庖丁解牛

庖丁被請到文惠君的府上，爲其宰殺一頭牛。他用手按著牛，用肩靠著牛，用腳踩著牛，用膝蓋抵著牛，在將屠刀刺入牛身時，皮肉與筋骨分離的聲音和庖丁運刀時的動作互相結合，顯得非常和諧一致，美妙悅耳。他宰牛時的動作就像隨著商湯樂曲〈桑林〉起舞一般，解牛時所發出的聲響也與堯樂〈經首〉的節奏十分契合。站在一旁的文惠君不禁看傻了眼，忍不住高聲讚歎道：「啊呀，眞了不起！你宰殺牛隻的技術怎麼會如此高超呢？」

庖丁放下屠刀，對文惠君解釋道：「我做事喜歡探究事物的規律，因爲這比一般的技能技巧要更高一籌。我剛開始學宰牛時，因爲不瞭解牛的身體構造，眼前所見僅是一頭頭龐大的牛；等到我經過三年的宰牛磨練以後，對於牛的構造就完全瞭解了，出現在眼前的不再是一整頭牛，而是許多可以拆解的零件組織。現在我宰牛時，只需用心靈去感受牛，不必靠眼睛去看牠；並且知道牛的什麼地方適合下刀，什麼地方不能。我嫻熟自如地按照牛的原本構造，將刀直接刺入其筋骨相連的空隙之處，使屠刀不會受到絲毫損傷。我連骨肉相連的部位都不去硬碰，更何況大骨頭呢？一個技術高明的廚師因爲是用刀割肉，只需一年換一把刀；而一般的廚師則是把刀砍在骨頭上，所以約莫一個月就要換一把刀。我這把刀已經用了十九年了，宰殺過的牛不下千頭，可是刀刃仍像剛用磨刀石磨過一樣的鋒利。這是爲什麼呢？因爲牛的骨節處有空隙，而刀口又很薄；我用極薄的刀鋒刺入牛骨的間隙，自然顯得寬綽而游刃有餘了。所以，我這把用了十九年的刀仍能像剛磨過的新刀一樣。儘管如此，每當我遇到筋骨交錯的地方，也常常覺得難以下手，這時便要特別警惕，睜大眼睛，動作放慢，施力要輕，等到找出關鍵部位，俐落地一刀將牛剖開，牛尚未感到任何痛楚便已死去，肉像泥土一樣散落在地上。宰牛完畢，我提著刀站起身，環顧四周，感到志得意滿，渾身暢快。然後我便會將刀擦拭乾淨，收回刀鞘之中，以備下次再用。」

文惠君聽完庖丁的話，連連點頭，似有所悟地說：「說得好！我聽了你這番精闢解說，不僅明白宰牛的工夫，還學到了不少修身養性的道理呢！」

四、濠梁之辯

莊子和惠子在濠梁上遊賞，莊子說：「這些白魚在水中游來游去，顯得如此安逸自在，這就是魚的快樂呀！」惠子說：「你又不是魚，怎麼知道魚很快樂？」莊子說：「你又不是我，怎麼知道我不知道魚很快樂？」惠子說：「我不是你，當然不知道你的心意；而你本來也不是魚，所以你不會知道魚的快樂，這個論點是正確的。」莊子說：「請回到最初的問題。你說『你怎麼知道魚的快樂』，你既然問我『怎麼知道』，就表示我是『知道的』，因此你才問我是『如何知道』的。我告訴你，我是在濠梁之上知道魚的快樂。」

意旨精鑰

一、大瓠之種

本篇為《莊子．逍遙遊》中的倒數第二段，惠子以大葫蘆為例，比喻莊子之言論大而無用，莊子則以「不龜手藥方之用法」為例，說明「用」有大小之別，最重要的是用得其所。說明心境亦有小大之別，唯有去除成見，放下執著，心境豁達，才能看破局限，凡事用得其所，既能「用小」，亦能「用大」。

二、無用之用

本篇為《莊子．逍遙遊》中的最後一段，莊子以「狸狌」和「斄牛」為例，說明任何事物都各有自己的用處，也各有本身的限制，主要看是否用得其所。

三、庖丁解牛

本篇透過廚師支解牛軀的方法，闡述養生的原則，說明人應該「以無厚入有間」的方式養生，意即用圓融的態度周遊於世間的大縫小隙，才能保全一身。

四、濠梁之辯

本篇故事透過莊子與惠施一問一答中，點出「循其本」的中心思想，提醒人看待事物不應僅從表面觀察，而要依循事物的本性，才能得到全面而透徹的理解。

寫作密技

一、寓言

「寓言」一詞，最早見於《莊子．寓言》中的「寓言十九，藉外論之」，與《莊子．天下》中的「以重言爲眞，以寓言爲廣」。前者指出寓言假借外物以立論的技巧，後者則視寓言爲傳達意念的工具。寓言爲文學體裁的一種。是含有諷喻和教育意義的故事。故事中的主角可以是人，可以是動物，也可以是無生物。其表達方式，或借古喻今、或借物喻人，或借小喻大，或借此喻彼，皆透過具體淺顯的故事，寄寓深奧的道理。中國寓言在先秦時期已具雛形，先後經歷先秦的說理寓言、兩漢的勸戒寓言、魏晉南北朝的嘲諷寓言、唐宋的諷刺寓言、明清的詼諧寓言等五個階段。

成語錦囊

一、樗櫟庸材：比喻平庸無用之材，或自謙才能低下。

原典 吾有大樹，人謂之樗；其大本擁腫而不中繩墨，其小枝卷曲而不中規矩。立之塗，匠者不顧。

書證 1：烱樗櫟庸材，瓶筲小器，仰惟先友，叨雅契於金環。（唐代楊烱〈隰州縣令李公墓誌銘〉）

書證 2：庶曰：「某樗櫟庸材，何敢當此重譽。」（明代羅貫中《三國演義》）

二、材大難用：樹木長得高大而不規則，沒有實際用處。後用以比喻有才能者不遇其時，不受重用。

亦作「才大難用」。

原典 吾有大樹，人謂之樗；其大本擁腫而不中繩墨，其小枝卷曲而不中規矩。立之塗，匠者不顧。

書證 1：志士幽人莫怨嗟，古來材大難為用。（唐代杜甫〈古柏行〉）

小試身手

1.（　）《莊子．逍遙遊》另有一段記載：惠施種植大葫蘆瓜成功，結的果實有五石之大，非常壯觀。可惜的是，用做水壺，卻因為太脆弱而提不起來，剖成兩半用做水瓢，也因為太平淺而盛不了水。惠施失望之餘，一氣就把它擊碎了，莊子聽了就說：「夫子固拙於用大矣。」此一批評，是說惠子執著有用之用，不能順應物的自然。若把平淺脆弱的大葫蘆瓜，繫在身邊，就可以放浪浮游於江湖之上，不是人間很美妙的事嗎？為什麼非用做水壺、水瓢不可？此不僅自己沒來由的生一場悶氣，且連帶的把外物也毀了，這就是缺乏無用之用的智慧，這就是存有「有蓬之心」的障蔽，心裡長滿了野草，就容不下別人的異物了。（王邦雄〈材與不材之間〉）上文主旨在說明什麼道理？

A. 希望葫蘆生長能順應自然，勿揠苗助長。
B. 對任何事物均應分辨有用與無用。
C. 去除偏見，才不會沒來由的生悶氣。
D. 放開心胸，勿以狹隘的眼光自我設限。

2.（　）「惠子曰：『我非子，固不知子矣；子固非魚也，子之不知魚之樂，全矣。』」由上可知惠子的思考觀點與下列何者最接近：

A. 魚相忘於江湖，人相忘於道術。
B. 人我有別，物我亦有別，無法兩相感應。
C. 天下紛擾，人我相欺，物我皆無可樂之事。
D. 反璞歸真，方能減少人為造作對自然的傷害。

3.（　）關於莊子與惠子的觀物態度，下列選項何者正確？

A. 莊子客觀，惠子主觀。
B. 莊子理性，惠子感性。

C. 莊子是科學的，惠子是美感的。

D. 莊子逍遙浪漫，惠子實事求是。

4.（　）庖丁解牛的「神乎其技」，不包括下列哪一項？

A. 以神遇不以目視。

B. 技經肯綮之未嘗。

C. 十九年而刀刃若新發於硎。

D. 解牛之時，所見無非牛者。

5.（　）《莊子．庖丁解牛》一文，其實暗藏「道」的意涵。請問莊子以「牛體」比喻作？

A. 複雜的社會。

B. 國君的內心。

C. 好辯的惠施。

D. 百姓的無奈。

6.（　）下列選項「　」內的字，何者非動詞？

A.「生」生所資，未見其術。

B. 君子好「逑」。

C.「善」刀而藏之。

D. 送往「勞」來。

7.（　）「始臣之解牛之時，所見無非牛者。」（《莊子．養生主》）意謂：

A. 屠者見牛而心中竊喜。

B. 技藝已臻化境。

C. 技藝尚未精熟。

D.目無全牛。

8.（　）下列文句「　」中的字，何者意思相同？

A.「族」庖月更刀／「族」秦者，秦也

B.以「約」失之者／「約」車治裝，載券契而行

C.我非子，「固」不知子矣／此「固」秦皇之所不能驚

D.「食」之，比門下之客／蠶「食」諸侯，使秦成帝業

9.（　）下列「　」中的詞語，何者意思完全相同？

A.「行李」之往來，共其乏困／追思往日兮「行李」難

B.吾愛孟夫子，「風流」天下聞／我雖老了，年輕時也「風流」

C.天旋地轉迴龍馭，到此「躊躇」不能去／為之「躊躇」滿志

D.儵魚出游「從容」／欲令新婦祇謁，兼議「從容」

解答：1.D 2.B 3.D 4.D 5.A 6.B 7.C 8.C 9.A

旁徵博引

惠施

惠子，名惠施，戰國時期的政治家、辯客、哲學家。

惠施是宋國人，但他主要活躍的地區是魏國。惠施是合縱抗秦的主要組織者和支持者，他主張魏、齊、楚必須聯合起來，對抗秦國。魏惠王在位時，惠施因為與張儀不和，而被驅逐出魏國。而後，他又

來到楚國，最後再回到家鄉宋國，並在那裡與莊子成為朋友。魏惠王死後，張儀失寵，惠施這才得以回到魏國。作為合縱抗秦的組織者，他在當時各個國家都享有很高的聲譽，也經常因為外交事務，而被魏王派遣到其它國家。

惠施的著作沒有流傳下來，他的哲學思想大多透過其他人的轉述而為後人所知。其中最重要的就是，他的朋友莊子的著作中曾提到他的思想，最主要的就是「歷物十事」。惠施主張廣泛地分析世界上的事物，從中總結出世界的規律，將事物的相對面誇大，否定事物本身的穩定性，不承認具體事物的特點。他和公孫龍同屬詭辯學中的代表人物，也是合同異學說的創始人。除了《莊子》之外，《荀子》、《韓非子》、《呂氏春秋》等書中也有記載他的作為和相關的言論。

孟子選

出處：孟子
難易度☺☺☺☺☺

作者簡介

孟子（西元前三七二年—西元前二八九年），名軻，鄒國人。戰國時期儒家代表人物，繼承並發揚孔子的思想，成為僅次於孔子的一代儒家宗師，有「亞聖」之尊稱，與孔子合稱為「孔孟」。孟子的弟子萬章與其餘弟子著有《孟子》一書。

古文鑑賞

一、〈告子上〉

孟子曰：「魚，我所欲也；熊掌，亦我所欲也，二者不可得兼，舍魚而取熊掌者也。生，亦我所欲也；義，亦我所欲也，二者不可得兼，舍生而取義者也。生亦我所欲，所欲有甚於生者，故不為苟得也❶；死亦我所惡，所惡有甚於死者，故患有所不辟也。如使人之所欲莫甚於生，則凡可以得生者，何不用也？使人之所惡莫甚於死者，則凡可以辟患者，何不為也？由是則生而有不用也，由是則可以辟患而有不為也❷，是故所欲有甚於生者，所惡有甚於死者。非獨賢者有是心也，人皆有之，賢者能勿喪耳❸。

一簞食❹，一豆羹❺，得之則生，弗得則死。嘑爾而與之❻，行道之人弗受❼；蹴爾而與之❽，乞人不屑也；萬鍾則不辨禮義而受之❾。萬鍾於我何加焉❿？為宮室之美、妻妾之奉、所識窮乏者得我與⓫？鄉為身死而不受⓬，今為宮室之美為之；鄉為身死而不受，今為妻妾之奉為之；鄉為身死而不受，今為所識窮乏者得我而為之，是亦不可以已乎⓭？此之謂失其本心⓮。」

【說文解字】

❶苟得：苟且保全生命。苟，苟且。得，得生，即保全生命。❷辟：通「避」，逃避。❸喪：喪失。❹一簞食：一竹簍的食物。簞，圓形竹簍。❺一豆羹：一碗羹湯。豆，盛羹湯的容器。❻嘑爾：大聲喝斥的樣子。爾，即「然」，助詞。❼行道之人：路過的人，此處指一般人。❽蹴爾：踐踏的樣子。❾萬鍾：指俸祿豐厚。鍾，量器名。❿加：增益。⓫得：通「德」，感激。⓬鄉：通「嚮」，從前。⓭已：停止。⓮本心：此處指羞惡之心。

白話解讀

孟子說：「魚，是我所喜愛的；熊掌，也是我所喜愛的，如果這兩樣東西無法都得到，那我便捨棄魚而選擇熊掌。生命，是我所喜愛的；仁義，也是我所喜愛的，如果這兩樣東西無法都得到，那我便捨棄生命而選擇仁義。生命是我所喜愛的，但還有比生命更重要的事物時，就不能苟且保全生命。死亡是我所厭惡的，但還有比死亡更重要的事物時，就無法避免死亡。如果人所喜愛的事物中，沒有比生命更重要的事物時，凡是可以保有生命的方法，爲何不盡力去做呢？如果人所厭惡的事物中，沒有比死亡更重大的事物時，那凡是可以避免死亡的方法，爲何不盡力去做呢？照這樣做，就可以保全生命，但有時人卻不肯去做；照這樣做，就可以避免死亡，但有時人卻也不肯做。所以人所喜愛的事物中，有比生命更重要的；所厭惡的事物中，也有比死亡更重大的。並非只有賢人才有這樣的心志，其實一般人都有，只是賢人能夠時時刻刻維持罷了。

一竹簍食物，一小碗羹湯，如果得到便能活下來，得不到便會餓死。在這種情況下，如果邊喝斥，邊施捨給他人，飢餓的人也不會接受；如果邊用腳踐踏，邊施捨給他人，那連乞丐也不屑接受。然而，如果是優渥的官名利祿，有些人卻會不分辨是否合乎禮義就接受了。那些優渥的官名利祿對我而言，有什麼益處呢？是爲了華美的房屋嗎？或是成群的妻妾嗎？或是讓窮困者感激自己的接濟嗎？從前寧可餓死也不接受施捨，現在卻爲了華美的房屋而接受；從前寧可餓死也不接受施捨，現在卻爲了成群的妻妾而接受；從前寧可餓死也不接受施捨，現在卻爲了讓窮困者感激自己的接濟而接受，這些行爲難道還可以繼續嗎？這就是喪失了本有的羞惡之心啊！」

意旨精鑰

孟子論述義對人的重要性超越生命，必要時，應捨生取義。

寫作密技

一、設問：語文中，故意採用詢問語氣，以引起對方注意的一種修辭技巧。

提問 先假設問題，激發讀者疑惑，再說出答案。有引起注意、加深印象、凸顯論點、啟發思考的效用。

激問 又名「反問」或「詰問」，為激發本意而問，表面上雖然沒有說出答案，其實答案就在問題的反面，所以「問而不答」。

懸問 作者內心確實存有疑惑，並刻意將此疑惑說出詢問。

例1：如使人之所欲莫甚於生，則凡可以得生者，何不用也？使人之所惡莫甚於死者，則凡可以辟患者，何不為也？

Tips. 激問。

例2：萬鍾於我何加焉？為宮室之美、妻妾之奉、所識窮乏者得我與？

Tips. 懸問。

例3：是亦不可以已乎？

Tips. 激問。

成語錦囊

一、魚與熊掌，不可兼得：指不相同的兩件事不可同時做到，或不相同的兩個目的不可同時達到，只能在兩者中選擇其一。

原典 魚，我所欲也，熊掌，亦我所欲也；二者不可得兼，舍魚而取熊掌者也。

二、捨生取義：指爲正義眞理而不惜犧牲生命。

原典 生亦我所欲也，義亦我所欲也；二者不可得兼，舍生而取義者也。

書證1：況爾諸王，並國家懿親，宗社是託，豈不學尉遲迥感恩效節，捨生取義耶？（《舊唐書．太宗諸子列傳》）

書證2：正命之說，乃是平日脩身謹行經常之法，若到殺身成仁、捨生取義處，豈可以其不得正命而避之乎！（宋代朱熹〈答孫敬甫書〉）

書證3：潭母孫氏謂潭曰：「汝當捨生取義，勿以吾老為累！」盡遣其家僮從軍，鬻其環珮以為軍資。（《資治通鑑》）

小試身手

1.（　）下列關於《孟子》內容的闡述，下列說明何者正確？

A.「是故所欲有甚於生者，所惡有甚於死者」意謂：惻隱之心，人皆有之。

B.「死亦我所惡，所惡有甚於死者，故患有所不辟也」，其中的「故患有所不辟也」意謂：即使遇到禍患，也不肯苟且躲避。

C.「一簞食，一豆羹」，其中的「豆」應解作：豆類總名。

D.「一簞食，一豆羹，得之則生，弗得則死。嘑爾而與之，行道之人弗受；蹴爾而與之，乞人不屑也」意謂：簞食豆羹，饘粥以餬口。

2.（　）孟子論辯時善用譬喻，下列何者不是他所用的譬喻？

A. 人之性善，猶水之就下。

B. 學苟有本，盈科後進。

C. 逝者如斯，不舍晝夜。

D. 魚與熊掌不可得兼。

解答：1. B　2. C

旁徵博引　一簞食一瓢飲的顏回

子曰：「賢哉！回也。一簞食，一瓢飲，在陋巷，人不堪其憂，回也不改其樂。賢哉！回也。」孔子說：「顏回是位有賢德的人啊！他用餐只吃一小竹筐乾飯，喝湯只喝一瓢清水，居住在狹隘曲折的巷子裡。這種困苦的生活，一般人無法忍受，且會憂愁不已，但顏回卻依然不改變他原來快樂的心情。顏回真是一位賢者啊！」

「賢哉！回也」，這是孔子讚嘆的話，能得到孔子如此稱讚，那是非常難得的。「賢」是有才能、有善行的人，只差聖人一等而已。顏回，字子淵，是唯一得到孔子稱讚「好學」的學生，被列為德行科的首位弟子。

「一簞食，一瓢飲，在陋巷」，「簞」是竹筐，「瓢」是用瓠瓜對剖，拿來舀水的用具，都是粗陋克難的餐具。用餐只吃一竹筐的乾飯，沒有其他美食；只用瓢子舀水當作湯來喝，食物簡單貧乏，只是為了果腹而已。「陋」是狹隘的意思，「巷」是曲曲折折的小路，「在陋巷」表示住的地方偏僻不講究。從以上三點得知，顏淵對生活的享受並不在意，只要勉強度日就可以了。

「人不堪其憂，回也不改其樂」，「堪」，是忍受的意思。一般人無法忍受這種生活且整日憂愁。「不改」，是原來就有的，現在遇到不同的環境，還是保持不變。顏淵「不改其樂」，可見顏淵原來就很快樂，現在的生活再怎麼困苦，仍然保持原先的快樂，沒有一點憂愁，這正是「貧而樂」的典範。到底顏淵所樂是什麼事呢？就是道。一般人生活貧困，就容易生起羨慕他人的心，諂媚別人的舉動。但是顏淵在學道上，別有所得，生活雖貧乏，卻不影響他內心的快樂，這正是孔子讚嘆的地方。

漁父

出處：楚辭
難易度☺☺☺☺☺

作者簡介

屈原（西元前三四〇年－西元前二七八年），姓屈，名平，字原，楚武王熊通之子屈瑕的後代，戰國末期楚國丹陽人，中國最早和最偉大的詩人之一。西元前三〇五年，屈原反對楚懷王與秦國訂立黃棘之盟，因而被楚懷王逐出郢都，流落到漢北。流放期間，屈原創作了大量文學作品，作品充滿對楚地風土的眷戀和熱情，自成「楚辭」一類的文體。

古文鑑賞

屈原既放❶，游於江潭，行吟澤畔，顏色憔悴❷，形容枯槁❸。漁父見而問之。曰：「子非三閭大夫與？何故至於斯？」

屈原曰：「舉世皆濁我獨清，眾人皆醉我獨醒，是以見放❹。」

漁父曰：「聖人不凝滯於物❺，而能與世推移。世人皆濁，何不淈其泥而揚其波❻？眾人皆醉，何不餔其糟而歠其釃❼？何故深思高舉❽，自令放為❾？」

屈原曰：「吾聞之，新沐者必彈冠❿，新浴者必振衣⓫。安能以身之察察⓬，受物之汶汶者乎⓭？寧赴湘流，葬於江魚之腹中，安能以皓皓之白⓮，而蒙世俗之塵埃乎？」

漁父莞爾而笑⓯，鼓枻而去⓰。歌曰：「滄浪之水清兮，可以濯吾纓⓱；滄浪之水濁兮，可以濯吾足。」遂去，不復與言。

【說文解字】

❶既：已經。放：放逐。❷顏色：面容，臉色。❸形容：面貌，容顏。❹見：被。❺凝滯：積聚不流通，此處引申爲「拘泥」。❻淈：攪亂使其混濁。❼餔：吃。糟：釀酒時濾下來的渣滓。歠：飲，喝。釃：薄酒。❽高舉：隱居。此處意爲特立獨行，超脱世俗。❾令：使，讓。❿彈冠：撣除帽子上的塵埃。⓫振衣：抖落衣服上的塵土。⓬安：豈，怎麼。察察：潔淨。⓭汶汶：心中昏暗不明的樣子。此處意爲「玷辱」。⓮皓皓：潔白的樣子。⓯莞爾：微笑。⓰鼓枻：划動船槳。鼓：拍打，發動。⓱濯：洗滌。纓：繫帽的帶子。

白話解讀

屈原被放逐後，來到湘江流域的潭水邊，在水畔漫遊吟詩，臉色蒼白，形體削瘦，漁父看到他的模樣，便問：「你不是三閭大夫嗎？怎麼會在這裡呢？」

屈原答：「世人皆受到了污染，變得昏濁不堪，只有我仍然純淨；世人都迷醉在充滿物欲權力的世界，只有我一個人清醒，所以被放逐。」

漁父說：「古往今來的聖人，都不會受到外在俗物的拘泥限囿，而能隨著時事變遷。既然世人都受到污染，那你何不趁勢攪亂這團污泥，並且掀起更大的波濤呢？既然世人都迷失沉醉了，那你爲何不也和他們一樣，吃酒渣、喝未過濾的酒呢？爲什麼要這樣憂國憂民、特立獨行、孤高自傲，使自己遭到放逐呢？」

屈原答：「我聽說，剛洗好澡的人必定會調整帽帶、拉整衣裳、撣去上頭的灰塵。我怎麼可以讓自身的潔淨，受到世俗汙染呢？我寧可跳入湘江，被魚呑進肚子中，怎能讓純淨無瑕的白，沾染世俗的塵埃呢？」

漁父微笑地划動船槳，高聲吟唱道：「滄浪的水乾淨清澈，可以用來清洗我的帽子；滄浪的水若混濁，則可以用來清洗我的雙腳。」唱完，他便離去，不再和屈原交談。

意旨精鑰

本文透過漁夫與屈原的問答，深刻表露屈原不願與世同流合污的情操。

寫作密技

一、**對偶：**上下文句的字數相同，句法、詞性相稱，亦稱爲「對仗」。

句中對 同一句中，上下兩語自為對偶，亦稱為「當句對」。

單句對 上下兩句，字數相等、詞性相同、語法相似、平仄相對。

隔句對 第一句與第三句對，第二句與第四句對。

長句對 奇句對奇句，偶句對偶句，至少三組，多則數十組的對偶，亦稱為「長偶對」。

例1：顏色憔悴，形容枯槁。

Tips. 單句對。

例2：落霞與孤鶩齊飛，秋水共長天一色。（唐代王勃〈滕王閣序〉）

Tips. 單句對。

例3：士為知己者死，女為悅己者容。（漢代司馬遷〈報任安書〉）

Tips. 單句對。

二、**排比：**用結構相似的句法，接二連三地表現出同範圍同性質的意念。

例1：舉世皆濁我獨清，眾人皆醉我獨醒。世人皆濁，何不淈其泥而揚其波？眾人皆醉，何不餔其糟而歡其醨？

例2：願在竹而為扇，含淒飆於柔握；悲白露之晨零，顧襟袖以緬邈！願在木而為桐，作膝上之鳴琴；悲樂極以哀來，終推我而輟音！（晉代陶淵明〈閒情賦并序〉）

例3：長江萬里白如練，淮山數點青如淀。江帆幾片疾如箭，山泉千尺飛如電。（元代周德清〈潯陽即景〉）

成語錦囊

一、葬身魚腹：淹死。

原典 寧赴湘流，葬於江魚之腹中，安能以皓皓之白，而蒙世俗之塵埃乎？

書證1：寧可葬身魚腹，決不效于飛。（明代楊柔勝《玉環記》）

二、形容枯槁：外貌乾瘦，神情憔悴。

原典 屈原既放，游於江潭，行吟澤畔，顏色憔悴，形容枯槁。漁父見而問之。

書證1：形容枯槁，面目犁黑，狀有歸色。（《戰國策．秦策一》）

小試身手

1.（　）下列文句中的「舉」字，何者與〈漁父〉中「舉世皆濁我獨清」的「舉」字意義相同？

A.「舉」手投足。
B.「舉」一反三。
C.「舉」目無親。
D.「舉」國歡騰。

2.（　）**漁父莞爾而笑，鼓枻而去。歌曰：「滄浪之水清兮，可以濯吾纓；滄浪之水濁兮，可以濯吾足。」根據上文，漁父意在勸屈原：**
A. 超凡脫俗。
B. 孤芳自賞。
C. 與世推移。
D. 居安思危。

3.（　）**《荀子．勸學》：「君子生非異也，善假於物也。」**下列何者能說明這個觀點？
A. 登高而招，臂非加長也，而見者遠；順風而呼，聲非加疾也，而聞者彰。
B. 泰山不讓土壤，故能成其大；河海不擇細流，故能就其深。
C. 君子敬其在己者，而不慕其在天者，是以日進也。
D. 聖人不凝滯於物，而能與世推移。

4.（　）**《楚辭．漁父》：「滄浪之水清兮，可以濯吾纓；滄浪之水濁兮，可以濯吾足。」**這表達了何種處**世態度**？
A. 兼善天下。
B. 擇善固執。
C. 與世推移。
D. 急公好義。

5.（　）**《楚辭．漁父》中，漁父奉勸屈原：「世人皆濁，何不淈其泥而揚其波？」下列文句，最符合這段話本意的是：**
A.與其詛咒社會黑暗，不如點亮一盞明燈。
B.環境惡化，時不我予，不如退隱山林，或遁入空門。
C.世衰道微，人心不古，身為知識分子，應力挽狂瀾。
D.人心渙散，價值顛倒，乾脆隨世浮沉，跟著潮流走。

6.（　）**下列《楚辭．漁父》文中，標有「　」號的詞語，何者與「顏色憔悴，形容枯槁」之「形容」詞性相同？**
A.葬於「江魚」之腹中。
B.聖人不「凝滯」於物。
C.以身之「察察」。
D.漁父「莞爾」而笑。

7.（　）**《楚辭．漁父》：「聖人不凝滯於物，而能與世推移。」是指聖人處世？**
A.游移不定。
B.固執拘泥。
C.隨俗方圓。
D.堅定不移。

8.（　）**《漁父》一文為屈原被放逐江、湘時作品，下列文句何者不能代表其志節？**
A.舉世皆濁我獨清，眾人皆醉我獨醒。
B.聖人不凝滯於物，而能與世推移。
C.安能以身之察察，受物之汶汶者乎。
D.安能以皓皓之白，而蒙世俗之塵乎。

解答：1.D　2.C　3.A　4.C　5.D　6.A　7.C　8.B

旁徵博引

詠屈原的詩

洛夫〈水祭〉

其一

揮菖蒲之碧劍／揚汨羅之濁浪／在澤畔／在石榴紛舉怒拳的五月
我又見你從江心踏波而來／見一株白色水薑伸出溫婉的手／牽你涉水而過
江水早已洗白了你一身傲骨／何不把青衫與法簪留給昨日的風雨／歸來吧，楚國的詩魂

其二

面容枯槁，身上長滿青苔／那提著一頭濕髮而行吟江邊的人／是你嗎？
手捧一部殘破的離騷／兀自坐在一堆鵝卵石上嘔吐／吐盡泥水卻吐不完牢騷
你沿岸踽踽獨行，數了又數自己的腳印
且苦苦追思／禍根就是那一部憲令的草稿／在江底摸了千年也找不到答案

其三

問天，天以一片烏雲作答／只怪你出門看天色不看懷王的臉色
披肝瀝膽猶嫌你的血氣太腥／且上官大夫靳尚早就在你的枕邊／暗藏了一條毒蛇
愛國忠君不敵鄭袖的裙底風雲／正道直行不值張儀的舌燦蓮花

懷王寧飲讒諛之酖酒／終落得亡命秦地／三閭大夫阿，你縱冤死而屍骨猶香

其四

讒言似火／只燒得你髮枯唇焦，雙目俱赤
你被扔進烈焰而化為一爐熔漿／冷卻處理自屬必要
便投身於江水的冰寒／鋼鐵於焉成形／在時間中已鍛鍊成一柄不鏽的古劍
在水中躺了兩千年的詩魂阿／汨羅洶湧的浪濤／高舉你於歷史的孤峰

其五

昨日不眠／我在風中展讀你的九歌
乍聞河伯嗷嗷，山鬼啾啾／以及漁父從水漩中／撈起你一隻靴子的驚呼
你製芰荷以為衣兮／集芙蓉以為裳
你離寒星以為目兮／擬冰雪以為魂
三閭大夫阿，我把你荒涼的額角讀成巍峨

勸學

出處：荀子
難易度：☺☺☺☺☺

作者簡介

荀卿（西元前三一三—西元前二三五年），名況，字卿，趙國郇邑人，戰國後期著名思想家、教育家，人稱荀子。漢朝人為了避宣帝諱，又稱他孫卿。荀子曾周遊燕、齊、楚、秦，並於齊下講學著書，後離齊赴楚，任蘭陵令，最終卒於蘭陵。著名的法家人物韓非和李斯都是荀子的學生。《荀子》一書，經西漢末年劉向校定，共分為三十二篇。

古文鑑賞

君子曰：學不可以已❶。青，取之於藍，而青於藍；冰，水為之，而寒於水。木直中繩❷，輮以為輪❸，其曲中規，雖有槁暴❹，不復挺者，輮使之然也。故木受繩則直，金就礪則利❺，君子博學而日參省乎己❻，則知明而行無過矣❼。故不登高山，不知天之高也；不臨深谿，不知地之厚也；不聞先王之遺言，不知學問之大也。干、越、夷、貉之子，生而同聲，長而異俗，教使之然也。

吾嘗終日而思矣，不如須臾之所學也。吾嘗跂而望矣❽，不如登高之博見也。登高而招，臂非加長也，而見者遠；順風而呼，聲非加疾也，而聞者彰❾。假輿馬者❿，非利足也⓫，而致千里；假舟檝者⓬，非能水也⓭，而絕江河⓮。君子生非異也，善假於物也。

南方有鳥焉，名曰「蒙鳩」，以羽為巢，而編之以髮⓯，繫之葦苕⓰，風至苕折，卵破子死。巢非不完也⓱，所繫者然也。西方有木焉，名曰「射干」，莖長四寸，生於高山之上，而臨百仞之淵。木莖非能長也，所立者然也。蓬生麻中，不扶而直；白沙在涅⓲，與之俱黑。蘭槐之根是為芷，其漸之滫⑲，君子不近，庶人不服⑳。其質非不美也，所漸者然也。故君子居必擇鄉，遊必就士㉑，所以防邪僻而近中正也。

物類之起，必有所始；榮辱之來，必象其德㉒。肉腐出蟲，魚枯生蠹。怠慢忘身，禍災乃作。強自取柱㉓，柔自取束。邪穢在身，怨之所構。施薪若一㉔，火就燥也；平地若一，水就溼也。草木疇生㉕，禽獸群焉，物各從其類也。是故質的張而弓矢至焉㉖，林木茂而斧斤至焉，樹成蔭而眾鳥息焉，醯酸而蚋聚焉㉗。故言有招禍也，行有招辱也，君子慎其所立乎！

積土成山，風雨興焉；積水成淵，蛟龍生焉；積善成德，而神明自得，聖心備焉。故不積蹞步㉘，無以致千里；不積小流，無以成江海。騏驥一躍，不能十步；駑馬十駕㉙，功在不舍。鍥而舍之，朽木不折；鍥而不舍，金石可鏤㉚。蚯螾無爪牙之利，筋骨之強，上食埃土，下飲黃泉㉛，用心一也。蟹六跪而二螯㉜，非蛇蟺之穴，無可寄託者，用心躁也。是故無冥冥之志者㉝，無昭昭之明㉞；無惛惛之事者，無赫赫之功㉟。行衢道者不至㊱，事兩君者不容。目不能兩視而明，耳不能兩聽而聰。螣蛇無足而飛，梧鼠五技而窮。《詩》曰：「尸鳩在桑，其子七兮。淑人君子，其儀一兮。其儀一兮，心如結兮。」故君子結於一也。

昔者瓠巴鼓瑟，而沉魚出聽；伯牙鼓琴，而六馬仰秣。故聲無小而不聞，行無隱而不形。玉在山而草木潤，淵生珠而崖不枯㊲。為善不積邪，安有不聞者乎？

學惡乎始㊳？惡乎終？曰：其數則始乎誦經㊴，終乎讀禮；其義則始乎為士㊵，終乎為聖人。真積力久則入㊶，學至乎沒而後止也。故學數有終，若其義則不可須臾舍也。為之，人也；舍之，禽獸也。故《書》者，政事之紀也；《詩》者，中聲之所止也；《禮》者，法之大分㊷，群類之綱紀也。故學至乎《禮》而止矣。夫是之謂道德之極。《禮》之敬文也，《樂》之中和也㊸，《詩》、《書》之博也，《春秋》之微也，在天地之間者畢矣。

君子之學也，入乎耳，箸乎心㊹，布乎四體㊺，形乎動靜㊻；端而言，蝡而動㊼，一可以為法則。小人之學也，入乎耳，出乎口；口耳之間則四寸，曷足以美七尺之軀哉！古之學者為己，今之學者為人。君子之學也以美其身，小人之學也以為禽犢㊽。故不問而告謂之傲㊾，問一而告二謂之囋㊿。傲囋，非也；君子如嚮矣(51)。

【說文解字】

①已：停止。②中繩：符合直的標準。繩：木工用來取直的墨線。③輮：以木浸水，再用火烘烤，使之彎曲。④槁暴：曬乾。⑤就：靠近。⑥日參省乎己：每天以三件事省察自己。參，通「三」。⑦知明：智慧清明。⑧跂：通「企」，提起腳跟。⑨彰：清楚。⑩假：藉助，利用。輿馬：車馬。⑪利足：善於走路。⑫舟檝：船隻。檝，通「楫」，船槳。⑬能水：善於游泳。⑭絕：橫渡。⑮編織以髮：以草築巢。髮，比喻爲山上的草木。⑯繫之葦苕：將鳥巢築在蘆葦上，後用「葦苕繫巢」比喻處境非常危險。苕，蘆葦的花穗。⑰完：堅固完好。⑱涅：黑泥。⑲其漸之滫：浸泡在臭水裡。漸，浸泡。⑳服：佩戴。㉑就：親近。㉒象：依據。㉓柱：折斷。㉔施：放置。㉕疇生：同類相聚而生。㉖質的：箭靶，目標。質，古人射箭用的靶。的，靶上的目標。㉗醯酸：醋發酸。㉘蹞步：半步，等於現今的一步。古人舉足兩次爲一步。蹞，通「跬」。㉙十駕：拉車十天所走的路線。駕，馬拉車奔行一天的路程。㉚鏤：雕刻。㉛黃泉：地下的泉水。㉜跪：蟹腳。㉝冥冥：專心致志。㉞昭昭之明：智慧豁然貫通。㉟赫赫：顯盛。㊱衢道：岔路。㊲不枯：不枯燥，有色彩。㊳惡：怎麼。㊴數：爲學的方法。㊵義：爲學的意義與目的。㊶眞積力久則入：學者若認眞力行，長期累積，自能深造有得。㊷分：本分，原則。㊸《樂》之中和：《樂》用來教人中正和悅。㊹箸：存留。㊺四體：四肢。㊻動靜：言行舉止。㊼端而言，蝡而動：君子細微的言行。㊽禽犢：見面時向人進獻的禮物，如雁、羔羊等。㊾傲：心浮氣躁。㊿囋：話多且瑣碎。(51)如嚮：應答之間，如鐘響應聲，恰如其分。嚮，通「響」。

白話解讀

君子說：學習不可半途停止。靛青，是從藍草中提煉出來的，但卻比藍草更青；冰，是由水凝結而成的，卻比水更寒冷。木材挺直得合乎墨線的標準，經過水浸火烤輮製成車輪，它的曲度就合乎圓規的標準，就算再晒乾，也不會變直，這是因爲經過輮曲的工夫才使它變成這樣的。所以木材接受墨線的矯正就會變直，刀劍用磨刀石磨過就會變得鋒利，君子廣博地學習各種知識，並用所學的道理每天反省自己，智慧就會日漸清明，言行舉止也就不會再犯錯。所以不登上山頂，就不知道天有多高；不走近深谷，便不知道地有多厚；沒有學習過聖王留下的言論遺訓，則不知道學問有多廣博。南方的吳越和北方夷貉的小嬰兒，生下來哭聲相同，長大後習慣卻不相同，這是由於後天所受到的教育不一樣所導致的。

我曾經整天苦思冥想，但卻遠不如片刻學習的收穫更多。我曾踮起腳跟向前遠看，卻比不上登臨高處看得廣闊遼遠。站在高處招手，手臂並沒有加長，可是很遠的人都看得見；順著風勢喊叫，聲音並沒有加大，可是很遠的人都能聽得清楚。乘坐車馬的人，並不是特別善於走路，卻能到達千里之遠的地方；坐船的人，並非擅長游泳，卻能橫渡長江大河。君子的本性和別人並沒有什麼不同，只是善於利用外物昇華自己的道德人格罷了。

南方有一種鳥，叫做「蒙鳩」，用羽毛、茅草築巢，綁在蘆葦上。大風吹來蘆葦莖桿折斷，鳥蛋摔破了，雛鳥也死了。並非牠的鳥巢建得不夠堅固，而是因爲築巢的地方不對，才會導致如此悲慘的結果。西方有種植物，叫做「射干」，莖只有四寸長，卻能生長在高山上，面臨著百丈深淵。並不是它的莖桿長，而是由於生長的地方使它看起來高大。蓬草生長在麻叢之中，不用扶持，自然就能長得很直；白沙混入黑泥巴裡，就會跟著變黑。蘭槐的根是芷，如果泡在臭水中，有地位的人就不肯接近它，平民百姓也不願佩戴它。它的本質不是不香，但浸泡了臭水，便使得人人避而遠之。所以君子住所一定要選擇風俗淳美的地方，出外交遊一定要親近博學有德的賢士，這是為了避免自己被壞人引誘，使自己能接近中庸正直的大道啊！

任何事物的發生，一定有它的根源；榮辱的降臨，一定和人的德性操守相呼應。肉腐爛了就會長蛆，魚乾枯了就會生蟲。懶惰驕傲、不顧自身的利害，災禍自然會降臨到身上。事物太過剛強就容易被折斷；太過軟弱，就會受到束縛。行為邪惡污穢，就會受到大家怨恨、鄙惡。把木柴均勻地攤放在地上，火總是往乾燥的地方延燒；一樣平坦的地面，水總是流向低濕之處。相同種類的草木叢聚而生，相同種類的禽獸群居在一起，萬物都是同類相聚的。所以箭靶張列，弓箭就會射過來；林木茂盛，斧頭就會去砍伐；樹木濃密成蔭，鳥群就會棲息；醋酸壞了，蚊蟲就會滋生。所以說話不得體就會招來災禍，行為不檢點便會導致恥辱。君子對於自己所學的道理、言行，要特別謹慎！

累積土石而成高山，就能招風降雨；積聚水流成為深谷，便能使蛟龍生存；一個人若能積聚善行養成美德，自然就能達到心智澄明的境界，也就具備了聖人的修養。所以不累積每一步，就無法走到千里之遠；不積聚小水流，就無法成為汪洋大海。千里馬一個騰躍，也無法超過十步；劣馬走了十天也能達千里，成功的祕訣就在於堅持不懈。用刀刻物，只刻了一下就停手，就算是枯朽的木頭也不會折斷；不停地雕刻，即使堅硬如金石也可以雕鏤成型。蚯蚓沒有銳利的爪牙，沒有強壯的筋骨，卻能夠鑽食土壤，啜飲泉水，這是專注用心的緣故！螃蟹有八隻腳、一對螯，但是除了蛇、鱔的洞穴，沒有其他寄住的地方，這都是因為心思浮躁。沒有專注精誠的心志，就沒有通達的智慧；無法專一致志地做事，就沒有顯赫的成就。在交叉路口徘徊的人永遠到達不了目的地，同時侍奉兩個國君的人無法得到任何一方的包容。眼睛不能同時清楚地觀看兩種景物，耳朵不能同時清楚地聽到兩種聲音。飛蛇沒有腳卻會飛，鼯鼠有五種技能卻因不能專一而沒有專精的工夫。《詩經．曹風．尸鳩》說：「桑樹上的尸鳩很專心地餵養七隻小鳥。仁人君子們，行事也要專一。行事專一，意志就能像繩結一樣堅固不變。」所以君子為學處事，都要秉持專一的態度！

從前瓠巴彈瑟時，潛在水中的魚都會浮出來聆聽；伯牙彈琴時，正在吃草的馬都會抬起頭來。所以聲音即時再細小也還是聽得到，行爲無論多隱密也仍是會被發現。山中有了玉石，草木都顯得潤澤；溪谷中蘊含了珍珠，連崖岸的花草都增色不乾枯。修身治學只怕不能持久，如果能持久，怎麼可能不會被人知道呢？

做學問要從什麼地方開始？又要到什麼程度結束？我認爲：做學問應從讀經書開始，讀到禮書結束；學習的意義與目的則是從做士人開始，直到成爲聖人爲止。眞誠堅持地學習，久了就能深入有得，這樣的學習態度要堅持到死亡才能停止。所以求學的方法有結束的時候，求學的目標卻是片刻也不能放棄鬆懈。能如此學習的，就是人；而貪懶、放棄求學的，則和禽獸沒什麼兩樣。《書經》是記載古代政治的典籍；《詩經》是維繫中正和平的篇章；《禮經》是法度的根本，也是各種條例的準則。所以做學問一定要研習過了禮書典制才算完備。這樣才算是具備最高的道德。《禮經》教人交際揖讓的禮節和車服等級的文采，《樂經》教人中正和平，《詩經》、《書經》使人增廣智識，《春秋》則以微言大義教導人，天地間的學問事理，都包含在這些典籍之中了。

君子爲學的歷程，是先聆聽師長的教誨，再把道理熟記於心，並藉由言行舉止，將道理表現在日常生活之中；任何細微的一言一動，都足以成爲他人的楷模。而小人學習往往是從耳朵進去，立即從嘴巴說出來；口耳之間只有四寸的距離，哪能夠陶冶七尺的昂然身軀呢！古代的學者是爲了充實自己的品格才學習，而現在的學者卻常常是爲了向人炫耀。古人學習是爲了修身養性，現代的士人卻常把學習當作博取功名利祿的工具。因此，爲人師長，不等學生發問就把答案告知，就叫做急躁；別人只問一件事卻回答兩件事，這叫做多嘴。急躁和多嘴都是不對的，君子在與人問答應對上，要像鐘響的應聲，彼此恰如其分。

意旨精鑰

本文透過各種譬喻闡明「學習」的重要，對於爲學的目的、方法、態度等，皆一一論敘，並緊扣「勸學」一題的主旨。

寫作密技

一、**譬喻：**描寫事物或說明道理時，將一件事物或道理指成另一件事物或道理，該兩件事物或道理中具有一些共同點。

明喻 以喻體、喻詞、喻依三者組成的譬喻。

隱喻 凡具備本體、喻體，而喻詞由「是」、「為」、「成」等代替。

略喻 省略喻詞，只有喻體和喻依。

借喻 省略喻體和喻詞，只剩下喻依。

例1：肉腐出蟲，魚枯生蠹。怠慢忘身，禍災乃作。

Tips. 略喻。

例2：那明湖業已澄淨得同鏡子一般。（清代劉鶚〈大明湖〉）

Tips. 明喻。

例3：那河畔的金柳，是夕陽中的新娘。（徐志摩〈再別康橋〉）

Tips. 隱喻。

成語錦囊

一、青出於藍：指青色是從蓼藍裡提煉出來的，但是顏色比蓼藍還深。比喻求學能使人進步。後用以比喻弟子勝過老師，或後輩優於前輩。

原典 青，取之於藍，而青於藍；冰，水為之，而寒於水。

書證 1：余經取其善草、嘉禾、靈禽、瑞獸、樓臺、器服可為玩對者，盈縮其形狀，參詳其動植，制一部焉。此乃青出于藍，而實世中未有。（南朝庾元威〈論書〉）

書證 2：冰生乎水，初變本於典墳；青出於藍，復增華於風雅。（唐代白居易〈賦賦〉）

書證 3：書巢受業于嘉禾布衣張庚，而詩之超拔，青出于藍。（清代袁枚《隨園詩話》）

書證 4：姐姐主見之老、才情之高，妹子雖不能及，但果蒙不棄，收錄門牆之下，不消耳提面命，不過略為跟著歷練歷練，只怕還要青出於藍哩！（清代李汝珍《鏡花緣》）

二、物腐蟲生：物品必先腐爛後才會長蛆。比喻事出有因，必先有弱點而後才使他人有機可乘。

原典 肉腐出蟲，魚枯生蠹。怠慢忘身，禍災乃作。

書證 1：本縣若執物腐蟲生之理究治起來，不說你這嫩皮肉受不得這桁楊摧殘，追比賭贓不怕你少了分文。（清代李綠園《歧路燈》）

三、鍥而不舍：指不斷刻下去而不停止。比喻努力不懈，堅持到底。

原典 鍥而舍之，朽木不折；鍥而不舍，金石可鏤。

書證 1：鍥而不舍，金石可虧。（《晉書．虞溥傳》）

四、六馬仰秣：形容樂聲優美動聽，連馬都輟食仰首傾聽。

原典 昔者瓠巴鼓瑟，而沉魚出聽；伯牙鼓琴，而六馬仰秣。故聲無小而不聞，行無隱而不形。

書證 1：推此以論，百獸率舞，潭魚出聽，六馬仰秣，不復疑矣。（漢代王充《論衡．率性》）

小試身手

1.（　）文章中常會以一、二關鍵字，做為凸顯該段或該篇文章主旨的樞紐。閱讀下文，選出關鍵字：積土成山，風雨興焉；積水成淵，蛟龍生焉；積善成德，而神明自得，聖心備焉。故不積蹞步，無以致千里；不積小流，無以成江海。（《荀子．勸學》）

A. 山、海。

B. 神、聖。

C. 積、成。

D. 不、無。

2.（　）下列對《荀子．勸學》的解讀，正確的選項是：

A. 質「的」張而弓矢至焉——「的」是「之」的意思。

B. 君子生非異也，善「假」於物也——「假」是偽裝、模仿的意思。

C. 淑人君子，其儀一兮。其儀一兮，心如「結」兮——「結」用以形容心志之堅定。

D.「青」，取之於「藍」，而「青」於「藍」——兩個「青」字和兩個「藍」字都是名詞。

3.（　）閱讀下文，並推論何者是它「隱含的要旨」？「西方有木焉，名曰『射干』，莖長四寸，生於高山之上，而臨百仞之淵。木莖非能長也，所立者然也」。

A. 真知灼見，才能引領風騷。

B. 虛懷若谷，才可日進有功。
C. 立身高潔，方能洞悉真相。
D. 從師問學，方可提升視野。

4.（　）**下列各選項的句意，詮釋最適切的是：**
A.「蓬生麻中，不扶而直；白沙在涅，與之俱黑」，意近「桃李不言，下自成蹊」。
B.「魚游於沸鼎之中，燕巢於飛幕之上」，意近「虎嘯風生，龍吟雲萃」。
C.「大行不顧細謹，大禮不辭小讓」，意近「泰山不讓土壤，故能成其大」。
D.「玉在山而草木潤，淵生珠而崖不枯」，意近「誠於中，形於外」。

5.（　）**下列文句，與《論語．學而》中的「人不知而不慍，不亦君子乎」涵義最為接近的是：**
A. 君子不可小知，而可大受也。
B. 古之學者為己，今之學者為人。
C. 學而不思則罔，思而不學則殆。
D. 君子和而不同，小人同而不和。

6.（　）**下列文句，屬於說明「學習貴有恆心」的是：**
A. 觀於海者，難為水；游於聖人之門者，難為言。（《孟子．盡心上》）
B. 勿謂今日不學而有來日，勿謂今年不學而有來年。（朱熹〈勸學文〉）
C. 有田不耕倉廩虛，有書不教子孫愚。（白居易〈勸學文〉）
D. 騏驥一躍，不能十步；駑馬十駕，功在不舍。（《荀子．勸學》）

7.（　）**「螣蛇無足而飛，梧鼠五技而窮。」二句意謂？**
A. 為學首重貪多務得。
B. 學貴專精，浮泛無功。

C. 各具性分，各有所長。
D. 研習技藝，終有極限。

8.（　）《荀子．勸學》：「木直中繩，輮以為輪，其曲中規，雖有槁暴，不復挺者，輮使之然也。」意思是說？
A. 工人製輪，須講巧思。
B. 曲木為輪，必待槁曝。
C. 輮木為輪，必可中軌。
D. 人之才質，非由天定，端賴後起之功。

9.（　）《荀子．勸學》：「蓬生麻中，不扶而直；白沙在涅，與之俱黑。」是說？
A. 科學實驗的結論。
B. 物理上的自然現象。
C. 環境對學習的影響。
D. 生產技術的改良方法。

10.（　）「假與馬者，非利足也，而致千里；假舟者，非能水也，而絕江河。君子生非異也，善假於物也。」意謂？
A. 假物以學，方能有成。
B. 北馬南船，各爭其長。
C. 乘騏驥可致千里，行事結善緣。
D. 南轅北轍，君子不為也。

解答：1. C　2. C　3. D　4. D　5. B　6. D　7. B　8. D　9. C　10. A

大同與小康

古文鑑賞

昔者，仲尼與於蜡賓❶，事畢，出游於觀之上❷，喟然而嘆。仲尼之嘆，蓋嘆魯也。言偃在側，曰：「君子何嘆？」

孔子曰：「大道之行也❸，與三代之英❹，丘未之逮也❺，而有志焉❻。大道之行也，天下為公❼；選賢與能❽，講信修睦。故人不獨親其親，不獨子其子❾；使老有所終，壯有所用，幼有所長，矜、寡❿、孤、獨⓫、廢、疾⓬者皆有所養。男有分⓭，女有歸⓮。貨惡其棄於地也，不必藏於己；力惡其不出於身也，不必為己。是故謀閉而不興⓯，盜竊亂賊而不作，故外戶而不閉。是謂『大同』。

今大道既隱，天下為家⓰，各親其親，各子其子；貨力為己；大人世及以為禮⓱；城郭溝池以為固；禮儀以為紀——以正君臣，以篤父子，以睦兄弟，以和夫婦；以設制度，以立田里；以賢勇知，以功為己。故謀用是作，而兵由此起⓲。禹、湯、文、武、成王、周公，由此其選也。此六君子者，未有不謹於禮者也。以著其義⓳，以考其信，著有過，刑仁講讓⓴，示民有常㉑。如有不由此者，在勢者去㉒，眾以為殃。是謂『小康』。」

出處：禮記．禮運
難易度☺☺☺☺☺

【說文解字】

❶與：參加。蜡：歲末大祭。賓：協助祭祀之人。❷游：通「遊」，閒遊，散步。觀：宮門雙闕，張告法令之處。❸大道：至公至正之道，儒家理想的治國之道。❹三代之英：指夏、商、周英明君主，禹、湯、文、武等。❺逮：及，趕上。❻志：通「誌」，記。❼天下爲公：天子之位爲人人所共有。❽與：通「舉」，選舉。❾不獨親其親，不獨子其子：第一個「親」爲動詞，親愛。第一個「子」作動詞，慈愛。❿矜：通「鰥」，老而無妻。寡：老而無夫。⓫孤：幼而無父。獨：老而無子。⓬廢：殘廢。疾：久治不癒的疾病。⓭分：職業。⓮歸：歸屬，女子出嫁爲歸。⓯謀：損人利己的奸謀。⓰天下爲家：天子把天下當作一家的私產。⓱大人：在位者。世：父子相傳。及：兄終弟及。⓲兵：戰爭。⓳著：闡明。⓴刑：通「型」，典型。㉑示：昭示。㉒在勢：在位。

白話解讀

從前，孔子參與魯國歲末祭祀大典，並擔任助祭的賓客，典禮結束後，他走到宮闕上遊覽，忍不住長長嘆了一口氣。孔子這聲嘆息，大概是在嘆息魯國祭典不夠周全吧！弟子言偃跟在他身邊，於是問道：「先生爲什麼嘆息？」

孔子說：「五帝實行大道之治，和三代賢君當政時，我雖然來不及看見感受，但是古籍上都有記載。大道推行的時候，統治者把天下視爲大家共有的天下：選舉有道德、有能力的人出來做事，講求信用，敦修和睦。所以每個人不只親愛他們的父母，不只疼惜他們的子女，並使所有老年人都能得到妥善的照顧，壯年人都有工作得以回饋社會，年幼的孩童都能健康成長、獲得良好的教育，鰥夫、寡婦、孤兒、無子無女的老年人、殘廢久病的人們都能獲得良好的安頓與照顧。男人都有工作，女人都有歸宿。不浪費一切資源，好好發展後並能與人共享；個人的力量全部貢獻，而不僅僅是爲了自己而付出。如此，就不會出現陰謀暗算的行爲，盜匪惡徒也不再有機會爲非作歹，晚上睡覺時，庭外的大門都不用關閉上鎖，這就叫做『大同』。

如今大同之治已不實行，天下爲一家一姓所獨佔，每個人都只親愛自己的父母，只疼惜自己的子女，財寶、資源都只供自己享用，也只肯爲了自己努力；統治者以「父死子繼、兄終弟及」爲制度，修建內外城及護城河以抵禦外敵、鞏固政權，將禮儀當作綱紀—用來匡正君臣分際、敦厚父子情誼、和睦兄弟關係、調和夫婦關係；又擬定了各種制度，開墾田地、建造房屋，推崇有智謀、有勇力的人，讓他們爲自己建功立業。因此，陰謀詭計開始出現，戰爭禍亂也由此發生。夏禹、商湯、周文王、周武王、周成王、周公用禮義治理天下，選拔人才。這六位有才德的君子，沒有一位不遵守禮制、注重規範。他們以禮明白規範應該做的事，以禮考驗臣民的誠信，以禮清楚昭示臣民的罪過，以仁德爲典型並講究禮讓，而且頒布人民必須遵守的常規。如果不能遵守禮法行事，即使是在位者也會被罷黜，因爲人民都把他當成罪魁禍害。這就是『小康』。」

意旨精鑰

本文透過孔子與弟子的問答，論析了「大同」與「小康」政治型態的差異，並帶出孔子意欲實現「天下爲公」的大同之治理想。

寫作密技

一、**對偶**：上下文句的字數相同，句法、詞性相稱，亦稱爲「對仗」。

句中對 同一句中，上下兩語自為對偶，亦稱為「當句對」。

單句對 上下兩句，字數相等、詞性相同、語法相似、平仄相對。

隔句對 第一句與第三句對，第二句與第四句對。

長句對 奇句對奇句，偶句對偶句，至少三組，多則數十組的對偶，亦稱為「長偶對」。

例1：選賢與能，講信修睦。

Tips. 單句對。

例2：風聲、雨聲、讀書聲，聲聲入耳；家事、國事、天下事，事事關心。（明代顧憲成〈無錫東林書院楹聯〉）

Tips. 長句對。

例3：泉水激石，泠泠作響；好鳥相鳴，嚶嚶成韻。（南朝吳均〈與宋元思書〉）

Tips. 隔句對。

成語錦囊

一、**講信修睦**：講求誠信，相處親善和睦。

原典 大道之行也，天下為公；選賢與能，講信修睦。

書證 1：朕惟自古小國之君，境土相接，尚務講信修睦。（《元史．日本傳》）

二、**夜不閉戶**：夜間不須關門防竊賊。後用以比喻社會安寧，盜賊絕跡。亦作「門不夜關」、「門不夜扃」。

原典 是故謀閉而不興，盜竊亂賊而不作，故外戶而不閉。是謂「大同」。

書證1：兩川之民，忻樂太平，夜不閉戶，路不拾遺。（明代羅貫中《三國演義》）

書證2：君臣一心，不肆干戈，不行殺伐，行人讓路，夜不閉戶，路不拾遺，四方瞻仰，稱為西方聖人。（明代陸西星《封神演義》）

小試身手（*為多選題）

*1.（　）**民生富裕一向被視為立國的基礎。下列文句，蘊含此一「藏富於民」思想的選項是：**

A. 貨惡其棄於地也，不必藏於己。

B. 百姓足，君孰與不足？百姓不足，君孰與足？

C. 老者衣帛食肉，黎民不飢不寒，然而不王者，未之有也。

D. 河海不擇細流，故能就其深；王者不卻眾庶，故能明其德。

E. 穀與魚鱉不可勝食，材木不可勝用，是使民養生喪死無憾也，王道之始也。

2.（　）**古文常有同為一字而詞性不同的現象，其中又以先動詞而後名詞的用法較常見。選出下列文句中不屬於此種用法的選項：**

A. 子夏曰：「賢」「賢」易色，事父母能竭其力。

B. 楚威王聞莊周賢，「使」「使」厚幣迎之。

C. 不獨「親」其「親」，不獨「子」其「子」。

D. 於是齊侯以晏子之「觴」而「觴」桓子。

3.（　）**下列各句「　」之詞性，何者屬於先名詞後動詞之語法？**

A. 於是齊侯以晏子之「觴」而「觴」桓子。
B. 楚威王聞莊周賢，「使」「使」厚幣迎之。
C. 不獨「親」其「親」，不獨「子」其「子」。
D. 「賢」「賢」易色，事父母能竭其力。

4.（　）下列選項，何者沒有運用對偶的修辭法？
A. 群賢畢至，少長咸集。
B. 芳草鮮美，落英繽紛。
C. 聯話舊，賓至如歸。
D. 選賢與能，講信修睦。

5.（　）下列各組「　」內的字，意義前後相同的是：
A. 縱一葦之所「如」，凌萬頃之茫然／聲聲宛轉，「如」新鶯出谷
B. 會「數」而禮勤，物薄而情厚／勝負之「數」，存亡之理
C. 寄身於翰墨，「見」意於篇籍／時窮節乃「見」，一一垂丹青
D. 如得其情，則哀「矜」而勿喜／「矜」寡孤獨廢疾者，皆有所養

6.（　）文中對於「大同」與「小康」的闡述，何者有誤？
A. 大同強調以「天下為公」，小康則強調以「天下為家」。
B. 在經濟方面，大同強調「貨力為己」，小康則強調「貨力不必為己」。
C. 在政治方面，大同強調「選賢與能」，小康強調「大人世及以為禮」。
D. 在社會方面，大同強調「人不獨親其親」，小康強調「各親其親」。

7.（　）「人不獨親其親，不獨子其子」，意謂？
A. 人不只是親近與自己關係親密的人，不只是照顧自己的子女。

B. 人不只是尊敬自己的父母，不是只當自己的孩子才是小孩。
C. 人不只是親切對待與自己關係親密的人，不只是照顧自己的孩子。
D. 人不只是尊敬、愛護自己的父母，不只是照顧、關愛自己的子女。

8.（　）下列「」中的解釋，何者正確？
A. 男有分，女有「歸」：女子出嫁。
B. 丘未之「逮」也：捕抓。
C. 老有所終，幼有所「長」：擅長。
D. 以「篤」父子：忠厚。

解答：1. BCE　2. D　3. A　4. C　5. C　6. B　7. D　8. A

馮諼客孟嘗君

古文鑑賞

出處：戰國策．齊策
難易度☺☺☺☺☺

齊人有馮諼者，貧乏不能自存，使人屬孟嘗君❶，願寄食門下❷。孟嘗君曰：「客何好❸？」曰：「客無好也。」曰：「客何能？」曰：「客無能也。」孟嘗君笑而受之，曰：「諾。」左右以君賤之也，食以草具❹。居有頃❺，倚柱彈其劍，歌曰：「長鋏歸來乎❻！食無魚！」左右以告。孟嘗君曰：「食之比門下之客❼。」居有頃，復彈其鋏，歌曰：「長鋏歸來乎！出無車！」左右皆笑之，以告。孟嘗君曰：「為之駕，比門下之車客。」於是乘其車，揭其劍過其友❽，曰：「孟嘗君客我！」後有頃，復彈其劍鋏，歌曰：「長鋏歸來乎！無以為家❾！」左右皆惡之，以為貪而不知足。孟嘗君問：「馮公有親乎？」對曰：「有老母。」孟嘗君使人給其食用❿，無使乏，於是馮諼不復歌。

後孟嘗君出記問門下諸客⓫：「誰習計會⓬，能為文收責於薛者乎⓭？」馮諼署曰⓮：「能。」孟嘗君怪之，曰：「此誰也？」左右曰：「乃歌夫『長鋏歸來』者也。」孟嘗君笑曰：「客果有能也！吾負之⓯，未嘗見也。」請而見之，謝曰⓰：「文倦於事⓱，憒於憂⓲，而性懧愚⓳，沉於國家之事，開罪於先生⓴。先生不羞㉑，乃有意欲為收責於薛乎？」馮諼曰：「願之。」於是約車治裝㉒，載券契而行㉓。辭曰：「責畢收，以何市而反㉔？」孟嘗君曰：「視吾家所寡有者。」驅而之薛，使吏召諸民當償者，悉來合券㉕。券遍合，起矯命㉖，以責賜諸民，因燒其券，民稱萬歲。

長驅到齊，晨而求見。孟嘗君怪其疾也，衣冠而見之㉗，曰：「責畢收乎？來何疾也？」曰：「收畢矣。」「以何市而反？」馮諼曰：「君云『視吾家所寡有者』，臣竊計㉘，君宮中積珍寶，狗馬實外廄㉙，美人充下陳㉚，君家所寡有者，以義耳。竊以為君市義。」孟嘗君曰：「市義奈何？」曰：「今君有區區之薛，不拊愛子其民㉛，因而賈利之㉜。臣竊矯君命，以責賜諸民，因燒其券，民稱萬歲，乃臣所以為君市義也。」孟嘗君不說，曰：「諾，先生休矣㉝。」

後期年㉞，齊王謂孟嘗君曰：「寡人不敢以先王之臣為臣！」孟嘗君就國於薛㉟。未至百里，民扶老攜幼，迎君道中。孟嘗君顧謂馮諼：「先生所為文市義者，乃今日見之！」

馮諼說：「狡兔有三窟㊱，僅能免其死耳！今君有一窟，未得高枕而臥也㊲，請為君復鑿二窟。」孟嘗君予車五十乘，金五百斤，西游於梁。謂梁王曰：「齊放其大臣孟嘗君於諸侯，先迎之者，富而兵彊。」於是梁王虛上位㊳，以故相為上將軍㊴，遣使者，黃金千斤，車百乘，往聘孟嘗君。馮諼先驅，誡孟嘗君曰：「千金，重幣也㊵，百乘，顯使也。齊其聞之矣！」梁使三反，孟嘗君固辭不往也㊶。

齊王聞之，君臣恐懼。遣太傅齎黃金千斤㊷，文車二駟㊸，服劍一㊹，封書謝孟嘗君曰：「寡人不祥㊺，被於宗廟之祟㊻，沉於諂諛之臣，開罪於君。寡人不足為也㊼，願君顧先王之宗廟㊽，姑反國統萬人乎㊾！」馮諼誡孟嘗君曰：「願請先王之祭器，立宗廟於薛。」廟成，還報孟嘗君曰：「三窟已就，君姑高枕為樂矣。」

孟嘗君為相數十年，無纖介之禍者㊿，馮諼之計也。

【說文解字】

❶屬：通「囑」，囑託，介紹。❷寄食：依靠別人吃飯。❸好：喜好。❹食：給……吃。草具：本指裝盛粗劣飲食的食具，此處代指粗糙的食物。❺有頃：不久，一會兒。❻長鋏：此處代指長劍。鋏：劍把。❼比：比照。❽揭：高舉。過：拜訪，探望。❾家：養家。❿給：供應。⓫記：通告。⓬習計會：熟悉管理計算財物出納的事。習，熟悉，通曉。⓭責：通「債」。⓮署：簽名。⓯負：虧待。⓰謝：賠罪。⓱事：政事。⓲憒：困擾。⓳懧愚：懦弱愚昧。懧，通「懦」。⓴開罪：得罪，冒犯。㉑不羞：不引以爲恥，不見怪。㉒約車治裝：準備車馬，整理行囊。約，管束，此處引申爲「準備」。治，整理。㉓券契：指債券，關於債務的契約。㉔市：買。㉕合：比對。㉖矯命：假託孟嘗君的命令。矯，假託。㉗衣冠：穿好衣服，戴好帽子。「衣」、「冠」此處皆作動詞使用。㉘竊：私下。謙詞，謙指自己見解的不確定。㉙實：充滿。㉚下陳：古代統治階級堂下陳放禮品，站列婢妾的地方。㉛拊愛子其民：愛民如子。拊愛，愛護。拊，通「撫」。子，動詞，照顧，把……當成自己的孩子愛護。㉜賈利：用商人的手段牟利，指向老百姓放債榨取利息。㉝休：歇息。㉞期年：一週年。㉟就國：回到自己的封地。㊱狡兔有三窟：狡猾的兔子有三處藏身的洞穴。比喻有多處藏身的地方，或多種避禍的準備。㊲高枕而臥：墊高枕頭安心睡覺。比喻太平無事，無所顧慮。㊳虛上位：空出高官職位。虛，空出。上位，高位，高官。㊴故：原來的。㊵重幣：貴重的禮物。㊶固辭：堅決推辭。㊷齎：帶著。㊸駟：四匹馬拉的車，此處作量詞使用。㊹服劍：齊王佩帶的劍。㊺不祥：不善。㊻被：蒙受，遭遇。祟：災禍。㊼爲：幫助，輔佐。㊽顧：關注，掛念。㊾姑：暫且。㊿纖介：細小。介：通「芥」，小草。

白話解讀

齊國有個叫馮諼的人，家境貧困到無法養活自己，於是託人介紹給孟嘗君，希望能歸在孟嘗君門下當食客。孟嘗君問：「客人有什麼愛好？」對方答：「客人沒什麼愛好。」孟嘗君又問：「客人有什麼才能？」對方答：「沒有什麼才能。」孟嘗君笑著答應道：「好吧！」

左右侍從認爲孟嘗君輕視他，就給他吃粗劣的飯食。過了不久，馮諼靠在柱子上彈著長劍唱道：「長劍啊，咱們回去吧！這裡吃飯沒有魚！」左右侍從便把這件事告訴孟嘗君。孟嘗君說：「依照門下有魚吃的客人的待遇爲他準備。」過沒多久，馮諼又彈著他的劍，唱道：「長劍啊，咱們回去吧！在這兒出門沒有車。」左右侍從都譏笑他，並把這件事向孟嘗君報告。孟嘗君說：「比照門下有配車的客人的待遇，幫他備車吧！」於是馮諼乘著他的車，舉著劍去拜訪朋友，說：「孟嘗君把我當成上等的客人對待。」又過了一段時間，馮諼再度彈起他的劍，唱道：「長劍啊，咱們回去吧！待在這兒我沒有辦法養家。」左右侍從非常厭惡他，認爲他得寸進尺，太貪心了。孟嘗君問：「馮先生有親人嗎？」他回答：「有位老母親。」孟嘗君派人供給她衣食費用，讓她生活無虞。從此，馮諼不再彈劍唱歌了。

後來，孟嘗君貼出告示，問門下的客人：「有誰熟悉算帳理財的事務，能夠替我到薛地去收債？」馮諼在告示上簽名道：「我能。」孟嘗君看了感到奇怪，就問：「這是誰呀？」左右侍從答：「他就是那個唱『長劍啊，咱們回去吧』的人。」孟嘗君笑著說：「這位客人果然有才能，我虧待了他，至今還沒有接見過他呢！」就派人請他來相見。孟嘗君賠罪道：「我平日操煩政事而感到很疲倦，因憂慮而心煩意亂，個性又懦弱愚笨，忙於國家的事務，得罪了先生。先生不爲此覺得受到羞辱，還願意替我到薛地去收債嗎？」馮諼說：「我願意。」於是孟嘗君派人爲他準備車馬、整理行裝，帶著收債契約就要出發。臨行前，馮諼問：「收完了債，要爲您買些什麼東西回來呢？」孟嘗君說：「你看我家裡缺少什麼就買什麼。」

馮諼駕著車趕到了薛地，派遣官吏召集欠債的百姓前來核對債契。債契核對完後，馮諼便假傳孟嘗君的命令，將這次收得的債務賞賜給百姓，並燒掉了他們的債約，百姓高興地大呼萬歲。

馮諼接著馬不停蹄地趕回齊國都城，一大清早地求見孟嘗君。孟嘗君對他這麼快回來感到很奇怪，穿戴好衣帽去接見他，問道：「債收完了嗎？怎麼回來得這麼快？」馮諼說：「收完了。」孟嘗君又問：「用債款買了什麼回來？」馮諼說：「您說『看我家裡缺少什麼』，我私下考慮，您家裡堆滿了珍寶，良狗駿馬擠滿了外面的廏棚，美女站滿了堂下。您家缺少的，是『義』。於是我替您買回了『義』。」孟嘗君問：「『義』要怎麼買？」馮諼說：「現在您只有一塊小小的薛地，卻不把那裡的百姓當作自己的子女一樣愛護，反而用商人的手段向他們榨取利息。我假託您的命令，把債款賜給了百姓，並燒掉他們的債約，百姓高呼萬歲，這就是我爲您買的『義』。」孟嘗君聽了很不高興，說：「好吧，這件事就這樣算了，你去休息吧！」

過了一年，齊王對孟嘗君說：「我不敢將先王的臣子作爲我的臣子。」孟嘗君只好回到自己的封地薛邑。走到距離薛地還有一百里的地方，百姓扶老攜幼，在大路上迎接孟嘗君。孟嘗君回頭對馮諼說：「先生替我買的『義』，我在今天終於看到了。」

馮諼說：「聰明的兔子有三個洞穴，但也僅能夠免除死亡。如今您只有一個薛地，還不能高枕無憂，請讓我爲您再鑿兩個洞穴。」孟嘗君便給他五十輛車子，五百斤黃金，讓他到西方去游說梁國。馮諼對梁惠王說：「齊王放逐他的大臣孟嘗君到諸侯國，先重用他的諸侯，將能使自己的國家富足、軍力強大。」於是梁惠王空出最高的官位，把原來的相國調任做上將軍，派遣使者帶著黃金千斤、馬車百輛去聘請孟嘗君。馮諼趕回來通知並告誡孟嘗君：「黃金千斤，是相當貴重的聘禮，車子百輛，則顯赫得足以襯托您的身價。齊王應該聽到這件事了。」梁國的使者往返多次，孟嘗君都堅決推辭不去。

齊國聽到這些情況，君臣上下一片恐慌。齊王連忙派太傅送去黃金千斤，二輛華麗的車子，佩劍一把，封好書信向孟嘗君道歉：「一切都是我不好，遭受祖宗降下的災禍，又被諂媚逢迎的奸臣所迷惑，因而得罪了您。這樣的我根本不值得您輔佐，只希望您能顧念先王遺留的基業，暫且回來協助統理國政吧！」馮諼告訴孟嘗君：「您回到齊國的第一件事就是要向齊王請求將齊國的宗廟祭器供奉在薛邑。」宗廟建成後，馮諼回去向孟嘗君報告：「三個藏身避禍的洞穴已經鑿好，您可以高枕無慮，快樂地過日子了。」

孟嘗君做了齊國的宰輔幾十年，沒有發生任何的災禍，這都是由於馮諼的計策啊！

意旨精鑰

本文描述馮諼寄食孟嘗君門下，初時備受輕視，因而三次彈鋏表意；後來爲君市義，進而爲孟嘗君鑿三窟，鞏固了孟嘗君的地位。這些片段展現出馮諼卓越的政治才幹，並反映當時的士對政治佔有舉足輕重的地位與作用。

寫作密技

一、**類疊**：接二連三地反覆使用相同的一個字詞或語句的修辭技巧。可以增加文章的節奏感，凸顯文章的重點，避免單調、枯燥、固定的缺點。

疊字 同一字詞連接的使用，又名「重言」。

疊句 同一語句連續的出現，又名「連接反覆」。

類字 同一字詞隔離的使用。

類句 同一語句隔離的出現，或稱「隔離反覆」。

例1：長鋏歸來乎！食無魚！……長鋏歸來乎！出無車！……長鋏歸來乎！無以為家！

tips. 類句。

例2：少年不識愁滋味，愛上層樓，愛上層樓，為賦新詞強說愁。（宋代辛棄疾〈醜奴兒〉）

Tips. 疊句。

例3：關心石上的苔痕，關心敗草裡的鮮花，關心這水流的緩急，關心水草的滋長。（徐志摩

〈我所知道的康橋〉）

Tips. 類字。

二、譬喻：描寫事物或說明道理時，將一件事物或道理指成另一件事物或道理，該兩件事物或道理中具有一些共同點。

明喻 以喻體、喻詞、喻依三者組成的譬喻。

隱喻 凡具備本體、喻體，而喻詞由「是」、「為」、「成」等代替。

略喻 省略喻詞，只有喻體和喻依。

借喻 省略喻體和喻詞，只剩下喻依。

例1：狡兔有三窟，僅能免其死耳！今有一窟，未得高枕而臥也，請為君復鑿二窟。

Tips. 借喻。

例2：復值接輿醉，狂歌五柳前。（唐代王維〈輞川閒居贈裴秀才迪〉）

Tips. 借喻。

例3：王大將軍於眾坐中曰：「諸周由來未有作三公者。」有人荅曰：「唯周侯邑五馬領頭而不克。」（《世說新語．尤悔》）

Tips. 借喻。

成語錦囊

一、**狡兔三窟**：狡猾的兔子有三處藏身的洞穴。比喻有多處藏身的地方或多種避禍的準備。

原典 狡兔有三窟，僅能免其死耳！今君有一窟，未得高枕而臥也，請為君復鑿二窟。

書證1：見柴曰：「汝狡兔三窟，何歸為？」柴俛不對。女肘之，柴始強顏笑。妻色稍霽。（清代蒲松齡《聊齋志異．邵女》）

書證2：既然帶了進來，有什麼不送去？萬一舍弟日後進京，財政處的差使又脫了空，這時狡兔三窟之計，也是不可少的。（《官場維新記》）

二、**高枕無憂**：墊高枕頭，無憂無慮地睡覺。形容身心安適，無憂無慮。

原典 狡兔有三窟，僅能免其死耳！今君有一窟，未得高枕而臥也，請為君復鑿二窟。

書證1：且遊獵旬日不迴，中外之情，其何以堪，吾高枕無憂矣。（《舊五代史．世襲列傳》）

書證2：卓大喜曰：「吾有奉先，高枕無憂矣！」（明代羅貫中《三國演義》）

書證3：丈夫在家時還好，若是不在時，只宜深閨靜處，便自高枕無憂，若是輕易攬著個事頭，必要纏出些不妙來。（明代凌濛初《初刻拍案驚奇》）

書證4：真是天朝人物，無所不有。將來上京赴試，路上有了此人，可以『高枕無憂』了！（清代李汝珍《鏡花緣》）

小試身手（＊為多選題）

＊1.（　）下列文句「　」內，屬於名詞做動詞用的選項是：
A.位卑則「足」羞，官盛則近諛。
B.獨「樂」樂，與人樂樂，孰樂。
C.孟嘗君怪其疾也，「衣冠」而見之。
D.不衫不履，「裼裘」而來，神氣揚揚，貌與常異。
E.是君臣、父子、兄弟去利懷仁義以相接也，然而不「王」者，未之有也。

2.（　）文學作品中人物說話的「語氣」，可呈現其性格、情緒與心情；語氣可有平淡、誠懇、欣喜、不滿、憤怒、嘲諷、譏刺、詼諧、自負、自嘲……等。下列關於說話者「語氣」的解釋，正確的選項是：
A.〈劉姥姥〉：「劉姥姥便站起身來，高聲說道：『老劉！老劉！食量大如牛，吃個老母豬不抬頭！』」顯示出劉姥姥的自負心態。
B.〈鴻門宴〉：「亞父受玉斗，置之地，拔劍撞而破之，曰：『唉！豎子不足與謀！奪項王天下者，必沛公也，吾屬今為之虜矣！』」顯現范增莽撞而不能顧全大局的個性。
C.〈馮諼客孟嘗君〉：「(齊王)謝孟嘗君曰：『寡人不祥，被於宗廟之祟，沉於諂諛之臣，開罪於君。寡人不足為也，願君顧先王之宗廟，姑反國統萬人乎？』」顯現齊王因不滿孟嘗君門客太多，遂故加嘲諷的心態。
D.〈虬髯客傳〉：「道士對弈，虬髯與靖旁侍焉。俄而文皇來，……道士一見慘然，下棋子曰：『此局全輸矣！於此失卻局哉！救無路矣！復奚言！』罷弈請去。既出，謂虬髯曰：『此世界非公世界，他方可也。勉之，勿以為念！』」顯現道士由失望惆悵，轉而寬慰、勸勉虬髯客重新振作的心情轉折。

3.（　）以下為兩首元曲：甲、楚霸王，漢高皇，龍爭虎鬥幾戰場。爭弱爭強，天喪天亡，成敗豈尋常？一個福相催先到咸陽，一個命將衰自刎烏江。江山空寂寞，宮殿久荒涼。君試詳，都一枕夢黃粱。（馬謙齋〈塞兒令．楚漢遺事〉）乙、登樓北望思王粲，高臥東山憶，閒來長鋏為誰彈？當年射虎，將軍何在？冷淒淒霜凌古岸。（張可久〈賣花聲．客況〉）下列敘述，錯誤的選項是：

A. 甲之「都一枕夢黃粱」，用「南柯一夢」的典故。

B. 乙之「高臥東山」，所憶的對象是謝安。

C. 乙之「閒來長鋏為誰彈」，用「馮諼客孟嘗君」的典故。

D. 乙之「射虎將軍」，指漢代名將李廣。

*4.（　）下引文章中衣冠、之、適、去、徒五個詞和字，各自與下列選項「　」內相同的字詞比較，意義相同的選項是：

昔齊人有欲金者，清旦衣冠而之市，適鬻金者之所，因攫其金而去。吏捕得之，問曰：「人皆在焉，子攫人之金，何？」對曰：「取金之時，不見人，徒見金。」

A. 孟嘗君怪其疾也，「衣冠」而見之。

B. 蚤起，施從良人之所「之」，國中無與立談者。

C. 況乎濯長江之清流，挹西山之白雲，窮耳目之勝以自「適」也哉。

D. 登斯樓也，則有「去」國懷鄉、憂讒畏譏、滿目蕭然、感極而悲者矣。

E. 夫闖賊但為明朝祟耳，未嘗得罪於我國家也，「徒」以薄海同仇，特申大義。

*5.（　）下列有關人物說話技巧的敘述，正確的選項是：

A. 齊湣王對孟嘗君說：「寡人不祥，被於宗廟之祟，沉於諂諛之臣，開罪於君。」是欲以「受到迷惑」的託辭，取得孟嘗君對他罷免其相位的諒解。

B. 紅拂問明虬髯客姓「張」後，隨即說：「妾亦姓張，合是妹。」是欲以「結為兄妹」的方式，抑制虬髯客的愛慕之意，並消除李靖因此所產生的不滿。

C. 燭之武對鄭文公說：「臣之壯也，猶不如人；今老矣，無能為也已。」是以坦承自己「技不如人」的謙遜，避免鄭文公因為過去未曾重用他而感到內疚。

D. 劉姥姥向眾人說：「我雖老了，年輕時也風流，愛個花兒粉兒的，今兒索性做個老風流！」是以「調侃自己」的方式，將鳳姐插了她滿頭花的捉弄轉化成詼諧的笑料。

E. 劉邦請項伯轉告項羽：「吾入關，秋毫不敢有所近，籍吏民，封府庫，而待將軍。所以遣將守關者，備他盜之出入與非常也。」是以「甘為前鋒」的姿態，降低項羽對他的敵意。

6.（　）下列「」內之詞意，何者為「不久」的意思？甲、「未幾」，夫齁聲起，婦拍兒亦漸拍漸止。乙、「一朝」蒙霧露，分作溝中瘠。如此再寒暑，百沴自辟易。丙、居「有頃」，倚柱彈其劍，歌曰：長鋏歸來乎！食無魚！丁、「一旦」山陵崩，長安君何以自託於趙？

A. 甲丙。

B. 甲乙。

C. 丙丁。

D. 乙丁。

*7.（　）下列文句「」中的字詞解釋，何者正確？

A. 使人「屬」孟嘗君，願寄食門下：歸於某方所有或管轄。

B. 食之「比」門下之客：比照。

C. 揭其劍「過」其友：超越。

D. 為文收「責」於薛者：分內的事情。

E. 寡人不祥，「被」於宗廟之祟：遭遇。

8.（　）「寡人不祥，被於宗廟之祟」意謂？

A. 齊王受到祖先陰靈的作祟，是個不吉利的人。

B. 齊王受到宗廟神祇的詛咒，常常發生不好的事情。
C. 齊王自責沒有做好，所以遭到祖先陰靈降下災禍懲罰。
D. 齊王太迷信鬼神，因而受到鬼怪惑亂心神。

9.（　）**馮諼為孟嘗君營造三窟，使其地位鞏固。下列何者不是馮諼為其所建的三窟？**
A. 虛上位，以故相為上將軍。
B. 焚券市義於薛。
C. 遊說梁惠王延聘孟嘗君。
D. 立宗廟於薛。

10.（　）**下列成語何者使用不當？**
A. 李君看不慣公司主管、同仁逢迎拍馬、推責諉過的作風，毅然決然「彈鋏賦歸」，另謀發展。
B. 法網恢恢，儘管歹徒「狡兔三窟」，仍是躲不過警察的追緝，束手就擒。
C. 知名百貨公司年終大出清的消息一傳出，民眾「扶老攜幼」，擠得賣場水洩不通。
D. 小戴不小心弄丟了車費，「無以為家」而著急得在路旁哭了起來。

解答： 1.BCDE　2.D　3.A　4.ABDE　5.ABDE　6.A　7.BE　8.C　9.A　10.D

旁徵博引

孟嘗君

孟嘗君，名田文，戰國四公子之一，齊國宗室大臣。其父靖郭君田嬰死後，孟嘗君田文繼位薛公於薛城，故亦稱薛文，號「孟嘗君」。以廣招賓客，食客三千聞名。

其父靖郭君田嬰是齊威王的兒子、齊宣王的異母弟弟，曾於齊威王時擔任要職，於齊宣王時擔任宰相，封於薛，人稱薛公，權傾一時。

田嬰有子四十餘人。一小妾生田文，出生之日是五月初五，根據齊國的風俗，這日出生的小孩若長高至門戶，會剋死父母，所以其父田嬰便下令拋棄他。但田文的母親不忍心，於是暗中養他成人，還安排他認父。田文認父時說：「人生受命於天乎？將受命於戶邪？若必由門戶控制，只要加高門戶即可。」

有一次，田文趁機問父親靖郭君：「玄孫之孫為何？」靖郭君答不出來。田文就說，家中富貴非凡，對齊國卻無甚建樹，如今門下更是不見一位賢者，而靖郭君卻只一心累積財富，把金銀財寶留給連稱謂都不知的子孫，根本莫名其妙。田文的進言頗有道理，之後，靖郭君便開始器重他，讓他主持家政，接待賓客。而後，賓客歸之如雲，田文名聞於諸侯，諸侯使者都請靖郭君立田文為薛太子。靖郭君死後，田文便繼嗣薛公之爵。

諫逐客書

出處：史記・李斯列傳
難易度☺☺☺☺☺

作者簡介

李斯（西元前一三三年—西元前二〇八年），楚國上蔡人，為秦朝著名政治家、文學家和書法家。李斯和韓非拜師荀子學習帝王之術，後協助秦王政統一天下，推行郡縣制，主張「書同文，車同軌」，以小篆為標準書體，並且統一了全國貨幣制；始皇三十四年，並建議銷毀民間所藏詩、書等百家之學，又坑殺儒生，史稱「焚書坑儒」。司馬遷著《史記》，將李斯和趙高並寫為〈李斯列傳〉。

古文鑑賞

秦宗室大臣皆言秦王曰❶：「諸侯人來事秦者，大抵為其主遊間於秦耳❷，請一切逐客❸。」李斯議亦在逐中。斯乃上書曰：

「臣聞吏議逐客，竊以為過矣❹。

昔穆公求士，西取由余於戎❺，東得百里奚於宛，迎蹇叔於宋❻，來丕豹❼、公孫支於晉。此五子者，不產於秦，而穆公用之，并國二十，遂霸西戎。孝公用商鞅之法，移風易俗❽，民以殷盛❾，國以富彊，百姓樂用❿，諸侯親服⓫，獲楚、魏之師⓬，舉⓭地千里，至今治彊。惠王用張儀之計，拔三川之地⓮，西并巴、蜀，北收上郡，南取漢中。包九夷，制鄢、郢，東據成皋之險，割膏腴之壤，遂散六國之從⓯，使之西面事秦，功施到今⓰。昭王得范雎，廢穰侯，逐華陽，彊公室⓱，杜私門⓲，蠶食諸侯⓳，使秦成帝業。此四君者，皆以客之功。由此觀之，客何負於秦哉？向使四君卻客而不內⓴，疏士而不用，是使國無富利之實，而秦無彊大之名也。

今陛下致昆山之玉，有隋和之寶㉑，垂明月之珠，服太阿之劍，乘纖離之馬㉒，建翠鳳之旗㉓，樹靈鼉之鼓㉔。此數寶者，秦不生一焉，而陛下說之，何也？必秦國之所生然後可，則是夜光之璧，不飾朝廷；犀象之器，不為玩好；鄭衛之女㉕，不充後宮；而駿馬駃騠㉖，不實外廄；江南金錫不為用，西蜀丹青不為采。所以飾後宮，充下陳㉗，娛心意，說耳目者，必出於秦然後可，則是宛珠之簪，傅璣之珥㉘，阿縞之衣㉙，錦繡之飾，不進於前㉚；而隨俗雅化，佳冶窈窕㉛，趙女不立於側也。夫擊甕叩缶，彈箏搏髀㉜，而歌呼嗚嗚快耳者，真秦之聲也；鄭、衛、桑間，韶、虞、武象者㉝，異國之樂也。今棄擊甕叩缶而就鄭、衛，退彈箏而取韶、虞，若是者何也？快意當前，適觀而已矣㉞。今取人則不然，不問可否，不論曲直，非秦者去，為客者逐。然則是所重者在乎色、樂、珠、玉，而所輕者在乎人民也。此非所以跨海內㉟，制諸侯之術也。」

臣聞地廣者粟多，國大者人眾，兵彊者士勇。是以泰山不讓土壤㊱，故能成其大；河海不擇細流㊲，故能就其深；王者不卻眾庶，故能明其德。是以地無四方，民無異國，四時充美，鬼神降福，此五帝三王之所以無敵也㊳。今乃棄黔首以資敵國㊴，卻賓客以業諸侯㊵，使天下之士退而不敢西向，裹足不入秦，此所謂藉寇兵而齎盜糧者也㊶。

夫物不產於秦，可寶者多；士不產於秦，而願忠者眾。今逐客以資敵國，損民以益讎，內自虛而外樹怨於諸侯㊷，求國無危，不可得也。」

秦王乃除逐客之令，復李斯官。

【說文解字】

❶宗室：與國君同一祖宗的貴族。❷間：離間。❸逐客：指當時在秦國做官任事的外籍人。❹竊：私下。謙詞，用來謙指自己見解的不確定。❺由余：晉國人，先在西戎任職，後來秦穆公設法使他投奔秦國。❻蹇叔：百里奚的朋友，住在宋國，經百里奚推薦入秦，封爲上大夫。❼來：通「徠」，招攬，網羅。❽移風易俗：轉移風氣，改良習俗。❾以：因此。殷盛：繁盛，充足。❿樂用：樂於被使用，即肯爲國出力。⓫親服：親近順從。⓬獲楚魏之師：楚宣王三十年，秦封衛鞅於商，南侵楚。秦孝公二十二年，商鞅擊敗魏軍，俘魏公子卬，得魏河西之地。⓭舉：攻取，佔領。⓮拔：攻取。⓯六國之從：指韓、魏、趙、齊、燕、楚聯合抗秦的合縱政策。從，通「縱」。⓰施：延續。⓱強：加強。⓲杜：限制。⓳蠶食：比喻漸進式侵佔他國的土地。⓴向使：假使。卻：拒絕。內：通「納」。㉑隋和之寶：指隋侯之珠與和氏之璧，都是古代最著名的珍寶。㉒纖離：駿馬名。㉓翠鳳之旗：用翠取的羽毛作裝飾的旗幟。㉔靈鼉：一種類似鱷魚的爬行動物，其皮可以製鼓，鼓聲洪亮。㉕鄭衛之女：當時人們認爲鄭、衛之地多美女。㉖駃騠：良馬名。㉗下陳：臺階下面姬妾歌舞的地方。㉘傅：通「附」，附著。璣：不圓的珠。珥：耳環。㉙縞：白色的絹。㉚進：呈獻，奉上。㉛佳冶：美好艷麗。㉜髀：大腿。㉝韶虞：相傳爲舜時的樂曲。武象：周樂。㉞適：僅，只。㉟跨：凌駕，比喻統一。㊱讓：捨棄，拒絕。㊲擇：排除。㊳五帝：指黃帝、顓頊、帝嚳、唐堯、虞舜。三王：指夏禹、商湯、周文王。㊴黔首：秦稱百姓爲黔首。黔：黑色。㊵業：此處作動詞使用，促成其事的意思。㊶藉：借。齎：贈送，給予。㊷外樹怨於諸侯：把客卿趕回各國，這些人會怨恨秦國，極力輔佐其他諸侯攻秦。等於秦王在外頭樹立了眾多仇敵。

白話解讀

秦國宗族大臣們皆上奏秦王：「各諸侯國派來侍奉秦國的人，大多是在替他們君主進行遊說、離間，請將這些人驅逐出境。」李斯也是在商議中要被驅逐的一名。李斯便上書給秦王：

「聽說官吏們建議趕走客卿，我私下認爲這樣做是錯誤的。

從前，穆公訪求賢士，從西邊戎族選拔了由余，從東邊的楚國宛縣得到了百里奚，從宋國迎來了蹇叔，從晉國延攬了鄒豹和公孫支。這五個人，都不是土生土長的秦國人，可是穆公重用他們，因此兼併了二十個小國，稱霸西戎。孝公採納商鞅的新法，轉移風氣、改變習俗，百姓因此興旺富足，國家因此繁榮富強，人民都樂意為國效力，各諸侯國都對秦國親善歸服，戰勝了楚、魏的軍隊，攻取了上千里的土地，使得秦國至今仍然安定強盛。惠王採用張儀的計策，攻取了三川的土地，向西吞併了巴、蜀，向北收得上郡，向南奪取漢中，佔領了廣大少數民族地區，控制了楚國的鄢、郢，向東佔據了成皋的天險地勢，取得了大片肥沃的土地，終於瓦解了韓、魏、趙、齊、楚、燕六國的合縱聯盟，使他們都敬畏、侍奉秦國，這番功勞一直延續到今天。昭王得到范雎，廢除穰侯，驅逐華陽君，加強王室的權力，限制豪門貴族的勢力，逐步吞併諸侯各國，使秦國得以成就帝王的霸業。這四位君主，都是憑藉了客卿的協助才得以成功。由此看來，客卿又有什麼地方損害、虧負秦國呢？假使這四位君主拒絕接納客卿，疏遠賢士而不重用，那麼國家就沒有富足的實力，秦國也無法獲得如此強大的聲威了。

如今陛下得到了崑崙山的寶玉，有了隋侯珠、和氏璧，懸掛著光如明月的珍珠，佩帶著太阿寶劍，乘坐名叫纖離的駿馬，豎起用翠羽裝飾的彩旗，架設著鱷魚皮製成的大鼓。這些寶物皆不產自秦國，可是陛下非常喜愛它們，這是為什麼呢？若一定要秦國出產的才能使用，那麼這種夜光璧就不能裝飾朝廷，犀牛角和象牙製的器物就不能玩賞，鄭、衛兩國的美女就不能充盈後宮，駿馬良驥不該佔滿外面的馬棚，江南產的銅錫不該拿來製作器物，西蜀的顏料不能用來彩繪。凡是裝飾後宮的珠玉、在臺階下面歌舞的姬妾、娛樂賞玩的器物、愉悅耳目的音樂圖畫等，都非得要出產於秦國才可使用，那麼嵌著宛珠的簪子，鑲著小珠的耳環，東阿白絹做成的衣服，錦繡製成的飾物，就不能進獻到您面前；那些打扮時髦、艷麗苗條的趙國女子也就不能侍奉在您的身邊了。至於那些敲打著瓦甕瓦缽，彈著竹箏，拍著大腿打拍子，歌聲嗚嗚以滿足聽覺享受的，才是秦國真正的音樂；鄭、衛、桑間的音樂，以及《韶虞》、《武象》，都是別國的音樂啊！如今拋棄敲打瓦器而欣賞鄭、衛的音樂，撤走竹箏而選擇虞舜的樂曲，這樣做又是爲了什麼呢？還不是貪圖一時的享樂，僅爲了賞心悅目罷了。如今您選用人才卻不是依據這樣的道理，不問適不適宜、正確不正確，只要不是秦國人就要他離開，凡是客卿就趕走。這樣的行爲，說明您所重視的是女色、音樂、珍珠、寶玉，而輕視的是人才，這可不是統一天下，制服諸侯的好方法啊！

我聽說土地廣大的糧食收穫就豐富，國家大的人口就眾多，武器精銳的兵士就勇敢。因此泰山不拒絕土壤，所以能形成高大的山勢；河海不排除細流，所以能成就自身的深廣；君主不拒絕庶民，所以能彰顯他的厚德。因此，地不分東西南北，人民不分本國他國，四季都富庶美好，鬼神都願意降福，這就是五帝、三王稱霸天下的原因。現在您竟然要拋棄百姓去資助敵國，驅逐客卿去成就別國諸侯的事業，使天下的賢士都退縮畏懼而不敢向西，腳步躊躇遲疑而不肯進入秦國，這就叫做借武器給敵人，送糧食給盜賊啊！

物品雖然不產於秦國，可是值得珍藏的有很多；賢士雖然不是出生在秦國，但願意效忠秦國的有很多。如今驅逐客卿去資助敵國，損害百姓去增加敵國的力量，使得國家內部空虛，並與各諸侯國結怨，卻仍希望國家安定百姓富庶，是不可能的！」

秦王（看完李斯的書信）便撤銷逐客的命令，恢復了李斯的官職。

意旨精鑰

本文先從正面立論，引用歷史事實說明客卿有功於秦國，又巧設比喻，以不拒他國的珍寶器物與逐客相比，點出逐客的危害性。行文多用排比，反覆論證，凝鑄而成一股強大的說服力，使秦王心悅誠服地收回逐客之令。

寫作密技

一、**排比**：用結構相似的句法，接二連三地表現出同範圍同性質的意念。

例1：臣聞地廣者粟多，國大者人眾，兵彊者士勇。今乃棄黔首以資敵國，卻賓客以業諸侯。

例2：天變不足畏，祖宗不足法，人言不足恤。（《宋史．王安石傳》）

例3：臺灣固無史也。荷人啟之，鄭氏作之，清代營之，開物成務，以立我丕基，至於今三百有餘年矣。（清代連橫〈臺灣通史序〉）

二、**類疊**：接二連三地反覆使用相同的一個字詞或語句的修辭技巧。可以增加文章的節奏感，凸顯文章的重點，避免單調、枯燥、固定的缺點。

疊字 同一字詞連接的使用，又名「重言」。

疊句 同一語句連續的出現，又名「連接反覆」。

類字 同一字詞隔離的使用。

類句 同一語句隔離的出現，或稱「隔離反覆」。

例1：江南金錫不為用，西蜀丹青不為采。是以泰山不讓土壤，故能成其大；河海不擇細流，故能就其深；王者不卻眾庶，故能明其德。

Tips. 類句。

例2：謝太傅寒雪日內集，與兒女講論文義。俄而雪驟，公欣然曰：「白雪紛紛何所似？」（《世說新語．言語》）

Tips. 疊字。

成語錦囊

一、裹足不前：包纏腳部，不往前行。形容有所顧忌，而停止腳步，不敢向前。

原典 使天下之士退而不敢西向，裹足不入秦，此所謂藉寇兵而齎盜糧者也。

書證 1：今玄德素有英雄之名，以困窮而來投，若殺之，是害賢也。天下智謀之士，聞而自疑，將裹足不前，主公誰與定天下乎？（明代羅貫中《三國演義》）

書證 2：近年以來，商船裹足不前，兵船反入洋塢，非認真整理，無由振興。（《清史稿．兵志七》）

書證 3：藉以正額虧缺為名，日加苛斂，以致商賈傾家蕩產，裹足不前，乃使物價昂貴，於民生大有虧損。（清代昭槤《嘯亭雜錄．關稅》）

書證 4：兄長如此疑人，現在輔佐業已殘缺，未來豪傑，裹足不前，我梁山其孤危矣！（清代俞萬春《蕩寇志》）

書證 5：本江畹香中丞之舊宅。余初以少賤，不得其門而入。及為張觀察所得，又以素無謀面之雅，裹足不前。（清代梁章鉅《歸田瑣記．容園》）

二、賞心悅目：形容情景美好，使心目都感到快樂舒暢。亦作「悅心娛目」、「蕩心悅目」。

原典 所以飾後宮，充下陳，娛心意，說耳目者，必出於秦然後可，則是宛珠之簪，傅璣之珥，阿縞之衣，錦繡之飾，不進於前。

書證 1：長篇短章，不為不多，然半屬套語，半屬陳言，求一首清新俊逸，賞心悅目者，迥不可得。（《人中畫．風流配》）

小試身手（＊為多選題）

1.（　）「請名人代言」是提高廣告說服力的好方法。下列四則廣告標題，如單就文字意義，尋找背景相契合的古代名人來代言，則最不恰當的組合是：

A.請莊子代言「自然就是美」。

B.請子路代言「心動不如馬上行動」。

C.請蘇秦、張儀代言「作個不可思議的溝通高手」。

D.請司馬光、王安石代言「好東西要和好朋友分享」。

2.（　）下列是一段古文，請依文意選出排列順序最恰當的選項：「始皇初逐客，甲、則以客為無用　乙、於是任法而不任人　丙、既并天下　丁、用李斯之言而止　，謂民可以恃法而治。」（《志林》）

A.丙甲乙丁。

B.丙乙甲丁。

C.丁乙丙甲。

D.丁丙甲乙。

3.（　）下列文句，何者沒有「反問」的語氣？

A.必不得已而去，於斯三者何先？

B.四海之內，皆兄弟也，君子何患乎無兄弟也？

C.此四君者，皆以客之功。由此觀之，客何負於秦哉？

D.我亦欲正人心，息邪說，距詖行，以承三聖者，豈好辯哉？

4.（　）下列文句的「向」，何者指「原來的、舊的」？

A.兼觀民情「向」背，然後可行。

B.日從海旁沒，水「向」天邊流。

C.使天下之士退而不敢西「向」，裹足不入秦。

D.既出，得其船，便扶「向」路，處處誌之。

5.（　）**閱讀下文，並推斷它所強調的重點是什麼？「泰山不讓土壤，故能成其大；河海不擇細流，故能就其深；王者不卻眾庶，故能明其德。」**

A.高山深河，才能鞏固王業。

B.風調雨順，才能深得民心。

C.擇善固執，才能長保基業。

D.廣納人才，才能成就功業。

*6.（　）**下列各句中的「向」字，意思相同的有：**

A.太守即遣人隨其往，尋「向」所誌。

B.使天下之士退而不敢西「向」。

C.臣「向」蒙國恩，刻思圖報。

D.「向」使四君卻客而不內。

E.淒淒不似「向」前聲，滿座重聞皆掩泣。

7.（　）**下列選項「」中的字，何者意思兩兩相同？**

A.卻賓客以「業」諸侯／「業」精於勤，荒於嬉

B.當仁，不「讓」於師／泰山不「讓」土壤，故能成其大

C.有顏回者好學，不遷怒，不貳「過」／臣聞吏議逐客，竊以為「過」矣

D.孝公用商鞅之法，移風「易」俗／秦昭王聞之，使人遺趙王書，願以十五城請「易」璧

8.（　）**下列各句文意的解讀，何者有誤？**

A.「今取人則不然，不問可否，不論曲直，非秦者去。」「不問可否」意謂不問才能的優劣。

B.「有道之士，貴以近知遠，以今知古，以所見知所不見。」「有道之士」意指有仁義道德涵養之人。

C.「夫風無雄雌之異，而人有遇不遇之變。」「遇不遇之變」意指得志與不得志的差別。

D.「若夫為不善，非才之罪。」「非才之罪」意指不是天性本質的過錯。

9.（　）**古人喜歡借事物的特質比喻人，下列詞語的使用，何者不正確？**

A.「泰山」比喻地位高、本領強的人，如《水滸傳‧第二十三回》：「小人有眼不識泰山，一時冒瀆兄長，望乞恕罪。」

B.「蒲柳」比喻身體孱弱的人，如《世說新語‧言語》：「蒲柳之姿，望秋而落。」

C.「桃李」比喻君子，如《史記‧李將軍列傳》：「桃李不言，下自成蹊。」

D.「狐狸」比喻狡詐而作惡多端的人，如杜甫〈久客詩〉：「狐狸何足道，豺虎正縱橫。」

10.（　）**關於〈諫逐客書〉、〈陳情表〉、〈出師表〉三篇文章的比較，何者為非？**

A.三篇皆屬於臣下上書君王的文章。

B.〈諫逐客書〉以秦國四君廣徵賢士而使秦強盛的史實，力陳逐客之弊；〈出師表〉以西漢「親賢臣，遠小人」而富強的史實，勉勵後主。

C.〈諫逐客書〉被奉為秦代奏議文之代表作；〈陳情表〉、〈出師表〉則被選為抒情文之佳作。

D.依《四庫全書》分類，三篇文章均歸於「集」部。

解答： 1.D　2.D　3.A　4.D　5.D　6.AE　7.C　8.B　9.C　10.D

第二單元

漢朝

過秦論（上）　　鴻門宴　　完璧歸趙

過秦論（上）

作者簡介

賈誼（西元前二百年—西元前一六八年），洛陽人，從小博覽群書，以文章聞名。發表〈過秦論〉、〈治安策〉等政論名篇，名震當世，賈誼深得漢文帝賞識。由於鋒芒畢露，招來嫉妒，引起老臣及諸侯反彈，於是被文帝調離京城。後來賈誼擔任梁懷王太傅，梁懷王不慎墜馬身亡；賈誼因此深感自責，一年後抑鬱而終，年僅三十三歲。

出處：賈子新書
難易度：☺☺☺☺☺

古文鑑賞

秦孝公據殽（ㄧㄠˊ）函之固，擁雍州之地，君臣固守，以窺周室❶；有席捲天下，包舉宇內❷，囊括四海之意，并吞八荒之心。當是時也，商君佐之，內立法度，務耕織，修守戰之具，外連衡而鬥諸侯❸。於是秦人拱手而取西河之外❹。

孝公既沒（ㄇㄛˋ）❺，惠文、武、昭襄蒙故業，因遺策❻，南取漢中，西舉巴、蜀，東割膏腴之地，北收要害之郡。諸侯恐懼，會盟而謀弱秦，不愛珍器❼、重寶、肥饒之地，以致天下之士❽，合從（ㄗㄨㄥˋ）締交❾，相與為一❿。當此之時，齊有孟嘗，趙有平原，楚有春申，魏有信陵。此四君者，皆明智而忠信，寬厚而愛人，尊賢重士。約從離橫⓫，兼韓⓬、魏、燕、楚、齊、趙、宋、衛、中山之眾。於是六國之士，有甯越、徐尚、蘇秦、杜赫之屬為之謀，齊明、周最、陳軫、召滑、樓緩、翟景、蘇厲、樂毅之徒通其意，吳起、孫臏、帶佗、倪良、王廖、田忌、廉頗、趙奢之倫制其兵⓭。嘗以十倍之地、百萬之眾，叩關而攻秦⓮。秦人開關延敵⓯，九國之師，逡（ㄑㄩㄣ）巡遁逃而不敢進⑯。秦無亡矢遺鏃之費，而天下諸侯已困矣。於是從散約解，爭割地而賂秦。秦有餘力而制其弊⑰，追亡逐北⑱，伏屍百萬，流血漂櫓，因利乘便，宰割天下，分裂河山，彊國請服⑲，弱國入朝⑳。

施及孝文王㉑、莊襄王，享國日淺，國家無事。及至始皇，續六世之餘烈㉒，振長策而御宇內，吞二周而亡諸侯，履至尊而制六合㉓，執捶拊以鞭笞天下㉔，威振四海。南取百越之地，以為桂林、象郡；百越之君，俛首繫頸，委命下吏㉕。乃使蒙恬北築長城而守藩籬，卻匈奴七百餘里㉖，胡人不敢南下而牧馬㉗，士不敢彎弓而報怨。於是廢先王之道，燔百家之言㉘，以愚黔首㉙；隳名城㉚，殺豪俊，收天下之兵聚之咸陽㉛，銷鋒鍉㉜，鑄以為金人十二，以弱天下之民。然後踐華為城㉝，因河為池㉞，據億丈之城，臨不測之谿以為固㉟。良將勁弩守要害之處㊱；信臣精卒，陳利兵而誰何㊲！天下已定，始皇之心，自以為關中之固，金城千里，子孫帝王萬世之業也。

始皇既沒，餘威振於殊俗㊳。然而陳涉甕牖繩樞之子㊴，甿隸之人㊵，而遷徙之徒也。材能不及中庸，非有仲尼、墨翟之賢，陶朱、猗頓之富，躡足行伍之間㊶，而倔起阡陌之中㊷，率罷弊之卒㊸，將數百之眾，轉而攻秦。折木為兵，揭竿為旗，天下雲集而響應，贏糧而景從㊹，山東豪俊，遂並起而亡秦族矣。

且夫天下非小弱也。雍州之地，殽函之固，自若也。陳涉之位，不尊於齊、楚、燕、趙、韓、魏、宋、衛、中山之君也，鉏櫌棘矜㊺，不銛於鉤戟長鎩也㊻；謫戍之眾，非抗於九國之師也；深謀遠慮，行軍用兵之道，非及曩時之士也㊼。然而成敗異變，功業相反。試使山東之國與陳涉度(ㄉㄨㄛˋ)長絜(ㄒㄧㄝˊ)大㊽，比權量力，則不可同年而語矣㊾。然秦以區區之地，致萬乘之權，招八州而朝同列㊿，百有餘年矣。然後以六合為家，殽函為宮，一夫作難而七廟隳(51)，身死人手，為天下笑者，何也？仁義不施，而攻守之勢異也。

【說文解字】

❶窺：偷看，此處爲等待時機再奪取之意。❷包舉：像用布包包東西一般，全部包起。宇內：天下。❸連衡：也作「連橫」，指西方的秦國分別和東方的魏、韓、趙、燕、齊、楚等訂立盟約，以利用六國的矛盾而各個擊破的策略。鬥：使……相爭鬥。❹拱手：兩手合抱，形容輕而易舉。❺沒：通「歿」，死。❻因：承襲。❼愛：吝惜。❽致：招引，延攬。❾合從：即「合縱」，指東方六國南北聯合，共同抗秦策略。❿相與：互相結交。⓫約從離橫：相約「合縱」，拆散秦國的「連橫」。⓬兼：聚合。⓭倫：輩，類。⓮叩：敲，擊，此處解釋爲「進犯」。⓯延敵：迎擊敵人。延，延納。⓰逡巡：向後退。⓱制其弊：利用六國失敗的時候控制它們。⓲北：通「背」，敗北，意指失敗者背身逃走。⓳請服：請求歸順。⓴朝：朝拜。㉑施：延續。㉒餘烈：遺留下來的輝煌功業。㉓履至尊：登上帝位。㉔棰拊：棍子，短的名「棰」，長的名「拊」。㉕委命：把性命交出去，任憑處置。㉖卻：擊退。㉗牧馬：放飼馬匹。此處意指匈奴不敢侵犯、霸佔秦國領域。㉘燔百家之言：指西元前二百一十三年，秦始皇下令燒毀儒家經典、各國史記和諸子弟。燔，焚燒。㉙黔首：老百姓。㉚隳：毀壞。㉛兵：兵器。㉜鍉：通「鏑」，箭頭。㉝踐：登，踩。華：華山。㉞因：憑藉，利用。河：黃河。池：護城河。㉟不測：不可探測。㊱勁弩：強有力的弓。㊲誰何：呵問是誰，即盤問。何，通「呵」。㊳殊俗：風俗不同的地方。㊴甕牖繩樞：用破甕口作窗，用繩子拴門軸。形容住宅簡陋，出身貧苦。㊵甿隸：自己沒有土地，從事農業勞動的人，即雇農。㊶躡足：插足，參加。行伍：軍隊。㊷俛起：奮起，盡力。俛，通「勉」。阡陌：田間小路，這裡指農村。㊸罷弊：疲倦，困乏。罷，通「疲」。㊹贏：肩挑，背負。景從：像影子跟著形體似的。景，通「影」。㊺耰：平整土地的一種農具，形如榔頭。棘矜：漆木棍。㊻銛：鋒利。鎩：大矛。㊼曩時：以前。㊽度長：量長短。絜大：比粗細。㊾同年而語：相提並論。㊿招：攻取。朝同列：使原與秦於同等地位的諸侯國向秦朝拜。(51)作難：發難，奮起反抗。七廟：古代天子有七廟，供奉七代祖先。一個王朝滅亡，它的七廟也就被新王朝折毀。

白話解讀

秦孝公憑藉著殽山、函谷關的險固地勢，佔有雍州的土地，君臣上下同心嚴密防守著，並伺機奪取周王朝的政權；他們懷著奪取天下、征服列國、控制四方、呑併八方的雄心。在這個時候，商鞅輔佐孝公，對內建立法規制度，努力發展農業和紡織業，整理修繕攻守的器械；對外進行連橫的策略，使其他諸侯國互相爭鬥。這樣一來，秦國便能輕而易舉地取得西河以外的大片土地。

秦孝公死後，惠文王、武王、昭襄王繼承舊業，繼續推行孝公的策略，向南攻佔了漢中，向西奪取了巴蜀，向東割取了肥沃的土地，向北征服了地勢險要的州郡。各國諸侯開始恐懼，他們集會訂盟，圖謀削弱秦國的勢力，並且不惜用珍貴的器物、財寶和肥沃的土地來招攬天下的能人賢士。他們締結盟約，互相結爲一體。在這個時候，齊國有孟嘗君，趙國有平原君，楚國有春申君，魏國有信陵君。這四個人都很聰明睿智，且正直誠信忠義，寬厚並愛護百姓，尊敬且重用賢人。他們相約「合縱」以破壞秦的「連横」計謀，同時結合韓、魏、燕、楚、齊、趙、宋、衛、中山等國的力量。六國濟濟人才中，有甯越、徐尙、蘇秦、杜赫等士出謀劃策，有齊明、周最、陳軫、召滑、樓緩、翟景、蘇厲、樂毅等外交說客往來溝通意見，有吳起、孫臏、帶佗、倪良、王廖、田忌、廉頗、趙奢等將統率軍隊。他們曾以十倍的土地和上百萬的大軍，直攻秦國的函谷關。秦國人開關迎敵，九國軍隊退的退、逃的逃，驚恐四竄而不敢前進。秦國沒有損失一支箭、一個箭頭，天下的諸侯就已經陷入疲憊困頓、難以招架的形勢了。於是「合縱」拆散，盟約瓦解，各諸侯國爭相割地賄賂秦國。秦國有了充足的實力可制伏疲弱的諸侯，追逐敗逃的敵人，擊殺上百萬的士兵，流的血多到可漂起笨重的盾牌。秦國憑恃著有利的條件，乘著大好形勢，控制天下百姓，分裂各國疆土，使得強國請求臣服，弱國趕到秦國朝拜進貢。

這樣的威勢延續到孝文王、莊襄王，由於他們在位的日子太短，國家並沒有發生重大戰事或變化。直至秦始皇即位，他發揚了六代祖先遺留下來的功業，揮動長鞭駕馭天下，呑併東、西二周，消滅各諸侯國，登上了至尊的皇帝寶座，一統四方，以嚴刑峻法鎮壓天下人民，聲威震動四海。他向南攻取了百越，設立桂林郡和象郡。百越的君主低著頭，脖子繫著繩子，把性命交給秦國的下級官吏處置。秦皇接著派蒙恬在北方修築長城並固守這道屏障，把匈奴擊退了七百多里，致使匈奴人不敢南下牧馬，六國的勇士不敢張弓來報仇。始皇並廢棄了先王的法制，燒毀了諸子百家的書籍，致使百姓愚昧無知；同時毀掉著名的城池，殺掉六國的豪傑，將天下的兵器沒收集中到咸陽，銷熔刀箭，鑄成十二個金人，用來削弱天下百姓的力量。然後以華山爲城牆，以黃河爲護城河。據守著億丈之高的城牆，緊臨著深不可測的護城河，使它們成爲堅固的屏障。派遣優秀勇猛的將領，手持強勁的弓弩，守衛著要害的地方；讓可靠的大臣統率精銳的士兵，拿著鋒利的武器，還有誰能把他怎麼樣了？天下已經平定，秦始皇認爲關中地勢險固，就像千里金城，足以成就子子孫孫稱帝稱王萬世不敗的基業了。

秦始皇死後，遺留下來的威風仍然震懾著邊遠地區。但是，陳涉這個貧寒出身、沒有土地、並且被徵召去守邊的人，才能比不上一般人，既沒有孔子、墨翟那樣的賢能，也不像陶朱、猗頓那樣的富有；夾雜在戍邊隊伍的中間，奮起於村野百姓之中，帶領幾百名疲憊不堪的士兵，卻轉過矛頭朝向秦朝進攻。他們砍斷樹幹當兵器，舉起竹竿揮舞著旗幟，天下百姓如雲般匯集而來，像回音一樣應聲而起，農民們自己挑著糧食如影隨形地跟著他，六國的豪傑便一哄而起，合力消滅了秦王朝。

秦國本來的力量並不微弱，雍州的地勢、殽函的險固依舊如故。陳涉的地位也不比齊、楚、燕、趙、韓、魏、宋、衛、中山等國的君主尊貴；鋤、耰和漆木棍也不比鉤戟和長矛鋒利；被徵調去戍邊的士卒，實力也抵不上九國軍隊的強大；他們運籌幄幄、指揮作戰的本領，更是比不上從前六國的將領。可是成功和失敗的結果卻出現了異變，造就了完全相反的功業。假如讓各諸侯國與陳涉比較長短粗細，衡量權勢力量，雙方根本不能相提並論。秦國憑藉它很小的地盤，奪取了帝王的權力，迫使其他八州的諸侯前來朝拜稱臣，已經一百多年了。然後秦國把天下當成自己所有，將殽、函地區變成自家的宮殿，可是一個普通人發難，秦王朝就滅亡了，皇子皇孫也死在別人手裡，成爲天下的笑柄，爲什麼會這樣呢？因爲不施行仁義，所以攻守的形勢發生了根本變化。

意旨精鑰

本文以秦朝興亡的史實爲論，總結秦朝滅亡的主因爲「仁義不施」，從而提出治亂之法，盼能使當時的執政者以爲殷鑑，施行仁政。

寫作密技

一、**誇飾**：將客觀之人、事、物的特點，透過主觀情意，故意誇大鋪張地渲染與鋪飾，使它與眞正的事實相差甚遠，以加深讀者的印象。

例1：秦無亡矢遺鏃之費，而天下諸侯已困矣。

例2：伏屍百萬，流血漂櫓。

二、**錯綜**：將文句中形式整齊的行句故意抽換詞面、交蹉語次、伸縮文句、變化句式，使文句的形式參差，詞彙別異。

抽換詞面 以其他意義相同的詞語取代形式整齊之文句。

交蹉語次 將上下文句的次序，故意參差不齊。

伸縮文句 將字數相等的句子故意弄得字數不等，使長句與短句互相交錯。

變化句式 將肯定句與否定句，直述句與疑問句，穿插寫入。

例1：有席卷天下，包舉宇內，囊括四海之意，併吞八荒之心。（漢代賈誼〈過秦論〉）

Tips. 抽換詞面。「席卷、包舉、囊括、併吞」同義，「天下、宇內、四海、八荒」同義。

例2：踐華為城，因河為池，據億丈之城，臨不測之谿以為固。

Tips. 交蹉語次。又作「踐華為城，據億丈之城；因河為池，臨不測之谿以為固」。

三、鑲嵌：在詞句中插入數目字、虛字、特定字、同義字或異義字，接長文句。

鑲字 使用數字或虛數字加入語句。

嵌字 使用特定字加入語句。

增字 使用同義字加入語句。

配字 使用異義字加入語句。此異義字只取其聲舒緩語句，並不取其義。

例1：九國之師，逡巡遁逃而不敢進。

Tips. 增字，增加同義字「逃」。

例2：宰割天下，分裂河山。

Tips. 增字，避免誤解外，增加同義字「宰」、「裂」。

成語錦囊

一、**追亡逐北**：追擊戰敗而逃走的敵軍。亦作「追奔逐北」。

原典 秦有餘力而制其弊，追亡逐北，伏屍百萬，流血漂櫓，因利乘便，宰割天下，分裂河山，彊國請服，弱國入朝。

書證 1：三道俱進，果衝休伏兵，因驅走之，追亡逐北，徑至夾石，斬獲萬餘。（《三國志・吳書》）

二、**不可同日而語**：差別很大，不能相提並論。亦作「不可同年而語」、「未可同日而語」。

原典 試使山東之國與陳涉度長絜大，比權量力，則不可同年而語矣。

書證 1：夫破人之與破於人也，臣人之與臣於人也，豈可同日而言之哉！（《戰國策・趙策》）

書證 2：公痴叔詩，如食鯽魚，惟恐遭骨刺，與岐山豬肉，不可同日而語也。（宋代胡仔《苕溪漁隱叢話前集》）

小試身手（＊為多選題）

＊1.（　）今日常用的語詞，有些是出自古典小說或戲曲故事，如「空城計」即來自《三國演義》。下列文句「　」中語詞，與其後出處搭配正確的選項為：

A. 我最喜歡當「紅娘」了，我來介紹你們認識吧／《西廂記》
B. 他「過五關斬六將」，終於在全國比賽中獲得冠軍／《三國演義》
C. 歷史告訴我們，吏治不清之時，人民會「揭竿起義」／《水滸傳》

D. 放心，任憑他怎麼油滑，也「翻不出如來佛手掌心」／《西遊記》

E. 這次到了巴黎，真可說是「劉姥姥進大觀園」，大開眼界／《紅樓夢》

2.（　）**選出下列「　」內字詞意義相同的選項：**

A. 余「區區」處敗屋中，方揚眉瞬目，謂有奇景／然秦以「區區」之地，致萬乘之權

B. 今之眾人，其「下」聖人也亦遠矣／其君能「下」人，必能信用其民

C. 畜極則洩，「閟」極則達／陰房闃鬼火，春院「閟」天黑

D. 智短於自知，故以「道」正己／屢「道」於兩州間，親祭於其所謂雙廟者

3.（　）**下列文句，何者使用「將動詞置於名詞之後」的倒裝句法？**

A. 父母惟其疾之憂。

B. 約車治裝，載券契而行。

C. 委肉當餓虎之蹊。

D. 秦人拱手而取西河之外。

4.（　）**下列文句中「而」字的前後，何者具有「因果關係」？**

A. 逡巡「而」不敢進。

B. 藉寇兵「而」齎盜糧。

C. 侶魚蝦「而」友麋鹿。

D. 伯牙鼓琴「而」六馬仰秣。

5.（　）**下列四篇文章的開頭，何者不是使用「開門見山」的破題法？**

A.〈勸學〉：「君子曰：學不可以已……」

B.〈諫逐客書〉：「臣聞吏議逐客，竊以為過矣……」

C.〈六國論〉：「六國破滅，非兵不利、戰不善，弊在賂秦……」

D.〈過秦論〉：「秦孝公據殽函之固，擁雍州之地，君臣固守，以窺周室……」

6.（　）下列文句中的「而」字，何者的意義與其他三者不同？
A.念高危，則思謙沖「而」自牧。
B.先帝創業未半，「而」中道崩殂。
C.會數而禮勤，物薄「而」情厚。
D.秦無亡矢遺鏃之費，「而」天下諸侯已困矣。

7.（　）下列文句中的「因」字，何者意思與其他三者相異？
A.甲者愕，「因」諭曰。
B.愛不能捨，「因」置草堂。
C.蒙故舊，「因」遺策。
D.是夕始有遷謫意，「因」為長句。

8.（　）下列「　」中的字詞，何者音義皆正確？
A.「逡」巡遁逃：ㄐㄩㄣ，退卻。
B.亡矢遺「鏃」：ㄗㄨˊ，箭頭。
C.「施」及孝文王：ㄕ，給予。
D.甕「牖」繩樞：ㄧㄡˇ，門。

9.（　）下列各文句的解釋，何者有誤？
A.躡足行伍之間：混雜在軍隊之中鬼鬼祟祟地行進著。
B.彊國請服，弱國入朝：強盛的國家請求歸順，弱小的國家稱臣。
C.秦人拱手而取西河之外：秦人輕易地奪取黃河以西的土地。
D.合從締交，相與為一：各國聯合結盟，互相親善而為一體。

10.（　）關於「贏糧而景從」一句的說明，何者正確？

A.全句解釋為「贏得糧草的人，大家都跟隨著他」。

B.「景」意思為「日光」，「景從」表示太陽從身後照射。

C.「贏」意思為「勝」，「贏糧」即為「贏得糧草」之意。

D.「景」字通「影」，在本句解釋為「如影隨形」。

解答： 1.ABDE　2.C　3.A　4.D　5.D　6.A　7.C　8.B　9.A　10.D

旁徵博引

不斷遭到暗殺的秦始皇

秦始皇自從消滅六國後，便引起無數六國貴族的仇視，除了荊軻刺秦王較為人所熟悉外，漢代司馬遷的《史記》還記載了三宗針對秦始皇的暗殺事件。

一、高漸離暗殺未遂

戰國燕國人高漸離，擅長擊筑（古代的一種擊弦樂器），是荊軻的好友。在荊軻死後，秦始皇便下令通緝與荊軻密謀暗殺的太子丹和荊軻的門客。高漸離也改名換姓，隱藏在宋子這個地方當酒保。不久之後，高漸離認為一直隱姓埋名也不是長久之計，便應邀前往宋子城的人家裡輪流作客、表演擊筑。後來，因高漸離擊筑技藝高超，被秦始皇傳進宮中表演。此時的高漸離雙目已瞎，但他仍不忘為好友荊軻和六國的百姓報仇，因此灌鉛於筑中，趁著秦始皇聽筑不留意時，奮起用灌鉛的筑擊打秦始皇。但是，高漸離最還還是暗殺失敗，並以身殉，秦始皇也因此不再近六國之人。

二、博浪沙行刺事件

張良是博浪沙行刺事件的主謀，他的家族五代皆仕於韓國，出於滅韓之恨，他散盡家財尋求勇士，以刺殺秦始皇，後來找到一個大力士，以大鐵鎚撞擊秦始皇的車駕，可惜誤中副車，行刺失敗。秦始皇為此搜索十日，張良只好改名換姓，逃到下邳躲藏，在此處遇到劉邦，成為後來的漢初三傑之一。

三、咸陽暗殺事件

某一天晚上，秦始皇與四名武士在一起，於咸陽一帶微服出行。但卻在蘭池宮附近，遇到一眾強盜襲擊，情勢危急，最終擊斃了企圖襲擊秦始皇的強盜。

鴻門宴

出處：史記．項羽本紀
難易度☺☺☺☺☺

作者簡介

司馬遷（西元前一四五年—西元前九〇年），字子長。漢武帝天漢二年，李陵兵敗被俘，滿朝文武都認為李陵叛降，全族當誅；唯獨司馬遷挺身而出，為李陵辯護。然而漢武帝卻認為他是暗示自己用人不當，造成軍事失利，因此將司馬遷下獄，判處死刑。由於沒有足夠的金錢贖身，司馬遷只得接受腐刑。出獄後，司馬遷發憤撰寫史書，完成中國第一部紀傳體通史——《史記》。

古文鑑賞

楚軍夜擊，阬秦卒二十餘萬人新安城南❶；行略定秦地❷。至函谷關，有兵守關，不得入。又聞沛公已破咸陽，項羽大怒，使當陽君等擊關。項羽遂入，至於戲西。沛公軍霸上❸，未得與項羽相見。沛公左司馬曹無傷使人言於項羽曰：「沛公欲王(ㄨㄤˋ)關中❹，使子嬰為相，珍寶盡有之。」項羽大怒，曰：「旦日饗(ㄒㄧㄤˇ)士卒❺，為擊破沛公軍❻！」當是時，項羽兵四十萬，在新豐鴻門；沛公兵十萬，在霸上。范增說(ㄕㄨㄟˋ)項羽曰：「沛公居山東時，貪於財貨，好美姬；今入關，財物無所取，婦女無所幸❼，此其志不在小。吾令人望其氣❽，皆為龍虎，成五采，此天子氣也。急擊勿失。」

楚左尹項伯者，項羽季父也，素善❾留侯張良。張良是時從沛公，項伯乃夜馳之沛公軍，私見張良，具❿告以事，欲呼張良與俱去，曰：「毋從俱死也。」張良曰：「臣為韓王送沛公，沛公今事有急，亡去⓫不義，不可不語(ㄩˋ)⓬。」良乃入，具告沛公。沛公大驚，曰：「為之奈何？」

張良曰：「誰為大王為此計者？」曰：「鯫生說我曰：『距關⑬，毋內諸侯⑭，秦地可盡王也。』故聽之。」良曰：「料大王士卒足以當項王乎⑮？」沛公默然，曰：「固不如也，且為之奈何？」張良曰：「請往謂項伯，言沛公不敢背項王也。」沛公曰：「君安與項伯有故⑯？」張良曰：「秦時與臣游⑰，項伯殺人，臣活之⑱。今事有急，故幸來告良⑲。」沛公曰：「孰與君少長⑳？」良曰：「長於臣。」沛公曰：「君為我呼入，吾得兄事之。」張良出，要項伯㉑。項伯即入見沛公。沛公奉卮酒為壽㉒，約為婚姻，曰：「吾入關，秋毫不敢有所近，籍吏民㉓，封府庫，而待將軍。所以遣將守關者，備他盜之出入與非常也㉔。日夜望將軍至，豈敢反乎？願伯具言臣之不敢倍德也㉕。」項伯許諾，謂沛公曰：「旦日不可不蚤自來謝項王㉖。」沛公曰：「諾。」於是項伯復夜去。至軍中，具以沛公言報項王。因言曰：「沛公不先破關中，公豈敢入乎？今人有大功而擊之，不義也，不如因善遇之㉗。」項王許諾。

沛公旦日從百餘騎來見項王，至鴻門，謝曰：「臣與將軍戮力而攻秦㉘，將軍戰河北，臣戰河南，然不自意能先入關破秦，得復見將軍於此。今者有小人之言，令將軍與臣有郤㉙。」項王曰：「此沛公左司馬曹無傷言之；不然，籍何以至此？」項王即日因留沛公㉚，與飲。項王、項伯東嚮坐，亞父南嚮坐。亞父者，范增也。沛公北嚮坐，張良西嚮侍㉛。范增數目項王㉜，舉所佩玉玦以示之者三，項王默然不應。范增起，出召項莊，謂曰：「君王為人不忍。若入前為壽㉝，壽畢，請以劍舞，因擊沛公於坐㉞，殺之。不者，若屬皆且為所虜㉟。」莊則入為壽，壽畢，曰：「君王與沛公飲，軍中無以為樂，請以劍舞。」項王曰：「諾。」項莊拔劍起舞，項伯亦拔劍起舞，常以身翼蔽沛公㊱，莊不得擊。於是張良至軍門見樊噲。樊噲曰：「今日之事何如？」

良曰：「甚急！今者項莊拔劍舞，其意常在沛公也。」噲曰：「此迫矣！臣請入，與之同命[37]！」噲即帶劍擁盾入軍門。交戟之衛士欲止不內，樊噲側其盾以撞，衛士仆地，噲遂入，披帷西嚮立[38]，瞋目視項王[39]，頭髮上指，目眥盡裂[40]。項王按劍而跽[41]，曰：「客何為者？」張良曰：「沛公之參乘樊噲者也。」項王曰：「壯士！賜之卮酒。」則與斗卮酒[42]。噲拜謝，起，立而飲之。項王曰：「賜之彘肩[43]。」則與一生彘肩。樊噲覆其盾於地，加彘肩上，拔劍切而啗之。項王曰：「壯士！能復飲乎？」樊噲曰：「臣死且不避，卮酒安足辭？夫秦王有虎狼之心，殺人如不能舉[44]，刑人如恐不勝[45]，天下皆叛之。懷王與諸將約曰：『先破秦入咸陽者王之。』今沛公先破秦入咸陽，毫毛不敢有所近，封閉宮室，還軍[46]霸上，以待大王來。故遣將守關者，備他盜出入與非常也。勞苦而功高如此，未有封侯之賞，而聽細說[47]，欲誅有功之人，此亡秦之續耳！竊為大王不取也[48]。」項王未有以應，曰：「坐。」樊噲從良坐。

坐須臾，沛公起如廁[49]，因招樊噲出[50]。沛公已出，項王使都尉陳平召沛公。沛公曰：「今者出，未辭也，為之奈何？」樊噲曰：「大行不顧細謹[51]，大禮不辭小讓[52]。如今人方為刀俎，我為魚肉[53]，何辭為？」於是遂去，乃令張良留謝。良問曰：「大王來何操[54]？」曰：「我持白璧一雙，欲獻項王，玉斗一雙，欲與亞父。會其怒[55]，不敢獻，公為我獻之。」張良曰：「謹諾。」當是時，項王軍在鴻門下，沛公軍在霸上，相去四十里[56]。沛公則置車騎[57]，脫身獨騎，與樊噲、夏侯嬰、靳彊、紀信等四人持劍盾步走[58]，從酈山下，道芷陽閒行[59]。沛公謂張良曰：「從此道至吾軍，不過二十里耳；度我至軍中[60]，公乃入。」沛公已去，閒至軍中，張良入謝，曰：「沛公不勝桮杓[61]，不能辭。謹使臣奉白璧一雙，再拜獻大王足下；玉斗一雙，再拜奉大將軍足下。」項王曰：「沛公安在？」良曰：「聞大王有意督過之62，脫身獨去，已至軍矣。」項王則受璧，置之坐上。亞父受玉斗，置之地，拔劍撞而破之，曰：「唉！豎子不足與謀63。奪項王天下者，必沛公也，吾屬今為之虜矣！」

沛公至軍，立誅殺曹無傷。

【說文解字】

❶阬：通「坑」，活埋。❷行：繼續進軍。略定：攻取平定。❸軍：駐軍。❹王：稱王。❺旦日：明日。饗：慰勞。❻爲：替。❼幸：古代稱軍王親臨某地，或受到君王的親近、寵愛爲「幸」。❽望其氣：觀望他居住地上空的雲氣，推斷其地位、命運等。相傳天子所在地上空的雲氣呈龍虎狀，並有五種色彩。❾素：一向。善：與……友好。❿具：全部。⓫亡去：逃走，離去。⓬語：告訴。⓭距：守住。⓮內：使……進入。⓯當：通「擋」，抵擋。⓰有故：有交情。故：故舊之交。⓱游：通「遊」，交往。⓲活：救活。⓳幸：古代稱帝王親臨某地爲「幸」，此處引申爲「某人親自前來」。⓴少長：年齡大小。㉑要：邀請。㉒奉：進獻。卮酒：酒杯，在此指一杯酒。爲壽：表示祝福。㉓籍吏民：調查戶口，登載於籍簿上。㉔備：防備。非常：突來的禍患，指意外。㉕倍德：忘恩負義。倍，通「備」。㉖蚤：通「早」。謝：解釋，謝罪。㉗因善遇之：利用這次機會善待他。因：憑藉，利用。遇：對待。㉘戮力：努力，合力。㉙有郤：有嫌隙隔閡。郤，通「隙」。㉚因：就，乃。㉛鄉：通「向」，面對。㉜數目：屢次以目示意。數：頻頻，屢次。㉝若：你。㉞因：趁機。㉟若屬：你們。㊱翼蔽：遮蔽掩護。㊲同命：同生共死。㊳披：拉開。㊴瞋目：瞪大眼睛怒視。㊵眥：眼眶。㊶跽：長跪。古人以兩膝著地，跪而聳身挺腰爲「跽」。㊷斗：大酒杯。㊸彘肩：豬蹄的上半部。㊹舉：盡，全。㊺不勝：不夠重。㊻還軍：撤軍。還：返回。㊼細說：小人說的讒毀之言。㊽不取：不恥。㊾如：往，至。㊿因：趁機。51大行：大作爲。52不辭：不講究。53人爲刀俎，我爲魚肉：比喻自己受制於人，處於任人擺弄的境況。54操：攜帶。55會：適，值。56去：距離。57置：廢棄。車騎：成隊的車馬。58步走：徒步快跑。59道：經過。閒：近路，小路。60度：計算，估量。61桮杓：酒杯與杓子，借指飲酒。62督：責備。63豎子：小子，罵人的話。此處表面指項莊，實際上卻是在說項羽。

楚軍趁夜襲擊秦軍，在新安城南邊活埋了二十多萬投降的秦國士兵，並且繼續進軍攻取關中地區。到了函谷關時，有軍隊把守，無法進入。又聽說劉邦已經攻破咸陽，項羽不禁勃然大怒，派遣當陽君英布等人攻打函谷關。進入關內，楚軍駐紮在戲水西邊。劉邦的軍隊駐紮在霸上，尚未和項羽見面。劉邦的左司馬曹無傷派人告訴項羽說：「劉邦想在關中稱王，任命子嬰爲相國，並且佔有了秦國全部的珍寶。」項羽聽了更加生氣，說：「明天好好犒賞慰勞士兵一頓，以便擊敗劉邦的軍隊！」此時，項羽擁有四十萬的兵力，駐守在新豐鴻門；劉邦僅有十萬的兵力，駐守在霸上。謀士范增勸告項羽：「劉邦在山東的時候，貪求財物，喜好女色；如今進入關中，既沒有佔取財物，也不親近美色，這就表示他的志氣不小。我曾派人觀察他居處上方的雲氣，都呈龍虎的形狀，並顯現五彩紛騰的顏色，這是天子才有的氣象呀！您要趕快擊敗他，不要錯失大好機會。」

楚國左尹項伯是項羽的叔父，一向跟留侯張良友好。張良此時正跟隨在劉邦身邊，項伯連夜策馬趕到劉邦的軍營，私下與張良會面，把項羽準備襲擊劉邦的事一五一十地告訴他，並勸張良和他一起離開：「你別跟著劉邦一起送命呀！」張良說：「我替韓王護送劉邦到這兒，如今劉邦處境危險，如果我在此時逃走便是無義之人，我不能不知會他一聲。」於是張良走到營內，把這件事全部告訴劉邦。劉邦大吃一驚，問：「這該怎麼辦呢？」張良說：「是誰建議您把守函谷關的呢？」劉邦說：「有個淺陋無知的小人勸我：『守住函谷關，不要讓其他諸侯進來，您就可以完全佔領關中之地而稱王了。』所以我就採納了他的話。」張良說：「您估算過您的軍隊能夠阻擋項羽嗎？」劉邦沉默一會兒，說：「當然比不上。那該怎麼辦？」張良說：「請讓我前去告訴項伯，就說沛公您是絕不敢背叛項王的。」劉邦說：「你怎麼會和項伯認識？」張良說：「在秦的時候，我們曾有過往來，他殺了人，是我救了他一命。現在事情緊迫，他特地前來告訴我。」劉邦說：「他和你相比，誰的年紀比較大？」張良說：「他的年紀比我大。」劉邦說：「你替我請他進來，我要以兄長之禮接待他。」張良便走出來邀請項伯。項伯立即入營見劉邦。劉邦奉上一杯酒爲他祝壽，並相約結爲兒女親家，說：「我進入關中，一絲一毫都不敢取用，並登記吏民的名單、整理好居民的戶口名冊，查封倉庫內的珍物財寶，以等候項王的到來。我之所以派遣軍隊把守函谷關，是爲了防備其他的盜賊入侵和應付發生意外變故。我日夜盼望項王到來，哪裡敢反叛呢？希望您向項羽將軍好好轉達我不敢違背道德、忘恩負義的實情。」項伯答應了，對劉邦說：「明天你一定要早一點來向項王道歉。」劉邦說：「好。」於是項伯又連夜趕回去，回到楚營軍中，把劉邦的話詳細地向項羽報告。隨即說道：「若非劉邦先攻破關中，您怎麼敢進入呢？如今人家建立了大功勞卻反而要攻打他，這麼做是有違道義的，不如好好接待他。」項羽答應了。

第二天，劉邦帶領一百多名隨從騎兵來見項羽，到達鴻門，親自向項羽謝罪：「我和將軍合力攻打秦國，將軍在黃河以北作戰，我在黃河以南作戰，沒想到我先進入函谷關打敗秦朝，並且能在這個地方見到將軍。現在因爲奸人的讒言，造成將軍和我有些誤會。」項羽說：「這是你的部下左司馬曹無傷說的，不然我怎麼會這樣做呢？」項羽當天就把劉邦留下參加宴會。項羽、項伯向東坐在首座；亞父向南坐—亞父就是范增。劉邦向北坐在下位，張良向西陪侍在側。席間，范增頻頻向項羽使眼色暗示，並多次舉起他所佩帶的王玦示意項羽動手，項羽卻沉默沒有任何反應。於是范增起身走到外面，叫來項莊，對他說：「我們的大王爲人心腸太軟。你進去上前向他敬酒，敬完酒後，就請求舞劍助興，趁機把沛公刺死在座位上。否則，你們這些人將來都會成爲他的俘虜！」項莊就到裡面去敬酒，敬完酒，說道：「大王和沛公飲酒，軍中沒有任何娛樂，請讓我舞劍爲大家助興吧！」項羽說：「好。」項莊拔出劍起舞，項伯也趕緊拔劍起舞，並不時用自己的身體擋住劉邦，讓項莊找不到刺擊劉邦的機會。接著張良跑到營門口找樊噲。樊噲問道：「現在情形如何？」張良說：「十萬火急！此刻項莊正在舞劍，他的用意是要對沛公下手。」樊噲說：「這太危險了！讓我進去，跟他們拼命！」樊噲立刻帶著劍、提著盾牌奔向營門，手持長戟交叉護衛的士兵們想擋住他不讓他進去，樊噲側著盾牌用力一撞，衛兵跌倒在地，樊噲闖了進去，掀開帳幕向西一站，瞪著項羽，憤怒得連頭髮都快豎起來，眼眶都要裂開了。項羽按著劍把，挺直上身，問道：「來者是誰？」張良說：「這是沛公的近身侍衛樊噲。」項羽說：「好一位壯士！賞他一杯酒喝。」侍從立刻端給他一大杯酒。樊噲拜謝後，就站著把它喝乾了。項羽說：「再賞他一隻豬肘子！」侍者就給他一隻生的豬肘子。樊噲把盾牌反扣在地上，再把豬肘子放在盾牌上面，拔出劍來，一塊一塊地切著吃。項羽說：「壯士！還能再喝嗎？」樊噲說：「我連死都不畏懼，區區幾杯酒還會推辭嗎？從前秦王有虎狼般的殘暴心腸，殺人惟恐不能殆盡，處罰人惟恐刑罰不夠殘酷，所以天下的人都反對他。楚懷王曾與各位將軍約定：『誰先攻入咸陽滅掉秦朝，就立他爲王。』而今沛公最先打敗秦軍，攻入咸陽，城裡的東西一絲一毫都不敢碰，並封閉了宮室，命令軍隊退守霸上，等候大王您的到來。他會派將守關，也是爲了防備其他盜賊出入或擔心發生意外事故。沛公如此勞苦功高，您不但沒有給予封侯賞賜，反而聽信小人的話，想斬殺有功的人，這無疑是在步上秦國滅亡的後塵，我個人認爲大王您是不該這樣做的！」項羽一時無話可說，就說：「坐下吧！」樊噲就挨著張良坐下。

沒多久，劉邦起身上廁所，趁機叫樊噲出來。劉邦出來以後，項羽派都尉陳平去叫劉邦。劉邦對樊噲說：「現在我們出來了，但是沒有向項王告別，怎麼辦？」樊噲說：「做大事不可拘泥小節，行大禮不必計較瑣細禮儀，如今人家已是擺好菜刀和砧板，準備把我們當作魚肉來宰割，還需要告別什麼呢？」於是劉邦決定不辭而別了。臨走時，劉邦叫張良留下向項羽辭謝。張良問道：「大王您來時可帶了什麼禮物？」劉邦說：「我帶來一對白璧，想獻給項王；一對玉斗，想送給亞父，但剛巧碰上他們在生氣，我不敢奉獻，你替我獻給他們吧！」張良說：「好。」當時，項羽軍隊駐紮在鴻門，劉邦軍隊駐紮在霸上，相距四十里。劉邦留下隨從和車騎，單獨騎著馬，與樊噲、夏侯嬰、靳彊、紀信等四人拿著劍和盾牌快速離去，從驪山下經過芷陽抄近路逃走。劉邦臨行前對張良說：「從這條小路到我們軍營，大約二十里左右。你估計我已經到達營地時，才可進去。」劉邦離開以後，張良估計他已從小路回到營地，才進去致歉，說：「沛公不勝酒力，已經醉了，因此無法當面告辭，謹派我奉上一雙白璧，敬獻給大王；一對玉斗，贈送給大將軍。」項羽問道：「沛公現在在哪兒？」張良說：「他聽說大王有意責備他，於是先行離去，現已回到營地了。」項羽就收下了白璧，把它放在座位上。范增接過玉斗，擱在地上，拔出劍來把它擊碎，說：「唉！這小子眞的不能跟他共謀大事。將來奪去項王天下的人，一定就是沛公，我們這些人都要成爲他的俘虜了！」

劉邦回到軍營以後，立刻殺掉曹無傷。

意旨精鑰

本篇敘述項羽、劉邦推翻秦朝暴政之後，爲爭奪權力、戰果而在鴻門宴上，展開一段爾虞我詐、驚心動魄的攻防戰。

寫作密技

一、**雙關**：一語同時兼顧兩種事物或兼含兩種意義。

字音雙關　又稱諧音雙關，一個字詞兼含另一個與本字詞同音，或音近字詞的意義。

詞義雙關　一個字詞兼含兩種意義或事物。

句義雙關　一句話或一段文字兼含兩種意義或事物。

例1：唉！豎子不足與謀。

Tips. 詞義雙關。「豎子」指項莊，兼指項羽。

例2：向晚意不適，驅車登古原。夕陽無限好，只是近黃昏。（唐代李商隱《登樂遊原》）

Tips. 句義雙關。「近黃昏」指實際的時間，兼指作者內心遲暮的感受。

例3：志士幽人莫怨嗟，古來材大難為用！（唐代杜甫《古柏行》）

Tips. 詞義雙關。「材大」指古柏，兼指材大之人。

二、誇飾：

將客觀之人、事、物的特點，透過主觀情意，故意誇大鋪張地渲染與鋪飾，使它與眞正的事實相差甚遠，以加深讀者的印象。

例1：瞋目視項王，頭髮上指，目眥盡裂。

例2：人生天地間，若白駒之過隙，忽然而已。（《莊子．知北遊》）

例3：忽有龐然大物，拔山倒樹而來，蓋一癩蝦蟆也。（清代沈復《浮生六記》）

三、倒裝：

語文中特意顛倒文法上或邏輯上順序的句子。

例1：財物無所取，婦女無所幸。

Tips.「財物無所取，婦女無所幸」為「無取財物，無幸婦女」的倒裝。

例2：臣死且不避，卮酒安足辭？

Tips.「臣死且不避，卮酒安足辭」為「臣且不避死，安足辭卮酒」的倒裝。

例3：文帝怒曰：「此人親驚吾馬，吾馬賴柔和，令他馬，固不敗傷我乎？而廷尉乃當之罰金。」（《史記．張釋之馮唐列傳》）

Tips.「吾馬賴柔和」為「賴吾馬柔和」的倒裝。

例4：荀偃令曰：「雞鳴而駕，塞井夷，唯余馬首是瞻！」（《左傳・襄公十四年》）

Tips.「唯余馬首是瞻」為「唯余瞻馬首」的倒裝。

成語錦囊

一、秋毫不犯：秋毫，秋天鳥獸所生的細毛，比喻極細微的東西。指絲毫不侵犯人民的利益。

原典 吾入關，秋毫不敢有所近，籍吏民，封府庫，而待將軍。

書證1：振旅長途，號令清嚴，所過秋毫不犯，信賞分明，士卒咸思盡命。（南朝梁元帝《金樓子・興王》）

書證2：秋毫不犯三吳悅，春日遙看五色光。（唐代李白〈永王東巡歌〉）

書證3：王忱為盩厔鎮將，清苦肅下。有軍士犯禁，杖而枷之，約曰：「百日而脫！未及百日而脫者有三：我死則脫，爾死則脫，天子之命則脫。非此，臂可折，約不可改也！」由是秋毫不犯。（唐代李肇《唐國史補》）

二、勞苦功高：形容做事勤苦而功勞很大。多用以慰問和讚頌別人。

原典 勞苦而功高如此，未有封侯之賞，而聽細說，欲誅有功之人，此亡秦之續耳！

書證1：將軍一出而平燕及代，奔馳二千餘里，方之乃父，勞苦功高，不相上下。（《東周列國志》）

小試身手

（*為多選題）

*1.（　）古代「度量衡」分別指長度、容量、重量。下列文句「　」內的詞，與「衡」相關的選項是：
A.故舍汝而旅食京師，以求「斗斛」之祿。
B.吾力足以舉「百鈞」，而不足以舉一羽。
C.「觥籌」交錯，坐而諠嘩者，眾賓懽也。
D.「一兩」銀子，也沒聽見個響聲兒就沒了
E.吾入關，「秋毫」不敢有所近，籍吏民，封府庫，而待將軍。

*2.（　）古人的「名」和「字」有其內在聯繫，例如「甫」為「男子的美稱」，故杜甫字子美。選出下列有關「名」與「字」的正確敘述：
A.《論語．先進》載子路、曾皙、冉有、公西華侍坐，子路自稱「由也為之」，冉有自稱「求也為之」；孔子則稱呼他們「求」、「赤」、「點」。這是因為子路名「由」，曾皙名「點」，冉有名「求」，公西華名「赤」。古時尊對卑稱名，卑對尊自稱也稱名。
B.先秦時代，為便於稱呼，常在「字」的前面加上排行，成為兩個音節，如「伯禽」、「仲尼」、「季路」等。
C.《史記．鴻門宴》中，項羽對劉邦自稱「籍」，是因其名「籍」字「羽」，自稱名以表示謙虛。
D.屈原名「平」字「原」，諸葛亮名「亮」字孔明，正是「名」和「字」意義相符的例證。
E.《韓非．觀行》：「董安于之心緩，故佩弦以自急。」據此可以推論朱自清自覺其個性急躁，故取「佩弦」為字。

3.（　）閱讀下文，並推斷「　」內的詞語，何者不是動詞？
沛公左司馬曹無傷「使」人「言」於項羽曰：沛公欲「王」關中，使子嬰為「相」，珍寶盡有之。
A.使　B.言　C.王　D.相

4.（　）下列文句，**何者採用「以歷史為殷鑑」的說服技巧**？
A. 沛公不先破關中，公豈敢入乎？今人有大功而擊之，不義也，不如因善遇之。
B. 今沛公先破秦入咸陽，毫毛不敢有所近，封閉宮室，還軍霸上，以待大王來。
C. 沛公居山東時，貪於財貨，好美姬；今入關，財物無所取，婦女無所幸，此其志不在小。
D. 勞苦而功高如此，未有封侯之賞，而聽細說，欲誅有功之人，此亡秦之續耳！竊為大王不取也。

5.（　）**下列文句「」內詞義的解釋，何者正確**？
A. 諸葛亮〈出師表〉：斟酌損益，進盡忠言。「斟酌」意謂權衡考慮。
B. 丘遲〈與陳伯之書〉：聞鳴鏑而股戰，對穹廬以屈膝。「戰」意謂戰鬥。
C. 司馬遷〈鴻門宴〉：今入關，財物無所取，婦女無所「幸」。「幸」意謂獲得幸福。
D. 蘇軾〈留侯論〉：太史公疑子房以為魁梧奇偉，而其狀貌乃如婦人女子，不稱其志氣。「不稱」意謂不稱許。

6.（　）**下列各句「」中之字、詞，何者有輕視傲慢之意**？
A. 長「跪」讀素書。（〈飲馬長城窟行〉）
B. 項王按劍而「跽」。（〈鴻門宴〉）
C. 攀緣而登，「箕踞」而遨。（〈始得西山宴遊記〉）
D. 賓客上謁，未嘗不「踞」床而見。（〈虯髯客傳〉）

*7.（　）**下列「」中的字，何者經替換後意思不變**？
A. 令將軍與臣有「郤」：隙。　B. 不敢「倍」德：備。
C. 「蚤」自來謝項王：早。　D. 拔劍而「啗」之：啖。　E. 毋「內」諸侯：訥。

8.（　）「**殺人如不能舉，刑人如恐不勝**」意謂？
A. 殺人彷彿舉不起兵器，對人施刑彷彿不夠重。

B.殺人深怕無法滅盡，刑罰唯恐施行得不夠嚴重。

C.殺人唯恐無法舉起兵器，行刑唯恐無法勝過別人。

D.殺人似乎怕殺不盡，行刑似乎怕下手克制不住。

9.（　）**下列「　」中的字詞，何者音義皆正確？**

A.沛公奉「卮」酒為壽：ㄓˇ，酒杯。　B.「瞋」目視項王：ㄓㄣ，張大眼睛。

C.項王按劍而「ㄐㄧˋ」：記，長跪。　D.沛公不勝「ㄈㄡˇ」杓：否，酒壺。

10.（　）**〈鴻門宴〉為〈項羽本紀〉中描述最精彩的一段，其中衍生出許多名言典故流傳後世。下列用法，何者不當？**

A.他年紀小小的，能成就什麼大事業？「豎子不足與謀」，你說得再多也沒用，他根本就承擔不起這麼重大的任務。

B.事情到此地步，已是「人為刀俎，我為魚肉」，除了接受他開出的條件，我們還能怎麼辦呢？

C.他一聽說小王中了頭獎，便整天跟前跟後地猛獻殷勤，大家一看就知道他是「項莊舞劍」，也想分一杯羹。

D.他昨天才跟你為了利益分配不均而鬧翻，今天就送來請帖邀約，實在太可疑了，這說不定是他設下的「鴻門宴」。

解答： 1.BD　2.ABCD　3.D　4.D　5.A　6.D　7.ACD　8.B　9.C　10.A

旁徵博引

兩大梟雄——項羽和劉邦

楚漢戰爭，是發生在秦朝滅亡後，項羽和劉邦之間為爭奪統治權力而進行的一連串戰爭。從秦朝滅亡之後，一直到項羽於烏江邊自刎結束。楚漢之間的戰爭結束了秦滅之後短暫的分裂局面，是繼秦滅六國之後的又一次中國統一戰爭。

項羽，名籍，字羽，楚國下相人。楚國名將項燕之孫，七歲後隨叔父項梁遷吳中，秦末民變期間，在會稽郡治所吳縣起兵反秦，後被楚懷王封為魯公。西元前二〇七年的鉅鹿之戰中，項羽統率五萬楚軍大破五十萬秦軍，決定了秦朝覆亡之勢，秦三世被嚇得自降為「秦王」，不敢再自稱「皇帝」。項羽起兵三年，即率領山東六國諸侯滅秦，分封天下，自封號「西楚霸王」，統治黃河及長江下游的梁楚九郡，年僅二十五歲。

西元前二〇六年，漢王劉邦從漢中出兵進攻項羽，展開了歷時四年的楚漢戰爭，在此期間，項羽雖然屢屢大破劉邦，但項羽卻無法有固定的後方補給，糧草殆盡，又未能重用范增、韓信、陳平等謀臣，最後反被劉邦所滅。西元前二〇二年，項羽在垓下之戰為劉邦與諸侯六十萬聯軍所敗，突圍至烏江後，於江邊自刎而死。

漢太祖高皇帝劉邦，字季。沛豐邑中陽里人。劉邦一開始從沛縣起兵反秦，被沛縣蕭何、樊噲等人擁為沛公，尊楚懷王。秦亡後，被項羽封為漢中王。楚漢戰爭中，劉邦擊敗項羽獲勝，統一自秦亡後的天下，建立漢朝，為西漢開國皇帝，死後廟號太祖，諡號高皇帝，所以史稱漢高祖、漢高帝、漢太祖高皇帝或漢太祖。

完璧歸趙

古文鑑賞

作者：司馬遷
出處：史記・廉頗藺相如列傳
難易度☺☺☺☺☺

趙惠文王時，得楚和氏璧。秦昭王聞之，使人遺趙王書❶，願以十五城請易璧。趙王與大將軍廉頗諸大臣謀：欲予秦，秦城恐不可得，徒見欺❷；欲勿予，即患秦兵之來❸。計未定，求人可使報秦者，未得。宦者令繆賢曰：「臣舍人藺相如可使。」王問：「何以知之？」對曰：「臣嘗有罪❹，竊計欲亡走燕，臣舍人相如止臣，曰：『君何以知燕王？』臣語曰：『臣嘗從大王與燕王會境上❺，燕王私握臣手，曰願結友。以此知之，故欲往。』相如謂臣曰：『夫趙強而燕弱，而君幸於趙王❻，故燕王欲結於君。今君乃亡趙走燕，燕畏趙，其勢必不敢留君，而束君歸趙矣❼。君不如肉袒伏斧質請罪❽，則幸得脫矣。』臣從其計，大王亦幸赦臣。臣竊以為其人勇士，有智謀，宜可使。」於是王召見，問藺相如曰：「秦王以十五城請易寡人之璧，可予不❾？」相如曰：「秦強而趙弱，不可不許。」王曰：「取吾璧，不予我城，奈何？」相如曰：「秦以城求璧而趙不許，曲在趙。趙予璧而秦不予趙城，曲在秦。均之二策❿，寧許以負秦曲。」王曰：「誰可使者？」相如曰：「王必無人，臣願奉璧往使⓫。城入趙而璧留秦；城不入，臣請完璧歸趙⓬。」趙王於是遂遣相如奉璧西入秦。

秦王坐章臺見相如⓭，相如奉璧奏秦王⓮。秦王大喜，傳以示美人及左右⓯，左右皆呼萬歲。相如視秦王無意償趙城，乃前曰：「璧有瑕⓰，請指示王。」王授璧，相如因持璧卻立⓱，倚柱，怒髮上衝冠，謂秦王曰：「大王欲得璧，使人發書至趙王，趙王悉召群臣議，皆曰：『秦貪，負其強⑱，以空言求璧，償城恐不可得。』議不欲予秦璧。臣以為布衣之交尚不相欺⑲，況大國乎！且以一璧之故逆強秦之驩⑳，不可。於是趙王乃齋戒五日㉑，使臣奉璧，拜送書於庭。何者？嚴大國之威以修敬也㉒。今臣至，大王見臣列觀㉓，禮節甚倨㉔；得璧，傳之美人，以戲弄臣。臣觀大王無意償趙王城邑，故臣復取璧。大王必欲急臣㉕，臣頭今與璧俱碎於柱矣！」相如持其璧睨柱㉖，欲以擊柱。秦王恐其破璧，乃辭謝固請，召有司案圖㉗，指從此以往十五都予趙。相如度秦王特以詐詳為予趙城㉘，實不可得，乃謂秦王曰：「和氏璧，天下所共傳寶也㉙，趙王恐，不敢不獻。趙王送璧時，齋戒五日，今大王亦宜齋戒五日，設九賓於廷㉚，臣乃敢上璧。」秦王度之，終不可強奪，遂許齋五日，舍相如廣成傳㉛。相如度秦王雖齋，決負約不償城，乃使其從者衣褐㉜，懷其璧，從徑道亡㉝，歸璧于趙。

秦王齋五日後，乃設九賓禮於廷，引趙使者藺相如。相如至，謂秦王曰：「秦自繆公以來二十餘君㉞，未嘗有堅明約束者也㉟。臣誠恐見欺於王而負趙，故令人持璧歸，間至趙矣㊱。且秦強而趙弱，大王遣一介之使至趙㊲，趙立奉璧來。今以秦之強而先割十五都予趙，趙豈敢留璧而得罪於大王乎？臣知欺大王之罪當誅，臣請就湯鑊㊳，唯大王與群臣孰計議之㊴。」秦王與群臣相視而嘻㊵。左右或欲引相如去，秦王因曰：「今殺相如，終不能得璧也，而絕秦趙之驩，不如因而厚遇之㊶，使歸趙，趙王豈以一璧之故欺秦邪！」卒廷見相如，畢禮而歸之。

相如既歸，趙王以為賢大夫使不辱於諸侯，拜相如為上大夫。秦亦不以城予趙，趙亦終不予秦璧。

【說文解字】

❶遺：送。❷徒：白白地。❸患：擔心。❹嘗：曾經。❺境：指邊境。❻幸：寵愛。❼束：捆綁。❽肉袒：脫去上衣，露出上身。斧質：古代殺人刑具。質，通「鑕」，鐵砧板，人伏其上等待砍頭。❾不：通「否」。❿均：衡量。⓫奉：恭敬地捧著。⓬完：完整無缺。⓭章臺：戰國時秦王所建的亭臺。⓮奏：進獻。⓯美人：指妃嬪、姬妾。左右：指秦王近侍。⓰瑕：玉上的赤色小斑點。⓱卻：退。⓲負：倚仗。⓳布衣之交：平民交友。⓴逆：違背，觸犯。㉑齋戒：古人在祭祀前幾天要沐浴更衣、戒酒、戒葷、戒女色，以表示對神的虔誠，稱爲齋戒。㉒嚴：尊重。修敬：致敬。㉓列觀：一般的臺觀，即指章臺。㉔倨：傲慢。㉕急：逼迫。㉖睨：斜視。㉗有司：主管某方面事務的官吏。㉘特：不過。詳：通「佯」，假裝。㉙共傳：公認。㉚九賓：當時外交最隆重的禮儀，由九名迎賓典禮人員，依次傳呼接引賓客上殿。㉛舍：安置住宿。廣成：賓館的名稱。傳：傳舍，賓館。㉜褐：粗麻布短衣。㉝徑道：小路。㉞繆公：即穆公。繆，通「穆」。㉟堅明：堅決明確地遵守。約束：信約，盟約。㊱間：小路，或解爲頃刻。㊲一介：一個。㊳就湯鑊：指願受烹刑。古代有一種酷刑爲烹刑，即把人投入煮有滾水的鍋子中煮死。湯鑊，煮有滾水的鍋子。㊴孰：通「熟」，仔細。㊵嘻：驚怪之聲，或解爲苦笑之聲。㊶遇：款待。

白話解讀

趙惠文王的時候，得到楚國的和氏璧。秦昭王聽說了這件事，就派人給趙王一封書信，表示願意用十五座城交換這塊寶玉。趙王同大將軍廉頗及大臣們商量：要是把寶玉給秦國，秦國的城邑恐怕不可能會給趙國，只會白白地受騙；要是不給，那秦軍馬上就會攻打過來。他們不知道該如何解決這個問題，於是想找一個能派到秦國的使者，但是沒能找到。宦者令繆賢說：「可以派我的門客藺相如過去。」趙王問：「你怎麼知道他可以呢？」繆賢回答說：「臣曾犯過罪，打算私下逃亡到燕國，相如阻攔我說：『您怎麼會認識燕王呢？』我對他說：『我曾隨著大王在國境上與燕王會見，燕王私下握住我的手說，願意跟我交個朋友。因此我認識他，現在想去投靠他。相如對我說：『趙國強而燕國弱，況且當時您還受寵於趙王，因此燕王才會想要和您結交。現在您是要逃出趙國，奔到燕國，且燕國懼怕趙國，這種形勢下燕王必定不敢收留您，而且還會把您捆綁起來送回趙國。您不如脫掉上衣，露出肩背，伏在斧刃之下請求大王治罪，這樣也許能夠僥倖被赦免。』於臣是聽從他的意見，大王也開恩赦免了爲臣。爲臣認爲這人是個勇士並且還有智謀，派他出使很適宜。」於是趙王立即召見他，問藺相如：「秦王用十五座城請求交換我的和氏璧，我能不能給他？」相如說：「秦國強而趙國弱，不能不答應。」趙王說：「如果他得了我的寶璧，但不給我城邑，那要怎麼辦？」相如說：「秦國請求用城換璧和氏璧，趙國如果不答應，那就是趙國理虧；趙國給了璧而秦國不給城邑，那就是秦國理虧。兩種對策衡量比較一下，就知道寧可答應他，讓秦國來承擔理虧的責任，也不要趙國自己承擔。」趙王說：「那要派誰爲使臣呢？」相如說：「大王如果確實無人可派，臣願捧護寶璧前往出使。如果城邑歸屬趙國，就把寶璧留給秦國；如果城邑不能歸趙國，我一定把和氏璧完好地帶回趙國。」於是趙王便派遣藺相如帶著和氏璧，西行入秦。

秦王坐在章臺上接見藺相如，相如捧璧獻給秦王。秦王大喜，把寶璧給妻妾和左右侍從傳看，左右都高呼萬歲。相如看出秦王沒有要將城邑給趙國抵償的意思，便走上前去說：「這個璧上有個小紅斑，讓我指給大王看。」秦王把璧交給他，相如手持璧玉退後幾步，身體靠在柱子上，怒髮衝冠地對秦王說：「大王想得到寶璧，派人送信給趙王，趙王召集全體大臣商議，大家都說：『秦國貪得無厭，倚仗他的強大，想用空話得到寶璧，我們恐怕是得不到城邑的。』商議的結果是不想把寶璧給秦國。但我認爲平民百姓的交往尚且不互相欺騙，何況是大國呢？況且爲了一塊璧玉，就使強大的秦國不高興，也是不應該的。因此趙王爲此齋戒五天，派我捧著寶璧，在殿堂上恭敬地拜送國書。爲什麼要這樣呢？這是因爲尊重大國的威望以表示敬意呀！如今我來到貴國，大王卻在一般的臺觀接見我，禮節還非常傲慢，得到寶璧後，傳給姬妾們觀看，藉此來戲弄我。我觀察大王沒有給趙王十五座城的誠意，所以現在我才又收回寶璧。大王如果一定要逼我的話，那我的頭今天就連同寶璧一起在柱子上撞碎。」相如手持寶璧，斜視庭柱，就要往庭柱上撞去。秦王怕他真的會把寶璧撞碎，便向他道歉，堅決地請求他不要如此，並召來主管的官員查看地圖，指明從某地到某地的十五座城邑交割給趙國。相如知道秦王不過是用欺詐的手段假裝給趙國城邑，實際上趙國是不可能得到的，於是就對秦王說：「和氏璧是天下公認的寶物，趙王懼怕貴國，不敢不奉獻出來。趙王送璧之前，齋戒五天，如今大王也應齋戒五天，在殿堂上安排九賓大典，我才敢獻上寶璧。」秦王知道此事不能強取豪奪，於是就答應齋戒五天，請相如住在廣成賓館。相如估計秦王雖然答應齋戒，但必定會背約不給城邑，便派他的隨從穿上粗麻布衣服，懷中藏好寶璧，從小路逃出秦國，將寶璧送回趙國。

秦王齋戒五天後，就在殿堂上安排九賓大典，並去請趙國使者藺相如。相如來到後，對秦王說：「秦國從穆公以來的二十幾位君主，從來沒有一個堅守盟約的。我實在是怕被大王欺騙而對不起趙王，所以已經派人帶著寶璧從小路回到趙國了。況且秦強趙弱，大王派一位使臣到趙國，趙國立即就把寶璧送來。如今憑您秦國的強大，先把十五座城邑割讓給趙國，趙國又怎麼敢留下寶璧而得罪大王呢？我知道欺騙大王之罪應被誅殺，我情願下油鍋被烹煮，只希望大王和各位大臣仔細考慮此事。」秦王和群臣面面相覷。侍從要把相如拉下去，秦王趁機說：「如今殺了相如，終歸還是得不到寶璧，反而還會破壞秦趙兩國的交情，不如趁此好好款待他，放他回到趙國，趙王難道會為了一塊璧玉而欺騙秦國嗎？」最終，秦王還是在殿堂上接見相如，並且完成大禮讓他回國。

相如回國後，趙王認為他是一位稱職的大夫，身為使臣，不受諸侯的欺辱，於是封相如為上大夫。最終，秦國沒有把城邑給趙國，趙國也始終沒有給秦國寶璧。

意旨精鑰

藺相如是太史公所景仰的歷史人物之一，因而在這篇傳記中他對這位人物大力表彰、熱情歌頌。透過「完璧歸趙」的故事，有聲有色地描繪出他面對強暴，而無所畏懼的大無畏精神，也展現出他戰勝強秦的威逼凌辱，並且維護趙國尊嚴的機智與果敢。

寫作密技

一、**誇飾：**將客觀之人、事、物的特點，透過主觀情意，故意誇大鋪張地渲染與鋪飾，使它與眞正的事實相差甚遠，以加深讀者的印象。

例1：王授璧，相如因持璧卻立，倚柱，怒髮上衝冠。

例2：其母緣岸哀號，行百餘里不去，遂跳上船，至便即絕。破視其腹中，腸皆寸寸斷。（《世說新語．黜免》）

例3：千山鳥飛絕，萬徑人蹤滅。（唐代柳宗元〈江雪〉）

例4：更妙的是三五月明之後，天是那樣藍，幾乎透明似的，月亮離山頂，似乎不過幾尺。（茅盾〈風景談〉）

成語錦囊

一、**價值連城：**後用以形容物品十分珍貴。

原典 趙惠文王時，得楚和氏璧。秦昭王聞之，使人遺趙王書，願以十五城請易璧。

書證 1：一見丹青，眼底春生，美嬌嬌真個輕盈，肯笑笑價值連城。（明代張景《飛丸記》）

書證 2：看他這屋中的擺設，全都是世上罕有之物，各樣的盆景古玩，俱都是珊瑚瑪瑙，碧犀翡翠，價值連城！雷鳴、陳亮平生目未所睹。（清代郭小亭《濟公傳》）

書證 3：此乃府上之寶，價值連城；諒小子安敢妄想，休得取笑！（清代錢彩《精忠岳傳》）

書證 4：早已聞得小丹村勾鄉宦家有寶珠燈，價值連城。（清代石玉昆《三俠五義》）

書證 5：逮醒，始知是夢，然珠串固籠於腕上，詫為奇事，出以示人，皆言此非世間所有，珍逾天府，價值連城，尋常百姓家不敢藏也。（清代王韜《淞隱漫錄．月裡嫦娥》）

二、**完璧歸趙**：後用以比喻物歸原主。

原典 王必無人，臣願奉璧往使。城入趙而璧留秦；城不入，臣請完璧歸趙。

書證 1：再休思重會蘭房，那虜騎如雲不可當。便得個完璧歸趙也，怕花貌老風霜。（明代汪廷訥《種玉記》）

書證 2：此意應蒙觥主憐，會見完璧速歸趙。（清代趙翼〈兕觥歸趙歌〉）

書證 3：我家如此巨富，嫁女兒無一典肆，恐為宗族鄉黨羞。女故無利心，只求偽飾外觀，終當完璧歸趙耳。（清代采蘅子《蟲鳴漫錄》）

三、**怒髮衝冠**：形容盛怒的樣子。

原典 王授璧，相如因持璧卻立，倚柱，怒髮上衝冠。

書證1：拔劍照霜白，怒髮衝冠壯；會立萬里功，視君封侯相。（唐代戴休珽〈古意〉）

書證2：怒髮衝冠，憑欄處，瀟瀟雨歇。（宋代岳飛〈滿江紅．怒髮衝冠〉）

書證3：理刑一看，怒髮衝冠，連四尼多拿了，帶到衙門裡來。（明代凌濛初《初刻拍案驚奇》）

書證4：窮鄉僻壤，有這樣讀書君子，卻被守錢奴如此凌虐，足令人怒髮衝冠！（清代吳敬梓《儒林外史》）

小試身手

1.（　）甲、得無自取不優之議也？蕃乃「謝」焉。（《後漢書．范滂傳》）乙、秦王恐其破璧，乃辭「謝」固請。（《史記．廉頗藺相如列傳》）丙、平原君乃免冠「謝」，固留公子。（《史記．魏公子列傳》）丁、朱亥故不復「謝」，公子怪之。（《史記．魏公子列傳》）上述的「謝」字，可以當作「道謝」詞意的有幾個呢？

A. 四個。

B. 三個。

C. 二個。

D. 一個。

2.（　）下列關於「見」字的用法，何者不表被動？

A. 秦城恐不可得，徒見欺。（《史記．廉頗藺相如列傳》）

B. 非獨見病，亦以病吾子。（唐代柳宗元〈答韋中立論師道書〉）

C. 吾長見笑於大方之家。（《莊子．秋水》）

D. 祖母劉愍臣孤弱，躬見撫養。（唐代李密〈陳情表〉）

解答：1. D　2. D

旁徵博引

和氏璧

關於和氏璧的記載，最早見載於《韓非子．和氏第十三》。楚國人卞和在楚地的山中發現了一塊外裹岩石的美玉，他將這塊玉獻給當時的君主楚厲王，但楚國王室認為和氏貢獻的只是一塊石頭而已，認為他欺騙君主。於是，楚厲王下令將和氏的左腳砍去。後來，厲王死後，楚武王即位，和氏再次將該玉獻給他，武王命令玉工鑑定這塊玉石，鑑定的結果是，和氏所貢獻的仍是一塊石頭，結果和氏的右腳也被砍掉了。最後，和氏帶著玉石回到楚山，他在那裡痛哭了三天三夜。之後，新即位的楚國國君楚文王派人詢問此事的緣由，和氏說：「我並非是為了自己被砍去雙腳而傷心，而是因為寶玉被認定為頑石，忠臣被認為是騙子，這才是我所傷心的啊！」於是，楚文王便派工匠除去裹在玉石外的岩石，這才看到了藏在其中的玉。楚文王便將該玉璧命名為「和氏」。

第三單元

六朝

前出師表
典論·論文
陳情表
蘭亭集序
歸去來辭
桃花源記
世說新語選
與陳伯之書

前出師表

出處：昭明文選
難易度☺☺☺☺☺

作者簡介

諸葛亮（西元一八一年—西元二三四年），字孔明，琅琊陽都人，中國歷史上著名的政治家、軍事家、散文家、發明家，也是中國傳統文化中忠臣與智者的代表人物。諸葛亮在世時被封為武鄉侯，死後諡為忠武侯，所以又稱為武侯、諸葛武侯；此外，因其早年外號，也稱「臥龍」或「伏龍」。著有〈隆中對〉、〈出師表〉、〈誡子書〉、〈將苑〉等。

古文鑑賞

臣亮言：先帝創業未半，而中道崩殂❶。今天下三分，益州疲敝❷，此誠危急存亡之秋也❸。然侍衛之臣，不懈於內；忠志之士，忘身於外者，蓋追先帝之殊遇❹，欲報之於陛下也。誠宜開張聖聽❺，以光先帝遺德❻，恢宏志士之氣❼，不宜妄自菲薄❽，引喻失義❾，以塞忠諫之路也。

宮中、府中❿，俱為一體，陟罰臧否⓫，不宜異同。若有作奸犯科，及為忠善者，宜付有司⓬，論其刑賞，以昭陛下平明之治，不宜偏私，使內外異法也⓭。侍中、侍郎郭攸之、費禕、董允等，此皆良實，志慮忠純，是以先帝簡拔以遺陛下⓮。愚以為宮中之事⓯，事無大小，悉以諮之，然後施行，必能裨補闕漏⓰，有所廣益。將軍向寵，性行淑均⓱，曉暢軍事，試用於昔日，先帝稱之曰能，是以眾議舉寵為督⓲。愚以為營中之事，事無大小，悉以諮之，必能使行陣和睦⓳，優劣得所也。親賢臣，遠小人，此先漢所以興隆也；親小人，遠賢臣，此後漢所以傾頹也。先帝在時，每與臣論此事，未嘗不嘆息痛恨於桓、靈也。侍中、尚書、長史、參軍，此悉貞亮死節之臣也⓴，願陛下親之信之，則漢室之隆，可計日而待也。

臣本布衣㉑，躬耕於南陽㉒，苟全性命於亂世，不求聞達於諸侯㉓。先帝不以臣卑鄙㉔，猥自枉屈㉕，三顧臣於草廬之中㉖，諮臣以當世之事，由是感激，遂許先帝以驅馳㉗。後值傾覆㉘，受任於敗軍之際，奉命於危難之間，爾來二十一年矣！先帝知臣謹慎，故臨崩寄臣以大事也。受命以來，夙夜憂勤，恐託付不效㉙，以傷先帝之明。故五月渡瀘，深入不毛㉚。今南方已定，兵甲已足，當獎率三軍，北定中原，庶竭駑鈍㉛，攘除奸凶，興復漢室，還於舊都。此臣所以報先帝而忠陛下之職分也。斟酌損益㉜，進盡忠言，則攸之、禕、允之任也。願陛下託臣以討賊興復之效，不效，則治臣之罪，以告先帝之靈。若無興德之言，則責攸之、禕、允等之慢，以彰其咎。陛下亦宜自課㉝，以諮諏善道㉞，察納雅言㉟，深追先帝遺詔，臣不勝受恩感激。今當遠離，臨表涕泣，不知所云。

【說文解字】

❶崩殂：天子死稱崩，又稱殂。❷疲敝：此處指國力貧弱。❸秋：指緊要時刻。秋天是收穫季節，農事繁忙，因此用秋天比喻緊急時刻。❹追：追念。❺開張聖聽：意爲廣泛聽取群臣的意見。❻光：彰顯，發揚。❼恢宏：鼓舞。❽妄自菲薄：過於自卑而不知自重。❾引喻失義：援引例證而有所不當。❿宮中：指皇帝禁宮中的侍臣。府中：即政府中一般官吏。⓫陟：提升。臧：善，引申爲表揚、獎勵。否：惡，引申爲批評。⓬有司：官員。⓭內外：宮中府外。⓮簡拔：揀選拔擢。簡，挑選。遺：留下。⓯愚：自謙之詞。⓰裨：增益。闕：通「缺」。⓱性行：本性，行爲。淑均：善良公正。⓲舉：推選。⓳行陣：軍隊。⓴守節：爲堅守節義而死。㉑布衣：平民。㉒躬耕：此處指隱居。㉓聞：揚名。達：顯達，指做官。㉔卑鄙：地位卑微，見識淺陋。㉕猥：謙詞，猶言「辱」。枉屈：指屈尊就卑。㉖顧：拜訪。㉗許：答應。驅馳：奔走效勞。㉘傾覆：覆敗。㉙不效：不見成效，不成功。㉚不毛：草木不生，荒涼的地方。㉛駑鈍：才能低下愚鈍，常用爲自謙之辭。㉜斟酌損益：權衡得失，決定取捨。㉝自課：自我察省。課，考核。㉞諮諏：詢問。㉟雅言：正言。

白話解讀

臣諸葛亮稟奏：先帝統一天下的大業還沒完成一半，就在中途去世了。現在天下分裂成三國，我們益州人力物力困乏，確實面臨危急存亡的緊要關頭了。然而侍衛陛下的大臣對於朝政國事毫不懈怠，忠心耿耿的將士在戰場上奮不顧身，這都是因爲大家追念先帝對他們的厚愛，想要報答在陛下身上。陛下應該增廣自己的見聞、聽取衆臣的意見，以發揚先帝遺留下來的美德，激勵將士們的志氣，不應該隨便看輕自己，說話有失分寸，從而堵塞忠臣進諫的道路。

不論宮中的侍臣和府中官吏，都是蜀漢之臣，沒有親疏之別，對他們的拔擢、懲罰、表揚、批評不應該有所差異。如果有人作奸犯法，或有人忠誠善良、有所建樹，都應該交給負責管理的部門，評定對他們的賞罰，以顯示陛下公平英明的法治，不宜有所偏袒，讓宮中、府中有不同的賞罰標準。侍中、侍郎郭攸之、費禕、董允等人，都是賢良篤實的人，心性忠誠、行事專一，所以先帝選拔他們來輔佐陛下。臣認爲宮廷中的事務，不論大小，都可以與他們商量後再施行，那就一定能彌補缺點和疏忽之處，獲得更大的成效。將軍向寵，爲人和善公正，通曉軍事，從前起用時，先帝稱讚他能幹，所以大家推薦他擔任中部都督。臣認爲軍營中的大小事情，皆可徵詢他的意見，必定能使軍隊內部協調一致，使各種人才能得到合理的任用。親近賢臣，疏遠小人，這就是西漢興旺發達的原因；親近小人，疏遠賢臣，這是東漢覆亡衰敗的原因。先帝健在時，每跟臣談到這些事情，沒有一次不對桓帝、靈帝的所作所爲感到惋惜和痛心。侍中郭攸之、尙書陳震、長史張裔、參軍蔣琬，這些都是堅貞忠良、願爲陛下國家捨身的大臣，希望陛下親近他們、信任他們，那麼漢朝王室的興隆，就指日可待了。

臣本來是個平民百姓，在南陽耕田種地，只想在亂世中苟且保全性命，並未打算做官揚名。先帝不介意臣的見識淺陋、地位低微，反而降低身分、委屈自己，三次造訪臣的茅廬，和臣商議當時的天下局勢。臣爲此非常感動，便答應爲先帝奔走效勞。後來軍事失利，在戰敗之際臣接下重任，於危難的時刻奉命出使，至今已有二十一年了！先帝知道臣處事謹慎，所以臨終時把國家大事託付給臣。自從臣接受遺命以來，日夜憂心，唯恐託付的事情不能辦好，因而辱沒先帝的識人之明。所以五月渡過瀘水，深入到草木不生的荒涼之地。現在南方已經平定，武器盔甲等裝備也都備足，應當獎勵並統率全軍，北上平定中原，盼能竭盡臣平庸的才能，鏟除奸詐兇惡的曹魏，復興漢朝王室，回到原來的國都洛陽。這是臣用來報答先帝、向陛下盡忠的職責啊！至於對於政事的處理，提出忠直懇切的意見，那是郭攸之、費禕、董允等人的責任。希望陛下把討伐曹賊、復興漢室的任務交付給臣，如果不成功，就懲治臣的罪，以此告慰先帝在天之靈。如果沒有向您提出發揚德行的建言，就要責備攸之、禕、允等人的怠慢，昭示他們的罪過。陛下也應多加省視、考察自己，多方徵求正確的治國方針、審察採納正直的建議，深切追念先帝的遺言，這樣臣對陛下的恩惠就感激不盡了。如今微臣就要出征遠離陛下了，淚流滿面地寫下這篇表文，內心沉重傷感得不知道說些什麼。

意旨精鑰

蜀漢後主劉禪建興五年（西元二二七年），諸葛亮出師北伐前，上此表給劉禪。表中反覆勸勉劉禪應繼承劉備的遺志，親近賢人，遠離小人，並陳述自己對蜀漢的忠誠和北取中原的堅定信心。

寫作密技

一、**鑲嵌：**在詞句中插入數目字、虛字、特定字、同義字或異義字，接長文句。

鑲字 使用數字或虛數字加入語句。

嵌字 使用特定字加入語句。

增字 使用同義字加入語句。

配字 使用異義字加入語句。此異義字只取其聲舒緩語句，並不取其義。

例1：先帝創業未半，而中道崩殂。

Tips. 增字，增加同義字「殂」。

例2：陟罰臧否，不宜異同。

Tips. 配字，增加異義字「同」。

例3：東市買駿馬，西市買鞍韉，南市買轡頭，北市買長鞭。（〈木蘭詩〉）

Tips. 嵌字，增加特定字「東、西、南、北」。

例4：又有諸院孤小弟妹六、七人，提挈同來。（唐代白居易〈與元微之書〉）

Tips. 增字，增加同義字「挈」。

二、**錯綜**：將文句中形式整齊的行句故意抽換詞面、交蹉語次、伸縮文句、變化句式，使文句的形式參差，詞彙別異。

抽換詞面 以其他意義相同的詞語取代形式整齊之文句。

交蹉語次 將上下文句的次序，故意參差不齊。

伸縮文句 將字數相等的句子故意弄得字數不等，使長句與短句互相交錯。

變化句式 將肯定句與否定句，直述句與疑問句，穿插寫入。

例1：陟罰臧否，不宜異同。

Tips. 交蹉語次。又作「陟臧罰否，不宜異同。」

例2：句讀之不知，惑之不解，或師焉，或不焉。（唐代韓愈〈師說〉）

Tips. 交蹉語次。又作「句讀之不知，或師焉，惑之不解，或不焉。」

成語錦囊

一、妄自菲薄：隨意看輕自己，不知自重。

原典 誠宜開張聖聽，以光先帝遺德，恢宏志士之氣，不宜妄自菲薄，引喻失義，以塞忠諫之路也。

書證1：卿居后父之重，不應妄自菲薄，以虧時遇。（《晉書・外戚列傳》）

書證2：我雖衰窮而不肯妄自菲薄，君既強仕而豈應廢其頡頏！（宋代陳亮〈祭楊子固縣尉文〉）

書證3：王蘊固讓徐州，謝安曰：『卿居后父之重，不應妄自菲薄，以虧時遇。』蘊乃受命。（《資治通鑑》）

書證4：天地生才有限，不宜妄自菲薄。（清代劉鶚《老殘遊記》）

二、三顧茅廬：指漢末劉備往訪諸葛亮，凡三次才得見。後用以比喻對賢才眞心誠意地邀請。

原典 先帝不以臣卑鄙，猥自枉屈，三顧臣於草廬之中，諮臣以當世之事，由是感激，遂許先帝以驅馳。

書證1：黃石兵法，寧可再逢，三顧茅廬，無由兩遇。（南朝徐陵〈諫仁山深法師罷道書〉）

書證2：鑾輿三顧茅廬，漢祚難扶，日暮桑榆。（元代虞集《折挂令．鑾輿三顧茅廬》）

書證3：我住著半間兒草舍，再誰承望三顧茅廬？（元代馬致遠《薦福碑》）

書證4：秦相說：「和尚，你輸了一萬。張飛顧盧，三顧茅廬還可以說；敬德吊魚，魚哪有腿？」和尚說：「甲魚不是有四條腿？」（清代郭小亭《濟公傳》）

三、不知所云：言語模糊或內容空洞，無法得知意旨爲何。

原典 今當遠離，臨表涕泣，不知所云。

書證1：孤志多感，重恩難忘。顧瞻門館，慚戀交會。伏紙流涕，不知所云。（唐代劉禹錫〈上杜司徒書〉）

書證2：檜後留身，不知所云。（《宋史．趙鼎列傳》）

書證3：卻說甄士隱俱聽得明白，但不知所云蠢物係何東西。遂不禁上前施禮，笑問道：「二仙師請了。」那僧道也忙答禮相問。（清代曹雪芹《紅樓夢》）

小試身手（＊為多選題）

＊1.（　）目前習用的敬稱對方之詞「閣下」，來自古代「因卑達尊」的思維，亦即言談中基於禮貌，提到對方時，刻意稱呼其近侍隨從，以表示「不敢當面進言，謹向位階較低的侍從報告」之意。下列文句「」內的詞，屬於此一用法的選項是：

A. 若亡鄭而有益於君，敢以煩「執事」。

B. 蓋追先帝之殊遇，欲報之於「陛下」也。

C. 孟子去齊，充虞路問曰：「夫子」若有不豫色然。
D. 中軍臨川「殿下」，明德茂親，總茲戎重。
E. 宋牼將之楚，孟子遇於石丘，曰：「先生」將何之。

*2.（　）**下引文章中的某、足下、去、願、見五個詞，各與下列選項「　」內相同的字詞比較，意義相同的選項是：孔明笑曰：「雲長勿怪！某本欲煩足下把一個最緊要的隘口，怎奈有些違礙，不敢教去。」雲長曰：「有何違礙？願即見諭。」**
A. 虬髯曰：計李郎之程，「某」日方到，到之明日，可與一妹同詣某坊曲小宅相訪。
B. 微之，微之，不見「足下」面已三年矣，不得足下書欲二年矣。
C. 是君臣、父子、兄弟「去」利懷仁義以相接也，然而不王者，未之有也。
D. 「願」陛下託臣以討賊興復之效，不效，則治臣之罪。
E. 臣以險釁，夙遭閔凶，生孩六月，慈父「見」背。

*3.（　）**下列敘述，正確的選項是：**
A. 諸葛亮〈出師表〉所謂「開張聖德」即指「廣開言路」。
B. 蘇軾〈赤壁賦〉所謂「滄海之一粟」即指「滄海遺珠」。
C. 白居易〈與元微之書〉所謂「方寸甚安」即指「內心安泰」。
D. 蘇軾〈黃州快哉亭記〉所謂「蓬戶甕牖」等同於「儉以養廉」。
E. 韓愈〈師說〉所謂「不恥相師」與「君子不齒」，「不恥」與「不齒」意義相近。

4.（　）**選出下列「　」中該字之字形及音義解釋皆正確的選項：**
A. 子之病「革」矣：ㄐㄧˊ，危急。
B. 臨牛方鬥，不可「擘」：ㄆㄛˋ，分開。
C. 諮「諏」善道：ㄓㄡ，謀畫、訪問。

D.帶「挈」你中了個相公：ㄑㄧˋ，提。

5.（　）下列文句的「使」，何者具有「派遣」的涵義？

A.「使」民敬忠以勸，如之何。

B.「使」君有婦，羅敷有夫。

C.若「使」燭之武見秦君，師必退。

D.不宜偏私，「使」內外異法也。

6.（　）下列文句的「無」字，何者與「愚以為宮中之事，事無大小，悉以諮之」的「無」字意義相同？

A.臺灣「無」史，豈非臺人之痛歟。

B.哀吾生之須臾，羨長江之「無」窮。

C.知己而「無」禮，固不如在縲紲之中。

D.人「無」貴賤窮通，皆有急切所需之物。

7.（　）古代對禮制的要求非常嚴苛，對於不同階級人物的死亡稱呼也有所不同。下列說明，何者正確？

A.帝王逝世稱「薨」。

B.諸侯過世稱「崩」。

C.平民死亡稱「卒」。

D.士去世稱「不祿」。

8.（　）下列「　」中的字，何者是形容詞做動詞使用？

A.割雞焉用「牛」刀。

B.不宜妄自「菲薄」。

C.視吾家所「寡」有者。

D.「漁樵」於江渚之上。

9.（　）**下列文句「　」的詞語，何者意義相同？**

A.先帝不「以」臣卑鄙，委自枉屈／秦之方盛，「以」刀鋸鼎鑊待天下之士

B.「苟」全性命於亂世，不求聞達於諸侯／「苟」欲以二三陳編而知臺灣大勢

C.若有作奸犯科，及「為」忠善者／「為」機變之巧者，無所用恥焉

D.是以先帝簡拔以「遺」陛下／遂營目前之務，而「遺」千載之功

10.（　）**下列各組「　」內的字，何者讀音相同？**

A.諮「諏」善道／荒「陬」

B.妄自「菲」薄／「緋」聞

C.「裨」補闕漏／「稗」草

D.崩「殂」／刀「俎」

解答： 1.ABD 2.BDE 3.AC 4.A 5.C 6.D 7.D 8.B 9.C 10.A

旁徵博引

諸葛亮的醜妻子——黃夫人

黃夫人，生卒年不詳，《三國志》中沒有記述其名字，民間相傳為黃月英、黃綬、黃碩。蜀漢丞相忠武侯諸葛亮之妻、名士黃承彥之女。民間相傳，其髮黃膚黑，面貌奇醜，故有俗名為黃阿醜。雖然其貌不揚，但博學多才且賢慧。

當名士黃承彥知道諸葛亮在尋找結婚對象時，就對他說：「我有一位相貌醜陋的女兒，生得黃頭髮、黑皮膚，但是才能和你相配。」結果，諸葛亮對相貌不以為意，立即答應這門婚事。當時的人都將此事

當作笑話，鄉間有句諺語：「莫作孔明擇婦，正得阿承醜女。」

黃夫人博學賢慧，由於諸葛亮忙於公務，所以家中大小事全由她經手。後來，諸葛亮長子諸葛瞻在曹魏軍隊入侵時，死守綿竹，不受威逼利誘，壯烈殉國，小兒子諸葛懷面對晉武帝司馬炎的封爵利誘，也不為所動，堅持還鄉務農。據說，這些都歸功於黃夫人對子女良好的教育。

典論・論文

作者簡介

曹丕（西元一八七年－西元二二六年），三國曹魏的開國皇帝。曹丕自幼好文學，詩、賦、文學批評方面皆有成就，與父曹操、弟曹植並稱「三曹」。中國的七言詩直至曹丕〈燕歌行〉出現始告成立，其詩歌風格細膩婉約，不若乃父時露雄偉蒼茫之氣。在文學批評方面，其作《典論．論文》提出許多寫作文章的寶貴見解，開中國文學批評之先聲。著有《典論》等，今存《魏文帝集》二卷。

出處：昭明文選
難易度：☺☺☺☺☺

古文鑑賞

文人相輕❶，自古而然。傅毅之於班固，伯仲之間耳，而固小之❷，與弟超書曰：「武仲以能屬（ㄓㄨˇ）文❸，為蘭臺令史，下筆不能自休❹。」夫人善於自見（ㄒㄧㄢˋ）❺，而文非一體❻，鮮（ㄒㄧㄢˇ）能備善，是以各以所長，相輕所短。里語曰❼：「家有弊帚（ㄓㄡˇ），享之千金❽。」斯不自見之患也❾。今之文人：魯國孔融文舉、廣陵陳琳孔璋、山陽王粲仲宣、北海徐幹偉長、陳留阮瑀元瑜、汝南應瑒（ㄧㄤˊ）德璉、東平劉楨公幹，斯七子者，於學無所遺❿，於辭無所假⓫，咸以自騁驥騄（ㄌㄨˋ）於千里⓬，仰齊足而並馳⓭。以此相服⓮，亦良難矣⓯！蓋君子審己以度（ㄉㄨㄛˋ）人⓰，故能免於斯累⓱，而作論文。

王粲長於辭賦，徐幹時有齊氣⓲，然粲之匹（ㄆㄧˇ）也⓳。如粲之〈初征〉、〈登樓〉、〈槐賦〉、〈征思〉、幹之〈玄猿〉、〈漏卮（ㄓ）〉、〈圓扇〉、〈橘賦〉，雖張、蔡不過也⓴。然於他文，未能稱是。琳、瑀之章表書記，今之雋也㉑。應瑒和而不壯，劉楨壯而不密。孔融體氣高妙㉒，有過人者；然不能持論㉓，理不勝辭㉔；以至乎雜以嘲戲㉕。及其所善，揚、班儔也㉖。

常人貴遠賤近，向聲背實㉗，又患闇於自見㉘，謂己為賢。夫文本同而末異㉙，蓋奏議宜雅，書論宜理，銘誄尚實㉚，詩賦欲麗。此四科不同，故能之者偏也；唯通才能備其體。

文以氣為主，氣之清濁有體，不可力強而致。譬諸音樂，曲度雖均，節奏同檢㉛，至於引氣不齊㉜，巧拙有素㉝，雖在父兄，不能以移子弟。

蓋文章，經國之大業㉞，不朽之盛事。年壽有時而盡，榮樂止乎其身，二者必至之常期，未若文章之無窮。是以古之作者，寄身於翰墨，見意於篇籍，不假良史之辭㉟，不託飛馳之勢，而聲名自傳於後。故西伯幽而演《易》，周旦顯而制《禮》，不以隱約而弗務㊱，不以康樂而加思㊲。夫然，則古人賤尺璧而重寸陰，懼乎時之過已。而人多不強力㊳，貧賤則懾於饑寒，富貴則流於逸樂㊴，遂營目前之務，而遺千載之功。日月逝於上，體貌衰於下，忽然與萬物遷化㊵，斯志士之大痛也！融等已逝，唯幹著《論》，成一家言。

【說文解字】

❶相輕：互相輕視。❷小：輕視。❸屬文：寫作文章。屬，寫作。❹自休：自己有所制止，此處指不知剪裁。❺見：通「現」，炫耀，表現。❻體：體式，體裁。❼里語：俗語。里，通「俚」。❽家有敝帚，享之千金：自家的破掃帚，卻視如千金之寶。比喻極爲珍惜自己的事物。享，當。❾不自見：不能了解自己的缺點。❿遺：疏漏，餘留。⓫於辭無所假：寫作文章不抄襲他人。假，憑藉，依傍。⓬咸以自：都自己認爲。以，認爲。驥騄：古代駿馬名。此處用以比喻七子各具過人良才。⓭仰齊足：昂首齊步。⓮相服：互相欽佩，敬服。⓯良：很，甚。⓰度：思考，忖度。⓱累：毛病。⓲齊氣：齊人氣質較爲舒緩平和。此處指徐幹文章蘊含舒緩的氣質。⓳匹：匹敵，抗衡。⓴過：超越。㉑儁：通「俊」，才華出眾。㉒體氣：作者的精神本體和所表現的不同氣質。㉓不能持論：無法建立有效、切實的論點。持論，立論。㉔理不勝辭：理論不能勝過文辭。意謂孔融文章長於辭采，短於說理。㉕嘲戲：戲謔。㉖儔：匹敵，媲美。㉗向聲背實：崇尚虛名，背棄實

學。㉘闇：不明。㉙末異：指文體不同而作法各異。㉚銘：用以讚揚功績或申明鑑戒的文體。誄：羅列死者生前功過，以表讚揚的文體。㉛檢：法度。㉜引氣不齊：演唱時運氣不一致。此處引申爲由於作者精神氣質不同，文章行文用字的風格也有所差異。㉝素：本性。㉞經：治理。㉟不假良史之辭：不須借重史家的美言評論。㊱隱約：窮困不得志。務：從事，工作。㊲加：移改，變易。㊳強力：努力自勉。強：勉。㊴流：歸於，趨向於。㊵遷化：變化，此處指死亡。

白話解讀

文人彼此輕視，從古即是如此。傅毅和班固文才不相上下，然而班固卻瞧不起傅毅，在寫給弟弟班超的信上說：「傅武仲因爲擅長寫文章才擔任蘭臺令史，下筆時卻欲罷不能，不知收斂。」一般人都喜歡炫耀自己的長處，然而文章並非只有一種體裁，很少有人能夠完全精通、面面俱到，因此一些作家常會以自己所擅長的，輕視別人的短處。俗語說：「把家中的破掃帚，當作千金寶物一般看待。」就是指不明白自己缺點。當今文人：魯國孔融文舉、廣陵陳琳孔璋、山陽王粲仲宣、北海徐幹偉長、陳留阮瑀元瑜、汝南應瑒德璉、東平劉楨公幹。這七個人，在知識學問上無所遺漏，寫作文章也不抄襲別人，都各有所長，如同馳騁千里的良駒，在文壇上昂首闊步、並駕齊驅。擁有才華還能互相欽服，實在是太困難了！大致說來，有才德修爲的人，總是會先審視自己然後再衡量別人，所以能夠避免這種文人相輕、又無自見之明的毛病，因此我寫了這篇論文。

王粲擅長辭賦，徐幹的文章常帶有齊國人舒緩的氣息，但仍然能與王粲相提並論。像王粲的〈初征賦〉〈登樓賦〉、〈槐賦〉、〈征思賦〉，徐幹的〈玄猿賦〉、〈漏卮賦〉、〈圓扇賦〉、〈橘賦〉，即使是東漢辭賦大家張衡和蔡邕，也無法和他們相比。但是其他體裁的文章，就不如辭賦出色了。陳琳、阮瑀的奏章、疏表、書牘、奏記，皆是當今的傑作。應瑒的文章氣勢溫和卻不夠雄壯，劉楨的作品風格雄壯卻不夠周密。孔融的才情氣質高超美妙，勝過常人；可是卻不擅長議論，所說的道理貧乏空洞，比不上文辭的華麗精彩；甚至還夾雜嘲諷戲謔的語句。

然而他的好作品，足以和揚雄〈解嘲〉、班固〈答賓戲〉之類的作品媲美。

一般人看重遠古而輕視現代的作品，崇尚虛名而背棄實學，並且患有看不到自己短處的毛病，總認為自己的文章最優秀。文章寫作的基本道理相同，卻因體裁不同而作法各異；大致來說，奏議類的文章應該要典雅莊重，書論體的文章則必須條理清晰，銘誄類的文章須講究眞實性，詩賦則要求辭藻華美。這四類文體的作法各不相同，會寫文章的人大多只擅長某一種體裁，只有通才的人能將各種類型的文章都寫得好。

文章以文辭氣勢為主，作家的才氣有陽剛或陰柔等不同風格，是無法勉強做到的。就如同演奏音樂，曲調高低雖然相同，節奏強弱、快慢的法度也一樣，但演唱者的行腔運氣不一致，加上個性靈活精巧或笨拙愚鈍的差異，即便是至親的父兄家人也無法將自己的長處轉移到自家子弟的身上。

文章，是治理國家的偉大事業，也是個人永垂不朽的重要盛事。人的壽命有終止的一刻，榮華享樂也只在生前，這兩件事物都有一定的期限，不像文章能流傳千古、無窮無盡。因此古代作家把生命寄託在文辭中，將思想表現在典籍篇章內，不須仰賴歷史學者的美辭品評，也無須藉助達官貴人的肯定吹捧，聲名自然能流傳後世。所以當年周文王被囚時仍然推演《易象》而作《卦辭》，周公旦執政時制作《周禮》，既不會因為窮困不得志就放棄著述，也不因安逸享樂便改變心志。所以古人輕視徑尺的璧玉而珍惜分寸的光陰，就是懼怕時間的流逝啊！可是現代人大多不知努力自勉，貧賤時就擔心挨餓受凍，富貴時就縱情享樂，只知求取眼前的利益，而遺忘了能夠流傳千秋的功業。歲月不停地流逝，形體容貌逐漸衰老，轉眼間便跟著自然萬物死亡消逝，這是有志之士最深的悲痛啊！孔融等人已經去世，只有徐幹著有《中論》，完成自成體系的一家學說。

意旨精鑰

本文大力抨擊文人相輕的通病，並針對文章的文體、風格、才氣等，做了一番精闢的論述，言辭犀利，見識不落窠臼，開中國文學批評之先河。

寫作密技

一、**分合**：一段文句中，第一句先總結，其後幾句再加以分述。

例1：夫文本同而末異，蓋奏議宜雅，書論宜理，銘誄尚實，詩賦欲麗。

Tips. 第一句先提出總論，後四句則針對「異」處加以說明。

例2：而人多不強力，貧賤則懾於饑寒，富貴則流於逸樂，遂營目前之務，而遺千載之功。

Tips. 第一句先提出總論，後四句則針對「不強力」處加以說明。

二、**錯綜**：將文句中形式整齊的行句故意抽換詞面、交蹉語次、伸縮文句、變化句式，使文句的形式參差，詞彙別異。

抽換詞面 以其他意義相同的詞語取代形式整齊之文句。

交蹉語次 將上下文句的次序，故意參差不齊。

伸縮文句 將字數相等的句子故意弄得字數不等，使長句與短句互相交錯。

變化句式 將肯定句與否定句，直述句與疑問句，穿插寫入。

例1：西伯幽而演《易》，周旦顯而制《禮》，不以隱約而弗務，不以康樂而加思。

Tips. 伸縮文句。又作「西伯幽而演《易》，不以隱約而弗務；周旦顯而制《禮》，不以康樂而加思。」

例2：不然，連山絕壑，長林古木，振之以清風，照之以明月。（宋代蘇轍〈黃州快哉亭記〉）

Tips. 交蹉語次。又作「連山絕壑，振之以清風，長林古木，照之以明月。」

例1：南山烈烈，飄風發發，民莫不穀，我獨不卒；南山律律，飄風弗弗，民莫不穀，我獨何害。（《詩經．蓼莪》）

Tips. 抽換詞面。「烈烈、發發、律律、弗弗」同義。

成語錦囊

一、**伯仲之間**：伯仲，兄弟間排行的次序。形容人才能相當，不相上下。

原典 文人相輕，自古而然。傅毅之於班固，伯仲之間耳，而固小之。

書證1：伯仲之間見伊呂，指揮若定失蕭曹。（唐代杜甫〈詠懷古跡〉）

書證2：光胤仕梁，歷清顯，伯仲之間，咸以方雅自高，北人聞其名者，皆望風欽重。（《舊五代史．趙光逢列傳》）

二、**敝帚自珍**：雖是自家的破舊掃把，卻珍愛如寶。比喻東西雖不好，卻因為是自己所擁有的，故非常珍視。

原典 家有弊帚，享之千金。

書證 1：伏惟陛下經緯成德，文思垂風。孰可撮壤崇山，道涓宗海。臣蓬衡蕞品，樗散陋姿。……故勉十舍之勞，寄三餘之暇，弋釣書部，願言註輯。殺青甫就，輕用上聞。敝帚自珍，緘石知繆。敢有塵於廣內，庶無遺於小說。（唐代李善〈道注文選表〉）

書證 2：敝帚自珍從眾笑，破皮非怪亦多嗔。柴門一任風開閉，靜看爭春車馬塵。（宋代陳著〈次韻戴帥初除夕并寄弟觀〉）

書證 3：伏念某結約無奇，間關少予。病樗何用？亦參萬國之春，敝帚自珍，孰辨千金之享！（宋代石敏若〈賀劉太師啟〉）

書證 4：敝帚自珍，荊璞未剖而侵；尋以俱衰，惜所遭之不偶。（明代婁堅〈祭沈廷望文〉）

三、並駕齊驅：多匹馬並排駕車，齊頭奔馳。後用以比喻彼此實力相當，不分軒輊。

原典 今之文人：魯國孔融文舉、廣陵陳琳孔璋、山陽王粲仲宣、北海徐幹偉長、陳留阮瑀元瑜、汝南應瑒德璉、東平劉楨公幹，斯七子者，於學無所遺，於辭無所假，咸以自騁驥騄於千里，仰齊足而並馳。

書證 1：是以駟牡異力，而六轡如琴，並駕齊驅，而一轂統輻，馭文之法，有似於此。（南朝劉勰《文心雕龍》）

書證 2：何長壽與范長壽同師法，故所畫多相類，然一源而異派，論者次之。至於並駕齊驅，得名則均也。（《宣和畫譜》）

書證 3：原來國王因近日本處文風不及鄰國，其能與鄰邦並駕齊驅者，全仗音韻之學。（清代李汝珍《鏡花緣》）

小試身手（*為多選題）

*1.（　）下列敘述，錯誤的選項是：
A.曹丕《典論．論文》以為「文非一體，鮮能備善」，唯有建安七子能「審己以度人，故能免於斯累」。
B.歐陽脩〈新五代史伶官傳序〉所謂「憂勞可以興國，逸豫可以亡身」，即孟子所謂「生於憂患而死於安樂」。
C.先秦諸子為迎合時君而各逞辭辯，所以劉勰《文心雕龍》批評：「諸子之徒，心非鬱陶，苟馳夸飾，鬻聲釣世。」
D.豐子愷〈漸〉認為，因為古人不為「漸」所迷，不為造物所欺，所以才有「秉燭夜遊」、「及時行樂」的想法。
E.劉基〈司馬季主論卜〉中，劉基假託東陵侯說：「一冬一春，靡屈不伸；一起一伏，無往不復。」與司馬季主所謂「一晝一夜，華開者謝；一秋一春，物故者新」所見相同，所以說：「何以卜為？」

2.（　）下列敘述，錯誤的選項是：
A.編年紀事的史書，將史事繫於年月，如《春秋》、《左傳》即是。
B.文學總集具有刪汰繁蕪、畢集菁華的功能，如《昭明文選》即是。
C.紀傳體的史書，創自司馬遷《史記》，後世通行的正史，大體均遵循其體例。
D.劉勰《文心雕龍》問世，始予文學獨立的地位，開中國文學批評的先河。

*3.（　）下列文句的解釋，正確的選項是：
A.「斯七子者，於學無所遺，於辭無所假」；「於辭無所假」意謂文章真情流露。
B.「君子不可小知，而可大受也」；「不可小知」意謂君子宜宏觀處事，不要拘泥小節。

C.「繼絕世，舉廢國，治亂持危」；「治亂持危」意謂有亂事，為其平定；有危難，為之扶助。
D.「手掌裡盛住無限，一剎那便是永劫」；「一剎那便是永劫」意謂稍有疏忽，便陷入萬劫不復之地。
E.「唯天為大，唯堯則之。蕩蕩乎，民無能名焉」；「民無能名」意謂民眾無法以言語形容堯的功德。

4.（　）**中國文學批評與於魏晉南北朝，曹丕、劉勰為當時重要代表人物。下列有關二人對文學的看法，敘述正確的選項是：**
A. 劉勰〈情采〉總論評賞文章的要素與方法，故言心定而後結音，理正而後摛藻。
B. 曹丕認為建安七子均能寄身於翰墨，見意於篇章，成一家之言，而聲名自傳於後。
C. 劉勰認為《詩經》以後之作家，遠棄風雅，近師辭賦；故逐文之製日疏，體情之篇愈盛。
D. 曹丕認為文章如經國大業，是永垂不朽的盛事，年壽與榮樂皆不足與之並論。

5.（　）**甲、如「遺」世獨立，羽化而登仙。乙、客從遠方來，「遺」我雙鯉魚。丙、攀條折其榮，將以「遺」所思。丁、遂營目前之務，而「遺」千載之功。上列文句中，「遺」字作「贈送」解釋的是：**
A. 甲乙。
B. 乙丙。
C. 丙丁。
D. 甲丁。

6.（　）**《左傳》：「太上有立德，其次有立功，其次有立言。」下列文句何者指的是「立言」？**
A. 究天人之際，通古今之變。
B. 記事者必提其要，纂言者必鉤其玄。
C. 文章，經國之大業，不朽之盛事。
D. 博觀而約取，厚積而薄發。

7.（　）**「家有敝帚，享之千金」意謂？**

A. 珍視己物。
B. 錙銖必較。
C. 揮金如土。
D. 縮衣節食。

8.（　）**曹丕《典論．論文》：「日月逝於上，體貌衰於下，忽然與萬物遷化，斯志士之大痛也！」**這段話**反應出作者當時是怎樣的心情**？
A. 相信彭殤同壽，死生如一。
B. 但求生於憂患，不要死於安樂。
C. 獨恨人生得意未盡歡，徒使金樽空對月。
D. 唯恐一事無成，與草木同朽。

9.（　）**曹丕之〈論文〉問世後，對於文學的影響是**？
A. 趨向於復古。
B. 開始有文學批評的專文。
C. 使學術與文學合一。
D. 使文風趨於樸實。

10.（　）**「於學無所遺，於辭無所假」下半句意謂**？
A. 為文不抄襲他人。
B. 為文不假手於人。
C. 為文不冒他人之名。
D. 為文真實，絕不虛假。

解答： 1.ACDE 2.D 3.CE 4.D 5.B 6.C 7.A 8.D 9.B 10.A

旁徵博引

建安文學

建安文學指東漢末年建安年間（西元一九六年—西元二二〇年）及其前後撰寫的各種文學作品，風格獨特，在文學史上獲得崇高評價。

建安文學源自時代環境的刺激。漢末政治動蕩，戚宦爭權，黨錮之禍，州牧割據，連年戰爭，社會動亂，民生困苦，給文人提供了創作題材，藉文學作品發出感嘆，反映社會實況及個人遭遇。詩人也繼承漢末以天下為己任的士風，發展出一種昂揚奮發的建功立業精神。

由於政治混亂，國家體制崩壞，人們對禮教產生懷疑，相信佛道思想，擺脫儒家經學的束縛，正統思想失去約束力，士人思想解放，開闊了創作的空間，文學的作用不再只是闡發經義，而是反映現實生活，展現建安士人的個性，抒發個人的思想感情。

受漢朝樂府民歌的影響，漢代樂府「感於哀樂，緣事而發」，寫成大量反映社會民生的作品。建安時代，環境劇變，使詩人得以繼承漢樂府的精神而大量創作。此外，建安文學也受詩經、楚辭及古詩十九首等文學傳統的影響。

其領導人物有曹操、曹丕、曹叡、曹植。以及建安七子：孔融、陳琳、王粲、徐幹、應瑒、劉楨、阮瑀。建安末年，曹氏父子掌握政治大權，他們雅好文學，於是便形成以曹氏為中心的文學集團，以及盛極一時的「鄴下文風」。

陳情表

作者簡介

李密（西元二二四年—西元二八七年）又名虔，字令伯，三國蜀漢犍為郡武陽縣人。幼年喪父，母親改嫁，由祖母劉氏撫養成人。蜀亡後，李密以奉養祖母為由，辭不出仕，並曾作〈陳情表〉上書晉武帝。李密作品多已遺失，僅有〈陳情表〉和〈賜錢東堂詔令賦詩〉一章傳於今世。〈陳情表〉一文，安子順將之列為抒情文三大佳作之一，認為「讀李密〈陳情表〉而不流淚者，其人必不孝」。

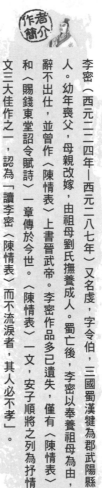

出處：昭明文選
難易度☺☺☺☺☺

古文鑑賞

臣密言：臣以險釁❶，夙遭閔凶❷。生孩六月，慈父見背❸。行年四歲，舅奪母志❹。祖母劉愍臣孤弱❺，躬親撫養。臣少多疾病，九歲不行❻；零丁孤苦，至於成立❼。既無叔伯，終鮮兄弟❽；門衰祚薄❾，晚有兒息❿。外無期功彊近之親⓫，內無應門五尺之童⓬；煢煢獨立⓭，形影相弔⓮。而劉夙嬰疾病⓯，常在床蓐；臣侍湯藥，未曾廢離⓰。

逮奉聖朝⓱，沐浴清化⓲。前太守臣逵，察臣孝廉；後刺史臣榮，舉臣秀才。臣以供養無主，辭不赴命。詔書特下，拜臣郎中；尋蒙國恩⓳，除臣洗馬⓴。猥以微賤㉑，當侍東宮，非臣隕首所能上報㉒。臣具以表聞，辭不就職。詔書切峻，責臣逋慢㉓；郡縣逼迫，催臣上道；州司臨門，急於星火。臣欲奉詔奔馳，則劉病日篤㉔；苟順私情，則告訴不許㉕。臣之進退，實為狼狽。

伏惟聖朝以孝治天下㉖，凡在故老㉗，猶蒙矜育；況臣孤苦，特為尤甚。且臣少事偽朝㉘，歷職郎署，本圖宦達，不矜名節㉙。今臣亡國賤俘，至微至陋，過蒙拔擢，寵命優渥；豈敢盤桓㉚，有所希冀？但以劉日薄西山㉛，氣息奄奄，人命危淺，朝不慮夕。臣無祖母，無以至今日；祖母無臣，無以終餘年。母孫二人，更相為命，是以區區不能廢遠㉜。臣密今年四十有四，祖母劉今年九十有六，是臣盡節於陛下之日長，報養劉之日短也。烏鳥私情，願乞終養。臣之辛苦，非獨蜀之人士及二州牧伯所見明知；皇天后土，實所共鑒。

願陛下矜愍愚誠，聽臣微志；庶劉僥倖㉝，保卒餘年㉞。臣生當隕首，死當結草。臣不勝犬馬怖懼之情，謹拜表以聞。

【說文解字】

❶險釁：厄運和罪過。❷夙：早，指年幼時。閔：憂患。❸見背：背我，棄我而去，意即去世。❹奪：強行改變。母志：母親守節撫孤的志願。古代稱婦女在丈夫死後不再嫁爲「守志」。❺愍：通「憫」，憐憫。❻不行：不能走路。❼成立：成人自立。❽終：這裡是「又」的意思。❾祚：福氣。❿息：子女。⓫期功：古代喪禮，爲祖父母、伯叔父母、兄弟姐妹、妻子服喪一年，叫「期服」；爲堂伯、叔堂兄弟等服喪九個月或五個月，叫「功服」。彊近：比較親近。⓬應門：照看門戶。⓭煢煢：孤單的樣子。⓮弔：安慰。⓯嬰：纏繞。⓰廢：停止。⓱逮：到。⓲沐浴：本指洗臉洗澡，這裡比喻受到……的薰陶。⓳尋：不久。⓴除：授職。㉑猥：謙詞。㉒隕：斷。㉓逋慢：迴避怠慢。逋，逃。㉔病篤：病重。篤，病情沉重。㉕告訴：報告訴說，指陳述苦衷。㉖伏惟：伏在地上想，表示恭敬恐懼的態度。㉗故老：年老多閱歷或年高有德的人，這裡指前朝年老的人。㉘僞朝：指三國時蜀國。㉙矜：誇耀。㉚盤桓：徘徊，遲疑不決的樣子。㉛薄：迫近。㉜廢遠：放棄奉養而遠離。㉝庶：也許，可能，表示希望或揣測。㉞卒：終。

臣李密啓奏陛下：臣因爲命運坎坷，罪孽深重，所以幼年便遭逢不幸。出生六個月，父親就逝世了。未滿四歲，舅舅就逼迫母親改嫁。祖母劉氏憐憫臣沒有父親，又體弱多病，因此親自撫養臣。臣幼年多病，到了九歲都還不能走路；一個人孤苦無依地直到長大成人。臣既沒有叔叔伯伯，也沒有哥哥弟弟；家門衰落，沒有福分，到了晚年才有兒女。外面既沒有關係親近的親戚，家中也沒有可以看管門戶的僮僕。孤孤單單，只有形影相伴。而祖母劉氏多年疾病纏身，經常臥床不起；臣侍奉湯藥，從來沒有間斷和離開過。

等到侍奉聖明的王朝，臣受到清明政治的教化。前有太守逵，察舉臣爲孝廉；後有刺史榮，推舉臣爲秀才。臣因爲家中無人照顧祖母，所以推辭不接受任命。陛下特地頒布詔書，命臣做郎中；不久又承蒙皇上恩典，授予臣洗馬的官職。臣出身微賤卻得到侍奉太子的殊榮，這是臣死也難以報答皇上的。臣將這些苦衷上奏，是想讓皇上明白，臣辭謝職務實在是出於不得已。如今詔書急切嚴厲，責怪臣逃避怠慢；郡縣的長官苦苦相逼，催臣上路；州中的官員也親自到臣家中催促，情況十分急迫。臣想接受詔命赴任，可是劉氏的病卻一天比一天嚴重；臣想順從自己的私情，申訴苦衷，但卻得不到允許。進退兩難，臣的處境眞是非常窘迫。

臣認爲聖朝以孝道治理天下，凡是前朝年老有德的人，尙且都受到憐憫和撫養；何況臣孤獨苦楚，情況比其他人更爲無奈。再說臣年輕的時候曾擔任蜀漢尙書郎的職務，所謀求的正是高官厚祿，而非名譽和節操。如今自己已是一個卑賤的亡國俘虜，身分鄙陋而不値得一提，卻承蒙皇上提拔，受到優厚的恩寵，臣怎麼還敢猶豫遲疑，存有任何非分的想法呢？只因劉氏已到了風燭殘年、西山落日的年歲，生命垂危，早晨醒來，都不知道晚上是否還能活著。臣如果沒有祖母，就活不到今天，祖母若是沒有臣，也將無法度過剩下的歲月。祖孫二人，相依爲命，所以臣不能放棄奉養祖母而到遠方去做官。臣今年四十四歲，祖母今年九十六歲，臣向陛下盡忠的日子還長，但報答劉氏養育之恩的日子卻已經不多了。烏鴉尙且能夠哺育牠的父母以報養育之情，臣請求陛下能夠讓臣爲劉氏養老送終。臣的辛酸苦楚，不僅蜀地的人士和二州的長官知曉，就連天地神明也都看得一清二楚。

希望陛下能憐憫臣的忠誠，准許臣實現這個小小的心願。如此，臣活著時必會爲陛下獻出生命，死後也將如同結草老人那樣在暗中報答陛下的恩惠。臣懷著如同犬馬般惶恐的心情，恭恭敬敬地上表奏報陛下。

意旨精鑰

本文爲作者向晉武帝司馬炎上奏的表文，以「離」字貫穿全文，詳細申訴了自己不能出仕的原因在於要照顧年老多病的祖母，並闡明自己終養祖母克盡孝道的決心，以及對晉武帝的感激之情。

寫作密技

一、**互文**：在連續的語句中，上文省略下文出現的詞語，下文省略上文出現的詞語，彼此結合成完整的意思。

例1：郡縣逼迫，催臣上道；州司臨門，急於星火。

Tips. 亦作「郡縣臨門逼迫，催臣上道，急於星火；州司也臨門逼迫，催臣上道，急於星火。」

例2：戰城南，死郭北，野死不葬烏可食。（〈戰城南〉）

Tips. 亦作「戰城南郭北，死城南郭北，野死不葬烏可食。」

成語錦囊

一、**進退維谷**：形容前進後退都無路可走的困窘處境。

原典 臣欲奉詔奔馳，則劉病日篤；苟順私情，則告訴不許。臣之進退，實為狼狽。

書證 1：瞻彼中林，甡甡其鹿。朋友已譖，不胥以穀。人亦有言：「進退維谷。」（《詩經．大雅》）

書證 2：實告公子：某慕姓。今夕此來，將送舍妹於薛官人，至此方知無益。進退維谷之際，適逢公子，寧非數乎！（清代蒲松齡《聊齋志異》）

書證 3：近日來信息不通，弟等進退維谷。或住或行，速乞仁兄方略！手內分文也無，仍乞仁兄留意！（《醒世姻緣傳》）

書證 4：這兩樁事，你自己是以為大錯，我倒可原諒你。……當那進退維谷的時候，便是個練達老成人，也只得如此，何況於你？（清代文康《兒女英雄傳》）

小試身手（*為多選題）

1.（　）**下列文句「」內成語的運用，正確的選項是：**

A. 李大華的爸爸和媽媽身材都很高大，稱得上是「椿萱並茂」。

B. 他把子女教養得很好，對子女而言，真可說是「無忝所生」了。

C. 小李經常花大錢買漂亮的衣服送給父母，不愧是「彩衣娛親」的孝子。

D. 陳先生提早退休，全心照顧年邁的母親，「烏鳥私情」的孝行，令人感動。

***2.（　）古今文化習俗中，常因忌諱不祥事物，在語言上或採避而不言的方式，或不直接明言，而改以較委婉的語言來替代，如現今常以「往生」代稱「死亡」。下列文句「　」中的語詞，屬於上述語言現象的選項是：**

A. 生孩六月，慈父「見背」。

B. 賈夫人「仙逝」揚州城／冷子興演說榮國府

C. 南京的風俗：但凡新媳婦進門，三天就要到廚下去收拾一樣菜，發個利市。這菜一定是魚，取「富貴有餘」的意思。

D. 民間俗諱，各處有之，而吳中為甚。如舟行諱住、諱翻，以箸為「快（筷）兒」，以幡布為「抹布」；諱離散，以梨為「圓果」。

E. 最惱人的是在他頭皮上，頗有幾處不知起於何時的癩瘡疤。這雖然也在他身上，而看阿Q的意思，倒也似乎以為不足貴的，因為他諱說「癩」以及一切近於「賴」的音，後來推而廣之，光也諱，亮也諱，再後來，連燈、燭都諱了。

***3.（　）中國人向來忌諱直接說「死」，因此有不少替代的詞彙。下列文句「　」中的詞，意指「去世」的選項為何者？**

A. 苦絳珠「魂歸離恨天」，病神瑛淚灑相思地。

B. 臣以險釁，夙遭閔凶。生孩六月，慈父「見背」。

C. 彼「屍居餘氣」，不足畏也。諸妓知其無成，去者眾矣。

D. 日月逝於上，體貌衰於下，忽然與萬物「遷化」，斯志士之大痛也。

E. 凶年饑歲，君之民，老弱「轉乎溝壑」，壯者散而之四方者，幾千人矣。

4.（　）選出下列敘述正確的選項：

A.《詩經》的文辭以五言為主，是中國韻文之祖。

B.《陳情表》是李密堅持為蜀漢守節，懇辭晉武帝之徵召所上的表。

C.《儒林外史》是章回體奇情小說，以寫實手法嘲諷思想迂腐、道德墮落的士大夫。

D. 方苞的文章，向以「雅潔」著稱，著有《春秋通論》。

5.（　）下列文句中的「薄」字，何者意義與其他三者不同？

A.「薄」海歡騰。　B.「薄」暮冥冥。　C. 日「薄」西山。　D. 門衰祚「薄」。

6.（　）下列各句中「　」內之字義敘述，何者為正確：

A. 外無「期」功彊近之親，內無應門五尺之僮——約定。

B. 齊人「歸」女樂，季桓子受之——女子出嫁。

C. 朱洧「涉」血於友于——徒行渡河。

D. 尋蒙國恩，「除」臣洗馬——任命。

7.（　）《文章規範》一書引安順子曰：「讀□□□□……不墮淚者不孝。」係指？

A.《詩經．蓼莪篇》。

B. 李密〈陳情表〉。

C. 歐陽脩〈瀧岡阡表〉。

D. 諸葛亮〈出師表〉。

8.（　）李密於〈陳情表〉云：「外無期功彊近之親」其因乃為？

A. 既無叔伯，終鮮兄弟。

B. 慈父見背，舅奪母志。

C. 少事偽朝，不矜名節。

D. 日薄西山，氣息奄奄。

解答：1.D　2.ABDE　3.ABDE　4.D　5.D　6.D　7.B　8.A

旁徵博引

《二十四孝》

《二十四孝》全名《全相二十四孝詩選集》，是元代郭居敬編錄，一說為其弟郭守正。由歷代二十四個孝子從不同角度、不同環境、不同遭遇行孝的故事集。由於後來的印本大都配以圖畫，故又稱《二十四孝圖》。為古代宣揚儒家思想及孝道的通俗讀物。大都取材於西漢經學家劉向編輯的《孝子傳》，也有一些取材自《藝文類聚》、《太平御覽》等書籍。

以現代的觀點回看這些二十四孝故事，很多內容當然已經荒唐的不合時宜，但其中的文學價值，和流傳至今依然深深影響華人社會的孝道精神，還是值得我們細細品味其中的奧秘。

鹿乳奉親：郯子的父母年老，患眼疾，需飲鹿乳治療。他便披鹿皮進入深山，鑽進鹿群中，擠取鹿乳，供奉雙親。一次取乳時，看見獵人正要射殺一隻鹿，郯子急忙掀起鹿皮走去，將擠取鹿乳為雙親醫病的實情告知獵人，獵人敬他孝順，以鹿乳相贈，護送他下山。

臥冰求鯉：王祥生母早喪，繼母朱氏多次在父親面前說他的壞話。但在父母患病時，他還是衣不解帶地侍奉他們，繼母想吃鯉魚，適值天寒地凍，他便解開衣服臥在冰上。此時，冰忽然自行融化，躍出兩條鯉魚。繼母吃了鯉魚後，果然病癒。

賣身葬父：董永少年喪母，因避兵亂遷居安陸。其後父親亡故，董永賣身至一富家為奴，換取喪葬費用。上工路上，董永於槐蔭下遇見一個女子，她說自己無家可歸，希望依靠董永，二人便結為夫婦。女子以一個月的時間織成三百匹錦緞，為董永抵債贖身。返家途中，行至槐蔭，女子告訴董永自己是天帝之女，奉命幫助董永還債，說完就凌空而去。

蘭亭集序

出處：晉書．王羲之列傳
難易度☺☺☺☺☺

作者簡介

王羲之（西元三〇三年－西元三六一年），字逸少，號澹齋，原籍琅琊臨沂，後遷居山陰，官拜右軍將軍，世稱王右軍。東晉書法家，有「書聖」之稱，其子王獻之亦為書法家。王羲之將當時流行的章草、八分改變為今草、行書、楷書，創造了書法字體的新高峰。

古文鑑賞

永和九年，歲在癸丑，暮春之初，會於會稽山陰之蘭亭，修禊事也❶。群賢畢至，少長咸集。此地有崇山峻嶺，茂林修竹❷，又有清流激湍，映帶左右❸。引以為流觴曲水❹，列坐其次❺；雖無絲竹管絃之盛，一觴一詠，亦足以暢敘幽情。是日也，天朗氣清，惠風和暢❻，仰觀宇宙之大，俯察品類之盛❼；所以游目騁懷❽，足以極視聽之娛，信可樂也❾。

夫人之相與，俯仰一世。或取之於懷抱❿，晤言一室之內⓫；或因寄所託⓬，放浪形骸之外⓭。雖取捨萬殊，靜躁不同，當其欣於所遇，暫得於己，快然自足，不知老之將至。及其所之既倦⓮，情隨事遷，感慨係之矣⓯。向之所欣，俯仰之間，已為陳跡，猶不能不以之興懷⓰；況修短隨化⓱，終期於盡。古人云：「死生亦大矣。」豈不痛哉！

每覽昔人興感之由，若合一契⓲，未嘗不臨文嗟悼，不能喻之於懷⓳。固知一死生為虛誕，齊彭殤為妄作⓴。後之視今，亦猶今之視昔，悲夫！故列敘時人，錄其所述。雖世殊事異，所以興懷，其致一也；後之覽者，亦將有感於斯文。

【說文解字】

❶修禊：一種古代消除不祥的祭禮。古人每逢農曆三月初三，臨水而祭，以消除不祥，稱爲修禊。❷修：高，長。❸映帶：景物互相映對，彼此相連。❹流觴：把漆製的酒杯盛酒放到曲水上游，任其順流而下，停在誰面前，誰就取而飲之。觴，酒杯。曲水：引水環曲爲渠，用來放流酒杯。❺次：處所，地方，此處指曲水邊。❻惠風：和暖的風，此處指春風。❼品類：指天地萬物。❽游目：目光隨意觀望。騁：奔馳，放任。❾信：確實，的確。❿懷抱：理想，抱負。⓫晤言：面對面談話。⓬因寄所託：憑藉著寄情於自己所喜愛的事物。⓭放浪：放縱不羈。形骸：形體，身體。⓮所之：所嚮往。之，往。⓯係：附著，隨著。⓰以：因爲。興懷：發生感慨。⓱修短：指人的壽命長短。化：造化，自然。⓲契：古人用木或竹製的券契，一分爲二，各執一半，以相合爲憑證。⓳喻之於懷：從心裡理解明白。喻：理解，明白。⓴齊：看成一樣，視爲等同，與上句的「一」同義。殤：幼年死去的人。

白話解讀

永和九年，是癸丑年，暮春三月之初，我們聚會在會稽郡山陰縣的蘭亭，在水邊嬉遊宴飲，滌除身上的不祥。許多知名人物都到了，老老少少聚集在一起。這個地方有高峻的山嶺、茂盛的樹木和修長的竹子，還有湍急的清流，像銀色絲帶般輝映環繞蘭亭兩側。我們引來用作流觴的曲水，大家在曲水旁依序就坐；雖然沒有弦樂和管樂演奏的熱鬧場面，但一邊飲酒一邊吟詩，亦足以歡暢表達幽雅深情。這一天天氣晴朗清新，和風溫暖舒適，抬頭觀看天地之廣闊，低頭審視萬物的繁盛茂密；這樣放眼恣意瀏覽、舒展胸懷，盡情享受眼睛和耳朵的樂趣，眞是心曠神怡啊！

人與人之間相處，很快就度過一生。有的抒發自己思想抱負，在室內相聚暢談；有的將志向感情寄託在自己愛好的事物上，放縱無羈地生活。雖然人們的追求、情趣各不相同，但當他們遇到自己喜好的事物時，就能得到暫時的滿足，在感到高興和滿足之中，不覺衰老到來。等到他們對所嚮往的事物厭倦了，情緒隨事物和環境的變遷而改變，感慨也油然而生。曾經所喜好的事物，瞬時成爲陳跡，這股失落尚且會激起心頭萬千感慨；何況人生長短全憑造化，最後都將走向死亡。古人說：「死生也是人生一件大事！」怎不令人感到悲痛呢？

每當我欣賞古人作品，觀察其感慨原因，往往心有戚戚焉，就像符契一樣相合。面對古人的文章，我總是悲嘆再三，自己也不明白爲什麼會這樣。現在看來，把死和生看成一樣，是虛妄荒誕的，把長壽與短命一視同仁，無所差別，也是胡說八道。人總有一死，後代的人看今天的人，就像今天的我們看古人，都是看不到的，眞是可悲啊！所以我一一記錄當時的蘭亭集會者，並抄錄他們所作的詩賦。雖然時代不同，事隨境遷，但對生死的感慨則是一樣的；後世的讀者，也會從我這篇文章發出同樣的感慨吧！

意旨精鑰

本文是一篇聚會紀念文和詩集序言。作者生動地記敘了聚會的盛況，抒發了個人的感慨，批判了「一死生」、「齊壽殤」的虛無主義思想，表達對生活的熱愛之際，也流露出哀嘆人生易逝、終歸於盡的消極情緒。

寫作密技

一、**排比：**用結構相似的句法，接二連三地表現出同範圍同性質的意念。

例1：仰觀宇宙之大，俯察品類之盛。

例2：一死生為虛誕，齊彭殤為妄作。

例3：真實偉大的樸實無華，真實智慧的虛懷若谷，和真實力量的溫和蘊藉。（麥克阿瑟〈麥帥

為子祈禱文〉）

例 4：富貴不能淫，貧賤不能移，威武不能屈；此之謂大丈夫。（《孟子．滕文公下》）

二、**對偶**：上下文句的字數相同，句法、詞性相稱，亦稱爲「對仗」。

句中對 同一句中，上下兩語自為對偶，亦稱為「當句對」。

單句對 上下兩句，字數相等、詞性相同、語法相似、平仄相對。

隔句對 第一句與第三句對，第二句與第四句對。

長句對 奇句對奇句，偶句對偶句，至少三組，多則數十組的對偶，亦稱為「長偶對」。

例 1：取捨萬殊，靜躁不同。

Tips. 單句對。

例 2：譬如為山，未成一簣；止，吾止也。譬如平地，雖覆一簣；進，吾往也。

Tips. 長句對。

成語錦囊

一、**放浪形骸**：縱情放任，沒有約束。

原典 夫人之相與，俯仰一世。或取之於懷抱，晤言一室之內；或因寄所託，放浪形骸之外。

書證 1：疑猜我在釣魚灘醉倒來回來，俺出家兒散誕心腸，放浪形骸。（元代宮大用《七里灘》）

二、**情隨事遷**：事情過去，環境也已改變。亦作「事過境遷」。

原典 及其所之既倦，情隨事遷，感慨係之矣。

書證 1：舊設土牛，並無遺址可尋。從前設立時，不過築土作堆，潦草塞責，本非經久之計。此時若不將埔地徹底清釐，事過境遷，界址必仍滋淆混。（《平定臺灣紀略》）

書證 2：文酒風流，事過境遷，下月這時候，你們不都要走麼？到彼時我卻有兩篇文贈你。（清代魏秀仁《花月痕》）

書證 3：如此歇了好幾日，黃繡球與黃通理事過境遷，已不在心上。（清代題頤瑣《黃繡球》）

三、**天朗氣清**：風和日麗，天空晴朗，空氣清新。亦作「天清氣朗」。

原典 是日也，天朗氣清，惠風和暢，仰觀宇宙之大，俯察品類之盛；所以游目騁懷，足以極視聽之娛，信可樂也。

書證 1：天朗氣清，二暉纏絡，玄雲紫蓋映其首，六氣之電翼其真。（宋代張君房《雲笈七籤．元始天王紀》）

四、**一觴一詠**：一邊飲酒，一邊賦詩。亦作「一詠一觴」。

原典 引以為流觴曲水，列坐其次；雖無絲竹管絃之盛，一觴一詠，亦足以暢敘幽情。

書證 1：一花一草，一觴一詠，風流杖履。野馬塵埃，扶搖下視，蒼然如許。（宋代辛棄疾〈水龍吟．斷崖千丈孤松〉）

小試身手（＊為多選題）

＊1.（　）**下列各組「」中字、詞意義相同的選項為：**

A.吾愛孟夫子，「風流」天下聞／牡丹花下死，做鬼也「風流」

B.「向」之所欣，俛仰之間，已為陳跡／「向」吾入而弔焉，有老者哭之，如哭其子；少者哭之，如哭其母

C.絕雲氣，負青天，然後圖南，且「適」南冥也／時魯仲連「適」游趙，會秦圍趙，聞魏將欲令趙尊秦為帝

D.居頃之，「會」燕太子丹質秦亡歸燕／李同遂與三千人赴秦軍，秦軍為之卻三十里。亦「會」楚、魏救至，秦兵遂罷，邯鄲復存

E.見生枯瘠疥癘，殆非人狀。（李）娃意感焉，乃謂曰：豈非某郎也？生憤懣「絕倒」，口不能言，頷頤而已／王平子邁世有俊才，少所推服。每聞衛玠言，輒嘆息「絕倒」

2.（　）**下列「」中的兩個字意義相同的是哪一項？**

A.茂林「修」竹／「修」短隨化

B.「休」息是為了走更遠的路／「休」戚與共

C.一字不「易」／長安居大不「易」

D.圖「窮」匕現／君子固「窮」

3.（　）**下列各組文句「」內字形相同的字，何者意義兩兩相同？**

A.舍正「路」而不由／篳「路」藍縷，以啟山林

B.「屬」予作文以記之／武仲以能「屬」文，為蘭臺令史

C.伏「惟」聖朝以孝治天下／洪「惟」我祖先，渡大海，入荒陬

D.倉廩寄頓，「陳」陳逼人／向之所欣，俛仰之間，已為「陳」跡

4.（　）下列文句，何者述及「因果關係」？
A. 師者，所以傳道、受業、解惑也。
B. 雖世殊事異，所以興懷，其致一也。
C. 親小人，遠賢臣，此後漢所以傾頹也。
D. 王公貴人所以養其身者，豈不至哉。

5.（　）下列何者不是對偶句？
A. 流觴曲水，列坐其次。〈蘭亭集序〉
B. 日出而林霏開，雲歸而巖穴暝。〈醉翁亭記〉
C. 滿招損，謙受益。《新五代史．伶官傳序》
D. 進思盡忠，退思補過。《史記．晏子傳》

6.（　）下列「　」內文字，以現代標點符號斷句，最適當的選項為何？「此地有崇山峻嶺茂竹修林又有清流激湍映帶左右引以為流觴曲水列坐其次」（王羲之〈蘭亭集序〉）
A.「此地有崇山峻嶺茂竹，修林又有清流，激湍映帶左右。引以為流觴，曲水列坐其次。」
B.「此地有崇山，峻嶺茂竹，修林又有清流，激湍映帶。左右引以為，流觴曲水，列坐其次。」
C.「此地有崇山峻嶺，茂竹修林，又有清流激湍，映帶左右。引以為流觴曲水，列坐其次。」
D.「此地有崇山峻嶺，茂竹修林，又有清流激湍映帶。左右引以為流觴，曲水列坐其次。」

7.（　）請選出下列有關〈蘭亭集序〉正確的敘述？
A. 蘭亭之會，時間為農曆的六月六日。
B. 修禊之事是一種洗濯以除污穢的習俗。
C. 王羲之一揮而就的〈蘭亭集序〉可謂草書之祖。
D. 文中所謂「一死生為虛誕」是佛教特有觀念。

8.（　）「因寄所託，放浪形骸之外」意謂？
A.無所寄託，任性為之。
B.隨所遇以寄，行為不受禮俗約束。
C.只求目的，而行為不受約束。
D.將情感寄託於大自然中。

解答：1.BD　2.A　3.C　4.C　5.A　6.C　7.B　8.B

旁徵博引

天下第一行書——〈蘭亭集序〉

〈蘭亭集序〉，又稱為〈禊序〉、〈蘭亭序〉、〈禊帖〉、〈臨河序〉、〈蘭亭宴集序〉。書法家王羲之所作，有「天下第一行書」之稱，是晉代書法成就的代表。

晉穆帝永和九年（西元三五三年）三月初，王羲之與兒子王凝之、王徽之、王操之、王獻之，還有孫統、李充、孫綽、謝安、支遁、太原王蘊、許詢、廣漢王彬之、高平郗曇、餘姚令謝勝等「少長群賢」共四十一人，在會稽山陰集會，為蘭亭集會，集會中得詩三十七首，後輯為《蘭亭詩》。〈蘭亭集序〉為王羲之為《蘭亭詩》所寫的序言。

〈蘭亭集序〉共計三百二十四字，凡是重複的字都各不相同，其中的二十個「之」字，各具風韻，皆無雷同。王羲之酒醒後，又把原文重寫了好多本，但終究沒有在蘭亭集會時所寫的出色。

其書法飄逸流暢，如行雲流水而又筆力雄健。真跡據傳已被唐太宗作為殉葬品，宋代陸游在〈跋馮氏蘭亭〉中感慨：「繭紙藏昭陵，千載不復見。此本得其骨，殊勝蘭亭面。」但唐太宗昭陵曾於五代時被溫韜所盜，而被盜物品名單中並沒有〈蘭亭集序〉，因此後人認為〈蘭亭集序〉現存於唐高宗與武則天合葬的乾陵中。

歸去來辭

作者簡介

陶淵明（西元三六五年—西元四二七年），名潛，或名淵明。一說名淵明，字元亮，入劉宋後改名潛。自號五柳先生，私諡靖節先生。早年曾任彭澤縣令等職，後因不為五斗米折腰，遂辭官歸鄉。歸田的二十多年，是他創作最豐富的時期，田園生活也成為陶詩的重要題材，後人稱他為「田園詩人」。

出處：陶淵明集
難易度：☺☺☺☺☺

古文鑑賞

歸去來兮！田園將蕪胡不歸？既自以心為形役，奚惆悵而獨悲？悟已往之不諫❶，知來者之可追❷；實迷途其未遠，覺今是而昨非。舟遙遙以輕揚，風飄飄而吹衣；問征夫以前路❸，恨晨光之熹微❹。乃瞻衡宇❺，載欣載奔❻；僮僕歡迎，稚子候門。三徑就荒，松菊猶存。攜幼入室，有酒盈樽。引壺觴以自酌，眄庭柯以怡顏❼；倚南窗以寄傲，審容膝之易安❽。園日涉以成趣❾，門雖設而常關。策扶老以流憩❿，時矯首而遐觀⓫。雲無心以出岫⓬，鳥倦飛而知還。景翳翳以將入⓭，撫孤松而盤桓。

歸去來兮！請息交以絕遊，世與我而相違，復駕言兮焉求？悅親戚之情話，樂琴書以消憂。農人告余以春及⓮，將有事於西疇。或命巾車，或棹孤舟，既窈窕以尋壑⓯，亦崎嶇而經丘。木欣欣以向榮，泉涓涓而始流⓰。羨萬物之得時，感吾生之行休⓱。已矣乎！寓形宇內復幾時，曷不委心任去留，胡為遑遑欲何之⓲？富貴非吾願，帝鄉不可期⓳。懷良辰以孤往，或植杖而耘耔⓴。登東皋以舒嘯㉑，臨清流而賦詩。聊乘化以歸盡㉒，樂夫天命復奚疑！

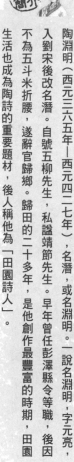

【說文解字】

❶諫：糾正，勸改，此處爲挽回之意。❷追：事後補救。❸征夫：行人。❹熹微：微明，天還沒有大亮。❺衡宇：隱者所居的簡陋居室，此處指舊宅。❻載：且，又。❼眄：閒散地觀看。柯：樹枝。❽審：深知。容膝：形容房子狹窄，只容得下雙膝。❾涉：徒步過水，此處指行走遊玩。成趣：走成一條小路。趣，小路。❿策：持，拿著。扶老：指拐杖。流憩：到了哪裡就在哪裡休息。憩，休息。⓫矯：舉。⓬岫：山裡的洞穴。⓭景：日光，此處指太陽。翳翳：昏暗的樣子。⓮及：到。⓯窈窕：山水幽深曲折的樣子。⓰涓涓：水流細微之狀。⓱休：即將結束，指死亡。⓲遑遑：心神不定的樣子。⓳帝鄉：仙鄉。⓴耘：除草。耔：培土。㉑皋：水邊高地。㉒聊：姑且。乘化：隨著大自然的運轉變化。

白話解讀

回去吧！田園將要荒蕪了，爲什麼還不回去呢？既然是被生活所迫，違背心志而出來做官，爲何要感到憂愁悲切呢？我已經明白過去的一切再也無法挽回，但未來的事情還可以補救；雖然我路走錯得還不太遠，但已明白如今才是對的，而以往是錯誤的。小船輕快地行駛，清風徐徐地吹拂著衣裳；向行人詢問前方的道路，並怨恨早晨的日光太微弱。終於看到了我的房子，高興得跑向前；僕人們出來迎接我，小兒子在門邊等候。我的家園快要荒蕪了，但松樹和菊花依然存在。拉著小孩進入內室，只見酒樽中已裝滿了酒。拿起酒壺、酒杯自斟自飲，看著庭院中碧綠的松枝，心情變得非常愉快；倚在南面的窗子上寄託超脫世俗的情懷，深知狹小的房屋較能使人安心。每天都在園中散步，因而走出了一條小徑，雖然安裝了房門，但常常是關閉的。拄著拐杖走到哪裡就在哪裡休息，不時抬頭向遠眺望。只見白雲從山岩間飄出，飛累的鳥兒也返回山林休息。陽光變得暗淡，太陽即將下山了，我撫摸著孤松而獨自徘徊。

回去吧！和世人斷絕往來，這個世界和我合不來，我還駕車出來追求什麼呢？我很高興與親人聊到內心話，藉由彈琴和讀書來忘卻憂愁。農夫告訴我春天到了，將要到西邊的田裡耕作。我有時駕車出遊，有時划船嬉賞，有時隨著曲折的溪水進入幽深的山谷，有時沿著高低不平的道路穿起小山。只見花草樹木充滿旺盛的生機，長得非常繁茂，泉水細小而又清澈，正從山中流洩而出。我羨慕自然界的各種事物都能得到春天的滋潤，感嘆我的生命即將走到盡頭。

算了吧！一個人在世上又能活多久呢？何不依照自己的心意決定去留？爲什麼要這樣匆匆忙忙地想要到哪裡去？富貴並不是我所希望得到的，想長生不死、成爲神仙也不可能。我只願趁著良辰美景獨自出去走走，或者把拐杖插在田邊，爲農作物除除草、培培土。登上東面的山崗，我仰天長嘯，面對清澈的流水，我吟詩唱歌。姑且順應自然的變化，盡享天年吧！欣然地接受上天的安排，又有什麼好疑慮的呢？

意旨精鑰

本賦爲作者不願爲五斗米折腰，因而棄官回鄉，描寫回鄉路上的舒暢心情、見到親人的喜悅以及對田園生活和山川景物的讚美與熱愛，最後感慨人生短促，應該樂天安命，盡享山林之趣。

寫作密技

一、**轉化：**將抽象或無生命的事物以具體事例代替。描述一件事物時，轉變它原來的性質，化成另一種與本質截然不同的事物。

擬人化 將無生命的物品賦予具體的行為，使它們似乎是有了生命似的。

擬物化 將有生命的人物轉變為虛構的狀態，或是將此物擬彼物。

形象化 把抽象的事物當成具體的事物描寫。

例1：雲無心以出岫，鳥倦飛而知還。

Tips. 擬人化。

例2：不知道有誰在撕毀著我的翅膀，使我不能飛揚。（楊喚《詩簡集》）

Tips. 擬物化。

例3：逮奉聖朝，沐浴清化。（唐代李密〈陳情表〉）

Tips. 形象化。

二、象徵：

對於抽象的觀念、情感或看不見的事物，不直接說明，而透過具象的形體、理性的關聯或約定俗成的概念間接陳述。

例1：雲出心以出岫，鳥倦飛而知還。

Tips. 象徵當初無意卻作官的自己，如今終於明白自己的志趣，於是毅然辭官歸鄉。

三、雙關：

一語同時兼顧兩種事物或兼含兩種意義。

字音雙關 又稱諧音雙關，一個字詞兼含另一個與本字詞同音，或音近字詞的意義。

詞義雙關 一個字詞兼含兩種意義或事物。

句義雙關 一句話或一段文字兼含兩種意義或事物。

例1：景翳翳以將入，撫孤松而盤桓。

Tips. 句義雙關。指夕陽西下，作者仍在孤松下徘徊不欲離去，兼指作者即使已至暮年，仍維持著清廉高潔的情操。

例2：東邊日出西邊雨，道是無晴卻有晴。（唐代劉禹錫〈竹枝詞〉）

Tips. 字音雙關。「晴」指晴天，兼指情感。

成語錦囊

一、**息交絕游**：摒絕所有的交游，不問世事。

原典 歸去來兮！請息交以絕遊，世與我而相違，復駕言兮焉求？

書證1：劉斯立……屏居東平，杜門卻掃，息交絕游，人罕識其面。（宋代王明清《揮麈後錄》）

二、**欣欣向榮**：草木生長繁盛的樣子。比喻事物蓬勃發展、繁榮興盛。

原典 木欣欣以向榮，泉涓涓而始流。羨萬物之得時，感吾生之行休。

書證1：嘗觀一般花樹，朝日照曜之時，欣欣向榮。（宋代朱熹《朱子語類》）

書證2：最愛欣欣向榮木，每來相見不相疏。（宋代司馬光〈和范景仁宿憩鶴寺〉）

書證3：平波瀲瀲新添綠，凍木欣欣欲向榮。（宋代樓鑰〈湖山次袁起巖安撫韻〉）

書證4：庭前偶植梧桐二本，總似人長，日攜清泉洗之，欣欣向榮，越加繁茂。（清代文康《兒女英雄傳》）

書證5：百物凋殘，此桂獨盛。願吾民復蘇，欣欣向榮，亦如此也。（《清史稿．忠義列傳四》）

小試身手

1.（　）**下列何者不是陶淵明辭官抵達家門之後的描述？**
A.時矯首而遐觀。
B.引壺觴以自酌。
C.倚南窗以寄傲。
D.恨晨光之熹微。

2.（　）**下列各項對『』內語詞的解釋，何者不正確？**
A.「嗟予遘『陽九』，隸也實不力。」陽九，指厄運。
B.「猶望『一稔』，當斂裳宵逝。」一稔，指一年。
C.「『三徑』就荒，松菊猶存。」三徑，指三叉路口。
D.「一抔之土未乾，『六尺之孤』何託？」六尺之孤，指幼小的君主。

3.（　）**下列對『』內語詞的解釋，何者不正確？**
A.「歸『去來』兮！田園將蕪胡不歸？」去來，指歸去。
B.「愚以為營中之事，悉以諮之，必能使行陣和睦，『優劣』得所。」優劣，指優秀的人才。
C.「然而成敗『異變』，功業相反也。」異、變二字同義，指不同。
D.「『日夕』策馬候權者之門，門者故不入。」日夕，指日夜。

4.（　）**下列選項，何者有「希望受到重用」的意思？**
A.世與我而相違，復駕言兮焉求。
B.鍾儀幽而楚奏兮，莊舄顯而越吟。
C.懼匏瓜之徒懸兮，畏井渫之莫食。
D.平原遠而極目兮，蔽荊山之高岑。

5.（　）〈歸去來辭〉一文中，下列何者屬於陶淵明遊山玩水時的想法？
A.問征夫以前路，恨晨光之熹微。
B.策扶老以流憩，時矯首而遐觀。
C.羨萬物之得時，感吾生之行休。
D.雲無心以出岫，鳥倦飛而知還。

6.（　）關於「窈窕」一詞的意義與其他三者不同的是下列哪一項？
A.李斯〈諫逐客書〉：「佳冶窈窕」。
B.陶淵明〈歸去來辭〉：「既窈窕以尋壑，亦崎嶇而經丘」。
C.謝靈運〈山居賦〉：「濬潭澗而窈窕」。
D.杜牧〈題茶山〉：「柳村穿窈窕」。

7.（　）下列各組「」內的字，何者使用正確？
A.範「籌」／「躊」畫／「疇」躇
B.「瞻」仰／肝「膽」／房「檐」
C.東「梟」／圭「臬」／「梟」雄
D.「綽」歌／哀「悼」／「棹」號

8.（　）下列文句的解釋，何者正確？
A.「曷不委心任去留」：為何不順從自己的心意決定去留呢？
B.「策扶老以流憩」：攙扶著老年人出遊，累了就席地休息。
C.「園日涉以成趣」：每天到花園裡散步已成為生活中的樂趣。
D.「請息交以絕游」：請暫時別和朋友往來，並拒絕出遊的邀約。

解答：1.D　2.C　3.B　4.C　5.C　6.A　7.B　8.A

桃花源記

古文鑑賞

作者：陶淵明
出處：靖節先生集
難易度☺☺☺☺☺

晉太元中，武陵人捕魚為業，緣溪行❶，忘路之遠近。忽逢桃花林，夾岸數百步，中無雜樹，芳草鮮美，落英繽紛❷，漁人甚異之。復前行，欲窮其林❸。林盡水源，便得一山。山有小口，彷彿若有光。便舍船，從口入。

初極狹，才通人❹；復行數十步，豁然開朗。土地平曠，屋舍儼然❺。有良田、美池、桑竹之屬❻。阡陌交通❼，雞犬相聞。其中往來種作，男女衣著，悉如外人❽；黃髮垂髫❾，並怡然自樂。見漁人，乃大驚❿，問所從來，具答之⓫。便要還家⓬，設酒殺雞作食。村中聞有此人，咸來問訊。自云先世避秦時亂，率妻子邑人來此絕境⓭，不復出焉，遂與外人間隔。問今是何世？乃不知有漢，無論魏、晉。此人一一為具言所聞，皆嘆惋⓮。餘人各復延至其家⓯，皆出酒食⓰。停數日，辭去。此中人語云⓱：「不足為外人道⓲。」

既出，得其船，便扶向路⓳，處處誌之⓴。及郡下，詣太守㉑，說如此。太守即遣人隨其往，尋向所誌，遂迷，不復得路。

南陽劉子驥，高尚士也，聞之，欣然規往㉒，未果，尋病終㉓。後遂無問津者㉔。

【說文解字】

❶緣：沿。❷落英：落花。❸窮：盡。❹才通人：僅僅能容一個人行走。❺儼然：整齊分明之狀。❻屬：類別。❼阡陌：田間的小路，南北方向稱「阡」，東西方向稱「陌」。交通：交錯連通。❽外人：從外地來的人。❾黃髮：指老人，據說年老了頭髮先白後轉黃。垂髫：指小孩，小孩額頭上下垂的短髮叫髫。❿乃：竟然。⓫具：通「俱」，皆，全。⓬要：通「邀」。⓭邑人：同邑的人，此處指鄉親郡人。古時小城市、縣、村落都可稱爲「邑」。絕境：與外界隔絕之境。⓮嘆惋：嗟嘆惋惜。⓯延：邀請。⓰出：給予，此處解釋爲準備，招待。⓱語：告訴。⓲不足：不值得。⓳扶：沿著。向：以往，先前。⓴誌：記，此處指作標記。㉑詣：往見。㉒規往：規劃前往。㉓尋：不久。㉔問津者：訪求的人。津：渡口。

白話解讀

晉太元年間，武陵郡有一個以捕魚爲業的人。有一天，他順著一條溪流划船，也不知道走了多遠。忽然見到一片桃花林，桃林在溪流兩岸蔓延了數百步遠，中間沒有一棵其他種類的樹木，樹下青草鮮綠碩美，落花遍地，漁夫感到非常驚訝。於是漁夫便繼續划船前進，欲探看林子的盡頭是什麼景致。桃林的盡處，正是溪水的源頭，在這裡發現了一座山。山上有個小洞，隱約有光線透射出來。於是漁人把船停在岸邊，走進了洞裡。

起初，洞口非常狹窄，只容許一個人通過；再往前走了幾十步，空間豁然開朗。只見土地平整空曠，屋舍整整齊齊地排列著。還有肥沃的田地、美麗的池塘、桑樹和竹子這一類東西。田間小道東西交錯連結，不時可以聽見雞鳴、狗吠之聲。這裡來往的行人與耕作的男女所穿的衣著，都和外面的人一模一樣；老人和小孩看起來都非常快活，頗能自得其樂。其中有一個人發現了漁人，大吃一驚，問漁人從哪裡來，漁人詳細地告訴了他。那人便邀漁人回家，擺酒、殺雞、作飯款待他。村中聽說來了一個陌生人，紛紛跑來圍著他問東問西。他們說：祖先爲了逃避秦時的戰亂，於是率領妻子兒女和鄉里的人來到這個與世隔絕的地方，從此不再出去，因此和外界的人斷絕了往來。漁人問他們如今是什麼朝代？他們竟連漢朝都不知道，更不要說魏、晉了。漁人便將自己知道的一一為他們講述，每個人聽了都驚嘆惋惜。其他人分別邀請漁人到他們家去作客，並準備酒菜熱情招待他。過了幾天，漁人告辭回家，洞裡的人對他說：「您在這兒經歷的一切不值得告訴別人。」

出來之後，漁人找到船，循著先前的路回去，並沿途留下記號。到了武陵郡，漁人拜見太守，向他稟明了自己的經歷。太守馬上派人跟他一起去，尋找原先做的記號，誰知卻迷了路，再也找不到通往桃花源的路了。

南陽人劉子驥，是一位品行高尚的隱士，聽說這件事後，興奮地計劃要去尋找桃花源，但沒有找到，不久就病死了。從此以後，再也沒有尋訪桃花源的人了。

意旨精鑰

本文運用小說筆法，透過豐富的想像力，大膽地虛構出一個沒有剝削壓迫、人人富足、平等自由的理想社會。雖然這只是作者的幻想，但這種理想深刻反映人民渴望擺脫壓迫的生活，追求幸福的願望，同時也是對當時黑暗現實的不滿和否定。

寫作密技

一、**頂真**：上文末的字或詞，為下句的開頭。

例1：復前行，欲窮其林。林盡水源，便得一山。山有小口，彷彿若有光。

例2：將軍百戰死，壯士十年歸。歸來見天子，天子坐明堂。（〈木蘭詩〉）

例3：名不正，則言不順；言不順，則事不成；事不成，則禮樂不興；禮樂不興，則刑罰不中；刑罰不中，則民無所措手足。（《論語．子路》）

例4：遂至承天寺，尋張懷民。懷民亦未寢，相與步於中庭。庭下如積水空明。（宋代蘇軾〈記承天夜遊〉）

二、借代：在說話或行文中，借用其他名稱或語句，代替一般經常使用的本名或語句。

例1：黃髮垂髫，並怡然自樂。

Tips. 此處「黃髮」代指「老人」，「垂髫」代指「小孩」。

例2：談到白話文學，他（胡適）的程度就不如我了。因為他提周作人，我就背段周作人；他提魯迅，我就背段魯迅；他提老舍，我就背段老舍；當然他背不過。（陳之藩〈在春風裡〉）

Tips. 此處「周作人」、「魯迅」、「老舍」代指他們的作品。

例3：慈烏復慈烏，烏中之曾參。（唐代白居易〈慈烏夜啼〉）

Tips. 此處「曾參」代指「孝子」。

成語錦囊

一、豁然開朗：眼前頓時開闊明亮。形容心境忽然開闊暢快，亦用於形容突然領悟某個道理。

原典 初極狹，才通人；復行數十步，豁然開朗。

書證1：後又目有疾，久廢視瞻，有北渡道人慧龍得治眼術，恢請之。既至，空中忽見聖僧。及慧龍下鍼，豁然開朗，咸謂精誠所致。（《梁書．太祖五王列傳》）

書證2：寶玉豁然開朗，笑道：「很是很是。你的性靈比我竟強遠了，怨不得前年我生氣的時候你和我說過幾句禪語，我實在對不上來。」（清代曹雪芹《紅樓夢》）

書證3：虛中有實者，或山窮水盡處，一折而豁然開朗；或軒閣設廚處，一開而可通別院。（清代沈復《浮生六記》）

二、怡然自樂：欣悅自得的樣子。亦作「怡然自得」。

原典 其中往來種作，男女衣著，悉如外人；黃髮垂髫，並怡然自樂。

書證1：或終日不飲食，亦怡然自樂。（宋代洪邁《夷堅丙志．趙縮手》）

三、無人問津：比喻事物已遭冷落，無人探問。

原典 南陽劉子驥，高尚士也，聞之，欣然規往，未果，尋病終。後遂無問津者。

書證1：易代而後，壇坫門戶俱空，遂無人問津矣。（清代平步青《霞外攟屑．縹錦廛文筑上》）

小試身手

1.（　）**作者敘事寫人時，常藉由動作的描繪，讓讀者體會言外之意。關於下列文句「　」處動作描繪的說明，正確的選項是：**

A.〈桃花源記〉：（桃花源居民）問今是何世？乃不知有漢，無論魏、晉！「此人（漁人）一一為具言所聞，皆嘆惋。」——藉嘆惋表達桃花源居民對漁人見多識廣的欣羨。

B.〈左忠毅公逸事〉：廡下一生（史可法）伏案臥，文方成草。公（左光斗）閱畢，「即解貂覆生」，為掩戶。——以左光斗毫不猶豫地解下貂裘相贈，暗示左光斗家境優渥，出手大方。

C.〈明湖居聽書〉：那彈弦子的，亦全用輪指，忽大忽小，同她（王小玉）那聲音相和相合；有如花塢春曉，好鳥亂鳴，「耳朵忙不過來，不曉得聽那一聲的為是。」——藉聽眾在弦音和說書聲之間難以選擇，既凸顯彈弦子者的技藝高超，更以之烘托王小玉說書的精妙。

D.〈劉姥姥〉：便伸箸子要夾（鴿子蛋），哪裡夾得起來，滿碗裡鬧了一陣，好容易撮起一個來，才伸著脖子要吃，偏又滑下來滾在地下，「忙放下箸子要親自去撿，早有地下的人撿了出去了。」——以下人搶先一步撿蛋，點出賈府平日待下人苛刻吝嗇，故下人遇美饌則爭食。

2.（　）**韓愈〈師說〉認為「聞道有先後，術業有專攻」，下列何者是「術業有專攻」的表現？**

A.《韓非子．外儲說左上》：買櫝還珠。

B.〈桃花源記〉：武陵人的行為。

C.《史記．管晏列傳》：晏子馬車夫的行為。

D.《莊子．養生主》：庖丁解牛。

3.（　）**「我聞琵琶已嘆息，又聞此語重唧唧」，在語意上有「已……更何況……」的層次遞進。下列文句，何者也採用類似的表意方式？**

A. 寧以義死，不苟幸生。

B. 乃不知有漢，無論魏晉。

C. 結廬在人境，而無車馬喧。

D. 鍥而舍之，朽木不折；鍥而不舍，金石可鏤。

4.（　）**陶淵明〈桃花源記〉一文，許多人和梁啟超一樣，把「桃花源」視為虛擬的「烏托邦」。以下引述的四段文字，哪一段最能證明它是虛擬的？**

A. 武陵人，捕魚為業，緣溪行，忘路之遠近。

B. 其中往來種作，男女衣著，悉如外人。
C. 停數日，辭去。此中人語云：「不足為外人道也」。
D. 太守即遣人隨其往，尋向所誌，遂迷不復得路。

5.（　）**陶潛〈桃花源記〉：「問今是何世，乃不知有漢」。其中「乃」字意義與下列相同的選項是：**
A. 我才不及卿，「乃」覺三十里。
B. 時窮節「乃」見，一一垂丹青。
C. 四維不張，國「乃」滅亡。
D. 百廢具興，「乃」重修岳陽樓。

6.（　）**關於〈桃花源記〉一文，下列文句之解釋，何者正確？**
A.「黃髮垂髫，並怡然自樂」意謂童顏鶴髮不失赤子之心。
B.「阡陌交通，雞犬相聞」說明國富兵強，人民安樂。
C.「不足為外人道也」也示桃花源中人滿腹辛酸，不為人知。
D.「後遂無問津者」暗喻理想之幻滅。

7.（　）**有關〈桃花源記〉、〈岳陽樓記〉、〈黃州快哉亭記〉三篇文章之敘述，下列何者正確？**
A. 三文主旨都在表現作者民胞物與的襟懷。
B. 三文作者除〈桃花源記〉外，其餘為唐宋古文八大家。
C. 桃花源、岳陽樓、快哉亭三者皆實有，分別在武陵、巴陵、黃州。
D. 就文章作法而言，〈岳陽樓記〉、〈黃州快哉亭記〉皆有議論，唯〈桃花源記〉通篇敘事。

8.（　）**〈桃花源記〉中所說的「黃髮垂髫」是指？**
A. 老人與小孩。
B. 男人與女人。

C. 不修邊幅的人。
D. 農人與工人。

解答：1.C 2.D 3.B 4.D 5.A 6.D 7.D 8.A

旁徵博引

西方的桃花源——烏托邦

烏托邦，也稱理想鄉、無何有之鄉，是一個理想的群體和社會的構想，名字由托馬斯．摩爾的《烏托邦》一書中，所寫的完全理想共和國「烏托邦」而來。托馬斯．摩爾在書中虛構了一個在大西洋上的小島，小島上的國家擁有完美的社會、政治和法制體系。

托馬斯．摩爾的《烏托邦》一書與柏拉圖的《理想國》有很大的關聯。烏托邦意指一個理想、完美的共和國，雖然這個國家的子民們也必須要為此而工作奮鬥，但是社會上的一切醜惡現象，例如貧窮、苦難，都遠離了這個世外桃源。這裡只有幾條法律規定，沒有律師，也沒有城民想要發動戰爭。但是，他們會從周邊的好戰國家雇來傭兵，烏托邦的人民讓這些傭兵面對威脅，是因為他們希望所有好戰的人都在戰爭中滅亡，最終只留下愛好和平的人。這樣的社會也以包容的心態迎接各種宗教流派。

而後，也從烏托邦一詞中，衍生出另外一個概念為「反烏托邦」。反烏托邦，是烏托邦的反義語，是一種不得人心、令人恐懼的假想社群或社會，是與理想社會相反的概念，一種極端惡劣的社會最終形態。反烏托邦主要特徵包括：一、表面看起來是公平有序、沒有貧困和紛爭的理想社會，實際上是受到全方位管控，只有自由的外表，人的尊嚴和人性皆受到否定。二、領導者對國民洗腦，把自己的體制說成理想社會，反抗者被強制制裁並且排除在社會之外。三、剝奪表達的自由，將所謂對社會有害的出版物禁止或沒收。四、在社會承認的市民階層以下，有不被當人的貧困階級和賤民存在，事實上是貧富兩極的社會。五、爲了根除社會中的貧困，用社會體制將極端貧困者強制隔離。六、生活在社會體制內的市民階級，由體制根據血統進行管控。七、爲強制進行人口調整，市民的家族計劃、戀愛、性行爲、懷孕、產子等都由社會管控。八、透過愚民政策，以上負面資訊皆被完全遮蔽，或這些弊端被市民階層視爲理所當然，並自然而然予以接受。

世說新語選

出處：世說新語
難易度☺☺☺☺☺

作者簡介

劉義慶（西元四〇三年—西元四四四年），劉宋武帝劉裕的侄兒，長沙王劉道憐之子，過繼給兄弟劉道規，襲封臨川王，並擔任荊州刺史等官職，政績頗為人稱道。劉義慶為人淡薄名利，愛好文史，不少文人名士投其門下，例如袁淑、陸展等人皆曾受過他的禮遇。編有《幽明錄》、《宣驗記》等，但皆已亡佚，如今只存《世說新語》一書流傳後世。

古文鑑賞

一、坦腹東床（節選〈雅量〉）

郗（ㄒㄧ）太傅在京口，遣門生與王丞相書，求女婿。丞相語（ㄩˋ）郗信❶：「君往東廂，任意選之。」門生歸，白郗曰❷：「王家諸郎亦皆可嘉❸，聞來覓婿，咸自矜（ㄐㄧㄣ）持❹，唯有一郎在東床上坦腹食❺，如不聞。」郗公云：「正此好！」

訪之，乃是逸少，因嫁女與焉❻。

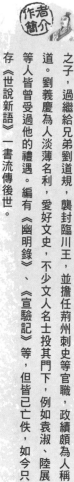

二、絕妙好辭（節選〈捷悟〉）

魏武嘗過曹娥碑下，楊脩從。碑背上見題作「黃絹幼婦，外孫齏臼（ㄐㄧ ㄐㄧㄡˋ）❼」八字，魏武謂脩曰：「卿解不（ㄈㄡˇ）？」答曰：「解。」魏武曰：「卿未可言，待我思之。」

行三十里，魏武乃曰：「吾已得。」令脩別記所知❽。

脩曰：「黃絹，色絲也，於字為『絕』；幼婦，少女也，於字為『妙』；外孫，女子也，於字為『好』；齏臼，受辛也，於字為『辭』；所謂『絕妙好辭』也。」

魏武亦記之，與脩同，乃嘆曰：「我才不及卿，乃覺三十里。」

【說文解字】

❶信：使者，送信件的人。❷白：告訴。❸嘉：美好的。❹矜持：言行謹慎、拘謹、不自然。❺坦：露出。❻因：於是。❼齏：調味用的細碎辛辣食物或菜末。❽別：另外。

白話解讀

一、袒腹東床

郗太傅鑒在京口任職時，派遣學生寫信給丞相王導，想和他攀結親事。丞相告訴郗太傅的差人：「你去東邊廂房，任意選一人即可。」學生回來後，告訴郗鑒：「王家的每一個年輕人都很不錯，然而聽說是太傅要來選女婿後，舉止言行都太過莊重矜持，顯得有些不自然；只有一名青年大剌剌地在東床上露出肚子吃著東西，好像沒聽說太傅要選女婿的事。」郗太傅便說：「這個好。」之後過門拜訪他，發現此人就是王羲之，太尉便把女兒嫁給他。

二、絕妙好辭

有一次，楊脩隨著曹操路過曹娥碑前。兩人看見石碑的背面題了「黃絹幼婦，外孫齏臼」八個字，曹操便問楊脩：「你知道這些字的意思嗎？」楊脩回答：「知道。」曹操說：「好，你先別說，讓我想想這字謎的意思。」

兩人又騎了三十里後，曹操才說：「我知道這八個字的意思了。」並要楊脩另外記下他自己的解讀。楊脩說：「黃絹是指有顏色的絲，合起來就是『絕』字；幼婦表示少女，合起來就是『妙』字；外孫是女兒的兒子，合起來就是『好』字；齏是薑蒜類調料的碎末，味道辛嗆，將這些東西搗成碎末的器具就是杵臼，即『受辛之器』，受加辛即爲『辭』的異體字。四個字合起來正是『絕妙好辭』。」

曹操所寫的也是和楊脩相同的解法。於是曹操嘆息道：「我的才能比不上你啊！竟過了三十里，我才解開字謎。」

意旨精鑰

一、坦腹東床

本篇爲成語「坦腹東床」的由來，並表現出王羲之率眞不做作的個性。

二、絕妙好辭

藉由兩人解字謎的經過，顯露楊脩的才智高出曹操一等。

寫作密技

一、筆記小說

「筆記」兩字意謂「隨筆記錄」，是一種沒有固定格式規範的文體，其文句長短不一、內容包羅萬象。「筆記小說」就是用來記錄人的言行舉止，並隱含撰者褒貶主觀評價之意，在中國文學發展史中，主要用來稱呼六朝的小說，代表作品即為《世說新語》。

筆記小說的特色就是「記人」，以簡短的故事情節、精鍊的言詞勾勒出人物的面貌與性情。每篇獨自成立，內容隨筆雜錄，既有針砭，亦有褒譽，是用來研究、窺探當時社會風貌與思想的極佳素材。

成語錦囊

一、**坦腹東床：**坦露腹部，臥於東床。指當女婿，或指稱女婿。

原典 王家諸郎亦皆可嘉，聞來覓婿，咸自矜持，唯有一郎在東床上坦腹食，如不聞。

書證1：坦腹東床下，由來志氣疏。遙知向前路，擲果定盈車。（唐代李白〈送族弟凝之滁求婚崔氏〉）

書證2：書生愚見，忒不通變。不肯坦腹東床，謾自去哀求金殿。（明代高明《汲古閣本琵琶記》）

書證3：我操國柄佐聖明，我是九棘三槐位裡人，要擇個坦腹東床，豈無個貴戚王孫？（明代沈受先《三元記》）

書證4：弟想姑夫聲勢赫赫，表弟青年矯矯，怕沒有公侯大族坦腹東床？（清代褚人獲《隋唐演義》）

二、**絕妙好辭：**形容極為佳妙的文辭。

原典 黃絹，色絲也，於字為絕；幼婦，少女也，於字為妙；外孫，女子也，於字為好；齏臼，受辛也，於字為辭；所謂絕妙好辭也。

書證 1：悲悽固託，撫疾何成，愧不得絕妙好辭。（唐代蘇頲〈刑部尚書韋抗神道碑〉）

小試身手

1.（　）劉義慶《世說新語》是記錄魏晉名士逸聞軼事的故事集，其書語言風格的特徵是：
A. 條理嚴謹，論說精詳。
B. 坦言直率，張口見喉。
C. 迴環隱曲，深奧玄妙。
D. 簡約含蓄，雋永傳神。

2.（　）「絕妙好辭」
A. 出自《世說新語．文學》。
B. 所記為曹操與蔡邕之軼聞。
C. 「絕妙好辭」四字，乃在稱讚曹操文辭之高妙。
D. 「解不」之「不」與師說「或師焉，或不焉」之「不」字，音義相同。

3.（　）下列選項，何者之詞性與「縈青繚白」相同？
A. 燈紅酒綠。
B. 東床坦腹。
C. 煮豆燃萁。
D. 明眸皓齒。

4.（　）**關於中國「小說」的敘述，何者是正確？**
A. 六朝小說稱為筆記小說。
B.《世說新語》是志怪的筆記小說。
C. 唐代的白話短篇小說稱為「傳奇」。
D.《西遊記》、《水滸傳》及《聊齋誌異》皆是源於宋代話本的章回小說。

5.（　）**下列對《世說新語》的敘述，哪一項是錯的？**
A. 劉義慶召門下文士編撰。
B. 共三十八篇。
C. 內容為東漢到東晉名士的言行風範。
D. 為筆記小說之先驅。

6.（　）**關於我國「小說」的敘述，何者正確？**
A.《世說新語》專門記載當時名人的言行趣事，屬於「志怪」小說。
B. 唐時一些文人創作的小說稱為「傳奇」，《牡丹亭》可為代表。
C. 以小故事蘊含大道理的寫作稱為「寓言」，明代劉基的〈賣柑者言〉可歸為此類。
D.《紅樓夢》與《聊齋誌異》都是清代重要的章回小說，《紅樓夢》的作者是曹雪芹，《聊齋誌異》的作者是蒲松齡。

7.（　）**下列成語的使用，何者不當？**
A. 表姊正值適婚年齡，家族長輩紛紛忙著為她挑選「東床快婿」。
B. 小敏能詩能文，信筆一揮即成一篇佳作，「詠絮之才」的美譽當之無愧。
C. 由於舉辦單位的疏失，椅子準備得不夠，許多人只好「割席分坐」。
D.「小時了了」不算什麼，一個人真正的成就要看長大以後的表現才準確。

8.（　）關於下列成語典故的說明，何者不正確？

A.成語「引人入勝」表示「以趣味誘人深入妙境」，典出《世說新語．任誕》中的「王衛軍云：『酒正自引人入勝地』」。

B.成語「絕妙好辭」典出《世說新語．文學》，是用來稱讚曹操文辭精妙。

C.成語「珠玉在側」讚述的對象是衛玠，形容人儀態榮華、才識超群。

D.「劉伶病酒」出自《世說新語．任誕》，用以形容一個人嗜酒、貪杯。

解答： 1.D　2.D　3.C　4.A　5.B　6.C　7.C　8.B

旁徵博引

食之無味，棄之可惜——楊脩

楊脩，字德祖，弘農華陰人，袁術的外甥，太尉楊彪之子，出身高門士族。楊脩是楊震的玄孫，楊彪的兒子，出身簪纓世家，世世代代為官。《後漢書》記載：「自震至彪，四世太尉。」他為人好學，有俊才，建安年間被舉孝廉，後擔任丞相曹操的主簿。

當時曹操軍國多事，楊脩負責內外之事，甚合曹操心意，他的才華連曹操亦曾自嘆不如。曹植、曹丕等王子以下都願意與他交友，例如他曾贈曹丕王髦劍，曹丕對此劍甚感珍惜；而曹植更屢次寫信給他。

既然楊脩深受曹氏家族器重，為什麼楊脩最後會遭曹操殺死呢？其一，介入曹操立嗣問題。曹丕與曹植一直以來明爭暗鬥，但因楊脩為曹植的老師，並且較為友好，不由自主地也捲入這場鬥爭。曹丕以竹簍藏吳質入府密商時，楊脩為維護曹植，連忙稟報曹操。不料曹丕接到密報，吳質便將計就計，使得曹操沒有搜到任何證據，反而還懷疑楊脩誣陷曹丕。有一次，當曹操欲試探曹丕和曹植兩人的才幹時，密令鄴城門吏不讓曹丕和曹植出城。楊脩為曹植出謀：「你就對守門人說，我是奉君王命令出城，膽敢阻擋者，殺無赦。」曹植斬門吏而出，但曹丕卻出不了鄴門。事後為曹操所知，楊脩竟插手立嗣問題，曹操便更加惱怒，且厭惡楊脩。

其二，食之無味，棄之可惜。建安二十四年，曹操與劉備軍對戰於漢中，不料兵敗，退兵至斜谷。夜晚，曹操於營帳中時，守夜士兵來問軍中的通行口令，曹操見士兵碗中有雞肋，便隨口說：「雞肋。」楊脩見傳雞肋二字，便命將軍夏侯惇及隨行軍士收拾行裝準備歸程退兵。夏侯惇不明白為什麼，楊脩告訴他：「雞肋食之無味，棄之可惜，由此可見斜谷此地不必再守。」此話後來傳到曹操耳中，終於讓曹操定下殺機。說破口令其實可大可小，以曹操的愛才之心，未必在乎自己這點心意被楊脩知曉。但他介意的是，自己沒有授權楊脩點破軍機，如果此時不處理，等於賦予楊脩更大的權力。於是曹操決定殺之而後快，在回師長安之後，以洩漏國家機密、結黨營私為由，殺了楊脩。

與陳伯之書

作者簡介

丘遲（西元四六四年—西元五〇八年），字希範，南朝文學家。丘遲八歲能文，初仕南齊，官至殿中郎、車騎錄事參軍。後投入蕭衍幕中，為其所重。而後，蕭衍代齊為帝、建立南梁的一應勸進文書，均為丘遲所作。丘遲詩文辭采逸麗，亦擅詩。其代表作為〈與陳伯之書〉，情理兼備，是當時駢文中的優秀之作。明代張溥輯有《丘司空集》。

出處：昭明文選

難易度：☺☺☺☺☺

古文鑑賞

遲頓首陳將軍足下❶：無恙❷，幸甚，幸甚！

將軍勇冠三軍，才為世出，棄燕雀之小志❸，慕鴻鵠（ㄏㄨˊ）以高翔❹。昔因機變化❺，遭遇明主❻；立功立事，開國稱孤❼；朱輪華轂（ㄍㄨˇ）❽，擁旄（ㄇㄠˊ）萬里❾，何其壯也！如何一旦為奔亡之虜，聞鳴鏑（ㄉㄧˊ）而股戰❿，對穹（ㄑㄩㄥˊ）廬以屈膝⓫？又何劣邪！

尋君去就之際⓬，非有他故，直以不能內審諸己⓭，外受流言，沉迷猖獗，以至於此。聖朝赦罪責功⓮，棄瑕錄用，推赤心於天下，安反側於萬物⓯；將軍之所知，不假僕一二談也。朱鮪涉血於友于⓰，張繡剚（ㄗˋ）刃於愛子⓱，漢主不以為疑，魏君待之若舊。況將軍無昔人之罪，而勳重於當世。夫迷途知返，往哲是與⓲；不遠而復，先典攸高⓳。主上屈法申恩，吞舟是漏；將軍松柏不翦（ㄐㄧㄢˇ）⓴，親戚安居，高臺未傾，愛妾尚在，悠悠爾心，亦何可言！今功臣名將，雁行有序㉑，佩紫懷黃㉒，贊帷幄之謀，乘軺（ㄧㄠˊ）建節㉓，奉疆埸之任㉔，並刑馬作誓㉕，傳之子孫。將軍獨靦（ㄇㄧㄢˇ）顏借命㉖，驅馳氈裘之長㉗，寧不哀哉！

夫以慕容超之強，身送東市㉘；姚泓之盛㉙，面縛西都㉚。故知霜露所均㉛，不育異類；姬漢舊邦㉜，無取雜種。北虜僭盜中原㉝，多歷年所，惡積禍盈，理至燋爛㉞。況偽孽昏狡㉟，自相夷戮，部落攜離，酋豪猜貳。方當繫頸蠻邸，懸首藁街㊱，而將軍魚游於沸鼎之中，燕巢於飛幕之上㊲，不亦惑乎？

暮春三月，江南草長；雜花生樹，群鶯亂飛。見故國之旗鼓，感平生於疇日，撫弦登陴，豈不愴悢。所以廉公之思趙將，吳子之泣西河，人之情也。將軍獨無情哉？想早勵良規㊳，自求多福！

當今皇帝聖明，天下安樂，白環西獻，楛矢東來㊴。夜郎、滇池㊵，解辮請職㊶；朝鮮、昌海，蹶角受化㊷。唯北狄野心，掘強沙塞之間，欲延歲月之命耳。中軍臨川殿下，明德茂親㊸，總茲戎重㊹，弔民洛汭㊺，伐罪秦中，若遂不改，方思僕言。聊布往懷，君其詳之。

丘遲頓首。

【說文解字】

❶頓首：叩拜。古人書信開頭和結尾常用的客氣語。足下：書信中稱呼對方的尊稱。❷無恙：古人常用的問候語。恙，病，憂。❸燕雀：比喻庸俗小人。❹鴻鵠：大鳥，比喻豪傑之士。❺因機：順應機緣。❻明主：指梁武帝。❼開國：梁時封爵，皆冠以開國之號。孤：王侯的自稱。❽朱輪華轂：指華麗的車輛。轂，原指車輪中心的圓木，此處代指車輿。❾旄：用犛牛尾裝飾的旗子，此處指使者的信物。❿鳴鏑：響箭。股戰：兩腿戰慄。⓫穹廬：原指少數民族居住的氈帳，此處代指北魏政權。⓬尋：尋求。⓭直：只是。以：以爲。內審：內心反復考慮。⓮責：求。⓯反側：動搖不定的人。⓰友于：兄

弟。⑰剚刃：用刀劍刺入。⑱往哲：前賢。與：稱許。⑲先典：古代典籍，指《周易》。高：嘉許。⑳松柏：古人常在墳墓邊植以松柏，此處代指陳伯之祖先的墳墓。㉑雁行：大雁飛行的行列，比喻朝中百官的排列次序。㉒紫：紫綬，繫官印的絲帶。黃：黃金印。㉓軺：用兩匹馬拉的輕車，此處指使節乘坐之車。建節：將皇帝賜予的符節插立於車上。㉔疆埸：邊境。㉕刑馬：殺馬。古代諸侯會殺白馬飲血，以會盟。㉖靦顏借命：厚顏苟活。㉗氈裘：以毛織製之衣，北方少數民族的服裝，此處代指北魏。㉘東市：漢代長安處決犯人的地方，後泛指刑場。㉙姚泓：後秦君主。㉚面縛：面朝前，雙手反縛於後。㉛霜露所均：霜露所及之處，即天地之間。㉜姬漢：即漢族。舊邦：指中原周、漢的故土。㉝北虜：指北魏。僭盜：竊據。僭，假冒帝號。㉞燋爛：潰敗滅亡。燋，通「焦」。㉟僞：此處指北魏政權。昏狡：昏聵狡詐。㊱藁街：漢代長安街名。少數民族居住的地方，外族首領所居的館舍即設於此。㊲飛幕：動蕩的帳幕，此處比喻陳伯之處境危險。㊳勵：勉勵，引申爲「作出」。良規：妥善的安排。㊴楛矢：用楛木做的箭。㊵夜郎、滇池：漢代西南方的國名。㊶解辮請職：解開盤結的髮辮，請求封職。即表示願意歸順。㊷蹶角：本指叩頭，後用以比喻歸化。㊸茂親：至親。㊹戎重：軍事重任。㊺弔民：慰問百姓。汭：水流彎曲處。

白話解讀

丘遲叩拜陳將軍足下：知您近來康健，使我不勝歡欣！

將軍勇武，爲三軍之首，才能傑出於當世，您鄙棄燕雀俗小的胸襟，企慕鴻鵠般遠大的志向。過去曾順應機緣，遇到梁武帝那樣英明的君主，建立了功勳，建立了事業，得以冠開國之號，封爵稱孤。您乘坐精緻華麗的車輿，在廣闊的地域中，持旄節統治一方，這是何等壯觀啊！怎麼如今卻成了奔逃亡命的虜寇，聽到響箭就大腿發抖，對著異族的氈帳彎腰屈膝，何等卑劣啊！

推測您離開梁朝投靠北魏之時，並沒有其他原因，僅僅因爲沒有反覆審察考慮，又聽信了外面流傳的謠言，一時迷惑錯亂，以至於到了這個地步。當今梁朝對臣下赦免罪責而求其建功立業，不計較過失而加以任用，以赤誠之心待天下之人，使一切心懷動搖的人都安定下來。這一切您都知道，不需要我一一細述了。歷史上朱鮪雖曾殺了光武帝的哥哥，張繡也殺死曹操的愛子，但漢光武帝並不因之而疑忌，曹操對再次歸降的張繡還像過去一樣。何況將軍並無朱、張之罪，且以功勳見重於當世。迷失道路而能知返，這是往哲先賢們所讚許的；迷途不遠而歸來，更爲古之典籍所褒揚。當今皇帝輕於刑法而重施恩惠，法網寬鬆，可以漏掉吞舟的大魚；將軍在梁地的祖墳完好，親戚都安居樂業，住宅也未曾傾毀，愛妾仍然健在。您心裡可要好好想一想，這還有什麼可說的啊！當今梁朝的功臣名將，各有封賞任命，井然有序。他們腰繫紫綬絲帶，掌管金印，參與並籌畫軍國大計；坐輕車而豎旄節，身負保衛邊疆的重任。殺白馬鄭重立約，功臣名將的爵位也可以傳給子孫。唯有將軍您厚顏偷生，爲拓跋族的魏帝奔走效勞，難道不感到可悲嗎？

像南燕慕容超那樣強大，最終還是被解送建康刑場斬首；像後秦姚泓那樣強盛，最後也在長安反縛出降。由此可見，雖天地之間霜露均布，卻不養育異類；北方中原一帶是周漢故土，容不得異族。北魏假稱帝號竊取中原，已有很多年，積惡多端災禍滿盈，理應潰敗滅亡。更何況北魏統治集團昏瞶狡詐、自相殘殺，部落內部分崩離析，頭目之間各存二心互相猜忌。他們馬上就要受縛至京城蠻邸，懸首級於槁街了，將軍如魚游於有沸水的釜鼎之中，像燕子築窩巢於搖蕩的帳幕之上，不是太糊塗了嗎？

暮春三月之時，江南碧草萋盛，各色的花朵開滿樹叢，群鶯穿梭飛忙。每當您登上城牆，手撫弓弦，遠望故國軍隊的軍旗、戰鼓時，回憶起往日在梁的生活，豈不傷懷！正因爲如此，廉頗才渴想能重爲趙將，吳起臨別西河時，才掩淚悲傷。這是人之常情，難道唯獨將軍沒有這種感情嗎？

希望您儘早作出決斷，自己爭取幸福的前途。當今武帝十分英明，天下百姓安居樂業，西王母獻來玉環，肅愼氏貢來楛矢。夜郎、滇池諸國，解其髮辮而請求封職。朝鮮和西域羅布泊，叩頭歸服而接受教化。唯有北魏野心勃勃，倔強於沙漠邊塞之中，企圖苟延殘喘。中軍將軍臨川王蕭宏，德行彰明，且是武帝至親，他主持這次北伐的軍機重任，慰問洛水隈曲處的百姓，討伐秦中的逆賊，您若猶豫，而不知改過，可要好好考慮我這番話。聊且以此書表達我們往日的情誼，希望您詳加考慮。

丘遲叩拜。

意旨精鑰

天監四年，梁武帝命臨川王蕭宏率軍北征，陳伯之領兵對抗。蕭宏命記室丘遲作此書，私勸陳伯之歸降。這封信從南北戰場的形勢、雙方軍事力量的對比、個人的前途和他目前危險處境等方面著筆，不僅有曉以利害和大義的正面勸告，更以江南春天的美景，和濃郁的鄉情引動對方的故國之思，文辭委曲婉轉，聲情並茂。

寫作密技

一、駢文

駢文是古代中國特有的文言文文體，其句式多為四六句及對仗，故又稱為四六文、駢儷、駢體。駢文在文學史上評價不高，主要因為文章大多華而不實，適於寫景而不適於敘事。駢文文體生於秦漢，興盛於魏晉和六朝時期，沒落於宋，復興於清。因為君主貴族的提倡、文學觀念的發展、純文學觀念和聲律說興起，促使駢文越發興盛。唐代王勃的〈滕王閣序〉，便是駢文經過東晉到初唐的發展後，完全成熟之作。從文風來說，〈滕王閣序〉壯麗宏博，高昂奮發，感慨而不傷懷，一改六朝此類文賦「辭麗氣慘」的風格特點。

駢文講求平仄相對，和諧協調，多用典故，雕琢辭藻，詞色工麗。全篇文章均由對偶構成，除少數散句外，都可以分為上下聯，字數、詞性和結構幾乎完全相同，行文流暢。對偶句由四字或六字組成。發展初期以四字、六字爲主，偶爾摻雜有五字、七字，例如「或立談以邀鼎食，或白首而甘布衣」，也有八字、九字、十字，例如「奏之方澤而地祇登，升之圓丘而天神降」、「井魚不可以語于海者，夏蟲不可以語於冰者」、「行蘇張之辯於媧燧之年，用彭韓之術於堯舜之朝」。齊梁以後四六格式定型化。

駢文的優點爲具有整齊美，能使文章產生整齊的美感。妍麗含蓄，辭藻華美，多用典故，使文章典雅精煉，委婉含蓄。亦具聲音美，協調平仄。缺點爲過於繁複冗贅，爲求工整，同義詞往往用得太多；爲求典雅，有時又用典過多，亦艱澀隱晦。

成語錦囊

一、**朱輪華轂**：紅色的車輪，彩繪的車轂。指古代貴族高官所乘坐的車子。

原典 **昔因機變化，遭遇明主；立功立事，開國稱孤；朱輪華轂，擁旄萬里，何其壯也！**

書證 1：令范陽令乘朱輪華轂，使驅馳燕趙郊。（《史記．張耳陳餘傳》）

二、**棄瑕錄用**：瑕，玉上的斑點，借指過失。指不計較其缺點過失而加以任用。亦作「棄瑕取用」。

原典 **聖朝赦罪責功，棄瑕錄用，推赤心於天下，安反側於萬物；將軍之所知，不假僕一二談也。**

書證 1：廣羅英雄，棄瑕錄用。（《後漢書．袁紹傳》）

三、**幕燕鼎魚**：幕燕，築巢於帷幕上的燕子。鼎魚，游於炊器中的魚。比喻處在極度危險當中。

原典 **方當繫頸蠻邸，懸首藁街，而將軍魚游於沸鼎之中，燕巢於飛幕之上，不亦惑乎？**

書證1：包藏禍心，竊弄凶器，戕害主帥，虔劉善良，幕燕鼎魚，偷活頃刻。（唐代白居易〈為宰相賀殺賊表〉）

小試身手（*為多選題）

1.（　）**關於〈與陳伯之書〉，下列何者錯誤？**
A.「將軍松柏不翦，親戚安居，高臺未傾，愛妾尚在」，可證明梁武帝對陳伯之的確是「屈法申恩，吞舟是漏」。
B.「廉公之思趙將，吳子之泣西河」，其喻意同於「鍾儀幽而楚奏兮，莊舄顯而越吟」。
C.「魚游於沸鼎之中，燕巢於飛幕之上」，比喻隨遇而安。
D.「白環西獻，楛矢東來；夜郎、滇池，解辮請職；朝鮮、昌海，蹶角受化」，說明天下安樂，四海歸心。

2.（　）**丘遲〈與陳伯之書〉：「暮春三月，江南草長，雜花生樹，群鶯亂飛。」此句的用意為何？**
A.江南不乏名將，但彼此不夠團結。
B.觸動陳伯之故國之思，盼其早日反正來歸。
C.感慨韶光飛逝，勸陳伯之慎勿馬齒徒增。
D.江南之美，暮春三月為全年之冠。

3（　）**丘遲〈與陳伯之書〉：「夫□□□□，往哲是與；不遠而復，先典攸高。主上屈法申恩，吞舟是漏。將軍松柏不翦，親戚安居，高臺未傾，愛妾尚在；悠悠爾心，亦何可言？」上文□□□□中，應填入下列哪一選項？**
A.知己知彼。

B. 反求諸己。

C. 迷途知反。

D. 功成身退。

＊4.（　）**對於散文的敘述，選出正確的選項：**

A. 先秦散文中，《孟子》擅長排比、鋪張，最具氣勢；《莊子》擅譬喻，開創寓言體形式；《荀子》邏輯性最強，開後世「論」這種文體的先河。

B. 南北朝駢文流行，劉勰《文心雕龍》、丘遲〈與陳伯之書〉都是以駢文寫成。

C. 唐宋八大家提倡散文，反對駢文。其中韓愈、柳宗元力排佛、老；歐陽脩、王安石、三蘇、曾鞏等人則與道士、僧人交往頻繁，兩代文人在思想上有傳承，亦有差異。

D. 歸有光、王慎中、唐順之等人以唐宋古文為學習對象，主張「文必秦漢，詩必盛唐」。

E. 桐城派為文嚴標「義」、「法」，對戲曲小說更加重視。

5.（　）**將軍「松柏」不翦，親戚安居，高臺未傾，愛妾尚在。（〈與陳伯之書〉）松柏是指：**

A. 樹木。

B. 住宅。

C. 田宅。

D. 墳墓。

6.（　）**下列篇章名稱結構形式相同的是：**

A. 〈荊軻刺秦王〉／〈韓文公廟碑〉

B. 〈前赤壁賦〉／〈訓蒙大意〉

C. 〈五代史伶官傳序〉／〈與山巨源絕交書〉

D. 〈與陳伯之書〉／〈與楊德祖書〉

7.（　）丘遲〈與陳伯之書〉：「魚游於沸鼎之中，燕巢於飛幕之上。」意謂：
A.處變不驚。
B.居安思危。
C.處境危險。
D.隨遇而安。

8.（　）丘遲〈與陳伯之書〉：「將軍勇冠三軍，才為世出，棄燕雀之小志，慕鴻鵠以高翔。」其中的「棄燕雀之小志，慕鴻鵠以高翔」比喻：
A.認清時局，棄暗投明。
B.野心勃勃，棄小就大。
C.民胞物與，澤及禽鳥。
D.志向遠大，不甘平凡。

9.（　）丘遲〈與陳伯之書〉是一篇擲地有聲，膾炙人口之作，文中作者藉以勸降的文句，最能呼應王粲〈登樓賦〉「雖信美而非吾土兮，曾何足以少留」之思者，是哪一個？
A.將軍獨靦顏借命，驅馳氈裘之長，寧不哀哉。
B.將軍松柏不翦，親戚安居，高臺未傾，愛妾尚在。
C.暮春三月，江南草長，雜花生樹，群鶯亂飛。
D.故知霜露所均，不育異類；姬漢舊邦，無取雜種。

10.（　）下列選項中引號內的詞語，何者經替換後文意改變？
A.「獨夫」之心，日益驕固／暴君（杜牧〈阿房宮賦〉）
B.昔充太宗「下陳」，曾以更衣入侍／侍妾（駱賓王〈討武曌檄〉）
C.夫以慕容超之強，身送「東市」；姚泓之盛，面縛西都／京城（丘遲〈與陳伯之書〉）

D. 僕雖怯懦欲苟活，亦頗識去就之分矣，何至自沉溺「縲紲」之辱哉／囹圄（司馬遷〈報任少卿書〉）

11.（　）以下關於「駢文」的敘述，何者錯誤

A. 駢文是宮廷文學、貴族文學的產物，也是和通行口語背道而馳的書面語言，以講求對偶、平仄、用典和藻飾的方法形塑文章的藝術美感。

B. 李斯被譽為「駢文的初祖」，不過當時駢文僅為修辭的需要，尚未成為一種文體。

C. 魏晉南北朝以駢文為正宗，此時駢文的用途甚廣：以之嬉笑怒罵，如孔稚珪的〈北山移文〉；以之寫景，如吳均的〈與宋元思書〉；以之說理，如王羲之的〈蘭亭集序〉；以之撰史，如范曄的《後漢書》；以之論文，如劉勰的《文心雕龍》。

D. 齊、梁之間，聲律說興起，駢文不僅講究字句對仗、辭藻華美，更求音韻之美，丘遲的〈與陳伯之書〉便是以嚴格的駢四儷六、對偶精工、平仄諧暢所寫作的勸降信。

解答：1. C　2. B　3. C　4. AB　5. D　6. D　7. C　8. D　9. D　10. C　11. D

第四單元

唐朝

- 諫太宗十思疏
- 師說
- 祭十二郎文
- 與元微之書
- 始得西山宴遊記
- 虯髯客傳
- 唐詩三首

諫太宗十思疏

作者簡介

魏徵（西元五八〇年—西元六四三年），字玄成，巨鹿人。唐朝政治家，曾任諫議大夫、左光祿大夫，封鄭國公，以直諫敢言著稱。貞觀十七年元月二十三日，魏徵病逝，太宗悲慟之極，謂侍臣：「人以銅為鏡，可以正衣冠，以古為鏡，可以見興替，以人為鏡，可以知得失。魏徵沒，朕亡一鏡矣！」著有〈隋書序論〉、《梁書》、《陳書》、〈齊書總論〉等，其言論多見於《貞觀政要》。

出處：貞觀政要．論君道
難易度☺☺☺☺☺

古文鑑賞

臣聞求木之長者，必固其根本；欲流之遠者，必浚（ㄐㄩㄣˋ）其泉源❶；思國之安者，必積其德義。源不深而望流之遠，根不固而求木之長，德不厚而思國之安；臣雖下愚❷，知其不可，而況於明哲乎❸？人君當神器之重❹，居域中之大❺，將崇極天之峻❻，永保無疆之休❼；不念居安思危❽，戒奢以儉，德不處其厚，情不勝其欲❾，斯亦伐根以求木茂，塞（ㄙㄜˋ）源而欲流長者也。

凡昔元首，承天景命❿，莫不殷憂而道著⓫，功成而德衰，有善始者實繁，能克終者蓋寡。豈其取之易而守之難乎？昔取之而有餘，今守之而不足，何也？夫在殷憂，必竭誠以待下；既得志，則縱情以傲物。竭誠則胡越為一體，傲物則骨肉為行路⓬。雖董之以嚴刑⓭，震之以威怒，終苟免而不懷仁，貌恭而不心服。怨不在大，可畏惟人，載舟覆舟，所宜深慎，奔車朽索⓮，其可忽乎！

君人者，誠能見可欲⓯，則思知足以自戒；將有作，則思知止以安人；念高危，則思謙沖而自牧⑯；懼滿溢，則思江海而下百川⑰；樂盤游，則思三驅以為度⑱；憂懈怠，則思慎始而敬終；慮壅蔽⑲，則思虛心以納下；想讒邪，則思正身以黜惡⑳；恩所加，則思無因喜以謬賞㉑；罰所及，則思無因怒而濫刑。總此十思，弘茲九德。簡能而任之㉒，擇善而從之，則智者盡其謀，勇者竭其力，仁者播其惠，信者效其忠。文武爭馳㉓，君臣無事，可以盡豫遊之樂㉔，可以養松喬之壽㉕，鳴琴垂拱㉖，不言而化㉗。何必勞神苦思，代下司職㉘，役聰明之耳目，虧無為之大道哉㉙？

【說文解字】

❶浚：疏通。❷下愚：極爲愚笨之人。❸明哲：明智、深明事理之人。❹當：承受。神器：指帝位。❺域中之大：天地間的重要位置。❻崇極天之峻：（天子的地位）如同天一般的崇高。❼永保無疆之休：永遠保有無窮的福祿恩澤。休，福祿，吉慶。❽居安思危：處於安樂的環境時，要設想可能出現的危險、困難。❾勝：克制。❿承天景命：繼承上天賦予的偉大使命。景，明，大。⓫殷憂：深重的憂患。殷，深。⓬行路：過路的人，比喻毫無關係。⓭董：督責。⓮奔車朽索：用腐爛的繩索駕馭奔馳的馬車。比喻事情危險。⓯誠：果真。沖：謙和。⓰牧：修養。⓱下：包容，謙讓。⓲三驅：一年打獵三次。因爲狩獵時必須驅趕禽獸，所以稱打獵爲「驅」。另有一說爲網開一面，由三面圍合驅捕禽獸。⓳壅：堵塞。蔽：蒙蔽。⓴黜：排斥。㉑謬：誤。㉒簡：選擇。㉓文武爭馳：文武百官爭相效命。㉔豫：樂。㉕松喬之壽：比喻長壽。松喬，仙人赤松子和王子喬。㉖垂拱：天子垂衣拱手，無爲而使天下自行治理。㉗不言而化：不必多說便能教化天下。㉘司：掌管。㉙虧：毀壞。

白話解讀

臣聽說，要想使樹木長得高大，一定要鞏固它的根本；要想使水流得長遠，一定要疏通它的源頭；要想使國家得到安定，君王必須要廣施恩德，多行仁義。源泉不深，卻希望水流能夠長遠；根底不鞏固，卻希望樹木長得高大；恩德不深厚，卻希望國家安定。臣雖然愚蠢，但也知道這是不可能的，更何況深明事理的聰明人呢？帝王擔當統治天下的重任，高居天地間的大位，享有無盡的恩澤，不在天下安定時預先設想危難，不戒除奢侈、力行節儉，不能保有深厚的道德修養，不能克制欲望，這就好比砍斷樹根卻想使樹木枝繁葉茂，堵塞源泉卻想使水流得長遠一般。

過去的帝王承受上天的大命，皆是在艱苦的時候道德顯著，功成名就之後道德衰落，能夠創業得多，善於守成得卻很少。難道奪取天下容易，而守住天下就困難嗎？從前創業游刃有餘，如今安穩守成時，能力卻不夠，爲什麼呢？因爲處於創業的艱難困苦之中時，一定會竭盡誠心來對待部下，一旦奪取天下之後，就放縱情欲而傲視他人。如果竭盡誠心，即使是吳、越這樣彼此敵對的國家也會團結一致；傲視他人，即使是親人也會疏遠成陌生人。就算用嚴刑來督責他們，用威勢來嚇唬他們，大家也只會謀求免去刑罰和威嚇而不會懷念恩德，表面上恭敬但內心並不服氣。怨恨不在深淺，可怕的是心，百姓像水一樣，可以載船，也可以翻船，所以應當特別謹慎。就像是用腐爛的繩索來駕馭狂奔的馬車，怎能有絲毫的疏忽呢？

統治人民的國君，如果見到喜愛的東西，就該想到要知足，以警戒自己；若想大興土木修建宮殿，就該想到要適可而止，以安定人民的生活；考慮到身處高位隨時會有危險，就該想到以謙虛溫和來加強自我修養；深怕自己會驕傲自滿，就該想到要像江海一樣，處在河流的下游以包容萬物；喜歡遊樂，就該想到古時候的國君每年最多只能打三次獵的規定；擔心意志鬆懈，就該想到事情開始時要謹慎，結束時要小心恭敬；害怕受到蒙蔽，就該想到要虛心接受臣下的意見；擔心聽信讒言，就該想到要端正自己、斥退小人；有所賞賜時，就該想到不要因一時高興而賞賜失當；施行刑罰時，該想到不要因為一時惱怒而濫用刑罰。綜合以上十項反省準則，發揚《書經》中所提的九種美德。選擇有才能的人加以任用，選擇好的意見而採納它，那麼，聰明的人就能竭盡他的智謀，勇敢的人就會竭盡他的氣力，仁義之人就能廣施他的恩惠，誠實的人就會貢獻他的忠心。這樣文武百官就會爭相貢獻自己的能力，君臣之間相安無事，君王可以盡情享受遊樂，保有如同仙人赤松子、王子喬般的長壽，悠閒彈琴、垂衣拱手，不用多言就能使天下太平、人民幸福美滿了。何必勞神費力，代替屬下百官管理他們的事務，勞役聰明的耳目，損害無為的治國之道呢？

意旨精鑰

本文為魏徵寫給唐太宗李世民的一篇建言，勸諫太宗要「居安思危，戒奢以儉」，並提出十項具體的自省要點，指引國君正確處理各種事情，以避免國勢衰微。

寫作密技

一、**疏**

古代臣子向君王進呈的奏章，屬於上行公文的一種。漢代將上書分為四種：章、奏、表、議。劉勰《文心雕龍》表示：「章以謝恩，奏以按劾，表以陳請，議以執異。」疏，即為漢代「奏」的別稱。

二、**譬喻：**描寫事物或說明道理時，將一件事物或道理指成另一件事物或道理，該兩件事物或道理中具有一些共同點。

明喻 以喻體、喻詞、喻依三者組成的譬喻。

隱喻 凡具備本體、喻體，而喻詞由「是」、「為」、「成」等代替。

略喻 省略喻詞，只有喻體和喻依。

借喻 省略喻體和喻詞，只剩下喻依。

例1：臣聞求木之長者，必固其根本；欲流之遠者，必浚其泉源；思國之安者，必積其德義。

Tips. 略喻。

例2：富潤屋，德潤身。（〈大學〉）

Tips. 略喻。

例3：忠言逆耳利於行，良藥苦口利於病（《史記．留侯世家》）

Tips. 略喻。

例4：問君能有幾多愁？恰似一江春水向東流。（南唐李煜〈虞美人〉）

Tips. 明喻。

三、**排比**：用結構相似的句法，接二連三地表現出同範圍同性質的意念。

例1：念高危，則思謙沖而自牧；懼滿溢，則思江海而下百川。

例2：談笑有鴻儒，往來無白丁。（唐代劉禹錫〈陋室銘〉）

成語錦囊

一、**奔車朽索**：用腐朽的繩子去駕馭狂奔的馬車。比喻隨時有危險。

原典 雖董之以嚴刑，震之以威怒，終苟免而不懷仁，貌恭而不心服。怨不在大，可畏惟人，載舟覆舟，所宜深慎，奔車朽索，其可忽乎！

書證 1：予臨兆民，懍乎若朽索之馭六馬。（《書經．五子之歌》）

二、**松喬之壽**：松喬，指仙人赤松子和王子喬。比喻長壽。

原典 文武爭馳，君臣無事，可以盡豫遊之樂，可以養松喬之壽，鳴琴垂拱，不言而化。

書證 1：願王奉詔入朝，守臣子之節，必有松喬之壽，累代之榮。（《隋書．皇甫誕傳》）

小試身手

（＊為多選題）

1.（　）古代漢語有一種用來表示「認為某（人、事、物）是……的」的用法，例如《戰國策．齊策》：「吾妻之美我者，私我也」，句中的「美我」即是「認為我是美的」之意。下列文句「　」內文字屬於此一用法的選項是：

A.《論語．里仁》：唯仁者能「好人」，能惡人。

B. 魏徵〈諫太宗十思疏〉：將有作，則思知止以「安人」。

C.《孟子．盡心》：孔子登東山而「小魯」，登泰山而小天下。

D. 司馬光〈訓儉示康〉：小人寡欲，則能謹身節用，遠罪「豐家」。

＊2.（　）中國理想的「生命之美」，往往不在成功的愉悅，而在際遇的[illegible]屬於內心坦然自在的安適。下列文句，表現此種生命情趣的選項是：

A. 飯疏食，飲水，曲肱而枕之，樂亦在其中矣。

B. 結廬在人境，而無車馬喧。問君何能爾，心遠地自偏。

C. 不以物傷性，將何適而非快，無適而不自快，無入而不自得。

D. 文武爭馳，君臣無事，可以盡豫遊之樂，可以養松喬之壽。

E. 自耕稼陶漁，以至為帝，無非取於人者。取諸人以為善，是與人為善者也。

＊3.（　）下列文句，與《論語》「譬如為山，未成一簣，止，吾止也。譬如平地，雖覆一簣，進，吾往也」，意涵相近的選項是：

A. 聞道有先後，術業有專攻

B. 孔子登東山而小魯，登泰山而小天下。

C. 鍥而舍之，朽木不折；鍥而不舍，金石可鏤。

D. 有為者，辟若掘井，掘井九軔而不及泉，猶為棄井也。

E. 求木之長者，必固其根本；欲流之遠者，必浚其泉源。

4.（　）魏徵〈諫太宗十思疏〉：「怨不在大，可畏惟人，載舟覆舟，所宜深慎，奔車朽索，其可忽乎！」下列何者與「奔車朽索」意義相同？

A. 間不容髮。

B. 痴人說夢。

C. 杞人憂天。

D. 南轅北轍。

5.（　）下列各成語，何者的意義與其他二者不同？

A. 千鈞一髮。

到不要因一時高興而賞賜失當；施行刑罰時，該想到不要因爲一時惱怒而濫用刑罰。綜合以上十項反省準則，發揚《書經》中所提的九種美德。選擇有才能的人加以任用，選擇好的意見而採納它，那麼，聰明的人就能竭盡他的智謀，勇敢的人就會竭盡他的氣力，仁義之人就能廣施他的恩惠，誠實的人就會貢獻他的忠心。這樣文武百官就會爭相貢獻自己的能力，君臣之間相安無事，君王可以盡情享受遊樂，保有如同仙人赤松子、王子喬般的長壽，悠閒彈琴、垂衣拱手，不用多言就能使天下太平、人民幸福美滿了。何必勞神費力，代替屬下百官管理他們的事務，勞役聰明的耳目，損害無爲的治國之道呢？

意旨精鑰

本文爲魏徵寫給唐太宗李世民的一篇建言，勸諫太宗要「居安思危，戒奢以儉」，並提出十項具體的自省要點，指引國君正確處理各種事情，以避免國勢衰微。

寫作密技

一、**疏**

古代臣子向君王進呈的奏章，屬於上行公文的一種。漢代將上書分爲四種：章、奏、表、議。劉勰《文心雕龍》表示：「章以謝恩，奏以按劾，表以陳請，議以執異。」疏，即爲漢代「奏」的別稱。

二、**譬喻**：描寫事物或說明道理時，將一件事物或道理指成另一件事物或道理，該兩件事物或道理中具有一些共同點。

明喻 以喻體、喻詞、喻依三者組成的譬喻。

隱喻 凡具備本體、喻體，而喻詞由「是」、「為」、「成」等代替。

略喻 省略喻詞，只有喻體和喻依。

借喻 省略喻體和喻詞，只剩下喻依。

例1：臣聞求木之長者，必固其根本；欲流之遠者，必浚其泉源；思國之安者，必積其德義。

Tips. 略喻。

例2：富潤屋，德潤身。（〈大學〉）

Tips. 略喻。

例3：忠言逆耳利於行，良藥苦口利於病（《史記．留侯世家》）

Tips. 略喻。

例4：問君能有幾多愁？恰似一江春水向東流。（南唐李煜〈虞美人〉）

Tips. 明喻。

三、排比：用結構相似的句法，接二連三地表現出同範圍同性質的意念。

例1：念高危，則思謙沖而自牧；懼滿溢，則思江海而下百川。

例2：談笑有鴻儒，往來無白丁。（唐代劉禹錫〈陋室銘〉）

成語錦囊

一、奔車朽索：用腐朽的繩子去駕馭狂奔的馬車。比喻隨時有危險。

原典 雖董之以嚴刑，震之以威怒，終苟免而不懷仁，貌恭而不心服。怨不在大，可畏惟人，載舟覆舟，所宜深慎，奔車朽索，其可忽乎！

書證 1：予臨兆民，懍乎若朽索之馭六馬。（《書經．五子之歌》）

二、松喬之壽：松喬，指仙人赤松子和王子喬。比喻長壽。

原典 文武爭馳，君臣無事，可以盡豫遊之樂，可以養松喬之壽，鳴琴垂拱，不言而化。

書證 1：願王奉詔入朝，守臣子之節，必有松喬之壽，累代之榮。（《隋書．皇甫誕傳》）

小試身手（*為多選題）

1.（　）古代漢語有一種用來表示「認為某（人、事、物）是……的」的用法，例如《戰國策．齊策》：「吾妻之美我者，私我也」，句中的「美我」即是「認為我是美的」之意。下列文句「　」內文字屬於此一用法的選項是：

A.《論語．里仁》：唯仁者能「好人」，能惡人。

B. 魏徵〈諫太宗十思疏〉：將有作，則思知止以「安人」。

C.《孟子．盡心》：孔子登東山而「小魯」，登泰山而小天下。

D. 司馬光〈訓儉示康〉：小人寡欲，則能謹身節用，遠罪「豐家」。

＊2.（　）中國理想的「生命之美」，往往不在感官的愉悅或際遇的騰達，而在追求一種超出外在現實限制，屬於內心坦然自在的安適。下列文句，表現此種生命情趣的選項是：

A. 飯疏食，飲水，曲肱而枕之，樂亦在其中矣。

B. 結廬在人境，而無車馬喧。問君何能爾，心遠地自偏。

C. 不以物傷性，不以謫為患，無適而不自快，無入而不自得。

D. 文武爭馳，君臣無事，可以盡豫遊之樂，可以養松喬之壽。

E. 自耕稼陶漁，以至為帝，無非取於人者。取諸人以為善，是與人為善者也。

＊3.（　）下列文句，與《論語》「譬如為山，未成一簣，止，吾止也。譬如平地，雖覆一簣，進，吾往也」，意涵相近的選項是：

A. 聞道有先後，術業有專攻。

B. 孔子登東山而小魯，登泰山而小天下。

C. 鍥而舍之，朽木不折；鍥而不舍，金石可鏤。

D. 有為者，辟若掘井，掘井九軔而不及泉，猶為棄井也。

E. 求木之長者，必固其根本；欲流之遠者，必浚其泉源。

4.（　）魏徵〈諫太宗十思疏〉：「怨不在大，可畏惟人，載舟覆舟，所宜深慎，奔車朽索，其可忽乎！」下列何者與「奔車朽索」意義相同？

A. 間不容髮。

B. 癡人說夢。

C. 盲人摸象。

D. 南轅北轍。

5.（　）下列各成語，何者的意義與其他三者不同？

A. 千鈞一髮。

B. 間不容髮。

C. 奔車朽索。

D. 反掌折枝。

6.（　）**下列文句與孔子所說的，「譬如為山，未成一簣，止，吾止也。譬如平地，雖覆一簣，進，吾往也」意涵最接近的是：**

A. 鍥而舍之，朽木不折；鍥而不舍，金石可鏤。（《荀子．勸學》）

B. 求木之長者，必固其根本；欲流之遠者，必浚其泉源。（唐代魏徵〈諫太宗十思疏〉）

C. 共輿而馳，同舟而濟；輿傾舟覆，患實共之。（《後漢書．朱穆傳》）

D. 石可破也，而不可奪堅；丹可磨也，而不可奪赤。（《呂氏春秋》）

7.（　）**〈諫太宗十思疏〉：「夫在殷憂，必竭誠以待下；既得志，則縱情以傲物。」闡明何意？**

A. 有善始者實繁，能克終者蓋寡。

B. 竭誠則胡　越為一體，傲物則骨肉為行路。

C. 伐根以求木茂，塞源而欲流長。

D. 取之易而守之難。

8.（　）**「載舟覆舟，所宜深慎，奔車朽索，豈可忽乎？」上文意指？**

A. 民心向背關係國之存亡，不可輕忽。

B. 治國之道，經緯萬端，不容疏忽。

C. 禍福繫於一念之間，能不凜而畏之。

D. 前車之鑑可不細心體會？

解答：1.C　2.ABC　3.CD　4.A　5.D　6.A　7.B　8.A

旁徵博引

唐太宗李世民

唐朝是由當時西部貴族的李淵所創建的，李淵的母親和妻子都是當時北方的少數民族，鮮卑族貴族，因此李淵家族與隋皇室有親戚關係。

李淵原是隋朝皇帝信任的將領，受命在山西，負責鎮壓人民起義。後來，李淵見隋朝大勢已去，遂在山西太原起義，推翻隋朝，於西元六一八年建立唐朝。李淵有四個兒子，長子李建成、次子李世民、三子李元霸早逝、四子李元吉。李世民十六歲起，便追隨父親開始軍旅生涯，因參與太原起兵有功，在建立唐朝後，被封為秦王。十九歲的李世民在成為秦王後，繼續征戰四方，為唐初的統一立下卓越戰功，聲望不斷提高。但此時，唐高祖李淵早已確立長子李建成為皇位繼承人，因此，李世民的目標是奪取皇位的繼承權。

西元六二六年，李世民在玄武門埋下伏兵，親手射殺大哥李建成，四弟李元吉也被他的親信殺死，史稱「玄武門事變」。事變之後，李淵被迫退位，李世民登上皇帝寶座，是為唐太宗。

唐太宗是以善於啟用人才著稱的帝王之一。他任用的宰相魏徵是歷史上著名的賢相，敢於當面向他提出不同意見，唐太宗有時也難免動怒，但始終包容他。唐太宗採取一系列的措施，發展生產、減輕徭役、與民休息，創造出強盛王朝的經濟基礎，其在位期間被稱為「貞觀之治」。

師說

出處：昌黎先生集
難易度：☺☺☺☺☺

作者簡介

韓愈（西元七六八年—西元八二四年），字退之，河南河陽人，郡望昌黎，自稱昌黎韓愈，世稱韓昌黎；晚年任吏部侍郎，又稱韓吏部；卒諡文，世稱「韓文公」。力斥駢文，與柳宗元倡導古文運動，蘇軾稱讚他「文起八代之衰，道濟天下之溺」，為唐宋八大家之首。著作有《昌黎先生集》。長於議論，〈師說〉、〈原道〉、〈諫迎佛骨表〉、〈進學解〉等流傳千古，與柳宗元並稱「韓柳」。

古文鑑賞

古之學者必有師❶。師者，所以傳道❷、受業❸、解惑也❹。人非生而知之者，孰能無惑？惑而不從師，其為惑也，終不解矣。

生乎吾前，其聞道也❺，固先乎吾，吾從而師之❻；生乎吾後，其聞道也，亦先乎吾，吾從而師之。吾師道也，夫庸知其年之先後生於吾乎❼？是故無貴無賤，無長無少，道之所存，師之所存也。

嗟乎！師道之不傳也久矣❽！欲人之無惑也難矣！古之聖人，其出人也遠矣❾，猶且從師而問焉；今之眾人，其下聖人也亦遠矣❿，而恥學於師。是故聖益聖⓫，愚益愚，聖人之所以為聖，愚人之所以為愚，其皆出於此乎？

愛其子，擇師而教之，於其身也⓬，則恥師焉，惑矣！彼童子之師，授之書而習其句讀（ㄉㄡˋ）者也⓭，非吾所謂傳其道，解其惑者也。句讀之不知，惑之不解，或師焉，或不（ㄈㄡˇ）焉，小學而大遺⓮，吾未見其明也⑮。

巫醫、樂師、百工之人⑯，不恥相師⑰；士大夫之族⑱，曰師曰弟子云者，則群聚而笑之。問之，則曰：「彼與彼年相若也，道相似也。位卑則足羞，官盛則近諛。」嗚呼！師道之不復可知矣⑲。巫醫、樂師、百工之人，君子不齒⑳，今其智乃反不能及㉑，其可怪也歟！

聖人無常師㉒，孔子師郯子、萇弘、師襄、老聃。郯子之徒，其賢不及孔子。孔子曰：「三人行，必有我師。」是故弟子不必不如師，師不必賢於弟子，聞道有先後，術業有專攻㉓，如是而已。

李氏子蟠，年十七，好古文㉔，六藝經傳皆通習之㉕。不拘於時㉖，請學於余；余嘉其能行古道㉗，作〈師說〉以貽之㉘。

【說文解字】

①學者：求學的人。②所以：用來。③受：通「授」，傳授。業：指儒家的經典，即下文的六藝經傳。④惑：兼指道和業兩方面的疑難問題。⑤聞道：懂得道。⑥師：動詞，即學習之意。⑦庸：需要。⑧師道：從師學道的風尚，從師求學的道理。⑨出人：超出於一般人。⑩下：低於。⑪益：更加。⑫身：自己。⑬句讀：斷句，指文字誦讀。語意盡處，古人稱爲句；語意未盡，誦讀時須略作停頓處，古人稱爲讀，通「逗」。⑭小：句讀之學。大：學問方面的疑惑。遺：捨棄。⑮明：聰慧，明智。⑯百工：各種工匠。⑰相師：互相學習。⑱族：類。⑲不復：不能恢復。⑳不齒：不和他並列，表示鄙視。齒，並列。㉑乃：卻。㉒常師：固定的老師。㉓專攻：專長。攻，研究。㉔古文：相對駢體文而言之先秦、兩漢的散文。㉕六藝：儒家的六經，指《詩》、《書》、《易》、《禮》、《樂》、《春秋》。通習：通曉熟悉。㉖不拘於時：不受當時士大夫恥於相師的風氣所拘泥。㉗古道：指古人從師問學之道。㉘貽：贈送。

白話解讀

古代求學的人一定有老師。老師，是傳授道理、講授六藝經傳、解答疑難的人。人並非一生下來就懂得知識道理的，誰能沒有疑難呢？有疑問而不跟從老師學習請教，他的問題就永遠不能解決了。

比我早出生的，自然比我早懂得「道」，我當然可以跟著他學習；比我晚出生的，他懂得「道」若比我早，我也應該跟著他學習。我是爲了學習「道」，難道還要在乎他比我先出生還是晚出生嗎？因此，不論地位高低、年齡大小，「道」在哪裡，老師就在哪裡。

唉！從師學道的風尚已經失傳很久了。但是，人沒有疑難問題實在太難了！古時候的聖人，他們的才幹智慧遠遠超過一般人，尚且會向老師請教；而現在的一般人，才智德行遠遠不如聖人，卻恥於向老師學習。因此，聖人更加聖明，愚人更加愚昧，聖人之所以成爲聖人，愚人之所以成爲愚人的原因，大概就在於這一點吧！

一個人疼愛自己的孩子，便挑選許多優秀的老師來教他，自己卻恥於向老師學習，這眞是令人感到奇怪啊！那些孩子們的老師，只是拿著書本教導孩子其中的句讀，並不是我所說的，傳授道理、解答疑難的老師。句讀不理解時，尚且去請教老師，但疑難無法解答時，卻不去請教老師，學習小方面卻遺棄了大學問，我看不出這樣做有何明智之處。

巫醫、樂師及各種工匠，他們不以互相學習爲恥辱；而士大夫階級的人，如果有人談到「老師」、「學生」等，大家就會聚在一起加以嘲笑。問他們爲什麼嘲笑，他們會說：「他和他年齡差不多，懂得的道理也差不多。稱地位低的人爲老師會感到十分羞恥，稱官職高的人爲老師則會被認爲有諂諛的嫌疑。」唉！從師學道的風尚不能恢復，由此可知了。巫醫、樂師和各種工匠，是那些士大夫階層瞧不起的人，如今士大夫的見識反而不如他們，這眞是奇怪啊！

聖人沒有固定的老師，孔子曾經向郯子、萇弘、師襄、老聃請教。然而郯子等人的學識道德卻比不上孔子。孔子說：「三個人走在一起，一定有可以做我老師的人。」因此，學生不一定不如老師，老師也不一定比學生高明，研習「道」的時間有先後順序，學問也各有研究，師生之間的差異不過如此罷了。

李家有個孩子名叫蟠，今年十七歲，愛好古文，六經的經文傳文，他都學習通曉了。他不受當時「恥於相師」的風氣束縛，在我這裡求學；我讚賞他能實行古人的從師求學之道，便寫了這篇〈師說〉送給他。

意旨精鑰

本文針對當時士大夫階層恥於相師的不良社會風氣，闡明了「師」的作用以及「從師」的重要性，文中「道之所存，師之所存」、「弟子不必不如師，師不必賢於弟子」等觀點，在今天仍深具警惕意義。

寫作密技

一、**說**

一種闡釋義理、申述己見的文體，屬於論辯類。撰寫「說」體文章，邏輯必須非常縝密、清晰，而且立論要充足且正、反觀點皆備，這樣才能使文章具有強烈的說服力。

二、**映襯**：將兩種相反的觀念或事例對列，讓所欲強調的觀點經比較後更加突出。

例1：古之聖人，其出人也遠矣，猶且從師而問焉；今之眾人，其下聖人也亦遠矣，而恥學於師。

例2：蟬噪林逾靜，鳥鳴山更幽。（唐代王維〈入若耶溪〉）

例3：我達達的馬蹄是美麗的錯誤。（鄭愁予〈錯誤〉）

例4：舊時王謝堂前燕，飛入尋常百姓家。（唐代劉禹錫〈烏衣巷〉）

小試身手

1.（　）**選出下列有關〈師說〉與〈訓蒙大意〉二文敘述正確的選項：**

A. 二文都強調各行各業的人，可以相互拜師學習。

B. 韓愈寫〈師說〉，全篇旨在勸為人父母者，當注意教師的角色與貢獻。

C. 王守仁認為當時之教者，教以禮義，責以檢束。所以學生視學舍如囹獄，視師長如寇仇。

D. 〈師說〉所指的「小學」，即〈訓蒙大意〉中的「句讀課倣」。

2.（　）**下列文句的「道」，何者指「道路」？**

A. 非先王之法言不敢「道」。

B. 蜀「道」之難，難於上青天。

C. 「道」千乘之國，敬事而信，節用而愛人。

D. 師「道」之不傳也久矣！欲人之無惑也難矣。

3.（　）**「古之學者必有師。師者，所以傳道、受業、解惑也。人非生而知之者，孰能無惑？惑而不從師，其為惑也終不解矣。」這段文字的要旨在：**

A. 諷刺當時人不尊重老師。

B. 取笑人們向老師請教問題。

C. 探討老師的教學功能。

D. 強調老師的重要性。

4.（　）下列四組文句「　」中字義相同的是哪一個選項？

A. 願留而「受」業於門（《孟子．告子》）／師者，所以傳道、「受」業、解惑也（韓愈〈師說〉）

B. 東「市」買駿馬，西「市」買鞍韉，南「市」買轡頭，北「市」買長鞭（〈木蘭詩〉）／君子強學而力行，珍其貨而後「市」（《法言．修身》）

C. 誰為大王「為」此計者（《史記．項羽本紀》）／不者，若屬皆且「為」所虜（《史記．項羽本紀》）

D. 汝作司徒，敬敷五「教」（《尚書．舜典》）／入其國，其「教」可知也（《禮記．經解》）

5.（　）唐、宋文學家身為科舉時代的知名文士，卻往往在政治現實中屢遭貶謫。下列各選項作品，何者與貶謫經驗無關？

A. 韓愈〈師說〉。

B. 白居易〈與元微之書〉。

C. 范仲淹〈岳陽樓記〉。

D. 蘇軾〈前赤壁賦〉。

6.（　）韓愈〈師說〉中，下列何者修辭解釋錯誤？

A. 人非生而知之者，孰能無惑：疑問。

B. 是故無貴無賤，無長無少：類疊。

C. 位卑則足羞，官盛則近諛：互文。

D. 句讀之不知，惑之不解，或師焉，或不焉：錯綜。

7.（　）「李氏子蟠，年十七，好古文。」請問句中的「古文」是指？

A. 駢文。
B. 散文。
C. 古代韻文。
D. 甲骨、鐘鼎文。

8. （　）關於韓愈的〈師說〉一文，下列何者錯誤？
A.「聖益聖，愚益愚」是因為「恥學於師」。
B.「小學而大遺」指的是「句讀之不知，惑之不解，或師焉，或不焉」。
C. 韓愈認為聖人無常師。
D.「官盛則近諛」是說要使官職越來越大。

解答：1. D　2. B　3. D　4. D　5. A　6. A　7. B　8. D

旁徵博引

推敲

我們經常可以在文章中，讀到「推敲」一詞，通常用以比喻寫文章或做事經過反覆思考琢磨的過程。相傳這個詞的來歷還有一段動人的故事。

唐朝的著名詩人賈島，有一次去探訪一位名叫李凝的朋友，當他看到友人幽靜的居所時，賈島觸景生情，即興賦詩一首，便是後來流芳於世的〈題李凝幽居〉：「閒居少鄰並，草徑入荒園。鳥宿池邊樹，僧敲月下門。過橋分野色，移石動雲根。暫去還來此，幽期不負言。」但詩中「僧敲月下門」一句中的動詞，究竟應該用敲還是推，更為適合呢？賈島始終無法決定。

在返家的路上，他不斷思考，反覆誦吟。此時，前方恰巧有鳴鑼開道，官轎迎面而來，但由於賈島精神過於集中，竟不知避讓。官轎的家丁們把這個膽敢衝撞轎子的年輕人帶至轎前，聽候發落，原來坐在轎上的便是當時聞名京城的大文人韓愈。在韓愈問明緣由後，他不禁被賈島嚴謹的態度所感動。韓愈略作沉思後，道出自己的見解。他認為「鳥宿池邊樹」點名了賈島是在夜間拜訪，從「閒居少鄰並，草徑入荒園」這兩句可以看出這是主人幽靜的隱居之地。此時若用「推」字，則明顯帶有唐突擅闖之意，就會顯得賈島不太禮貌，對於詩中所營造的主人居所環境氛圍也不太切合，所以還是應該用「敲」字較為妥帖。

這一席話令賈島茅塞頓開，此後，賈島便尊稱韓愈為自己的「一字師」。這則有關於「推敲」的小故事也成為文學史上的一段佳話，被後人世代流傳下來。

祭十二郎文

古文鑑賞

作者：韓愈
出處：昌黎先生集
難易度☺☺☺☺☺

年月日，季父愈聞汝喪之七日[1]，乃能銜哀致誠[2]，使建中遠具時羞之奠[3]，告汝十二郎之靈：

嗚呼！吾少孤[4]，及長，不省所怙[5]，惟兄嫂是依。中年，兄歿南方，吾與汝俱幼，從嫂歸葬河陽。既又與汝就食江南[6]。零丁孤苦，未嘗一日相離也。吾上有三兄，皆不幸早世。承先人後者[7]，在孫惟汝，在子惟吾。兩世一身[8]，形單影隻。嫂嘗撫汝指吾而言曰：「韓氏兩世，惟此而已。」汝時尤小，當不復記憶；吾時雖能記憶，亦未知其言之悲也。

吾年十九，始來京城。其後四年而歸視汝。又四年，吾往河陽省墳墓[9]，遇汝從嫂喪來葬[10]。又二年，吾佐董丞相於汴州，汝來省吾。止一歲[11]，請歸取其孥[12]。明年，丞相薨[13]。吾去汴州，汝不果來[14]。是年，吾佐戎徐州[15]，使取汝者始行[16]，吾又罷去[17]，汝又不果來。吾念汝從於東[18]，東亦客也，不可以久。圖久遠者，莫如西歸[19]，將成家而致汝[20]。嗚呼！孰謂汝遽去吾而歿乎[21]！吾與汝俱少年，以為雖暫相別，終當久相與處[22]，故捨汝而旅食京師[23]，以求斗斛之祿[24]。誠知其如此[25]，雖萬乘之公相，吾不以一日輟汝而就也[26]。

去年，孟東野往，吾書與汝曰：「吾年未四十，而視茫茫，而髮蒼蒼，而齒牙動搖。念諸父與諸兄，皆康彊而早世[27]。如吾之衰者，其能久存乎？吾不可去，汝不肯來，恐旦暮死，而汝抱無涯之戚也㉘！」孰謂少者歿而長者存，彊者夭而病者全乎㉙？嗚呼！其信然邪？其夢邪？其傳之非其真邪？信也，吾兄之盛德而夭其嗣乎？汝之純明而不克蒙其澤乎㉚？少者彊者而夭歿，長者衰者而存全乎？未可以為信也。夢也，傳之非其真也，東野之書，耿蘭之報，何為而在吾側也？嗚呼！其信然矣！吾兄之盛德而夭其嗣矣！汝之純明宜業其家者㉛，不克蒙其澤矣！所謂天者誠難測，而神者誠難明矣！所謂理者不可推，而壽者不可知矣！雖然，吾自今年來，蒼蒼者或化而為白矣，動搖者或脫而落矣。毛血日益衰㉜，志氣日益微，幾何不從汝而死也㉝！死而有知，其幾何離；其無知，悲不幾時，而不悲者無窮期矣！汝之子始十歲，吾之子始五歲；少而彊者不可保，如此孩提者㉞，又可冀其成立邪㉟？嗚呼哀哉！嗚呼哀哉！

汝去年書云：「比得軟腳病㊱，往往而劇㊲。」吾曰：「是疾也，江南之人，常常有之。」未始以為憂也。嗚呼！其竟以此而殞其生乎㊳？抑別有疾而致斯乎？汝之書，六月十七日也。東野云，汝歿以六月二日；耿蘭之報無月日。蓋東野之使者，不知問家人以月日。如耿蘭之報，不知當言月日。東野與吾書，乃問使者，使者妄稱以應之耳㊴。其然乎？其不然乎？今吾使建中祭汝，弔汝之孤與汝之乳母㊵。彼有食可守以待終喪，則待終喪而取以來；如不能守以終喪，則遂取以來。其餘奴婢，並令守汝喪。吾力能改葬，終葬汝於先人之兆㊶，然後惟其所願。

嗚呼！汝病吾不知時，汝歿吾不知日；生不能相養以共居㊷，歿不得撫汝以盡哀；斂不憑其棺㊸，窆不臨其穴㊹。吾行負神明，而使汝夭；不孝不慈，而不得與汝相養以生㊺，相守以死。一在天之涯，一在地之角，生而影不與吾形相依，死而魂不與吾夢相接。吾實為之，其又何尤㊻？彼蒼者天，曷其有極㊼！自今以往，吾其無意於人世矣㊽！當求數頃之田於伊、潁之上，以待餘年，教吾子與汝子，幸其成㊾；長吾女與汝女㊿，待其嫁，如此而已。嗚呼！言有窮而情不可終，汝其知也邪？其不知也邪？嗚呼哀哉！尚饗(51)。

【說文解字】

❶季父：叔父，泛指父親的兄弟中年紀最小者。❷銜哀：含著悲哀。致：表達。❸羞：通「饈」，食物。奠：祭，此處指祭品。❹孤：古人稱幼年喪父爲孤。❺省：明白，知曉。怙：原意爲「倚靠」。《詩經．小雅．蓼莪》：「無父何怙？」故後人稱喪父爲失怙。❻既又：後來。就食：謀生。就，到。❼承先人後：繼承祖宗香火。後，子孫。❽兩世一身：兩代都是單傳。一身，獨子單傳。❾省：看望，探視。此處解釋爲「祭拜」、「掃墓」。❿喪：靈柩。⓫止一歲：停留一年。止，居住，停留。⓬取：接。孥：妻子和兒女。⓭薨：古時諸侯和二品以上大官過世稱薨。⓮不果：不能。⓯佐戎：輔佐軍事政務。⓰使取汝者：派去接你的人。使，差遣，指派。⓱罷：解除官職。⓲念：想法。此處當動詞用，意爲「想要」。⓳西歸：回老家。韓愈當時身處汴、徐二州，均於故鄉河陽之東。⓴成家而致汝：成家立業再把你接來同住。致，招引。㉑孰謂：誰能料想得到。遽：驟然。去：離開。㉒相與：一同。㉓旅食：寄食他鄉作客，此處意指到京師謀生。㉔斗斛之祿：微薄的俸祿。㉕誠：如果。㉖輟：中止，離開。就：趨從，接受。㉗康彊：健康強壯。早世：很早就去世。㉘無涯之戚：無盡的悲傷。戚，悲傷。㉙全：健全。㉚克：能夠。㉛業：繼承。㉜毛血：毛髮，氣血。此處總稱體力。㉝幾何：多少，還有多久。㉞孩提：需要人懷抱的幼兒。㉟成立：成長到可以自立。㊱比：近來。㊲劇：厲害，嚴重。㊳殞：死亡。㊴妄稱：隨便亂講。妄，胡亂，任意。㊵弔：慰問。㊶先人之兆：祖墳。兆，墓地。㊷相養：養你。相，代詞性助詞，置於動詞前以代替該動詞的受格。㊸斂不憑其棺：入殮時不能依靠著你的棺木。憑，依。根據習俗，入殮時，喪家憑靠死者棺木，能達到安慰死者的效用。㊹窆：下葬，即把棺材放進墓穴。㊺相養以生：互相照顧，相依爲命。相，互相。㊻尤：怨怪。㊼曷：難道。㊽人世：人世間事，指做官。㊾幸：希望。㊿長：養育。(51)尚饗：也作「尚享」，舊時祭文常用結尾詞語。尚，庶幾，希望。饗，用酒食款待人，泛指請人享受。

某年某月某日，叔父韓愈得知你去世消息的第七天，懷著悲痛來表達眞誠的心意，並派僕人建中備辦時鮮佳餚作爲祭品，到你十二郎的靈前傾訴衷情：

唉！我從小就失去了父親，直到長大成人，也不知道自己的父親是怎樣的人，全賴大哥大嫂的撫養。大哥正值中年的時候，在南方去世，我和你都還小，跟著大嫂回到河陽安葬大哥。接著又和你一起去江南討生活。孤苦伶丁，從來不曾分開過一天。我上面有三個哥哥，都不幸早死，能夠繼承韓氏一族的人，孫一輩只有你，兒一輩只有我。兩代都是一個人單傳，多麼孤單。大嫂曾經撫摸著你，又指著我說：「韓氏兩代，只有你們兩個了！」你那時還很小，一定不記得了；我當時雖然能夠記住，也不懂得大嫂話中包含的悲傷之情。

我十九歲那年，才來到京城，過了四年，我回家去看你。又過了四年，我去河陽掃墓，碰到你歸葬嫂嫂回來。又過了兩年，我在汴州輔佐董丞相，你來探望我。只住了一年，你便要求回去將妻子接來。第二年，董丞相逝世，我離開汴州，因此你無法前來。這一年，我在徐州節度使手下輔佐軍事政務，派去迎接你的人才動身，我便被罷免官職，結果你又不能來。我曾想過要你跟我東來徐州，但徐州也是異鄉，無法長久停留。若想有個長遠打算，不如回到河陽家鄉，把家安置好再去接你來。唉！誰料到你突然去世離開我了呢？我和你當時都還很年輕，以爲只是暫時分別，最後一定能永遠生活在一起，所以我才離開你到京師謀識，以求得一點點俸祿。如果早知道會是這種結果，就算要我擔任擁有車馬萬乘的公卿宰相，我也不會離開你一天而去上任。

去年，孟東野去江南，我寫了封信託他轉交給你：「我還不到四十歲，已經視力模糊，頭髮花白，牙齒鬆動。想起伯叔和幾位哥哥，身體都很強壯卻英年早逝，像我這樣衰弱的人，能夠活得久嗎？我不能離開這裡，你又不肯來這裡，若有一天我死了，你恐怕將懷著無限的憂傷悔恨啊！」誰知道年輕的你竟然死了，而年長的我還活著，身體強健的你短命，而身體孱弱的我卻健在。唉！難道眞是如此嗎？還是做夢呢？或者傳來的消息是假的呢？如果是眞的，我哥哥具有美好的德行，而他的兒子卻夭亡了嗎？你是如此純正賢明，卻不能承受我哥哥的福澤嗎？年輕身強的早死，而年長體弱的卻活下來嗎？我不相信這是眞的！如果是夢，傳來的消息不是眞的，那麼，孟東野的信、耿蘭的報告，爲什麼卻清清楚楚地擱在我的身邊呢？唉！是眞的如此啊！我哥哥具有美好的德行而他的兒子卻英年早逝！你秉性純正賢明足以繼承家業，卻無法享受我哥哥的福澤啊！所以，老天爺的心意眞是難以猜測，神靈的旨意眞難明白！事物的常理也不能夠推求，生命的長短也無法預先知道！我從今年開始，花白的頭髮已經變爲全白了，鬆動的牙齒已經脫落。體力一天天更加衰弱，精神也一天天更加萎靡，過不了多久也許就會跟隨你而去。人死後若有知覺，那我和你分離的日子也就不剩多少了；人死後若沒有知覺，那麼悲傷的時間也不會太久，不悲傷的日子倒是無窮無盡的。你的兒子才十歲，我的兒子才五歲；年輕力強的人尚且不能健全存活，像這樣幼小的孩童，又怎能期望他們長大成人呢？唉！眞是可悲可嘆啊！唉！眞是可悲可嘆啊！

你去年來信寫道：「近來得了腳氣病，時常發作得很厲害。」我不以爲意地說：「這個病，江南人經常罹患。」就沒有替你擔憂。唉！難道竟是因爲這個病奪走你的生命嗎？還是因爲別的病使你落到這個地步？你的信，是去年六月十七日寫的。孟東野說，你是今年六月二日去世；耿蘭的報告則沒有標註月和日。那是因爲東野的使者沒有向家人詢問你去世的月、日；而耿蘭的報告，則是不知道應該講明月、日。東野爲了寫信給我，才詢問使者，使者就隨便講個時間回答他，是這樣的嗎？或者不是這樣的呢？現在我派建中來祭拜你，安慰你的兒子和你的乳母，假如他們有足夠的錢糧可以守到喪期完畢，那就等到喪期完畢我再接他們過來；如果不能守到喪期完畢，那就立刻接來。其餘的僕人婢女，我要他們都爲你守喪。我將爲你遷葬，把你葬在祖墳之中，這樣才算了卻我的心願。

唉！我不知道你是什麼時候得病，也不知道你是什麼時候去世；你活著的時候我們不能住在一起、照顧你，你死了我不能撫摸著你的屍體哭泣哀悼；你入殮時我不能憑靠在棺材旁，你下葬時我不能親自送你進墓穴。我的所作所爲對不起神明，因此使你短命而死；我對父兄不孝，對侄兒不慈，因此不能和你生活在一起互相照顧，相守相伴直到老死。我們一個在天邊，一個在地角，你活著的時候，影子無法和我的形體互相依靠，你死了，靈魂也不和我在夢中接觸。這都是我造成的，能夠怨誰？蒼天啊，這種悲痛有終止的時候嗎？從今以後，我已沒有心思作官了！我應該會到伊水、潁河一帶置辦幾頃田地，來消磨剩下的歲月，教育我的兒子和你的兒子，期望他們長大成材；撫養我的女兒和你的女兒，直到把她們嫁出去，就這樣罷了。唉！話有說完的時候而哀痛之情卻沒辦法終了，你知道嗎？還是不知道呢？唉！眞是可悲可嘆啊！你就盡情享用這些祭品吧！

意旨精鑰

本文連用四十二個「汝」字來回憶從前叔姪患難與共的生活經歷，以及分分合合的思念之情，還有作者在十二郎死後的極度悲傷和對未來的打算。這篇祭文一反韻文駢語的寫作常規，用散文書寫，感情眞摯，被譽爲祭文中的「千年絕調」。

寫作密技

一、祭文

祭文是祭祀時宣讀，以召喚死者前來享用祭品，同時表達親屬哀悼之情的文章。古代多用韻文駢語，誦讀時會顯得鏗鏘有勁、抑揚頓挫。

祭文的寫法具有一定的規範，一般以四言的駢語爲正體，不過現代人習慣白話寫作，因此只要了解基本的格式即可，內容仍以能表達眞摯情感爲主。

祭文基本寫作格式如下：

1. 起首：維。
2. （弔祭）年月日。
3. 祭奠者。
4. 略敘亡者生平事跡。
5. 表示對亡者的哀悼之情。
6. 結語：嗚呼哀哉！尙饗。

成語錦囊

一、天涯海角：形容偏僻或相距遙遠的地方。

原典 一在天之涯，一在地之角，生而影不與吾形相依，死而魂不與吾夢相接。

書證1：天涯海角人求我，行到天涯不見人。（唐代呂巖〈絕句〉其二十六）

書證2：向天涯海角，兩行別淚，風前月下，一片離騷。（宋代葛長庚〈沁園春．暫聚如萍〉）

書證3：今之遠宦及遠服賈者，皆曰天涯海角，蓋俗談也。」（宋代張世南《游宦紀聞》）

書證4：（白氏）不敢就說許他為婚，只把一個鈿盒兒分做兩處，留與侄兒做執照。指望他年重到京師，或是天涯海角，做個表證。（明代凌濛初《二刻拍案驚奇》）

書證5：老弟，若論你合這人彼此都該見一見，才不算世上一樁缺陷事。只可惜老弟來遲了一步，他不日就要天涯海角遠走高飛，你見他不著了！（清代文康《兒女英雄傳》）

小試身手

1.（　）下列文句「相」字的用法，何者與「過足下，方溫經，猥不敢相煩」的「相」字相同？
A. 文人「相」輕，自古而然。
B. 管仲「相」桓公，霸諸侯，一匡天下。
C. 生不能「相」養以共居，歿不能撫汝以盡哀。
D. 危而不持，顛而不扶，則將焉用彼「相」矣。

2.（　）下列各組文句中的「乃」字，意義相同的是：
A. 時窮節「乃」見，一一垂丹青／聞汝喪之七日，「乃」能銜哀致誠
B. 今其智「乃」反不能及，其可怪也歟／百廢俱興，「乃」重修岳陽樓
C. 而其狀貌，「乃」如婦人女子／刑入於死者，「乃」罪大惡極
D. 爾其無忘「乃」父之志／問今是何世，「乃」不知有漢，無論魏、晉

3.（　）下列文句中的「食」字，與「左右以君賤之也，食以草具」中之「食」字同義的是：
A. 黔敖為食於路，以待餓者而「食」之。
B. 一簞「食」，一瓢飲。
C. 君子之過，如日月之「食」。
D. 吾與汝就「食」江南。

4.（　）「惟兄嫂是依」，「是」字的用法，和下列何者相同？

A. 唯利是圖。
B. 實事求是。
C. 是非不分。
D. 如是我聞。

5.（　）**下列各選項「　」中的文字，意義相同的是：**

A. 楚莊王伐鄭，鄭伯肉袒牽羊以「逆」／夫天地者，萬物之「逆」旅；光陰者，百代之過客
B. 凡在故老，猶蒙「矜」育／鋤耰棘「矜」，非銛於鉤戟長鎩也
C. 使其中不自得，「將」何往而非病？／五花馬，千金裘，呼兒「將」出換美酒
D. 寧以義死，不苟「幸」生／教吾子與汝子，「幸」其成

6.（　）**韓愈《祭十二郎文》被譽為「祭文中千年絕調」。全文中，有懷念語、有悔恨語、有哀憤語、有內疚語、有期望語、有安慰語，曲盡哀情。試研判以下文字，何者可歸之於「哀憤語」？**

A. 誠知其如此，雖萬乘之公相，吾不以一日輟汝而就也。
B. 生不能相養以共居，歿不得撫汝以盡哀；斂不憑其棺，窆不臨其穴。
C. 嗚呼！其信然矣！吾兄之盛德而夭其嗣矣！汝之純明宜業其家者，不克蒙其澤矣。
D. 當求數頃之田於伊、潁之上，以待餘年，教吾子與汝子，幸其成；長吾女及汝女，待其嫁，如此而已。

7.（　）**「將成家而致汝」意謂？**

A. 將建立家庭以向你致敬。
B. 將成家立業的消息告知你。
C. 將成家立業以達成你的心願。
D. 將建立家庭並接你前來團聚。

8.（　）下列「」中的詞語應用，何者不恰當？

A.小楷的父母在一場意外中不幸罹難，他和祖母「相依為命」，感情甚篤。

B.那位老太太被兒子兇狠貪婪的要錢嘴臉氣到心臟病發作，倒在地上「不省所怙」。

C.凡事都要「防微杜漸」，才能在災害發生的第一時間搶救，將損失降至最低。

D.爸爸每天日出而作，深夜才歸，只為了賺取「斗斛之祿」養活一家人。

9.（　）下列各組「」內的字，何者讀音相同？

A遲「暮」／羨「慕」／營「幕」

B「殞」逝／「隕」石／「損」失

C康「彊」／「疆」域／「殭」屍

D失「怙」／「估」算／訓「詁」

10.（　）「死而有知其幾何離其無知悲不幾時而不悲者無窮期矣」應如何句讀，才符合文意？

A.死而有知其幾何，離其無知悲，不幾時，而不悲者無窮期矣！

B.死而有知其幾，何離其無知悲不？幾時而不悲者，無窮期矣！

C.死而有知，其幾何離；其無知，悲不幾時，而不悲者無窮期矣！

D.死，而有知其幾何，離其無知悲？不，幾時而不悲者，無窮期矣！

解答：1.C　2.A　3.A　4.A　5.A　6.C　7.D　8.B　9.A　10.C

與元微之書

作者簡介

白居易（西元七七二年—西元八四六年），字樂天，號香山居士，晚年放意詩酒，號醉吟先生。河南省新鄭人士，貞元進士，官至校書郎、贊善大夫，後因宰相武元衡事被貶為江州司馬。白居易詩文造詣甚高，尤工詩，其作品平易近人，老嫗能解，亦是新樂府運動的倡導者。初與元稹以詩相酬詠，稱為「元白」；又與劉禹錫齊名，並稱「劉白」。著有《白氏長慶集》等。

出處：白氏長慶集
難易度：☺☺☺☺☺

古文鑑賞

四月十日夜，樂天白❶：

微之，微之，不見足下面已三年矣❷；不得足下書欲二年矣。人生幾何？離闊如此❸！況以膠漆之心❹，置於胡越之身❺；進不得相合，退不能相忘，牽攣（ㄌㄨㄢˊ）乖隔❻，各欲白首❼。微之，微之，如何！如何！天實為之，謂之奈何？

僕初到潯陽時❽，有熊孺登來，得足下前年病甚時一札❾，上報疾狀，次敘病心，終論平生交分❿。且云：「危惙（ㄔㄨㄛˋ）之際⓫，不暇及他，惟收數帙（ㄓˋ）文章⓬，封題其上⓭，曰：『他日送達白二十二郎，便請以代書。』」悲哉！微之於我也，其若是乎！又睹所寄聞僕左降詩⓮，云：「殘燈無焰影幢（ㄔㄨㄤ）幢⓯，此夕聞君謫九江。垂死病中驚坐起，闇（ㄢˋ）風吹雨入寒窗。」此句他人尚不可聞，況僕心哉！至今每吟，猶惻惻耳⓰。且置是事，略敘近懷。

僕自到九江，已涉三載⓱，形骸且健⓲，方寸甚安⓳。下至家人，幸皆無恙（ㄧㄤˋ）。長兄去夏自徐州至[20]，又有諸院孤小弟妹六、七人[21]，提挈同來[22]。昔所牽念者，今悉置在目前，得同寒暖飢飽。此一泰也。

江州風候稍涼，地少瘴癘[23]，乃至蛇虺蚊蚋[24]，雖有甚稀。湓魚頗肥，江酒極美，其餘食物，多類北地。僕門內之口雖不少[25]，司馬之俸雖不多，量入儉用，亦可自給，身衣口食，且免求人。此二泰也。

僕去年秋始遊廬山，到東、西二林間香鑪峰下，見雲水泉石，勝絕第一，愛不能捨，因置草堂[26]。前有喬松十數株，修竹千餘竿；青蘿為牆垣[27]，白石為橋道；流水周於舍下[28]，飛泉落於簷間；紅榴白蓮，羅生池砌[29]。大抵若是，不能殫記[30]。每一獨往，動彌旬日[31]，平生所好者，盡在其中，不惟忘歸，可以終老。此三泰也。

計足下久不得僕書，必加憂望；今故錄三泰，以先奉報。其餘事況，條寫如後云云。

微之，微之，作此書夜，正在草堂中，山窗下，信手把筆[32]，隨意亂書，封題之時，不覺欲曙[33]。舉頭但見山僧一、兩人，或坐或睡；又聞山猿谷鳥，哀鳴啾啾。平生故人[34]，去我萬里[35]，瞥然塵念[36]，此際蹔生[37]。餘習所牽[38]，便成三韻云[39]：

「憶昔封書與君夜，金鑾殿後欲明天[40]。今夜封書在何處？廬山庵裡曉燈前[41]。籠鳥檻猿俱未死[42]，人間相見是何年？」

微之，微之！此夕此心，君知之乎？

樂天頓首[43]

【說文解字】

❶白：陳述。❷足下：古代下對上或同輩相稱的敬辭。❸離闊：離隔。闊，疏隔。❹膠漆之心：心靈契合，如膠漆相黏。❺胡越之身：身隔懸遠的兩地。❻牽攣乖隔：心相牽繫，身相隔離。攣，繫。乖隔，分離。❼白首：頭髮變白，亦代指老人。❽僕：自謙詞。❾札：古代書寫用的小竹簡，後用以代稱書信。❿交分：交情。⓫危惙：病危。惙，憂。⓬帙：手卷。五代以前，書皆長卷，以軸捲之。⓭封題：封上信封，題上收件人姓名。⓮左降：貶官，又稱左遷。⓯幢幢：形容燈影搖曳之狀。⓰惻惻：悲淒。⓱涉：經歷。⓲形骸：身體。骸，脛骨。⓳方寸：心。⓴去夏：去年夏天。㉑孤：幼年喪父。㉒提挈：帶領。挈，攜。㉓瘴癘：山林間濕熱蒸發而成之氣，傳說人碰觸到即會生病。㉔乃至：甚至。㉕門內之口：指家人。㉖置：建造。㉗牆垣：牆壁。㉘周：環繞。㉙羅生池砌：遍生於池中及階旁。羅，遍布。砌，臺階。㉚殫：盡。㉛動：往往，每每。彌：滿。旬：十日爲一旬。㉜信手：隨手。信，隨意。㉝曙：曉，天快亮之時。㉞故人：老朋友。㉟去：距離。㊱瞥然：一下子，忽然。㊲蹔：通「暫」，突然。㊳餘習：積習，平日的習慣。㊴韻：詩賦文學中的韻腳，或押韻之字。㊵欲明天：天欲明，天快亮的時候。㊶曉：天剛亮。㊷籠鳥檻猿：籠中鳥，檻中猿。比喻人不自由。㊸頓首：叩頭，跪拜，爲書信用語，帶有尊敬對方之意。

白話解讀

元和十二年四月十日夜晚，樂天陳述：

微之啊，微之，已經有三年沒見到你了，也將近兩年沒接到你的信。人的一生能有多長，而我們卻是這麼的疏遠久別！何況我倆志趣相投，如膠似漆，但形體卻分隔兩地；得志時無法和你相聚，被免官失意時也無法將你忘記，心相牽繫，身卻分離，彼此的頭髮都快花白了。微之啊，微之，怎麼辦呢？怎麼辦呢？這實在是上天的安排，我們又能怎麼樣呢？

我剛到潯陽的時候，有一位熊孺登先生前來拜訪我，送來你在前年病重時所寫給我的一封信，開頭報告病況，其次敘述病中的心情，最後談到我倆平時的交情。並且說：「我病危的時候，沒有時間顧及其他的事情，只收集了幾篇文章，把它封好，在上面題字寫著：『將來送給白二十二郎，就用這個來代替書信。』」多麼悲傷啊！微之對於我，竟然是如此情深意篤！又看到你聽說我貶官後，所寄來的詩：

「桌上將熄滅的燈，火苗已經非常微弱了，只有燈影在搖曳著，就在這樣的夜裡，聽說了你被貶到九江的消息。病重將死的我因此驚嚇地坐起身，此時只有寒冷的晚風挾著細雨吹進了窗內。」這首詩別人聽了尚且難以承受，何況是我憂淒的心靈呢？至今每次吟詠此詩，仍感到萬般的淒楚悲傷。暫且擱下這些令人低落的過往，說一點近來的心情。

我自從來到九江，已經過了三年，身體還算健康，內心也很安適。一家人所幸都平安無病。大哥去年從徐州來到這裡，並帶著同族各房無父的弟妹六、七人一起前來。以前所掛念的人，如今都安頓在身邊，一同感受天氣寒暖和飲食飢飽。這是第一件令我心情寬慰的事。

九江的氣候較爲涼爽，山林間也比較少瘴癘之氣，雖然有毒蛇蚊蟲，但卻很少。湓水所產的魚很肥美，江州所釀的酒也相當甘甜，其他的食物大都和北方類似。我家的人口雖然不少，擔任司馬的俸祿雖然不多，但衡量收入，節省開支，生活尚能自給自足，身上所穿的衣服，嘴裡所吃的食物，暫且不須向人求助。這是第二件令我心情寬慰的事。

去年秋天我才去廬山遊賞，到東林寺和西林寺之間的香鑪峰山麓，看見白雲、流水、清泉、怪石，景致優美堪稱天下第一，我喜愛到捨不得離開，便在那裡蓋了一間草屋。草屋前種有十幾棵高大的松樹，一千多根修長的竹子；並以青色的女蘿作爲圍牆，以白色的石子鋪作橋道；溪水環繞在草屋的四周，飛濺的泉水灑落在屋簷的附近；紅色的石榴、白色的蓮花，遍布在池塘裡及臺階旁。景物大概就是這些，無法一一記載完全。每次獨自前往，幾乎都要住滿十天才肯回去，生平所喜歡的事物，都匯聚在這裡了。來到這裡不僅不想回去，而且還打算在這裡安度晚年。這是第三件令我心情寬慰的事。

我想，你已經好久沒有收到我的信了，心中一定非常的憂慮思念，因此特地記錄這三件令我心安的事情，先向你報告，其他的事情，分別寫在後面。

微之啊，微之，寫這封信的晚上，我正在草屋裡，靠近山下的窗戶旁邊，隨手拿起筆來，憑著自己的心意胡亂地寫，加封題字的時候，發現天色在不知不覺中快亮了。抬頭只見山裡的一、兩個和尚，有的打坐，有的沉睡；又聽到山中猿猴、谷中鳴鳥啾啾哀叫著。平日的老朋友與我相隔萬里，世俗名利、富貴等雜念，一時間突然浮上心頭。我被作詩的嗜好所牽引著，於是寫下這六句詩：

「想起從前寫信給你的晚上，在金鑾殿後院寫到天快亮才停筆。今夜這封信是在什麼地方寫的呢？是在廬山的草堂中，天快亮的燈火旁。我們就像籠中鳥、檻裡猿，雖然沒死，但卻無法回到山林裡了；我們活在人世間，要到哪一年才能再相見呢？」

微之啊，微之，我今夜的心情，你能明白嗎？

樂天　敬上

意旨精鑰

本文爲作者貶於江州，寫給好友元稹的信。文中流露出明顯的感傷與思念，其中收錄的三泰，一方面用以寬慰知己，一方面則表現出士人面臨逆境時的寬解之道。

一、書信

書信是使用最廣的一種應用文體，內容大致可分成三部分：一、開頭應酬語，二、正文，三、結尾應酬語。信件的正文可以隨情抒發，但首尾的規則仍要謹慎。以下匯整書信各種用語的常見詞彙：

1. **提稱語**：請求受信人察閱內文之語。

使用對象	常用詞彙
祖父母、父母	膝下
長輩	尊鑒、鈞鑒
師長	函丈、尊鑒
平輩、同學	臺鑒、大鑒、惠鑒、足下、左右
晚輩	青鑒、如晤、知悉
政界	勳鑒、鈞鑒、臺鑒
軍界	麾下、鈞鑒
教育界	講座、著席
弔唁	占次、禮鑒
喜慶	吉席

2. **開頭應酬語**：述說正事前的客套話。例如：無恙，幸甚。
3. **結尾應酬語**：配合正文旨要或以雙方交情衡量，非絕對必要。例如：敬祈　示覆。
4. **結尾敬詞**：內文結束時，向受信人表示禮貌。分爲兩部分，一、敬語，例如：「耑此奉達」，現在書信往往省略不用。二、問候語，例如：「敬請金安」，「金安」須換行頂格書寫。

收束敬語

使用對象	常用詞彙
親友長輩	耑肅奉稟、肅此
親友平輩	耑此奉達、草此
覆函	耑此奉覆、耑此敬覆
弔唁	肅此上忍、恭陳唁意
致謝	肅誌謝忱

結尾問候語

使用對象	常用詞彙
祖父母、父母	叩請　金安、敬請　福安
長輩	恭請　鈞安、敬頌　崇祺
師長	敬請　道安、恭請　誨安
平輩	即請　大安、順頌　時祺
晚輩	順頌　日祺
政界	敬請　勛安、恭請　鈞安
軍界	恭請　麾安
學界	即頌　文祺
商界	敬候　籌綏
弔唁	敬請　禮安
喜慶	恭賀　燕喜（新婚）、恭賀　新禧（賀年）

5. **署名敬禮**：末尾署名，自稱詞要依彼此關係而定，並側右小寫，以表示謙遜。例如：學生張大明敬上，「學生」爲「自稱詞」，「敬上」爲「末啓詞」。

末啟詞

使用對象	常用詞彙
直系尊親	敬稟、叩上、謹叩
長輩	敬上、敬啓
平輩	謹白、頓首、上
晚輩	手書、字、諭

成語錦囊

一、**如膠似漆**：像漆和膠那樣緊密黏著。比喻感情的堅固或親密。

原典 況以膠漆之心，置於胡越之身；進不得相合，退不能相忘，牽攣乖隔，各欲白首。

書證1：那張三和這婆惜，如膠似漆，夜去明來。街坊上人也都知了。（明代施耐庵《水滸傳》）

書證2：（趙春兒與曹可成）兩下如膠似漆，一個願討，一個願嫁，神前罰願，燈下設盟。（明代馮夢龍《警世通言》）

書證3：未雨先移，天甫陰而雨猶未下，乘此急移，則宿土未濕，又復帶潮，有如膠似漆之勢。（清代李漁《閒情偶寄》）

小試身手

1.（　）**選出下列有關古人書信寫法不正確的選項：**

A. 信首可以先署己名，如司馬遷〈報任安書〉、曹丕〈與吳質書〉、白居易〈與元微之書〉皆是此例。

B.「頓首」指以頭叩地，乃古代書信常用的敬詞，一般用於書信開頭或結尾，如丘遲〈與陳伯之書〉。

C.「愚」為晚輩對長輩自謙之詞；有時亦可用作老臣對幼主之自稱，如李斯〈諫逐客書〉。

D.「僕」為自謙之詞，於對方則稱其字號，如白居易〈與元微之書〉。

2.（　）**歐陽脩〈醉翁亭記〉：「風霜高潔」，理解時可將第二字的「霜」與第三字的「高」互換次序，形成「風高霜潔」，使文意更清晰。下列詞語，何者也適合運用相同的方式進行文意理解？**

A. 性行淑均　B. 紅榴白蓮　C. 錦衣玉食　D. 喋血山河

3.（　）下列文句，何者使用「將人比喻為物」的修辭法？

A. 沙鷗翔集，錦鱗游泳，岸芷汀蘭，郁郁青青。
B. 那河畔的金柳，是夕陽中的新娘，波光裡的艷影，在我的心頭蕩漾。
C. 今夜封書在何處？廬山庵裡曉燈前。籠鳥檻猿俱未死，人間相見是何年。
D. 大絃嘈嘈如急雨，小絃切切如私語，嘈嘈切切錯雜彈，大珠小珠落玉盤。

4.（　）下列文句的「一」，何者有「全部」的涵義？

A. 而或長煙「一」空，皓月千里。
B. 予觀夫巴陵勝狀，在洞庭「一」湖。
C. 得足下前年病甚時「一」札，上報疾狀，次敘病心。
D. 子房不忍忿忿之心，以匹夫之力而逞於「一」擊之間。

5.（　）下列選項「　」內的字義，何者兩兩相同？

A. 失其所與，不「知」／「知」之為知之，不知為不知，是知也
B. 負者歌於途，行者「休」於樹／將崇極天之峻，永保無疆之「休」
C. 呂公女，「乃」呂后也／此人「乃」天下負心者也，銜之十年，今始獲
D. 信手把筆，隨意亂「書」／夫子房受「書」於圯上之老人也，其事甚怪

6.（　）在白居易〈與元微之書〉一文中，何者是正確？

A. 以「三泰」安慰元稹掛慮之心。
B. 為白氏新樂府運動之代表作品。
C. 以「籠鳥檻猿」比喻美好的過去。
D. 以元稹的生活為描寫的主軸。

7.（　）下列詞組，何者意義相反？

A. 彈鋏賦歸／解甲歸田
B. 敝帚千金／崖岸自高
C. 奔車朽索／魚游沸鼎
D. 膠漆之心／貌合神離

8.（　）**下列各組「」內的字，何者使用正確？**
A. 數「幟」文章／旗「帙」／默而「識」之
B. 牽「攣」乖隔／山「巒」／禁「臠」
C. 悽「側」／推「惻」／「測」目
D. 危「輟」／中「惙」／「啜」飲

9.（　）**下列何者不是白居易敘錄三泰的用意？**
A. 推銷江州的好山好水，鼓吹好友搬來同住。
B. 自我抒懷，不因為受到貶謫而灰心失意。
C. 報平安並寬慰元稹，避免其擔憂。
D. 期與元稹共勉之，早日跳脫仕途不順的感傷。

10.（　）**下列「」內的詞語，何者解釋有誤？**
A. 又睹所寄聞僕「左降」詩：貶官。
B. 形骸且健，「方寸」甚安：心。
C. 每一獨往，「動」彌旬日：行動。
D. 流水「周」於舍下：環繞。

解答：1.C 2.A 3.C 4.A 5.C 6.A 7.D 8.B 9.A 10.C

旁徵博引

中唐的新樂府運動

新樂府運動是由元稹、白居易共同提倡的文學改革，與韓愈、柳宗元提倡的古文運動相互呼應。「新樂府」是唐人自立新題的樂府詩，與漢樂府的主要不同之處在於，新樂府皆不入樂，而漢代樂府則入樂。新樂府運動的宗旨在於「文章合為時而著，歌詩合為事而作」，強調詩歌的社會功能和諷諭作用。

在歷經安史之亂後，唐朝社會動亂、政治腐敗，有識之士察覺這些社會問題日趨嚴重，便希望能從社會風氣著手，推行政治改良，挽救日漸式微的國勢，這樣的想法也反映在文壇上，於是，便出現了古文運動與新樂府運動。這批詩人繼承杜甫社會寫實的詩作風格，試圖在詩中反映民生疾苦和社會現實的弊端。然而，此類型的創作不免觸動到權貴人士的利益，因此在推展上並不順利。

始得西山宴遊記

作者簡介

柳宗元（西元七七三年—西元八一九年），字子厚，唐代河東郡人，為唐宋八大家之一。與韓愈同為古文運動的領導人物，並稱「韓柳」。柳宗元在文學方面主張「文以明道」，對於政論、傳記、山水遊記等文體皆很擅長，其中以山水遊記最為出色，著名作品為〈永州八記〉。此外，在詩歌方面也有佳作傳世，如〈江雪〉、〈漁翁〉等；同時亦善寫寓言，如〈三戒〉。後人輯有《柳河東集》。

出處：柳河東集
難易度：☺☺☺☺☺

古文鑑賞

自余為僇人❶，居是州，恒惴慄❷；其隙也❸，則施施而行❹，漫漫而遊❺。日與其徒上高山❻，入深林，窮迴溪；幽泉怪石，無遠不到。到則披草而坐❼，傾壺而醉，醉則更相枕以臥❽，臥而夢。意有所極，夢亦同趣❾。覺而起❿，起而歸。以為凡是州之山水有異態者，皆我有也，而未始知西山之怪特。

今年九月二十八日，因坐法華西亭，望西山，始指異之。遂命僕人，過湘江，緣染溪⓫，斫榛莽⓬，焚茅茷⓭，窮山之高而止。攀援而登⓮，箕踞而遨⓯，則凡數州之土壤，皆在衽席之下⓰。

其高下之勢，岈然洼然⓱，若垤若穴⓲，尺寸千里，攢蹙累積⓳，莫得遯隱⓴；縈青繚白㉑，外與天際㉒，四望如一。然後知是山之特出，不與培塿為類㉓，悠悠乎與灝氣俱㉔，而莫得其涯；洋洋乎與造物者遊，而不知其所窮。

引觴滿酌㉕，頹然就醉㉖，不知日之入。蒼然暮色，自遠而至，至無所見，而猶不欲歸。心凝形釋㉗，與萬化冥合㉘。然後知吾嚮之未始遊㉙，遊於是乎始，故為之文以志。

是歲，元和四年也。

【說文解字】

❶僇人：罪人。❷惴慄：憂懼顫慄。❸隙：空暇。❹施施：舒緩前進的樣子。❺漫漫：無拘無束的樣子。❻徒：具有同種信仰或志向的人，此處指「同伴」。❼披草：撥開青草（而坐）。披，分開，撥開。❽更相枕以臥：互相枕靠著休息。更相，彼此。❾趣：通「趨」，趨向。❿覺：睡醒。⓫緣：沿著。⓬斫：以刀或斧砍削。⓭茷：草葉茂盛的樣子。⓮攀援：抓住或依附他物而移動、上升。⓯箕踞：兩腿大張而坐，狀如畚箕。⓰衽席：睡臥的地方，此處指臥席。⓱岈然：山勢隆起的樣子。洼然：深陷的樣子。⓲垤：小土堆。⓳攢蹙：緊密地積聚在一起。⓴遯：通「遁」，逃。㉑縈、繚：纏繞。青：青綠的山巒。白：白雲。㉒際：交接，會合。㉓培塿：小土山。㉔灝氣：瀰漫在天地間的大氣，此處代指天地。㉕引：伸長，延長，此處意指「高舉」。㉖頹然：形容醉倒的模樣。㉗心凝形釋：心神凝聚專注，形體擺脫束縛，超然物外。釋，解除，放開。㉘冥合：漸漸地融合。㉙嚮：通「向」，從前。

白話解讀

自從我被貶官，居住在永州，時常感到憂懼不安；閒暇時，便緩緩漫步，無拘無束地到各處遊賞。每天和同伴們登上高山，進入深邃的密林，窮盡迴旋曲折的溪流；只要有幽深隱僻的泉水和奇特的岩石之地，不論多麼遠也能抵達。到了目的地，便撥開草就地坐下，倒出壺裡的酒，喝個酩酊大醉，醉了以後，大家就把頭靠在他人身上睡覺，並做起夢來。心中想到哪裡，就會夢到那裡。睡醒後就起身回去。我以爲永州境內的奇山異水，我都已經遊歷過，卻不曾知道西山奇異獨特的景致。

今年九月二十八日，因爲坐在法華寺的西亭裡眺望西山，和友人指指點點中，才察覺它的特異之處。於是吩咐僕人渡過湘江，沿著染溪，砍伐叢生的草木，焚燒茂密的茅草，一直到達西山才停止。大家攀爬上西山頂，伸開兩腿，隨意地坐在地上，遊目四望，只見附近幾州的土地景物，都在我們的坐席之下。

那高低不平的地勢，有的隆起像小土堆，有的凹陷像洞穴，千里之遙的景致，都收縮聚集於尺寸之間，完全納入我們的視野之中；青山和白雲纏繞，最遠的邊緣與天相接，從四面望去都是一樣的場景。此時，我才知道西山的奇特出衆和一般的小山大不相同，它是如此的高大久遠，與天地同在共存而不知道它的終期；它是如此的遼闊廣大，與天地同遊卻看不到盡頭。

我們舉起酒杯，斟滿了酒仰頭喝下，一直喝到醉倒在地，連太陽已經下山都不知道。昏暗的夜色，從遠處緩緩籠罩過來，直到什麼也看不見時，我還不想啓程回去。此時只覺得心神凝聚安定，形體擺脫了俗世的束縛，在不知不覺中，與萬物融爲一體。此時，我才知道以前所遊歷過的山水都不算數，眞正的遊賞是從這一次開始，所以我寫下本文來記載這件事。

這一年是唐憲宗元和四年。

意旨精鑰

本文文眼爲「始」，從「未『始』知」到「『始』指異之」，再到「吾嚮之未『始』遊，遊於是乎『始』」，分層推進作者情緒及心境，並在最後巧妙地點出「始得」的題旨，完美地融記敘與抒情爲一體。

寫作密技

一、**映襯**：將兩種相反的觀念或事例對列，讓所欲強調的觀點經比較後更加突出。

例1：尺寸千里，攢蹙累積，莫得遯隱。

例2：那低首斂眉徐徐退去的，是無聲的歌，無字的詩稿。（席慕容〈七里香〉）

例3：親賢臣，遠小人，此先漢所以興隆也；親小人，遠賢臣，此後漢所以傾頹也。（三國諸葛亮〈出師表〉）

例4：信義行於君子；而刑戮施於小人。（宋代歐陽脩〈縱囚論〉）

例5：夫在殷憂，必竭誠以待下；既得志，則縱情以傲物。（唐代魏徵〈諫太宗十思疏〉）

例6：天下事有難易乎？為之，則難者亦易矣；不為，則易者亦難矣。人之為學有難易乎？學之，則難者亦易矣；不學，則易者亦難矣。（清代彭叔端〈為學一首示子姪〉）

例7：儉，德之共也；侈，惡之大也。（宋代司馬光〈訓儉示康〉）

二、**借代**：在說話或行文中，借用其他名稱或語句，代替一般經常使用的本名或語句。

例1：縈青繚白，外與天際，四望如一。

Tips. 此處「青」、「白」代指「青山」、「白雲」。

例2：西陸蟬聲唱，南冠客思深。（唐代駱賓王〈在獄詠蟬〉）

Tips. 此處「南冠」代指「囚徒」。

例3：孝武山陵夕，王孝伯入臨，告其諸弟曰：「雖榱桷惟新，便自有《黍離》之哀！」（《世說新語．傷逝》）

Tips. 此處「黍離」代指「王室衰微，心裡憂傷」。

成語錦囊

一、尺寸千里：登高而望，千里的遠景就像在尺寸之間。

原典 其高下之勢，岈然洼然，若垤若穴，尺寸千里，攢蹙累積，莫得遯隱。

二、縈青繚白：青，森林。白，白雲。指樹林白雲，相互環繞，比喻山林風光之美。

原典 縈青繚白，外與天際，四望如一。

小試身手

（＊為多選題）

1.（　）閱讀下文，根據文中的情境，選出依序最適合填入甲、乙的選項：「清光四射，天空皎潔，（甲），坐客無不悄然！舍前有兩株梨樹，等到月升中天，清光從樹間篩灑而下，（乙），此時尤為幽絕。直到興闌人散，歸房就寢，月光仍然逼進窗來，助我淒涼。」（梁實秋〈雅舍〉）

A. 四野無聲，微聞犬吠／地上陰影斑斕
B. 蒼然暮色，自遠而至／地上浮光躍金
C. 竹枝戲蝶，小扇撲螢／樹下芳草鮮美
D. 風雲開闔，山岳潛形／樹下燈焰幢幢

＊2.（　）下列各組文句「　」內的詞，前後意義相同的選項是：

A.歸來視幼女，零淚「緣」纓流／「緣」溪行，忘路之遠近
B.行到水窮處，「坐」看雲起時／到則披草而「坐」，傾壺而醉
C.名「豈」文章著？官應老病休／然則臺灣無史，「豈」非臺人之痛歟
D.下馬飲君酒，問君何所「之」／聖人「之」所以為聖，愚人之所以為愚
E.亮無晨風翼，「焉」能凌風飛／古之聖人，其出人也遠矣，猶且從師而問「焉」

*3.（　）**針對下列古文名篇內容，敘述正確的選項是：**
A.蘇洵〈六國論〉藉論六國賂秦之弊，諷諭宋朝屈辱求和的政策。
B.蘇軾〈前赤壁賦〉藉變與不變之辯證，表現作者通達的人生觀。
C.韓愈〈師說〉藉贈文李蟠的機會，批判時人一味崇尚佛老的風氣。
D.柳宗元〈始得西山宴遊記〉藉「始得」二字，表現作者初次尋得心靈寄託的喜悅感受。
E.顧炎武〈廉恥〉藉論「士大夫之無恥，是謂國恥」，寄寓作者對易代之際，士人變節的感慨。

*4.（　）**「氣」的原始字形作「气」，畫的是雲氣升騰的樣子。古人相信宇宙萬物皆由「氣」所構成，「氣」也因此成為涵意豐富的詞。下列敘述，正確的選項是：**
A.「氣」可指人的身體或精神狀態，如《論語》：「及其老也，血氣既衰，戒之在得。」
B.「氣」可指冷熱溫度的變化，如柳宗元〈始得西山宴遊記〉：「悠悠乎與顥氣俱，而莫得其涯。」
C.「氣」可指人展現於外的性格或態度，如蘇軾〈留侯論〉：「故深折其少年剛銳之氣，使之忍小忿而就大謀。」
D.「氣」在哲學上可指人應具有的正直道義，如《孟子》：「其為氣也，至大至剛，以直養而無害，則塞於天地之間。」
E.「氣」在文學上可指因作者才性所顯現的語文氣勢，如曹丕《典論．論文》：「文以氣為主，氣之清濁有體，不可力強而致，雖在父兄，不能以移子弟。」

5.（　）甲、再拜　乙、稽首　丙、箕踞　丁、長跪，上列古人的生活舉止，依禮之輕重程度由重到輕排序，正確的選項是：

A.乙丁丙甲　B.乙甲丁丙　C.丁乙甲丙　D.丁甲丙乙

6.（　）下列有關文章章法的敘述，不正確的選項是：

A.柳宗元〈始得西山宴遊記〉，以「始」字貫穿全文，是文眼所在。

B.范仲淹〈岳陽樓記〉，以「善」字作為全文中心，表達高遠襟懷。

C.蘇軾〈留侯論〉，以「忍」字為核心，說明張良能夠成就功業之因。

D.錢公輔〈義田記〉，以「義」字為主線，彰顯范仲淹的公益風範。

7.（　）下列各組文句「　」內的讀音，何者完全相同？

A.「僇」人／綢「繆」／殺「戮」

B.「惴」慄／「揣」測／「湍」急

C.「攢」蹙累積／刁「鑽」／稱「讚」

D.箕「踞」／刀「鋸」／「倨」傲

8.（　）下列「　」內的詞語解釋，何者有誤？

A.引觴滿酌，「頹然」就醉：無力欲倒。

B.其高下之勢，「岈然」洼然：山隆起貌。

C.其隙也，則「施施」而行：拖拖拉拉的樣子。

D.余為「僇人」：被貶謫的人。

解答：1.A　2.ABC　3.ABDE　4.ACDE　5.B　6.B　7.D　8.C

虯髯客傳

出處：太平廣記
難易度☺☺☺☺

作者簡介

杜光庭（西元八五〇年－西元九三三年），字賓聖，一說字賓至，號東瀛子，處州縉雲人，為唐末五代著名道教學者，師事天臺道士應夷節。僖宗時，召見杜光庭，賜以紫服象簡，充麟德殿文章應制，為道門領袖。時人盛讚：「詞林萬葉，學海千尋，扶宗立教，天下第一」。後隱居於青城山白雲溪，潛心修道以終老。杜光庭精通儒道典籍，著作豐碩，《正統道藏》、《全唐文》等籍中皆有收入。

古文鑑賞

隋煬（一ㄤˊ）帝之幸江都也❶，命司空楊素守西京。素驕貴，又以時亂，天下之權重望崇者莫我若也❷，奢貴自奉，禮異人臣。每公卿入言❸，賓客上謁（一ㄝˋ）❹，未嘗不踞（ㄐㄩˋ）床而見❺，令美人捧出❻，侍婢羅列，頗僭（ㄐㄧㄢˋ）於上❼。末年愈甚，無復知所負荷❽，有扶危持顛之心❾。

一日，衛公李靖以布衣來謁（一ㄝˋ）❿，獻奇策，素亦踞見之。靖前揖曰：「天下方亂，英雄競起。公以帝室重臣，須收羅豪傑為心，不宜踞見賓客。」素斂容而起⓫，與語，大悅，收其策而退。

當靖之騁辯⓬也，一妓有殊色⓭，執紅拂立於前，獨目靖⓮。靖既去，而執拂妓臨軒指吏⓯，問曰：「去者處士第幾⓰？住何處？」吏具以對，妓誦而去。

靖歸逆旅⓱，其夜五更初，忽聞叩門而聲低者，靖起問焉。乃紫衣帶帽人，杖揭一囊⓲。靖問：「誰？」曰：「妾，楊家之紅拂妓也。」靖遽延入，脫去衣帽，乃十八、九佳麗人也。素面華衣而拜，靖驚答拜。曰：「妾侍楊司空久，閱天下之人多矣，無如公者。絲蘿非獨生，願托喬木⑲，故來奔耳⑳。」靖曰：「楊司空權重京師，如何？」曰：「彼屍居餘氣㉑，不足畏也。諸妓知其無成，去者眾矣，彼亦不甚逐也㉒。計之詳矣，幸無疑焉。」問其姓，曰：「張。」問其伯仲之次。曰：「最長。」觀其肌膚、儀狀、言詞、氣性，真天人也。靖不自意獲之㉓，愈喜愈懼，瞬息萬慮不安，而窺戶者無停屨。數日，亦聞追訪之聲，意亦非峻，乃雄服乘馬㉔，排闥而去㉕，將歸太原。

行次靈石旅舍㉖，既設床，爐中烹肉且熟。張氏以髮長委地㉗，立梳床前。靖方刷馬，忽有一人，中形，赤髯而虬，乘蹇驢而來㉘，投革囊於爐前，取枕欹臥㉙，看張梳頭。靖怒甚，未決，猶親刷馬。張熟視其面㉚，一手握髮，一手映身搖示靖㉛，令勿怒。急急梳頭畢，斂衽前問其姓㉜。臥客答曰：「姓張。」對曰：「妾亦姓張，合是妹。」遽拜之。問：「第幾？」曰：「第三。」問：「妹第幾？」曰：「最長。」遂喜曰：「今夕幸逢一妹。」張氏遙呼：「李郎且來見三兄！」靖驟拜之，遂環坐。曰：「煮者何肉？」曰：「羊肉，計已熟矣。」客曰：「飢甚。」靖出市胡餅。客抽腰間匕首，切肉共食。食竟㉝，餘肉亂切送驢前食之，甚速。客曰：「觀李郎之行，貧士也。何以致斯異人㉞？」曰：「靖雖貧，亦有心者焉。他人見問，故不言，兄之問，則無隱耳。」具言其由。曰：「然則將何之？」曰：「將避地太原。」曰：「然，吾故謂非君所能致也㉟。」曰：「有酒乎？」曰：「主人西，則酒肆也。」靖取酒一斗，既巡㊱，客曰：「吾有少下酒物，李郎能同之乎？」曰：「不敢。」於是開革囊，取一人頭並心肝，卻頭囊中㊲，以匕首切心肝，共食之。曰：「此人乃天下負心者，銜之十年㊳，今始獲之，吾憾釋矣。」又曰：「觀李郎儀形器宇㊴，真丈夫也。亦知太原有異人乎？」曰：「嘗識一人，愚謂之真人也㊵，其餘，將帥而已。」曰：「何姓？」曰：「靖之同姓。」曰：「年幾？」曰：「僅二十。」曰：「今何為？」曰：「州將之子。」曰：「似矣，亦須見之。李郎能致吾一見乎？」曰：「靖之友劉文靜者，與之狎[41]，因文靜見之可也[42]。然兄欲何為？」曰：「望氣者言太原有奇氣，使吾訪之。李郎明發，何日到太原？」靖計之日，曰：「某日當到。」曰：「達之明日，方曙[43]，候我於汾陽橋。」言訖，乘驢而去，其行若飛，回顧已失。靖與張氏且驚且喜，久之，曰：「烈士不欺人，固無畏。」促鞭而行。

及期，入太原，候之，相見大喜，偕詣劉氏所[44]，詐謂文靜曰：「有善相者思見郎君，請迎之。」文靜素奇其人，一旦聞有客善相，遽致酒延焉[45]。既而太宗至，不衫不履[46]，裼裘而來[47]，神氣揚揚，貌與常異。虬髯默居坐末，見之心死。飲數杯，招靖曰：「真天子也！」靖以告劉，劉益喜，自負。既出，而虬髯曰：「吾得十八九矣，然須道兄見之。李郎宜與一妹復入京。某日午時，訪我於馬行東酒樓下。下有此驢及一瘦驢，即我與道兄俱在其上矣。到即登焉。」又別而去，靖與張氏復應之。及期訪焉，宛見二乘[48]。攬衣登樓[49]，虬髯與一道士方對飲，見靖驚喜，召坐。環飲十數巡，曰：「樓下櫃中有錢十萬，擇一深隱處駐一妹[50]。畢，某日復會我於汾陽橋。」

如期至，即道士與虬髯已到矣，俱謁文靜。時方弈棋，起揖而語。文靜飛書迎文皇看棋。道士對奕，虬髯與靖旁侍焉。俄而文皇到來[51]，精采驚人[52]，長揖就坐。神氣清朗，滿坐風生，顧盼暐如也[53]。道士一見慘然，斂棋子曰：「此局全輸矣！於此失卻局，奇哉！救無路矣！復奚言！」罷弈請去。既出，謂虬髯曰：「此世界非公世界也，他方可圖。勉之，勿以為念！」因共入京。虯髯曰：「計李郎之程，某日方到。到之明日，可與一妹同詣某坊曲小宅相訪。李郎相從一妹，懸然如磬[54]；欲令新婦祗謁[55]，兼議從容[56]，無前卻也[57]。」言畢，吁嗟而去。

靖策馬遄征[58]，即到京，遂與張氏同往。乃一小板門子，扣之，有應者，拜曰：「三郎令候李郎、一娘子久矣。」延入重門，門益壯麗。婢四十人羅列庭前，奴二十人引靖入東廳。廳之陳設，窮極珍異，巾箱、妝奩、冠、鏡、首飾之盛，非人間之物。巾櫛妝飾畢[59]，請更衣，衣又珍奇。既畢，傳云：「三郎來！」乃虯髯紗帽裼裘而來，亦有龍虎之姿，相見歡然。催其妻出拜，蓋亦天人耳。遂延中堂，陳設盤筵之盛，雖王公家不侔也[60]。四人對饌訖[61]，陳女樂二十人，列奏於前；飲食妓樂，若從天降，非人間之曲。食畢，行酒[62]，家人自堂東舁出二十床[63]，各以錦繡帕覆之。既陳，盡去其帕，乃文簿鑰匙耳。虯髯謂曰：「此盡是寶貨泉貝之數[64]，吾之所有，悉以充贈。何者？某本欲於此世界求事，或當龍戰三二十載[65]，建少功業。今既有主，住亦何為？太原李氏，真英主也，三五年內，即當太平。李郎以奇特之才，輔清平之主[66]，竭心盡善，必極人臣[67]；一妹以天人之姿，蘊不世之藝[68]，從夫而貴，榮極軒裳[69]。非一妹不能識李郎，非李郎不能榮一妹。聖賢起陸之漸[70]，際會如期；虎嘯風生，龍吟雲萃[71]，固非偶然也。將余之贈[72]，以佐真主，贊功業也[73]，勉之哉！此後十年，當東南數千里外有異事，是吾得事之秋也[74]，一妹與李郎可瀝酒東南相賀[75]。」因命家童列拜，曰：「李郎、一妹，是汝主也。」言訖，與其妻從一奴戎裝乘馬而去[76]，數步，遂不復見。靖據其宅[77]，乃為豪家，得以助文皇締構之資[78]，遂匡天下[79]。

貞觀十年，靖位至左僕射平章事，適東南蠻入奏曰[80]：「有海船千艘，甲兵十萬，入扶餘國，殺其主自立，國已定矣。」靖心知虬髯得事也。歸告張氏，具禮相賀，瀝酒東南祝拜之。乃知真人之興也，非英雄所冀，況非英雄者乎？人臣之謬思亂者，乃螳臂之拒走輪耳[81]。我皇家垂福萬葉[82]，豈虛然哉！或曰：「衛公之兵法，半是虬髯所傳也。」

【說文解字】

(1)幸：天子駕車所到之處。(2)權重望崇：權位勢力崇高重要。崇：高。若：如。(3)入言：前來議事。(4)謁：下屬晉見上位者。(5)踞：伸腿而坐。(6)捧出：簇擁而出。(7)僭：超過本分所應該做的事。(8)負荷：承擔。此處指自己所應擔負的責任。(9)扶危持顛：挽救危亡顛覆的局勢。(10)布衣：平民。(11)斂容：端整容貌，神色肅靜的樣子。(12)騁辯：滔滔不絕的談論。騁：恣意放縱。(13)殊色：與眾不同的姿色。(14)獨目：特別注意。獨：僅。(15)軒：長廊上的窗。(16)處士：有才學而隱居不做官的人。(17)逆旅：旅店。(18)揭：肩負。(19)絲蘿非獨生，願托喬木：意謂女子願將終生託付與君，共結連理。絲蘿，菟絲和女蘿，多寄生於其他植物身上。(20)奔：男女嫁娶未經過媒妁者稱爲「奔」。(21)屍居餘氣：只比死人多一口氣。(22)逐：追究。(23)不自意：沒有想到。(24)雄服：改穿男裝。(25)排闥：撞出城門。(26)次：外出居住的處所。(27)委地：拖到地上。委，放置。(28)蹇驢：跛腳的驢子。(29)敧：斜。(30)熟視：仔細觀看。(31)映：隱藏。(32)斂衽：整理服裝儀容後行禮，表示尊重。衽，衣襟。(33)竟：完畢。(34)異人：懷有特殊本領之人，此處指紅拂女。(35)故：本來。(36)巡：爲在座的人倒酒一次。(37)卻：退。(38)銜：懷恨在心。(39)器宇：儀表氣度。(40)愚：自稱的謙詞。(41)狎：親近。(42)因：藉由。(43)曙：天剛亮。(44)詣：到。(45)延：邀。(46)不衫不履：僅穿著一般的居家衣服。(47)裼：裘上所加的外衣。(48)乘：古代計算車輛的單位。此處引申爲坐騎，指上文的驢與瘦驢。(49)攬衣：提起衣服。(50)駐：安置。(51)文皇：指李世民。唐太宗初諡文皇帝，故稱之。(52)精采：精神光采。(53)暐如：光輝的樣子。(54)懸然如磬：比喻家裡貧困，一無所有。(55)祈謁：拜見。(56)從容：行動，舉止。(57)卻：推辭。(58)遄征：迅速前進。遄，快速。(59)巾櫛：洗臉梳頭。巾，擦洗用的布。櫛，梳子。(60)侔：相等。(61)饌：飲食。(62)行酒：勸人喝酒。(63)舁：扛。(64)泉貝：指錢幣。泉，錢的古稱，取錢幣如泉水般流通之意。貝，古代以貝爲貨幣。(65)龍戰：群雄割據相爭。(66)清平：清廉公正。(67)極人臣：居於人臣中最高的官位。極，達到最高點。(68)不世之藝：世所少見的才藝、才能。不世，世所罕有。(69)軒裳：古代卿大夫以上的車服。(70)起陸之漸：比喻群雄乘時而起。漸，始。(71)虎嘯風生，龍吟雲萃：比喻英雄豪傑得到時機奮發而起。(72)將：持。(73)贊：幫助，輔佐。(74)秋：時候。(75)瀝酒：把酒灑在地上。(76)戎裝：軍裝。77據：擁有。78締構：建立。此處意謂開拓天下，建立新朝。79匡：正。80適：恰巧。81螳臂之拒走輪：比喻不自量力。走，疾行。輪，車輪，此處代指車子。82葉：世代。

白話解讀

隋煬帝前往江都玩樂時，命令司空楊素留守西京長安。楊素一向驕傲怠慢，加上當時政局混亂，自以爲大權在握，聲望浩大，誰也比不上他，因此生活非常奢侈鋪張，派頭盛於一般人臣該遵守的分際。每當同朝公卿前來商議事情，或賓客上門拜見，楊素總是伸開兩腿坐在軟榻上，由美人簇擁而出，還有不少婢女侍立一旁，排場之大，有時甚至超過了皇上。晚年他更變本加厲，忘了自己所負的責任，毫無扶持政局、安定天下的心思。

有一天，衛國公李靖以平民的身分拜見楊素，向他提出不少好計謀，楊素仍是伸開兩腿坐在軟榻上。李靖作揖拜見，說：「如今天下動蕩不安，各路英雄好漢都想趁機做出一番事業。您身爲皇室的重要大臣，應該想方設法網羅人才，不宜如此傲慢地對待前來拜見您的客人。」楊素聽了之後，立刻露出恭敬的神色，站起身來向李靖道歉，跟他暢談一番，二人相談甚歡，楊素並接受李靖的建議。

正當李靖高談闊論的時候，有一個很漂亮的歌伎，手裡拿著紅色的拂塵站在面前，打量著李靖。李靖離開後，那名歌伎來到走廊上，問著侍衛：「那位離開的公子排行第幾？家住何處？」侍衛一一回答，那個歌伎喃喃唸著走了進去。

李靖回到旅館，當晚五更時，忽然聽到輕輕的敲門聲，他急忙起身開門詢問。只見一個身披紫色長袍、頭戴帽子、肩上挑著一個包袱的人。李靖問：「你是誰？」來人說：「我是楊素家手拿紅拂的歌伎。」李靖趕忙讓她進來，她脫去長袍和帽子後，原來是一個十八、九歲的姑娘。她臉上脂粉未施，穿著錦繡衣服，向李靖盈盈下拜，李靖大吃一驚，慌忙還禮。她說：「我在楊司空家裡待了很久，見過不少人，可是他們當中沒有一個人能比得上您。菟絲和女蘿無法獨立生長，必須寄生在高大的樹木上，所以我特來投奔您。」李靖說：「楊司空在京師地位高權勢大，被他發現了怎麼辦？」她答：「如今的他只比墳墓裡的死人多一口氣，沒什麼可怕的。楊家歌伎們知道他成不了大事，許多人都逃走了，他也不去追查。這些我都已經仔細考慮過了，請放心。」李靖問她姓氏，她說：「姓張。」問她的排行。她答：「最大。」李靖端詳著她的外貌、儀態、談吐、性情，簡直跟天上的仙女一樣。他沒想到自己會得到一位天仙，心中既高興又害怕，一時之間，內心各種想法起伏不定，不停地走到門口張望。過了幾天，聽說楊家正在追尋歌伎，但是動作似乎沒有很緊迫，於是他讓她改穿男裝，騎著馬，衝出城門，打算回到太原。

到了靈石縣，他們投宿在一家旅店裡。床鋪好後，爐子上燉煮的肉也快熟了。張氏頭髮長至拖到了地上，她站在床前梳頭。李靖正在刷洗馬匹，忽然有一名中等身材的漢子，滿臉彤紅的落腮鬍，騎著驢，慢慢地走進旅店；下了驢，把一個皮囊扔到爐子前，隨意拿個枕頭斜靠在床上看張氏梳頭。李靖十分生氣，正欲發作，又壓抑下脾氣，繼續刷著馬。張氏仔細觀察了那名漢子，一手握著頭髮，一手藏在身後對李靖搖擺示意，叫他不要衝動。張氏急急忙忙梳好頭，理好衣裝便向那漢子行禮，請教他貴姓。那漢子回答：「姓張。」張氏隨即接口：「我也姓張。算起來是你的妹妹。」並立刻對他下拜。又問他排行第幾。回答說：「老三。」接著他問張氏是第幾。張氏說：「最大。」那漢子高興地說：「今天竟能遇上同宗的妹子，眞是太巧了。」張氏就朝院子裡喊：「李郎快來見見三哥！」李靖立刻過來行禮相見，三個人圍坐在一起。漢子問：「這爐上燉的是什麼肉？」李靖說：「羊肉，差不多已經熟透了。」漢子說：「正好，我肚子快餓死了。」李靖出去買些燒餅回來。漢子拔出腰間佩帶的短劍，把肉切了三人分著吃。吃飽後，漢子把剩下的肉切碎，送到驢子前面餵，驢子吃得很快。漢子說：「我問句話，你別介意。我看你似乎是個窮書生，怎麼會得到這樣一位出色的佳人呢？」李靖說：

「我雖然窮，但也是個有心人。要是別人問起我是不會說的，如今兄長過問，我則不敢隱瞞。」於是便把經過詳細說明。漢子又問：「那麼，你們打算到哪裡去？」李靖說：「打算到太原。」漢子說：「這麼說來，原來是佳人自願跟隨你。」再問：「有酒嗎？」李靖說：「旅店西邊就有一家酒舖。」李靖出去打了一斗酒回來，兩人斟飲過一輪後，虬髯客說：「我有一些下酒的小菜，李郎可願一起吃？」李靖趕忙說：「不敢當。」虬髯客便打開那個皮囊，拿出一顆人頭和一副心肝來，又把人頭放回皮囊裡，拿起短劍把心肝切碎，跟李靖一起配酒吃。說：「這是個天底下最忘恩負義的人，我對他懷恨在心已經有十年，如今總算除掉他，消了我心中的怨氣。」接著又說：「看你的儀態氣度，眞是個大丈夫。你可曾聽說太原那裡還有什麼傑出的人才嗎？」李靖說：「我認識一位，依我看頗有帝王之相，其餘的只不過是將帥之才罷了。」虬髯客問：「姓什麼？」李靖答：「和我同姓。」又問：「年紀多大？」李靖說：「只有二十歲。」又問：「現在做什麼？」李靖說：「是太原留守的兒子。」虬髯客沉吟道：「看來應該就是他了。我也想和他見面。李郎能夠設法讓我跟他見上一面嗎？」李靖說：「我有個朋友叫劉文靜，和他很熟，可以請他幫忙引見。不過，大哥爲何要見他？」虬髯客說：「我認識一位善於觀望氣象的人，他說在太原一帶有『王氣』，叫我去查訪一下。你明天動身，何時可以到達太原？」李靖算一下日期，約略說了個時間。虬髯客說：「你抵達太原的第二天，天亮時分，在汾陽橋等我。」說完，他隨即跨上驢子離開，那驢子跑得很快，一回頭就看不見了。李靖和張氏又是驚奇又是高興，過了一會兒才說：「俠士是不會騙人的，用不著顧慮。」他們也跟著策馬離開了靈石旅店。

到了約定的日子，進入太原，果然又碰見虬髯客，李靖很高興，兩人一同來到劉文靜家，向劉文靜謊稱：「這一位先生會看相，想見李公子，勞煩你邀請他來一趟。」劉文靜一向認爲李世民非同常人，如今聽說來的客人會看相，馬上派人邀請李世民。派去的人剛回來，李世民也跟著到來。他沒有穿著正式的袍服和靴子，皮衣敞開著，大步走進來，神采飛揚，相貌非凡。虬髯客默不作聲地坐在末席，見到他後立即死心。喝了幾杯之後，他把李靖招到一邊說：「的確是個眞命天子啊！」李靖把這話轉告劉文靜，劉文靜更加高興，認為自己果然沒有看走眼。兩人告辭離開劉家後，虬髯客對李靖說：「我已經有十之八九的把握了，可是還得讓我的道兄見一見。李郎應該再跟大妹到京城一趟。在去之前挑一天下午，到馬行東邊的一家酒樓來找我。只要看到酒樓下面有這頭驢子和另一頭瘦驢，就表示我和道兄都在樓上，你便立刻上樓。」說完，便跟李靖分手離去。李靖和張氏依約前往，果然在酒樓下看到兩頭驢子。李靖撩起衣角，大步登上樓，看見虬髯客正和一個道士暢飲，他倆見到李靖，又驚又喜，邀他坐下。三人喝了十幾遍酒，虬髯客囑咐道：「樓下櫃子中有十萬文錢，你找一個幽深隱密的地方把大妹安頓好，改日再跟我們在汾陽橋會面。」

李靖如期趕往，道士和虬髯客已經在那裡，李靖就帶他倆去見劉文靜。劉文靜正在下棋，雙方行禮入坐，便攀談了起來。文靜知道他們的來意，馬上寫信去請李世民來觀棋。這時道士和文靜二人對局，虬髯客和李靖陪坐在一旁。過了一會，李世民來了，風采光耀照人，他拱手行禮後坐下。神色爽朗，和衆人談笑風生，顧盼之間，目光炯炯有神。道士一見，臉色慘淡，放下棋子嘆道：「這一局全輸了！就在這一著上失敗了，要救也沒有路了！唉，再也沒有什麼好說的了！」接著便告辭了。三個人走到外面，道士對虬髯客說：「這天下不是你的了，到別的地方去發展吧！希望你好好努力，別再把這裡掛在心上了！」於是和李靖一行回去西京。虬髯客說：「計算李郎的行程，某日可以到達西京。到達的第二天，請你和大妹到某棟屋子來找我。李郎雖有大妹作伴相隨，然而家裡什麼也沒有，生活很清苦；我想讓我的妻子和你倆見見面，談論日後的行事動向，請勿推辭。」說完，便連聲嘆息地走了。

李靖騎馬回去，不久到了西京，和張氏一同來到約定的地方。看見一個小板門，便敲了幾下，有人開門迎接，恭敬地下拜道：「奉三郎的命，恭候李郎和大娘子已有好一會兒了。」然後帶著他倆走過好幾道門，一道比一道高大。還有四十個丫鬟整整齊齊地佇列在院子裡，另外有二十名奴僕引導李靖和張氏走進東廳。廳內的擺設，珍貴奇異至極，巾箱、妝奩、帽子、銅鏡、首飾精美貴重得都不像是普通人家的東西。接著請他倆梳洗妝飾，更換衣服，衣服也是十分珍奇。一切妥當後，下人連聲傳呼：「三郎來了！」只見虯髯客戴著紗帽，敞開著皮衣，闊步走進廳來。三人相聚，高興極了。虯髯客急忙喚妻子出來和李靖、張氏見面，虯髯客之妻也是美如天仙。他們移駕到中堂宴飲，堂上的陳設、宴席上的金盤玉盞、山珍佳餚，就連王侯也比不上。四個人入座後，由二十名女子組成的樂隊在席前演奏助興，樂聲優美動聽得不像人間的曲調。宴會完畢，又敬過酒，只見家人們從廳堂東邊抬出二十個架子來，上面用繡著花的綢帕遮蓋著。架子全部放好後，揭開綢帕一看，上面擺的都是帳簿、鑰匙一類的東西。虯髯客對李靖說：「這裡都是錢銀財寶的帳目。我的家產如今全送給你了。你一定很好奇吧？我本來想在這裡建功立業，闖出一片天下。然而現在江山已經有了主人，再住下來也沒什麼意思。太原李氏是個英明的主子，不出三五年，天下就可以太平。李郎憑藉卓越的才能，盡心輔佐眞命天子，定能成爲數一數二的人物；大妹有著天仙一樣的容貌，並具有世間罕見的才藝，一定會跟著丈夫飛黃騰達，榮華富貴享受不盡。沒有大妹，就沒人會賞識李郎；沒有李郎，就難以榮耀大妹。聖君的興起必須有賢臣來輔佐，這就像預定好的一樣；風從虎，雲從龍，這不是偶然的事情。我這一點財產，正好用來幫助眞命天子，你們好好努力吧！十年之後，若是聽到東南幾千里外有大事發生，那就是我得志成功的時候，大妹和李郎可以面向東南，舉杯祝賀。」又叫僮僕們一齊向李靖下拜，吩咐道：「李郎和大妹以後就是你們的主人了。」說完，他便和妻子帶著一個奴僕、換上軍裝騎馬離去，幾步之後，便看不見了。李靖得到了虯髯客的產業，成爲豪門富戶，便用這些財力幫助李世民起義創業，最後統一天下。

貞觀十年，李靖官任尙書左僕射，有一天恰巧碰上南蠻送來奏章說：「有船上千艘，大軍十萬人，進攻扶餘國，殺死國君，建立新王朝，局面已經安定。」李靖看了，便知是虯髯客成功了。回到家中告訴張氏，夫婦倆穿上禮服，面向東南方下拜，將酒灑在地面，爲他祝賀。由此可知，眞命天子的興起乃是上天注定的，即使是英雄也無法想要就可以得到，更何況不是英雄的人。爲人臣子的若是妄想叛亂，就好比螳臂擋車，結果被輾成粉身碎骨。皇室之所以能福被萬世，豈是憑藉僥倖而得的呢？還有人說：「李衛公的兵法，多半是虬髯客傳授給他的。」

意旨精鑰

本篇故事塑造了深謀遠慮的李靖、慧眼識英雄的紅拂女、胸懷壯志的虬髯客，三人的形象，藉由他們之間的俠情義膽，描繪出一段英雄傳奇軼事，並點出「唐有天下，乃天命所歸」的宗旨。

寫作密技

一、傳奇

唐代裴鉶的小說曾以傳奇爲名，後人便稱唐代文言短篇小說及模仿其體例的作品爲「傳奇」。唐傳奇的內容約可分爲四大類：一、結合志怪與寓言色彩的「警示類」傳奇，旨在諷喻當時士人熱衷功名的心態。二、改編史實故事的「歷史類」傳奇，藉以諷喻時政，並表達內心不滿。三、描述才子佳人或文人名妓的「愛情類」傳奇，女主角多設定爲出身卑微、勇於追愛，男主角則常因爲權利地位而薄倖。四、行俠仗義、剷奸除惡的「俠義類」傳奇，主要反映晚唐動亂，百姓期待英雄拯救的心情。

二、雙關：一語同時兼顧兩種事物或兼含兩種意義。

字音雙關 又稱諧音雙關，一個字詞兼含另一個與本字詞同音，或音近字詞的意義。

詞義雙關 一個字詞兼含兩種意義或事物。

句義雙關 一句話或一段文字兼含兩種意義或事物。

例1：此局全輸矣！於此失卻局，奇哉！救無路矣！復奚言！

Tips. 句義雙關。「此局全輸矣」指棋局輸了，兼指虯髯客逐鹿天下無望。

例2：子在川上曰：「逝者如斯夫！不舍晝夜。」（《論語．子罕》）

Tips. 句義雙關。「逝者如斯」指河水流去不復返，兼指時間過去，永遠無法回頭。

例3：不寫情詞不寫詩，一方素帕寄心知。心知接了顛倒看，橫也絲來豎也絲，這般心事有誰知？（明代馮夢龍〈山歌〉）

Tips. 字音雙關。「絲」指錦帕的絲線，兼指思念之意。

小試身手

（＊為多選題）

＊1.（　）**下列關於文學常識的敘述，正確的選項是：**

A.「傳奇」本指情節曲折離奇的唐代文言短篇小說，〈虯髯客傳〉即其代表作。

B.「行」、「歌行」均為樂府詩體式，佚名〈飲馬長城窟行〉、白居易〈琵琶行〉皆屬之。

C.「書」可用於下對上，如李斯〈諫逐客書〉；亦可用於平輩之間，如白居易〈與元微之書〉。

D.「賦」盛行於兩漢，歷魏晉、隋唐，至宋而不衰；其中宋賦受古文影響，傾向散文化，蘇軾〈赤壁賦〉即其代表作。

E.唐宋以來，「記」體文學迭有名篇，或書寫山水名勝，或描寫特定名物，不一而足。范仲淹〈岳陽樓記〉、歐陽脩〈醉翁亭記〉即屬前者；柳宗元〈始得西山宴遊記〉、袁宏道〈晚遊六橋待月記〉則屬後者。

＊2.（　）**下列文句，含有「祈使語氣」的是：**
A. 當獎帥三軍，北定中原，庶竭駑鈍，攘除奸兇。
B. 焉得登枝而捐其本？爾曹其存之。
C. 修己以安百姓，堯舜其猶病諸。
D. 推王君之心，豈愛人之善，雖一能不以廢。
E. 諸妓知其無成，去者眾矣，彼亦不甚逐也。計之詳矣，幸無疑焉。

3.（　）**下列「　」中的字義，何者兩兩相同？**
A. 春雪甚「盛」／「盛」年不再
B. 聞左公被炮烙，旦夕「且」死／李郎「且」來拜三兄
C. 季文子「相」三君／無物以「相」之
D. 竟不忍「去」湖上／來「去」自如

4.（　）**下列選項「　」內的字義，何者兩兩相同？**
A. 失其所與，不「知」／「知」之為知之，不知為不知，是知也
B. 負者歌於途，行者「休」於樹／將崇極天之峻，永保無疆之「休」
C. 呂公女，「乃」呂后也／此人「乃」天下負心者也，銜之十年，今始獲
D. 信手把筆，隨意亂「書」／夫子房受「書」於圯上之老人也，其事甚怪

5.（　）**甲、請出「市」胡餅　乙、彼「屍」居於氣　丙、非李郎不能「榮」一妹　丁、願托「喬木」。以上何者為轉品之修辭法？**
A. 甲乙丙丁

B.甲乙丙

C.乙丙丁

D.甲丙丁

6.（　）**在杜光庭〈虯髯客傳〉一文中，何者是錯誤？**

A.就文章形式而論，屬於唐代的「傳奇」小說。

B.就文章內容而論，屬於「豪俠類」小說。

C.全文透過風塵三俠，說明唐朝建立，乃天命所歸。

D.李靖以「絲蘿非獨生，願托喬木」，向紅拂女求婚。

7.（　）**下列文句，何者未使用時間副詞？**

A.俄而文皇到來，精采驚人。

B.少焉，月出於東山之上。

C.方是時，余之力尚足以入。

D.已而夕陽在山，人影散亂。

8.（　）**下列文句「　」中的字，何者讀音兩兩相同？**

A.靖之友劉文靜者，與之「狎」／勉強「呷」了兩口湯

B.斂「衽」前問其姓／「壬」戌之秋，七月既望

C.侍婢羅列，頗「僭」於上／乃「簪」一花

D.窺戶者無停「屨」／農夫躡絲「履」

解答： 1.ABCD　2.ABE　3.D　4.C　5.B　6.D　7.C　8.A

旁徵博引

唐傳奇的代表作品

一、**沈既濟《枕中記》**

又稱《黃粱記》、《邯鄲夢》、《呂翁》等。《枕中記》是以《搜神記》的焦湖廟祝用玉枕使楊林入夢此事為原型創作，鳩摩羅什所譯的《大莊嚴論經》中也有類似的故事。元代馬致遠的《黃粱夢》和明代湯顯祖「臨川四夢」之《邯鄲記》都很明顯受到《枕中記》的影響。

故事大意為，開元七年，有一盧生進京趕考，結果沒能中榜，只好留在家中耕田。有一天，他在旅途中經過邯鄲，下榻旅館時，在店中遇見了一位老道士，兩人相談甚歡，道士臨走前送給他一個青瓷枕頭，當時店主正在蒸黃粱米飯，盧生在枕頭上睡著，做了一個夢。在夢中，他娶了清河崔氏之女，又考中進士，一路平步青雲，官至宰相。卻忽然遭到同僚陷害，最後入獄、流放。多年之後，又平反，被封為燕國公，晚年享盡榮華富貴，最後老死家中。一覺醒來後，才發現這只是一場夢，連店主鍋裡的黃粱米飯都還沒煮熟。

二、**元稹《鶯鶯傳》**

又稱《崔鶯鶯傳》、《會真記》。《鶯鶯傳》是唐人傳奇中最著名的一篇，故事廣泛流傳，北宋以降，士大夫「無不舉此以為美談，至於倡優女子，皆能調說大略」。元代王實甫更據此故事，將之改編為雜劇《西廂記》。

故事大意為，張生與美女崔鶯鶯兩人一見鍾情，崔鶯鶯礙於禮教，先拒絕了張生的求愛，而婢女紅娘在兩人之間扮演了關鍵的角色，使得兩人成功相戀，相約西廂，共赴巫山雲雨。但好景不長，張生卻在應考後，將崔鶯鶯始亂終棄。

三、蔣防《霍小玉傳》

明代湯顯祖根據《霍小玉傳》，先將其改編為崑劇《紫簫記》，後又改為《紫釵記》，將結局改為李益與霍小玉，有情人終成眷屬。

故事大意為，隴西書生李益與霍小玉相戀，後來李益進士獲官，授鄭縣主簿。他在赴任前與霍小玉發誓白頭偕老，「皎日之誓，死生以之」、「但端居相待至八月，必當卻到華州，尋使奉迎，相見非遠」。但歸家後，李益卻變心，從母命，為權勢而另娶鳳閣侍郎盧誌之女。某位俠義之士激於義憤，便挾持李益到霍小玉家稱罪。霍小玉得知事實後，竟悲憤而死，死後化作厲鬼，使李益夫妻日夜不得安寧。

四、白行簡《李娃傳》

又稱《節行娼娃傳》、《汧國夫人傳》、《一枝花》。《李娃傳》為唐人傳奇中篇幅最大的一篇，故事纏綿感人，影響深遠。元代高文秀的《打瓦罐》、石君實的《曲江池》，明代朱有燉的《曲江池》、薛近兗的《繡襦記》，皆取材自《李娃傳》。

故事大意為，鄭生進京參加秀才考試，在路途中遇見李娃，驚為天人，深受吸引，遂想盡辦法前往李宅，並順利求得李娃，直至錢財散盡。李娃與鴇母達到目的後，便用計離開，窮困潦倒的鄭生不得已只好靠唱輓歌維生，他的父親發現後，十分憤怒，甚至令人將鄭生打個半死。而後，鄭生在行乞途中又遇見李娃，此時的李娃於心不忍，反而資助鄭生重新振作，最後使他順利考取功名。

唐詩三首

古文鑑賞

作者：李白、杜甫、王維
出處：全唐詩
難易度☺☺☺☺☺

一、〈月下獨酌❶〉

花間一壺酒，獨酌無相親❷。
舉杯邀明月，對影成三人。
月既不解飲❸，影徒隨我身❹。
暫伴月將影❺，行樂須及春❻。
我歌月徘徊，我舞影零亂。
醒時同交歡❼，醉後各分散。
永結無情游，相期邈（ㄇㄧㄠˇ）雲漢❽。

二、〈登樓〉

花近高樓傷客心❾，萬方多難此登臨。
錦江春色來天地❿，玉壘浮雲變古今⓫。
北極朝廷終不改⓬，西山寇盜莫相侵⓭。
可憐後主還祠廟⓮，日暮聊為〈梁父吟〉⓯。

三、〈山居秋暝⑯〉

空山新雨後⑰，天氣晚來秋。
明月松間照，清泉石上流。
竹喧歸浣女⑱，蓮動下漁舟。
隨意春芳歇⑲，王孫自可留⑳。

【說文解字】

❶獨酌：一個人飲酒。酌，飲酒。❷無相親：沒有親近的人。❸既：且。不解飲：不會喝酒。❹徒：白白的。❺將：和。❻及春：趁著春光明媚之時。❼交歡：一起同樂。❽期：約定。邈：遠。雲漢：銀河，泛指天空。❾客心：客居者之心。❿錦江：即濯錦江，流經成都的岷江支流。來天地：與天地俱來。⓫玉壘浮雲變古今：多變的政局和多難的人生，有如山上浮雲一般捉摸不定。玉壘，山名。變古今，與古今俱變。⓬北極：星名，北極星，常用以指代朝廷。終不改：終究無法改變。⓭寇盜：指入侵的吐蕃。⓮後主：劉備的兒子劉禪。還：仍然。⓯聊爲：不甘心這樣做，但姑且這樣做。〈梁父吟〉：古樂府中的一首葬歌。諸葛亮躬耕隴畝時，好爲〈梁父吟〉，藉此抒發濟世之心。⓰暝：日落，天色將晚。⓱空山：空寂的山野。新：剛剛。⓲竹喧：竹林中笑語喧譁。喧，喧譁，此處指竹葉發出的沙沙聲響。浣女：洗衣服的女子。浣，洗滌衣物。⓳隨意：任憑。春芳：春天的花草。歇：消散，消失。⓴王孫：原指貴族子弟，後也泛指隱居的人。留：居。

白話解讀

一、〈月下獨酌〉

準備一壺美酒擺在花叢之間，自斟自酌，孤獨一人。我舉起酒杯邀請明媚的月亮，又低頭窺見了自己的影子，這樣就有三人一同共飲了。但月亮不會喝酒，而影子只能伴隨在我身後而已。暫且就讓月亮和影子陪伴著我吧！我應趁著美好的春光及時行樂。月亮聽著我唱歌，徘徊不前；影子陪著我跳舞，在地上凌亂舞動。清醒時，我們儘管作樂尋歡；酒醉後，還是要各自離散。我願意和你們這些無情物結爲有情交，相約在高遠的銀河岸邊再度重逢。

二、〈**登樓**〉

我登上這繁花環繞的高樓眺望，心中卻倍感悵惘，因爲國家此時陷入一片戰亂之中。錦江兩岸的春色鋪天蓋地而來，玉壘山上的浮雲，如同人生一般變幻不定，古今皆如此。朝廷如同北極星一樣，不會輕易替換，西山的寇盜吐蕃，不要再來侵擾了。蜀後主劉禪那樣的昏君，尙且還可以在祠廟中享受祭祀。黃昏時我只有吟誦〈梁父吟〉來紀念諸葛亮了。

三、〈**山居秋暝**〉

群山沐浴了一場新雨後，顯得特別空曠清靜，夜晚降臨時，格外涼爽的天氣使人感到已是初秋。皎皎明月從松林間隙灑下清光，清清泉水在山石上淙淙流淌。竹林喧響，知是洗衣姑娘歸來，蓮葉輕搖，想必是因爲從上游蕩下的輕舟。就任隨春日的芳菲消逝，王孫自可選擇是否久留。

意旨精鑰

一、〈**月下獨酌**〉

李白有遠大的抱負，但卻始終懷才不遇，無法實現自己的政治理想，所以心中感到孤寂苦悶。但他在面對黑暗的社會現實時，不沉淪，不合污，而是追求自由，嚮往光明，因此在他的詩歌中多有歌頌太陽、吟詠明月之作。這首詩是把明月引爲知己，對月抒懷之作。全詩構思新奇，想像獨特，動中顯靜，情切意濃，感人至深。

二、〈登樓〉

此爲一首感時撫事之詩。杜甫寫登樓望見無邊的春色，同時想到萬方多難，浮雲變幻，而不免傷心感慨。進而想到朝廷就像北極星座一樣，不可動搖，即使吐蕃入侵，也難改變人們的正統觀念。最後坦露自己想要效法諸葛亮輔佐朝廷的抱負，大有澄清天下的氣概。全詩寄景抒情，寫登樓的觀感，融山川古跡、個人情思爲一體，語壯境闊，體現杜詩沉鬱頓挫的藝術風格。

三、〈山居秋暝〉

此詩描繪秋雨初晴後，傍晚時分的山村風光和山居村民的淳樸，表現詩人寄情山水田園，並對隱居生活怡然自得的滿足心情。全詩將空山雨後的秋涼、松間明月的光照、石上清泉的聲音、浣女的喧笑聲、漁船穿過荷花的動態，和諧完美地融合在一起。就像一幅清新秀麗的山水畫，又像一支恬靜優美的抒情樂曲，展現王維「詩中有畫，畫中有詩」的創作特色。

寫作密技

一、唐詩

唐詩泛指創作於唐代的詩，也可以引申指以唐朝風格創作的詩。唐代被視爲中國歷來詩歌水平最高的黃金時期，因此有「唐詩」之說，與宋詞並舉。在唐代以後，唐詩的選本不斷，清朝康熙年間的《全唐詩》就整理收錄了二千二百多名詩人，超過五萬多首唐詩。而現今流傳最廣的是清代蘅塘退士所編選的《唐詩三百首》。

古代自《詩經》、《楚辭》、《漢賦》、《樂府》以來，便一直有作詩的傳統。《詩經》的詩句多以四字為一句。到了漢代樂府時，字數則較爲多變。從漢代到魏晉南北朝所發展的古體詩，有不固定字數的，亦有五言、六言、七言，但句數不限。隋唐時期，除了承襲古體詩的體裁之外，也同時發展出結構更爲工整的近體詩，例如四句的絕句和八句的律詩，對押韻、平仄等格律上有更爲嚴格的要求。唐詩在結構上，講求工整均稱，詩歌所包含的題材也非常多樣化，既有抒發個人情感，也有反映現實社會的作品，意境深遠。

二、**轉化**：將抽象或無生命的事物以具體事例代替。描述一件事物時，轉變它原來的性質，化成另一種與本質截然不同的事物。

擬人化 將無生命的物品賦予具體的行為，使它們似乎是有了生命似的。

擬物化 將有生命的人物轉變為虛構的狀態，或是將此物擬彼物。

形象化 把抽象的事物當成具體的事物描寫。

例1：舉杯邀明月，對影成三人。月既不解飲，影徒隨我身。暫伴月將影，行樂須及春。

Tips. 擬人化。

例2：海日生殘夜，江春入舊年。（唐代王灣〈次北固山下〉）

Tips. 擬人化。

例3：深公云：「人謂庾元規名士，胸中柴棘三斗許。」（《世說新語・輕詆》）

Tips. 形象化。

例4：粉紅的海棠，含著幸福的微笑。（謝冰瑩〈愛晚亭〉）

Tips. 擬人化。

例5：把你的影子加點鹽／醃起來／風乾／老的時候／下酒。（夏宇〈甜蜜的復仇〉）

Tips. 擬物化。

小試身手！

1. （　）我歌月裴回，我舞影零亂。（唐代李白〈月下獨酌〉）用「歌」、「舞」的熱鬧場面，反襯：
A. 歡娛的氣氛。
B. 孤寂的心境。
C. 追求的情誼。
D. 嚮往的境界。

2. （　）花間一壺酒，獨酌無相親；舉杯邀明月，對影成三人。（唐代李白〈月下獨酌〉）擬月為人，下列修辭法與之相同的是哪一選項？
A. 我道歉一番，聳聳肩作鷺鷥笑。
B. 光增長了年歲，卻減削了記憶。
C. 粉紅的海棠，含著幸福的微笑。
D. 十九歲是一個美妙的音符，迸奏出的是生命最美妙的聲音。

3. （　）唐代李白〈清平調〉：「借問漢宮誰得似，可憐飛燕倚新妝。」句中「可憐」的意涵，與下列何者相近？
A. 贏得生前身後名，可憐白髮生。（宋代辛棄疾〈破陣子〉）
B. 可憐九月初三夜，露似真珠月似弓。（唐代白居易〈暮江吟〉）

C. 可憐後主還祠廟，日暮聊為梁甫吟。（唐代杜甫〈登樓〉）

D. 可憐無定河邊骨，猶是春閨夢裏人。（唐代陳陶〈隴西行〉）

4.（　）下列所引詩句與作者之組合，何者為非？

A. 行到水窮處，坐看雲起時。——王維

B. 抽刀斷水水更流，舉杯消愁愁更愁。——李白

C. 花近高樓傷客心，萬方多難此登臨。——杜甫

D. 北極朝廷終不改，西山寇盜莫相侵。——白居易

5.（　）杜甫〈登樓〉以傷心為基調，其中傷心的原因透過以下哪一句傳達給讀者？

A. 萬方多難此登臨。

B. 玉壘浮雲變古今。

C. 北極朝廷終不改。

D. 西山寇盜莫相侵。

E. 可憐後主還祠廟。

解答：1. B　2. C　3. B　4. D　5. A

旁徵博引

唐詩宋詞中的月亮

一、李白〈靜夜思〉

床前明月光，疑是地上霜。舉頭望明月，低頭思故鄉。

二、**杜甫〈月夜憶舍弟〉**

戍鼓斷人行，邊秋一雁聲。露從今夜白，月是故鄉明。

有弟皆分散，無家問死生。寄書長不達，況乃未休兵。

三、**王建〈十五夜望月寄杜郎中〉**

中庭地白樹棲鴉，冷露無聲濕桂花。今夜月明人盡望，不知秋思落誰家？

四、**張九齡〈望月懷遠〉**

海上生明月，天涯共此時。情人怨遙夜，竟夕起相思。

滅燭憐光滿，披衣覺露滋。不堪盈手贈，還寢夢佳期。

五、**張九齡〈賦得自君之出矣〉**

自君之出矣，不復理殘機。思君如滿月，夜夜減清輝。

六、**李商隱〈錦瑟〉**

錦瑟無端五十弦，一弦一柱思華年。莊生曉夢迷蝴蝶，望帝春心托杜鵑。

滄海月明珠有淚，藍田日暖玉生煙。此情可待成追憶，只是當時已惘然。

七、**王維〈鳥鳴澗〉**

人閒桂花落，夜靜春山空。月出驚山鳥，時鳴春澗中。

八、**張若虛〈春江花月夜〉**

春江潮水連海平，海上明月共潮生。灩灩隨波千萬里，何處春江無月明。

江流宛轉繞芳甸，月照花林皆似霰；空里流霜不覺飛，汀上白沙看不見。

江天一色無纖塵，皎皎空中孤月輪。江畔何人初見月？江月何年初照人？
人生代代無窮已，江月年年只相似。不知江月待何人，但見長江送流水。
白雲一片去悠悠，青楓浦上不勝愁。誰家今夜扁舟子？何處相思明月樓？
可憐樓上月徘徊，應照離人妝鏡臺。玉戶簾中卷不去，搗衣砧上拂還來。
此時相望不相聞，願逐月華流照君。鴻雁長飛光不度，魚龍潛躍水成文。
昨夜閒潭夢落花，可憐春半不還家。江水流春去欲盡，江潭落月復西斜。
斜月沉沉藏海霧，碣石瀟湘無限路。不知乘月幾人歸，落月搖情滿江樹。

九、蘇軾〈水調歌頭〉

明月幾時有？把酒問青天，不知天上宮闕，今夕是何年。我欲乘風歸去，又恐瓊樓玉宇，高處不勝寒；起舞弄清影，何似在人間。

轉朱閣，低綺戶，照無眠；不應有恨，何事長向別時圓？人有悲歡離合，月有陰晴圓缺，此事古難全；但願人長久，千里共嬋娟。

十、李煜〈虞美人〉

春花秋月何時了，往事知多少。小樓昨夜又東風，故國不堪回首月明中。

雕欄玉砌應猶在，只是朱顏改。問君能有幾多愁，恰似一江春水向東流。

十一、柳永〈雨霖鈴〉

寒蟬淒切，對長亭晚，驟雨初歇。都門帳飲無緒，留戀處，蘭舟催發。執手相看淚眼，竟無語凝噎。念去去，千里煙波，暮靄沉沉楚天闊。

多情自古傷離別，更那堪冷落清秋節！今宵酒醒何處？楊柳岸，曉風殘月。此去經年，應是良辰好景虛設。便縱有千種風情，更與何人說？

十二、**李清照〈一剪梅〉**

紅藕香殘玉簟秋，輕解羅裳，獨上蘭舟。雲中誰寄錦書來？雁字回時，月滿西樓。

花自飄零水自流，一種相思，兩處閒愁。此情無計可消除，才下眉頭，卻上心頭。

十三、**岳飛〈滿江紅〉**

怒髮衝冠，憑欄處，瀟瀟雨歇。抬望眼，仰天長嘯，壯懷激烈。三十功名塵與土，八千里路雲和月。莫等閒，白了少年頭，空悲切！

靖康恥，猶未雪。臣子恨，何時滅？駕長車，踏破賀蘭山缺。壯志飢餐胡虜肉，笑談渴飲匈奴血。待從頭，收拾舊山河，朝天闕。

第五單元

宋朝

岳陽樓記

作者簡介

范仲淹（西元九六九年—西元一〇五二年），字希文，諡文正，北宋著名政治家、文學家、軍事家、教育家。范仲淹文學造詣頗高，詞文皆很出色，名著岳陽樓記中，「先天下之憂而憂，後天下之樂而樂」一句流為千古；詞作〈漁家傲〉、〈蘇幕遮〉，蒼涼豪放、情感濃烈，歷代傳誦不絕，歐陽脩曾稱〈漁家傲〉為「窮塞外之詞」。著有《范文正公集》。

出處：范文正公集
難易度☺☺☺☺☺

古文鑑賞

慶曆四年春，滕子京謫守巴陵郡❶。越明年❷，政通人和，百廢具興，乃重修岳陽樓，增其舊制❸，刻唐賢今人詩賦於其上，屬予作文以記之❹。

予觀夫巴陵勝狀，在洞庭一湖。銜遠山❺，吞長江，浩浩湯湯❻，橫無際涯；朝暉夕陰，氣象萬千。此則岳陽樓之大觀也❼，前人之述備矣。然則北通巫峽，南極瀟湘，遷客騷人❽，多會於此，覽物之情，得無異乎？

若夫霪雨霏霏❾，連月不開❿，陰風怒號，濁浪排空；日星隱耀⓫，山岳潛形；商旅不行，檣傾楫摧⓬；薄暮冥冥⓭，虎嘯猿啼。登斯樓也，則有去國懷鄉⓮，憂讒畏譏，滿目蕭然⓯，感極而悲者矣。

至若春和景明⓰，波瀾不驚；上下天光，一碧萬頃；沙鷗翔集，錦鱗游泳⓱；岸芷汀蘭，郁郁青青⓲。而或長煙一空，皓月千里，浮光躍金⓳，靜影沉璧⓴；漁歌互答，此樂何極！登斯樓也，則有心曠神怡，寵辱皆忘，把酒臨風，其喜洋洋者矣！

嗟夫！予嘗求古仁人之心㉑，或異二者之為，何哉？不以物喜，不以己悲，居廟堂之高㉒，則憂其民；處江湖之遠㉓，則憂其君。是進亦憂，退亦憂，然則何時而樂耶？其必曰：「先天下之憂而憂，後天下之樂而樂」呼！噫！微斯人㉔，吾誰與歸㉕？

【說文解字】

❶謫：古代官吏降職調任。❷越：經過。❸增其舊制：擴大原來的規模。❹屬：通「囑」，囑託。❺銜：包含。遠山：指洞庭湖中的君山。❻浩浩湯湯：水勢盛大的樣子。❼大觀：壯闊的景象。❽遷客：被貶謫的官吏。騷人：善作詩文的人。〈離騷〉是中國詩歌中最富盛名的作品，因此用「騷人」指詩人、文人。❾霪雨：久雨，過多的雨。霏霏：雨絲綿密的樣子。❿開：開朗，晴朗。⓫隱耀：光亮隱沒不見。⓬檣傾楫摧：指船隻毀壞。檣：桅杆。楫：船槳。⓭薄：接近。冥冥：昏暗。⓮去：離開。⓯蕭然：空寂的樣子。⓰景明：天氣晴朗。景：日光。⓱錦鱗：魚。⓲郁郁：形容香氣濃郁。青青：通「菁」，草木茂盛的樣子。⓳浮光躍金：月光投映在水面上如金光閃爍。⓴沉璧：指水中月影。璧，圓形的玉，比喻月亮。㉑仁人：道德高尚的人。心：此處指思想感情。㉒廟堂：朝廷。㉓江湖：隱士所居之處。㉔微：非，不是。㉕吾誰與歸：「吾歸與誰」的倒裝。歸，依附，趨從。

白話解讀

慶曆四年的春天，滕子京被貶到巴陵郡任太守。到了第二年，巴陵郡的政事通暢、百姓安樂，一切廢弛的事務都興辦起來，於是他重新修建了岳陽樓，擴大規模，把唐朝古人和當今名人的詩賦刻在樓上，並囑託我寫一篇文章記述這件事。

我看那巴陵的美景，全在洞庭湖之中。它包含著遠方的高山，接納了長江的江水，浩浩蕩蕩，無邊無際；早晨的陽光、傍晚的月色，景色千變萬化。這就是站在岳陽樓上所看到的壯麗景色，前人已經描述得很詳細了。但是，它北通到巫峽，南邊直達瀟湘，降職遠調的官吏和文人來到這裡，觀賞景致之後產生的心情，是否有所不同呢？

那連綿不斷的雨密密地下著，接連幾個月沒有放晴，刺骨的寒風呼嘯而過，渾濁的浪花騰空翻起；太陽和星星隱沒了光輝，山巒也看不見了；商人和旅客無法趕路，船上的桅杆倒了，槳也斷了；一近傍晚，天色變得昏暗，虎在怒吼，猿猴在哀啼。這時候登上這座樓，就會想起自己遠離國都、懷念家鄉，害怕別人誹謗、嘲笑自己，只覺得入目皆是淒涼的景象，感慨不已，忍不住悲傷起來。

而到了春天，氣候溫和、陽光明媚，風平浪靜；湖光天色相映，一片碧綠；沙鷗時而高飛，時而停聚，美麗的魚兒游來游去；岸邊的香芷、洲上的蘭花，香氣撲鼻，長得非常茂盛。有時候大片煙霧完全消散，明亮的月色照耀著千里湖面，水波蕩漾，金光閃閃，水面不起一絲波紋，月光嫻靜的倒影像沉在水裡的一塊玉璧；漁歌這邊唱，那邊和，這種樂趣哪裡有止盡！這時登上這座樓，就會感到心胸開朗、精神愉快，榮譽和恥辱都忘記了，端起酒杯迎著和風，內心洋溢著無比的喜悅！

唉！我曾經探求古代道德高尚之人的思想感情，或許和上面兩種心情不同，爲什麼呢？他們不因爲環境順利就高興，也不因爲自己失意就悲傷，如果在朝廷上做官，就爲老百姓操心；如果退隱偏遠的鄉野，就替皇帝憂慮。因此處在朝廷也憂慮，在民間也憂慮，究竟什麼時候才會快樂呢？他們一定會說：「要在天下人憂慮之前就憂慮，在天下的人享樂之後才享樂！」唉！如果沒有這種人，我將依從誰呢？

意旨精鑰

本文藉由描寫登臨岳陽樓所能見到的景致，抒發了作者「先天下之憂而憂，後天下之樂而樂」的理想，表現出作者積極有爲的抱負與憂國憂民的情懷。

寫作密技

一、**轉化：**將抽象或無生命的事物以具體事例代替。描述一件事物時，轉變它原來的性質，化成另一種與本質截然不同的事物。

擬人化 將無生命的物品賦予具體的行為，使它們似乎是有了生命似的。

擬物化 將有生命的人物轉變為虛構的狀態，或是將此物擬彼物。

形象化 把抽象的事物當成具體的事物描寫。

例1：銜遠山，吞長江，浩浩湯湯，橫無際涯。

Tips. 擬人化。

例2：煮豆持作羹，漉菽以為汁。萁在釜下然，豆在釜中泣。本自同根生，相煎何太急？（三國曹植〈七步詩〉）

Tips. 擬物化。

例3：羊隊和牛群告別了田野回家了。（楊喚〈夏夜〉）

Tips. 擬人化。

例4：那就摺一張闊些的荷葉，包一片月光回去，回去夾在唐詩裏，扁扁地，像壓過的相思。（余光中〈滿月下〉）

Tips. 形象化

二、互文：在連續的語句中，上文省略下文出現的詞語，下文省略上文出現的詞語，彼此結合成完整的意思。

例1：朝暉夕陰。

Tips. 亦作「朝，暉或陰；夕，暉或陰」。

例2：不以物喜，不以己悲。

Tips. 亦作「不以物而喜或悲，也不以己而喜或悲」。

例3：秦時明月漢時關，萬里長征人未還。（唐代王昌齡〈出塞〉）

Tips. 亦作「秦、漢時明月，秦、漢時關」，或「秦時明月、關，漢時明月、關」。

例4：牛驥同一皁，雞棲鳳凰食。（宋代文天祥〈正氣歌〉）

Tips. 亦作「雞棲、食，鳳凰棲、食」。

成語錦囊

一、氣象萬千：形容景象千變萬化，極爲壯觀。

原典 銜遠山，呑長江，浩浩湯湯，橫無際涯；朝暉夕陰，氣象萬千。

書證1：東北之隅，地勢綿連，岡嶺秀深，氣象萬千。（宋代王明清《揮塵後錄》）

書證2：積氣成霧，哈聲如雷，亦可稱氣象萬千。（清代李綠園《歧路燈》）

書證3：如少陵〈登慈恩寺塔詩〉云：「俯視但一氣，焉能辨皇州？」以十字寫塔之高，而氣象萬千。（清代趙翼《甌北詩話．蘇東坡詩》）

二、春和景明：春氣和煦，景物明麗。

原典 至若春和景明，波瀾不驚；上下天光，一碧萬頃。

書證1：小生許久不與他會面。喜今日春和景明，晝閒無事，不免去看他一遭。（明代王錂《春蕪記》）

三、一碧萬頃：形容碧綠的天空或水面遼闊無際。

原典 上下天光，一碧萬頃；沙鷗翔集，錦鱗游泳；岸芷汀蘭，郁郁青青。

書證1：但見湖中清風徐來，水光接天，眾籟無聲，一碧萬頃。（《英烈傳》）

四、心曠神怡：心情開朗，精神愉悅。

原典 登斯樓也，則有心曠神怡，寵辱皆忘，把酒臨風，其喜洋洋者矣！

書證1：又登海天閣，見萬頃銀濤，千山削翠，心曠神怡。（清代陳忱《水滸後傳》）

書證2：那西湖裡打魚船，一個一個，如小鴨子浮在水面。馬二先生心曠神怡，只管走了上去。（清代吳敬梓《儒林外史》）

書證3：他便慢慢步行至斷橋亭上，徘徊瞻眺，真令人心曠神怡。（清代石玉昆《三俠五義》）

書證4：為何來的時候，便那樣的陰森慘淡，令人怵魄動心？此刻山月依然，何以令人心曠神怡呢？（清代劉鶚《老殘遊記》）

小試身手（*為多選題）

*1.（　）好的翻譯不應只是直接的語譯，而宜兼顧意義的正確與意境的掌握，同時可以呼應原文的優美。依此標準，以下〈岳陽樓記〉「至若春和景明，波瀾不驚，上下天光，一碧萬頃；沙鷗翔集，錦鱗游泳；岸芷汀蘭，郁郁青青。而或長煙一空，皓月千里，浮光躍金，靜影沉璧；漁歌互答，此樂何極！」的翻譯，正確的選項是：「至於春氣和暢、陽光明媚的日子，

A. 湖面波平浪靜，山色相互輝映，一片碧綠，廣闊無邊；

B. 沙洲的鷗鳥時而飛翔、時而止息，美麗的魚兒悠然的游來游去；

C. 湖岸的芷草，沙洲的蘭花，洋溢著青春的色彩。

D. 而有時瀰漫的霧氣全部消散，皎潔的月光流瀉千里，

E. 隨波浮動的月光，彷彿是閃耀的黃金，靜靜倒映的月影，就像是沉落的璧玉；

漁人的歌聲彼此唱和，這種快樂真是無窮無盡！」

2.（　）范仲淹〈岳陽樓記〉：「不以物喜，不以己悲，居廟堂之高，則憂其民；處江湖之遠，則憂其君。是進亦憂，退亦憂，然則何時而樂耶？其必曰：『先天下之憂而憂，後天下之樂而樂。』」這種生命情懷與任事態度，與下列人物哪一位最為接近？

A. 伊尹

B. 伯夷

C. 莊子
D. 柳下惠

3.（　）下列詞語，何者沒有使用「句中對」的修辭技巧？
A. 鳩佔鵲巢。
B. 獐頭鼠目。
C. 虎嘯猿啼。
D. 龍飛鳳舞。

4.（　）下列各組文句前後引號內的詞語，借代的事物明顯不同的是：
A.「回祿」睢盱揚紫煙，此中豈是久留處／因「祝融」肆虐，這些人無家可歸
B.「朱門」酒肉臭，路有凍死骨／花徑不曾緣客掃，「蓬門」今始為君開
C. 人生自古誰無死？留取丹心照「汗青」／時窮節乃見，一一垂「丹青」
D. 居「廟堂」之高，則憂其民／身在江海之上，心居乎「魏闕」之下

5.（　）范仲淹〈岳陽樓記〉：「北通巫峽，南極瀟湘，遷客騷人，多會於此，覽物之情，得無異乎？」遷客、騷人分別指什麼樣的人？
A. 遷客：因罪貶職外調的官吏；騷人：賣弄風姿的歌女。
B. 遷客：因罪貶職外調的官吏；騷人：多愁善感的詩人。
C. 遷客：往來貿遷貨物的商人；騷人：賣弄風姿的歌女。
D. 遷客：往來貿遷貨物的商人；騷人：多愁善感的詩人。

6.（　）下列「」中的字，為形容詞用作名詞的是哪一個選項？
A. 豕「人」立而啼（《左傳》）。
B. 明日落「紅」應滿徑。（張先〈天仙子〉）。

C.「遷」客騷人，多會於此（范仲淹〈岳陽樓記〉）
D.「人」其人，火其書，廬其居（韓愈〈原道〉）。

7.（　）**寫景文偶有「正反對比」的寫法，亦即其中以一段文字寫天氣清朗的景象，另一段文字寫天色昏暗的景象，下列何文正是如此？**
A. 陶淵明〈桃花源記〉。
B. 韓愈〈畫記〉。
C. 范仲淹〈岳陽樓記〉。
D. 歐陽脩〈醉翁亭記〉。

8.（　）**「朝暉夕陰，氣象萬千」中的「氣象萬千」意謂？**
A. 天氣冷暖變化不定。
B. 世態炎涼令人感慨。
C. 自然景致美不勝收。
D. 氣象變化早晚極大。

解答：1.BDE　2.A　3.A　4.B　5.B　6.B　7.C　8.D

旁徵博引

岳陽樓

岳陽樓位於湖南省岳陽市，下臨洞庭，前望君山，北倚長江，因范仲淹〈岳陽樓記〉而聞名，有「洞庭天下水，岳陽天下樓」的盛譽。岳陽樓始建於西元二二〇年前後，其前身相傳為三國時期東吳大將魯肅所修的「閱軍樓」，魏晉南北朝時被稱為「巴陵城樓」，中唐時期方始稱「岳陽樓」。

閱軍樓：東漢建安二十年，孫權與劉備爭奪荊州時，大將魯肅率軍駐守要地巴丘，他構築城堡，在洞庭湖操練水軍，作為屯軍備戰的營壘。也因此建造了檢閱水軍的閱軍樓，此即今日岳陽樓的前身。

巴陵城樓：雖仍側重於軍事上的需要，但因為那壯闊綺麗的風光，這座樓已成為當時不少名士詩人吟詠的對象。南朝詩人顏延之〈始安郡還都與張湘州登巴陵城樓〉中即有「清氛霽岳陽，曾暉薄瀾澳」的佳句。是詩歌史上第一首吟詠岳陽樓的詩作。

岳陽樓：這個時候，岳陽樓已被闢為宴席之地。因岳州是長江流域重要的港口城市，交通發達，又有樓臺勝景，「遷客騷人，多會於此」。唐代開元四年，中書令張說被貶官至岳州，他常在此與文人雅士登樓賦詩。而後，張九齡、孟浩然、賈至、李白、杜甫、韓愈、劉禹錫、白居易、李商隱等詩人也接踵而來，留下許多名篇佳作。其中杜甫的〈登岳陽樓〉「昔聞洞庭水，今上岳陽樓。吳楚東南坼，乾坤日夜浮。親朋無一字，老病有孤舟。戎馬關山北，憑軒涕泗流」，更是千秋絕唱。

北宋慶曆四年，環慶路都部署兼知慶州滕子京因被誣告濫用公款，而被貶至岳州。滕子京上任後，便重修岳陽樓。據司馬光《涑水記聞》記載，滕子京向民間欠錢不還者討債，討來的錢全都用於修建岳陽樓。岳陽樓建成後，滕子京邀請范仲淹作〈岳陽樓記〉、尹洙作〈岳州學記〉、歐陽脩作〈偃虹堤記〉。名樓得名記，名聲益彰。此後，歷經宋元明清，代有遊人吟詠，不乏佳作。

醉翁亭記

出處：歐陽文忠公文集
難易度☺☺☺☺☺

作者簡介

歐陽脩（西元一〇〇七年—西元一〇七二年），字永叔，號醉翁，晚年又號六一居士，吉州廬陵人。因支持政治改革，批評時政，多次遭貶謫至饒州、夷陵、滁州等地。歐陽脩為宋代文壇領袖人物，創導古文運動以救時弊，使文風為之一變，被列為唐宋八大家之一。曾與宋祁合修《新唐書》，並獨撰《新五代史》。著有《歐陽文忠集》。

古文鑑賞

環滁皆山也❶。其西南諸峰，林壑尤美。望之蔚然而深秀者❷，瑯琊也。山行六七里，漸聞水聲潺潺，而瀉出於兩峰之間者，釀泉也。峰回路轉❸，有亭翼然臨於泉上者❹，醉翁亭也。作亭者誰？山之僧智僊也。名之者誰？太守自謂也。太守與客來飲於此，飲少輒醉❺，而年又最高，故自號曰醉翁也。醉翁之意不在酒，在乎山水之間也。山水之樂，得之心而寓之酒也❻。

若夫日出而林霏開❼，雲歸而巖穴暝❽，晦明變化❾者，山間之朝暮也。野芳發而幽香❿，佳木秀而繁陰⓫，風霜高潔⓬，水落而石出者，山間之四時也。朝而往，暮而歸，四時之景不同，而樂亦無窮也。

至於負者歌於塗⓭，行者休於樹⓮，前者呼，後者應，傴僂提攜⓯，往來而不絕者，滁人遊也。臨谿而漁，谿深而魚肥；釀泉為酒，泉香而酒洌⓰；山肴野蔌⓱，雜然而前陳者，太守宴也。宴酣之樂，非絲非竹；射者中⓲，弈者勝，觥籌交錯⓳，坐起而喧嘩者，眾賓懽也⓴。蒼顏白髮，頹然乎其中者㉑，太守醉也。

已而夕陽在山，人影散亂，太守歸而賓客從也。樹林陰翳㉒，鳴聲上下，遊人去而禽鳥樂也。然而禽鳥知山林之樂，而不知人之樂；人知從太守遊而樂，而不知太守之樂其樂也㉓。醉能同其樂，醒能述以文者，太守也。太守謂誰？廬陵歐陽脩也。

【說文解字】

❶環：環繞。❷蔚然：樹木茂盛的樣子。深秀：茂盛清麗。❸峰回路轉：山勢迴環，路也跟著轉彎。回，轉彎。❹翼然：指亭子四角翹起，像鳥展翅的樣子。❺輒：即，就。❻寓：寄託。❼林霏開：森林裡的霧氣消散了。開，消散。❽雲歸：雲氣聚攏。暝：昏暗。❾晦明變化：或暗或明，變化不一。❿發：綻放。幽香：清淡的香氣。⓫秀：草木繁茂。繁陰：樹蔭濃密。⓬風霜高潔：天高氣爽，霜色潔白。⓭負者：背著東西的人。塗：通「途」，道路。⓮休：休息。⓯傴僂：彎腰駝背的樣子，指老年人。提攜：被人拉起手領著走，指小孩。⓰洌：極清。⓱山肴野蔌：山中的野味和蔬菜。蔌，蔬菜。⓲射：古代飲宴時投壺的遊戲，用箭狀的酒籌去投長頸壺，投中的勝，敗的罰酒。⓳觥籌交錯：酒器和酒籌錯雜相交，比喻暢飲。觥，酒杯。籌，酒籌，計算飲酒數量的籌碼。⓴懽：通「歡」，喜樂。㉑頹然：乏力欲倒的樣子，此處用以形容太守的醉態。㉒陰翳：樹蔭遮蔽著。翳，遮蔽。㉓樂其樂：因人民的快樂而感到快樂。第一個「樂」爲動詞，第二個「樂」爲名詞。

白話解讀

環繞著滁州城的都是山。它西南方的各個山峰，樹林和山谷尤其優美。放眼望去，樹木茂盛、幽深秀麗的，是瑯琊山。往山上走六、七里，漸漸的聽到潺潺的流水聲，水從兩座山峰之間奔瀉而出，這是釀泉。山勢迴環，路也跟著轉彎，有座亭子四角翹起、像鳥兒張開翅膀一樣，靠近釀泉，這就是醉翁亭。建造亭子的是誰？是山裡的和尚智僊。爲亭子取名字的是誰？是太守用自己的別號來稱呼它。太守和客人們到這裡來宴飲，喝一點點酒就醉了，而年紀又最大，所以自稱醉翁。醉翁的心思不在於喝酒，而在於遊山玩水。遊山玩水的快樂，心領神會後，又藉由飲酒抒發。

當早晨太陽出來，樹林裡的霧氣散開；傍晚煙雲聚攏，山石洞穴又變暗，這樣由明變暗、由暗變明的情形，就是山中的早晨和傍晚。野花綻放，散發出清幽的香氣；樹木枝繁葉茂，形成一片濃密的綠蔭；天高氣爽，霜色潔白；山谷溪水淺退，露出河床的石頭，這就是山中一年四季的景象。早上去，傍晚回，四季的風景不同，遊玩的樂趣也無窮無盡。

至於背著東西的人在路上唱著歌，走路的人在樹下休息，前面的人大聲呼喚，後面的人跟著應和，駝著背的老人和被牽著的小孩，來來往往絡繹不絕，這是滁州的人到山裡遊玩。到溪裡捕魚，溪水很深、魚很肥美；用釀泉的水釀酒，泉水甘甜，酒色清洌；野味野菜，紛紛擺在桌前，這是太守在舉行宴會。宴會喝酒的樂趣，不在於悅耳的音樂；投壺的人投中了，下棋的人下贏了，輸的人被罰喝酒，於是酒杯、酒籌交互錯雜，一會兒坐著，一會兒站著，大聲喧鬧，這是太守的賓客在盡情地歡樂啊！蒼老的容顏、雪白的頭髮，醉醺醺地坐在他們中間，是太守喝醉了。

不久，太陽落在西山之後，人影散亂，太守回府而客人們跟著他同行。濃密的樹蔭遮蔽著，樹枝上下的鳥叫聲連成一片，遊人離去了，於是鳥兒盡情地歡唱。然而鳥兒只知道嬉戲於山林間的快樂，卻不知道遊人的快樂；遊人只知道跟從太守遊玩的快樂，卻不知道太守因爲看到他們快樂而感到很快樂。喝醉了能和大家一起快樂，酒醒以後能夠用文章記敘這些快樂情形的，是太守。太守是誰？正是廬陵的歐陽脩。

意旨精鑰

本文透過對優美的自然環境與和樂的社會風氣之描寫，表達了作者「與民同樂」的政治理想，並從側面揭露自己在滁州的政績；同時也反映了他遭貶謫後，縱情山水以排遣愁悶的情懷。

寫作密技

一、剝筍法

寫作時，從外而內逐步逼近，如剝竹筍般一層一層揭露主題的方法，稱爲「剝筍法」。以本文爲例，〈醉翁亭記〉的旨意爲「與民同樂」。歐陽脩首段先從亭的外圍環境寫起，接著依序推入「樂」趣，至最後一段才揭出「與民同樂」的宗旨。

1. **起：**說明醉翁亭的位置，及建亭、命亭的由來。結尾以「醉翁之意不在酒，在乎山水之間也。山水之『樂』，得之心而寓之酒也」，接續下文。
2. **承：**承接上文的「山水之樂」，抒寫山林的四時風光與晨昏美景，變化無窮的景致也使得「『樂』亦無窮也」。
3. **轉：**接著從風景之樂，轉而描寫百姓、賓客的生活閒趣，「宴酣之『樂』，非絲非竹……坐起而喧嘩者，衆賓懽也」。而作者則頹然醉乎其間，畫面一派和諧歡愉。
4. **合：**衆賓歡而太守醉，歡樂時光終將劃上句點。賦歸之際，大夥兒內心洋溢著無限喜悅，而有何喜？有何樂呢？「太守之『樂』其『樂』也。醉能同其『樂』，醒能述以文者，太守也」，巧妙地點出「與民同樂」的主旨，爲文章做完美的收尾。

一、醉翁之意不在酒：本指喝酒時意不在酒，而在寄情於山水中。後也用以比喻別有用心。

原典 太守與客來飲於此，飲少輒醉，而年又最高，故自號曰醉翁也。醉翁之意不在酒，在乎山水之間也。

書證1：醉翁之意不在酒，宛如琴意非絲桐。（元代劉因〈飲仲誠椰瓢〉）

書證2：古人云：「醉翁之意不在酒，在于山水之間。」小弟這個醉翁，所志又不在山水；要借山水為名，好親近佳人的意思。（清代李漁《慎鸞交》）

書證3：仇五科便請眾位寫局票，魏翩仞搶著代筆，自己先寫了一張陸桂芳。……仇五科說：「翩仞是醉翁之意罷哩。」（清代李寶嘉《官場現形記》）

二、水落石出：冬季水位下降，使石頭顯露出來。形容水枯季節的自然景色。後用以比喻事情經過澄清後，眞相大白。

原典 野芳發而幽香，佳木秀而繁陰，風霜高潔，水落而石出者，山間之四時也。

書證1：江流有聲，斷岸千尺。山高月小，水落石出。（宋代蘇軾〈後赤壁賦〉）

書證2：是日也，天高氣清，水落石出，仰觀四山之晻曖，俯聽二洪之怒號，眷焉顧之，有足樂者。（宋代蘇軾〈徐州鹿鳴燕賦詩敘〉）

書證3：收真才於水落石出之後，坐銷浮偽之風；察定理於舟行岸移之時，盡黜讒誣之巧。（宋代陸游〈謝臺諫啟〉）

書證4：因為你家這十三條命，是個大大的疑案，必須查個水落石出。（清代劉鶚《老殘遊記》）

書證5：如今這事八下裡水落石出了，連前兒太太屋裡丟的也有了主兒。（清代曹雪芹《紅樓夢》）

小試身手

（＊為多選題）

1.（　）以「也」字為句尾詞，《論語》、《孟子》及先秦諸子已多見，宋人散文亦好用之，其中使用「也」字形成特殊風格而最為後人所稱頌的文章是：
A.蘇洵〈六國論〉。
B.蘇軾〈留侯論〉。
C.曾鞏〈墨池記〉。
D.歐陽脩〈醉翁亭記〉。

＊2.（　）古代文句常因時空轉變而產生新意。有關下列名句的敘述，正確的選項是：
A.現代常以「醉翁之意不在酒」喻人另有企圖，但歐陽脩〈醉翁亭記〉原謂其所醉者乃在山水之間。
B.現代常以「君子遠庖廚」表示男人不必下廚，但《孟子．梁惠王》上是指君子不忍聞見殺生。
C.現代常以「割雞焉用牛刀」喻人大材小用，但《論語．陽貨》中，孔子原是以此告誡弟子無須從政。
D.現代常以「青出於藍」喻學生的成就高於老師，但《荀子．勸學》原是藉此說明學習有助於能力或層次的提升。
E.現代常以「牛山濯濯」喻人禿頂無髮，但《孟子．告子上》原是以牛山無木係肇因於人為砍伐，比喻人之為惡乃放失良心所致。

＊3.（　）文學作品常見空間移轉的手法，寫景或由遠而近，或由大而小，下列例句符合此作法的選項是：
A.李白〈靜夜思〉：「床前明月光，疑是地上霜，舉頭望明月，低頭思故鄉。」
B.歐陽脩〈醉翁亭記〉：「環滁皆山也。其西南諸峰，林壑尤美。望之蔚然而深秀者，瑯琊也。山行六七里，漸聞水聲潺潺，而瀉出於兩峰之間者，釀泉也。峰回路轉，有亭翼然臨於泉上者，醉翁亭也。」

C. 周邦彥〈蘇幕遮〉：「燎沉香，消溽暑。鳥雀呼晴，侵曉窺簷語。葉上初陽乾宿雨，水面清圓，一一風荷舉。」

D. 陳之藩〈寂寞的畫廊〉：「於是，像一朵雲似的，我飄到密西西比河的曼城，飄到綠色如海的小的大學來。校園的四圍是油綠的大樹，校園的中央是澄明的小池，池旁有一聖母的白色石雕，池裡有個聖母的倒影。」

E. 蘇軾〈永遇樂〉：「明月如霜，好風如水，清景無限。曲港跳魚，圓荷瀉露，寂寞無人見。」

4.（　）下列文句的「而」，何者表示語意轉折，相當於「但是」之意？

A. 簡能「而」任之，擇善而從之。

B. 道之以政，齊之以刑，民免「而」無恥。

C. 女娃游於東海，溺「而」不返，故為精衛。

D. 樹林陰翳，鳴聲上下，遊人去「而」禽鳥樂也。

5.（　）下列文句，何者最能明確闡述「不以物喜，不以己悲」的涵義？

A. 自其變者而觀之，則天地曾不能以一瞬；自其不變者而觀之，則物與我皆無盡也。（蘇軾〈赤壁賦〉）

B. 士生於世，使其中不自得，將何往而非病？使其中坦然，不以物傷性，將何適而非快？（蘇轍〈黃州快哉亭記〉）

C. 禽鳥知山林之樂，而不知人之樂；人知從太守遊而樂，而不知太守之樂其樂也。（歐陽脩〈醉翁亭記〉）

D. 蒼然暮色，自遠而至，至無所見，而猶不欲歸。心凝形釋，與萬化冥合。（柳宗元〈始得西山宴遊記〉）

6.（　）古人寫作極守分際，歐陽脩〈醉翁亭記〉：「若夫日出而林霏開，雲歸而巖穴暝，晦明變化者，山間之朝暮也。＿＿＿＿，＿＿＿＿，＿＿＿＿，＿＿＿＿者，山間之四時也。」鋪排朝暮與四時，

結構細密嚴謹。因此，空格依序應為哪一個選項？甲、風霜高潔。乙、水落而石出。丙、佳木秀而繁陰。丁、野芳發而幽香

A.甲丙丁乙

B.乙丁丙甲

C.丙丁乙甲

D.丁丙甲乙

7.（　）歐陽脩〈醉翁亭記〉文中「而不知太守之樂其樂也。」請問太守所樂的是？

A.與民同樂。

B.山水之樂。

C.宴酣之樂。

D.從遊之樂。

8.（　）〈醉翁亭記〉的寫作手法，下列敘述何者正確？

A.以「醉翁」為主軸，以「樂事」為旁枝。

B.由瑯琊山下筆，由內而外，逐步開展。

C.似散非散，似駢非駢。

D.採用許多「反詰」的修辭技巧。

9.（　）關於〈醉翁亭記〉，下列敘述何者正確？

A.「日出而林霏開，雲歸而巖穴暝」上句寫晴天，下句寫月色。

B.「佳木秀而繁陰」是寫春景。

C.「宴酣之樂，非絲非竹」意謂飲宴的暢快，不靠樂器伴奏。

D.「山肴野蔌，雜然而前陳者」是形容太守酒醉的情況。

10.（　）下列何者是〈醉翁亭記〉中秋天特色？

A. 風霜高潔。

B. 水落而石出。

C. 野芳發而幽香。

D. 佳木秀而繁陰。

解答：1. D　2. ABDE　3. BDE　4. B　5. B　6. D　7. A　8. A　9. C　10. A

旁徵博引

宋代古文運動

宋代的古文運動源於再度流行的駢文。韓愈、柳宗元以後，唐代散文衰落。晚唐李商隱、溫庭筠等人專事雕章琢句，使得六朝風氣再度盛行，宋初文風綺靡，文人多寫歌功頌德、華而不實的駢文，宋真宗時期，西崑派更加重視雕章麗句。這些都使得有志之士希望可以再度重振古文。另一方面，宋代尊王攘夷的思想與哲理風氣的興起，也都成為推動古文運動的原因之一。

宋代的古文運動可分為兩階段。第一階段的鼓吹者有石介、柳開、孫復、穆修、尹洙和王禹偁，主張明道、致用、尊韓、重散體、反西崑體這五大特點。第二階段以歐陽脩為領導者，主張文、道並重，先道後文，歐陽脩除了理論之外，也還有許多優秀的作品。支持者有梅堯臣、蘇舜欽、王安石、蘇洵、蘇軾、蘇轍及曾鞏。

六國論

出處：嘉祐集
難易度☺☺☺☺☺

作者簡介

蘇洵（西元一〇〇九年—西元一〇六六年），字明允，號老泉，四川眉山人，唐宋八大家之一，與子蘇軾和蘇轍合稱「三蘇」。蘇洵晚成名，二十七歲始發憤讀書，文章深受歐陽脩的賞識，士大夫爭誦一時，文名因而大盛。蘇洵的文章風格為以史論政，繼承孟子和韓愈的議論文特色，論點鮮明，但偶有詭辨、迂闊偏頗之氣。蘇洵詩則擅寫五古，質樸蒼勁，並有《嘉佑集》傳世。

古文鑑賞

六國破滅，非兵不利❶，戰不善，弊在賂秦❷。賂秦而力虧❸，破滅之道也。或曰：「六國互喪❹，率賂秦耶❺？」曰：「不賂者以賂者喪，蓋失強援，不能獨完❻。故曰：『弊在賂秦』也！」

秦以攻取之外，小則獲邑，大則得城。較秦之所得，與戰勝而得者，其實百倍；諸侯之所亡，與戰敗而亡者，其實亦百倍。則秦之所大欲，諸侯之所大患，固不在戰矣❼。思厥先祖父❽，暴霜露❾，斬荊棘，以有尺寸之地。子孫視之不甚惜，舉以予人❿，如棄草芥⓫。今日割五城，明日割十城，然後得一夕安寢。起視四境，而秦兵又至矣！然則諸侯之地有限，暴秦之欲無厭⓬，奉之彌繁⓭，侵之愈急。故不戰而強弱勝負已判矣。至於顛覆⓮，理固宜然⓯。古人云：「以地事秦，猶抱薪救火，薪不盡，火不滅。」此言得之。

齊人未嘗賂秦，終繼五國遷滅⓰，何哉？與嬴而不助五國也⓱。五國既喪，齊亦不免矣。

燕、趙之君，始有遠略⑱，能守其土，義不賂秦。是故燕雖小國而後亡，斯用兵之效也。至丹以荊卿為計，始速禍焉⑲。趙嘗五戰於秦，二敗而三勝。後秦擊趙者再，李牧連卻之⑳。洎牧以讒誅㉑，邯鄲為郡，惜其用武而不終也㉒。且燕、趙處秦革滅殆盡之際㉓，可謂智力孤危，戰敗而亡，誠不得已。向使三國各愛其地㉔，齊人勿附於秦，刺客不行㉕，良將猶在，則勝負之數㉖，存亡之理，與秦相較，或未易量。

嗚呼！以賂秦之地，封天下之謀臣；以事秦之心，禮天下之奇才，並力西嚮㉗，則吾恐秦人食之不得下咽也㉘。悲夫！有如此之勢，而為秦人積威之所劫㉙，日削月割，以趨於亡。為國者㉚，無使為積威之所劫哉！

夫六國與秦皆諸侯，其勢弱於秦，而猶有可以不賂而勝之之勢；苟以天下之大，而從六國破亡之故事㉛，是又在六國下矣。

【說文解字】

❶兵：武器。❷弊：過失，缺點。賂：贈人財物，而有所求。❸虧：耗損。❹互喪：相繼滅亡。❺率：皆。❻獨完：獨自保全。完：全。❼固：當然，誠然。❽厥：其，爲指示代名詞。❾暴：顯露，引申爲「冒」。❿舉以予人：全部拿來送給別人。舉，全部。⓫草芥：微賤之物。芥，小草，比喻微賤。⓬厭：通「饜」，滿足。⓭彌：愈，更加。⓮顛覆：傾覆，動亂，亦用以形容政治權勢被推翻。⓯理固宜然：照理來說，本來就應該如此。固，原來，本來。宜，應該。⓰遷滅：滅亡。⓱與：親附，交好。⓲遠略：高遠的謀略。⓳速禍：招來災禍。速，招引。⓴卻：擊退。㉑洎：及，等到。㉒終：貫徹到底。㉓革滅殆盡：消滅將盡。革，去除。㉔向使：假使從前。向，以前。㉕刺客不行：指荊軻刺秦王的計策不要施行。㉖數：命運。下句「存亡之理」的「理」亦指命運。㉗西嚮：向西抗秦。㉘咽：通「嚥」，吞嚥。㉙劫：脅迫。㉚爲國者：治國者，在上位者。爲，治理。㉛故事：從前的事例，此句意謂「重蹈六國滅亡的覆轍」。

白話解讀

六國之所以滅亡，並非因爲武器不夠鋒利，也不是戰術不佳，問題在於六國用土地賄賂秦國。把土地都送給秦國之後，自己的力量便因而耗損，這正是它們滅亡的原因。或許有人會問：「六國相繼滅亡，都是因爲割地賄賂秦國嗎？」我說：「不用土地賄賂的國家是因爲受到賄賂秦國的國家連累而滅亡。因爲失去了強壯的後盾支援，故無法獨力保全自己的國家。所以我才說：『六國敗亡的弊病在於賄賂秦國啊！』」

秦國除了以武力侵佔土地之外，（由於接受六國的賄賂）有時獲得一個小縣，有時則得到一座大城。各國割讓給秦的土地，與秦國以武力奪取的土地相比，實際上多出一百倍；各國因爲賄賂而失去的土地，和因爲戰敗而失去的土地相比，實際上也多出了百倍。可見秦國最大的欲望，諸侯最大的禍患，根本就不是戰爭。試想，六國的祖先們，冒著風霜雨露，披荊斬棘，才得到了一些些的土地。但是後代子孫卻毫不愛惜，全部拿去送給別人，彷彿丟棄卑賤的小草一般。今天割讓五座城池，明天割讓十座城池，然後換得一個晚上的安眠。第二天起床之後，向四方邊境一看，秦國的軍隊又來了！然而諸侯們的土地有限，秦國的欲望卻永遠都不滿足，諸侯送給秦國的土地愈多，秦國對諸侯的侵略也就愈急迫。因此，不必開戰，強弱勝負便已經可以判定了。而六國的覆亡，也就是理所當然的事了。古人說：「用土地去討好秦國，就好比抱著木柴去救火，木柴沒燒完，火是不會滅的。」這句話說得非常有道理。

齊國雖不曾割地賄賂秦國，但終究還是隨著五國滅亡了，這是爲什麼呢？因爲它親附秦國卻不幫助五國。五國滅亡之後，齊國自然無法倖免亡國了。燕、趙兩國的國君，起初都具有深遠的謀略，能堅守自己的領土，秉持正義不去賄賂秦國。因此燕國雖然是個小國，卻是最後一個滅亡，這就是以武力抵抗的功效。直到燕太子丹採用派遣荊軻刺殺秦王的計策，才招致滅亡之禍。趙國曾經和秦對戰五次，二次失敗，三次勝利。後來秦國一再攻擊趙國，都被趙將李牧連連擊退。等到李牧因爲讒言被殺後，秦才滅了趙國，將邯鄲收爲秦的一個郡，可惜趙國雖懂得以武力抗秦，卻不能貫徹始終。況且燕國和趙國處在秦國將六國消滅殆盡的時候，可說是才智兵力孤單危急，最後戰敗滅亡，實在是不得已。假使當時韓、魏、楚三國都能愛惜自己的土地，齊國不要依附秦國，燕國不派荊軻刺殺秦王，趙國良將李牧還活著，那麼勝敗存亡的命運，與秦國相較，或許還無法輕易判定呢！

唉！如果將賄賂秦國的土地，封賞給天下的謀臣；用侍奉秦國的心意，禮遇天下的奇才，同心協力地向西抵抗秦國，那麼我想秦國恐怕會惶恐不安得連飯都吃不下。真是悲哀啊！擁有這樣強大的情勢，卻被秦國積久的威勢所脅迫，不斷削弱自己的力量、割讓自己的土地，而逐步走向滅亡的地步。在上位者，千萬不要使自己被敵人積久的威勢所脅迫啊！

六國與秦國都是諸侯，六國的國勢雖然比秦國弱，卻仍具有不必割地賄賂秦國就能戰勝的情勢；如果一個擁有天下的大國，卻重蹈六國滅亡的覆轍，這就更不如六國了。

意旨精鑰

本文以古鑑今，以戰國時期六國以地賂秦而招致滅亡的事例，諷喻當時北宋對契丹、西夏納幣求和的退懦政策。

寫作密技

一、示現：將實際上不聞不見的事物，說得如見如聞，使讀者感覺身臨其境。

追述示現 將過去的事物，憑藉想像力寫出。

預言示現 把未來的事情說得彷彿發生在眼前一樣。

懸想示現 把想像的事情說得彷彿發生在眼前一樣，與時間的過去或未來無關。

例1：今日割五城，明日割十城，然後得一夕安寢。起視四境，而秦兵又至矣！

Tips. 追述示現。

例2：若非巾柴車，應是釣秋水。（唐代丘為〈尋西山隱者不遇〉）

Tips. 懸想示現。

例3：我曾經有許多紙船，在童年的無三尺浪的簷下水道航行，使我幼時的雨天時光，特別顯得亮麗充實，讓人眷戀。（洪醒夫〈紙船印象〉）

Tips. 追述示現。

例4：桃樹、杏樹、梨樹，你不讓我，我不讓你，都開滿了花趕趟兒。紅的像火，粉的像霞，白的像雪。花裡帶著甜味；閉了眼，樹上彷彿已經滿是桃兒、杏兒、梨兒！（朱自清〈春〉）

Tips. 預言示現。

二、**排除**：不直接點出所欲強調的觀點，而是先以否定的方式，撇清其他會模糊主題的要素，最後才說出真正的論點。

例1：六國破滅，非兵不利，戰不善，弊在賂秦。

Tips. 先排除「兵不利」、「戰不善」，最後才點出六國敗亡的原因為「賂秦」。

成語錦囊

一、**披荊斬棘**：披，割斷。荊棘，泛指野生多芒刺的灌木。比喻克服困難，掃除障礙。

原典 思厥先祖父，暴霜露，斬荊棘，以有尺寸之地。

書證1：文帝之時，其左右朝廷、決天下之大計者，皆與高祖披荊斬棘，共起山澤者也。（清代呂留良〈賈誼論〉）

書證2：我皇神武，遠邁軒、虞，日月照臨，遐荒暨訖。既已披荊斬棘，消魑魅而入版圖，亦且教稼明倫，化蒼黔而躋文物。（清代藍鼎元〈六月丙午大捷攻克鹿耳門收復安平露布〉）

書證3：昔泰伯讓國，尚少披荊斬棘之奇勳；周公滅親，究非離裡屬毛之繼體。（小橫香室主人《清朝野史大觀．清宮遺聞》）

二、**抱薪救火**：抱著木柴救火，比喻處理事情的方法錯誤，既無法達成目的，反而使情勢更爲惡劣。

原典 古人云：「以地事秦，猶抱薪救火，薪不盡，火不滅。」此言得之。

書證1：以地事秦，譬猶抱薪而救火也，薪不盡則火不止。今王之地有盡，而秦之求無窮，是薪火之說也。（《戰國策．魏策三》）

書證2：不治其本而救之於末，無以異於鑿渠而止水，抱薪而救火也。（《文子．精誠》）

書證3：且夫以地事秦，譬猶抱薪救火，薪不盡，火不滅。（《史記．魏世家》）

書證4：不絕之於彼而救之於此，譬猶抱薪救火也。（漢代劉向《說苑．正諫》）

書證5：或謂其勢強盛，宜於講和，欲出金繒以奉之，是抱薪救火，空國與敵矣。（《宋史．李宗勉列傳》）

小試身手（＊為多選題）

＊1.（　）教完柳宗元〈始得西山宴遊記〉、范仲淹〈岳陽樓記〉、歐陽脩〈醉翁亭記〉、蘇洵〈六國論〉、蘇軾〈赤壁賦〉等課之後，老師要求同學掌握課文中詞語的原意練習造句。下列符合要求的選項是：

A.芒果冰滋味甜美、清涼解渴，在炎熱的夏天吃一碗，真是令人「心凝形釋」，暑氣全消。

B.她的音質好，又肯努力練習，因此加入合唱團沒多久就「水落石出」，受到大家的讚賞。

C.中秋夜晚皎潔的月光映照在屏東　大鵬灣的海面上，一片「浮光躍金」的景象，真是美不勝收。

D.老師把自己的薪水捐出來，幫助那些沒有錢繳午餐費的學童，真是具有「抱薪救火」的情操。

E.參加推薦甄試面談或口試的時候，與其「正襟危坐」，緊張嚴肅，不如放鬆。心情，從容自然

2.（　）《孟子》：「秋陽以暴之，皜皜乎不可尚已。」句中「暴」字的字音與字義，與下列那一選項相同？

A.暴虎馮河，死而無悔者，吾不與也。（《論語．述而》）

B.然則諸侯之地有限，暴秦之欲無厭。（蘇洵〈六國論〉）

C.雖有槁暴，不復挺者，輮使之然也。（《荀子．勸學》）

D.羽豈其苗裔邪？何興之暴也。（《史記．項羽本紀》）

3.（　）蘇洵〈六國論〉：「六國破滅，非兵不利，戰不善」，句中「兵」的意義和下列何者相同？

A.「兵」荒馬亂。

B.起視四境，而秦「兵」又至矣。

C.兵刃既接，棄甲曳「兵」而走。

D.故燕雖小國而後亡，斯用「兵」之效也。

4.（　）蘇洵〈六國論〉中，論六國滅亡的主要原因是：

A.賂秦力虧。

B.用武不終。

C.趙國附秦。

D.人才缺乏。

5.（　）**下列「」內的句子，何者屬於倒裝句？**

A.「日削月割」，以趨於亡。

B.「之子于歸」，宜其室家。

C.言利辭倒，「不求其實」。

D.皇天無親，「惟德是輔」。

6.（　）**以下對蘇洵〈六國論〉之敘述，何者錯誤？**

A.齊國率先以武抗秦，而為六國之首。

B.六國滅亡的主因，在於「賄賂」秦國。

C.賄賂秦國的主要方式是割讓土地。

D.文末以古喻今，勸勉北宋主政者。

7.（　）**三蘇父子皆曾撰〈六國論〉。請問，蘇轍的〈六國論〉旨在論述：**

A.六國之亡，在於秦緩兵。

B.秦君善用將相。

C.秦併六國為必然之勢。

D.六國自安之計莫如厚韓親魏以擯秦。

8.（　）**「以地事秦者，猶抱薪救火，薪不盡，火不滅。」意謂：**

A.杯水車薪，於事無補。

B.除惡未盡，死灰復燃。

C.助紂為虐，自亡其身。

D. 欲除其害，反助其勢。

9. （　）蘇洵〈六國論〉：「為國者無使為積威之所劫哉！」句中「劫」字意指：
A. 威逼。
B. 搶劫。
C. 偷取。
D. 虧損。

10. （　）「與嬴而不助五國也」，其中「與嬴」的意思是：
A. 稱許秦王。
B. 親附秦國。
C. 義不賂秦。
D. 交惡秦國。

解答：1. CE　2. C　3. C　4. A　5. D　6. A　7. D　8. B　9. A　10. B

旁徵博引

三蘇

「三蘇」指的是北宋散文家蘇洵（號老泉，字明允），和他的兒子蘇軾（字子瞻，號東坡居士，後人稱為蘇東坡）、蘇轍（字子由，自號潁濱遺老），三人也皆名列唐宋八大家之中（唐宋八大家，即唐代的韓愈、柳宗元，和宋代的歐陽脩、蘇洵、蘇軾、蘇轍、王安石、曾鞏）。宋代嘉祐初年，蘇洵和蘇軾、蘇轍父子三人來到京都，由於歐陽脩的賞識和推譽，他們的文章很快便廣為流傳。士大夫爭相傳誦，一時間學者競相仿效。而「三蘇」並稱始見於宋代王闢之的《澠水燕談錄》，該書〈卷四．才識條〉：「蘇氏文章擅天下，目其文曰『三蘇』，蓋洵為老蘇，軾為大蘇，轍為小蘇也。」

一、蘇洵

蘇洵是唐代蘇味道之子蘇份的第九代孫。父親蘇序，母親史氏，有兩位兄長蘇澹、蘇渙。蘇洵少時不好讀，十九歲時娶妻程氏，程氏知書達禮。而蘇洵於二十七歲時立下決心，發奮讀書，經過十多年的苦讀，終於學業大進。而後，蘇洵帶著蘇軾和蘇轍赴汴京拜訪歐陽脩，文章受到歐陽脩的賞識，認為「雖賈誼、劉向不過也」。士大夫爭誦一時，文名因而大盛。

嘉祐二年，蘇軾和蘇轍應試，同登金榜，轟動京師。但在喜悅之時，卻傳來其妻程氏病故的消息，父子三人聽到之後，心情跌到谷底。嘉祐三年，宋仁宗召蘇洵參加考試，他卻稱病不赴。嘉祐五年，蘇洵經韓琦推薦得任秘書省校書郎，後為霸州文安縣主簿。又被授命與姚辟一起修訂《太常因革禮》一百卷。治平三年，書成後不久，蘇洵便病逝，後追贈為光祿寺丞。

二、蘇軾

蘇軾，字子瞻，一字和仲，號東坡居士。嘉佑二年進士，累官至端明殿學士兼翰林院侍讀學士、禮部尚書，後加賜諡號文忠，複追贈太師。有《東坡先生大全集》及《東坡樂府》詞集傳世，宋代王宗稷收其作品，編有《蘇文忠公全集》。

其散文、詩、詞、賦均有成就，又擅長書法和繪畫，是文學藝術史上的通才，也是公認韻文、散文造詣皆十分傑出的大家。蘇軾的散文與唐代古文運動發起者韓愈並稱為「韓潮蘇海」，也與歐陽脩並稱「歐蘇」。蘇軾的詩作與黃庭堅並稱「蘇黃」，又與陸游並稱「蘇陸」。蘇軾的詞作與辛棄疾並稱「蘇辛」，

「以詩入詞」，首開詞壇「豪放」一派，掃除晚唐、五代以來綺靡的西崑體餘風。蘇軾的賦亦頗有名氣，最知名的為貶謫期間，借題發揮寫的前後《赤壁賦》。蘇軾的書法名列「蘇、黃、米、蔡」北宋四大書法家之首。蘇軾的畫則開創了湖州畫派。

三、蘇轍

嘉祐二年，年方十九歲的蘇轍與兄蘇軾同登進士，轟動京師，不久母喪，返鄉服孝。嘉佑六年兄弟兩人又同舉制科，他在朝廷中極言朝政得失，因此有人不滿，「以為不遜，力請黜之」。但司馬光力舉，且仁宗以「以直言召人，而以直言棄之，天下將謂我何」為出，不予理會那些讒言。治平二年出任大名府推官，次年蘇洵病逝，與兄蘇軾扶喪還蜀。

崇寧三年，隱居於許州穎水之濱，自號穎濱遺老，讀書學禪度日。大觀二年，恢復朝議大夫，遷中大夫。政和二年，轉大中大夫致仕，同年十月卒。

訓儉示康

作者簡介

司馬光（西元一〇一九年—一〇八六年），字君實，世稱涑水先生，北宋陝州人，歷任館閣校勘、同知禮院、天章閣待制兼侍講、知諫院、御史中丞、翰林院學士兼侍讀等職。司馬光政治思想守舊，大力反對王安石變法；宋神宗死後，他被召入京，主持國政，廢除了王安石的新政。死後追贈太師，封溫國公，謚文正。

出處：傳家集
難易度☺☺☺☺☺

古文鑑賞

吾本寒家❶，世以清白相承❷。吾性不喜華靡❸，自為乳兒，長者加以金銀華美之服，輒羞赧棄去之❹。二十忝科名❺，聞喜宴獨不戴花❻。同年曰❼：「君賜不可違也。」乃簪一花❽。平生衣取蔽寒，食取充腹，亦不敢服垢弊以矯俗干名❾，但順吾性而已。

眾人皆以奢靡為榮，吾心獨以儉素為美。人皆嗤吾固陋❿，吾不以為病⓫。應之曰：「孔子稱：『與其不遜也寧固⓬。』又曰：『以約失之者鮮矣⓭。』又曰：『士志於道，而恥惡衣惡食者⓮，未足與議也⓯。』古人以儉為美德，今人乃以儉相詬病⓰。嘻，異哉！

近歲風俗尤為侈靡，走卒類士服⓱，農夫躡絲履⓲。吾記天聖中，先公為群牧判官，客至未嘗不置酒，或三行⓳、五行，多不過七行。酒酤於市⓴，果止於梨㉑、栗、棗、柿之類；肴止於脯醢㉒、菜羹，器用瓷漆。當時士大夫家皆然，人不相非也㉓。會數而禮勤㉔，物薄而情厚。近日士大夫家，酒非內法㉕，果、肴非遠方珍異，食非多品㉖，器皿非滿案，不敢會賓友；常數月營聚㉗，然後敢發書㉘。苟或不然，人爭非之，以為鄙吝。故不隨俗靡者蓋鮮矣。嗟乎！風俗頹敝如是，居位者雖不能禁，忍助之乎？

又聞李文靖公為相，治居第於封丘門內㉙，廳事前僅容旋馬㉚，或言其太隘。公笑曰：「居第當傳子孫，此為宰相廳事誠隘，為太祝奉禮廳事已寬矣。」參政魯公為諫官，真宗遣使急召之，得於酒家。既入，問其所來，以實對。上曰：「卿為清望官㉛，奈何飲於酒肆？」對曰：「臣家貧，客至無器皿、肴、果，故就酒家觴之㉜。」上以無隱，益重之。張文節為相，自奉養如為河陽掌書記時㉝，所親或規之曰㉞：「公今受俸不少，而自奉若此。公雖自信清約，外人頗有公孫布被之譏㉟。公宜少從眾㊱。」公嘆曰：「吾今日之俸，雖舉家錦衣玉食，何患不能？顧人之常情㊲，由儉入奢易，由奢入儉難。吾今日之俸豈能常有？身豈能常存？一旦異於今日，家人習奢已久，不能頓儉，必致失所㊳。豈若吾居位去位㊴、身存身亡，常如一日乎？」嗚呼！大賢之深謀遠慮，豈庸人所及哉㊵！

御孫曰：「儉，德之共也；侈，惡之大也。」共，同也；言有德者皆由儉來也。夫儉則寡欲：君子寡欲，則不役於物㊶，可以直道而行；小人寡欲，則能謹身節用，遠罪豐家㊷。故曰：「儉，德之共也。」侈則多欲：君子多欲，則貪慕富貴，枉道速禍㊸；小人多欲，則多求妄用，敗家喪身。是以居官必賄，居鄉必盜。故曰：「侈，惡之大也。」

昔正考父饘粥以餬口㊹；孟僖子知其後必有達人。季文子相三君，妾不衣帛，馬不食粟，君子以為忠。管仲鏤簋朱紘㊺、山楶藻梲㊻，孔子鄙其小器㊼。公叔文子享衛靈公㊽，史鰌知其及禍㊾；及戍，果以富得罪出亡。何曾日食萬錢，至孫以驕溢傾家㊿。石崇以奢靡誇人，卒以此死東市(51)。近世寇萊公豪侈冠一時，然以功業大，人莫之非，子孫習其家風，今多窮困。

其餘以儉立名，以侈自敗者多矣，不可遍數，聊舉數人以訓汝52。汝非徒身當服行53，當以訓汝子孫，使知前輩之風俗云。

【說文解字】

❶寒家：貧儉之家，此爲謙詞。❷清白：操行純潔無瑕。❸靡：麗，侈。❹赧：因慚愧而面紅耳赤。❺忝：自謙之詞，辱。❻聞喜宴：宋代賜宴新科進士及諸科及第者於瓊林苑，叫做「聞喜宴」；凡赴宴者，皆賜花簪於帽上。❼同年：同榜登科的人。❽簪：插，戴。❾服垢弊：穿著污穢破爛的衣裳。矯俗干名：故意違背世俗，以求取美名。矯，違背。❿嗤：譏笑。固陋：簡陋寒酸。固，鄙陋。⓫病：缺點。⓬不遜：不謙恭。意謂因爲過於奢華鋪張而失禮、不謙恭。⓭約：規約，節制。⓮惡：粗劣。⓯與議：和他議論正道。⓰詬病：羞辱。詬，罵。病，非難譏諷。⓱走卒：供人差遣役使的僕隸。⓲躡：穿著。⓳行：宴會時，主人敬酒一巡爲一行。⓴酤：買酒、賣酒。㉑止：僅，只。㉒脯：乾肉。醢：肉醬。㉓相非：互相批評。非，反對，詆毀。㉔數：多次，屢次。禮勤：禮數周到。㉕內法：宮廷、官家釀酒之法。此指官酒。㉖多品：種類眾多，色樣繁複。品，類。㉗營聚：張羅蒐集。㉘書：請柬。㉙治居第：整建住宅。㉚僅容旋馬：僅能讓馬身掉轉。後用以比喻官吏清廉，不慕虛榮。㉛清望官：聲望清高的官吏。諫官職責爲主持正義、拒奸斥邪，故稱「清望官」。㉜觴：進酒招待客人。觴，酒器，此處作動詞。㉝自奉養：自己平日的需求供養。㉞規：勸告。㉟公孫布被之譏：漢丞相公孫弘俸祿優渥，但生活極儉，用布被，因而被汲黯批評其乃沽名釣譽、假裝清高。㊱少：稍微。㊲顧：但是。㊳失所：無處安身。㊴居位、去位：做官、不做官。㊵庸人：普通人，凡人。㊶役於物：受外物所支配。役：役使。㊷遠罪豐家：遠離罪罰而豐厚其家。遠，遠離，作動詞。㊸枉道速禍：枉曲正道而招致災禍。枉，歪曲。速：招致。㊹饘粥餬口：吃粥度日，言其儉約。饘，稠粥。餬口，勉強維持生活。㊺鏤：雕刻花紋。簋：古代祭祀宴饗時盛黍稷的器具。紘：帷幕、帳幔之類的東西。㊻山楶：在楶上繪製山形圖案。楶，通「節」，柱頭斗拱，方似斗形，上承屋棟。藻梲：在梲上繪水藻花紋。梲，梁上短柱。㊼小器：器量狹小。㊽享：通「饗」，以酒食宴請賓客。㊾及禍：災禍來臨。及，至。㊿驕溢：驕縱過度。51卒：最後。東市：漢時處決犯人都在東市，後世遂用以代稱刑場。52聊：姑且。53非徒：不僅。服行：實踐。

白話解讀

我本來是貧窮清寒的人家，世世代代都以清白的家風相傳。我生性不喜歡華麗奢靡，從小，長輩若要爲我戴上金銀手飾與華美的服裝，我就會害羞臉紅地馬上脫掉。二十歲那年僥倖考中進士，聞喜宴上只有我沒簪花。同榜登科的人說：「花是皇上的恩賜，不可不戴。」於是只好勉強插上一朵。我平常穿衣服只求能抵禦風寒，食物只求能夠填飽肚子，但是也不敢刻意穿著汙穢破爛的衣服，故意違背習俗來博取節儉的名聲，只是順著我的個性罷了。

一般人都以奢侈華靡感到光彩，我心裡卻認爲節儉樸素才是美德。人人都笑我頑固鄙陋，我卻不認爲自己有毛病。我回答他們：「孔子說：『與其放縱越禮，不如固陋。』又說：『因爲儉約節制而犯過錯（的人）是很少的。』還說：『讀書人一心遵守聖賢的道理，卻認爲穿著粗劣的衣服、吃粗茶淡飯是可恥的，這種人就不值得和他談論聖賢之道了。』」古人認爲節儉是一種美德，現在的人卻將節儉當成是一種笑話來互相詆毀。唉！眞是奇怪啊！

近年社會風氣更加奢侈靡爛，僕役穿著像士人那樣高級的衣服，農夫也穿上了綢緞做的鞋子。我記得天聖年間，先父擔任群牧判官時，若有客人來訪，通常都會備酒招待，有時爲客人倒三次酒，有時五次，最多不超過七次。酒是從市集上買來，果品只有梨、栗、棗、柿一類的東西；菜肴也只有肉乾、肉醬、羹湯，盛裝的器皿則是用瓷器和漆器。那個時候，一般做官的人家都是這樣，人們也不會互相指責。常常聚會且禮數甚爲周到，食物雖然簡單但情誼卻很深厚。而今做官的人家，如果不是官方釀造的上等美酒、果品菜餚不是來自遠方的奇珍異味，菜色樣式不夠多元，器皿不夠擺滿桌子，就不敢招待客人；因此常常要經過好幾個月的籌備，然後才敢發出請帖。如果不這樣，人們就會爭相批評他，指責他太吝嗇。所以，能不跟隨時俗風氣的人大概很少了。唉！風俗敗壞到如此地步，在上位者即使不能禁止，難道還忍心助長它嗎？

我又聽說從前李文靖公做宰相時，在封丘門內建造私人住宅，大廳前面小到只能容納一匹馬轉身，有人說它太狹小。文靖公卻笑著說：「住宅是傳給子孫的，這屋子作為宰相的廳堂確實是有些狹窄，但當作太祝奉禮的廳堂，已經夠寬敞了。」參知政事魯公擔任諫官時，有一回真宗緊急派人召見他，使臣卻在一間酒館裡找到他。進宮以後，皇上問他從什麼地方來，他照實回答。皇上說：「你身為眾人敬仰的諫官，為何卻在普通的酒館裡喝酒呢？」他回答：「臣家裡窮，客人來了，沒有器皿、菜肴和果品可以招待，所以只好到酒店裡請客。」皇上因為他坦白無欺，更加器重他。張文節擔任宰相時，生活仍跟在河陽當書記官的時候一樣，親友有人勸他：「你現在的俸祿也不算少，卻過得這麼清苦。你自認為這樣做是清廉儉約，可是外面有些人卻譏笑你是沽名釣譽，就跟漢朝宰相公孫弘蓋粗布被一樣。你應該稍微順著大眾的風氣。」文節公嘆息道：「憑我今天的俸祿，要讓全家人穿錦繡華服、吃山珍海味，怎麼會辦不到呢？只是人的常情，從節儉到奢侈很容易，從奢侈恢復到節儉卻很困難。我現在的俸祿哪能永久呢？我的生命又怎能夠長存呢？一旦有了變化，家人奢侈慣了，無法馬上回歸節儉，勢必造成混亂，落得無處安身的困境。倒不如像我現在這樣，不論做官或沒做官，活著也好死了也罷，家人們仍能照常過日子，一點兒也不受影響，這樣不是很好嗎？」唉！這些大賢人行事深謀遠慮，豈是一般人能比得上的呢？

御孫說：「節儉，是一切德行的共同根本；奢侈，則是所有罪惡中最大的原因。」共，就是同的意思；意即凡有良好德行的人都是從節儉做起。能節儉，就能減少欲望：有地位的人欲望少，就不會被外在的物質所支配，可以依循正直的大道行事；一般人的欲望小，就能謹慎處事、節省開銷，遠離一切罪惡，而家庭也能因此康泰富裕了。所以說：「節儉，是一切德行的共同根本。」奢侈，欲望就大：在上位的人欲望大，就會貪戀富貴、違背正道，招來災禍；一般人欲望大，就會貪得無厭、揮霍無度，最後弄到家敗身亡的下場。因此，這種人做官一定會貪財收賄，身為普通百姓時則會做盜賊小偷。所以說：「奢侈，是一切罪惡的最大禍首。」

從前正考父身爲宋國上卿，但每天仍吃稀飯過日子；春秋時魯國大夫孟僖子早已預料到他的子孫將來一定是個有賢達的人。季文子做過魯宣公、成公、襄公三朝的宰相，但是他的妻妾從不穿綾羅綢緞，馬不吃米粟，君子都認爲他是盡忠正直的人。管仲擔任齊桓公宰相後，用雕花器皿，佩戴紅色帽帶，住雕樑畫棟的房子，孔子因而輕視他，說他是一個器量狹小的人。公叔文子宴請衛靈公，史緧就知道他將大禍臨頭；果然到了他兒子戍的時候，因爲豪驕奢侈而獲罪，不得已只好流亡國外。晉時何曾每日要花一萬貫錢的伙食生活費，傳到孫子那一代時，因奢靡過度而傾家蕩產。晉朝的石崇常以鋪張奢華的生活行事向人誇耀自己的財富，最後因此被趙王倫誣陷，死於刑場。近世的寇萊公是當代最富有奢華的人，但由於他的功勳偉業非常巨大，大家都不敢說他的壞話，而他的子孫過慣了奢華的生活，現在大多變得很窮困了。

其他因爲節儉而建立美名，因爲奢侈而招致失敗的例子太多了，我無法一一列舉出來，姑且舉幾個人爲例來告誡你。你不但要身體力行，更要以此訓誡你的後代子孫，讓他們知道祖先們的風俗習慣是崇尚儉約。

意旨精鑰

宋代官俸優渥，加上四海昇平日久，士大夫因而奢靡成性。司馬光唯恐子孫同染時風，遂引聖賢之言、列舉古今事例，闡明「儉以立德，奢則致敗」的道理，以此訓誡。

寫作密技

一、雙軌對照法

撰寫論說文時，爲了擴展文章的可讀性與價值，大多數人都不會僅針對題目所設的範疇，而是會推而廣之，將正反立場都列入文中論述，例如：「論開放」，除了闡述開放的好處與優點，亦會剖析封閉的弊病，藉由反面的例證凸顯主題，加重說服力。

這樣正反並論的寫作方式稱爲「雙軌對照法」，本文即是一篇佳例。題旨談「節儉」，作者卻將「奢侈」也一併納入評述，兩相對照之下，「節儉」的優勢便卓然而立了。而「映襯」修辭對於這類的寫作手法具有畫龍點睛的效果，是不可或缺的基本技巧。

二、映襯：

將兩種相反的觀念或事例對列，讓所欲強調的觀點經比較後更加突出。

例1：君子寡欲，則不役於物，可以直道而行；……君子多欲，則貪慕富貴，枉道速禍。

三、類疊：

接二連三地反覆使用相同的一個字詞或語句的修辭技巧。可以增加文章的節奏感，凸顯文章的重點，避免單調、枯燥、固定的缺點。

疊字　同一字詞連接的使用，又名「重言」。

疊句　同一語句連續的出現，又名「連接反覆」。

類字　同一字詞隔離的使用。

類句　同一語句隔離的出現，或稱「隔離反覆」。

例1：酒非內法，果、肴非遠方珍異，食非多品，器皿非滿案，不敢會賓友。

Tips. 類字。

成語錦囊

一、深謀遠慮：計畫周密而慮事深遠。

原典 嗚呼！大賢之深謀遠慮，豈庸人所及哉！

書證1：深謀遠慮，行軍用兵之道，非及鄉時之士也。（漢代賈誼〈過秦論上〉）

書證2：當此時也，世非無深謀遠慮知化之士也，然所以不敢盡忠拂過者，秦俗多忌韓之禁也，忠言未卒於口，而身糜沒矣。（漢代賈誼〈過秦論下〉）

書證3：深謀遠慮，即良、平無以加也；行軍用兵，則韓、彭不能尚焉。（唐代楊炯〈原州百泉縣令李君神道碑〉）

書證4：論曰：「……方夷簡在下僚，諸父蒙正以宰相才期之。及其為相，深謀遠慮，有古大臣之度焉。」（《宋史．晏殊列傳》）

書證5：大王深謀遠慮，說得有理。（《西遊記》）

書證6：我等俱係女流，況奴婢不過一侍婢耳，有甚深謀遠慮。依奴婢之意，不若召一外臣，計議方妥。（明代陸西星《封神演義》）

小試身手！

1.（　）人類的道德，有的來自於社會的規範，有的來自於人類的「同理心」，如「己所不欲，勿施於人」，此一道德修養即為同理心的表現。下列所述，屬於人之同理心的選項是：
A.居廟堂之高，則憂其民；處江湖之遠，則憂其君。
B.季文子相三君，妾不衣帛，馬不食粟，君子以為忠。
C.禹思天下有溺者，由己溺之也；稷思天下有飢者，由己飢之也。
D.子貢曰：「紂之不善，不如是之甚也。是以君子惡居下流，天下之惡皆歸焉。」

2.（　）下列文句中的「數」字，表示「屢次」之意的是：
A.遂命酒，使快彈「數」曲。
B.甫下「數」子，客已得先手。
C.以侈自敗者多矣，不可遍「數」。
D.予觀弈於友人所，一客「數」敗。

3.（　）下列各「然」字的意義，何者與其他選項不同？
A.憂讒畏譏，滿目蕭「然」。（范仲淹〈岳陽樓記〉）
B.當時士大夫家皆「然」，人不相非也。（司馬光〈訓儉示康〉）
C.峰回路轉，有亭翼「然」。（歐陽脩〈醉翁亭記〉）
D.念天地之悠悠，獨愴「然」而涕下。（陳子昂〈登幽州臺歌〉）

4.（　）司馬光〈訓儉示康〉：「外人頗有公孫布被之譏。」外人所譏諷的是下列哪一個選項？
A.鄙吝寒傖　B.不修邊幅　C.矯俗干名　D.節儉樸素

5.（　）下列文句「　」內的詞，何者未將原屬詞類轉換為其他詞類使用？
A.「蠶」食諸侯　B.乃「簪」一花　C.卻賓客以「業」諸侯　D.佩紫懷「黃」

6.（　）下列選項，何者沒有使用借代的修辭法？
A.黃髮垂髫，並怡然自得。
B.沙鷗翔集，錦鱗游泳。
C.妾不衣帛，馬不食粟。
D.但願人長久，千里共嬋娟。

7.（　）「今人乃以儉相□病，嘻，異哉！」缺空的字是？
A.垢　B.搆　C.媾　D.詬

8.（　）「二十忝科名，聞喜宴獨不戴花。同年曰：『君賜不可違也。』」句中的「同年」是指？
A.年齡相同者　B.在朝作官的同僚　C.同宗族的人　D.同榜登科的人

9.（　）「君子寡欲，則不役於物，可以直道而行」意謂？
A.無欲則剛。
B.故舊不遺。
C.周而不比。
D.有恥且格。

10.（　）〈訓儉示康〉：「平生衣取蔽寒，食取充腹。」因司馬光？
A.出身寒門，家徒四壁。
B.謹身節用，遠罪豐家。
C.儉素為美，以順其性。
D.饘粥餬口，矯俗干名。

解答：1.C　2.D　3.B　4.C　5.D　6.C　7.D　8.D　9.A　10.C

傷仲永

出處：臨川先生文集

難易度☺☺☺☺☺

作者簡介

王安石（西元一〇二一年—一〇八六年），字介甫，號半山，諡號文，封荊國公。北宋江西臨川縣城鹽埠嶺人，為北宋政治家、思想家、文學家，以及唐宋八大家之一。其擅長文、詩、詞，詩作〈泊船瓜洲〉：「春風又綠江南岸，明月何時照我還。」流傳千古。著有《王臨川集》、《臨川集拾遺》等傳世。

古文鑑賞

金谿（ㄒㄧ）民方仲永，世隸耕❶。仲永生五年❷，未嘗識書具❸，忽啼求之。父異焉❹，借旁近與之❺，即書詩四句，並自為其名。其詩以養（ㄧㄤˋ）父母、收族為意❻，傳一鄉秀才觀之。自是指物作詩立就❼，其文理皆有可觀者。邑（ㄧˋ）人奇之❽，稍稍賓客其父❾，或以錢幣乞之❿。父利其然也，日扳仲永環謁（ㄧㄝˋ）於邑人⓫，不使學。

予聞之也久。明道中，從先人還家⓬，於舅家見之，十二三矣。令作詩，不能稱（ㄔㄥˋ）前時之聞⓭。又七年，還自揚州，復到舅家，問焉。曰：「泯（ㄇㄧㄣˇ）然眾人矣⓮。」

王子曰⓯：「仲永之通悟，受之天也。其受之天也，賢於材人遠矣⓰；卒之為眾人，則其受於人者不至也⓱。彼其受之天也，如此其賢也；不受之人，且為眾人。今夫不受之天，固眾人；又不受之人，得為眾人而已邪？」

【說文解字】

❶世隸耕：世代以耕田爲業。隸，屬於。❷生：活存。❸書具：紙、筆、墨、硯等文具。❹異：奇怪。❺旁近：鄰居。❻收：聚斂，縮合。此處意謂團結，凝聚。❼就：完成。❽邑人：同鄉的人。邑，京都，城市。❾稍稍：漸漸。賓客其父：宴請仲永父親。賓客，動詞，將……當成客人招待。❿以錢幣乞之：出錢請求仲永寫詩。乞，求取。⓫扳：拉，引。謁：拜見，拜訪。⓬先人：常指過世的父親。還：返回。⓭稱：相稱。⓮泯：消除，消滅。⓯王子：王安石自稱。⓰材人：有才能的人。⓱受於人者不至：後天受到的教育不夠完善。

白話解讀

金谿的居民方仲永，世代皆是以耕田爲業。仲永長到五歲，從來沒見過紙、筆、墨、硯等文具，有一天忽然哭著說要文具。仲永的父親感到非常驚訝，便向鄰居借文具給仲永，仲永立即寫下四句詩，並在詩稿上簽下自己的名字。詩的內容以奉養父母、團結族人爲主，他們請鄉中的秀才來看仲永的詩。之後每當有人指定一個東西要仲永作詩，仲永都能立即寫出詩句，而且詩中的道理都是很有深度、値得一看的。村民對仲永的才氣感到相當驚豔，漸漸地常會宴請仲永的父親，或拿錢給他，央求仲永作詩。仲永父親因爲仲永能文而得到這樣的利益，便天天帶著仲永到處拜見村人，不讓他繼續學習。

我（王安石）聽說這件事已經很久了。明道二年，我跟隨父親回家，在舅舅家見到仲永，已經十二、三歲了。請他作詩，已不符合從前天才的名聲。又過了七年，我從揚州返家，再度拜訪舅舅家，問起這件事，舅舅說：「他的天賦已消失，如今平凡得跟普通人沒什麼兩樣。」

王子（王安石）說：「仲永的天才，是上天賦予的。如果他接受後天的教育，那麼他的才能將會超越一般有才華的人；最後他變成一個平凡人，是因爲他沒有受到良好的後天教育所導致的。他的天賦如此優異，沒有接受後天教育，尚且淪爲平凡人。如今那些沒有天賦的人，本來就是平凡的人；又不接受教育，其才能資質可能只是普通人而已嗎？」

意旨精鑰

本篇文章藉由方仲永的故事，闡述後天學習的重要性。一個人的資質再高，若沒有繼續精進學習，終究也只是個庸俗之人而已。

寫作密技

一、**映襯：**將兩種相反的觀念或事例對列，讓所欲強調的觀點經比較後更加突出。

例1：指物作詩立就……令作詩，不能稱前時之聞。

例2：蟬翼為重，千鈞為輕；黃鐘毀棄，瓦釜雷鳴；讒人高張，賢士無多。（先秦屈原〈卜居〉）

二、**層遞：**凡兩個以上的事物，其中有大小、輕重等比例，行文時依次序層層推進，即爲之。

例1：彼其受之天也，如此其賢也；不受之人，且為眾人。今夫不受之天，固眾人；又不受之人，得為眾人而已邪？

例2：能盡其性，則能盡人之性；能盡人之性，則能盡物之性；能盡物之性，則可以贊天地之化育；可以贊天地之化育，則可以與天地參矣。（《中庸》）

例3：一而十，十而百，百而千，千而萬。（《三字經》）

小試身手

（題組1-3）

仲永之通悟，受之天也。其受之天也，賢於材人遠矣；卒之為眾人，則其受於人者不至也。彼其受之天也，如此其賢也，不受之人，且為眾人。今夫不受之天，固眾人；又不受之人，得為眾人而已邪？（宋代王安石〈傷仲永〉）

1.（　）文中「仲永之通悟，受之天也。其受之天也，賢於材人遠矣」，是指：
A. 仲永天生聰明，勝過一般有才能的人。
B. 仲永的智力受到先天的限制，無法與有才能的人相比。
C. 仲永自認為天生聰明，超越一般人。
D. 仲永受到先天的啟迪，比一般人懂得通靈。

2.（　）文中所說的「受之人」，是指：
A. 被人限制　B. 被人教導　C. 傳授他人　D. 援助他人

3.（　）本文以仲永的例子說明：
A. 人不可恃才傲物　B. 教育的重要　C. 要重視選賢與能　D. 社會福利的重要

4.（　）請選出下列標點斷句正確的句子。
A. 今夫不受之天固，眾人又不受之人，得為眾人而已邪？（宋代王安石〈傷仲永〉）
B. 彼其受之天也，如此其賢也；不受之人，且為眾人。（宋代王安石〈傷仲永〉）
C. 今之眾人，其下聖人，也亦遠矣，而恥學於師。（宋代韓愈〈師說〉）

D.余聞光、黃間多異，人往往佯狂垢汙不可，得而見方山子，儻見之歟？（宋代蘇軾〈方山子傳〉）

5.（　）**在王安石的傷仲永中，仲永不能有成就的主要原因為何？**
A世隸耕　B生五年，未嘗識書具　C受於人者不至　D不受於天

6.（　）**「今夫不受之天，固眾人；又不受之人，得為眾人而已耶？」（宋代王安石〈傷仲永〉）有關此段文句的說明，下列何者正確？**
A.「不受之天」是說缺乏上天的垂憐。
B.「受之人」是指得到他人的恩惠。
C.「得為眾人而已耶？」言下之意是說會淪為和一般人一樣平庸。
D.全句以反問語氣結尾，產生刺激讀者思考的效果。

7.（　）**下列選項「」中的字，何者形音義皆正確？**
A.「抿」然眾人矣：ㄇㄧㄣˇ，消除。
B.憒於憂，而性「懦」愚：ㄖㄨㄛˋ，怯弱。
C.擊空明兮「泝」流光：ㄙㄨˋ，逆水而上。
D.先「妣」撫之甚厚：ㄆㄧˇ，已故的父親。

8.（　）**下列「」內的字，何者意義兩兩相同？**
A.令作詩，不能「稱」前時之聞／狀貌乃如婦人女子，不「稱」其志氣
B.吾負之，未嘗「見」也／生孩六月，慈父「見」背
C.教吾子與汝子，「幸」其成／「幸」其為發，以為無虞而不知畏
D.以亂「易」整，不武／孝公用商鞅之法，移風「易」俗

解答：1.A　2.B　3.B　4.B　5.C　6.D　7.C　8.A

旁徵博引

學習相關的成語典故

一、牛角掛書

《新唐書．李密傳》：「聞包愷在緱山，往從之。以蒲韉乘牛，掛《漢書》一帙角上，行且讀。」

隋末將領李密，少年時曾邊騎著牛，邊在牛角上掛了一卷《漢書》，一邊走一邊讀書。越國公楊素在路上看見這個場景，便跟在他身後，趁機問他：「你哪裡來的書生啊，怎麼這麼勤奮呢？」李密知曉越國公楊素，便馬上從牛背上跳下，參拜他。楊素問李密在讀什麼，他回答：「《項羽傳》。」楊素和他交談後，覺得很驚訝有這般奇才。回家後，楊素對兒子楊玄感說：「我看李密的見識風度，不是你們等閒之輩所有的啊！」楊玄感從那時起，便想要結交李密。隋煬帝九年，楊玄感在黎陽起兵，便派人入函谷關迎接李密。

二、鑿壁偷光

《西京雜記》：「匡衡字稚圭，勤學而無燭，鄰舍有燭而不逮。衡乃穿壁引其光，以書映光而讀之。」

西漢經學家匡衡，幼年時勤奮好學，但家中貧窮，沒有蠟燭。隔壁鄰家有蠟燭，於是，匡衡便在牆壁上鑿了一個洞，引鄰家的光亮讀書。縣裡有個大戶人家不識字，但家中富有，有很多藏書。匡衡便到他家去工作，而且跟主人說好不要報酬。主人感到很奇怪，問他為什麼呢？匡衡說：「我不要報酬，但我想要讀遍主人家的書。」富人聽了之後，深為感嘆，便無條件借給匡衡家中的所有藏書。

遊褒禪山記

古文鑑賞

作者：王安石
出處：臨川先生文集
難易度☺☺☺☺☺

褒禪山，亦謂之華山。唐浮圖慧褒始舍於其址❶，而卒葬之；以故其後名之曰「褒禪」。今所謂慧空禪院者，褒之廬冢（ㄓㄨㄥˇ）也❷。距其院東五里，所謂華陽洞者，以其在華山之陽名之也。距洞百餘步，有碑仆道❸，其文漫滅❹，獨其為文猶可識，曰「花山」。今言「華」如「華實」之「華」者，蓋音謬（ㄇㄧㄡˋ）也。

其下平曠，有泉側出，而記遊者甚眾，所謂「前洞」也。由山以上五、六里，有穴窈然❺，入之甚寒，問其深，則其好遊者不能窮也，謂之「後洞」。余與四人擁火以入，入之愈深，其進愈難，而其見愈奇。有怠而欲出者，曰：「不出，火且盡。」遂與之俱出。蓋余所至，比好遊者尚不能十一❻，然視其左右，來而記之者已少；蓋其又深，則其至又加少矣。方是時，余之力尚足以入，火尚足以明也。既其出，則或咎（ㄐㄧㄡˋ）其欲出者❼，而余亦悔其隨之，而不得極夫遊之樂也。

於是余有嘆焉。古之人觀於天地、山川、草木、蟲魚、鳥獸，往往有得，以其求思之深而無不在也❽。夫夷以近❾，則遊者眾；險以遠，則至者少。而世之奇偉瑰怪非常之觀，常在於險遠，而人之所罕至焉，故非有志者，不能至也。有志矣，不隨以止也，然力不足者，亦不能至也。有志與力而又不隨以怠，至於幽暗昏惑，而無物以相（ㄒㄧㄤˋ）之❿，亦不能至也。然力足以至焉，於人為可譏，而在己為有悔；盡吾志也而不能至者，可以無悔矣，其孰能譏之乎？此余之所得也。

余於仆碑，又以悲夫古書之不存，後世之謬其傳而莫能名者⑪，何可勝道也哉⑫！此所以學者不可以不深思而慎取之也。

四人者，廬陵蕭君圭君玉，長樂王回深父，余弟安國平父，安上純父。

【說文解字】

①舍：房屋，此處作動詞，意思是築屋定居。②廬冢：廬舍和墳墓。③仆：倒。④漫滅：磨滅，模糊不清。⑤窈然：幽暗深遠。⑥十一：十分之一。⑦咎：責怪。⑧無不在：無所不在，有廣泛、周密之意。⑨夷：平坦。⑩相：幫助。⑪名：說明。⑫勝：盡，完。

白話解讀

褒禪山又稱華山。唐朝的和尚慧褒開始在這個地方建房舍定居，死後又葬在這裡；因此後來便將此地叫做「褒禪」。現在人們稱爲慧空禪院的，是褒禪的禪房和墳墓。距離這間禪院東邊五里，人們稱爲華陽洞的，是因爲它在華山的南面而得名。離洞一百多步遠，有一塊石碑倒在路上，上面刻的文章已經模糊不清，不過還可以辨認出上頭殘存的字，叫做「花山」。現在把「華」讀成「華實」的「華」，是讀錯了。

山下平整開闊，有股泉水從旁邊湧出來，前來遊覽並題字留念的人很多，此處即爲人們所說的「前洞」。往山上走五、六里，有一個深遠幽暗的洞，走進去十分寒冷，詢問這個洞有多深，即便是那些喜歡遊玩的人也從未走到盡頭，人們叫它「後洞」。我和四個人帶著火把進去，愈往裡頭，路就愈難走，所見到的景物也愈加奇妙。有人走累了想出去，就說：「還不出去，火把快熄滅了。」於是大家就和他一起出來了。我所到的地方，比起愛好遊玩之人到達的，大概還不到十分之一，但是看山洞兩側，到達那裡並題字留念的人已經很少了；也許再深一些的地方，到達的人就更少了。在這個時候，我的體力還足以向前，火把也還足夠照明。出來以後，就有人責怪那個嚷著要出來的人，我也後悔跟著出來了，以至於未能盡情享受遊覽的樂趣。

於是我產生了一些感慨。古人觀察天地、山川、草木、鳥獸、蟲魚，常常有所收穫，這是因爲他們思考得很深入而且廣泛周密。平坦而距離近的地方，遊覽的人就多；艱險而距離遠的地方，到達的人就很少。世界上奇妙雄偉壯麗非凡的風景，往往位在艱難偏遠、人們很少到達的地方，所以不是具有堅定志向的人，是不能到達的。有了志向，並且不會跟著別人中途停止的人，如果體力不夠，仍舊不能到達。有了志向和體力，且不會跟著別人怠惰，想到達那幽深黑暗、使人迷糊困惑的地方，如果沒有外力幫助，也還是不能成功。但是如果力量可以到達卻沒有到達，在別人看來是很可笑的，自己也會感到後悔；如果盡了自己的努力卻沒能到達，亦可以沒有悔恨了，誰又能譏笑我呢？以上就是我得到的啓發。

我對於那塊倒在路上的石碑有一些感想，由於古書沒能妥善保存，使得後代以訛傳訛而不能弄清眞相的情形，哪裡說得完呢？這就是做學問的人不能不深刻思考、謹愼選取證據的原因啊！

同遊的四人：廬陵的蕭君圭，字君玉；長樂的王回，字深父；我的弟弟安國，字平父；安上，字純父。

意旨精鑰

本文藉遊褒禪山闡述兩個治學道理：一是不要淺嘗輒止，必須深入探索。二是不能道聽塗說，必須探本溯源。全文先述後議，環扣「入之愈深，其進愈難，而其見愈奇」的主軸，是一篇以說理取勝的山水遊記。

寫作密技

一、先敘後議

本文藉由記遊感想，借物言志，闡發人生哲理，爲遊記文的變格，是一篇「遊記式的論說文」。本寫作手法採「先敘後議」，前後呼應，遊山體悟層層相扣，議論深刻有勁。

第一段：考據山名及其名讀音的謬誤。

第二段：記敘遊山情形。

第三段：針對遊山結果提出感悟，明白成大事者，既要有志有力，亦要有外力相助才能成就；並進一步強調：「志已盡，而事不成，亦可無悔」的豁達。

第四段：呼應首段「山名讀音訛傳」的情形，得出「治學當深思慎取」求學態度。

小試身手

1.（　）文學作品使用典故，除了直接引用之外，還有轉用、化用的情形。如李白「相看兩不厭，只有敬亭山」，寫人與自然的冥合，在辛棄疾筆下則轉化為「我見青山多嫵媚，料青山見我應如是」。歐陽修〈醉翁亭記〉「人知從太守遊而樂，而不知太守之樂其樂」，其所鎔鑄改造的典故應是：

A. 王安石〈遊褒禪山記〉「極夫遊之樂也」的探幽訪勝之樂。

B. 陶潛〈飲酒詩〉「山氣日夕佳，飛鳥相與還」的自然和諧之樂。

C. 范仲淹〈岳陽樓記〉「先天下之憂而憂，後天下之樂而樂」的先憂後樂之樂。

D.《孟子．梁惠王》「獨樂樂，不若與人。與少樂樂，……不若與眾」的與民同樂之樂。

2.（　）下列各文，何者以說理取勝？

A.〈遊褒禪山記〉　B.〈始得西山宴遊記〉　C.〈明湖居聽書〉　D.〈晚遊六橋待月記〉

3.（　）漢字基本上一字一義，但也有兩字不能拆開，須合為一詞才具有完整意義，如「淋漓」、「盤桓」等，稱為「連綿詞」。下列選項「　」內的詞，何者屬於連綿詞？

甲、距洞百餘步，有碑仆道，其文「漫滅」。

乙、愛而不見，搔首「踟躕」。

丙、「逍遙」於天地之間，而心意自得。

丁、其左松猶有曲挺「縱橫」者，柏雖大幹如臂，無不平貼石上，如苔蘚然。

戊、江水迴抱，積沙而成，狀如「琵琶」。

己、「婆娑」乎術藝之場，休息乎篇籍之圃。

庚、日上，正赤如丹，下有紅光「動搖」承之，或曰，此東海也。

A.乙丙戊己　B.甲丁戊庚　C.丙丁己庚　D.甲乙丙戊

4.（　）「今臣亡國賤俘，至微至陋」的「至」用來修飾「微」、「陋」兩個形容詞，稱為「程度副詞」。下列文句「　」內的字，不屬於程度副詞的選項是？

A.毛血日「益」衰，志氣日益微。

B.蘭槐之根是為芷，其「漸」之滫，君子不近。

C.初「極」狹，才通人。

D.有穴窈然，入之「甚」寒。

5.（　）漢語中「相」字可作為代詞，並單指某一個對象，下列何者屬之？

A.彼與彼年「相」若也，道「相」似也。（韓愈〈師說〉）

B.「相」迎不道遠，直至長風沙。（李白〈長干行〉）

C.季文子「相」三君，妾不衣帛，馬不食粟，君子以為忠。（司馬光〈訓儉示康〉）

D. 無物以「相」之，亦不能至也。（王安石〈遊褒禪山記〉）

6.（　）中國語文在表達數量時，為了修辭、音韻、節奏等需要，往往不直接道出，而使用折數相乘的手法，如「五五之喪」，指二十五個月的喪期，意即三年之喪。下列敘述，使用這種數量表示法的是：

A. 暮春者，春服既成；冠者五六人，童子「六七」人，浴乎沂，風乎舞雩，詠而歸。
B. 蓋余之所至，比好遊者尚不能「十一」。
C.「三五」之夜，明月半牆，桂影斑駁。
D. 讀書一事，也必須有「一二」知己為伴，時常大家討論，才能精益。

7.（　）「由山以上五、六里，有穴『窈然』。」『』內的詞語不宜替換成下列哪一個選項？

A. 幽深　B. 深遠　C. 岈然　D. 深邃

8.（　）下列文句「」中的字，何者意思兩兩相同？

A. 後世之謬其傳而莫能「名」者／余兄子瞻「名」之曰快哉
B. 孟嘗君怪其疾也，「衣」冠而見之／裂裳「衣」瘡，手注善藥
C. 謂獄中語，「乃」親得之於史公云／今人「乃」以儉相詬病
D. 不「惟」忘歸，可以終老／及我友朋，「惟」仁「惟」孝

解答：1.D　2.A　3.A　4.B　5.B　6.C　7.C　8.D

留侯論

作者簡介

蘇軾（西元一〇三七年—西元一一〇一年），字子瞻，號東坡居士，四川眉山人，世稱蘇東坡。蘇軾因反對王安石變法與後來保守派的做法，多次遭貶，並曾因「烏臺詩案」下獄，幾乎喪命。蘇軾在文學方面有極大成就，詩詞、散文、書法、繪畫，樣樣精通，並開創詞壇「豪放派」之風，一改晚唐、五代以來綺靡的詞風。與父親蘇洵、弟蘇轍合稱「三蘇」，父子三人同時名列唐宋八大家。

出處：東坡全集
難易度☺☺☺☺☺

古文鑑賞

古之所謂豪傑之士者，必有過人之節❶，人情有所不能忍者。匹夫見辱❷，拔劍而起，挺身而鬥，此不足為勇也。天下有大勇者，卒然臨之而不驚❸，無故加之而不怒❹。此其所挾持者甚大❺，而其志甚遠也。

夫子房受書於圯上之老人也，其事甚怪；然亦安知其非秦之世，有隱君子者，出而試之？觀其所以微見其意者❻，皆聖賢相與警戒之義，而世不察❼，以為鬼物，亦已過矣。

且其意不在書。當韓之亡，秦之方盛也，以刀鋸鼎鑊待天下之士❽。其平居無罪夷滅者❾，不可勝數。雖有賁、育，無所復施。夫持法太急者❿，其鋒不可犯，而其勢未可乘。子房不忍忿忿之心，以匹夫之力，而逞於一擊之間。當此之時，子房之不死者，其間不能容髮⓫，蓋亦危矣。千金之子，不死於盜賊，何者？其身可愛⓬，而盜賊之不足以死也。子房以蓋世之才，不為伊尹、太公之謀，而特出於荊軻、聶政之計，以僥倖於不死⓭，此圯上老人所為深惜者也。是故倨傲鮮腆而深折之⓮。彼其能有所忍也，然後可以就大事。故曰：「孺子可教⓯」也。

楚莊王伐鄭，鄭伯肉袒牽羊以逆⓰。莊王曰：「其君能下人⓱，必能信用其民矣。」遂捨之。句踐之困於會稽，而歸臣妾於吳者，三年而不倦。且夫有報人之志⓲，而不能下人者，是匹夫之剛也。夫老人者，以為子房才有餘，而憂其度量之不足，故深折其少年剛銳之氣，使之忍小忿而就大謀。何則？非有平生之素⓳，卒然相遇於草野之間，而命以僕妾之役，油然而不怪者⓴，此固秦皇之所不能驚，而項籍之所不能怒也。

觀夫高祖之所以勝，而項籍之所以敗者，在能忍與不能忍之間而已矣。項籍唯不能忍㉑，是以百戰百勝，而輕用其鋒㉒；高祖忍之，養其全鋒而待其斃，此子房教之也。當淮陰破齊，而欲自王，高祖發怒，見於詞色㉓。由是觀之，猶有剛強不忍之氣，非子房其誰全之？

太史公疑子房以為魁梧奇偉，而其狀貌乃如婦人女子，不稱其志氣㉔。嗚呼！此其所以為子房歟！

【說文解字】

❶過人之節：超越常人的氣節。❷見辱：被辱。見，被動語態。❸卒然：突然。卒，通「猝」。❹加之：加以侮辱。❺挾持：抱負。❻微：隱約。❼不察：不審慎明察。❽刀鋸鼎鑊：古代的殺人刑具。此處借喻以暴力待人。❾夷：誅殺。滅：滅族。❿急：急切。⓫間不容髮：距離很近，中間容不下一根頭髮，比喻情況非常危急。⓬可愛：可貴，值得珍惜。⓭以：因爲。⓮倨傲鮮腆：傲慢無禮。腆，善，美好。⓯孺子：小孩。稱別人爲「孺子」，是傲慢的表現。⓰肉袒：脫去衣服，裸露身體。爲古代祭祀或謝罪時表示恭敬的一種禮節。逆：迎接。⓱下人：向別人低頭。⓲報人：向人報仇。⓳素：素交，老交情。⓴油然：順從的樣子。㉑唯：因爲。㉒輕：輕率。鋒：銳氣。㉓見：表露。㉔稱：相符，相配。

白話解讀

古代被稱爲英雄豪傑的人，一定具有超乎常人的志節，以及一般人所沒有的容忍度量。普通人一旦被侮辱，就會拔劍而起，挺身戰鬥，但這不能算是勇敢。世上眞正擁有大勇的人，即使遭逢意外事故也不會驚慌，無緣無故地侮辱他也不發怒，這是由於他的抱負很大，志向很高遠的緣故。

張良從橋上老人那裡得到兵書，這件事很奇怪；但又怎知不是秦時隱居的君子特意出來考驗張良的？看老人含蓄表達的意涵，都是聖賢互相警戒的道理，而世人卻不明白，以爲是鬼怪作祟，實在是錯得太離譜了。

況且老人的眞實用意並不在於授書。當韓國滅亡，秦國正值強盛的時候，秦國用各種刑具酷刑殘忍地對付天下賢士。那些平白無辜被殺的人不計其數。當時就算有孟賁、夏育這樣的勇士，也無法施展他們的本領。執行嚴刑峻法過於急切的人，絕不能去冒犯他的鋒芒，而且當時的形勢也沒有可乘之機。張良不能按捺憤怒的心情，想以個人的力量，逞強於一次狙擊之中。這個時候張良能夠活下來，生死之間簡直容不下一根頭髮，實在是危險極了。富貴人家的弟子不死於盜賊之手，這是爲什麼呢？因爲他們知道生命的可貴，不值得和盜賊拼鬥而死。張良憑著自己出類拔萃的才能，卻不效法學習伊尹、太公的深謀遠慮，只想採取荊軻、聶政行刺暗殺的小計，因爲僥倖才保住了生命，這是橋上老人深深爲他感到惋惜之處。因此，老人故意在他面前擺出高傲無禮的態度，狠狠地挫傷他的銳氣。如果他能忍耐，就能成就大事業。所以老人才說：「這小子是可以教誨的。」

楚莊王攻伐鄭國，鄭伯袒露身體、牽著羊去迎接他。楚莊王說：「一國的君主能夠屈己尊人，一定會得到百姓的信任和擁護。」於是收兵，不再攻鄭。勾踐被圍困於會稽山上，於是留在吳國爲質，宛如下臣賤妾般地服侍吳王，三年之中皆未曾顯露出厭倦的模樣。再說，具有報仇的志向，卻不能屈己尊人，這是一般人剛愎頑強的性情。至於橋上老人，他認爲張良深具才能，但擔心他度量不足，所以才狠狠地挫傷他年輕人剛強暴躁的脾氣，使他能夠忍受小的憤怒而實現遠大的抱負。爲什麼呢？兩個平常毫無交情的人，突然相遇於鄉野之間，並命令張良做奴僕一類的事情，而張良也處之泰然，不以爲意，這樣的人當然是秦始皇所不能驚嚇，而項羽也不能激怒他的。

觀察漢高祖得勝，項羽失敗的原因，在於能忍與不能忍之間。項羽因爲不能忍耐，所以雖然百戰百勝，卻輕易地耗用他的精銳武力；漢高祖能夠忍耐，蓄養自身全部的精神以等待項羽的疲敝，這正是張良教給他的。當淮陰侯韓信攻破齊國，想要自立爲王之際，漢高祖大爲震怒，怒氣毫不掩飾地表露在言詞和神情之中。由此看來，高祖還是有其剛強不能忍耐的一面，如果不是張良，還有誰能保全成就他的功業呢？

太史公曾猜測張良一定是個身材魁梧、相貌奇偉的人，但他的體態、容貌竟像婦人女子一樣，與他的志向氣節很不相稱。唉！這大概就是張良之所以是張良的原因吧！

意旨精鑰

本文從「張良遇圯上老人」這一件事開展，對傳統的神怪觀點進行了批判，並藉由秦末形勢和圯上老人出現的內在關係，點出「忍小忿而就大謀」的成敗之道。

寫作密技

一、翻案史論

史論，爲針對歷史人物或事件加以申論闡述的文章；翻案，則是指將前人既定的觀點加以推翻。史論文章的特點是：一、以歷史人物或歷史事件爲評論對象；二、論點偏主觀，多半摻雜了作者個人的好惡觀感，因此有時會不符合史實陳述，但只要作者能自圓其說即可。

至於「翻案」文章，寫作的特點在於：能破能立。要推翻前人的定論，必須提出另一個更有力、更具說服力的論點，以本文爲例，蘇軾認爲張良之所以能成功，是因爲「忍」！而非世傳的「圯上老人贈書」所致。除了破除陳論、提出新意，此類文章還有一個不可或缺的要素：例證！正反兩面的事例皆具備，才能使論點更無懈可擊。故，蘇軾在本文中列舉了鄭伯肉袒牽羊以逆、句踐臣妾於吳等正例，佐以項羽性躁不忍而敗的反例，使「張良所以成功乃是因爲『忍』」的論點更有分量。

小試身手

（＊為多選題）

＊1.（　）下列各組文句「　」內的字，意義相同的選項是：
A.聽寒「更」，聞雁遠，半夜蕭娘深院／莫辭「更」坐彈一曲，為君翻作〈琵琶行〉
B.「俟」案子查明，本府回明了撫臺，仍舊還你／君子居易以「俟」命，小人行險以徼幸
C.臣「聞」求木之長者，必固其根本／文靜素奇其人，一旦「聞」有客善相，遽致使延之
D.無何天寶大徵兵，戶有三「丁」點一丁／明兒有了事，我也「丁」是丁，卯是卯的，你也別抱怨
E.僕自到九江，已涉三載，形骸且健，方寸「甚」安／夫子房受書於圯上之老人也，其事「甚」怪

2.（　）下列各組「　」內的字，讀音完全相同的選項是：
A.「狙」擊／崩「殂」　B.結「痂」／「袈」裟　C.標「籤」／一語成「讖」　D.「溽」暑／深耕易「耨」

3.（　）下列文句「　」內的兩個字，是由動詞並列組成一個詞組的選項是：
A.博聞彊志，明於「治亂」，嫻於辭令。
B.公子聞所在，乃「間步」往，從此兩人游，甚歡。

C. 人情有所不能忍者，匹夫「見辱」，拔劍而起，挺身而鬥，此不足為勇也。

D. 獨韓愈奮不顧流俗，犯笑侮，收召後學，作師說，因抗顏而為師。世果群怪聚罵，「指目」牽引，而增與為言辭。

4.（　）**文章以對比法寫作的目的在凸顯主題，選出下列敘述不正確的選項：**

A.〈察今〉以對比法闡述古今差異，並申明推行教化的準則。

B.〈留侯論〉以對比法從「能忍與不能忍」的角度，說明豪傑之士成功的要素。

C.〈諫逐客書〉以對比法凸顯治國須廣納賢才，不能逐客。

D.〈新五代史伶官傳序〉以對比法敘述莊公因無忘父志而興盛，寵幸伶人而敗亂。

5.（　）**下列文句的「者」，何者是「句尾語助詞」？**

A. 食馬「者」，不知其能千里而食也。

B. 其平居無罪夷滅「者」，不可勝數。

C. 師「者」，所以傳道、受業、解惑也。

D. 為人君「者」，但當退小人之偽朋，用君子之真朋。

6.（　）**下列各文句中的「所以」，與「師者，所以傳道、受業、解惑也」的「所以」意義相同的是：**

A 親賢臣，遠小人，此先漢所以興隆也。（諸葛亮〈出師表〉）

B 故威與惠者，所以裁節天下強弱之勢也。（蘇洵〈審勢〉）

C 因八股文章做得不通，所以學也未曾進得一個。（劉鶚〈老殘遊記〉）

D 觀夫高祖之所以勝，而項籍之所以敗者，在能忍與不能忍之間而已矣。（蘇軾〈留侯論〉）

7.（　）**下列選項中的「且」字，何者與「『且』夫有報人之志」意義相同？**

A.「且」君嘗為晉君賜矣。

B. 不速治，「且」能傷生。

C.「且」置是事，略敘近懷。

D.甲者出，太尉笑「且」入。

8.（　）**下列選項，何者不符合「天下有大勇者，卒然臨之而不驚，無故加之而不怒」？**

A.楚莊王伐鄭，鄭伯肉袒牽羊以逆。

B.非有平生之素，卒然相遇於草野之間，而命以僕妾之役，油然而不怪。

C.當淮陰破齊，而欲自王，高祖發怒，見於詞色。

D.句踐之困於會稽，而歸臣妾於吳者，三年而不倦。

9.（　）**「現代人過於□□自大，絲毫不懂得尊重他人。」缺空的詞語不宜填入？**

A.倨傲　B.狂傲　C.驕矜　D.謙沖

10.（　）**下列選項中的「就」字，何者不是「完成」之意？**

A.河海不擇細流，故能「就」其深。

B.臣具以表聞，辭不「就」職。

C.三窟已「就」，君姑高枕為樂矣。

D.使之忍小忿而「就」大謀。

解答：1.BCE　2.B　3.D　4.A或D　5.C　6.B　7.A　8.C　9.D　10.B

旁徵博引

張良與黃石老人

張良年少時，在下著大雪的一日獨自漫步來到下邳的沂水橋，那裡坐著一個奇怪的老人。這老人看見張良，便故意把鞋子扔到橋下，對張良說：「小伙子，快去把我的鞋撿回來！」雖然老人相當無禮，但張良二話不說，很順從地走到橋下把鞋子撿上來給老人。老人連看都不看張良一眼，只伸出腳來讓張良給他穿上，張良也不嫌棄，恭恭敬敬地幫老人把鞋穿上。鞋穿好後，老人方才笑呵呵地說：「孺子可教。你這孩子不錯，將來一定會有大出息的。這樣吧，明天你早點來這裡，我有好東西要給你。記住，一定要早點來喔。」

第二天，天未亮，張良就急急趕到橋上，卻見老人已坐在那裡。老人說：「你比我來得晚，今天這好東西不能給你了。你回去吧，明天再早點來。」隔天，三更時分，張良摸黑來到橋上，卻發現老人早就到了，老人便叫張良隔天早上再來。第三天，張良不敢睡覺，半夜就到橋頭等候，沒多久，果然見到老人走來。老人從懷中取出一本書交給張良說：「回去好好讀通此書，你將來就能給皇帝做軍師了。我們倆十三年後還會再見的，到時候你就到穀城山下的黃石來找我吧。」老人說罷，便飄然仙去。

張良回去後，勤奮地讀通此書，據說不但能精通兵法、料事如神，更使其力大無窮、身輕如羽，且還能夠翱翔天際。後來他便靠此書輔佐漢高祖劉邦平定天下。張良得書後十三年，特意前往黃石老人所說的濟北穀城山，果然找到那塊神奇通靈的黃石，他很虔誠地把黃石帶回家，並建祠堂供奉。

前赤壁賦

古文鑑賞

作者：蘇軾
出處：東坡全集
難易度☺☺☺☺☺

壬戌之秋，七月既望❶，蘇子與客泛舟遊於赤壁之下。清風徐來，水波不興。舉酒屬客❷，誦〈明月〉之詩，歌〈窈窕〉之章。少焉，月出於東山之上，徘徊於斗牛之間。白露橫江，水光接天。縱一葦之所如❸，凌萬頃之茫然❹。浩浩乎如馮虛御風❺，而不知其所止；飄飄乎如遺世獨立❻，羽化而登仙❼。

於是飲酒樂甚，扣舷而歌之❽。歌曰：「桂棹兮蘭槳，擊空明兮泝流光❾。渺渺兮予懷，望美人兮天一方❿。」客有吹洞簫者，依歌而和之。其聲嗚嗚然，如怨如慕，如泣如訴；餘音嫋嫋⓫，不絕如縷；舞幽壑之潛蛟，泣孤舟之嫠婦⓬。

蘇子愀然⓭，正襟危坐⓮，而問客曰：「何為其然也？」

客曰：「『月明星稀，烏鵲南飛』，此非曹孟德之詩乎？西望夏口，東望武昌，山川相繆⓯，鬱乎蒼蒼，此非孟德之困於周郎者乎？方其破荊州，下江陵，順流而東也，舳艫千里⓰，旌旗蔽空，釃酒臨江⓱，橫槊賦詩⓲，固一世之雄也⓳，而今安在哉？況吾與子漁樵於江渚之上⓴，侶魚蝦而友麋鹿，駕一葉之扁舟，舉匏樽以相屬㉑；寄蜉蝣於天地㉒，渺滄海之一粟。哀吾生之須臾，羨長江之無窮。挾飛仙以遨遊，抱明月而長終。知不可乎驟得，托遺響於悲風㉓。」

蘇子曰：「客亦知夫水與月乎？逝者如斯，而未嘗往也；盈虛者如彼，而卒莫消長也。蓋將自其變者而觀之，則天地曾不能以一瞬；自其不變者而觀之，則物與我皆無盡也，而又何羨乎？且夫天地之間，物各有主，苟非吾之所有，雖一毫而莫取。惟江上之清風，與山間之明月，耳得之而為聲，目遇之而成色。取之無禁，用之不竭，是造物者之無盡藏也，而吾與子所共適㉔。」

客喜而笑，洗盞更酌。肴核既盡，杯盤狼藉㉕。相與枕藉乎舟中㉖，不知東方之既白。

【說文解字】

❶既望：過了望日，即十六日。望，農曆每月十五日。❷屬：挹注，後引申爲勸酒。縱：聽任。❸一葦：比喻小船。葦，葦葉。❹凌：越過，指小船在江面上划過。茫然：形容江面迷茫曠遠。❺馮虛：凌空。馮，通「憑」，憑依。虛，指天空。❻遺世：離開人世。❼羽化：道教認爲人能飛升成仙，如生羽翼一樣，故稱成仙爲羽化。❽扣舷：敲打著船邊。❾空明：指在月光映照下，清澄的江面。流光：水波上流動的月光。泝：通「溯」，逆流而上。❿美人：指所思念的人。⓫嫋嫋：形容聲音不絕，若斷若續。⓬嫠婦：寡婦。⓭愀然：憂愁淒愴的樣子。⓮正襟危坐：整理服裝儀容，端正地坐好，形容莊重嚴肅的樣子。⓯繆：通「繚」，盤繞。⓰舳艫：船尾和船頭連接。舳：船後掌舵處。艫：船前搖棹處。⓱釃酒：濾酒。在江面上灑酒，表示對古代英雄豪傑的憑弔。⓲槊：長矛。⓳固：本來。⓴江渚：江中小陸地。渚，小洲，水中的小陸地。㉑匏樽：以乾匏製成的酒器，後泛指一般酒器。㉒蜉蝣：身長六、七公分，體細而狹，有四翅。夏秋之際，多近水而飛，往往數小時即死。後用以比喻生命短暫。㉓遺響：（蕭聲）餘音。悲風：秋天淒厲的風。㉔適：享受。㉕狼藉：散亂的樣子。藉，通「籍」。㉖枕藉：互相枕靠著睡覺。

白話解讀

壬戌年的秋天，七月十六日，我與客人乘船遊於赤壁之下。清風緩緩地吹拂而來，江面水波平靜無浪。舉起酒杯，邀客人同飲，吟詠著〈明月〉的詩篇與其中的〈窈窕〉一章。過了一會兒，月亮從東山上冉冉升起，徘徊在北斗和牽牛星之間。白茫茫的霧氣籠罩著江面，水光與夜空連成一片。我們任憑這艘小舟在茫茫萬頃的江面上隨意飄動。浩浩蕩蕩地就像凌空御風，不知道將會停留於何處；輕快飄逸得彷彿超脫了塵世，無拘無束，飛升成仙。

大家喝著酒，高興極了，便敲著船舷唱起歌來。歌詞大意是：「桂木做的棹啊蘭木製的槳，拍打著清澈的江水，迎著流動的波光。我渺遠廣闊的胸懷啊，仰望著思念的人兒，他在天的那一方。」客人中有一個會吹洞簫的，隨著歌聲吹簫應和。簫聲嗚嗚，像怨恨又似思慕，如哭泣又如傾訴；餘音繚繞，若斷若續，宛如綿綿的細絲；使潛伏在深淵中的蛟龍起舞，令孤舟上的寡婦聞聲啜泣。

我不禁感傷起來，整整衣襟，端正地坐直身，問客人道：「你的簫聲爲什麼這般淒涼呢？」

客人說：「『月明星稀，烏鵲南飛』，這不是曹操的詩句嗎？向西望是夏口，向東望是武昌，山川繚繞，一片蒼翠，這裡不是曹操被周瑜擊敗的地方嗎？當他佔領荊州，攻下江陵，順著長江東下的時候，戰船前後相連，綿延千里，旌旗遮蔽了天空，對江灑酒，橫矛吟詩，原本是一代英雄，可是如今人又在哪裡呢？何況你我在江中沙洲上捕魚打柴，以魚蝦爲伴、麋鹿爲友，駕著一葉小舟，舉起酒杯互相勸飲；將如同蜉蝣一樣短促的生命寄託於天地之間，渺小得像大海中的一顆穀粒。我慨嘆自己生命的短促，羨慕長江的無窮無盡。希望和仙人一起遨遊，與明月一同長存。我知道這是不可能忽然辦到，便只能將滿腔的無奈寄情於簫聲中，應和著悲涼的秋風。」

我說：「你知道那江水和月亮嗎？江水不停地流逝，但其實並沒有流走；月亮總是缺了又圓，但始終沒有增減。如果從它們變化的一面來看，那麼天地萬物連眨眼的瞬間都有變化；如果從不變的一面來看，則萬物和我們都將永恆，又有什麼值得羨慕的呢？再說，天地之間，萬物都有各自的主人，假如不是我所擁有的東西，即使是一絲一毫也不要取用。只有這江上的清風，山間的明月，耳朵聽到了就成爲聲音，眼睛看到了就成爲顏色美景。沒人能禁止我取用它們，使用它們也沒有窮盡的一刻，這是大自然無窮無盡的寶藏，我和你所共同享受它們。」

客人聽完，高興地笑了，洗淨酒杯重新倒滿酒。菜餚、水果已經被吃光，席面上杯盤散亂。大家互相枕靠著睡在船中，不知不覺東方天空已經發白。

意旨精鑰

本文是蘇軾被貶至黃州，和友人同遊黃崗赤壁時所寫。本文從月夜泛舟寫起，透過對歷史人物的憑弔，表現出作者對現實生活的厭倦，對人生無常的悵惘，同時也表達了作者曠達樂觀的人生態度。

寫作密技

一、**轉化**：將抽象或無生命的事物以具體事例代替。描述一件事物時，轉變它原來的性質，化成另一種與本質截然不同的事物。

擬人化 將無生命的物品賦予具體的行為，使它們似乎是有了生命似的。

擬物化 將有生命的人物轉變為虛構的狀態，或是將此物擬彼物。

形象化 把抽象的事物當成具體的事物描寫。

例 1：少焉，月出於東山之上，徘徊於斗牛之間。

Tips. 擬人化。

例2：朝陽撒著粉紅色黃色的光輝，把這些小草樹裝潢得新鮮妍麗。（鍾理和〈草坡上〉）

Tips. 擬人化。

例3：從此地到海岸，一大張河床孵出，多少西瓜，多少渾圓的希望！（余光中〈車過枋寮〉）

Tips. 擬物化。

例4：在天願作比翼鳥，在地願為連理枝。（唐代白居易〈長恨歌〉）

Tips. 擬物化。

二、映襯：將兩種相反的觀念或事例對列，讓所欲強調的觀點經比較後更加突出。

例1：哀吾生之須臾，羨長江之無窮

例2：自其變者而觀之，則天地曾不能以一瞬；自其不變者而觀之，則物與我皆無盡也。

例3：君子之學也以美其身，小人之學也以為禽犢。（《荀子．勸學》）

例4：啊，已三代了的生命，而我們何其大方的吝嗇。（鄭愁予〈三年〉）

三、排比：用結構相似的句法，接二連三地表現出同範圍同性質的意念。

例1：逝者如斯，而未嘗往也；盈虛者如彼，而卒莫消長也。

例2：故居處不莊，非孝也；事君不忠，非孝也；蒞官不敬，非孝也；朋友不信，非孝也；戰陳無勇，非孝也。（《曾子．大孝》）

例3：臣聞：求木之長者，必固其根本；欲流之遠者，必浚其泉源；思國之安者，必積其德義。源不深而望流之遠，根不固而求木之長者。德不厚而思國之治。臣雖下愚，知其不可，而

況于明哲乎？（唐代魏徵〈諫太宗十思疏〉）

例4：大匠不斲，大庖不豆，大勇不鬥，大兵不寇。（《呂氏春秋．貴公》）

例5：予嘗愛晏子好仁，齊侯知賢，而桓子服義。（宋代錢公輔〈義田記〉）

成語錦囊

一、如訴如泣：像在哭泣，又像在訴說。比喻聲音淒楚哀怨。

原典 客有吹洞簫者，依歌而和之。其聲嗚嗚然，如怨如慕，如泣如訴。

書證1：那一夜朕在清修院歇，隔垣聽得謝妃子的琵琶，真個彈得如怨如慕，如泣如訴，令人聽之忘寐。（清代褚人獲《隋唐演義》）

書證2：師涓重整弦聲，備寫抑揚之態，如訴如泣。（《東周列國志》）

二、橫槊賦詩：槊，長八丈的矛。形容意氣風發的樣子。

原典 釃酒臨江，橫槊賦詩，固一世之雄也，而今安在哉？

書證1：曹氏父子鞍馬間為文，往往橫槊賦詩。（唐代元稹〈唐故工部員外郎杜君墓係銘〉）

三、一世之雄：一代的英雄人物。

原典 釃酒臨江，橫槊賦詩，固一世之雄也，而今安在哉？

書證1：劉裕足為一世之雄；劉毅家無擔石之儲，摴蒲一擲百萬；何無忌，劉牢之甥，酷似其

舅。共舉大事，何謂無成。（《宋書・武帝本紀上》）

四、滄海一粟：大海中的一粒粟米。比喻渺小而微不足道。

原典 況吾與子漁樵於江渚之上，侶魚蝦而友麋鹿，駕一葉之扁舟，舉匏樽以相屬；寄蜉蝣於天地，渺滄海之一粟。

書證 1：俯仰宇宙間，滄海眇一粟。（元代貢師泰〈天臺山林氏山齋四詠・琅玕谷〉）

書證 2：宋陰念一身蜩寄世間，真如恆河一沙，滄海一粟。（清代和邦額《夜譚隨錄・宋秀才》）

五、取之不盡，用之不竭：資源豐富，取用不完。

原典 取之無禁，用之不竭，是造物者之無盡藏也，而吾與子所共適。

書證 1：況這些物件，在貧道乃是取之不盡而用之不竭的，何足介懷。（清代李綠園《歧路燈》）

書證 2：江山風月，耳目聲色。取之無禁，用之不竭。（宋代徐經孫〈哨遍・江山風月〉）

小試身手（*為多選題）

*1.（　）下列文句「」內的敘述，涉及天文星象的選項是：

A.〈古詩十九首〉：「玉衡指孟冬」，眾星何歷歷。

B.杜甫〈贈衛八處士〉：人生不相見，「動如參與商」。

C.蘇軾〈赤壁賦〉：月出於東山之上，「徘徊於斗牛之間」。

D.《論語・為政》：為政以德，「譬如北辰」，居其所而眾星共之。

E.《三國演義．六十九回》：六街三市，競放花燈，真個金吾不禁，「玉漏無催」。

＊2.（　）運用昆蟲的特性形成借代或譬喻，是漢語常見的表達方式。例如古人認為蜾蠃養螟蛉為己子，因此稱「養子」為「螟蛉子」。下列敘述，正確的選項是：

A.「蜉蝣」壽命極短，故以「寄蜉蝣於天地」比喻人生短暫。

B.「螳螂」前足強健，狀如鐮刀，故以「螳臂當車」比喻銳不可當。

C.「蚍蜉」是螞蟻，力量弱小，故以「蚍蜉撼樹」比喻小兵立大功。

D.「蜩螗」是蟬，鳴聲響亮，「國事蜩螗」即以蟬鳴喧天比喻國運昌盛。

E.「蜻蜓」在飛行中反覆以尾部貼水產卵，古人視為其特有的飛行方式，故以「蜻蜓點水」比喻浮學不精或點到即止。

＊3.（　）從詞性活用的角度來看，下列文句「　」內名詞的用法，與「泛舟順流，星奔電邁，俄然行至」中的「星」、「電」相同的選項是：

A.「桂」棹兮「蘭」槳，擊空明兮泝流光。

B.「山」迴「路」轉不見君，雪上空留馬行處。

C.人為萬物之靈，當不至於「狼」奔「豕」竄的奪取一根骨頭。

D.憑著一張借書證，一個夏天裡，「蠶」食「鯨」吞了一座圖書館。

E.如果作者是落拓不羈、孤迥自放的人，「情」深「淚」潸，一意於詩，往往任情揮灑，寫出了好作品。

＊4.（　）下列有關用韻的敘述，正確的選項是：

A.近體詩用韻最嚴格，無論五言、七言，也無論是四句的絕句、八句的律詩，每一句皆須押韻，而且是一韻到底，不能換韻。

B.長篇歌行常出現連續不押韻的句子，如白居易〈琵琶行〉：「醉不成歡慘將別，別時茫茫江浸月。忽聞水上琵琶聲，主人忘歸客不發」即未押韻。

C. 古樂府可以自由換韻，如〈飲馬長城窟行〉：「青青河畔草，綿綿思遠道。遠道不可思，夙昔夢見之。夢見在我傍，忽覺在他鄉」兩句便換一次韻。

D. 散曲的押韻是平、仄通押的，如馬致遠〈新水令〉：「四時湖水鏡無瑕，布江山自然如畫。雄宴賞，聚奢華。人不奢華，山景本無價」即平仄通押。

E. 散文賦不必押韻，如蘇軾〈赤壁賦〉：「方其破荊州，下江陵，順流而東也，舳艫千里，旌旗蔽空，釃酒臨江，橫槊賦詩，固一世之雄也」即未押韻。

5.（　）**下列文句「」內的詞，何者不是指短暫的時間？**

A.「已而」夕陽在山，人影散亂。

B. 居「有頃」，倚柱彈其劍，歌曰：長鋏歸來乎。

C.「少焉」，月出於東山之上，徘徊於斗牛之間。

D. 受任於敗軍之際，奉命於危難之間，「爾來」二十有一年矣。

6.（　）**下列文句「」中詞語的意義，並非指時間短暫的是：**

A. 吾嘗終日而思矣，不如「須臾」之所學也。（《荀子．勸學》）

B. 悲夫！寓形百年，而「瞬息」已盡；立行之難，而一城莫賞。（陶淵明〈感士不遇賦〉）

C. 蓋將自其變者而觀之，則天地曾不能以「一瞬」。（蘇軾〈赤壁賦〉）

D. 翻身向天仰射雲，「一箭」正墜雙飛翼。（杜甫〈哀江頭〉）

7.（　）**「方其破荊州，下江陵，順流而東也，舳艫千里，旌旗蔽空，釃酒臨江，橫槊賦詩，固一世之雄也，而今安在哉？」意近於：**

A. 揀盡寒枝不肯棲，寂寞沙洲冷。

B. 萬里長城今猶在，不見當年秦始皇。

C. 無可奈何花落去，似曾相識燕歸來。
D. 醉臥沙場君莫笑，古來征戰幾人回。

8.（　）下列「」中的詞語，何者經替換後意思改變了？
A. 蘇子「愀然」：儼然。
B. 託遺響於「悲風」：秋風。
C. 泣孤舟之「嫠婦」：遺孀。
D. 縱「一葦」之所如：小舟。

解答： 1. ABCD　2. AE　3. CD　4. CD　5. D　6. D　7. B　8. A

旁徵博引

後赤壁賦

一、原文

是歲十月之望，步自雪堂，將歸於臨皋；二客從予過黃泥之坂。霜露既降，木葉盡脫，人影在地，仰見明月，顧而樂之，行歌相答。已而嘆曰：「有客無酒，有酒無肴；月白風清，如此良夜何！」客曰：「今者薄暮，舉網得魚，巨口細鱗，狀如松江之鱸。顧安所得酒乎？」歸而謀諸婦，婦曰：「我有斗酒，藏之久矣，以待子不時之需。」於是攜酒與魚，復遊於赤壁之下。

江流有聲，斷岸千尺，山高月小，水落石出；曾日月之幾何，而江山不可復識矣！予乃攝衣而上，履巉巖，披蒙茸，踞虎豹，登虬龍，攀栖鶻之危巢，俯馮夷之幽宮，蓋二客不能從焉。劃然長嘯，草木震動，山鳴谷應，風起水湧。予亦悄然而悲，肅然而恐，凜乎其不可留也。反而登舟，放乎中流，聽其所止而休焉。

時夜將半，四顧寂寥。適有孤鶴，橫江東來，翅如車輪，玄裳縞衣，戛然長鳴，掠予舟而西也。須臾客去，予亦就睡。夢一道士，羽衣蹁躚，過臨皋之下，揖予而言曰：「赤壁之遊樂乎？」問其姓名，俛而不答。「嗚呼噫嘻！我知之矣。疇昔之夜，飛鳴而過我者，非子也耶？」道士顧笑，予亦驚寤，開戶視之，不見其處。

二、翻譯

這年十月十五，我從雪堂出來準備回到臨皋，兩個客人跟我一起走過黃泥坡。這個時節已有霜和露水了，樹的葉子也完全脫落，人影倒映在地上。我們抬頭看月亮，大家都很高興，邊走邊歌唱，互相應和。一會兒後，我卻嘆氣說：「有客人卻沒有酒，有酒卻又沒有菜。月如此潔白，風如此清爽，怎麼對得起這樣的好夜色呢？」客人說：「今天黃昏時，我捕得了一些魚，倒是很像松江裡的鱸魚。不過要怎樣才可以弄得到酒呢？」我回到家裡跟太太商量，太太說：「我這兒有一斗酒，已經收藏很久了，正是準備拿給你的。」於是，我們便帶了酒和魚回到赤壁遊賞。

江流發出聲響，岸上有千尺聳立的絕壁，高聳的山壁顯得月亮更加渺小，此時，江水水位降低，石塊顯現，江山變了一個樣子。我撩起衣服上岸，踏著險峻的山崖，撥開稠密的雜草，蹲在一塊像虎豹的怪石上，攀爬著像虬龍的樹枝，仰攀鶻鳥高險的窠巢，俯看河伯馮夷幽邃的宮殿，兩個客人都無法追趕上我。突然，遠方傳來一聲長嘯，只覺得草木都為之震動，鳴聲在山谷間回響，狂風吹起，波濤翻湧。我感到憂愁悲傷，肅穆恐懼，毛髮悚然。返回船上時，我們把船直放在江上，任憑江水飄流。

半夜時分，四周寂靜無聲。有一隻鶴從東邊橫掠江面而來，牠的翅膀像車輪，身上像穿著黑裙白衣一般，不斷長鳴著掠過我的船向西而去。在客人散去後，我返家睡覺，夢見一位道士，穿著羽毛衣，用如同跳舞一般的姿勢經過臨皋亭下，對我作揖，說：「你遊覽赤壁暢快嗎？」我詢問他的姓名，他卻低頭不答。我說：「啊！我知道了。剛剛邊飛邊鳴叫著經過我身邊的，不就是您嗎？」道士看著我笑，此時，我驚醒過來並且打開窗戶查看，牠卻已經不在那裡了。

上樞密韓太尉書

作者簡介

蘇轍（西元一〇三九年—西元一一一二年），字子由，晚年自號潁濱遺老，死後追諡文定。與父蘇洵、兄蘇軾同列唐宋八大家，人稱「三蘇」。俗諺：「蘇文生，喫菜根；蘇文熟，喫羊肉。」顯見士人對蘇氏父子文章之推崇。蘇轍為文以策論見長，蘇軾在〈書子由超然臺賦〉後提到：「子由之文，詞理精確，有不及吾；而體氣高妙，吾所不及。」作品有《欒城集》。

出處：欒城集
難易度☺☺☺☺☺

古文鑑賞

太尉執事❶：轍生好為文，思之至深，以為文者氣之所形❷；然文不可以學而能，氣可以養而致。孟子曰：「我善養吾浩然之氣❸。」今觀其文章，寬厚宏博，充乎天地之間，稱其氣之小大❹。太史公行天下，周覽四海名山大川，與燕、趙間豪俊交游，故其文疏蕩❺，頗有奇氣。此二子者，豈嘗執筆學為如此之文哉？其氣充乎其中而溢乎其貌❻，動乎其言而見乎其文❼，而不自知也。

轍生年十有九年矣。其居家所與游者，不過其鄰里鄉黨之人❽；所見不過數百里之間，無高山大野可登覽以自廣；百氏之書，雖無所不讀，然皆古人之陳跡❾，不足以激發其志氣。恐遂汩沒❿，故決然捨去，求天下之奇聞壯觀，以知天地之廣大。過秦⓫、漢之故都，恣觀終南、嵩、華之高，北顧黃河之奔流，慨然想見古之豪傑⓬。至京師，仰觀天子宮闕之壯⓭，與倉廩、府庫、城池、苑囿之富且大也，而後知天下之巨麗。見翰林歐陽公，聽其議論之宏辯⓮，觀其容貌之秀偉，與其門人賢士大夫游⓯，而後知天下之文章聚乎此也。太尉以才略冠天下⓰，天下之所恃以無憂，四夷之所憚（ㄉㄢˋ）以不敢發⑰；入則周公、召公，出則方叔、召虎。而轍也未之見焉。

且夫人之學也，不志其大，雖多而何為？轍之來也，於山見終南、嵩、華之高，於水見黃河之大且深，於人見歐陽公，而猶以為未見太尉也。故願得觀賢人之光耀，聞一言以自壯，然後可以盡天下之大觀而無憾者矣⑱。

轍年少，未能通習吏事⑲。嚮之來⑳，非有取於斗升之祿㉑；偶然得之，非其所樂。然幸得賜歸待選，使得優游數年之間㉒，將歸益治其文㉓，且學為政。太尉苟以為可教而辱教之㉔，又幸矣！

【說文解字】

①執事：指侍於韓琦左右的吏屬。這是尊稱之辭，表示自己地位低下，不敢和對方平等談話，只能透過對方的侍從轉告。②氣：氣質或精神。③浩然之氣：正氣，正大剛直的精神。④稱：相稱。⑤疏蕩：疏暢奔放。⑥中：通「衷」，內心。⑦見：通「現」，顯現。⑧鄰里鄉黨：泛指鄉里。相傳周制以五家爲鄰，二十五家爲里，以五百家爲黨，一萬二千五百家爲鄉。⑨陳跡：陳舊的，不適合當今時代需要的東西。⑩汩沒：埋沒，引申爲無所成就。⑪過：拜訪。⑫慨然：慷慨激動的樣子。想見：想望，思念。⑬宮闕：即宮殿。闕，宮門外面的望樓。⑭宏辯：廣博的議論。宏，廣博，深遠。⑮門人：門生。⑯才略：才能謀略。略，計謀。⑰憚：畏懼。發：指爆發叛亂。⑱大觀：比喻集大成的事物。⑲吏事：做官的行政事務。⑳嚮：從前，以前。㉑斗升之祿：微薄的俸祿，此處指品級不高的官吏。㉒優游：閒暇自得的樣子。㉓治：研究。㉔辱：謙辭，意思是對方讓自己是降低了身分。

太尉閣下：我生平喜歡寫作文章，曾經深入思考過這件事，認爲文章是人之精神、氣質的體現；雖然文章無法只靠鑽研優美文辭就能寫好，氣質卻可以透過修養深造來獲得。孟子說：「我善於修養我的浩然正大剛直之氣。」如今看他的文章，內容寬廣深厚，氣勢充塞於天地之間，正好和他的浩然之氣相稱。太史公周遊天下，遍覽全國的名山大川，並和燕、越一帶的豪傑之士交往，所以他的文章疏朗奔放，自有獨特的氣勢。這兩個人，難道曾學過如何撰寫這類的文章嗎？他們的氣質充滿於心胸而顯露於外表，反映在言談間從而表現在文章中，但他們自己並沒有意識到。

我今年十九歲，從前在家時所交游往來的，不過是左鄰右舍的人；所見到的不過只有幾百里範圍的地方，沒有高山大野可登臨游覽以開闊自己的胸襟；諸子百家的著作，雖然無所不讀，然而都是古人遺留的陳舊思想，已不足以激勵自己的志氣、產生新的觀念。我擔心這樣下去將會一無所成，所以毅然拋開它們，轉而探求天下的奇聞和壯麗的景色，以見識世界的廣大。我拜訪了秦、漢的故都，縱情觀覽終南山、嵩山、華山的高峻，向北眺望黃河奔騰的流水，慷慨激昂地想起了古代的英雄豪傑。來到京城，仰觀皇帝宏偉氣派的宮殿，富足廣闊的倉廩府庫與城池苑囿，然後才明白天下的雄偉和壯麗。我拜見了翰林學士歐陽公，聽他廣博善辯的議論，看到他秀氣英偉的容貌，又和他門下的名人賢士交誼，然後才知道天下的文學精華都集中在這裡了。太尉您的才能謀略爲天下之冠，使國家有所依靠而無憂慮，四夷有所畏懼而不敢作亂；您在朝中就像周公、召公，奉命出使就如方叔、召虎。但是，我卻未能有幸與您見上一面。

一個人在求學的時候，如果不立定偉大的志向，即使學得再多又有什麼用呢？我這次來到這裡，看到了終南山、嵩山、華山的高峻，見識到了黃河的深度，並一睹歐陽公這位名士的風采，然而卻還沒能見到太尉您。因此，我希望能瞻仰賢人的風采，獲賜您的一席話以激勵自己，這樣才算是閱盡了天下的精華，而沒有什麼遺憾了。

我還年輕，尚未熟悉官吏的事務。當初來到京城，並非爲了謀取一官半職；偶然被派任官職，也並不是我所樂意的事。有幸獲得皇上允許辭官回去，等候朝廷再選拔，使我多了幾年閒暇的時光，也使我更能全心地研究文章，並學習治理政事。如果太尉您認爲我還可以教誨而願意屈尊指教我，這就使我感到十分榮幸了。

意旨精鑰

本文是作者爲了求見樞密使韓琦而寫的一封書信。用意在於求見韓琦，作者卻採用「顧左右而言他」的筆法，首先從文與氣的關係談起，引出自己想博覽天下奇聞壯觀，結交一代賢人的願望；再以歐陽脩爲襯，最後表明希望得到韓琦重視和提攜的殷切心情。

寫作密技

一、干謁文

「干謁」，意即爲謀求祿位而請見當權的人。干謁是古代士人尋求做官途徑的一種方法，他們將自己的詩文呈送給當朝的權貴高官或是有名望的人，以求得他們的賞識引薦。

唐代社會功利主義大盛，士子熱衷功名、追名逐利，士大夫也以舉薦賢才爲榮，因此投文干謁的「走後門」行徑非常普遍，著名的文人，如杜甫、李白、韓愈等人，其作品也不乏干謁類的詩文。

小試身手（*為多選題）

*1.（　）下列關於古代士人在其文章中展現襟抱的敘述，正確的選項是：

A. 范仲淹〈岳陽樓記〉以「遷客騷人」和「古仁人」對照，顯示自我「先天下之憂而憂，後天下之樂而樂」的胸懷。

B. 歐陽脩〈醉翁亭記〉以「人知從太守遊而樂，而不知太守之樂其樂也」，陳述個人不以貶謫為意，而能樂民之樂。

C. 蘇轍在〈上樞密韓太尉書〉中認為「文者，氣之所形」，故歷覽名山大川，求謁賢達，藉以充養其氣，宏博其文。

D. 蘇軾在〈赤壁賦〉中藉「蘇子」與「客」討論水與月的「變」與「不變」，申明其濟世之志絕不因憂患而改易的態度。

E. 顧炎武〈廉恥〉藉顏之推「不得已而仕於亂世」的自警自戒，與「閹然媚於世者」對比，寄託自我處身明清易代之際的選擇。

2.（　）〈上樞密韓太尉書〉是一篇干謁文章，亦可視為一封求見的書信。依書信格式，下列敘述，何者有誤：

A. 蘇轍在信封上，應寫：「韓樞密使敬啟」。

B. 「執事」二字亦可改為「左右」、「足下」。

C. 韓太尉回函起頭可以用：「子由賢姪如握」。

D. 歐陽脩若為蘇轍寫一封推薦信給韓太尉，結尾署名敬辭可用「永叔頓首」。

*3.（　）下列文句的遣詞用字上，何者帶有自謙的意味？

A. 嗟予遘陽九，隸也實不力。楚囚纓其冠，傳車送窮北。

B. 昨日蒙教，竊以為與君實遊處相好之日久，而議事每不合，所操之術多異故也。

C. 義勇奉公，以發揚種性，此則不佞之幟也。
D. 太尉以才略冠天下，天下之所恃以無憂，四夷之所恃以不敢發。
E. 先帝不以臣卑鄙，猥自枉屈，三顧臣於草廬之中。

4.（　）**下列「　」內的詞語，何者替換不當？**
A. 其文「疏蕩」，頗有奇氣：空蕩。
B. 傴僂「提攜」往來而不絕者：總角。
C. 傲物則骨肉為「行路」：陌路。
D. 山以上五、六里，有穴「窈然」：幽深。

5.（　）**下列「　」內的字，何者讀音兩兩相同？**
A.「汩」沒／「汩」羅江
B. 粗「獷」／「曠」課
C.「剟」刺／危「惙」
D. 優「渥」／帷「幄」

6.（　）**「轍生好為文思之至深以為文者氣之所形然文不可以學而能氣可以養而致」應如何句讀，才符合文意？**
A. 轍生好，為文思之至深，以為文者氣之。所形然，文不可以學而能，氣可以養而致。
B. 轍生好為文，思之至深，以為文者氣之所形；然文不可以學而能，氣可以養而致。
C. 轍生好為文思之，至深以為文者氣之；所形然文不可，以學而能，氣可以養而致。
D. 轍生好為文，思之至深以，為文者氣之所形。然文不可以學，而能氣可以養，而致。

7.（　）**「聽其議論之宏辯，觀其容貌之秀偉，與其門人賢士大夫游，而後知天下之文章聚乎此也。」其中的「天下之文章聚乎此」意謂：**

A. 天下文人的作品都收錄在這裡。
B. 科舉考生的文章都收藏在這裡。
C. 天下的文人雅士都聚集在這裡。
D. 天下的文學精華都集中在這裡。

8.（　）下列文句，何者未使用謙敬之辭？
A. 太尉苟以為可教而辱教之，又幸矣。
B. 微之，微之，不見足下面已三年矣。
C. 匹夫見辱，拔劍而起。
D. 先帝不以臣卑鄙，猥自枉屈，三顧臣於草廬之中。

解答：1. ABCE　2. A　3. ABCE　4. A　5. D　6. B　7. D　8. C

旁徵博引

韓琦

韓琦，字稚圭，自號贛叟，相州安陽人。出身世宦之家，父親韓國華，累官至右諫議大夫。韓琦三歲時，父母去世，由諸兄扶養，「既長，能自立，有大志氣。端重寡言，不好嬉弄。性純一，無邪曲，學問過人」，是北宋時期著名的政治家、名將，終年六十七歲，遺作編為《安陽集》。

韓琦一生歷任三朝。他無論在朝中為相，或在地方任職，都為北宋的繁榮發展做出貢獻。在朝中，他運籌帷幄，使「朝遷清明，天下樂業」；在地方，他忠於職守，勤政愛民。康定元年，韓琦擔任陝西帥臣，當時有民歌唱道：「軍中有一韓，西賊聞之心膽寒。軍中有一范，西賊聞之驚破膽。」當時，他與范仲淹一起抗禦西夏，時稱「韓范」。慶曆三年，韓琦擔任樞密副使，與富弼等人積極參與由范仲淹主持的政治改革，即「慶曆新政」。嘉祐二年，蘇轍進士及第，不久就寫信給樞密使韓琦，希望得到他的提攜，這封信也就是〈上樞密韓太尉書〉。後來，宋仁宗拜韓琦為中書門下平章事、集賢殿大學士。自此，韓琦開始了為時十年的宰相生涯。韓琦在朝期間，選拔並愛護人才，曾提拔和舉薦如蘇洵、歐陽脩、蘇軾、狄青等人。

黃州快哉亭記

古文鑑賞

作者：蘇轍
出處：欒城集
難易度☺☺☺☺☺

江出西陵，始得平地，其流奔放肆大❶；南合湘沅，北合漢沔(ㄇㄧㄢˇ)，其勢益張❷。至於赤壁之下，波流浸灌❸，與海相若。清河張君夢得，謫居齊安，即其廬之西南為亭❹，以覽觀江流之勝❺；而余兄子瞻名之曰「快哉」。

蓋亭之所見，南北百里，東西一舍，濤瀾洶湧，風雲開闔❻。晝則舟楫(ㄐㄧˊ)出沒於其前，夜則魚龍悲嘯於其下；變化倏忽，動心駭目，不可久視。今乃得翫(ㄨㄢˋ)之几席之上❼，舉目而足。西望武昌諸山，岡陵起伏，草木行列❽，煙消日出，漁夫樵父之舍，皆可指數(ㄕㄨˇ)❾，此其所以為快哉者也。至於長洲之濱，故城之墟❿，曹孟德、孫仲謀之所睥(ㄅㄧˋ)睨(ㄋㄧˋ)⓫，周瑜、陸遜之所騁騖(ㄨˋ)⓬，其流風遺跡⓭，亦足以稱快世俗。

昔楚襄王從宋玉、景差於蘭臺之宮，有風颯(ㄙㄚˋ)然至者⓮，王披襟當之⓯，曰：「快哉此風！寡人所與庶人共者耶？」宋玉曰：「此獨大王之雄風耳，庶人安得共之！」玉之言，蓋有諷焉。夫風無雌雄之異，而人有遇不遇之變⓰；楚王之所以為樂，與庶人之所以為憂，此則人之變也，而風何與(ㄩˊ)焉⓱！

士生於世，使其中不自得，將何往而非病⓲？使其中坦然，不以物傷性⓳，將何適而非快⓴？今張君不以謫為患，收會稽之餘功㉑，而自放山水之間㉒，此其中宜有以過人者㉓。將蓬戶甕牖(ㄧㄡˇ)

㉔，無所不快；而況乎濯（ㄓㄨㄛˊ）長江之清流，挹（ㄧˋ）西山之白雲㉕，窮耳目之勝以自適也哉！不然，連山絕壑，長林古木，振之以清風，照之以明月，此皆騷人思士之所以悲傷憔悴而不能勝者㉖。烏睹其為快也哉㉗！

【說文解字】

❶奔放：水勢迅急。肆大：水道浩大。肆，展開。❷張：大。❸浸灌：浸透灌注，形容水勢又大又猛。❹即：緊靠。❺勝：盛景。❻風雲開闔：形容雲時而散開，時而聚合，變幻不定。闔，通「合」，消失。翫：觀賞。❼几：古代的一種矮桌，可以憑靠。席：坐墊。❽行列：成行成列。❾指數：點清數量。❿墟：舊址，遺址。⓫睥睨：側目窺察，以便伺機奪取。也作「俾倪」、「辟倪」。⓬騁騖：奔走，馳騁。此處有大顯威風之意。⓭流風：流傳下來的事跡、傳說。風，傳說。⓮颯然：風聲。⓯披襟：袒露胸襟。⓰變：變異，不同。⓱與：參與。⓲病：此處指憂愁。⓳物：外物，指環境、遭遇等。⓴適：往。㉑收：此處爲結束之意。㉒放：任情。㉓宜：應該，大概。㉔將：即使。蓬户甕牖：用蓬草編成的門，用破甕做的窗户，指窮人的住所。㉕挹：汲取。㉖騷人：詩人。屈原曾作〈離騷〉，故稱之。勝：經得起。㉗烏：何，哪裡。

白話解讀

長江流出西陵峽，開始進入平地，水勢奔騰浩蕩；南邊匯合了湘水、沅水，北邊匯合漢水、沔水，水勢顯得更加壯闊。流經赤壁之下，江水滔滔，彷彿一片無際的海洋。清河縣的張君夢得，貶官後住在齊安，在房舍的西南方修建了一座亭子，以觀賞江流的勝景；我哥哥子瞻爲它取了一個名字叫「快哉亭」。

從亭子裡能看到的景致，從南到北約達上百里，從東到西約三十里左右，波濤洶湧，風雲變幻莫測。白天，船隻在眼前出沒，夜晚，魚龍徘徊亭下悲鳴；景色瞬息萬變，令人怵目驚心，難以長久注視。如今，可以坐在亭子裡的几席中，盡情地觀賞這些美景。向西眺望武昌群山，只見山巒起伏，草木排列成序，煙消霧散，陽光照耀之下，漁翁和樵夫的房舍皆清晰可數，這就是取名為「快哉」的原因。至於沙洲的岸邊，舊城的廢墟，曾是曹操、孫權所覬覦的沃土，是周瑜、陸遜大顯威風的地方，那些遺留下來的傳說和英雄事跡，也足以使一般人大呼痛快了！

從前楚襄王和宋玉、景差到蘭臺宮遊玩，一陣風吹來，颯颯作響，楚王敞開衣襟迎著風，說：「這風使人多麼快樂啊！這是我和百姓共享的吧？」宋玉說：「這是專屬大王享受的雄風，百姓怎麼能共同享受它呢？」宋玉的話大概是有所諷刺吧！風並沒有雄雌之分，而人則有受賞識與不受賞識的差異；楚王之所以感到快樂，而百姓之所以感到憂愁，正是由於人的境遇不同，跟風有什麼關係呢？

士人活在世上，如果心中不得志，那麼到什麼地方不感到憂愁呢？如果他心胸坦蕩，不因外物而影響自己的喜怒脾性，那麼到什麼地方不會感到快樂呢？張君不把被貶謫當作憂患，辦完公務之後，便縱情暢遊山水之間，這大概就是他心中超越別人的地方。即使是住在用蓬草編門、用破甕做窗的陋宅中，也沒什麼不快樂的；更何況有清澈的長江水供洗滌，有西山的白雲可隨手採取，遍賞勝景，便可使自己舒暢啊！如果不是如此，那麼連綿不斷的峰巒、幽深陡峭的溝壑，遼闊的森林、參天的古木，清風拂搖，明月高照，這些都是引起文人思士悲傷憔悴、難以承受的事物，哪裡看得出它們能使人快樂呢？

意旨精鑰

本文寫景中夾帶議論，藉由描述快哉亭上使人心曠神怡的景致，說明快與不快取決於心胸是否曠達。只有像亭子主人一樣胸懷坦蕩，才能從壯麗的自然中領悟生活的樂趣。

寫作密技

一、**層遞**：凡兩個以上的事物，其中有大小、輕重等比例，行文時依次序層層推進，即爲之。

例1：江出西陵，始得平地，其流奔放肆大；南合湘沅，北合漢沔，其勢益張。至於赤壁之下，波流浸灌，與海相若。

例2：然始發之時，終日可愈；三日，越旬可愈，今疾且成，已非三月不能瘳。終日而愈，艾可治也；越旬而愈，藥可治也；至於既成，甚將延乎肝膈，否亦將為一臂之憂。（明代方孝儒〈指喻〉）

二、**倒反**：文句表面的意義和作者內心眞正的意思相反。

倒辭 把意思反過來說，不含有諷刺意味。

反辭 把意思反過來說，且含有諷刺意味。

例1：此獨大王之雄風耳，庶人安得共之！

Tips. 反辭。

例2：輸呀，輸得精光才好呢！反正家裡有老牛馬墊背，我不輸也有旁人替我輸！（白先勇〈永遠的尹雪豔〉）

Tips. 倒辭。

三、**象徵**：對於抽象的觀念、情感或看不見的事物，不直接說明，而透過具象的形體、理性的關聯或約定俗成的概念間接陳述。

例1：江出西陵，始得平地，其流奔放肆大；南合湘沅，北合漢沔，其勢益張。至於赤壁之下，波流浸灌，與海相若。

Tips. 象徵作者的心境逐漸開闊。

例2：胡馬依北風，越鳥巢南枝。（〈行行重行行〉）

Tips. 象徵不忘本。

小試身手（*為多選題）

*1.（　）**國文課堂上討論「宋代貶謫文學」，範圍為范仲淹〈岳陽樓記〉、歐陽脩〈醉翁亭記〉、蘇轍〈黃州快哉亭記〉，則下列敘述，正確的選項是：**

A. 三篇文章雖皆流露遭逢貶謫的感慨，仍不忘對時局提出諍言。

B. 三篇文章的敘寫次序皆為：登高望遠→遙望京城→抒發感懷→物我合一。

C. 歐陽脩〈醉翁亭記〉認為官運難卜，應該及時享受與民同遊共飲的快樂。

D. 范仲淹〈岳陽樓記〉認為儘管仕途受挫，知識分子仍當以百姓安樂為念。

E. 蘇轍〈黃州快哉亭記〉認為心胸坦然，超越人生的缺憾，才能擁有自在的生命。

2.（　）**下列各組「」內三個「偏旁」相同的字，讀音卻完全不同的選項是：**

A.「裨」益／「稗」官野史／「睥」睨群雄

B.「娉」婷／敦「聘」專家／遊目「騁」懷

C.「縞」素／形容枯「槁」／「犒」賞三軍

D.「俳」優／中傷「誹」謗／不「悱」不發

＊3.（　）歐陽脩〈醉翁亭記〉：「有亭翼然臨於泉上者，醉翁亭也」，其中「有亭翼然臨於泉上者」，意即「有翼然臨於泉上之亭」。下列文句「　」內屬於這種造句方式的選項是：

A.蓋「有不知而作之者」，我無是也。

B.村南「有夫婦守貧者」，織紡井臼，佐讀勤苦。

C.輒曰：今「有一言可以解燕國之患而報將軍之仇者」，何如。

D.昔楚襄王從宋玉、景差於蘭臺之宮，「有風颯然至者」，王披襟當之。

E.如「有不嗜殺人者」，則天下之民，引領而望之矣，誠如是也，民歸之，由水之就下，沛然誰能禦之。

4.（　）下列文句的解釋，正確的選項是：

A.「使其中坦然，不以物傷性」；「以物傷性」意謂玩物喪志。

B.「翠綸桂餌，反所以失魚，言隱榮華，殆謂此也」；「言隱榮華」強調吉人之辭寡。

C.「得志，與民由之；不得志，獨行其道」；「與民由之」意謂君子得志之時，便將所得之道，推行於民。

D.「是故君子戒慎乎其所不睹，恐懼乎其所不聞」；「恐懼乎其所不聞」意謂君子求知若渴，唯恐遺漏該明白的事。

5.（　）下列各項文句中，何者沒有錯別字？

A.地維賴以立，天柱賴以尊，三綱實繫命，道義為之根。

B.蓋亭之所見，南北百里，東西一舍，濤濫洶湧，風雲開闔。

C.寒蟬淒切，對長亭晚，驟雨初歇，都門悵飲無緒。

D.今臣亡國賤俘，至微至陋，過蒙拔濯，寵命優渥，豈敢盤桓，有所希冀。

6.（　）蘇轍〈黃州快哉亭記〉：「士生於世，使其中不自得，將何往而非病？」下列散曲，何者最清楚的展現作者「其中不自得」的處境？

A.雲霞，我愛山無價，看時行踏，雲山也愛咱。

B.鶴立花邊玉，鶯啼樹杪弦，喜沙鷗也解相留戀。

C.晚來盡灘頭聚，笑語相呼。魚有剩和煙旋煮，酒無多帶月須沽。

D.砧聲催動一天霜，過雁聲嘹亮。叫起離情，敲殘愁況。夢家山身異鄉。

7.（　）〈黃州快哉亭記〉：「昔者楚襄王從宋玉、景差於蘭臺之宮，有風颯然至者，王披襟當之，曰：『快哉此風！寡人所與庶人共者耶？』」意謂？

A.楚王有叱吒風雲之氣概。

B.楚王恩澤普及百姓。

C.楚王藉此表達自得之情。

D.楚王認為此風甚佳，應與百姓共享。

8.（　）「使其中坦然，不以物傷性」，句中的「不以物傷性」意義與何者相同？甲、不汲汲於富貴。乙、不以物喜，不以己悲。丙、不憤不啟，不悱不發。丁、不役於物。

A.甲、乙、丁

B.乙、丙、丁

C.甲、乙、丙

D.甲、丙、丁

解答：1.DE　2.B　3.BCD　4.C　5.A　6.D　7.C　8.A

宋詞三首

古文鑑賞

作者：蘇軾、辛棄疾、李清照
出處：全宋詞
難易度☺☺☺☺☺

一、〈念奴嬌〉

大江東去❶，浪淘盡❷，千古風流人物❸。故壘西邊❹，人道是，三國周郎赤壁❺。亂石崩雲，驚濤裂岸，捲起千堆雪❻。江山如畫，一時多少豪傑！遙想公瑾當年，小喬初嫁了，雄姿英發。羽扇綸（ㄍㄨㄢ）巾❼，談笑間，檣（ㄑㄧㄤˊ）櫓（ㄌㄨˇ）灰飛煙滅❽。故國神遊❾，多情應笑我，早生華髮❿。人間如夢，一尊還酹（ㄌㄟˋ）江月⓫。

二、〈青玉案〉

東風夜放花千樹⓬，更吹落，星如雨⓭。寶馬雕車香滿路。鳳簫聲動，玉壺光轉⓮，一夜魚龍舞。蛾兒雪柳黃金縷⓯，笑語盈盈暗香去。眾裏尋他千百度，驀（ㄇㄛˋ）然回首⓰，那人卻在，燈火闌珊處⓱。

三、〈聲聲慢〉

尋尋覓覓⓲，冷冷清清，悽悽慘慘戚戚⓳。乍暖還（ㄏㄨㄢˊ）寒時候⓴，最難將息㉑。三杯兩盞淡酒，怎敵他晚來風急！雁過也，正傷心，卻是舊時相識。

滿地黃花堆積，憔悴損㉒，如今有誰堪摘？守著窗兒，獨自怎生得黑㉓！梧桐更兼細雨，到黃昏，點點滴滴。這次第㉔，怎一箇愁字了得！

【說文解字】

❶大江：長江。❷淘：沖洗，沖刷。❸風流人物：指傑出的歷史名人。❹故壘：過去遺留下來的營壘。❺周郎：指三國時吳國名將周瑜，字公瑾，少年得志，二十四爲中郎將，掌管東吳重兵，吳中皆呼爲「周郎」。❻雪：比喻浪花。❼羽扇綸巾：古代儒將的便裝打扮。羽扇，羽毛制成的扇子。綸巾，青絲製成的頭巾。❽檣櫓：此處代指曹操的水軍戰船。檣，掛帆的桅桿。櫓，一種搖船的槳。❾故國：此處指當年的赤壁戰場。❿華髮：花白的頭髮。⓫尊：通「樽」，酒杯。⓬花千樹：指燈火。⓭星如雨：比喻燈火像萬點流星。⓮玉壺：用玉裝飾的，古代宮中用以計時的器具。⓯蛾兒：婦女戴在頭上的裝飾品。雪柳黃金縷：金線撚絲做成的裝飾品。⓰驀然：忽然。⓱闌珊：微弱，稀疏。⓲尋尋覓覓：意謂想把失去的一切都找回來，表現空虛悵惘、迷茫失落的心情。⓳悽悽慘慘慼慼：憂愁苦悶的樣子。⓴乍暖還寒：指秋天的天氣，忽然變暖，又轉寒冷。㉑將息：調養休息。㉒損：表示程度極高。㉓怎生：怎樣的。生，語助詞。㉔這次第：這光景，這情形。

白話解讀

一、〈念奴嬌〉

滾滾大江向東流去，波浪翻滾，沖刷多少千百年來的傑出人物。在舊營地的西邊，傳說是當年三國時代，周瑜大敗曹操的赤壁。峭壁怪石聳立，驚心動魄的波濤洶湧地衝擊岸邊，翻起千重如雪般的浪花。山河壯麗，景色如畫，這裡曾經有多少英雄豪傑啊！遙想當年的周瑜，小喬剛下嫁於他，他氣宇軒昂，英姿煥發。周瑜輕搖羽扇，戴著儒冠，在談笑之間，便可以從容不迫地摧毀敵人的戰船。我回憶著當年的戰地，過往的事跡一幕幕湧上心頭，可笑我多愁善感，過早就白髮斑斑。人生就猶如一場夢啊！且舉杯祭奠今夜江上的明月吧！

二、〈青玉案〉

正月十五元宵節的晚上，東風吹來，燈火在夜空下搖曳，就像千樹銀花一般，又像是被吹落的滿天星雨。華麗的馬車走過，滿路飄香。在悠揚的鳳簫聲中，閃亮的玉壺轉動著，魚燈、龍燈也徹夜舞動著。在這個佳節良宵裡，女孩們都裝飾著漂亮的蛾兒，笑語盈盈地前去賞花燈。在這個熱鬧的場合中，我不斷地尋找他。正當失望惆悵時，我不經意地回頭，才突然發現，他就獨自站在那燈火稀疏的地方啊！

三、〈聲聲慢〉

苦苦地尋覓，身旁卻還是冷冷清清，怎能不讓人感到悽慘悲感呢？乍暖還寒的時節，身體最難以將息。只喝兩、三杯淡酒，又怎麼能敵得過早晨的寒風呢？一行大雁從眼前飛過，更加讓人傷心，因爲那些都是舊日的相識啊！園中的菊花堆積了滿地，憔悴不堪，如今還有誰來採摘呢？我冷清清地獨自一人守在窗旁，一個人要怎麼熬過漫漫長夜呢？梧桐葉上細雨淋漓，到了黃昏時分，雨依舊點點滴滴地下個不停。這般情景，怎麼能用一個「愁」字了結啊！

意旨精鑰

一、〈念奴嬌〉

歷史上的周瑜意氣風發，胸襟廣闊，年少有爲，是蘇軾心中十分仰慕的英雄。因此在蘇軾筆下的周瑜亦年輕有爲，文采風流，江山美人兼得，春風得意，且有儒將風度，指揮若定，膽略非凡，氣概豪邁。

二、**〈青玉案〉**

陰曆正月十五爲上元節，這日晚上稱元夕，亦稱元宵、元夜，古代有元夕觀燈的風俗。這是一首別有寄託的詞作，辛棄疾假借尋求一位厭惡熱鬧、自甘寂寞的女子，含蓄地表達自己的高潔志向和情懷。先用大量筆墨渲染元夕的熱鬧景象，最後筆鋒一轉，以冷清作結，形成鮮明強烈的對比。

三、**〈聲聲慢〉**

此詞寫於李清照的晚期。又題作「秋情」，賦秋就是賦愁，但此處的愁已不是女詞人閨中生活的淡淡哀愁，李清照在經歷過國家危亡、故鄉淪陷、丈夫病逝、金石書畫全部散失後，自己又流落在逃難的隊伍中，飽經離亂。因此，此處的愁是深愁、濃愁、無盡的愁。

寫作密技

一、**倒裝：**語文中特意顛倒文法上或邏輯上順序的句子。

例1：故國神遊，多情應笑我，早生華髮。

Tips:「故國神遊，多情應笑我」為「神遊故國，應笑我多情」的倒裝。

例2：城闕輔三秦，風煙望五津。（唐代王勃〈杜少府之任蜀州〉）

Tips:「城闕輔三秦」為「三秦輔城闕」的倒裝。

例3：陸曰：「君賢臣忠，國之盛也。父慈子孝，家之盛也。今政荒民弊，覆亡是懼，臣何敢言盛！」（《世說新語．規箴》）

Tips.「覆亡是懼」為「懼覆亡」的倒裝。

例4：皇路當清夷，含和吐明庭。時窮節乃見，一一垂丹青。（宋代文天祥〈正氣歌〉）

Tips.「皇路當清夷」為「當皇路清夷」的倒裝。

二、類疊：接二連三地反覆使用相同的一個字詞或語句的修辭技巧。可以增加文章的節奏感，凸顯文章的重點，避免單調、枯燥、固定的缺點。

疊字 同一字詞連接的使用，又名「重言」。

疊句 同一語句連續的出現，又名「連接反覆」。

類字 同一字詞隔離的使用。

類句 同一語句隔離的出現，或稱「隔離反覆」。

例1：尋尋覓覓，冷冷清清，悽悽慘慘戚戚。

Tips. 疊字。

例2：迢迢牽牛星，皎皎河漢女。纖纖擢素手，札札弄機杼。終日不成章，泣涕零如雨。河漢清且淺，相去復幾許？盈盈一水間，脈脈不得語。（〈迢迢牽牛星〉）

Tips. 疊字。

例3：父兮生我，母兮鞠我。拊我畜我，長我育我。顧我復我，出入腹我。欲報之德，昊天罔極！（《詩經．蓼莪》）

Tips. 類字。

例4：伯牛有疾，子問之。自牖執其手曰：「亡之，命矣夫！斯人也，而有斯疾也！斯人也，而

有斯疾也！」（《論語．雍也》）

Tips. 疊句。

三、引用：援用前賢經典的警句、名言、典故、俗語等，以闡明自己的論點，表達自己的思想。

明引 明白指出所引文字的出處和來源。

暗用 引用時未指明出處，直接將引文編織在自己的文章或講詞中。

例1：梧桐更兼細雨，到黃昏，點點滴滴。

Tips. 暗用。

例2：明朝望鄉處，應見隴頭梅。（唐代宋之問〈題大庾嶺北驛〉）

Tips. 暗用。

例3：雄曰：「古之君子，進人以禮，退人以禮；今之君子，進人若將加諸膝，退人若將墜諸淵。臣於劉河內，不為戎首，亦已幸甚，安復為君臣之好？」（《世說新語．方正》）

Tips. 暗用。

例4：王冕看了一回，心裡想道：「古人說：『人在畫圖中』，實在不錯；可惜我這裡沒有一個畫工，把這荷花畫他幾枝，也覺有趣。」（清代吳敬梓《儒林外史》）

Tips. 明引。

例5：「月明星稀，烏鵲南飛」，此非曹孟德詞解之詩乎？（宋代蘇軾〈前赤壁賦〉）

Tips. 明引。

成語錦囊

一、**風流人物**：傑出的人物，或指不拘禮法、行為放蕩的人。

原典 大江東去，浪淘盡，千古風流人物。

書證1：至若梁魏周齊之間，耳目者舊所接，風流人物，名實可知，衣冠道義，謳謠尚在。（唐代陳叔達〈答王績書〉）

書證2：六街三市通車馬，風流人物類京華。（宋代董解元《董西廂》）

書證3：婦人家水性，見了衙內這般風流人物，再著些甜話兒調和他，不由他不肯。（明代施耐庵《水滸傳》）

二、**江山如畫**：形容山水風景如圖畫般美麗。

原典 江山如畫，一時多少豪傑！

書證1：千里江山如畫，萬井笙歌不夜，扶路看遨頭。（宋代張孝祥〈水調歌頭．今夕復何夕〉）

書證2：空一帶江山江山如畫，止不過飯囊飯囊衣架，塞滿長安亂似麻。（元代王子一《誤入桃源》）

三、**灰飛煙滅**：像灰、煙般的消逝。比喻完全消失殆盡。

原典 羽扇綸巾，談笑間，檣櫓灰飛煙滅。

書證1：豈知轉眼之間，灰飛煙滅，金山化作冰山，極是不難的事。（明代凌濛初《初刻拍案驚奇》）

小試身手！

1.（　）下列有關蘇軾〈念奴嬌．赤壁懷古〉的敘述何者正確？
A. 時空背景依序為：今日→昔日→今日。
B.〈念奴嬌〉是題目名。
C.〈赤壁懷古〉是詞調名。
D. 蘇軾謫居眉州時所作。

2.（　）請就蘇軾生平、文學作品及思想，判斷下列詩詞創作的先後順序：甲、橫看成嶺側成峰，遠近高低各不同。不識廬山真面目，只緣身在此山中。（〈題西林壁〉）乙、羅浮山下四時春，盧橘楊梅次第新。日啖荔枝三百顆，不辭長作嶺南人。（〈食荔枝〉）丙、大江東去，浪淘盡，千古風流人物。故壘西邊，人道是，三國周郎赤壁。亂石崩雲，驚濤裂岸，捲起千堆雪。江山如畫，一時多少豪傑！遙想公瑾當年，小喬初嫁了，雄姿英發。羽扇綸巾，談笑間，檣櫓灰飛煙滅。故國神遊，多情應笑我，早生華髮。人間如夢，一尊還酹江月。（〈念奴嬌．赤壁懷古〉）丁、人生到處知何似？應似飛鴻踏雪泥。泥上偶然留指爪，鴻飛那復計東西。老僧已死成新塔，壞壁無由見舊題。往日崎嶇還記否，路長人困蹇驢嘶。（〈和子由澠池懷舊〉）戊、餘生欲老海南村，帝遣巫陽招我魂。杳杳天低鶻沒處，青山一髮是中原。（〈澄邁驛通潮閣〉）
A. 丙乙戊丁甲
B. 丙乙戊甲丁
C. 丁丙乙甲戊
D. 丁丙甲乙戊

3.（　）蘇軾〈念奴嬌〉：「羽扇綸巾，談笑間強虜灰飛煙滅」，是指哪一位歷史豪傑？
A. 諸葛亮

B. 曹操
C. 周瑜
D. 關羽

4.（　）辛棄疾〈青玉案〉：「東風夜放花千樹，更吹落，星如雨。寶馬雕車香滿路。鳳簫聲動，玉壺光轉，一夜魚龍舞。」描寫的是哪一個傳統節日呢？
A. 除夕
B. 中秋節
C. 端午節
D. 元宵節

5.（　）辛棄疾〈青玉案〉：「驀然回首，那人卻在燈火闌珊處」中的「回」字，與下列哪一個選項中「回」字的意義完全相同？
A.「回」看射鵰處，千里暮雲平。
B. 二月已破三月來，漸老逢春能幾「回」。
C. 醉臥沙場君莫笑，古來征戰幾人「回」。
D. 少小離家老大「回」，鄉音無改鬢毛衰。

6.（　）李清照〈聲聲慢〉：「尋尋覓覓，冷冷清清，悽悽慘慘戚戚。乍暖還寒時候，最難將息。三盃兩盞淡酒，怎敵他晚來風急！雁過也，正傷心，卻是舊時相識。」運用哪一種描寫手法，展現詩人曲折複雜的內心情感？
A. 存真
B. 譬喻
C. 擬人
D. 疊字

7.（　）下列文句的選項，何者所敘述的季節與其他不同？

A. 滿地黃花堆積，憔悴損，如今有誰堪摘？守著窗兒，獨自怎生的黑？（宋代李清照〈聲聲慢〉）

B. 竹深留客處，荷淨納涼時。（唐代杜甫〈攜妓納涼晚際遇雨〉）

C. 枯藤老樹昏鴉，小橋流水人家，古道西風瘦馬。（宋代馬致遠〈天淨沙〉）

D. 寂寞梧桐深院鎖清秋。（宋代李煜〈相見歡〉）

8.（　）下列各詞句，就時辰而言，哪兩者最相近？甲、樓上晴天碧四垂，樓前芳草接天涯（宋代周邦彥〈浣溪沙〉）乙、楊柳岸，曉風殘月（宋代柳永〈雨霖鈴〉）丙、守著窗兒，獨自怎生得黑（宋代李清照〈聲聲慢〉）丁、樓上闌干橫斗柄，露寒人遠雞相應（宋代周邦彥〈蝶戀花〉）

A. 乙丁

B. 丙丁

C. 乙丙

D. 甲丁

解答：1.A　2.D　3.C　4.D　5.A　6.D　7.B　8.A

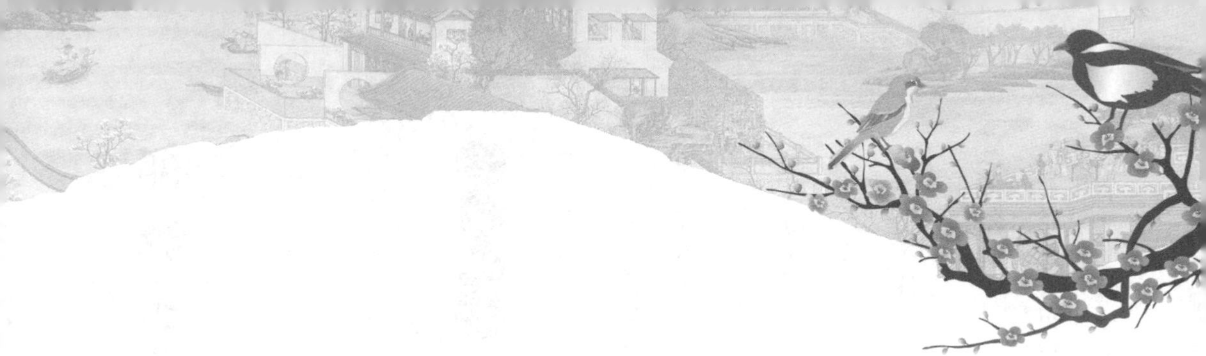

第六單元

明朝

郁離子選

出處：郁離子
難易度☺☺☺☺☺

作者簡介

劉基（西元一三一一年—西元一三七五年），字伯溫，青田人，元末進士，曾任官，後棄官歸隱。元末受聘至金陵，輔佐朱元璋，北伐中原，建立帝業，為明朝開國功臣之一，封誠意伯。後來受左丞相胡惟庸陷害，憂憤而亡，謚文成。劉基是中國歷史上著名的政治家、思想家和文學家，在政治、軍事、天文、地理、文學等方面造詣甚深，與宋濂並稱一代文宗，代表著作為《郁離子》。

古文鑑賞

一、良桐

工之僑得良桐焉❶，斲而為琴❷，弦而鼓之❸，金聲而玉應，自以為天下之美也，獻之太常。使國工視之❹，曰：「弗古。」還之。

工之僑以歸，謀諸漆工，作斷紋焉❺；又謀諸篆工，作古窾焉❻；匣而埋諸土。期年出之❼，抱以適市❽。貴人過而見之❾，易之以百金❿，獻諸朝。樂官傳視，皆曰：「希世之珍也！」

工之僑聞之，嘆曰：「悲哉，世也！豈獨一琴哉？莫不然矣！而不早圖之⓫，其與亡矣！」遂去，入於宕冥之山⓬，不知其所終。

二、狙公

楚有養狙以為生者⓭，楚人謂之狙公。旦日必部分眾狙於庭⓮，使老狙率以之山中，求草木之實，賦什一以自奉⓯，或不給⓰，則加鞭箠焉⓱。群狙皆謂苦之，弗敢違也。

一日，有小狙謂眾狙曰：「山之果，公所樹與⑱？」曰：「否也，天生也。」曰：「非公不得而取與？」曰：「否也，皆得而取也。」曰：「然則吾何假於彼而為之役乎⑲？」言未既⑳，眾狙皆寤㉑。其夕，相與伺狙公之寢㉒，破柵毀柙㉓，取其積，相攜而入於林中，不復歸。狙公卒餒而死㉔。

郁離子曰：「世有以術使民而無道揆者㉕，其如狙公乎！惟其昏而未覺也，一旦有開之㉖，其術窮矣！」

【說文解字】

❶工之僑：名字爲僑的工匠，是作者虛構的人物。❷斲：砍。❸弦：動詞，爲琴配弦。鼓：敲擊，彈奏。❹國工：朝廷的工匠，一指國内技巧高超的工匠。❺斷紋：在琴身上漆出斷裂的紋路。❻窾：通「款」，器物上鐫刻的字。❼期年：一年。❽適：往。❾貴人：顯貴的人。❿易：交換。⓫圖：策劃，考慮。⓬宕冥之山：作者虛構的山名，意指幽深隱匿的山。⓭狙：彌猴屬動物的通稱。⓮部分：安排，分派。⓯什一：十分之一。⓰不給：不足用，不能供應所需。⓱鞭箠：用鞭子抽打。⓲樹：種植。⓳假：依傍。⓴既：動作已經完成。㉑寤：覺悟。㉒伺：暗中偵察。㉓柙：關獸畜的檻籠。㉔卒：最後。㉕道揆：以義理度量事物。揆，道理。㉖開：啓發。

白話解讀

一、良桐

工之僑獲得質地非常好的桐木，便砍下它做成了一張琴，安上琴弦彈奏起來，發出如叩鐘擊磬般悅耳動聽的聲音，他自認爲這是天下最完美的琴了，於是便將琴獻給太常。太常派宮廷最優秀的樂工鑑定這張琴，樂工看了以後說：「這不是古琴。」就把這張琴退還給工之僑。

工之僑把琴抱回來後，找了一位漆工商議，請他在琴上刻些斷紋；又去和雕刻鏤紋的工匠商議，請他在琴身題上古代的文字；然後裝進盒子裡，埋入土中。一年後再把它挖出來，拿到市場去賣。有位顯貴的人經過時看見了，便出價一百金把它買下來獻給朝廷。朝中樂官爭相傳視，紛紛讚嘆道：「真是世上稀有的珍寶啊！」

工之僑聽說這件事後，感嘆道：「眞可悲啊，這樣的世道人心！又何只是如此對待這琴呢？天下沒有一件事不是這樣的啊！如果不及早打算，恐怕將與這個世道一起滅亡了！」於是工之僑便毅然離開這個污濁的俗世，遁入幽深廣大的宕冥山中，世人都不知道工之僑最後的下落。

二、狙公

楚國有位以養獼猴維生的人，當地人稱他爲「狙公」。狙公每天早晨必定在庭院中分派猴子們任務，讓老猴率領衆猴子到山中採摘草木的果實，回來後繳納十分之一的果實供養狙公。如果有交不夠分量的獼猴，狙公便會鞭打牠。衆猴對狙公又畏懼又痛恨，卻始終不敢違抗。

有一天，一隻小猴突然問衆猴：「山中的果樹是狙公栽種的嗎？」衆猴回答：「當然不是，那是野生的。」小猴又問：「除了狙公，都不許其他人採果子嗎？」猴子們又回答：「不，大家都可以採摘。」小猴說：「既然如此，那麼我們爲何必須依靠他，並且被他奴役呢？」話還沒說完，猴子們都恍然大悟了。當天晚上，大家等狙公睡著之後，合力衝破柵欄，砸毀牢籠，帶走狙公積存的果實，相互扶持著逃入林中，不再回到狙公那裡。最後狙公餓死。

郁離子說：「世上有以權術役使人民，而不用道理法度治理國家的人，就像狙公這樣！人民只是一時糊塗尚未覺醒，一旦有人加以啓發開導，統治者的權術就要失靈了！」

意旨精鑰

一、良桐

藉由樂師工匠不識琴的優劣眞僞，諷喻當時執政者只圖外表、是非不分，並預言政權即將覆滅。

二、狙公

藉由狙公霸道貪婪、橫徵暴斂的欺壓行徑，諷刺當朝執政者，並暗示其最後將不得善終。

寫作密技

一、轉品：一個詞彙，改變其原來詞性而在語文中出現。

例1：斲而為琴，弦而鼓之，金聲而玉應，自以為天下之美也，獻之太常。

Tips 弦，名詞作動詞使用。

例2：又謀諸篆工，作古窾焉；匣而埋諸土。

Tips 匣，名詞作動詞使用。

成語錦囊

一、金聲玉振：爲孟子稱讚孔子聖德兼備，正如奏樂，以鐘發聲，以磬收樂，集衆音之大成。後用以比喻才德兼備，學識淵博。

原典 工之僑得良桐焉，斲而為琴，弦而鼓之，金聲而玉應，自以為天下之美也，獻之太常。

書證1：孔子之謂集大成；集大成也者，金聲而玉振之也。金聲也者，始條理也；玉振之也者，終條理也。（《孟子．萬章下》）

書證2：史門文宗，國子儒允，克家踵武，金聲玉振。（唐代張說〈邠王府長史陰府君碑銘〉）

小試身手（*為多選題）

1.（　）**劉基《郁離子．省敵》：「湯武之所以無敵者，以我之敵敵敵也。為天下至仁，為能以我之敵敵敵，是故敵不敵而天下服。」以上引文中九個「敵」字，作動詞的有幾個？**

A. 二個。
B. 三個。
C. 四個。
D. 五個。

*2.（　）**下列文句中的「易」字，哪些選項意思相同？**

A天下有道，丘不與「易」也。
B貴人過而見之，「易」之以百金。
C豈得之難而失之「易」歟。
D孝公用商鞅之法，移風「易」俗。
E「易」其田疇，薄其稅斂，民可使富也。

3.（　）**下列「　」內的詞語，何者替換後意思有誤？**

A. 微管仲，吾其「被」髮左衽矣：披。

B. 工之僑得良桐焉，「斵」而為琴：斫。

C. 破柵毀「柙」，取其積：匣。

D. 行李之往來，「共」其乏困：供。

4.（　）**在一段文句中，將一個數目分解成幾個小數目的總和，這樣的修辭技巧稱為「析數」。下列「　」內的詞語，何者不屬於這種用法？**

A. 老夫有一末堂幼女，年方「二八」。

B. 求草木之實，賦「什一」以自奉。

C. 「三五」明月滿，四五詹兔缺。

D. 「七七」之期已過，范舉人出門謝了孝。

5.（　）**下列「　」內的字，何者不是動詞？**

A 山之果，公所「樹」與。

B 侶魚蝦而「友」麋鹿。

C 雖「舉」家錦衣玉食。

D 「族」秦者，秦也，非天下也。

6.（　）**下列文句「　」內的字，何者讀音兩兩相同？**

A. 相與「伺」狙公之寢／靜女其姝，「俟」我於城隅

B. 言未既，眾狙皆「寤」／夙興夜「寐」，毋忝爾所生

C. 以術使民而無道「揆」者／永和九年，歲在「癸」丑

D. 又謀諸「篆」工，作古窾焉／架梁之「椽」，多於機上之工女

解答： 1.B　2.AD　3.C　4.B　5.C　6.A

指喻

出處：遜志齋集
難易度☺☺☺☺☺

作者簡介

方孝儒（西元一三五七年—西元一四〇二年），字希直，又字希古，浙江寧波寧海人。方孝孺自幼聰明好學，鄉人稱「小韓子（小韓愈）」，長大後拜大儒宋濂為師。方孝孺著作甚豐，有《周禮考次》、《大易枝辭》、《武王戒書註》、《宋史要言》、《帝王基命錄》、《文統》等；遭受政治迫害後，朱棣查禁他的所有著作，今僅存《遜志齋集》傳世。

古文鑑賞

浦陽鄭君仲辨，其容闐然❶，其色渥然❷，其氣充然，未嘗有疾也。他日，左手之拇有疹焉，隆起而粟❸，君疑之，以示人。人大笑，以為不足患❹。既三日❺，聚而如錢，憂之滋甚❻，又以示人。笑者如初。又三日，拇之大盈握，近拇之指，皆為之痛，若剟刺狀❼，肢體心膂無不病者❽。懼而謀諸醫。醫視之，驚曰：「此疾之奇者，雖病在指，其實一身病也，不速治，且能傷生。然始發之時，終日可愈❾；三日，越旬可愈❿；今疾且成，已非三月不能瘳⓫。終日而愈，艾可治也；越旬而愈，藥可治也；至於既成，甚將延乎肝膈⓬，否亦將為一臂之憂。非有以禦其內⓭，其勢不止；非有以治其外，疾未易為也。」君從其言，日服湯劑，而傅以善藥⓮。果至二月而後瘳，三月而神色始復。

余因是思之：天下之事，常發於至微，而終為大患；始以為不足治，而終至於不可為。當其易也，惜旦夕之力⓯，忽之而不顧⓰；及其既成也，積歲月，疲思慮，而僅克之⓱，如此指者多矣。蓋眾人之所可知者，眾人之所能治也，其勢雖危，而未足深畏；惟萌於不必憂之地⑱，而寓於不可見之初⑲，眾人笑而忽之者，此則君子之所深畏也。

昔之天下，有如君之盛壯無疾者乎？愛天下者，有如君之愛身者乎？而可以為天下患者，豈特瘡痏之於指乎⑳？君未嘗敢忽之；特以不早謀於醫，而幾至於甚病。況乎視之以至疎之勢㉑，重之以疲敝之餘㉒，吏之戕摩剝削以速其疾者亦甚矣㉓！幸其未發，以為無虞而不知畏㉔，此真可謂智也與哉？

余賤，不敢謀國㉕，而君慮周行果㉖，非久於布衣者也。《傳》不云乎：「三折肱，而成良醫㉗。」君誠有位㉘於時，則宜以拇病為戒！

【說文解字】

❶闐然：強壯貌。闐，盛，滿。❷渥：光潤。❸而：如。❹不足患：不值得擔憂。足，值得。❺既：已經，過。❻憂之滋甚：更加地憂慮。滋，更。❼剟：刺。❽肢體心膂：全身從外到內。膂，脊骨。❾終日可愈：一天就可以治好。終日，一天。愈，通「癒」。❿越旬：十幾天。越，過。旬，十天爲一旬。⓫瘳：病癒。⓬膈：橫隔膜，介於腹腔與胸腔之間。⓭禦：遏止。⓮傅：通「敷」，塗抹。⓯惜：吝惜。⓰忽：忽視，輕忽。⓱克：戰勝。⓲萌：草木始生，比喻事情剛剛發生。⓳寓：隱藏。⓴豈特：何止，哪裡只是。特，只。痏：瘡痕。㉑疎：通「疏」，忽視。㉒重：更，加上。㉓戕摩：迫害。剝削：侵奪。㉔虞：憂慮。㉕謀國：謀劃國事，即參與政事之意。㉖慮周行果：思慮周密，行動果決。㉗三折肱而成良醫：多次折斷胳膊，便能領悟有效的治療方法，進而成爲這方面的專家。比喻對某種事情閱歷豐富，自然造詣精深。肱，胳膊。㉘有位：獲得官職。

白話解讀

浙江浦陽鄭仲辨先生，他的體格魁偉，臉色光潤，精神飽滿，從未生過病。有一天，他的左手大拇指長出一個紅斑點，凸起像顆粟粒，他感到非常奇怪，就把大拇指露給別人看。人們看了大笑，認爲這是小事，不必緊張。過了三天，大拇指竟然腫到像錢幣一樣大，他更加擔憂，又把大拇指拿給別人看，衆人仍像上次一樣哈哈大笑。又過了三天，大拇指腫到足以用一隻手握滿，靠近拇指的指頭都因此感到疼痛不堪，彷彿被針刺一樣，四肢軀體、心臟脊骨沒有一個地方不痛。鄭君覺得非常害怕，便連忙找醫生診治。醫生診視後，驚訝地說：「這是一種奇怪的疾病，雖然病發於拇指上，其實全身上下都是病啊！如果不趕快治療，將會危及生命。剛發病時，只要一天就能治好了；拖了三天，就得花十幾天才可以治好；如今疾病已經形成，至少要花三個月才能治癒。一天就可以治好的，用艾草就可以治療；十幾天才能痊癒的，尚且能用藥物治療；等到疾病已經形成，嚴重時甚至會蔓延到肝臟與膈膜，或導致一隻胳臂殘廢。現在你得趕緊服藥從體內遏阻它，否則病勢將會繼續惡化；並結合體外治療，不然這病將很難治好。」鄭君依照醫生的指示，每天服用湯藥，並敷上很好的藥膏。果然，兩個月後，手部的患處就痊癒不痛了，三個月後，精神氣色也恢復了。

我因此想到：舉凡天下的事情，常從極微小的地方發生，最終演變成爲大禍害；起初認爲不值得處理，最後卻發展成不可收拾的局面。當它容易治理的時候，人們吝於花費少許時間做好它，反而疏忽，不加以理會；等到禍患形成之後，再耗用很多的時間，絞盡所有的腦汁，卻只能勉強克制它，像鄭君指病的情形太多了！一般人所能瞭解的事，一般人就能處理好它，雖然情況有點危急，但還不至於令人害怕；只有那些發生在看似不值得憂慮的地方，隱藏在看不到的徵兆中，被一般人輕笑疏忽的事情，才是君子所深感畏懼的。

從前國家的情勢，有像鄭君一樣強壯而沒有病痛嗎？愛護國家的人，有像鄭君一樣愛惜自己的身體嗎？而足以成爲國家禍患的事情，難道只像長在指頭上的瘡疤那樣嗎？即使是小小的手疾，鄭君也不敢輕忽；只因沒有及早尋求醫生診治，而幾乎釀成了重病。何況一般人對天下的弊病，總是用非常疏忽的態度來看待它，再加上國家久經戰亂，兵疲民弱，官吏的迫害侵奪加速了災患的降臨！衆人僥倖地認爲天下的弊端還未釀成禍患，就不憂慮且不害怕，這樣還稱得上是明智嗎？

我的身分低賤，不敢謀議國家政事，可是鄭君思慮周密、行動果決，一定不會永遠只是個平民百姓。《左傳》曾有言：「多次折斷手臂而能自己治療的人，就能成爲那方面的專家。」鄭君若能在當世謀得一官半職，應該把指病這件事引爲警惕。

意旨精鑰

作者以指病喻國政，藉由鄭仲辨發病、求醫、用藥的過程，引申出治天下的道理。文字簡潔俐落，說理明透，謀國之意眞摯懇切。

寫作密技

一、**設問：**語文中，故意採用詢問語氣，以引起對方注意的一種修辭技巧。

提問 先假設問題，激發讀者疑惑，再說出答案。有引起注意、加深印象、凸顯論點、啟發思考的效用。

激問 又名「反問」或「詰問」，為激發本意而問，表面上雖然沒有說出答案，其實答案就在問題的反面，所以「問而不答」。

懸問 作者內心確實存有疑惑，並刻意將此疑惑說出詢問。

例1：昔之天下，有如君之盛壯無疾者乎？

Tips. 激問。

例2：愛天下者，有如君之愛身者乎？

Tips. 激問。

小試身手

1.（　）方孝孺〈指喻〉：「天下之事，常發於至微，而終為大患；始以為不足治，而終至於不可為。」這段話的重點是在說明做任何事情，應該要：

A. 把握要領。

B. 精益求精。

C. 防微杜漸。

D. 有始有終。

2.（　）「微斯人，吾誰與歸！」其中「微」字，與下列選項中「微」字意義相同的是：

A.「微」行，入古寺。

B.「微」管仲，吾其被髮左衽矣。

C. 吾觀三代以下，世衰道「微」。

D. 天下之事，常發於至「微」。

3.（　）下列文句，沒有述及事件前因後果的選項是：

A. 三折肱而成良醫。

B. 吾小人輟飧饔以勞吏者，且不得暇，又何以蕃吾生而安吾性邪？故病且怠。

C. 古之學者必有師。師者，所以傳道、受業、解惑也。

D. 今之眾人，其下聖人也亦遠矣，而恥學於師。是故聖益聖，愚益愚。

4. （　）**方孝孺〈指喻〉一文，旨在說明謀國治天下應該：**

A. 任用具有指揮能力的賢臣良將。

B. 指導百姓生產貨殖之道。

C. 慮患於未形，治亂於始發。

D. 忘個人之小害，計天下之大利。

5. （　）**下列引號中之數字，何者為虛數？**

A.「三」年之喪。

B. 城郭以固，「三」軍以強。

C. 雨雪「三」日而不霽。

D.「三」折肱而成良醫。

6. （　）**甲、「古之學者必有師。師者，所以傳道、受業、解惑也。」是頂針的修辭法　乙、「堂上椿萱雪滿頭」是借代的修辭法　丙、「其容闐然，其色渥然，其氣充然。」是映襯的修辭法　丁、「（洞庭湖）銜遠山，吞長江。」是轉化的修辭法。上列敘述的修辭法正確的有：**

A. 一則。

B. 二則。

C. 三則。

D. 四則。

7. （　）**下列「　」內的字，何者音義皆正確？**

A. 其容「闐」然：ㄓㄣ，滿。

B.若「剟」刺狀：ㄉㄨㄛˊ，針。

C.非三月不能「瘳」：ㄌㄧㄠˋ，減少。

D.瘡「痏」之於指：ㄨㄟˇ，瘡疤。

8.（　）「非有以禦其內，其勢不止；非有以治其外，疾未易為也。」意謂？

A.安內並整外，雙管齊下，才能徹底平定天下。

B.內亂若不定，外患也會源源而來。

C.外患是由於內亂所造成的，因此要先消滅內患。

D.不趕緊治好內亂，情況會逐漸惡化，讓外患更容易侵犯。

解答： 1.C　2.B　3.C　4.C　5.D　6.C　7.D　8.A

項脊軒志

出處：震川先生文集
難易度☺☺☺☺☺

作者簡介

歸有光（西元一五〇六年—西元一五七一年），字熙甫，號項脊生，人稱震川先生，江蘇昆山人。歸有光反對明朝中葉前後七子「文必秦漢」的擬古之風，提倡學習唐宋古文，與王慎之、唐順之、茅坤等被稱為「唐宋派」。歸有光的散文樸素簡潔，恬適自然，善於敘事，親切動人，為明代著名的散文大家，著有《震川先生集》傳世。

古文鑑賞

項脊軒，舊南閤子也❶。室僅方丈❷，可容一人居。百年老屋，塵泥滲漉❸，雨澤下注❹，每移案，顧視無可置者。又北向，不能得日，日過午已昏。余稍為修葺❺，使不上漏。前闢四窗，垣牆周庭❻，以當南日❼，日影反照，室始洞然❽。又雜植蘭、桂、竹、木於庭，舊時欄楯❾，亦遂增勝❿。借書滿架，偃仰嘯歌⓫，冥然兀坐⓬，萬籟有聲。而庭階寂寂，小鳥時來啄食，人至不去。三五之夜，明月半牆，桂影斑駁⓭，風移影動，珊珊可愛⓮。

然余居於此，多可喜，亦多可悲。先是，庭中通南北為一，迨諸父異爨⓯，內外多置小門牆，往往而是。東犬西吠，客踰庖而宴⓰，雞棲於廳。庭中始為籬，已為牆⓱，凡再變矣。家有老嫗⓲，嘗居於此。嫗，先大母婢也⓳，乳二世，先妣撫之甚厚⓴。室西連於中閨㉑，先妣嘗一至。嫗每謂余曰：「某所，而母立於茲㉒。」嫗又曰：「汝姊在吾懷，呱呱而泣；娘以指扣門扉㉓，曰：『兒寒乎？欲食乎？』吾從板外相為應答。」語未畢，余泣，嫗亦泣。余自束髮讀書軒中㉔，一日，大母過余曰㉕：「吾兒，久不見若影㉖，何竟日默默在此㉗，大類女郎也㉘？」比去㉙，以手闔門，自語曰：「吾家讀書久不效，兒之成，則可待乎？」頃之，持一象笏至㉚，曰：「此吾祖太常公宣德間執此以朝，他日汝當用之。」瞻顧遺跡㉛，如在昨日，令人長號不自禁㉜。

軒東故嘗為廚，人往，從軒前過。余扃牖而居㉝，久之，能以足音辨人。軒凡四遭火，得不焚，殆有神護者㉞。

項脊生曰：「蜀清守丹穴，利甲天下㉟，其後秦皇帝築女懷清臺。劉玄德與曹操爭天下，諸葛孔明起隴中。方二人之昧昧於一隅也㊱，世何足以知之？余區區處敗屋中，方揚眉瞬目㊲，謂有奇景，人知之者，其謂與埳井之蛙何異㊳？」

余既為此志，後五年，吾妻來歸㊴。時至軒中，從余問古事㊵，或憑几學書。吾妻歸寧㊶，述諸小妹語曰：「聞姊家有閤子，且何謂閤子也？」其後六年，吾妻死，室壞不修。其後二年，余久臥病無聊，乃使人復葺南閤子，其制稍異於前㊷。然自後余多在外，不常居。

庭有枇杷樹，吾妻死之年所手植也；今已亭亭如蓋矣㊸。

【說文解字】

❶閤子：小屋。閤，通「閣」。❷方丈：長寬各一丈的面積。❸滲漉：滲漏。❹雨：此處作動詞使用，下雨。澤：大雨。❺修葺：修補。❻垣牆周庭：矮牆環繞著庭院。垣，矮牆。❼以當南日：用來迎接南面射來的日光。當，擋。❽洞然：豁然明亮的樣子。❾欄楯：欄杆，直的爲「欄」，橫的爲「楯」。❿增勝：增添景致。⓫偃仰：俯臥，指生活。嘯歌：大聲吟唱。⓬冥然兀坐：默默地端坐。冥然，靜默的樣子。⓭斑駁：錯落雜亂的樣子。⓮珊珊：明潔優美。⓯迨：通「逮」，及。異爨：各起爐灶做飯，及分居各食。爨，炊。⓰踰庖：穿越廚房。⓱已：不久，後來。⓲老嫗：年老的婦人。⓳先大母：已去世的祖母。⓴先妣：已去世的母親。㉑中閨：婦女住的內室，此處指母親的臥室。㉒而：你。㉓扣：敲擊。㉔束髮：古時

幼兒垂髮，十五歲成童，把頭髮束起來盤到頭頂，所以束髮指十五歲。㉕過：探訪，探視。㉖若：你。㉗竟日：整天。㉘大類：太相像。㉙比去：等到離開時。㉚象笏：象牙製的長方形板，古時大臣朝見君主時手執之物，有事就記在上面，以免遺忘。㉛瞻顧：瞻仰回顧。㉜長號：大聲痛哭。㉝扃牖：關上窗户。扃，本指門上的環鈕，供自外關閉門户之用，此處作動詞使用，爲關閉之意。㉞殆：似乎。㉟甲：天干的第一位，此處指第一，最多。㊱昧昧：不明的樣子，意指沒有顯名於世。隅：角落。㊲揚眉瞬目：形容神采飛揚。㊳埳井之蛙：比喻見識淺陋的人。埳，通「坎」，坑穴。㊴來歸：嫁過來，古時女子出嫁稱爲「歸」。㊵古事：往事。㊶歸寧：已婚女子回娘家看望父母。寧，向父母請安。㊷制：格局。㊸亭亭：高大直立的樣子。

白話解讀

項脊軒，就是從前南邊的那間小屋。室內面積僅有一丈見方，可以容納一人居住。它是一間具有百年歷史的老房子，灰塵與泥土常從屋頂掉落下來，下雨天則會漏水，每次移動桌子時，張望四周，都找不到可以安置的地方。加上房子朝北，照不到陽光，一過中午，屋裡就暗了下來。我稍微將它修整了一番，使屋頂不再漏水、落塵。又在房子前面的牆上開鑿了四扇窗戶，院子四周砌上矮墻，以反射南面照來的日光，屋子裡才變得明亮。並在庭院中栽種蘭花、桂樹、竹子和樹等植物，往昔單調的欄杆，因此增添了新的景致。書架上堆滿了借來的書，我生活在軒中，有時長嘯低吟，有時靜坐冥想，自然界的聲響都能聽得一清二楚。庭前、階下靜悄悄的，小鳥不時飛來覓食，即使有人來了也不飛離。每月十五的夜晚，明亮的月光灑滿了半面牆，桂樹的影子疏密交錯地映照在牆上，微風吹來，樹影搖擺如曼妙少女，輕盈可愛。

我住在這裡時，雖然有不少愉快的事，但也有許多傷心往事。從前，庭院中間沒有阻隔，南北相通，等到叔伯們分家後，家中裡裡外外增設了許多小門矮牆。東、西兩家的狗相對吠叫，客人得越過別家的廚房才能赴宴，雞棲宿在廳堂之中。庭院中間起初是用籬笆隔開，後來又改用牆，總共變動了兩次。家裡有位老婦人，曾居住在南邊閣子裡。這位老婦人是我已故祖母的婢女，哺育過我家兩代人，母親在世時待她很好，閣子的西邊則連著母親的居室。老婦人常對我說：「這兒，是你母親站過的地方。」又說：「你姐姐小時候被我抱在懷中，她哇哇哭著，你母親聽見了就用手指輕敲著房門問：『孩子是受涼了嗎？想吃東西嗎？』我就從門外一一回答。」老婆婆的話還沒說完，我就掉下淚，她也跟著哭了起來。我從十五歲起就待在項脊軒中讀書，有一天，祖母到這兒來探望我，說道：「孩子，好長一段時間沒見到你的人影，爲什麼整天悶在這屋裡，像個女孩子呢？」等到離開時，她用手輕輕關上軒門，自言自語道：「我們家的子孫已經好久沒有取得功名了，這孩子日後的成就，或許可以期待吧？」過了一會兒，又拿著一塊象牙製的笏板來到軒裡，說：「這是我祖父太常公在宣德年間上朝時用的，將來你一定會用得上它的。」如今，我環顧屋內遺跡，回想舊日往事，彷彿還是昨天的事，令人忍不住放聲痛哭。

項脊軒的東側曾經作爲廚房，要到廚房的人，得從軒前經過。當時，我關上門窗住在裡面，時間久了就能以腳步聲辨別從軒前經過的是何人。項脊軒一共遭遇四次火災，竟然都沒被燒掉，似乎有神靈在保護著。

項脊生道：「當年四川的寡婦清守著自家的丹砂礦，獲利是天下第一，後來秦始皇還爲她建造女懷清臺以爲表彰。劉備與曹操爭奪天下時，諸葛孔明崛起於農村鄉野間。當寡婦清與諸葛孔明默默無聞地住在偏僻鄉野中時，世人哪裡知道他們呢？我志得意滿地住在一間殘破的屋子裡，神采飛揚地自誇項脊軒有奇妙的景色，別人知道了這事，大概會說我和見識淺陋的井底之蛙沒什麼差別吧？」

我寫好這篇記後，過了五年，我的妻子魏氏嫁過來。她時常到項脊軒中，向我詢問一些古人古事，或是靠著桌子學寫字。妻子回娘家省親，回來後轉述她妹妹們的話：「聽說姐姐家裡有間閣子，什麼叫閣子呢？」六年以後，我的妻子去世，項脊軒逐漸破敗失修。又過了兩年，我因爲長期臥病在床而感到非常無聊，於是派人再次修繕南閣子，格局和以前稍有不同。然而此後我常在外羈留，不常回軒居住。

庭院中有一棵枇杷樹，是我妻子在去世的那一年親手種下的，如今已高聳挺拔，枝繁葉茂，像一把撐開的巨傘。

意旨精鑰

作者以項脊軒的變遷爲軸，貫穿人事來表達對祖母、母親、妻子的懷念，以及自己昔日讀書的樂趣、家世興衰的感嘆。本文雖取材於家庭瑣事，但處處鎔鑄思親之情、身世之感與襟懷志節，筆墨疏淡有味，耐人咀嚼。

寫作密技

一、**析數**：將一個數目分解成幾個小數目的總和，可以相加或相乘。

例1：三五之夜，明月半牆，桂影斑駁，風移影動，珊珊可愛。

Tips.「三五」即「三五相乘」，表示農曆十五。

例2：吾十有五而志於學，三十而立，四十而不惑，五十而知天命，六十而耳順，七十而從心所欲，不踰矩。（《論語・為政》）

Tips.「十有五」即「十五相加」，表示十五歲。

例3：三五明月滿，四五蟾兔缺。（〈孟冬寒氣至〉）

Tips.「三五」即「三五相乘」，表示農曆十五。「四五」即「四五相乘」，表示農曆二十。

例4：三五二八時，千里與君同。（南朝鮑照〈玩月城西門廨中〉）

Tips.「三五」即「三五相乘」，表示農曆十五。「二八」即「二八相乘」，表示農曆十六。

二、互文：在連續的語句中，上文省略下文出現的詞語，下文省略上文出現的詞語，彼此結合成完整的意思。

例1：東犬西吠。

Tips. 亦作「東犬西吠，西犬東吠」。

例2：悍吏之來吾鄉，叫囂乎東西，隳突乎南北。（唐代柳宗元〈捕蛇者說〉）

Tips. 亦作「悍吏之來吾鄉，叫囂、隳突乎東西南北」。

例3：東市買駿馬，西市買鞍韉，南市買轡頭，北市買長鞭。（〈木蘭詩〉）

Tips. 亦作「東、西、南、北市買駿馬、鞍韉、轡頭、長鞭」。

例4：煙籠寒水月籠沙，夜泊秦淮近酒家。（唐代杜牧〈泊秦淮〉）

Tips. 亦作「煙、月籠寒水、沙，夜泊秦淮近酒家」。

小試身手（*為多選題）

*1.（　）**文學作品中「空間」的安排，常具有特別的意義。下列敘述，正確的選項是：**

A.〈項脊軒志〉藉由庭中原本相通，日後卻設籬、築牆、東犬西吠的重重改變，顯示親族隔閡日深。

B.〈桃花源記〉中漁人經過狹窄的山洞才進入桃花源，作者即用此一山洞區隔現實世界與理想世界。

C.〈始得西山宴遊記〉以西山居高臨下，不與培塿為類的地勢，暗喻國君剛愎自用，放逐賢臣。

D.〈岳陽樓記〉藉由晴天、雨天兩種不同面貌的洞庭湖，比喻仁人有「居廟堂之高，則憂其民」、

「處江湖之遠，則憂其君」兩種心態。

E.〈與元微之書〉「憶昔封書與君夜，金鑾殿後欲明天。今夜封書在何處？廬山庵裡曉燈前」，藉由金鑾殿後、廬山庵裡的空間變化顯示遭逢貶謫。

＊2.（　）**中國語文在表達數量時，為了修辭、音韻、節奏等需要，往往不直接道出，而使用折數相乘的手法，如「五五之喪」，指守二十五個月的喪期，亦即三年之喪。下列敘述，使用這種數量表示法的選項是：**

A. 蓋予所至，比好遊者尚不能「十一」。

B.「三五」之夜，明月半牆，桂影斑駁。

C. 年時「二八」新紅臉，宜笑宜歌羞更斂。

D. 讀書一事，也必須有「一二」知己為伴，時常大家討論，纔能進益。

E. 暮春者，春服既成；冠者「五六」人，童子「六七」人，浴乎沂，風乎舞雩，詠而歸。

3.（　）**歸有光〈項脊軒志〉：「庭階寂寂，小鳥時來啄食，人至不去」，表現何種情境？**

A. 物我相親。

B. 物是人非。

C. 麻木不仁。

D. 自顧不暇。

4.（　）**甲、束髮（〈項脊軒志〉）乙、傴僂（〈醉翁亭記〉）丙、蒙（〈訓蒙大意〉）以上語詞的含意，「自幼至老」排列依序為：**

A. 甲乙丙

B. 甲丙乙

C. 乙丙甲

D. 丙甲乙

5.（　）歸有光〈項脊軒志〉：「三五之夜，明月半牆，桂影斑駁，風移影動，珊珊可愛。」「三五之夜」的數字用法同於：
A. 五光十色。
B. 七嘴八舌。
C. 三五成群。
D. 二八年華。

6.（　）歸有光〈項脊軒志〉：「某所，而母立於茲」句中的「而」字，其屬性與下列何者相同？
A. 吾十有五「而」志於學。（《論語．為政篇》）
B. 且「而」與其從辟人之士也。（《論語．微子篇》）
C. 管氏「而」知禮，孰不知禮。（《論語．八佾篇》）
D. 季文子三思「而」後行。（《論語．公冶長篇》）

7.（　）「三五之夜，明月半牆，桂影斑駁，風移影動，珊珊可愛。」的「斑駁」和「珊珊」分作何解？
A. 分明與清爽。
B. 錯雜與明潔。
C. 依稀與可愛。
D. 稀疏與清楚。

8.（　）「亭亭如蓋」用以形容下列何句最為適切？
A. 項脊軒舊南閣子。
B. 雜植蘭桂竹木於庭。
C. 明月半牆，桂影斑駁。
D. 庭有琵琶樹。

9.（　）「嘉靖」三大家不包括下列何者？
A. 王慎中
B. 唐順之
C. 歸有光
D. 方孝孺

10.（　）「客踰庖而宴」的「踰庖」是指？
A. 越過廚房。
B. 超過烹飪時間。
C. 責成廚師。
D. 親自下廚。

解答： 1. ABE　2. BC　3. A　4. D　5. D　6. B　7. B　8. D　9. D　10. A

旁徵博引

明代的散文

明代散文的取材較為廣泛，後期散文的表現手法也較為多樣，不少篇章在不同程度上都受到了小說、寓言、八股文的影響。特別是其中的晚明小品文，其在中國散文發展史上佔有重要地位。明代散文創作大致可分為前、後兩個時期。明代前期散文，代表作家是一批由元入明的散文家，有宋濂、劉基等人，他們親身經歷了社會動亂，接觸現實生活，因此作品也常常觸及現實問題，揭露、嘲諷了社會弊端，內容較為充實。如宋濂的《秦士傳》、《王冕傳》、《記李歌》、《杜環小傳》等，和劉基的《郁離子》等。前期的文壇還有以楊士奇、楊榮、楊溥為代表的「臺閣體」，他們的作品不少是歌功頌德、粉飾太平，用以應酬逢迎。明代中葉以後，散文發展轉入後期，出現了鮮明的復古主義與反復古主義的鬥爭。以下為明代散文的五個派別：

一、**臺閣體**

明代初期的幾十年間，社會安定，文學由宰輔權臣把持，被稱為「臺閣體」。內容多為歌功頌德、雍容典麗的應酬詩文。代表人物：楊士奇、楊榮、楊溥等。

二、**擬古派**

明代中葉，復古主義風靡文壇，他們的口號是「文必秦漢，詩必盛唐」，提倡雄渾高古的秦、漢文章和弘麗繁茂的盛唐詩歌，並希望恢復秦、漢與盛唐時期的文學繁榮氣象。其目的在於振興宋、元以來衰弱的文風，掃除明初「臺閣體」的影響，提高文學的價值。代表人物：前七子——王九思、李夢陽、王廷相、康海、邊貢、徐禎卿、何景明。後七子——謝榛、李攀龍、徐中行、宗臣、王世貞、梁有譽、吳國倫。

三、**唐宋派**

嘉靖年間，先有王慎中，繼有唐順之、歸有光、茅坤等人，批評前後七子的復古主義。他們認為學古不必捨近就遠，應該著重學習唐、宋名家，因為唐、宋名家最能得古人精髓，故而主張崇奉唐宋八大家。代表人物：王慎中、唐順之、茅坤、歸有光等，其中以歸有光的成就最大。

四、**公安派**

嘉靖末期，復古潮流泛濫文壇，流弊也越來越深。此時，一批文學革新者，如李贄、湯顯祖、公安三袁等人崛起，出現批判復古主義的熱潮。其中以袁宗道、袁宏道、袁中道三兄弟為首的公安派，批評砲火最為猛烈。如袁宏道的〈敘小修詩〉、〈雪濤閣集序〉等。

五、竟陵派

反對復古的摹擬抄襲，同樣提倡抒寫性靈。但也反對公安派平易近人的文風，認為那是「俚俗」，因此提倡「幽深孤峭」，不惜用怪字、險韻，讀之佶屈聱牙，意義費解。代表人物：鍾惺、譚元春等。

晚遊六橋待月記

作者簡介

袁宏道（西元一五六八年—西元一六一〇年），字中郎，號石公，明公安人。少敏慧，善詩文，萬曆二十年登進士第，歷任禮部主事、吏部驗封主事、稽勳郎中等職。在吏部任職時，大膽革除弊政，懲治污吏，名震朝野。袁宏道與兄宗道、弟中道並有才名，人稱「三袁」。三袁反對王世貞、李攀龍等人擬古、復古的主張，強調文學應著重性靈、貴獨創，作品風格清新俊朗，世稱「公安派」或「公安體」。

出處：袁中郎集
難易度☺☺☺☺☺

古文鑑賞

西湖最盛，為春為月。一日之盛，為朝（ㄓㄠ）煙，為夕嵐❶。今歲春雪甚盛，梅花為寒所勒❷，與杏桃相次開發❸，尤為奇觀。石簣數（ㄕㄨㄛˋ）為余言❹：「傅金吾園中梅，張功甫玉照堂故物也，急往觀之。」余時為桃花所戀，竟不忍去湖上❺。

由斷橋至蘇隄一帶，綠煙紅霧❻，彌漫二十餘里❼。歌吹（ㄔㄨㄟˋ）為風❽，粉汗為雨，羅紈（ㄨㄢˊ）之盛❾，多於隄畔之草，豔冶（ㄧㄝˇ）極矣❿！

然杭人遊湖，止午、未、申三時⓫。其實湖光染翠之工⓬，山嵐設色之妙，皆在朝日始出，夕舂（ㄔㄨㄥ）未下⓭，始極其濃媚。月景尤不可言，花態柳情，山容水意，別是一種趣味。此樂留與山僧遊客受用⓮，安可為俗士道哉！

【說文解字】

❶夕嵐：傍晚的山嵐。嵐，山中蒸潤之氣。❷勒：抑制，制約。❸相次：依序。開發：開花，綻放。❹數：屢次。❺去：離

開。❻綠煙紅霧：形容花木繁盛穠麗。❼彌漫：遍布。❽歌吹爲風：歌聲與吹奏聲隨風飄來。❾羅紈：質地柔軟的絲織物，此指穿著羅紈衣裳的遊客。❿豔冶：美麗妖豔。⓫午、未、申：上午十一點到下午五點。古代以十二地支計時，每一地支代表一個時辰，即兩個小時。⓬工：精緻，巧妙。⓭夕舂：夕陽。⓮受用：享用。

白話解讀

西湖景色最美的時候，是在春天和月夜時分。一天當中最美的時刻，則是早晨朦朧的煙霧，和傍晚夕照下的山嵐。今年春天雪下得特別大，梅花被寒氣所抑制，與杏花、桃花相繼開放，形成一種特殊的景觀。石簣多次向我提起：「傅金吾園中的梅花，原是生長在張功甫玉照堂中的，我們快點去觀賞。」我當時被桃花所迷戀，竟捨不得離開湖上。

從斷橋到蘇隄一帶，楊柳綠如煙，桃花紅似霧，綿延二十多里。遊人的歌聲和吹奏聲隨風飄蕩，遊湖的仕女們揮灑而下的汗水成爲細雨，穿著羅紈華服的遊人比隄岸邊的青草還多，眞是豔麗極了！

然而，杭州人遊覽西湖，只在上午十一點到下午五點這六個小時。因爲，湖面倒映綠樹的精巧，山氣呈現五彩紛騰的美妙，都是在早晨太陽剛升起，傍晚夕陽尚未隱沒時，才是最濃麗嫵媚的。月光下的景色更是美得無法用筆墨形容，桃花的嬌態、楊柳的風情，山巒的姿容、流水的意致，都呈現出獨特的風趣韻味。這些樂趣只能留給山裡的僧人和懂得欣賞的遊客享用，怎麼有辦法向世俗的人說明呢？

意旨精鑰

本文爲作者其中一篇首次漫遊西湖的遊記。文中呈現作者獨特的觀賞視野，認爲西湖之美在春、在朝煙、在夕嵐，尤以月夜爲最；全文無「待」而題稱「待月」，正暗示了作者這種特殊的觀點，同時造成讀者「期待」的興味，言外之意餘韻無窮。

寫作密技

一、小品文

品，品味之意。小品文即是篇幅簡短精鍊，並對事物做一番描繪、賞鑑的文章，內容範疇包含山水遊記、人物傳記、序跋、碑銘等。

明代文壇因「前後七子」提倡復古、仿古，造成擬古之風大盛，另一批反復古的流派也因此而興起，其中以袁宏道三兄弟的影響最大。三袁在文學上受李贄影響，認爲文學乃是與時俱進，每朝每代皆有自己的特色與風格，不必一味地摹擬古人。此外，他們也認爲文章是發乎胸臆、直抒性靈，不應使用過多的辭藻堆砌，以直白平易的語言寫出即可。這種文學創作觀念，造就出許多風格清新宜人、形式活潑的小品佳作，並開啟了晚明小品文風。

二、**誇飾**：將客觀之人、事、物的特點，透過主觀情意，故意誇大鋪張地渲染與鋪飾，使它與眞正的事實相差甚遠，以加深讀者的印象。

例1：歌吹為風，粉汗為雨，羅紈之盛，多於隄畔之草。

例2：白髮三千丈，離愁似個長。不知明鏡裏，何處得秋霜。（唐代李白〈秋浦歌〉）

例3：霜皮溜雨四十圍，黛色參天兩千尺。（唐代杜甫〈古柏行〉）

三、對偶：上下文句的字數相同，句法、詞性相稱，亦稱爲「對仗」。

句中對 同一句中，上下兩語自為對偶，亦稱為「當句對」。

單句對 上下兩句，字數相等、詞性相同、語法相似、平仄相對。

隔句對 第一句與第三句對，第二句與第四句對。

長句對 奇句對奇句，偶句對偶句，至少三組，多則數十組的對偶，亦稱為「長偶對」。

例 1：月景尤不可言，花態柳情，山容水意，別是一種趣味。

Tips. 單句對。

例 2：今夫佩虎符、坐皋比者，洸洸乎干城之具也，果能授孫吳之略耶？峨大冠、拖長紳者，昂昂乎廟堂之器也，果能建伊皋之業耶？（宋代劉基〈賣柑者言〉）

Tips. 長句對。

四、轉化：將抽象或無生命的事物以具體事例代替。描述一件事物時，轉變它原來的性質，化成另一種與本質截然不同的事物。

擬人化 將無生命的物品賦予具體的行為，使它們似乎是有了生命似的。

擬物化 將有生命的人物轉變為虛構的狀態，或是將此物擬彼物。

形象化 把抽象的事物當成具體的事物描寫。

例 1：湖光染翠之工，山嵐設色之妙。

Tips. 形象化。

例2：怯憐憐的小雪球是探春信的小使，鈴蘭與香草是歡喜的初聲，窈窕的蓮馨、玲瓏的石水仙、愛熱鬧的克羅克斯、耐辛苦的蒲公英與雛菊——這時候春光已是爛縵在人間，更不須殷勤問訊。（徐志摩〈我所知道的康橋〉）

Tips. 擬人化。

小試身手！（*為多選題）

*1.（　）以形象化的語言描繪抽象的情思，可使讀者獲得更鮮明的印象、更確實的感動，如「母愛是曬衣場上曬乾的衣服，暖暖的，有太陽的氣味」，比「母愛是世間最溫馨無私的愛」更加具體可感。下列運用這種技巧的選項是：

A. 砌下落梅如雪亂，拂了一身還滿。
B. 西湖最盛，為春為月。一日之盛，為朝煙，為夕嵐。
C. 是夜大霧漫天，長江之中，霧氣更甚，對面不相見。
D. 孤獨是一匹衰老的獸／潛伏在我亂石磊磊的心裡
E. 忽然想起／但傷感是微微的了／如遠去的船／船邊的水紋

2.（　）下列文句，何者不具有誇飾的效果？

A. 歌吹為風，粉汗為雨，羅紈之盛，多於隄畔之草，豔冶極矣。（〈晚遊六橋待月記〉）
B. 每寒夜起立，振衣裳，甲上冰霜迸落，鏗然有聲。（〈左忠毅公軼事〉）
C. 亂石崩雲，驚濤裂岸，捲起千堆雪。（〈念奴嬌〉）
D. 秦有餘力而制其敝，追亡逐北，伏屍百萬，流血漂櫓。（〈過秦論〉）

3.（　）下列各文句中的「為」字何者意思相同？甲、今歲春雪甚盛，梅花「為」寒所勒。（袁宏道〈晚遊六橋待月記〉）乙、問渠那得清如許？「為」有源頭活水來。（朱熹〈觀書有感〉）丙、不「為」酒困，何有於我哉？（《論語．子罕》）丁、溫故而知新，可以「為」師矣。（《論語．為政》）戊、即其廬之西南「為」亭。（蘇轍〈黃州快哉亭記〉）
A.甲、丙　B.乙、丙　C.丁、戊　D.甲、戊

4.（　）「誇飾」是文學作品常使用的寫作手法，下列選項中，未使用誇飾法的是：
A.五臟六腑裡，像熨斗熨過，無一處不伏貼；三萬六千個毛孔，像吃了人參果，無一個毛孔不暢快。
B.今也天下之人怨惡其君，視之如寇讎，名之為獨夫，固其所也。
C.見二蟲鬥草間，觀之，興正濃，忽有龐然大物，拔山倒樹而來，蓋一癩蛤蟆。
D.歌吹為風，粉汗為雨，羅紈之盛，多於隄畔之草。

5.（　）袁宏道〈晚遊六橋待月記〉：「由斷橋至蘇隄一帶，綠煙紅霧，瀰漫二十餘里。」句中「綠煙紅霧」是形容：
A.天空出現彩虹。　B.花木繁盛穠麗。
C.空中煙霧瀰漫。　D.男女遊客之眾。

6.（　）袁宏道〈晚遊六橋待月記〉云：「今歲春雪甚盛，梅花為寒所勒，與杏桃相次開發，尤為奇觀。」其中「勒」的解釋，以何者最為妥適？
A.掐住脖子　B.操縱　C.抑制、約束　D.策劃

7.（　）下列文句中的「去」字，何者與「余時為桃花所戀，竟不忍去湖上」的「去」字意思相異？
A.登斯樓也，則有「去」國懷鄉，憂讒畏譏。
B.私見張良，具告以事，欲呼張良與俱「去」。

C. 長者加以金銀華美之服，輒羞赧棄「去」之。

D. 不速「去」，無俟姦人構陷，吾今即撲殺汝。

8.（　）下列「　」中的字詞，何者音義兩兩相同？

A. 豔「冶」極矣／陶「冶」性情

B. 梅花為寒所「勒」／「勒」令退學

C. 歌「吹」為風／鼓瑟「吹」笙

D. 石簣「數」為余言／范增「數」目項王

解答：1.ADE　2.B　3.A　4.B　5.B　6.C　7.C　8.D

旁徵博引

性靈說

性靈說是古代詩歌創作和評論的一種主張，以清代袁枚倡導。它與神韻說、格調說、肌理說並稱爲清代前期四大詩歌理論派別。一般都把性靈說作爲袁枚自己的詩論，但實際上，它是以公安派爲代表的「獨抒性靈，不拘格套」詩歌理論的繼承和發展。性靈說的核心就是強調詩歌創作要直接抒發自詩人的心靈，表現真情實感，他們認爲詩歌的本質即是表達感情，是感情的自然流露。袁宏道曾說好詩應當「情真而語直」、「非從自己胸臆流出，不肯下筆」。

第七單元

清朝

原君
勞山道士
廉恥
左忠義公軼事

原君

作者簡介

黃宗羲（西元一六一〇年—西元一六九五年），字太沖，號南雷，學者稱梨州先生，清餘姚人。清兵南下時，黃宗羲號召有志之士起兵抗擊，失利，遁入四明山結寨自守，又至海上依從魯王。抗清失敗後，從事著述，反對明末空洞浮泛的學風，倡言治史，為清代史家開山祖。除了史學，對經學、天文、曆算、數學、音律等亦有鑽研。清廷多次威逼利誘，終不為所動。著作以《明夷待訪錄》最為知名。

出處：明夷待訪錄
難易度☺☺☺☺☺

古文鑑賞

有生之初，人各自私也，人各自利也；天下有公利而莫或興之，有公害而莫或除之。有人者出，不以一己之利為利，而使天下受其利；不以一己之害為害，而使天下釋其害❶。此其人之勤勞，必千萬於天下之人。夫以千萬倍之勤勞，而己又不享其利，必非天下之人情所欲居也❷。故古之人君，量而不欲入者，許由、務光是也；入而又去之者，堯、舜是也；初不欲入而不得去者，禹是也。豈古之人有所異哉？好逸惡勞，亦猶夫人之情也。

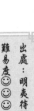

後之為人君者不然。以為天下利害之權皆出於我，我以天下之利盡歸於己，以天下之害盡歸於人，亦無不可。使天下之人不敢自私，不敢自利，以我之大私為天下之大公，始而慚焉，久而安焉；視天下為莫大之產業，傳之子孫，受享無窮。漢高帝所謂「某業所就，孰與仲多❸」者，其逐利之情，不覺溢之於辭矣❹！

此無他，古者以天下為主，君為客，凡君之所畢世而經營者，為天下也；今也以君為主，天下為客，凡天下之無地而得安寧者，為君也。是以其未得之也，荼毒天下之肝腦❺，離散天下之子女，以博我一人之產業❻，曾不慘然❼，曰：「我固為子孫創業也！」其既得之也，敲剝天下之骨髓，離散天下之子女，以奉我一人之淫樂，視為當然，曰：「此我產業之花息也❽！」然則為天下之大害者，君而已矣！向使無君，人各得自私也，人各得自利也。嗚呼！豈設君之道固如是乎？

古者天下之人愛戴其君，比之如父，擬之如天，誠不為過也；今也天下之人怨惡其君，視之如寇讎❾，名之為獨夫❿，固其所也。而小儒規規焉⓫，以為君臣之義無所逃於天地之間，至桀、紂之暴，猶謂湯、武不當誅之，而妄傳伯夷、叔齊無稽之事⓬，使兆人萬姓崩潰之血肉，曾不異夫腐鼠⓭！豈天地之大，於兆人萬姓之中，獨私其一人一姓乎？是故武王，聖人也；孟子之言，聖人之言也。後世之君，欲以如父如天之空名，禁人之窺伺者，皆不便⓮於其言，至廢孟子而不立，非導源於小儒乎？

雖然，使後之為君者，果能保此產業，傳之無窮，亦無怪乎其私之也。既以產業視之，人之欲得產業，誰不如我？攝緘縢⓯，固扃鐍⓰，一人之智力不能勝天下欲得之者之眾。遠者數世，近者及身，其血肉之崩潰在其子孫矣。昔人願世世無生帝王家，而毅宗之語公主，亦曰：「若何為生我家⓱？」痛哉斯言！回思創業時，其欲得天下之心，有不廢然摧沮者乎⓲？

是故明乎為君之職分，則唐　虞之世，人人能讓，許由、務光非絕塵也⓳；不明乎為君之職分，則市井之間，人人可欲，許由、務光所以曠後世而不聞也⓴。然君之職分難明，以俄頃淫樂，不易無窮之悲㉑，雖愚者亦明之矣。

【說文解字】

❶釋：解除，消散。❷居：懷著。❸仲：兄弟中排行第二位者，此處指劉邦的二哥。❹溢：流露。❺荼毒：殘害。❻博：獲取。❼慘然：憂戚哀傷的樣子。❽花息：利息。❾寇讎：仇敵，敵人。❿獨夫：匹夫，引申爲暴虐無道的君王。⓫規規：見識短淺拘泥的樣子。⓬無稽：無可考察，沒有根據。⓭腐鼠：比喻輕賤的事物。⓮不便：不適宜。⓯攝：收。緘：捆綁箱篋的繩子。縢：繩索。⓰扃鐍：箱篋、門窗上鎖處。扃，安裝在門外的門閂或環鈕。鐍，箱篋上鎖的地方。⓱若：你。⓲廢然：消極失望的樣子。摧沮：挫折沮喪。⓳絕塵：超脫塵世。⓴曠：隔。㉑易：交換。

白話解讀

自有人類社會以來，人們都是自私自利的；即使有對天下人都有好處的大利也沒有人願意興辦它，對天人都有危害的弊端也沒有人願意清除它。後來有人挺身而出，不以自己一個人的利益爲考量，而是使天下人均受其利；也不只想著使自己倖免於害，而是使天下人均免受其害。這個人付出的辛勞必定遠超出天下人千萬倍。這樣付出千萬倍的辛勞，而自己又得不到特別好處的事，必定不是天下人發自內心的意願。所以，古代堅決不願接任國君地位的人，有許由、務光；做了國君又讓位離開的，有堯和舜。剛開始不願意接任君位，後來不得不做下去的，有禹。難道古人和今人不同嗎？喜好安逸，厭惡勞動，始終是人的常情啊！

然而，後世做君王的人想法就不一樣了。他們認爲決定天下利害的大權都在自己手裡，把天下的利益全部歸於自己，將天下的禍害全部歸於人民，這樣的行爲也沒有什麼不可以。使天下的人不敢自私自利，把君主個人的大私當成天下的大公，起初這樣做還覺得有點慚愧，日子久了便心安理得；把天下看作私人莫大的產業，傳給子孫，享受無窮。漢高祖曾對他父親說：「我創下的家業，和哥哥劉仲相比，誰比較多？」話語中，不知不覺便流露出這種追逐私利的心情。

古代以天下百姓為主，以君王為客，君王窮其一生都是在為天下百姓謀利除害。現今則以君王為主，以天下百姓為客，使天下沒有一處得到安寧的原因，都是由於君主。當君主還沒有得到天下時，屠殺天下蒼生，使百姓妻離子散，以博取個人的產業，卻不曾有一點悲傷自責，還說：「我本來就是在為子孫創立家業啊！」等到奪取天下之後，敲榨剝削天下人的財物血汗，使人民妻離子散，只為了供奉君主一人的淫樂，並將之視為理所當然，說：「這正是我事業所賺得的利息啊！」可見作為天下大害的，皆是君主。然而，若使天下沒有君王，人們又將會變得自私自利了。唉！難道這就是設立君主制度的道理、原則嗎？

古時候的人愛戴他們的君主，將其比喻成父親，比喻成天，確實不算過分；如今的人仇恨他們的君主，將之視作強盜仇人，稱他為獨夫，眞是再適切不過了。可是，那些見識淺陋的讀書人卻說任何人在任何時候都要恪守君臣大義，甚至對於夏桀、商紂那樣的暴君，也說成湯、周武王不應當誅殺他們，甚至胡亂散播伯夷、叔齊反對武王伐紂是對的，這樣的無稽之談，使百姓的血肉遭到踐踏摧殘，這些人與那些專吃腐敗之肉的老鼠有什麼差別？難道以天地那樣博大的胸懷，在億萬百姓之中，卻只偏愛君王一人一姓嗎？所以，周武王其實是聖人；孟子說的「聞誅一夫紂矣」，這是聖人之言啊！後世的君王，想以君王如父親、如上天一樣不可侵犯的空洞名義，來禁止別人篡謀君位，都不喜歡孟子這些話，甚至廢除孟子在孔廟中的牌位，不正是受到見識短淺的讀書人誤導嗎？

雖然如此，但是後世君主依然能夠保住這份產業，並且傳世無窮，難怪君主會有私心了。既然把天下看成自己的產業，那麼其他人想得到這份產業的欲望，誰不比自己強烈呢？只有關緊箱匣，加上鎖鑰，但一個人的智謀能力終究無法勝過天下那麼多想得到這份產業的人。所以，能力強者能傳上若干代，能力稍弱者僅能自己享有君位，連一代都傳不下去，皇族的血肉遭到踐踏殘害，報應顯現在子孫的身上。過去曾有人講過，情願世世不要再生在帝王之家，明朝崇禎皇帝準備殺掉自己的親生骨肉時，也說：「妳為什麼要生在我們家啊？」這話講得多麼沉痛啊！回顧創業之時，那種想佔有天下的心情，能不悲傷難過嗎？

所以說，能夠明白君主職責所在，則唐堯、虞舜之世，人人都能辭讓君主之位，許由、務光的舉動不會是絕無僅有的；不懂得君主的職責，那麼就算是鬧市街巷之中，人人也都想成為君主，所以後世再也聽不到許由、務光一類的事跡了。然而，君主之所以難以眞正懂得自己的職責，是因爲人們以爲短暫的淫樂不會換來無窮的悲哀，這個道理就連愚笨的人也知道。

意旨精鑰

本文飽含了孟子「民爲貴，社稷次之，君爲輕」的民本觀念，強調君王的責任在於爲民興利除弊，應以天下公利爲重，並痛批「家天下」的獨裁制度。

寫作密技

一、原

「原」，意爲「推究本源、追溯本意」，即針對某問題，從根本上加以探究、追溯。本文意即「探究爲君之道」。「原」最早出現於《呂氏春秋．原亂》、《淮南子．原道訓》，後來單篇論辯文漸出，多直接以「原」字冠於文章標題之首，如：韓愈〈原道〉、〈原毀〉等。至此，「原」才成爲一種文體名。

成語錦囊

一、好逸惡勞：貪圖安逸而不願勞動。

原典 豈古之人有所異哉？好逸惡勞，亦猶夫人之情也。

書證1：使天下之民肝腦塗地，父子暴骨中野，不可勝數。（《史記．劉敬叔孫通列傳》）

書證2：願一與吳交戰於天下平原之野，正身臂而奮吳、越之士，繼踵連死，肝腦塗地者，孤之願也。（漢代趙曄《吳越春秋．夫差內傳》）

書證3：此乃忠臣肝腦塗地之秋，烈士立功之會。（明代羅貫中《三國演義》）

書證4：臣受大王重恩，雖肝腦塗地，碎骨捐軀，不足以酬國恩之萬一！（明代陸西星《封神演義》）

小試身手

（＊為多選題）

＊1.（　）文言中的「而」，有表示轉折之意，相當於「但、卻」，如「千里馬常有，『而』伯樂不常有」。下列文句的「而」，屬於此一用法的選項是：

A. 是進亦憂，退亦憂，然則何時「而」樂耶。

B. 君子寡欲，則不役於物，可以直道「而」行。

C. 今張君不以謫為患，竊會計之餘功，「而」自放山水之間。

D. 夫以千萬倍之勤勞，「而」己又不享其利，必非天下之人情所欲居也。

E. 悲夫！有如此之勢，「而」為秦人積威之所劫，日削月割，以趨於亡。

2.（　）下列何者不是黃宗羲〈原君〉一文思想的依據？
A. 天下為公，選賢與能。
B. 民貴君輕。
C. 法術並重。
D. 天聽自我民聽。

3.（　）在〈原君〉一文中，下列何人的思想或行為受到作者負面的評價？
A. 漢高祖
B. 許由
C. 周武王
D. 孟子

4.（　）關於各句所表現的口氣，下列敘述何者正確？
A.「使兆人萬姓崩潰之血肉，曾不異夫腐鼠」：得意。（〈原君〉）
B.「古人以儉為美德，今人乃以儉相詬病」：感嘆。（〈訓儉示康〉）
C.「君乃言此，曾不如索我於枯魚之肆」：哀傷。（《古寓言選》）
D.「彼蒼者天，曷其有極」：憤怒。（〈祭十二郎文〉）

5.（　）黃宗羲〈原君〉：「是故明乎為君之職分，則唐虞之世，人人能讓，許由、務光非絕塵也」，上述文句中「絕塵」，意謂：
A. 斷絕塵緣。
B. 高世微塵。
C. 絕無僅有。
D. 隨波逐流。

6.（　）黃宗羲〈原君〉，關於「天下為主，君為客」之思想，以下何者為非？
A.不以一己之利為利，而使天下受其利。
B.不以一己之害為害，而使天下釋其害。
C.天下利害之權皆出於我，我以天下之利盡歸於己，以天下之害盡歸於人。
D.凡君之所畢世而經營者，為天下也。

7.（　）下列「　」內的詞語，何者使用不當？
A.考試快到了，那些「鄭衛之音」聽多了只會讓你意志消沉、精神萎靡。
B.許多人仗著年少，輕易「蹉跎」光陰，等到老了以後才後悔。
C.她家一夕之間破產，為了生活，她只好下海「以色待物」，出賣肉體。
D.為了區區小事，他們竟視對方如「寇讎」，十年的感情轉眼間蕩然無存。

8.（　）下列「　」中的字寫成國字後，何者正確？
A.無「稽」之談：稽。
B.「殫」食壺漿：殫。
C.「荼」毒：茶。
D.「喋」血山河：喋。

9.（　）「以為天下利害之權皆出於我我以天下之利盡歸於己以天下之害盡歸於人亦無不可」應如何句讀，才符合文意？
A.以為天下，利害之權皆出於我。我以天下之利，盡歸於己；以天下之害，盡歸於人，亦無不可。
B.以為天下利害之權皆出於我，我以天下之利盡，歸於己；以天下之害盡，歸於人，亦無不可。
C.以為天下利害之，權皆出於我。我以天下之利盡歸於己，以天下之害盡歸於人，亦無不可。
D.以為天下利害之權皆出於我，我以天下之利盡歸於己，以天下之害盡歸於人，亦無不可。

10.（　）下列「　」內的字，何者意思相同？
A.而又無物以「相」之／是以各所所長，「相」輕所短
B.「當」求數頃之田於伊　潁之上／副元帥勳塞天地，「當」務始終
C.以為天下利害之權皆「出」於我／古之聖人，其「出」人也遠矣
D.雖有貴、育，無所獲「施」／使之西面事秦，功「施」至今

解答：1.DE　2.C　3.A　4.B　5.C　6.C　7.C　8.A　9.D　10.B

旁徵博引

清初三大儒

一、黃宗羲

黃宗羲在康熙年間，曾被清廷多次以博學鴻儒及纂修明史徵召，但他皆辭而不受。其治學重經國濟世之道，對南明歷史資料的蒐求與整理用力特勤。提倡經、史兼治，影響萬斯大、萬斯同、全祖望、章學誠等史學名家。黃宗羲學問淵博，對於文學、天文、算術、經史百家等，均多涉獵。其所主張的民本觀念，對清末民初的民主革命思想，有極大影響。詩文反映現實，表達真情實意，要言之有物，反對「空無一物」的論調。為學主張實踐致用，欲藉所學以整頓天下之動蕩不安。著作有《明儒學案》、《宋元學案》、《南雷文定》、《明夷待訪錄》。

二、顧炎武

顧炎武才高學博，留心經世之術，其治學精神謹嚴篤實，為清代樸學之導師。對於經學、音韻、史

地、文學、諸子百家、國家典制、天文曆象、河漕兵農等，無所不通。他尤其重視國計民生，留心經世致用之術。其畢生心志所注，則在推翻異族統治，發揚民族精神。強調「行己有恥」、「博學於文」，反對宋、明以來空疏的心性之學。梁啟超《清代學術概論》曾提到：「清代經學之祖推炎武，其史學之祖當推宗羲。」著作有《日知錄》、《音學五書》、《天下郡國利》、《病書》、《亭林詩文集》。

三、王夫之

王夫之其學以漢儒為門戶，以宋五子為堂奧（學養高深的境界），推陳出新，論多創闢，身遭亡明之痛，尤富種族思想。與顧炎武、黃宗羲皆重明經致用，反對虛談心性之學。他研究《易經》，務實求真，是傑出的思想家、哲學家，也是重要的詩人和文學評論家。其研究領域包括天文、曆法、數學、地理等，專精於經、史、文學。著作有《周易外傳》、《船山遺書》、《讀通鑑論》。

廉恥

顧炎武（西元一六一三年—西元一六八二年），原名絳，字忠清，明亡後改名炎武，字寧人，學者尊為亭林先生。江蘇昆山人，曾參與抗清戰爭，後致力於學術研究，晚年側重經學的考證，校訂古音。顧炎武為明末清初著名的思想家、史學家、語言學家，反對宋明理學的唯心主義，強調客觀的調查研究，著有《日知錄》等書，是清代古韻學的開山祖師。

出處：日知錄
難易度☺☺☺☺☺

古文鑑賞

《五代史．馮道傳》論曰：「『禮、義、廉、恥，國之四維❶；四維不張❷，國乃滅亡。』善乎管生之能言也❸！禮、義，治人之大法❹；廉、恥，立人之大節❺。蓋不廉則無所不取，不恥則無所不為❻。人而如此❼，則禍敗亂亡，亦無所不至；況為大臣而無所不取，無所不為，則天下其有不亂，國家其有不亡者乎？」

然而四者之中，恥尤為要，故夫子之論士曰：「行己有恥❽。」孟子曰：「人不可以無恥。無恥之恥，無恥矣！」又曰：「恥之於人大矣！為機變之巧者❾，無所用恥焉！」所以然者❿，人之不廉而至於悖（ㄅㄟˋ）禮犯義⓫，其原皆生於無恥也⓬。故士大夫之無恥，是謂國恥⓭。

吾觀三代以下，世衰道微⓮，棄禮義，捐廉恥⓯，非一朝一夕之故。然而松柏後凋於歲寒，雞鳴不已於風雨，彼眾昏之日，固未嘗無獨醒之人也。

頃讀〈顏氏家訓〉⓰，有云：「齊朝一士夫，嘗謂吾曰：『我有一兒，年已十七，頗曉書疏（ㄕㄨˋ）

⑰；教其鮮卑語及彈琵琶，稍欲通解⑱。以此伏事公卿⑲，無不寵愛。』吾時俯而不答。異哉，此人之教子也！若由此業⑳，自致卿相，亦不願汝曹為之㉑！」嗟呼！之推不得已而仕於亂世，猶為此言，尚有〈小宛〉詩人之意㉒；彼閹然媚於世者㉓，能無愧哉？

【說文解字】

❶四維：立國的綱維。❷張：張設，此處有施行、發揚之意。❸能言：善於立論說理。❹大法：重要的法則。❺立人：做人。大節：重要的節度。❻不恥：不知恥。❼而：如果。❽行己有恥：人有羞恥心，凡是認爲可恥的事就不去做。❾機變：機謀僞詐。❿然：如此，這樣。⓫悖禮犯義：違背禮節，侵害道義。⓬原：根源。⓭國恥：國家蒙受的恥辱。⓮世衰道微：世風衰敗，道德式微。⓯捐：棄。⓰頃：最近。⓱書疏：書牘奏章。⓲稍欲通解：漸漸地通達了解。⓳伏事：侍奉。伏，通「服」。⓴業：本事。㉑汝曹：你們。㉒〈小宛〉詩人：〈小宛〉乃《詩經．小雅》中的篇名。周幽王時，政教失常，士大夫遂作詩譏刺，並戒慎自勉。㉓閹然：遮遮掩掩的樣子。媚：討人歡心。

白話解讀

歐陽脩在《五代史．馮道傳》裡評論道：「『禮、義、廉、恥，是維繫國家的四大綱紀；這四項綱紀如果無法施行，國家就會滅亡。』說得眞是太好了！當年管仲眞能立言說理啊！禮、義，是治理人民的重要法度；廉、恥，是樹立人格的重要節度。若是不知廉潔，則什麼東西都要拿；不知羞恥，則什麼事都敢做。一般人如果這樣，那麼災禍、動亂、失敗、滅亡，就會降臨到他身上；更何況身爲國家大臣，若是什麼都要拿，什麼都敢做，那麼天下豈會不混亂，國家豈會不敗亡的呢？」

而這四大綱紀之中，羞恥心特別重要。孔老夫子評論士人品格時，曾說：「讀書人的一舉一動，都要有羞恥的觀念。」孟子也說：「一個人不可以沒有羞恥心。若將無恥視爲一種恥辱，那麼就一定能終身遠離恥辱了。」又說：「羞恥心對於一個人而言實在太重要了！那些賣弄心機、詭詐取巧的人，是用不到羞恥心的。」一般人之所以會不知廉潔到背禮失義的地步，都是由於不知羞恥啊！因此，士大夫若不知羞恥，可謂是國家的恥辱了。

我觀察夏、商、周三代以來，社會風氣日漸衰敗、道德觀念日益低落，人們背棄禮義，拋卻廉恥，這已經不是短時間所造成的。然而，正是在天寒地凍時，才顯得出松柏不凋謝的精神；正是在風雨交加的清晨，才能發覺雞不間斷晨起啼叫的不懈態度。當世人都陷入昏迷沉醉的時候，必定還有仍保持清醒的人！

我最近閱讀〈顏氏家訓〉，有一段說道：「北齊有一位士大夫，曾經告訴我：『我有一個兒子，已經十七歲了，懂得撰寫一些書牘奏章；我教導他鮮卑話和彈奏琵琶，他也能大致通曉了解。憑著這些才華服侍王公卿相，沒有人不寵愛他的。』我當時低著頭沒有回答。這個人教導兒子的方式眞奇怪呀！如果用同樣的方法，就能輕易獲得公卿宰相的高位，我也不希望你們去做。」唉！當年因爲身處亂世，不得不出來做官的顏之推猶能說出這番清高的話，頗有《詩經．小雅．小宛》中，詩人戒愼警惕、不同流合汚的意味；那些一味刻意迎合、討好世俗的人，難道不會感到慚愧嗎？

意旨精鑰

本文作者有感於當時士大夫不顧國家安危，紛紛變節求榮，因而援古論今，闡明廉恥和國運興衰的關係利害，廉恥一旦淪喪，國族將隨之覆亡。

寫作密技

一、平提側注法

當文章題目有兩個或兩個以上的重點，而作者有意側重其中一個論點時，便會先將該題的所有論點平等分述，再挑出所欲偏重的觀點集中論析，這樣的寫作手法即稱爲「平提側注法」。

以本文爲例，作者對於「廉恥」一題，側重於「恥」。第一段將國之四維──「禮」、「義」、「廉」、「恥」並列說明，之後區分成「禮義」、「廉恥」兩類，並呼應標題，偏重於「廉恥」。第二段將「廉恥」再一進步分割成「廉」、「恥」，然後針對「恥」特別發揮。第三段借用先賢之言，暗示即便處在亂世之中，仍有知「恥」的君子。第四段承襲第三段，舉顏之推爲證，抨擊當時的無恥之徒。全文先整後分，井然有條地將作者的論點完美聚焦，實爲「平提側注法」的佳作。

二、引用：援用前賢經典的警句、名言、典故、俗語等，以闡明自己的論點，表達自己的思想。

明引 明白指出所引文字的出處和來源。

暗用 引用時未指明出處，直接將引文編織在自己的文章或講詞中。

例1：孟子曰：「人不可以無恥。無恥之恥，無恥矣！」

Tips. 明引。

例2：松柏後凋於歲寒，雞鳴不已於風雨。

Tips. 暗用。

例3：治生之道，莫尚乎勤，故邵子云：「一日之計在於晨，一歲之計在於春，一生之計在於勤。」言雖近而旨則遠矣。（清代李文炤〈勤訓〉）

Tips. 明引。

例4：所謂山色空濛語亦奇，我於此體會了這種境界的好處。（豐子愷〈山中避雨〉）

Tips. 暗用。

三、倒裝：語文中特意顛倒文法上或邏輯上順序的句子。

例1：善乎管生之能言也！

Tips.「善乎管生之能言也」為「管生之能言也善」的倒裝。

例2：無恥之恥，無恥矣！

Tips.「無恥之恥，無恥矣」為「恥無恥，無恥矣」的倒裝。

成語錦囊

一、一朝一夕：朝，早晨。夕，傍晚。形容時間短暫。

原典 吾觀三代以下，世衰道微，棄禮義，捐廉恥，非一朝一夕之故。

書證1：積善之家，必有餘慶；積不善之家，必有餘殃。臣弒其君，子弒其父，非一朝一夕之故，其所由來者漸矣！（《易經．坤卦》）

書證2：女始則胎氣不足，乳湩有餘。病非一朝一夕之故，其所由來漸矣，弗可已也。（《列子．力命》）

書證3：必須陛下與兩府大臣及三司官吏，深思救弊之術，磨以歲月，庶幾有效，非愚臣一朝一夕所能裁減。（《宋史．食貨志下》）

書證4：天下歸心，已非一日，大王為何苦苦固辭？大拂眾人之心矣。況吾等會盟此地，豈是一朝一夕之力，無非欲立大王，再見太平之日耳。（明代陸西星《封神演義》）

書證5：自宮嬪死後，內外相戒，無言及邊事者。養成虜患，非一朝一夕之故也。（清代馮夢龍《喻世明言》）

書證6：人病到這個地位，非一朝一夕的症候，吃了這藥，也要看醫緣了。（清代曹雪芹《紅樓夢》）

書證7：此話倒出我的本心：妹子這個念頭，並非一朝一夕，已存心中幾年了。（清代李汝珍《鏡花緣》）

二、歲寒松柏：比喻君子處亂世或逆境時，仍能守正不苟，不變其節操。

原典 然而松柏後凋於歲寒，雞鳴不已於風雨，彼眾昏之日，固未嘗無獨醒之人也。

書證1：歲寒，然後知松柏之後凋也。（《論語．子罕》）

書證2：念吾兄節義全，眾流中獨挺然，歲寒松柏當朝選，忠臣要剖葵心獻。（明代王世貞《鳴鳳記》）

小試身手

1.（　）寫作常使用「借事說理」的技巧，以提高道理的可信度。下列文中所述「市集人潮聚散」的事例，最適合用來證明哪一選項的道理？
君獨不見夫趣市朝者乎？明旦，側肩爭門而入；日暮之後，過市朝者掉臂而不顧。非好朝而惡暮，

所期物忘其中。（《史記．孟嘗君列傳》）
A.富貴多士，貧賤寡友，事之固然也。
B.彼眾昏之日，固未嘗無獨醒之人也。
C.君子寡欲，則不役於物，可以直道而行。
D.諺曰：「千金之子，不死於市」，此非空言也。

2.（　）文天祥〈正氣歌〉：「鼎鑊甘如飴，求之不可得」，句中的「鼎鑊」一詞，是由可各自獨立的「鼎」與「鑊」所構成，且「鼎」與「鑊」意義平行對等，不互相修飾。下列文句「　」內的詞，與「鼎鑊」構成方式相同的選項是：
A.《論語．為政》：五十而知「天命」。
B.《論語．衛靈公》：「俎豆」之事，則嘗聞之矣。
C.蘇軾〈赤壁賦〉：寄蜉蝣於天地，渺「滄海」之一粟。
D.顧炎武〈廉恥〉：教其鮮卑語及彈「琵琶」，稍欲通解。

3.（　）下列文句中，「　」內的字義相同的選項是：
A.所以動心忍性，「曾」益其所不能／有酒食，先生饌，「曾」是以為孝乎
B.宰我問曰：仁者，雖告之曰：井有「仁」焉，其從之也／子曰：「人」而不仁，如禮何？人而不仁，如樂何
C.臣聞求木之長者，必固「其」根本／況為大臣而無所不取，無所不為，則天下「其」有不亂，國家其有不亡者乎
D.宗族「稱」孝焉，鄉黨稱弟焉／太史公疑子房以為魁梧奇偉，而其狀貌乃如婦人女子，不「稱」其志氣

4.（　）下列由「為」所構成的句子，何者表示「被動」之意？
A.總為浮雲能蔽日，長安不見使人愁。

B. 蓋不廉則無所不取，不恥則無所不為。

C. 若棄城而走，必不能遠遁，得不為司馬懿所擒乎。

D. 臣竊矯君命，以責賜諸民，因燒其券，民稱萬歲，乃臣所以為君市義也。

5. （　）**「知之者不如好之者；好之者不如樂之者」，使用「層遞」的修辭技巧。下列文句何者也使用「層遞」的修辭法？**

A. 禽鳥知山林之樂，而不知人之樂；人知從太守遊而樂，而不知太守之樂其樂也。〈歐陽脩〈醉翁亭記〉〉

B. 賢哉回也！一簞食，一瓢飲，在陋巷，人不堪其憂，回也不改其樂。〈《論語．雍也》〉

C. 學，然後知不足；教，然後知困。〈《禮記．學記》〉

D. 禮、義，治人之大法；廉、恥，立人之大節。〈顧炎武〈廉恥〉〉

6. （　）**在顧炎武〈廉恥〉中的敘述，何者是錯誤？**

A. 對於顏之推事奉外族，大加撻伐。

B. 文中主要談論「恥」的重要。

C. 以「松柏後凋於歲寒，雞鳴不已於風雨」，借喻亂世中堅守節操之人。

D. 所謂「小宛詩人之意」，是指以「無忝所生」來自我警惕的表現。

7. （　）**「人不可以無恥。無恥之恥，無恥矣！」意謂？**

A. 人不能沒有羞恥心。若自己知恥卻和無恥的人交往，則將會受其連累，也被人視為無恥之徒。

B. 人不能沒有羞恥心。但若不認為自己的行為是無恥的，則一輩子都會帶著恥辱而過。

C. 人不能沒有羞恥心。若明知是可恥的事卻故意去做，則仍是無恥的人。

D. 人不能沒有羞恥心。若能將無恥的行為引以為恥，加以改進，則能遠離恥辱。

8. （　）**下列成語的應用，何者不當？**

A. 人生在世，就應該堂堂正正地做人，俯仰無愧於天地，絕不做「閹然媚世」的無恥之徒。

B. 他雖然家境富裕，但非常節儉，不像其他「五陵年少」總是一擲千金，極盡奢侈之能事。

C. 為了一舉擒獲那個毒販，警方決定「拋磚引玉」，派一名隊員偽裝買毒客，引誘毒販出面。

D. 你希望她能學會理財，卻任由她在金錢上的予取予求，這麼做無疑是「抱薪救火」，毫無成效。

解答： 1.A 2.B 3.B 4.C 5.A 6.A 7.D 8.C

勞山道士

出處：聊齋誌異
難易度☺☺☺☺☺

作者簡介

蒲松齡（西元一六四〇年—西元一七一五年），字留仙，一字劍臣，別號柳泉居士，世稱「聊齋先生」。科舉際遇不順，鄉試屢不中舉，僅在四十六歲時被補為廩膳生，直到七十一歲才被補為貢生。平日以教書、幕僚維生。二十歲起，蒲松齡便開始收集素材，四十歲時完成志怪小說《聊齋誌異》。同鄉王士禎為《聊齋誌異》題詩：「姑妄言之姑聽之，豆棚瓜架雨如絲。料應厭作人間語，愛聽秋墳鬼唱詩。」

古文鑑賞

邑有王生，行七，故家子❶。少慕道，聞勞山多仙人，負笈往游❷。登一頂，有觀宇，甚幽。一道士坐蒲團上，素髮垂領，而神觀爽邁❸。叩而與語❹，理甚玄妙。請師之。道士曰：「恐嬌惰不能作苦。」答言：「能之！」其門人甚眾，薄暮畢集❺。王俱與稽首❻，遂留觀中。凌晨，道士呼王去，授以斧，使隨眾採樵。王謹受教。過月餘，手足重繭❼，不堪其苦，陰有歸志❽。

一夕歸，見二人與師共酌，日已暮，尚無燈燭。師乃剪紙如鏡，黏壁間。俄頃❾，月明輝室❿，光鑑毫芒⓫。諸門人環聽奔走⓬。一客曰：「良宵勝樂，不可不同⓭。」乃於案上取壺酒，分賚諸徒⓮，且囑盡醉。王自思：「七八人，壺酒何能遍給？」遂各覓盎盂⓯，競飲先釂⓰，惟恐樽盡。而往復挹注⓱，竟不少減。心奇之。

俄一客曰：「蒙賜月明之照，乃爾寂飲⓲，何不呼嫦娥來？」乃以箸擲月中。見一美人，自光中出，初不盈尺，至地，遂與人等⓳。纖腰秀項，翩翩作《霓裳舞》。已而歌曰：「仙仙乎⓴！

而還乎？而幽我於廣寒乎㉑？」其聲清越，烈如簫管㉒。歌畢，盤旋而起，躍登几上，驚顧之間，已復為箸。三人大笑。又一客曰：「今宵最樂，然不勝酒力矣。其餞我於月宮可乎㉓？」三人移席，漸入月中。眾視三人坐月中飲，鬚眉畢見，如影之在鏡中。移時，月漸暗；門人然燭來㉔，則道士獨坐，而客杳矣㉕。几上肴核尚故，壁上月，紙圓如鏡而已。道士問眾：「飲足乎？」曰：「足矣。」「足宜早寢，勿誤樵蘇㉖。」眾諾而退。王竊忻慕㉗，歸念遂息。

又一月，苦不可忍，而道士並不傳教一術。心不能待，辭曰：「弟子數百里受業仙師㉘，縱不能得長生術，或小有傳習㉙，亦可慰求教之心。今閱兩三月㉚，不過早樵而暮歸，弟子在家，未諳此苦㉛。」道士笑曰：「我固謂不能作苦，今果然。明早當遣汝行。」王曰：「弟子操作多日㉜，師略授小技，此來為不負也。」道士問：「何術之求？」王曰：「每見師行處，牆壁所不能隔，但得此法足矣。」道士笑而允之。乃傳以訣，令自咒畢㉝，呼曰：「入之！」王面墻，不敢入。又曰：「試入之。」王果從容入，及墻而阻。道士曰：「俯首驟入，勿逡巡㉞！」王果去墻數步㉟，奔而入。及墻，虛若無物；回視，果在墻外矣。大喜入謝。道士曰：「歸宜潔持㊱，否則不驗。」遂助資斧遣之歸㊲。

抵家，自詡遇仙㊳，堅壁所不能阻。妻不信。王傚其作為，去墻數尺，奔而入，頭觸硬壁，驀然而踣㊴。妻扶視之，額上墳起如巨卵焉㊵。妻揶揄之㊶，王慚忿，罵老道士之無良而已㊷。

異史氏曰㊸：「聞此事，未有不大笑者；而不知世之為王生者，正復不少。今有傖父㊹，喜疢毒而畏藥石㊺，遂有吮癰舐痔㊻者，進宣威逞暴之術，以迎其旨㊼，紿之曰㊽：『執此術也以往，可以橫行而無礙。』初試，未嘗不少效，遂謂天下之大，舉可以如是行矣㊾，勢不至觸硬壁而顛蹶（ㄐㄩㄝˊ）不止也㊿。」

【說文解字】

❶故家子：世家大族的子弟。❷負笈：背著書箱，比喻出外求學。❸神觀：精神氣色。❹叩：古時的一種拜見禮儀，表示尊敬。❺薄暮：傍晚，太陽將落的時候。薄，接近。❻稽首：一種俯首至地的最敬禮。❼手足重繭：手掌和腳底都長出厚繭。❽陰：暗地的，偷偷的。❾俄頃：比喻短時間。俄，片刻。❿輝：照耀。⓫光鑑毫芒：月光明亮得將細微之物都照得一清二楚。毫，細而尖的毛。芒，草木或穀實上的細刺。⓬環聽奔走：圍在一旁侍候，聽從命令四處奔波張羅。⓭同：一起分享。⓮賚：賞賜。⓯盎：腹大口小的瓦盆。盂：盛食物或漿湯的容器。⓰釂：把酒喝完，即乾杯。⓱挹注：將液體由一容器注入另一容器。⓲乃爾：如此。⓳等：相同。⓴仙仙：輕盈的樣子。㉑幽：囚禁。㉒烈：形容聲音強勁、嘹亮。㉓餞：用酒食為人送行。㉔然：通「燃」，燒。㉕杳：不見蹤影。㉖樵蘇：砍柴割草。㉗忻慕：羨慕。㉘受業：追隨老師研習學業。㉙或：也許，如果。㉚閱：經歷。㉛諳：熟悉，精通，此處為經歷之意。㉜操作：操持勞作。㉝咒：喃念術法口訣。㉞逡巡：徘徊不前。㉟去：離開。㊱潔持：潔身修持，意即保持純潔端正的心態，以維持道術靈驗。㊲資斧：資財與器用，泛指旅費。㊳自詡：自誇。㊴驀然：突然。踣：跌倒。㊵墳起：凸起。㊶揶揄：嘲弄。㊷無良：沒良心。㊸異史氏：蒲松齡的自稱。㊹傖父：鄙賤的人。㊺疢：疾病。藥石：方藥與砭石，皆為治病的藥物。㊻吮癰舐痔：諷喻阿諛諂媚之徒的無恥行為。吮，吸。癰，膿瘡。舐，用舌頭舔東西。㊼旨：心意。㊽紿：欺騙。㊾舉：全部。㊿蹶：跌倒。

白話解讀

本縣有一個姓王的書生，他在家族中排行第七，是一個世家子弟。王生小時候就仰慕道術，聽說勞山有很多仙人，於是背起書箱前往遊學。他登上一座山頂，見到一間道觀，環境十分清幽。有一位道士坐在蒲團上面，白髮垂到脖子上，而精神氣色看上去十分清爽健朗。王生拜見後和他交談，發現道士所講的道理十分奧妙高深。於是王生請求拜他為師。道士說：「就怕你嬌嫩怠惰，不能吃苦。」王生回答：「我可以！」道士的門人弟子衆多，傍晚時全部聚集在一處，王生和他們一一叩頭行禮後，就留在觀中。第二天一早，道士呼喚王生前去，交給他一把斧頭，派他和衆人一同上山砍柴。王生恭敬地接受。經過一個多月後，王生的手腳長滿了一層層的厚繭，他再也不能忍受這樣的痛苦，暗地裡萌生了離開回家的想法。

一天傍晚，回到觀中，王生看見兩個人正在和師父一起飲酒，太陽已經下山，室內還未點上蠟燭。於是師父把紙剪成像一面鏡子，貼在牆壁上。不久，月光照耀整間室內，明亮得連極微細的東西都看得一清二楚。門下弟子們有的在旁聽候吩咐，有的四處奔走張羅。其中一個客人說：「這樣美好的夜色，眞教人感到快樂，不能不令大家同享。」於是從桌上取來一壺酒，賞賜給衆門徒，並且交代衆人皆要喝醉。王生心裡暗忖：「我們有七、八個人，一壺酒如何能夠分給大家飲用？」衆人於是各自尋找酒杯，競相乾杯，唯恐酒被喝光了。這壺酒往來斟飲不停，竟然一點也沒有減少。王生內心感到十分奇怪。

不久，一個客人說：「承蒙敬賜明月照耀，但這樣喝酒未免孤單，何不呼叫嫦娥同來共飲呢？」於是道士把筷子丟向月亮。只見一個美人，從月光中款款走出，起初不滿一尺，站至地面後，竟與人同高。美人身段窈窕，纖細的腰、秀麗的頸項，翩翩地跳著《霓裳舞》。然後歌唱道：「我翩翩地起舞啊！是回到人間了呢？還是仍被幽禁在月宮呢？」歌聲清脆悠揚，如管樂一般嘹亮。歌唱完畢，美人起身旋轉環繞，接著躍登茶几上，在衆人驚視之下，又恢復爲筷子。三人放聲大笑。又有一位客人說：「今夜眞令人快樂，然而我已喝醉。希望你到月宮上爲我送行，可以嗎？」三人於是移動酒席，漸漸進入月亮中。衆人看著三人坐在月亮中喝酒，連鬍鬚眉毛都非常清楚，有如在鏡中的人影。過了一會兒，月光漸漸暗淡；弟子們點起燭火，只看到道士一人獨坐，其他客人早已不見蹤影了。桌上菜餚還在，牆壁上的月亮，仍是一張如圓鏡的紙。道士問衆人：「酒喝夠了嗎？」衆人說：「喝夠了。」道士說：「喝夠了就趕緊上床睡覺，不要耽誤明天砍柴割草的工作。」衆人應聲退下。王生暗中羨慕不已，於是打消了返家的念頭。

又過了一個月，王生苦不堪言，然而道士仍未傳授他任何道術。王生內心再也按捺不住，於是向道士告辭：「弟子遠從幾百里外的地方來向仙師求教，縱使不能學得長生法術，若您稍微教導一、二招，也可告慰我求教的心願。如今已過了兩三個月，每天過的都是早上砍柴晚上歸來的生活，弟子在家中，從來不曾經歷這種辛苦。」道士笑著說：「我本來就說你吃不了苦，如今果眞如此。明天一早我就送你離開。」王生說：「弟子辛勞工作多日，師父若能傳授一點小術法，也不枉費我這一趟苦行了。」道士問：「你想學習哪一種法術？」王生說：「每次看見師父行走，任何牆壁都阻擋不了您，我只要求學會這個法術就夠了。」道士笑著應允了他的請求。於是傳授他口訣，命令他唸完咒語大聲呼叫：「進入！」王生面對牆壁，不敢向前。道士又說：「再試一次。」王生果然慢慢地移動腳步，可是一到牆邊又停了下來。道士說：「低著頭快速進入，不要猶疑不決！」王生果然退離牆壁幾步，奔跑向前。遇到牆壁時，空洞洞地好像不存在任何東西，回頭一看，果眞已在牆壁外頭了。王生心中大感驚喜，進入拜謝。道士說：「回家要好好潔身修持，否則這個法術就不靈驗了。」說完，並資助他旅費送他回家。

王生回到家門，自誇遇到神仙，如今，再堅固的牆壁也阻擋不了他。他的妻子不相信，王生便模仿先前的作爲，離開牆壁幾尺，然後快速奔跑進入，結果一頭撞上堅硬的牆壁，猛然跌倒在地。妻子扶他起來檢查，額頭上腫起來一顆宛如巨卵的腫包。妻子嘲笑他，王生又慚愧又痛恨，臭罵老道士惡劣沒良心。

異史氏（蒲松齡）說：「聽過這故事的人，沒有不哈哈大笑的；殊不知當今世上像王生這樣的人，還眞是不少啊！現在有些見識鄙陋粗俗的人，喜歡聽信阿諛奉承的言論，卻害怕聽到忠告，所以就有些吮膿瘡、舐痔瘡的人，專門進獻宣揚威勢、逞兇施暴的惡劣方法，以迎合這些人的心意，並且哄騙他們：『只要按照這個方法施行，就可以橫行無阻。』剛開始的時候，效果挺不錯，於是他們就以爲天下所有事都可以比照辦理，不到碰觸牆壁而跌倒，勢必不會罷休。」

意旨精鑰

本篇透過好逸惡勞、迷信玄怪的王生上山拜師的經歷過程，譏諷世人投機取巧、諂媚無知的行徑。

成語錦囊

一、**手足重繭**：手掌和腳底都長出厚繭。形容非常的辛勤勞苦。

原典 凌晨，道士呼王去，授以斧，使隨眾採樵。王謹受教。過月餘，手足重繭，不堪其苦，陰有歸志。

書證1：自魯趍而十日十夜，手足重繭而不休息。（《淮南子．脩務》）

二、**吮癰舐痔**：後用以比喻諂媚之徒，逢迎阿順權貴的卑鄙行為。

原典 今有傖父，喜疢毒而畏藥石，遂有吮癰舐痔者，進宣威逞暴之術，以迎其旨。

書證1：秦王有病召醫，破癰潰痤者得車一乘，舐痔者得車五乘，所治愈下，得車愈多。子豈治其痔邪？何得車之多也？子行矣！（《莊子．列御寇》）

書證2：文帝嘗病癰，鄧通常為上嗽吮之。（《漢書．佞幸傳》）

書證3：附勢趨權，不辭吮癰舐痔，市恩固寵，那知瀝膽披肝。（明代王世貞《鳴鳳記》）

小試身手

（＊為多選題）

＊1.（　　）下列作品、作家、時代及體裁，對應完全正確的選項是：

A.《虬髯客傳》／元稹／唐人傳奇小說

B.《水滸傳》／施耐庵／宋人話本小說

C.《老残遊記》／劉鶚／清代章回小說

D.《聊齋誌異》／蒲松齡／清代志怪小說

E.《世說新語》／劉義慶／南朝宋志人小說

2.（　）**王士禎讀完某書後，為該書詳加評點，又作一七絕：「姑妄言之姑聽之，豆棚瓜架雨如絲；料應厭作人間語，愛聽秋墳鬼唱詩。」請問此某書是？**

A.《姑妄言》。

B.《聊齋誌異》。

C.《搜神記》。

D.《官場現形記》。

3.（　）**下列選項「　」內的字，何者寫成國字後完全相同？**

A. 往復「異」注，竟不少減／率妻子「異」人來此絕境

B. 鍥而不舍，金石可「鏤」／「鏤」簋朱紘

C. 道士獨坐而客「咬」矣／山以上五、六里，有穴「咬」然

D. 自余為「鹿」人／臣與將軍「鹿」力而攻秦

4.（　）**「斯是陋室，惟吾德馨」，「馨」字本為形容詞，在這裡轉為動詞使用，意為「使之芳香」。這種轉換詞性的用法，稱為「轉品」。下列文句「　」中的字詞，何者未運用此修辭？**

A. 恐嬌惰不能作「苦」。

B. 邑人奇之，稍稍「賓客」其父。

C.「蠶」食諸侯，使秦成帝業。

D.「遷」客騷人，多會於此。

5.（　）下列選項中的「故」字，有幾個解釋為「原來的」？甲、凡在「故」老，猶蒙矜育。乙、以「故」相為上將軍。丙、邑有王生，行七，「故」家子。丁、軒東「故」嘗為廚。戊、非一朝一夕之「故」。

A. 4個。

B. 3個。

C. 2個。

D. 1個。

6.（　）下列「　」內的字，何者讀音相同？

A. 負「笈」往游／及「笄」之年

B.「稽」首／無「稽」

C. 驀然而「踣」／「培」塿

D. 顛「蹶」不止／行徑猖「獗」

解答： 1. CDE　2. B　3. B　4. A　5. C　6. D

旁徵博引

小說發展源流

中國小說經歷了從神話傳說、志人小說、志怪小說、唐傳奇、宋元話本小說，直至現代小說的發展過程。「小說」一詞，最早見於《莊子．外物篇》：「飾小說以干縣令，其於大達亦遠矣。」此處的「小說」指的是一些無關大道的言辭。

先秦時期，《隋書．經籍志》共收錄二十五部小說，其中〈燕丹子〉最古，記述戰國時期，燕太子丹派遣荊軻行刺秦王的故事。另外還有《山海經》、《穆天子傳》等，也被後人認為是先秦時代的作品。

魏晉時期多是筆記小說，以單則故事敘述，尚無完整架構。分為志人和志怪小說兩類。一、志人小說：多是記載人物的日常瑣事、生活片段，如劉義慶《世說新語》、裴啟《語林》等。二、志怪小說：撰寫鬼神靈異故事，如干寶《搜神記》、劉義慶《幽明錄》、吳均《續齊諧記》、王琰《冥祥記》、顏之推《冤魂志》等。

唐朝則開始出現結構俱足的文言短篇小說，又稱為傳奇。此時，小說的發展取得極大的成就，《唐人說苔．例言》記載：「唐人小說，不可不熟，小小情事，悽惋欲絕……詢有神遇而不自知者，與詩律可稱一代之奇。」明代胡應麟有言：「《飛燕》，傳奇之首也」。魯迅將唐以前的小說稱為「古小說」，他在《中國小說的歷史變遷》中指出：「小說到了唐時，卻起了一個大的變遷。……六朝時之志怪志人底文章，都很簡短，而且當作記事實；及到唐時，則為有意識的小說，這在小說史上可算是一大進步。」分為下列數類，一、愛情類：元稹《會真記》（《崔鶯鶯傳》）、白行簡《李娃傳》、蔣防《霍小玉傳》。二、俠義類：杜光庭《虬髯客傳》、李公佐《謝小娥傳》、袁郊《紅線傳》、裴鉶《聶隱娘傳》和《崑崙奴傳》。三、志怪類：沈既濟《枕中記》、李公佐《南柯太守傳》、陳玄祐《離魂記》。四、歷史類：陳鴻《長恨歌傳》和《東城老父傳》。

宋元時代，由於城市經濟發達，在大城市中開始有話本流傳，這些話本多出自民間藝人之手，一些文人雅士常常將這種底本加以增飾潤色，寫定為專供閱讀的書面文學作品。據《永樂大典》目錄記載的話本，共有二十六篇，今僅存《編五代史平話》、《全相平話五種》、《大宋宣和遺事》。而後期元代的戲曲也深受唐代傳奇影響，如陳玄祐的《離魂記》影響鄭光祖的《倩女離魂》。白行簡的《李娃傳》影響石君寶的《曲江池》。陳鴻的《長恨歌傳》影響白樸的《梧桐雨》。元稹的《會真記》影響王實甫的《西廂記》。沈既濟的《枕中記》影響馬致遠的《黃粱夢》。

明代小說的蓬勃發展，通俗小說達到成熟，寫作技巧亦漸趨錘鍊。明初《三國演義》和《水滸傳》的問世，代表長篇小說的發展開始邁入高峰，而《西遊記》也是中國小說史上第一部長篇神魔小說，吳承恩藉由神怪展現出人世的萬象。

清朝初年有抱瓮老人從「三言」、「二拍」精選出四十篇作品，定名為《今古奇觀》。清代短篇小說高度繁榮，產生《聊齋志異》，另有程趾祥的《此中人語》和賈名的《女聊齋》等。在《聊齋志異》風行百餘年後，又有紀昀的《閱微草堂筆記》與袁枚的《子不語》，都是記述鬼故事的知名小說。乾隆年間，《儒林外史》和《紅樓夢》兩部長篇巨著問世。《紅樓夢》原稱《石頭記》，又稱《情僧錄》、《金玉緣》、《風月寶鑑》、《金陵十二釵》等，成書於清代乾隆年間，是中國小說史上不可超越的頂峰，亦開啟「鴛鴦蝴蝶派小說」的先河。清末又有「四大譴責小說」，分別是李寶嘉的《官場現形記》、吳沃堯的《二十年目睹之怪現狀》、劉鶚的《老殘遊記》、曾樸的《孽海花》。

左忠義公軼事

出處：望溪先生全集
難易度☺☺☺☺☺

作者簡介

方苞（西元一六六八年—西元一七四九年），字靈皋，號望溪，安徽桐城人。康熙年間進士，受戴名世「南山集案」牽連入獄；康熙五十二年，清聖祖以「方苞學問，天下莫不聞」，命方苞以平民身分入值南書房，後官至禮部侍郎。方苞繼承歸有光的「唐宋派」古文傳統，提出「義法」的論文主張，是清代桐城派散文的創始人，姚鼐稱：「望溪先生之古文，為我朝文章之冠」。

古文鑑賞

先君子嘗言❶：鄉先輩左忠毅公視學京畿❷。一日，風雪嚴寒，從數騎出❸，微行❹，入古寺。廡下一生❺，伏案臥，文方成草❻。公閱畢，即解貂覆生，為掩戶，叩之寺僧❼，則史公可法也。及試，吏呼名，至史公，公瞿然注視❽。呈卷，即面署第一❾；召入，使拜夫人，曰：「吾諸兒碌碌❿，他日繼吾志事，惟此生耳！」

及左公下廠獄，史朝夕窺獄門外。逆閹防伺甚嚴⓫，雖家僕不得近⓬。久之，聞左公被炮烙⓭，旦夕且死⓮，持五十金，涕泣謀於禁卒，卒感焉。一日，使史公更敝衣草屨，背筐，手長鑱⓯，為除不潔者⓰。引入，微指左公處，則席地倚牆而坐，面額焦爛不可辨，左膝以下，筋骨盡脫矣。史前跪，抱公膝而嗚咽。公辨其聲，而目不可開，乃奮臂以指撥眥⓱，目光如炬，怒曰：「庸奴！此何地也，而汝前來！國家之事，糜爛至此⓲，老夫已矣⓳，汝復輕身而昧大義⓴，天下事誰可支拄者㉑？不速去，無俟姦人構陷㉒，吾今即撲殺汝！」因摸地上刑械，作投擲勢。史噤不敢發聲，趨而出。後常流涕述其事以語人曰：「吾師肺肝，皆鐵石所鑄造也！」

崇禎末，流賊張獻忠出沒蘄、黃、潛、桐間，史公以鳳廬道奉檄守禦㉓。每有警㉔，輒數月不就寢，使將士更休，而自坐幄幕外，擇健卒十人，令二人蹲踞，而背倚之，漏鼓移則番代㉕。每寒夜起立，振衣裳，甲上冰霜迸落㉖，鏗然有聲。或勸以少休㉗，公曰：「吾上恐負朝廷，下恐愧吾師也。」

史公治兵㉘，往來桐城，必躬造左公第㉙，候太公㉚、太母起居，拜夫人於堂上。

余宗老塗山，左公甥也，與先君子善，謂獄中語，乃親得之於史公云。

【說文解字】

❶先君子：對去世父親的尊稱。❷鄉先輩：同鄉的前輩。視學京畿：到京師近郊視察學政。❸從數騎：後面跟著幾位騎馬的隨從。騎，乘馬的士卒。❹微行：尊貴者隱藏身分外出巡視，不使人知。❺廡：正堂兩側的廂房。❻草：草稿。❼叩：問。❽瞿然：目光專注而吃驚的樣子。❾面署：當面簽署。❿碌碌：平庸無能。⓫逆閹：謀逆的宦官，此處指魏忠賢及其黨羽。⓬雖：即使。⓭炮烙：古代一種以燒紅的鐵器灼燙人體的酷刑。⓮且：將。⓯手長鑱：拿著撿拾破紙廢物的長柄鉤鑱。手，動詞，拿。⓰爲：僞裝，化妝。⓱奮臂：用力舉起手臂。⓲糜爛：指局勢敗壞，猶如爛熟的稀粥。⓳已矣：完了，比喻將死。⓴輕身：輕率捨身，指不顧自己的生命危險。昧大義：不明大道理。㉑支拄：支持。㉒俟：等待。㉓檄：古代官府用以徵召、曉諭、飭令的公文。㉔警：緊急軍情。㉕漏鼓移：過了一更。漏，刻漏。鼓，更鼓，古時一夜分爲五更，交更時則擊鼓報時。番代：輪番替代。㉖甲：綴有鐵片的戰袍。㉗少休：稍作休息。㉘治兵：帶領軍隊。㉙躬：親自。㉚候：問候。

白話解讀

先父曾經說過：同鄉前輩左忠毅公曾在京城附近督察學政。有一天，颳風下雪，天氣非常寒冷，他帶領幾個騎兵微服巡訪，走進一座古寺，發現廂房裡有一個書生趴在桌案上睡著了，桌上放著一篇剛完成的文章草稿。左公看完後，立刻脫下身上的貂皮大衣蓋在他的身上，並替他關上門，然後詢問寺裡的僧人，才知道那名書生是史可法。等到考試時，官吏點名，叫到史可法時，左公驚訝地注視著他。史生交上試卷後，左公立即當面簽署第一名；並請史可法到家中，讓他拜見左夫人，說：「我的幾個兒子都很平庸，沒多大作為，將來能夠繼承我志向事業的，或許只有這個學生了！」

等到左公被關進東廠監獄時，史可法每天都到監獄外打探消息，但那些宦官防範得十分嚴密，即使是左公家中的僕役也不能接近。過了一段時間，他聽說左公被施以炮烙酷刑，性命危在旦夕，於是就拿了五十兩銀子，哭著懇求獄卒，最後獄卒被他感動了。有一天，獄卒叫史先生換上破衣，穿上草鞋，背著竹筐，拿著長柄的鏟子，偽裝成清除垃圾的人。獄卒帶他進入牢裡，偷偷指向左公被關的地方，那時左公正靠著牆坐在地上，面容焦爛得幾乎認不出是他，左膝蓋以下的筋骨都脫落了。史可法跪在他面前，抱住左公的膝蓋低聲哭泣。左公聽出是史可法的聲音，眼睛卻張不開，於是用力抬起手臂，用手撥開眼眶，露出像火炬一般的炯炯目光，生氣地大罵道：「蠢材！這是什麼地方，你竟敢冒險進來！國家已經敗壞到這般地步，我已經快死了，你又輕忽生命、不明大義，天下的事還能仰賴誰支撐呢？再不走，不必等到壞人設計陷害你，我現在就立刻打死你！」說著就抓起地上的刑具，做出丟擲的動作。史可法抿著嘴不敢發出聲音，快步走了出去。後來常常流著眼淚向人敘述這件事，並說：「我老師的心腸，就像是鐵石鑄造的呀！」

明思宗崇禎末年，流寇張獻忠常在湖北蘄春、黃岡及安徽潛山、桐城一帶作亂，史可法身為鳳陽、廬江二府兵備道，奉命防守抵禦。每當有警報時，往往連續幾個月不睡覺，讓將士們輪番休息，自己卻坐在帳幕外，挑選十個強健的士兵，命令兩人一組蹲坐著，然後背靠著背相互依靠、歇息，每過一更就換組輪替。每次在寒冷的夜裡起身時，抖抖衣裳，鎧甲上的冰霜都掉落在地，發出清脆鏗鏘的聲音。有人勸他稍作休息，他說：「我對上恐怕辜負朝廷的託付，對下恐怕愧對我老師的期望啊！」

史可法統理著軍隊，每次經過桐城時，一定會親自拜訪左公的住宅，向左太公、左太母請安，並在廳堂上拜見左夫人。

我的族長塗山先生，是左公的外甥，和先父很要好，據說監獄中的那席話是親自從史先生那邊聽來的。

意旨精鑰

本文透過左公與史可法師生之間的兩件軼事：視學京畿，獎掖後進；身陷囹圄，訓勉報國。生動地刻畫出左公求賢若渴、監貞不屈的愛國情操，尤其獄中會面的那段描述，字字鏗鏘，情意懇切，撼人肺腑。

寫作密技

一、**示現**：將實際上不聞不見的事物，說得如見如聞，使讀者感覺如身臨其境。

追述示現 將過去的發生的事物，憑藉想像力寫出。

預言示現 把未來的事情說得彷彿發生在眼前一樣。

懸想示現 把想像的事情說得彷彿發生在眼前一樣，與時間的過去或未來無關。

例1：使史公更敝衣草屨，背筐，手長鑱，為除不潔者。

Tips. 追述示現。

例2：則席地倚牆而坐，面額焦爛不可辨，左膝以下，筋骨盡脫矣。

Tips. 追述示現。

例3：君問歸期未有期，巴山夜雨漲秋池。何當共翦西窗燭，卻話巴山夜雨時。（唐代李商隱〈夜雨寄北〉）

Tips. 預言示現。

例4：當待春中，草木漫發，春山可望，輕鯈出水，白鷗矯翼，露溼青皋，麥隴朝雊：斯之不遠，儻能從我遊乎？（唐代王維〈山中與裴秀才迪書〉）

Tips. 懸想示現。

例5：今夜鄜州月，閨中祇獨看。遙憐小兒女，未解憶長安。香霧雲鬟濕，清輝玉臂寒。何時倚虛幌，雙照淚痕乾。（唐代杜甫〈月夜〉）

Tips. 懸想示現。

二、鑲嵌：在詞句中插入數目字、虛字、特定字、同義字或異義字，接長文句。

鑲字 使用數字或虛數字加入語句。

嵌字 使用特定字加入語句。

增字 使用同義字加入語句。

配字 使用異義字加入語句。此異義字只取其聲舒緩語句，並不取其義。

例1：吾上恐負朝廷，下恐愧吾師也。

Tip. 嵌字，增加特定字「上、下」。

例2：引一千餘軍馬，盡是七長八短漢，四山五嶽人。（明代施耐庵《水滸傳》）

Tip. 鑲字，增加數字「七、八、四、五」。

例3：倘或你父親有個一差二錯，又耽擱住了。（清代曹雪芹《紅樓夢》）

Tip. 鑲字，增加數字「一、二」。

例4：凡仕宦之家，由儉入奢易，由奢返儉難。（清代曾國藩《諭子紀鴻》）

Tip. 鑲字，增加同義字「宦」。

例5：公今可去探他虛實，卻來回報。（明代羅貫中《三國演義》）

Tip. 配字，增加異義字「虛」。

成語錦囊

一、目光如炬：眼光如火炬般光亮，形容人怒視以對。後用以形容目光有神，亦用以比喻見事透澈，識見遠大。

原典 公辨其聲，而目不可開，乃奮臂以指撥眥，目光如炬。

書證1：道濟見收，憤怒氣盛，目光如炬，俄爾間引飲一斛。（《南史．檀道濟列傳》）

書證2：憲辭色不撓，固自陳說。帝使于智對憲。憲目光如炬，與智相質。（《周書．齊煬王憲列傳》）

書證3：門軋然豁開，有物從外入，目光如炬，照映廊廡。視之，大蟒也。（宋代洪邁《夷堅志》）

書證4：旁邊鬼卒十餘個各持兵杖夾立，中間坐著一位神道，面闊尺餘，鬚髯滿頦，目光如炬，肩臂擺動，像個活的一般。（明代凌濛初《二刻拍案驚奇》）

書證5：忽見床下有一怪物趨出，長尺餘，撲燈皆滅，月色中視之，身皆紫毛，目光如炬，射出丈許。（清代東軒主人《述異記．不葬之咎》）

小試身手！

1.（　）下列文句的「方」字，何者意指「當……之時」？
A.「方」其破荊州，下江陵。
B.能近取譬，可謂仁之「方」也已。
C.父母在，不遠遊，遊必有「方」。
D.廡下一生，伏案臥，文「方」成草。

2.（　）下列對『』內文字的通假解說，何者不正確？
A.「然則諸侯之地有限，暴秦之欲無『厭』，奉之彌繁，侵之愈急，故不戰而強弱勝負已判矣。」厭，通「饜」。
B.「持五十金，涕泣謀於禁卒，『卒』感焉。」卒，通「猝」。
C.「謂余勉鄉人以學者，余之志也；詆我『夸』際遇之盛而驕鄉人者，豈知余者哉！」夸，通「誇」。
D.「宋人有酤酒者，升概甚平，遇客甚謹，為酒甚美，『縣』幟甚高著。」縣，通「懸」。

3.（　）下列各文句都有「少」字，那一句的「少」字意義與其它不同？
A.或勸以「少」休，公曰：「吾上恐負朝廷，下恐愧吾師也。」
B.公今受俸不「少」，而自奉若此。

C. 輔之以晉，可以「少」安。
D. 此亦非樂鄉，不過距校較近，「少」免奔波而已。

4.（　）**象棋中，「卒」代表士兵，請問下列「卒」字字義何者亦指士兵：**
A. 擇健「卒」十人，令二人蹲踞，而背倚之。（方苞〈左忠毅公軼事〉）
B. 金墉糧豐，攻之未可「卒」拔。（《晉書・石勒載記》）
C. 南山律律，飄風弗弗。民莫不穀，我獨不「卒」。（《詩經・小雅・蓼莪》）
D. 僕未究其奧也，願先生「卒」教之。（劉基〈司馬季主論卜〉）

5.（　）**以類似的事物比方說明其他事物，即借彼以喻此，叫做譬喻。下列何者不屬於譬喻修辭？**
A. 煩憂是一個不可見的天才雕刻家。（紀弦〈雕刻家〉）
B. 人生不相見，動如參與商。（杜甫〈贈衛八處士〉）
C. 吾師肺肝，皆鐵石所鑄造也。（方苞〈左忠毅公軼事〉）
D. 草木為之含悲，風雲因而變色。（孫文〈黃花岡烈士事略序〉）

6.（　）**「微管仲，吾其披髮左衽矣。」句中「微」字與下列選項中，何者之「微」字義同？**
A. 引入，「微」指左公處。
B.「微」夫人之力不及此。
C. 春秋之「微」也。
D. 莫見乎隱，莫顯乎「微」。

7.（　）**「吾師肝肺，皆鐵石所鑄造也」意謂？**
A. 左公冷酷無情。
B. 左公鐵面無私，不講情面。
C. 左公重大義，捨私情。

D. 左公性情倔強，剛愎自用。

8.（　）「為除不潔者」意謂？

A. 偽裝成清掃穢物的雜役。

B. 偽裝成骯髒邋遢的人。

C. 幫人清理穢物。

D. 幫忙處理不正當勾當的人。

解答：1. A　2. B　3. B　4. A　5. D　6. B　7. C　8. A

旁徵博引

左光斗

左光斗，字遺直、拱之，號浮丘。明末東林黨六君子之一，是史可法之師。因東林黨爭，遭到魏忠賢下獄，最後被拷打而死，後來，崇禎帝為之平反，贈右都御史、太子少保。南明弘光時，謚忠毅，世稱左忠毅公。

萬曆三十五年，左光斗與楊漣同年進士。當時，奸黨惡人冒充官吏，橫行京師，左光斗調查之後，收繳假印七十多枚，拘押假官一百多人。明熹宗剛即位時，宦官魏忠賢專權，楊漣上奏章揭發魏忠賢的二十四條罪狀，左光斗等七十餘人也大力支持，彈劾魏忠賢等三十二斬罪，但熹宗皆不信。

而後，魏忠賢反誣陷六君子接受熊廷弼的賄賂，左光斗等人被捕下獄，受酷刑折磨，「五日一審，受拶、夾、棍等刑，不能跪起，平臥堂下受訊」。魏忠賢又誣左光斗等人貪污數萬兩白銀，要追出贓款。左光斗的舊友孫奇逢、鹿正、張果中四處募款，諸生熱烈響應，募得數千兩白銀上繳，但魏忠賢見左光斗有人營救，反而加重拷打六君子，使得六君子皆死。最後，左光斗在獄中被錦衣衛許顯純拷打而死，其兄左光霽也被閹黨都御史周應秋所逼，自殺而死，左光斗的母親則因為兩子俱死，悲痛而卒。魏忠賢一度想將左光斗開棺戮屍，後來被勸阻。

天啟七年，明熹宗駕崩，明思宗即位，他懲辦魏忠賢閹黨，魏忠賢畏罪自殺，明思宗追贈左光斗右都御史、太子少保，錄用其一子為官。南明福王弘光時，為左光斗追諡忠毅。

第八單元

台灣古典散文

北投琉穴記　　鹿港乘桴記

勸和論　　畫菊自序

北投硫穴記

作者簡介

郁永河（生卒年月不詳），字滄浪，浙江仁和人，會考取秀才。清康熙三十五年冬，福建福州火藥庫爆炸，焚毀五十餘萬斤的硫磺，省府議定前往臺灣北投採硫。郁永河自告奮勇接受這項任務。事後，郁永河將在臺灣近半年的所見所聞及艱辛情形，寫成《裨海紀遊》一書。此書開臺灣遊記文學之先河，並為十七世紀末的臺灣地理、人文景象留下珍貴的紀錄。

出處：裨海記遊
難易度☺☺☺☺☺

古文鑑賞

余問番人硫土所產，指茅廬後山麓（ㄌㄨˋ）間❶。明日拉顧君偕（ㄒㄧㄝˊ）往，坐莽葛中❷，命二番兒操楫（ㄐㄧˊ）❸。緣溪入❹，溪盡為內北社，呼社人為導。

轉東行半里，入茅棘（ㄐㄧˊ）中。勁茅高丈餘，兩手排之，側體而入，炎日薄茅上❺，暑氣蒸鬱❻，覺悶甚。草下一徑，逶（ㄨㄟ）迤（ㄧˊ）僅容蛇伏❼。顧君濟勝有具❽，與導人行，輒（ㄓㄜˊ）前❾；余與從者後，五步之內，已各不相見。慮或相失，各聽呼應聲為近遠。

約行二三里，渡兩小溪，皆履而涉。復入深林中，林木蓊（ㄨㄥˇ）翳（ㄧˋ）❿，大小不可辨名；老藤纏結其上，若虯（ㄑㄧㄡˊ）龍環繞⓫，風過葉落，有大如掌者。又有巨木裂土而出，兩葉始櫱（ㄋㄧㄝˋ）⓬，已大十圍，導人謂楠也。楠之始生，已具全體，歲久則堅，終不加大，蓋與竹筍（ㄙㄨㄣˇ）同理⓭。樹上禽聲萬態，耳所創聞⓮，目不得視其狀。涼風襲肌，幾忘炎暑。

復越峻坂（ㄅㄢˇ）五六⓯，值大溪⓰，溪廣四五丈，水潺（ㄔㄢˊ）潺巉（ㄔㄢˊ）石間⓱，與石皆作藍靛（ㄉㄧㄢˋ）色。導人謂此水源出硫穴下，是沸泉也；余以一指試之，猶熱甚。扶杖躡巉石渡。

更進二三里，林木忽斷，始見前山。又陟一小巔⑱，覺履底漸熱，視草色萎黃無生意⑲；望前山半麓，白氣縷縷，如山雲乍吐，搖曳青嶂間⑳，導人指曰：「是硫穴也。」風至，硫氣甚惡㉑。

更進半里，草木不生，地熱如炙；左右兩山多巨石，為磺氣所觸，剝蝕如粉㉒。白氣五十餘道，皆從地底騰激而出㉓，沸珠噴濺，出地尺許㉔。余攬衣即穴旁視之㉕，聞怒雷震蕩地底，而驚濤與沸鼎間之㉖；地復岌岌欲動㉗，令人心悸㉘。蓋周廣百畝間，實一大沸鑊㉙，余身乃行鑊蓋上，所賴以不陷者，熱氣鼓之耳㉚。右旁巨石間，一穴獨大，思巨石無陷理，乃即石上俯瞰之，穴中毒焰撲人，目不能視，觸腦欲裂，急退百步乃止。左旁一溪，聲如倒峽㉛，即沸泉所出源也。

還就深林小憩㉜，循舊路返，衣染硫氣，累日不散㉝。始悟向之倒峽崩崖㉞，轟耳不輟者㉟，是硫穴沸聲也。

【說文解字】

❶山麓：山腳。❷莽葛：又稱「蟒甲」、「艋舺」，為平埔族的發音，意指獨木舟。❸操楫：划船。操，拿，駕駛。楫，船槳。❹緣：沿。❺薄：迫近，逼近。❻蒸鬱：窒悶的熱氣上升。❼逶迤：彎曲迴旋的樣子。❽濟勝有具：具備穿渡、橫越的勝算，此處指身體健壯。濟，渡水，此處表示攀登跋涉之意。❾輒：往往。❿蓊翳：草木繁盛貌。翳，遮蔽。⓫虯龍：古代神話傳說中的龍。⓬櫱：樹木枝幹新長的枝芽。⓭笋：通「筍」。⓮創：開始。聞：聽到。⓯坂：山坡，斜坡。⓰值：面對。⓱巉石：高峻的石頭。⓲陟：登高，爬上。⓳生意：生命力，生長發育的活力。⓴搖曳：飄蕩。嶂：形狀如屏障的

山。㉑惡：臭。㉒剝蝕：脫落腐蝕。㉓騰激：奔騰噴濺。㉔許：表示約略估計的數量。㉕即：靠近。㉖間：更替，夾雜。㉗岌岌：危險的樣子。㉘心悸：心中恐懼害怕。㉙鑊：古代烹煮食物的大鍋。㉚鼓：高起，凸出。㉛倒峽：湍息的水勢沖入峽谷。㉜就：到。㉝累日：連日。㉞向：從前。㉟輟：停止。

白話解讀

我問當地的原住民硫礦產地在哪裡，他們指向屋後的那座山。隔天我便拉著顧君（顧敷公）一同前往，乘著獨木舟，命令兩個原住民少年划船。獨木舟沿著溪流進入，溪的盡頭是內北社，我們便請部落裡的人當嚮導帶路。

往東走了半里，進入茅草叢中。堅韌的茅草高達一丈多，我們用雙手將草撥開，側著身子前進，烈陽像是壓在茅草上似的，暑氣潮濕燥熱，令人感覺非常悶。茅草下有一條狹窄的小路，蜿蜒細窄得僅容一條蛇通過。顧君身體健壯，和嚮導並行，往往走在前頭；我與隨從走在後頭，明明只在五步以內的距離，卻因高大的茅草遮蔽視線而看不見彼此。我們擔心和對方走散，便憑著呼應聲以確認彼此的距離。

大約走了二、三里路，大家都穿著鞋子直接渡過兩條小溪。接著走入幽暗深邃的樹林裡，林中樹木高大茂盛，大大小小的樹卻分辨不出它的名稱；樹木上纏滿了藤蔓，彷彿蛟龍纏繞在上面，一陣風吹過，樹上的葉子掉了下來，有的樹葉竟像巴掌一樣大。還有巨大的樹木破土而出，才長出兩片葉子，枝幹就已經粗到必須要十人合抱，嚮導跟我們說這是楠木。楠木剛開始生長時，便已具備大樹的枝幹，時間愈久它的枝幹就愈硬實，但卻不會再變粗，差不多和竹筍生長的道理一樣。樹上的鳥叫聲千變萬化，都是第一次聽到的聲音，但我卻看不見牠們的蹤跡。清涼的微風迎面吹來，讓我幾乎忘卻炙熱的暑氣。

接著越過五、六個險峻的山坡，遇到了一條大溪，溪面寬四、五丈，水在高大的石頭間潺潺流動，和石頭一樣呈現深藍的色澤。嚮導說這裡的水發源於硫穴之下，也就是所謂的溫泉；我用一根手指頭試探水溫，果然非常溫熱。我們拄著拐杖、腳踩著較高的石頭渡河。

再前進兩、三公里，林木忽然消失不見，我們開始能看到前方的山。接著登上一座小山頂，感覺鞋下逐漸發熱，眼前所見的草皆枯黃死寂，毫無生機；眺望前方的半山腰，白色的煙氣冉冉上升，連綿不絕，就像山中的嵐氣突然噴湧而出，飄散在青色的山峰之間，嚮導指著那裡告訴我們：「那就是硫穴了。」風吹來，硫磺的氣味撲鼻，惡臭難聞。

再繼續向前行半里，寸草不生，地面熱得像是被火燒烤；兩旁的山大多布滿巨石，被硫氣腐蝕，剝落的屑如粉末。白煙約有五十多道，都是從地底下猛地噴衝而出，滾燙的水珠四處飛濺，距離地面約有一尺多。我拉起衣擺靠近硫穴邊探看，聽到如雷般的轟隆聲震蕩地底，彷彿洶湧的波濤與煮沸的滾水交錯著；地面又危險地搖搖欲動，令人心驚膽顫。周圍約百畝的區域，就像是一個滾沸中的大鍋，我的身體則遊走在鍋蓋上，之所以不會陷落，乃是由於熱氣上衝將地面鼓起。右側的巨石群中，有一個洞穴特別大，我思索著這麼大的石頭能存留而沒有陷落的原因，便靠在石頭上俯視硫穴，穴中帶有惡臭的火燄直撲而來，眼前一片花白，什麼都看不到，一接觸到腦袋便痛得好像要爆開來，於是我急忙退開幾百步。左側有一條溪，聲勢有如水急沖入峽谷，那就是溫泉的源頭。

我們回到幽深的樹林中稍做休息，便沿著原路回去，衣服薰染了濃重的硫磺味，好幾天都散不去。我才知道之前所聽到像急流沖毀峽谷山崖、轟隆不絕的聲音，原來就是硫穴滾沸的聲響。

意旨精鑰

本文記敘作者探訪硫穴的經歷，以寫實的筆法描繪當時北投山區的荒僻情形，並凸顯路途的艱辛。

寫作密技

一、**遊記**

記載遊覽參觀等見聞、經歷的文體，中國的遊記文學歷史悠久，其內容包羅萬象，包括了文人遊歷山水的詩文、記述，以及求法弘道僧侶的所見所聞等。

1. **漢：** 由於漢賦發達，此時的遊記形式以「賦」爲主，如班昭的〈東征賦〉。
2. **魏晉南北朝：** 六朝時期，駢文大行其道，此時的遊記形式以「駢文」爲主，內容多藉由徜徉山水美景來表達對現實的憎惡，如酈道元的《水經注》。
3. **唐：** 唐朝可謂山水遊記的成熟期，以柳宗元的〈永州八記〉最負盛名。他將自身宦途不順、遭受貶謫的不平心境寄託於山水之間，並賦予所描繪的對象活潑的生命力與藝術性。
4. **宋：** 宋代受到理學的影響，多藉由遊記以說理，王安石的〈遊褒禪山記〉即是一篇「說理式遊記」的佳作。南宋以後，還出現「日記」體例的遊記。
5. **明：** 明朝晚期小品文盛行，其特色爲描抒性靈、清新近人，如袁宏道的〈晚遊六橋待月記〉、張岱的〈陶庵夢憶〉。

二、**層遞：** 凡兩個以上的事物，其中有大小、輕重等比例，行文時依次序層層推進，即爲之。

例1：更進二三里，林木忽斷，始見前山……更進半里，草木不生，地熱如炙；左右兩山多巨石，為磺氣所觸，剝蝕如粉。

例2：左手之拇有疹焉，隆起而粟，君疑之，以示人。既三日，聚而如錢，憂之滋甚，又以示人。又三日，拇之大盈握，近姆之指，皆為之痛，若掇刺狀，肢體心膂無不病者。（明代方孝孺〈指喻〉）

例3：臣之解牛之時，所見無非牛者；三年之後，未嘗見全牛也。方今之時，臣以神遇而不以目視，官知止而神欲行。（《莊子．庖丁解牛》）

三、譬喻：描寫事物或說明道理時，將一件事物或道理指成另一件事物或道理，該兩件事物或道理中具有一些共同點。

明喻 以喻體、喻詞、喻依三者組成的譬喻。

隱喻 凡具備本體、喻體，而喻詞由「是」、「為」、「成」等代替。

略喻 省略喻詞，只有喻體和喻依。

借喻 省略喻體和喻詞，只剩下喻依。

例1：余攬衣即穴旁視之，聞怒雷震蕩地底。

Tips. 借喻。

例1：蓋周廣百畝間，實一大沸鑊。

Tips. 隱喻。

例3：離恨恰如春草，更行更遠還生。（宋代李煜〈清平樂〉）

Tips. 明喻。

例4：嘈嘈切切錯雜彈，大珠小珠落玉盤。（唐代白居易〈琵琶行〉）

Tips. 略喻。

成語錦囊

一、濟勝之具：身體強健，具有登山涉水、遊覽勝景的條件。

原典 顧君濟勝有具，與導人行，輒前；余與從者後，五步之內，已各不相見。

書證1：許掾好遊山水，而體便登陟。時人云：「許非徒有勝情，實有濟勝之具。」（《世說新語・棲逸》）

書證2：小弟無濟勝之具，就登山臨水，也是勉強。（清代吳敬梓《儒林外史》）

小試身手 （*為多選題）

1.（　）下列《裨海紀遊》所描寫的臺灣風物，何者屬於人文景觀？

A.秋成收納稼，計終歲所食，有餘，則盡付麴蘖；來年新禾既植，又盡以所餘釀酒。

B.唯有野猿跳躑上下，向人作聲，若老人欬；又有老猿，如五尺童子，箕踞怒視。

C.草木不生，地熱如炙；左右兩山多巨石，為硫氣所觸，剝蝕如粉。

D.颶之尤甚者曰颱，颱無定期，必與大雨同至，必拔木壞垣飄瓦裂石。

2.（　）下列哪一本書是與臺灣有關之遊記？

A.劉鶚〈老殘遊記〉。

B. 徐宏祖〈徐霞客遊記〉。
C. 余秋雨〈山居筆記〉。
D. 郁永河〈裨海紀遊〉。

3.（　）**郁永河之〈北投硫穴記〉一文中「望前山半麓，白氣縷縷，如山雲乍吐，搖曳青嶂間。」句中之「白氣」係指？**
A. 硫氣。
B. 雲氣。
C. 霧氣。
D. 山嵐。

4.（　）**下列文句「」內的詞語，何者意思前後相同？**
A. 視草色萎黃無「生意」／受到 H1N1 流感影響，暑假熱門觀光景點的商家「生意」都很冷清
B. 只恐雙溪「蚱蜢」舟，載不動許多愁／家裡後山突然出現一大群的「蚱蜢」，壓得山頭一片，遠看像是朵朵烏雲
C. 余久臥病「無聊」，乃使人修葺南閣子／整整三個月的假期，讓工作狂小黃忍不住大呼「無聊」悶極了
D. 地復岌岌欲動，令人「心悸」／那個消息太令人震驚，使得他突然「心悸」，險些喘不過氣來

5.（　）**下列「」內字詞的通同字，何者有誤？**
A. 竹「」：通「筍」。
B. 種類甚「蕃」：通「繁」。
C. 春「華」秋實：花。
D. 「卒」然臨之：通「簇」。

6.（　）下列文句釋義，何者解讀不妥？

A.「皆在朝日始出，夕舂未下，始極其濃媚。」「夕舂未下」意指傍晚了還沒開始準備晚餐。

B.「蓋予之所至，比好遊者尚不能十一。」「不能十一」意謂不到十分之一。

C.「顧君濟勝有具，與導人行，輒前。」「濟勝有具」具有登涉渡越的勝算，表示身體很強健。

D.「舉直錯諸枉，則民服。」「舉直錯諸枉」意謂舉用正直的賢人，罷免心術不正的小人。

*7.（　）「炎日薄茅上」的「薄」字解釋為迫近，下列文句中的「薄」字，何者與其為同樣用法？

A.如臨深淵，如履「薄」冰。

B.「薄」暮冥冥，虎嘯猿啼。

C.躬自厚而「薄」責於人。

D.門衰祚「薄」，晚有兒息。

E.以劉日「薄」西山，氣息奄奄。

8.（　）下列「」內的字，何者讀音相同？

A.命二番兒操「楫」／無「揖」讓跪拜禮

B.水潺潺「巉」石間／獻公好聽「讒」焉

C.復越峻「」五六／寶玉纔走上來，要「扳」她的身子

D.即石上俯疾「瞰」之／「敢」問軍師用甚計策

解答：1.A　2.D　3.A　4.C　5.D　6.A　7.BE　8.B

旁徵博引

竹枝詞

竹枝詞在傳統臺灣文學當中，多以風土詩的內涵呈現。形式上為七言體的韻文，內容上則以歌詠臺灣的地方風光、習俗為主。目前臺灣最早的竹枝詞出現於郁永河的《裨海紀遊》中。

竹枝詞淵源於唐代劉禹錫、白居易的文人竹枝詞，元末，楊維楨開西湖竹枝詞之唱和，一時之間相從者不下百家，竹枝詞遂逐漸形成歌詠地方風光、習俗的文類。竹枝詞原本詼諧趣味的特殊風貌，再加上地方風土詩的采風觀念及方志編纂的風氣，使得竹枝詞成為一種極為特殊的文類。臺灣的竹枝詞則承此遺緒，在竹枝詞的發展上另外開拓了一片新的天地。

康熙三十六年，郁永河《裨海紀遊》內的〈臺灣竹枝詞〉、〈土番竹枝詞〉是臺灣首見的竹枝詞。清代臺灣的竹枝詞共有六百一十六首，日治時期的賴和、吳德功、李騰嶽、蔡碧吟等人也都曾創作竹枝詞。

郁永河〈臺灣竹枝詞〉

鐵板沙連到七鯤，鯤身激浪海天昏。任教巨舶難輕犯，天險生成鹿耳門。
雪浪排空小艇橫，紅毛城勢獨崢嶸。渡頭更上牛車坐，日暮還過赤嵌城。
編竹為垣取次增，衙齋清暇冷如冰。風聲撼醒三更夢，帳底斜穿遠浦燈。
耳畔時聞軋軋聲，牛車乘月夜中行。夢迴幾度疑吹角，更有床頭蝘蜓鳴。
蔗田萬頃碧萋萋，一望蘢蔥路欲迷。綑載都來糖廍裡，只留蔗葉餉群犀。
青蔥大葉似枇杷，臃腫枝頭著白花。看到花心黃欲滴，家家一樹倚籬笆。
芭蕉幾樹植墻陰，蕉子纍纍冷沁心。不為臨池堪代紙，因貪結子種成林。
獨榦凌霄不作枝，垂垂青子任紛披。摘來還共蔞根嚼，贏得唇間盡染脂。

惡竹參差透碧霄，叢生如棘任風搖。那堪節節都生刺，把臂林間血已漂。

不是哀梨不是楂，酸香滋味似甜瓜。枇杷不見黃金果，番樣何勞向客誇。

肩披鬖髮耳垂璫，粉面紅唇似女郎。馬祖宮前鑼鼓鬧，侏離唱出下南腔。

臺灣西向俯汪洋，東望層巒千里長。一片平沙皆沃土，誰為長慮教耕桑。

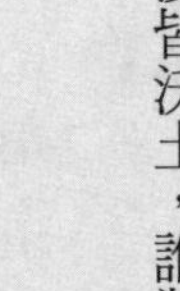

勸和論

出處：淡水廳志
難易度☺☺☺☺☺

作者簡介

鄭用錫（西元一七八八年—西元一八五八年），號祉亭，竹塹人，道光三年進士。曾任兵部武選司、禮部鑄印局員外郎兼儀制司，咸豐三年，漳、泉分類械鬥，鄭氏親赴各莊排解，並著〈勸和論〉曉以大義。眾人聞之感動，械鬥稍息，然不久又復萌。鄭用錫性好吟詠，頗有山水之樂，文人常聚酬唱，晚年築北郭園自娛，著有《北郭園集》。

古文鑑賞

甚矣，人心之變也！自分類始。其禍倡於匪徒❶，後遂燎原莫遏❷，玉石俱焚。雖正人君子，亦受牽制而朋從之也❸。

夫人與禽各為一類，邪與正各為一類，此不可不分。乃同此血氣，同此官骸❹，同為國家之良民，同為鄉閭之善人❺，無分士，無分民，即子夏所言四海皆兄弟是已，況當共處一隅乎？揆諸出入相友之義❻，即古聖賢所望於同鄉共井者，各盡友道，勿相殘害。在字義，友字從兩手，朋字從兩肉。是朋友如一身之左右手，即吾身之肉也。今試執塗人而語之曰❼：「爾其自戕爾手❽！爾其自噬爾肉！」鮮不拂然而怒❾。何今分類至於此極耶？

顧分類之害，莫甚於臺灣。最不可解者，莫甚於淡之新、艋。臺為五方雜處，林逆倡亂以來❿，有分為閩、粵焉，有分為漳、泉焉；閩、粵以其異省也⓫，漳、泉以其異府也⓬。然同自內地播遷而來，則同為臺人而已。今以異省、異府苦分畛域⓭，王法在所必誅。矧同為一府⓮，而亦有秦、越之異⑮，是變本加厲，非奇而又奇者哉？夫人未有不親其所親而能親其所疏，同居一府，猶同室之兄弟，至親也；迺以同室而操戈⑯，更安能由親及疏，而親隔府之漳人、親隔省之粵人乎？淡屬素敦古處，新、艋尤為菁華所聚之區，遊斯土者，嘖嘖羨之⑰。自分類興，元氣剝削殆盡，未有如去年之甚也！干戈之禍愈烈，村市多成邱墟⑱。問為漳、泉而至此乎？無有也。問為閩、粵而至此乎？無有也。蓋孽由自作，釁起鬩牆⑲，大抵在非漳泉、非閩粵間耳。

自來物窮必變，慘極知悔，天地有好生之德，人心無不轉之時。僕生長是邦⑳，自念士為四民之首，不能與當軸及在事諸公㉑，竭誠化導，力挽而更張之㉒，滋愧實甚。願今以後，父誡其子，兄告其弟，各革面、各洗心，勿懷夙忿、勿蹈前愆㉓。既親其所親，亦親其所疏，一體同仁，斯內患不生、外禍不至。漳、泉、閩、粵之氣習，默消於無形，譬如人身血脈節節相通，自無他病；數年以後仍成樂土，豈不休哉㉔！

【說文解字】

❶倡：發起。❷燎原：火燒原野，形容禍亂勢強。遏：阻止。❸朋從：朋友間互相往來，此處指結黨跟隨。❹官骸：五官，四肢軀體。❺鄉閭：鄉里。❻揆：審度。❼塗人：路人。塗，通「途」，道路。❽爾：你。戕：傷害。❾鮮：少。❿林逆：指林爽文。逆，背叛者。⓫異省：不同省籍。⓬異府：不同府。⓭畛域：範圍，界線。⓮矧：況且。⓯秦越：春秋時，秦國位於西北，越國居於東南，兩國相距遙遠。借指彼此疏遠，互不關心。⓰迺：乃。操戈：互相敵對、攻擊。⓱嘖嘖：形容咂嘴聲，表示讚嘆、驚奇。⓲邱墟：廢墟。邱，通「丘」。⓳釁：爭端。鬩牆：喻兄弟相爭，引申爲國家或集團內部的爭鬥。鬩，互相爭訟。⓴僕：自謙詞。㉑當軸：處於軸心位置，比喻擔任要職。㉒更張：原指調整琴弦，重新張設。引申爲更改、變革。㉓蹈：踩踏。愆：過失，罪過。㉔休哉：快哉。休，喜悅，快樂。

白話解讀

自從人類開始分種族、籍別開始，人心的變化眞是太嚴重了！這股禍亂由不懷好意的奸人發起，爾後演變得一發不可收拾，甚至兩敗俱傷、玉石俱焚。即使是秉持正道的仁人義士也受到制約而營從。

人與禽獸是兩種類，邪惡與正義也是兩種類，這種分際不能不區別。擁有同樣的血緣骨氣、五官四肢，同樣都是國家的良善百姓，同屬鄉里中的好人，不分士民階級，大家都是兄弟朋友，即子夏所謂的「四海之內皆兄弟」，更何況是共同生活在某個區域土地上的人呢？審視在家鄉，或出遊於外，衆人皆能結交爲友的道理，即是古代聖人賢者所說的，同一個家鄉鄰里的人，都要能互助友愛，不要互相傷害。而從字義解析來看，「友」字表示兩隻手，「朋」字則是由兩塊肉組合而成。因此，朋友就等於我的左右兩手，就等於我身上的血肉一樣。若試著牽起路人的手，對他說：「你傷害自己的手吧！你啃咬自己的肉吧！」很少有人聽了不動怒。爲何如今卻要劃分得如此細微呢？

因爲區分種族、籍別而導致的傷害，沒有一個地方比臺灣還要嚴重。而這類種族籍貫的糾紛，也沒有比淡水廳的新莊、萬華更難化解的了。臺灣種族匯雜，自從林爽文發起叛亂以來，有分爲福建、廣東，有分爲漳州、泉州；福建、廣東是因爲兩者的省分不同，漳州、泉州則是因爲分屬不同的府。然而大家從內陸遷徙而來，就都是臺灣人了。如今因爲省籍、府別而嚴格劃分區域，引起動亂，依照朝廷律法一定是嚴懲不貸。況且同是臺灣府的人民，卻如同秦國、越國那般疏遠，而且更加嚴重，不覺得非常奇怪嗎？人不能疏離自己親近的人，卻親近與自己關係生疏的人。生活在同一個府，就像是同一家的兄弟，是很親密的；然而住在一起的人卻拿起武器互相殘殺，又怎麼可能親近隸屬於不同府的漳州人、不同省分的廣東人呢？淡水廳是個敦厚古樸的地方，新莊、萬華更是精英薈萃的區域，每一個來到此地的人，莫不萬分欽羨。然而自從分類械鬥盛行，此處原有的朝氣已漸漸被消滅了，不復往昔的光景！械鬥的禍害日益嚴重，村落城市都變成了廢墟。詢問漳州、泉州人，以及福建、廣東人，為什麼要惡化到這般地步，他們也說不出個所以然來。罪孽幾乎都是自己招惹的，爭鬥大多都是從內部開始發生，應該是為了非難漳州、泉州，福建、廣東之間的差異吧！

事物發展到了極致就會產生變化，情況慘烈到了極點才會知道悔悟，天地神明具有愛惜生命、不喜殺戮的美德，人的心意也都會有轉圜改變的時候。我生長在這裡，想到自己是士人，位居士、農、工、商四種身分的第一位，卻不能與政府、官員一起盡力教化開導，挽救這些情況，實在是太慚愧了。希望從今以後，父親能勸諭子女，兄長能告誡弟弟，大家洗心革面，不要再懷著往昔的怨恨，不要再重複從前所犯的罪過，親近自己的親人，也親近與自己關係生疏的人，平等對待所有人，如此一來不會發生內亂、外禍也不會逼近。漳州、泉州、福建、廣東各自的風氣習俗默默地融合，就像是人身上的血液脈絡都打通了，就不會生病；過了幾年這裡變成安樂祥和的沃土，豈不是很令人高興嗎？

意旨精鑰

本篇作於咸豐三年五月。咸豐二年開始，新竹以北的漳泉分類械鬥不斷，官府控制無力，地方秩序大亂，作者於是撰寫此文規勸。可惜最後紛爭禍延日廣，甚至新莊、艋舺縣丞署也遭焚毀。

寫作密技

一、**類疊**：接二連三地反覆使用相同的一個字詞或語句的修辭技巧。可以增加文章的節奏感，凸顯文章的重點，避免單調、枯燥、固定的缺點。

疊字 同一字詞連接的使用，又名「重言」。

疊句 同一語句連續的出現，又名「連接反覆」。

類字 同一字詞隔離的使用。

類句 同一語句隔離的出現，或稱「隔離反覆」。

例1：乃同此血氣，同此官骸，同為國家之良民，同為鄉閭之善人，無分士，無分民。

Tips. 類字。

例2：父誡其子，兄告其弟，各革面、各洗心，勿懷夙忿、勿蹈前愆。

Tips. 類字。

例3：那才是你福星高照的時候，那才是你實際領受，親口嘗味，自由與自在的時候，那才是你肉體與靈魂行動一致的時候。（徐志摩〈翡冷翠山居閒話〉）

Tips. 類字。

例4：子曰：「視其所以，觀其所由，察其所安。人焉廋哉？人焉廋哉？」（《論語．為政》）

Tips. 疊句。

例5：世人都曉神仙好，惟有功名忘不了；古今將相在何方？荒塚一堆草沒了。世人都曉神仙好，只有金銀忘不了；終朝只恨聚無多，及到多時眼閉了。世人都曉神仙好，只有嬌妻忘不了；君生日日說恩情，君死又隨人去了。世人都曉神仙好，只有兒孫忘不了；痴心父母古來多，孝順兒孫誰見了。（清代曹雪芹《紅樓夢》）

Tips. 類句。

一、玉石俱焚：美玉和石頭一同被燒毀。後用以比喻不論賢愚、善惡、好壞同時受害，盡皆毀滅。

原典 其禍倡於匪徒，後遂燎原莫遏，玉石俱焚。

書證 1：火炎崑岡，玉石俱焚；天吏逸德，烈于猛火。（《書經・胤征》）

書證 2：如火烈烈，玉石俱焚；在冬青青，松柏不改。」（《宋史・蕭燧列傳》）

書證 3：公可往說劉備：如肯來降，免罪賜爵；若更執迷，軍民共戮，玉石俱焚。（明代羅貫中《三國演義》）

書證 4：我陷在「賊」中，原非本意，今無計自明，玉石俱焚，已付之於命了。（明代馮夢龍《警世通言》）

書證 5：若論捉拿奸王，易如反掌；因有仁兄在內，惟恐到了臨期，玉石俱焚，實實不忍。（清代石玉昆《三俠五義》）

書證 6：女兒既有所見，兼因駙馬暴戾異常，將來必有大禍，惟恐玉石俱焚，因此不避羞恥，曾於黑夜俟駙馬安寢，暗至他的門首，勸他急速回鄉，另尋門路。（清代李汝珍《鏡花緣》）

二、洗心革面：指除去邪思雜念，改變舊日面目。亦比喻澈底悔悟，改過遷善。

原典 願今以後，父誡其子，兄告其弟，各革面、各洗心，勿懷夙忿、勿蹈前愆。

書證 1：化上而興善者，必若靡草之逐驚風；洗心而革面者，必若清波之滌輕塵。（晉代葛洪《抱朴子》）

書證 2：自今以始，洗心革面，皆以惠養元元為意。（宋代辛棄疾〈淳熙己亥論盜賊箚子〉）

書證3：名分既辨，號令既行，則懷忠抱義者，知效命之所；拱手觀變者，銷從逆之萌。盜賊盤據，必洗心革面，不復有雄跨割據之意。（宋代徐夢莘《三朝北盟會編．靖康中帙》）

書證4：徵收錢糧，照部頒法馬，令花戶自封投櫃，不許暗加火耗。久奉禁例，況經功令創懲，州縣各官自宜洗心革面。（清代于成龍《于清端政書》）

小試身手！

（＊為多選題）

（題組1－8）

夫人與禽各為一類，邪與正各為一類，此不可不分。乃同此血氣，同此官骸，同為國家之良民，同為鄉閭之善人，無分士、無分民，即子夏所言四海皆兄弟是已，況當共處一隅乎？揆諸出入相友之義，即古聖賢所謂同鄉共井者，各盡友道，勿相殘害。在字義，友字從兩手，朋字從兩肉。是朋友如一身之左右手，即吾身之肉也。今試執塗人而語之曰：「爾其自戕爾手！爾其自噬爾肉！」鮮不拂然而怒。何今分類至於此極耶？（鄭用錫〈勸和論〉）

1.（　）本文旨在說：
A.身體髮膚受之父母不可毀傷。
B.兄弟關係應好好珍惜。
C.同胞應視為一體不分彼此。
D.人心之異於禽獸者幾希。

2.（　）「同此官骸」句中的「官骸」意指：
A.官架子。
B.五官形軀。

C. 官運。

D. 官樣文章。

3.（　）本文論說之根據在：

A. 四海之內皆兄弟。

B. 人禽之辨當講明。

C. 共處一室當無愧屋漏。

D. 責善朋友之道也。

4.（　）「揆諸出入相友之義」句中的「揆」字意指：

A. 睽違。

B. 審度。

C. 驗證。

D. 觀看。

5.（　）「今試執塗人而語之曰」句中的「塗人」意指：

A. 糊塗之人。

B. 姓塗人家。

C. 道路之人。

D. 親近之人。

6.（　）「鮮不拂然而怒」句中的「拂然」意指：

A. 生氣貌。

B. 感嘆貌。

C. 輕浮貌。

D. 拂塵貌。

7. （　）「無分土、無分民」句中的「無分土」意指：

A. 沒有分得土地。

B. 沒有對土地的企圖。

C. 不分鄉土來源。

D. 不分土地肥沃貧瘠。

8. （　）「爾其自噬爾肉」句中的「噬」字意指：

A. 啣。

B. 吻。

C. 吒。

D. 嚙。

9. （　）下列「」內的成語，何者使用不當？

A. 小寶很喜歡舞刀弄槍，常常幾杯黃湯下肚，酒興一起，便拿起長茅「同室操戈」，嚇得大夥兒心驚膽戰。

B. 讀書重在通權達變、融會貫通，「刻舟求劍」只會阻礙自己對知識的吸收，而和世界漸漸脫軌。

C. 一個人擁有嗜好與興趣是好事，然而沉迷過頭便會「玩物喪志」，影響個人的生活與成就。

D. 人生在世，猶如「滄海一粟」，凡事有什麼好計較的呢？

＊10. （　）下列「」內的字，何者讀音有誤？

A. 思正身以「黜」惡：ㄔㄨˋ。

B. 勿懷夙忿、勿蹈前「愆」：ㄧㄢˇ。

C. 居是州，恆「惴」慄：ㄓㄨㄟˋ。

D. 蓋孽由自作，釁起「閱」牆：ㄋㄧˋ。

E.「傴」僂提攜，往來而不絕：ㄎㄡˋ。

解答：1. C　2. B　3. A　4. B　5. C　6. A　7. C　8. D　9. A　10. BDE

旁徵博引　械鬥

臺灣的分類械鬥主要發生在十八世紀中到十九世紀末的清治時期，是不同族群間的武裝衝突。「分類」的意思除了意指此種以武力為主的衝突，有著自我與敵人「分門別類」的特殊性之外，也意指臺灣此階段的「集體械鬥」型態分成原漢衝突、閩粵械鬥、漳泉械鬥、頂下郊拼等不同種類。

分類械鬥造成：

一、財產生命損失。之所以稱為「械鬥」，乃指此類型衝突所使用的武器，通常是致人於死的刀械。雖然在法治約束下，縱火燒產、破壞屋垣的情形比殺人較為常見，但在一場中、大型械鬥中，傷亡難以避免。而不論是財產或生命的損失，對於當時的社會都造成無法估計的傷害。

二、族群遷徙及同化。臺灣在開發初期，泉、漳、客和原住民呈雜居狀態，在經過長期械鬥後，各族群發生大遷徙，同語群的聚居一處，才出現比較明顯各分地域的現象。械鬥發生後，勝利者常常會霸佔落敗一方的房屋，並將其廟宇改換祀神、信仰。為了平息紛爭或避禍，落敗的一方常會遷徙到位置較不好的遠地，或與勝利者同化，作為因應策略。例如客家人在閩客械鬥失利後，被迫退出平原，遷至靠山的丘陵地。部分因經商而逐漸提高身分地位的客家人，也常會隱藏自己的語言習慣，藉此避禍。

三、劃清地界自我設限：械鬥之後，各族群為了防衛與預防再度發生事端，通常會加強各種工事。此種族群間的對立，也造成經濟與文化交流的困難，在經過十九世紀末，許多地方士紳的努力後，情況才逐漸有所改善。

四、官方法制威信盡失：在械鬥過程中，清朝只是消極地控制規模和預防民變，致使民眾不再相信衙門法律，也因此造成社會守法觀念始終無法提升。

鹿港乘桴記

作者簡介

洪棄生（西元一八六六年—西元一九二八年），原名攀桂，字月樵，彰化鹿港人。臺灣割讓後，改名洪繻，字棄生。日人侵臺時，參與臺灣民主國的抗日行動，失敗後閉門讀書，專心著作，堅拒與統治者來往。洪棄生曾遊歷中國十省，返臺後完成《八州遊記》、《八州詩草》二書。日人誣告洪棄生於信用合作社工作的長子捲款潛逃，日警逮捕洪棄生入獄，最後悲憤抑悶而病逝。

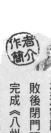

出處：寄鶴齋古文集
難易度☺☺☺☺☺

古文鑑賞

樓閣萬家❶，街衢對峙❷，有亭翼然❸。亙二、三里❹，直如弦、平如砥❺，暑行不汗身、雨行不濡履❻。一水通津❼，出海之涘❽，估帆葉葉❾，潮汐下上，去來如龍，貨船相望；而店前可以驅車❿、店後可以繫榜者⓫，昔之鹿港也。人煙猶是，而蕭條矣；邑里猶是⓬，而泬寥矣⓭。海天蒼蒼、海水茫茫，去之五里，涸為鹽場，萬瓦如甃、長隄如隍，無懋遷⓮、無利涉⓯；望之黯然可傷者⓰，今之鹿港也。

昔之盛，固余所不見；而其未至於斯之衰也，尚為余少時所目睹。蓋鹿港扼南北之中，其海口去閩南之泉州，僅隔一海峽而遙。閩南、浙、粵之貨，每由鹿港運輸而入；而臺北、臺南所需之貨，恆由鹿港輸出。乃至臺灣土產之輸於閩、粵者，亦靡不以鹿港為中樞。蓋藏既富，絃誦與焉⓱；故黌序之士相望於道⓲，而春秋試之貢於京師⓳、注名仕籍者⓴，歲有其人，非猶夫以學校聚奴隸者也。而是時鹿港通海之水已淺可涉矣，海艟之來㉑，止泊於沖西內津㉒；之所謂「鹿港飛帆」者，已不概見矣。綑載之往來，皆以竹筏運赴大艑矣㉓。然是時之竹筏，猶千百數也；衣食於其中者，尚數百家也。迄於今版圖既易，海關之吏猛於虎豹，華貨之不來者有之矣。洎乎火車之路全通，外貨之來由南北而入，不復由鹿港而出矣；重以關稅之苛、關吏之酷，牟販之夫多至破家，而闔貨之不能由南北來者，亦復不敢由鹿港來也。

鹽田之築，肇自近年㉔。日本官吏，固云欲以阜鹿民也㉕；而其究竟，則實民間之輸巨貲以供官府之收厚利而已㉖。且因是而阻水不行，山潦之來，鹿港人家半入洪浸；屋廬之日就頹毀，人民之日即離散，有由然矣㉗。

余往年攜友乘桴游於海濱㉘，是時新鹽田未興築、舊鹽田猶未竣工；余亦無心至於隄下，臨海徘徊，海水浮天如笠，一白萬里如銀，滉漾碧綠如琉璃㉙。夕陽欲下，月鉤初上；水鳥不飛，篙工撐棹㉚。向新溝迤邐而行㉛，則密邇鹿港之舊津㉜，向時估帆所出入者，時已淤為沙灘，為居民鋤作菜圃矣。沿新溝而南至於大橋頭，則已挈鹿港之首尾而全觀之矣㉝。望街尾一隅而至安平鎮，則割臺後之飛甍鱗次數百家燬於丙申兵火者㉞，今猶瓦礫成邱，荒涼慘目也。猶幸市況凋零，為當道所不齒；不至於市區改正，破裂闤闠㉟、驅逐人家以為通衢也㊱。然而再經數年，則不可知之矣。滄桑時之可怖心，類如此也。游興已終，舍桴而步，遠近燈火明滅；屈指盛時所號萬家邑者，今裁三千家而已：可勝慨哉！

【說文解字】

❶樓閣：指樓房。❷街衢：四通八達的街道。❸翼然：鳥展翅的樣子，此處用以形容山石、亭臺等建築物，高聳開展的樣

貌。❹亙：連綿。❺砥：磨刀石。❻濡：浸溼，沾溼。❼通津：四通八達的渡口。❽涘：水邊，岸邊。❾估帆：鼓起船帆。❿驅車：駕車。⓫繫榜：把船拴住。繫，拴。榜，船。⓬邑里：鄉里。⓭泬寥：寂寞，孤獨。⓮懋遷：貿易，買賣。⓯利涉：方便渡水。⓰黯然：比喻衰落，了無生氣的樣子。可傷：可悲，可憐。⓱絃誦：比喻文教即將開始興盛。⓲黌序：學校。黌，學校。序，古代的學校名稱。⓳貢：清代選拔人才的制度。⓴注名：記名於冊。仕籍：記載官吏名籍的簿籍。㉑艟：一種古代戰艦。㉒泊：到，及。沖西：鹿港的別名。內津：內港。㉓艑：大船。㉔肇：首度，開端。㉕阜：盛大，多。㉖貲：繳納的財物。㉗由然：原因。㉘乘桴：乘坐竹或木編製的小筏。㉙滉漾：水波蕩漾的樣子。㉚篙工：操篙的船夫。㉛迤邐：連續不斷或慢步徐行的樣子。㉜密邇：靠近，貼近。㉝挈：提，舉。㉞飛甍：比喻高大的屋宇。甍，屋脊。㉟闤闠：市場。㊱通衢：四通八達的道路。

白話解讀

昔日的鹿港，有萬家房屋樓閣，街道商家面對面，道路上搭著亭子，就像鳥展開翅膀高飛的樣子，街道繁華，綿延二、三里長。道路筆直得就像弓箭上的弦，路面平坦得就像磨刀石一般光滑。夏日走在這條街道上，不會流汗；雨天走在這條街道上，鞋子不會沾濕。城鎮中有一條河流通往港口，馬上就可以出海，商船像葉子一樣，隨著潮汐進出港口，來去如龍，迅速快捷，貨船一艘艘前後相望，等待停泊。街上店面的前門可供來人停車，後門就是碼頭，可供船隻上下貨。這就是昔日繁榮的鹿港。如今百姓仍在，但鹿港已然蕭條沒落；鄰里依舊，但已變得空蕩冷清。大海蒼蒼，海水茫茫，再往前五里的海岸沙洲，早已乾涸，已轉變爲鹽場。鹿港曾經繁華的萬家屋瓦，現在如同裝飾一般空蕩；鹿港曾經人來人往的港口長堤，現在宛如城壕一般乾涸。沒有通商往來，沒有貿易買賣，一眼望去，令人黯然感傷。這就是今日蕭條的鹿港。

昔日，鹿港最繁華的時代，我固然不曾見過。但鹿港尚未衰微至今日這般景象時，小時候的我曾經目睹過。鹿港位於臺灣南、北的中央，港口連接至福建南部的泉州，中間僅僅相隔狹長的臺灣海峽。因此，以往閩南、浙江、廣東的貨物，皆是經由鹿港而來，而臺北、臺南所需的貨品，也都是經由鹿港運送。臺灣的一切土產，若要輸往福建、廣東，都無不以鹿港為主要的集散地。而後，鹿港人民逐漸富裕，文教事業也日漸興盛，在學校讀書的人絡繹於途，每年都有鹿港學子在春、秋季，於京師參加考試，且金榜題名，並記名於官吏名冊。所以，鹿港之所以設立學校，可不是爲了聚集供人使喚的庸才而已，而是爲了培養眞正傑出的人才。當時，鹿港通往大海的河道已經淤積，人可以涉水而過，一旦海船來時，便只能停靠於鹿港內的渡口。昔日號稱「鹿港飛帆」的景象，那時已看不到了。而裝卸貨物，也都必須用小竹筏運送至大船。但是，當時鹿港尚未完全沒落，竹筏還有千百艘，而依賴竹筏載貨爲生的，也還有數百人家。如今，改朝換代後，新來的海關官員比虎豹還更爲凶猛，從前的中國貨物也因此不再進口。當縱貫鐵路全線通車後，進口的貨物便由南、北港口輸入，不再倚靠鹿港。再加上關稅苛刻、海關官員殘暴，很多商店攤販都因此破產。那些不能從南、北港口輸入的福建貨品，也因爲殘酷的海關官員，而不敢由鹿港走私。

近年來，鹿港逐漸開始經營鹽田。日本官員聲稱這是爲了增加鹿港居民的收入，但眞正的原因卻只是爲了讓百姓繳納更多稅金，使官府擁有更多稅收而已。甚至爲了在海邊設置鹽田，導致河水無法正常排洩。當山洪爆發時，鹿港便會有有一半的人家淹水。都是因爲這些原因，致使鹿港地區房屋頹毀、人民流離。

往年，我與朋友乘著竹筏遊覽鹿港海濱時，新的鹽田還未建起，舊的鹽田也尚未完工。如今，我已沒有心情走至海隄上，只能在海邊徘徊著。海水連至天際，天空如同一頂斗笠，萬里一片，海水蕩漾著宛如琉璃。夕陽正要下山，而如鉤的月亮剛要升起。水鳥已在休息，船夫搖著船竿，徐徐往新溝而去。我漸漸靠近鹿港從前的舊港口，那個從前衆多商船進出的所在，如今已淤塞變爲沙灘，居民把這裡開墾爲菜圃。只要沿著新溝往南，走到大橋頭，便能大致掌握鹿港的全貌。若眺望鹿港街尾連至安平鎭的區域，便會看到那些在光緒二十二年，因戰火而被焚毀的數百間華屋樓宇，如今瓦礫堆積，滿目瘡痍。幸好，因爲鹿港逐漸凋零，所以行政官員們不再重視此處，還不至於爲了拓寬馬路、實施市區改正，而拆掉市場、強迫百姓搬家。然而，再過幾年後，就不知道會不會這麼做了。臺灣割讓時的滄桑經歷，還有那些令人恐懼的心情，大概就如同我上面所說的了。遊興已盡，我將竹筏靠岸，改爲步行。燈火明滅，鹿港最繁華的時期，號稱有萬戶人家，如今卻只剩三千戶而已，令人不勝唏噓。

意旨精鑰

有「臺灣詩史」之稱的清末鹿港員生洪棄生，不僅是亞洲最早實施「不合作主義者」的先驅，更是描述城市地景變化的能手。在文章中，作者用文學的角度，探索鹿港家鄉的變遷歷史，對鹿港市街拆老屋、闢馬路表達感嘆，從中體會出作者對日本殖民政策、都市計畫的不滿心情。既寫出彰化鹿港的時代盛衰，也寫出了西元一八九五年之後，臺灣知識份子的苦悶心情。

寫作密技

一、示現：將實際上不聞不見的事物，說得如見如聞，使讀者感覺如身臨其境。

追述示現 將過去的發生的事物，憑藉想像力寫出。

預言示現 把未來的事情說得彷彿發生在眼前一樣。

懸想示現 把想像的事情說得彷彿發生在眼前一樣，與時間的過去或未來無關。

例 1：樓閣萬家，街衢對峙，有亭翼然。亙二、三里，直如弦、平如砥，暑行不汗身、雨行不濡屨。一水通津，出海之涘估帆葉葉，潮汐下上，去來如龍，貨舶相望；而店前可以驅車、店後可以繫榜者，昔之鹿港也。

Tips. 追述示現。

例2：樓船夜雪瓜洲渡，鐵馬秋風大散關。（宋代陸游〈書憤〉）

Tips. 追述示現。

例3：獨在異鄉為異客，每逢佳節倍思親。遙知兄弟登高處，遍插茱萸少一人。（唐代王維〈九月九日憶山東兄弟〉）

Tips. 懸想示現。

例4：想得讀書頭已白，隔溪猿哭瘴煙藤。（宋代黃庭堅〈寄黃幾復〉）

Tips. 懸想示現。

小試身手

（＊為多選題）

（題組1－3）

樓閣萬家，街衢對峙，有亭翼然，亙二、三里，直如弦、平如砥，暑行不汗身、雨行不濡屨。一水通津，出海之涘，估帆葉葉，潮汐下上，去來如龍，貨舶相望；而店前可以驅車、店後可以繫榜者，昔之鹿港也。人煙猶是，而蕭條矣；邑里猶是，而泬寥矣。海天蒼蒼、海水茫茫，去之五里，涸為鹽場，萬瓦如鱗，長堤如隍，無懋遷、無利涉；望之黯然可傷者，今之鹿港也。（洪棄生〈鹿港乘桴記〉）

1.（　）文中「亙二、三里，直如弦、平如砥」，指的是鹿港的：

A. 港灣。

B. 貨舶。

C. 街道。

D. 長堤。

2.（　）**文中「店後可以繫榜者」，應是指店後面可以：**

A. 停牛車。

B. 繫船隻。

C. 掛招牌。

D. 貼公告。

3.（　）**根據文中所述，作者在描寫鹿港：**

A. 昔日的繁華與當時的蕭條。

B. 貨船的興盛。

C. 當時的繁華與昔日的蕭條。

D. 鹽場的變遷。

解答：1. C　2. B　3. A

旁徵博引

彰化八景

一、鹿港飛帆

《彰化縣志》記載：「鹿仔港，煙火萬家，舟車輻輳，為北路一大市鎮。西望重洋，風帆爭飛，萬幅在目，波瀾壯闊，接天無際，真巨觀也。」

二、定寨望洋

定寨，指的是定軍山上的磚寨。《彰化縣志》記載：「門樓高敞，登臨一望，遠矚全邑之形勝，近瞰一城之人煙，甚壯觀也。而大海茫茫，飛帆在目，則又得一勝概矣。」

三、豐亭坐月

豐亭，指的是豐樂亭，原名太極亭，位於清代彰化縣署後。清代黃驤雲寫道：「能遊吏態當非俗，肯住詩心得不仙。了無渣滓沿心境，覺有清光在眼中。花落亭閒人影靜，關情總是望年豐。」

四、碧山曙色

碧山，指的是碧山巖，前傍貓羅溪，後倚八卦山，位於今南投市。《彰化縣志》記載：「巖有樹木、溪流環其前，林泉幽寂，頗饒遊觀之趣。清晨四望，崇山峻嶺，羅列寺前。焰峰九十九尖，狀似玉筍排空，參差無際，洵屬奇觀。」

五、虎巖聽竹

虎巖，指的是白沙坑內的虎山巖，位於今彰化花壇鄉。《彰化縣志》記載：「巖左右依山環抱，茂林修竹，翠巖丹崖，遊覽之勝，與碧山巖等。每當春夏之交，禽聲上下，竹影參差，清風徐來，綠陰滿地，置身其間，彷彿神仙境界。」

六、清水春光

清水，指的是清水巖，位於今彰化社頭鄉。《彰化縣志》記載：「巖左右青嶂環遶，樹木陰翳，曲逕通幽，秋壑之勝，恍若畫圖。春和景明，野花濃發，士女到巖遊覽，儼入香國中矣。」

七、龍井觀泉

龍井，指的是龍目井。《彰化縣志》記載：「其泉清而味甘，湧起尺許，如噴玉花。井旁有二石，狀似龍目，故名。里人環井而居，竹籬茅舍，亦饒幽致。」

八、珠潭浮嶼

珠潭，指的是日月潭。《彰化縣志》記載：「四周大山，山外溪流包絡。自山口入潭，廣八九里，屈曲如環。水深多魚，中浮一嶼，曰珠仔山。番欲詣嶼，劃蟒甲以渡。嶼員淨開爽，青嶂白波，雲水飛動，海外別一洞天也。」

畫菊自序

出處：張李德和集
難易度☺☺☺☺☺

作者簡介

張李德和（西元一八九三年—西元一九七二年），字連玉，號羅山女史、琳瑯山閣主人、逸園主人等。出身雲林西螺望族，後嫁給嘉義名門張錦燦為妻，隔年，張李德和便辭去教職，協助丈夫處理醫院事務。在協助丈夫事業之餘，亦加入西螺菼社、嘉義羅山吟社，也曾組琳瑯山閣詩會、鴉雀書畫會等文人聚會。獲得「詩、詞、書、畫、琴、棋、絲繡七絕」的美譽。

古文鑑賞

人為萬物之靈，志有萬端之異。學琴學詩均從所好，工書工畫各有專長，是故咳唾珠玉❶，謫仙闢詩學之源；節奏鏗鏘❷，蔡女撰胡笳之拍❸，此皆不墮聰明，而有志竟成者也。若夫銀鉤鐵畫❹，固屬難窺。儷白妃青❺，亦非易事。余因停機教子之餘❻，調藥助夫之暇，竊慕管夫人之墨竹❼，紙上生風❽，敢藉陶彭澤之黃花❾，圖中寫影，庶幾秋姿不老❿，四座流芳，得比勁節長垂，千人共仰，竟率意而鴉塗，莫自知其鳩拙云爾⓫。

【說文解字】

❶咳唾珠玉：比喻人的談吐或詩文如珠玉般美好。咳唾，稱讚對方的言論、談吐。❷鏗鏘：狀聲詞，形容清脆悅耳的聲音。❸蔡女：東漢末年的蔡琰，又稱蔡文姬。文學家，代表作有〈胡笳十八拍〉、〈悲憤詩〉等。❹銀鉤鐵畫：形容筆畫如鐵一般剛勁，如銀一般柔媚。❺儷白妃青：指詩文句式整齊、對仗工穩，就如同就如同白色和青色之間，互相搭配。❻停機教子：借用明代三娘停機教子的典故。❼管夫人：即管道昇，字仲姬、瑤姬，是元朝女文人、畫家，元代書畫家趙孟頫

之妻。工書畫，尤擅墨竹、梅花、蘭花，筆意清絕，負盛名，世稱「管夫人」。❽紙上生風：比喻繪畫十分出色。❾黃花：菊花。❿庶幾：或許可以，表示希望的語氣詞。⓫鳩拙：鳩鳥拙於築巢，故以此爲自謙愚拙之詞。

白話解讀

人類身爲萬物之靈，每個人的志向、喜好皆不盡相同。不管是學習琴藝，或學習詩文，都各有各的好處；不管是擅長讀書，或工於作畫，都也都各有各的專長。就像唐代詩仙李白，他的詩文如珠玉般美好，開闢了詩學之門；又像漢代蔡文姬，她奏出的樂曲〈胡笳十八拍〉，清脆悅耳。他們能有這番成就，不是因爲他們特別聰明出衆，而是因爲「有志者，事竟成」。如果我的畫筆要有如鐵一般剛勁、如銀一般柔媚，那大概是很難辦到的；如果我的詩文要如同白色、青色一般工穩整齊，那也不是一件容易的事情。我在幫助丈夫的事業之餘，照顧孩子的生活之暇，因爲羨慕元代管夫人所畫的墨竹，所以模仿著陶淵明的菊花，將黃花繪於紙上。希冀我能將這些菊花的青春姿態留於紙上，希望這些菊花能如勁節的竹子般常垂，供千人仰望。因爲這些願望，所以就算我知道自己拙於繪畫，我還是依舊率性妄爲的作畫。

意旨精鑰

作者藉畫菊一事，談論人學琴、學詩、學藝均從所好，工書、工畫各有專長，不論自己的喜好爲何，皆要有志，才能成功。本篇爲自傳式的臺灣古典散文，作者講述自己在相夫教子之餘，依然努力不懈地進行自身生涯規劃，在當時「女子無才便是德的時代」，實在令人敬佩。

寫作密技

一、**對偶**：上下文句的字數相同，句法、詞性相稱，亦稱爲「對仗」。

句中對 同一句中，上下兩語自為對偶，亦稱為「當句對」。

單句對 上下兩句，字數相等、詞性相同、語法相似、平仄相對。

隔句對 第一句與第三句對，第二句與第四句對。

長句對 奇句對奇句，偶句對偶句，至少三組，多則數十組的對偶，亦稱為「長偶對」。

例1：銀鉤鐵畫、儷白妃青。

Tips: 句中對。

例2：人為萬物之靈，志有萬端之異。學琴學詩均從所好，工書工畫各有專長。

Tips: 單句對。

例3：庶幾秋姿不老，四座流芳，得比勁節長垂，千人共仰。

Tips: 隔句對。

成語錦囊

一、**咳唾珠玉**：比喻言辭精當，議論高明。也形容文詞極其優美。

原典 學琴學詩均從所好，工書工畫各有專長，是故咳唾珠玉，謫仙闢詩學之源。

書證 1：子不見夫唾者乎？噴則大者如珠，小者如霧。（先秦莊子《莊子．秋水》）

書證2：咳唾成珠玉，揮袂出風雲。（《晉書．夏侯湛傳》）

書證3：埶家多所宜，欬唾自成珠。（《後漢書》）

二、銀鉤鐵畫：形容書畫筆法剛勁有活力，筆畫如鐵般的剛勁，如銀般的柔媚。亦作「鐵筆銀鉤」。

原典 若夫銀鉤鐵畫，固屬難窺。儷白妃青，亦非易事。

書證1：徘徊俯仰，容與風流，剛則鐵畫，媚若銀鉤。（唐代歐陽詢〈用筆論〉）

書證2：錦心繡口，李白之文章；鐵畫銀鉤，王羲之之字法。（《幼學瓊林．文事類》）

書證3：銀鉤鐵畫石經餘，想見先唐字學書。（清代沈曾植〈題北宋本廣韻四絕〉）

小試身手

（題組1-3）

人為萬物之靈，志有萬端之異。學琴學詩均從所好，工書工畫各有專長，是故咳唾珠玉，謫仙闢詩學之源；節奏鏗鏘，蔡女撰胡笳之拍，此皆不墮聰明，而有志竟成者也。若夫銀鉤鐵畫，固屬難窺。儷白妃青，亦非易事。余因停機教子之餘，調藥助夫之暇，　慕管夫人之墨竹，紙上生風，敢藉陶彭澤之黃花，圖中寫影，庶幾秋姿不老，四座流芳，得比勁節長垂，千人共仰，竟率意而鴉塗，莫自知其鳩拙云爾。

1.（　）閱讀文章後，「咳唾珠玉，謫仙闢詩學之源；節奏鏗鏘，蔡女撰胡笳之拍」中的「謫仙」、「蔡女」分別是指何人？

A. 王維、李清照。

B. 賀知章、蔡邕。
C. 李白、蔡文姬。
D. 李商隱、班昭。

2.（　）閱讀文章後，「儷白妃青，亦非易事」中的「儷白妃青」是在形容何事？
A. 繪畫。
B. 詩文。
C. 琴藝。
D. 棋藝。

3.（　）閱讀文章後，「余因停機教子之餘，調藥助夫之暇，慕管夫人之墨竹，紙上生風」中，作者分別提到哪兩個歷史典故？
A. 先秦孟母、元代關漢卿。
B. 晉代謝道韞、漢代卓文君。
C. 漢代王昭君、元代趙孟頫。
D. 明代三娘、元代管道昇。

解答：1. C　2. B　3. D

旁徵博引

明代三娘停機教子

明代的薛廣有一個妻子張氏，還有妾劉氏、王春娥，劉氏生了一個兒子，名叫倚哥。薛廣出外前往鎮江經商，托友人帶了白銀百兩回家，但他的友人見利忘義，私吞了那些白銀，並且假造薛廣的棺木，謊稱薛廣已經客死他鄉。薛廣的妻妾、子女都非常難過，命令老僕人薛保運回薛廣的靈柩。不久之後，張氏和劉氏都先後再嫁，只剩下王春娥與老僕人薛保，兩人含辛茹苦地撫養劉氏丟下的幼子倚哥。倚哥長大之後，在同儕中被譏為無母之兒，他很生氣地回到家裡，與正在辛苦織布的王春娥大吵大鬧，王春娥只好以刀斷機布，以示決絕，倚哥這時才驚覺自己竟如此不孝，最後母子和好如初。而後，倚哥中了狀元，而薛廣也以軍功還鄉，一家團聚。

一字多義速查表

■三劃

字形	字音	詞性	字義	原文	出處
乃	ㄋㄞˇ	連接詞	而且	「乃」中經首之會。	莊子選
			然後	「乃」使蒙恬北築長城而守藩籬。	過秦論
				於是遂去，「乃」令張良留謝。	鴻門宴
			卻	今其智「乃」反不能及。	師說
				今人「乃」以儉相詬病。	訓儉示康
				今「乃」得翫之几席之上。	黃州快哉亭記
				蒙賜月明之照，「乃」爾寂飲。	勞山道士
			則、就	四維不張，國「乃」滅亡。	廉恥
			於是	秦王「乃」除逐客之令。	諫逐客書
				項伯「乃」夜馳之沛公軍。	鴻門宴
				「乃」雄服乘馬，排闥而去。	虯髯客傳
				百廢具興，「乃」重修岳陽樓。	岳陽樓記
				「乃」使人復葺南閤子。	項脊軒志
				師「乃」剪紙如鏡，黏壁間。	勞山道士
				「乃」奮臂以指撥眥。	左忠毅公軼事
			而	「乃」同此血氣，同此官骸。	勸和論
		副詞	竟然	今「乃」棄黔首以資敵國。	諫逐客書
				見漁人，「乃」大驚。	桃花源記
				訪之，「乃」是逸少。	世說新語選
				而其狀貌「乃」如婦人女子。	留侯論
				行三十里，魏武「乃」曰。	世說新語選
			才、始	聞汝喪之七日，「乃」能銜哀致誠。	祭十二郎文
				東野與吾書，「乃」問使者。	

字形	字音	詞性	字義	原文	出處
乃	ㄋㄞˇ	副詞	才、始	「乃」簪一花。	訓儉示康
				急退百步「乃」止。	北投硫穴記
			終於	先生所為文市義者，「乃」今日見之！	馮諼客孟嘗君
				「乃」瞻衡宇，載欣載奔。	歸去來辭
		動詞	是	此人「乃」天下負心者。	虯髯客傳
				「乃」親得之於史公云。	左忠毅公軼事
				余身「乃」行鑊蓋上。	北投硫穴記
已	ㄧˇ	動詞	停止、作罷	學不可以「已」。	勸學
				「已」矣乎！寓形宇內復幾時？	歸去來辭
				雞鳴不「已」於風雨。	廉恥
			治癒	食之「已」瘴癘。	東番記
			完	老夫「已」矣，汝復輕身而昧大義。	左忠毅公軼事
		副詞	然後、後來	庭中始為籬，「已」為牆。	項脊軒志
				「已」而歌曰：「仙仙乎！」	勞山道士
			已經	動刀甚微，謋然「已」解。	莊子選
				天下「已」定。	過秦論
				又聞沛公「已」破咸陽。	鴻門宴
				悟「已」往之不諫。	歸去來辭
				僕自到九江，「已」涉三載。	與元微之書
				家人習奢「已」久，不能頓儉。	訓儉示康
				「已」非三月不能瘳。	指喻
		代詞	如此	之推不得「已」而仕於亂世。	廉恥
		連接詞	卻	五步之內，「已」各不相見。	北投硫穴記
		助詞	矣	即子夏所言四海皆兄弟是「已」。	勸和論
下	ㄒㄧㄚˋ	動詞	謙讓、容納	思江海而「下」百川。	諫太宗十思疏
				其君能「下」人，必能信用其民矣。	留侯論

字形	字音	詞性	字義	原文	出處
下	ㄒㄧㄚˋ	動詞	低於、不如	今之眾人，其「下」聖人也亦遠矣。	師說
下	ㄒㄧㄚˋ	動詞	離去	王子皇孫，辭樓「下」殿。	阿房宮賦
下	ㄒㄧㄚˋ	動詞	攻克	方其破荊州，「下」江陵。	前赤壁賦
下	ㄒㄧㄚˋ	動詞	落	皆在朝日始出，夕舂未「下」。	晚遊六橋待月記
下	ㄒㄧㄚˋ	形容詞	自謙詞	臣雖「下」愚，知其不可。	諫太宗十思疏
下	ㄒㄧㄚˋ	名詞	地位較低者	思虛心以納「下」。	諫太宗十思疏
下	ㄒㄧㄚˋ	名詞	低處	其「下」平曠，有泉側出。	遊褒禪山記

■四劃

字形	字音	詞性	字義	原文	出處
比	ㄅㄧˇ	動詞	依照	食之「比」門下之客。	馮諼客孟嘗君
比	ㄅㄧˇ	動詞	較量	與陳涉度長絜大，「比」權量力。	過秦論
比	ㄅㄧˇ	動詞	媲美	比之如父，擬之如天。	原君
比	ㄅㄧˇ	介詞	比較程度、性狀的差別	「比」之諸嶺，尚為竦桀。	水經江水注
比	ㄅㄧˋ	副詞	最近	「比」得軟腳病，往往而劇。	祭十二郎文
比	ㄅㄧˋ	副詞	等到	「比」去，以手闔門。	項脊軒志
內	ㄋㄚˋ	動詞	接納	向使四君卻客而不「內」。	諫逐客書
內	ㄋㄚˋ	動詞	接納	距關，毋「內」諸侯。	鴻門宴
內	ㄋㄚˋ	動詞	接納	交戟之衛士欲止不「內」。	鴻門宴
內	ㄋㄟˋ	名詞	裡	此非所以跨海「內」。	諫逐客書
內	ㄋㄟˋ	名詞	裡	晤言一室之「內」。	蘭亭集序
內	ㄋㄟˋ	名詞	裡	非有以禦其「內」，其勢不止。	指喻
內	ㄋㄟˋ	名詞	朝廷	「內」自虛而外樹怨於諸侯。	諫逐客書
內	ㄋㄟˋ	名詞	朝廷	然侍衛之臣，不懈於「內」。	前出師表
內	ㄋㄟˋ	名詞	朝廷	酒非「內」法，果、肴非遠方珍異。	訓儉示康

■五劃

字形	字音	詞性	字義	原文	出處
叩	ㄎㄡˋ	動詞	敲、擊	「叩」關而攻秦。	過秦論
叩	ㄎㄡˋ	動詞	磕頭	「叩」而與語，理甚玄妙。	勞山道士
叩	ㄎㄡˋ	動詞	問	「叩」之寺僧，則史公可法也。	左忠毅公軼事
去	ㄑㄩˋ	動詞	距離	項王軍在鴻門下，沛公軍在霸上，相「去」四十里。	鴻門宴
去	ㄑㄩˋ	動詞	距離	平生故人，「去」我萬里。	與元微之書
去	ㄑㄩˋ	動詞	離開	漁父莞爾而笑，鼓枻而「去」。	漁父
去	ㄑㄩˋ	動詞	離開	沛公今事有急，亡「去」不義。	鴻門宴
去	ㄑㄩˋ	動詞	離開	孰謂汝遽「去」吾而歿乎！	祭十二郎文
去	ㄑㄩˋ	動詞	離開	「去」者處士第幾？	虯髯客傳
去	ㄑㄩˋ	動詞	離開	登斯樓也，則有「去」國懷鄉。	岳陽樓記
去	ㄑㄩˋ	動詞	離開	比「去」，以手闔門。	項脊軒志
去	ㄑㄩˋ	動詞	離開	余時為桃花所戀，竟不忍「去」湖上。	晚遊六橋待月記
去	ㄑㄩˋ	動詞	離開	入而又「去」之者，堯、舜是也。	原君
去	ㄑㄩˋ	動詞	離開	王果「去」牆數步，奔而入。	勞山道士
去	ㄑㄩˋ	動詞	除掉	盡「去」其帕，乃文簿鑰匙耳。	虯髯客傳
去	ㄑㄩˋ	動詞	除掉	輒羞赧棄「去」之。	訓儉示康
去	ㄑㄩˋ	形容詞	過去的	長兄「去」夏自徐州至。	與元微之書
白	ㄅㄞˊ	名詞	白雲	縈青繚「白」。	始得西山宴遊記
白	ㄅㄞˊ	名詞	白色	天與雲、與山、與水，上下一「白」。	湖心亭看雪
白	ㄅㄞˊ	名詞	酒杯	余強飲三大「白」而別。	湖心亭看雪
白	ㄅㄞˊ	動詞	告訴	門生歸，「白」郗日。	世說新語選
白	ㄅㄞˊ	動詞	陳述	四月十日夜，樂天「白」。	與元微之書
白	ㄅㄞˊ	動詞	變白	牽攣乖隔，各欲「白」首。	與元微之書
白	ㄅㄞˊ	形容詞	白色的	灘頭「白」勃堅相持。	水經江水注

字形	字音	詞性	字義	原文	出處
以	ㄧˇ	名詞	原因	古人秉燭夜遊，良有「以」也。	春夜宴從弟桃花園序
		動詞	用、拿	「以」亂易整，不武。	燭之武退秦師
				舉一隅不「以」三隅反。	論語選
				臣「以」神遇而不「以」目視。	莊子選
				「以」羽為巢，而編之「以」髮。	勸學
				寡人不敢「以」先王之臣為臣！	馮諼客孟嘗君
				董之「以」嚴刑，震之「以」威怒。	諫太宗十思疏
				「以」賂秦之地，封天下之謀臣。	六國論
				石崇「以」奢靡誇人。	訓儉示康
				或「以」錢幣乞之。	傷仲永
				「以」刀鋸鼎鑊待天下之士。	留侯論
				振之「以」清風，照之「以」明月。	黃州快哉亭記
				視之「以」至疎之勢。	指喻
			認為	左右「以」君賤之也。	馮諼客孟嘗君
				咸「以」自騁驥騄於千里。	典論・論文
			憑藉	此四君者，皆「以」客之功。	諫逐客書
				李郎「以」奇特之才，輔清平之主。	虬髯客傳
				子房「以」蓋世之才，不為伊尹、太公之謀。	留侯論
				太尉「以」才略冠天下。	上樞密韓太尉書
				久之，能「以」足音辨人。	項脊軒志
				「以」此伏事公卿，無不寵愛。	廉恥
				史公「以」鳳廬道奉檄守禦。	左忠毅公軼事

字形	字音	詞性	字義	原文	出處
以	ㄧˇ	動詞	如、及	雖乘奔御風，不「以」疾也。	水經江水注
			能夠	終不「以」在吾第。	段太尉逸事狀
			是	公「以」帝室重臣，須收羅豪傑為心。	虬髯客傳
		連接詞	用來	焉用亡鄭「以」陪鄰？	燭之武退秦師
				「以」正君臣，「以」篤父子。	大同與小康
				「以」著其義，「以」考其信。	大同與小康
				長鋏歸來乎！無「以」為家！	馮諼客孟嘗君
				今乃棄黔首「以」資敵國。	諫逐客書
				引「以」為流觴曲水。	蘭亭集序
				將之贈，「以」佐真主。	虬髯客傳
				聞一言「以」自壯。	上樞密韓太尉書
				即其廬之西南為亭，「以」覽觀江流之勝。	黃州快哉亭記
				垣墻周庭，「以」當南日。	項脊軒志
				君子之學也「以」美其身。	勸學
				燔百家之言，「以」愚黔首。	過秦論
			為了	「以」博我一人之產業。	原君
				闕秦「以」利晉，唯君圖之。	燭之武退秦師
				請息交「以」絕遊。	歸去來辭
			而、且	醉則更相枕「以」臥。	始得西山宴遊記
				日削月割，「以」趨於亡。	六國論
				夷「以」近，則遊者眾，險「以」遠，則至者少。	遊褒禪山記
				天下之所恃「以」無憂，四夷之所憚「以」不敢發。	上樞密韓太尉書
			把	舍鄭「以」為東道主。	燭之武退秦師
				私見張良，具告「以」事。	鴻門宴
				願陛下託臣「以」討賊興復之效。	前出師表
				未始「以」為憂也。	祭十二郎文

字形	字音	詞性	字義	原文	出處
以	ㄧˇ	連接詞	把	眾人皆「以」奢靡為榮。	訓儉示康
				今張君不「以」謫為患。	黃州快哉亭記
				我「以」天下之利盡歸於己。	原君
				「以」我之大私為天下之大公。	原君
				道士呼王去，授「以」斧。	勞山道士
			因此	民「以」殷盛，國「以」富彊。	諫逐客書
				「以」塞忠諫之路也。	前出師表
				園日涉「以」成趣。	歸去來辭
				斬荊棘，「以」有尺寸之地。	六國論
				「以」故其後名之曰「褒禪」。	遊褒禪山記
			因為	晉侯、秦伯圍鄭，「以」其無禮於晉。	燭之武退秦師
				臣「以」供養無主，辭不赴命。	陳情表
				武仲「以」能屬文，為蘭臺令史。	典論．論文
				張氏「以」髮長委地，立梳床前。	虬髯客傳
				上「以」無隱，益重之。	訓儉示康
				特「以」不早謀於醫，而幾至於甚病。	指喻
		介詞	在、於	汝歿「以」六月二日。	祭十二郎文
			因為	先帝不「以」臣卑鄙。	前出師表
				臣「以」險釁，夙遭閔凶。	陳情表
				但「以」劉日薄西山。	陳情表
				猶不能不「以」之興懷。	蘭亭集序
				不「以」隱約而弗務。	諫太宗十思疏
				不「以」物喜，不「以」己悲。	岳陽樓記
				至孫「以」驕溢傾家。	訓儉示康
				「以」其求思之深而無不在也。	遊褒禪山記
				「以」僥倖於不死。	留侯論
				不「以」物傷性。	黃州快哉亭記
				閩、粵「以」其異省也。	勸和論

■六劃

字形	字音	詞性	字義	原文	出處
因	ㄧㄣ	介詞	依照、順著	批大郤，導大窾，「因」其固然。	莊子選
			趁	「因」擊沛公於坐，殺之。	鴻門宴
			由於	無「因」喜以謬賞。	諫太宗十思疏
				「因」坐法華西亭。	始得西山宴遊記
			竟、卻	公見人被暴害，「因」恬然。	段太尉逸事狀
		動詞	承襲	昭襄蒙故業，「因」遺策。	過秦論
				踐華為城，「因」河為池。	過秦論
			憑藉、利用	不如「因」善遇之。	鴻門宴
				或「因」寄所託，放浪形骸之外。	蘭亭集序
				「因」文靜見之可也。	虬髯客傳
		副詞	就、乃	項王即日「因」留沛公。	鴻門宴
		連接詞	於是	乃是逸少，「因」嫁女與焉。	世說新語選
				愛不能捨，「因」置草堂。	與元微之書
				「因」摸地上刑械，作投擲勢。	左忠毅公軼事
				以責賜諸民，「因」燒其券。	馮諼客孟嘗君
			並且	具以沛公言報項王。「因」言曰。	鴻門宴
				「因」命家童列拜。	虬髯客傳
安	ㄢ	副詞	豈、怎麼	子非魚，「安」知魚之樂？	莊子選
				「安」能以身之察察，受物之汶汶者乎？	漁父
				為善不積邪，「安」有不聞者乎？	勸學
				君「安」與項伯有故？	鴻門宴
				然亦「安」知其非秦之世？	留侯論
				庶人「安」得共之！	黃州快哉亭記
				「安」可為俗士道哉！	晚遊六橋待月記
				仇池公「安」足道哉！	紀水沙連

字形	字音	詞性	字義	原文	出處
安	ㄢ	副詞	豈、怎麼	更「安」能由親及疏？	勸和論
			安穩	此鳥之「安」居籓下。	放鳥
		代詞	何處、哪裡	沛公「安」在？	鴻門宴
				固一世之雄也，而今「安」在哉？	前赤壁賦
			如何	「安」得使予多暇日？	病梅館記
		動詞	習慣	始而慚焉，久而「安」焉。	原君
		名詞	舒適、安全	在於知「安」而不知危。	教戰守策
衣	ㄧˋ	動詞	穿	「衣」冠而見之。	馮諼客孟嘗君
				妾不「衣」帛，馬不食粟。	訓儉示康
			包紮	裂裳「衣」瘡，手注善藥。	段太尉逸事狀
	ㄧ	名詞	衣服	新浴者必振「衣」。	漁父
向	ㄒㄧㄤˋ	動詞	臨近、接近	使天下之士退而不敢西「向」。	諫逐客書
			朝著	又北「向」，不能得日。	項脊軒志
			崇尚	常人貴遠賤近，「向」聲背實。	典論・論文
		副詞	先前	「向」使四君卻客而不內。	諫逐客書
				「向」使三國各愛其地。	六國論
				「向」使無君，人各得自私也。	原君
		形容詞	從前	便扶「向」路，處處誌之。	桃花源記
				始悟「向」之倒峽崩崖。	北投硫穴記
如	ㄖㄨˊ	動詞	順從、依照	「如」期至，即道士與虬髯已到矣。	虬髯客傳
			往、至	坐須臾，沛公起「如」廁。	鴻門宴
				縱一葦之所「如」。	前赤壁賦
			好像	外與天際，四望「如」一。	始得西山宴遊記
				聖賢起陸之漸，際會「如」期。	虬髯客傳

字形	字音	詞性	字義	原文	出處
如	ㄖㄨˊ	動詞	好像	自奉養「如」為河陽掌書記時。	訓儉示康
				浩浩乎「如」馮虛御風。	前赤壁賦
				瞻顧遺跡，「如」在昨日。	項脊軒志
				師乃剪紙「如」鏡，黏壁間。	勞山道士
			比得上	閱天下之人多矣，無「如」公者。	虬髯客傳
				人之欲得產業，誰不「如」我？	原君
		連接詞	假若	「如」使平民皆習於兵。	教戰守策
			而	「如」耿蘭之報，不知當言月日。	祭十二郎文
		助詞	形容詞詞尾	男婦雜作山野，默默「如」也。	東番記
宇	ㄩˇ	名詞	儀表氣度	觀李郎儀形器「宇」，真丈夫也。	虬髯客傳
			房屋	乃瞻衡「宇」，載欣載奔。	歸去來辭
				登一頂，有觀「宇」。	勞山道士
			整個空間	寓形「宇」內復幾時？	歸去來辭
而	ㄦˊ	動詞	像	左手之拇有疹焉，隆起「而」粟。	指喻
			可以	秦有餘力「而」制其弊。	過秦論
		代詞	你	某所，「而」母立於茲。	項脊軒志
		副詞	才	既已知吾知之「而」問我。	莊子選
				東犬西吠，客踰庖「而」宴。	項脊軒志
			仍	故西伯幽「而」演易，周旦顯「而」制禮。	典論・論文
				至無所見，「而」猶不欲歸。	始得西山宴遊記
				「而」幽我於廣寒乎！	勞山道士
			居然	此何地也，「而」汝前來！	左忠毅公軼事
		連接詞	若	人「而」如此，則禍敗亂亡。	廉恥

字形	字音	詞性	字義	原文	出處
而	ㄦˊ	連接詞	則、就	蓬生麻中，不扶「而」直。	勸學
				質的張「而」弓矢至焉。	勸學
				不以隱約「而」弗務，不以康樂「而」加思。	典論・論文
				莫不殷憂「而」道著，功成「而」德衰。	諫太宗十思疏
				人非生「而」知之者。	師說
				起視四境，「而」秦兵又至矣！	六國論
				耳得之「而」爲聲。	前赤壁賦
				果至二月「而」後瘳。	指喻
			反而	未有封侯之賞，「而」聽細說。	鴻門宴
			但是	所解數千牛矣，「而」刀刃若新發於硎。	莊子選
				故不問「而」告謂之傲。	勸學
				秦無亡矢遺鏃之費，「而」天下諸侯已困矣。	過秦論
				先帝創業未半，「而」中道崩殂。	前出師表
				「而」人多不強力。	典論・論文
				終苟免「而」不懷仁。	諫太宗十思疏
				其下聖人也亦遠矣，「而」恥學於師。	師說
				吾年未四十，「而」視茫茫。	祭十二郎文
				「而」未始知西山之怪特。	始得西山宴遊記
				惜其用武「而」不終也。	六國論
				盡吾志也「而」不能至者。	遊褒禪山記
				夫有報人之志，「而」不能下人者。	留侯論
				逝者如斯，「而」未嘗往也。	前赤壁賦
				疲思慮，「而」僅克之。	指喻

字形	字音	詞性	字義	原文	出處
而	ㄦˊ	連接詞	但是	入「而」又去之者，堯、舜是也。	原君
				「而」往復挹注，竟不少減。	勞山道士
				生於高山之上，「而」臨百仞之淵。	勸學
			並且	甿隸之人，「而」遷徙之徒也。	過秦論
				奚惆悵「而」獨悲？	歸去來辭
				以其求思之深「而」無不在也。	遊褒禪山記
				「而」傳以善藥。	指喻
			所以	聖人不凝滯於物，「而」能與世推移。	漁父
				仁義不施，「而」攻守之勢異也。	過秦論
				吾行負神明，「而」使汝夭。	祭十二郎文

■七劃

字形	字音	詞性	字義	原文	出處
見	ㄐㄧㄢˋ	助詞	被	眾人皆醉我獨醒，是以「見」放。	漁父
				匹夫「見」辱，拔劍而起。	留侯論
		副詞	動詞前的代詞性受格	生孩六月，慈父「見」背。	陳情表
				他人「見」問，故不言。	虯髯客傳
		動詞	接見	吾負之，未嘗「見」也。	馮諼客孟嘗君
			看到	斯不自「見」之患也。	典論・論文
				誠能「見」可欲，則思知足以自戒。	諫太宗十思疏
	ㄒㄧㄢˋ	動詞	顯露	「見」意於篇籍。	典論・論文
				觀其所以微「見」其意者。	留侯論
				高祖發怒，「見」於詞色。	留侯論
				動乎其言而「見」乎其文。	上樞密韓太尉書

字形	字音	詞性	字義	原文	出處
見	ㄒㄧㄢˋ	動詞	炫耀	夫人善於自「見」。	典論・論文
兵	ㄅㄧㄥ	名詞	武器	「兵」強者士勇。	諫逐客書
				陳利「兵」而誰何！	過秦論
				今南方已定，「兵」甲已足。	前出師表
				六國破滅，非「兵」不利。	六國論
			軍備	以去「兵」爲王者之盛節。	教戰守策
			武力	先迎之者，富而「兵」彊。	馮諼客孟嘗君
				是故燕雖小國而後亡，斯用「兵」之效也。	六國論
			戰爭	故謀用是作，而「兵」由此起。起。	大同與小康
			士兵	今天下屯聚之「兵」。	教戰守策
走	ㄗㄡˇ	動詞	逃跑	四人持劍盾步「走」。	鴻門宴
			疾行	諸門人環聽奔「走」。	勞山道士
		形容詞	供使役的	「走」卒類士服。	訓儉示康

八劃

字形	字音	詞性	字義	原文	出處
易	ㄧˋ	動詞	改變	孝公用商鞅之法，移風「易」俗。	諫逐客書
				以亂「易」整，不武。	燭之武退秦師
			交換	「易」之以百金，獻諸朝。	郁離子選
				以俄頃淫樂，不「易」無窮之悲。	原君
		形容詞	簡單、容易	君子「易」事而難說也。	論語選
				審容膝之「易」安。	歸去來辭
				豈其取之「易」而守之難乎？	諫太宗十思疏
				與秦相較，或未「易」量。	六國論
				非有以治其外，疾未「易」爲也。	指喻

字形	字音	詞性	字義	原文	出處
固	ㄍㄨˋ	副詞	本來	批大郤，導大窾，因其「固」然。	莊子選
				龍吟雲萃，「固」非偶然也。	虯髯客傳
				至於顛覆，理「固」宜然。	六國論
				「固」一世之雄也，而今安在哉？	前赤壁賦
				今夫不受之天，「固」眾人。	傷仲永
				我「固」爲子孫創業也！	原君
				豈設君之道「固」如是乎？	
				我「固」謂不能作苦，今果然。	勞山道士
			當然	我非子，「固」不知子矣。	莊子選
				「固」不如也，且爲之奈何？	鴻門宴
				生乎吾前，其聞道也，「固」先乎吾。	師說
				諸侯之所大患，「固」不在戰矣。	六國論
				此「固」秦皇之所不能驚。	留侯論
			堅持、堅決	孟嘗君「固」辭不往也。	馮諼客孟嘗君
				君臣「固」守，以窺周室。	過秦論
			難道	則學「固」豈可以少哉？	墨池記
			一定	「固」未嘗無獨醒之人也。	廉恥
			終於	「固」知一死生爲虛誕。	蘭亭集序
			確實	奇構異形，「固」難以辭敘。	水經江水注
		動詞	安定	城郭溝池以爲「固」。	大同與小康
				根不「固」而求木之長。	諫太宗十思疏
				攝緘縢，「固」扃鐍。	原君
		形容詞	堅定	獨夫之心，日益驕「固」。	阿房宮賦
			鄙陋	人皆嗤吾「固」陋。	訓儉示康
			堅硬	雍州之地，殽函之「固」。	過秦論
委	ㄨㄟˇ	動詞	拋棄	謋然已解，牛不知其死也，如土「委」地。	莊子選

字形	字音	詞性	字義	原文	出處
委	ㄨㄟˇ	動詞	託付	「委」命下吏。	過秦論
				曷不「委」心任去留？	歸去來辭
			放置	張氏以髮長「委」地，立梳床前。	虯髯客傳
治	ㄓˋ	動詞	整理	約車「治」裝，載券契而行。	馮諼客孟嘗君
			修建	「治」居第於封丘門內。	訓儉示康
			研究	將歸益「治」其文，且學爲政。	上樞密韓太尉書
			診療	不速「治」，且能傷生。	指喻
			統理	伏惟聖朝以孝「治」天下。	陳情表
				禮、義，「治」人之大法。	廉恥
				史公「治」兵，往來桐城。	左忠毅公軼事
			懲罰	不效，則「治」臣之罪。	前出師表
		形容詞	昇平	天下豈不大「治」？	教戰守策
		名詞	地方政府所在處	遠障諸羅邑「治」。	望玉山記
服	ㄈㄨˊ	動詞	欽佩、順從	百姓樂用，諸侯親「服」。	諫逐客書
				以此相「服」，亦良難矣。	典論・論文
				汝非徒身當「服」行。	訓儉示康
			降服	彊國請「服」，弱國入朝。	過秦論
				君子不近，庶人不「服」。	勸學
			穿戴	「服」太阿之劍。	諫逐客書
				亦不敢「服」垢弊以矯俗干名。	訓儉示康
			吃	必「服」寒藥，疾可憂。	金石錄後序
		形容詞	佩帶的	文車二駟，「服」劍一。	馮諼客孟嘗君
幸	ㄒㄧㄥˋ	動詞	古代帝王親臨某地	婦女無所「幸」。	鴻門宴
				隋煬帝之「幸」江都也。	虯髯客傳
			親自	今事有急，故「幸」來告良。	鴻門宴
			希望	教吾子與汝子，「幸」其成。	祭十二郎文
				計之詳矣，「幸」無疑焉。	虯髯客傳

字形	字音	詞性	字義	原文	出處
幸	ㄒㄧㄥˋ	副詞	可能、或許	朱泚「幸」致貨幣。	段太尉逸事狀
			多虧	公「幸」教晞以道。	
			意外而得	今夕「幸」逢一妹。	虯髯客傳
				然「幸」得賜歸待選。	上樞密韓太尉書
		名詞	福分	太尉苟以爲可教而辱教之，又「幸」矣！	
果	ㄍㄨㄛˇ	副詞	竟然	「果」不用吾言。	段太尉逸事狀
			究竟	當今生民之患，「果」安在哉？	教戰守策
			能	吾去汴州，汝不「果」來。	祭十二郎文
卒	ㄗㄨˊ	動詞	死亡	慧褒始舍於其址，而「卒」葬之。	遊褒禪山記
			結束	庶劉僥倖，保「卒」餘年。	陳情表
		名詞	士兵	率罷弊之「卒」。	過秦論
				料大王士「卒」足以當項王乎？	鴻門宴
				持五十金，涕泣謀於禁「卒」。	左忠毅公軼事
			供驅遣、差役的人	走「卒」類士服。	訓儉示康
		副詞	最終	「卒」以此死東市。	訓儉示康
				「卒」之爲眾人。	傷仲永
				盈虛者如彼，而「卒」莫消長也。	前赤壁賦
				狙公「卒」餒而死。	郁離子選
	ㄘㄨˋ	副詞	突然	「卒」然臨之而不驚。	留侯論
				「卒」然相遇於草野之間。	

■九劃

字形	字音	詞性	字義	原文	出處
爲	ㄨㄟˋ	介詞	因爲	「爲」之四顧，「爲」之躊躇滿志。	莊子選
				近拇之指皆「爲」之痛。	指喻

字形	字音	詞性	字義	原文	出處
為	ㄨㄟˋ	介詞	替、給	誰習計會，能「為」文收責於薛者乎？	馮諼客孟嘗君
				余稍「為」修葺。	項脊軒志
			與	吾從板外相「為」應答。	
				安可「為」俗士道哉！	晚遊六橋待月記
			被	無使「為」積威之所劫哉！	六國論
				余時「為」桃花所戀。	晚遊六橋待月記
			向	不足「為」外人道也。	桃花源記
		動詞	偽裝	手長鑱，「為」除不潔者。	左忠毅公軼事
	ㄨㄟˊ	動詞	治理	「為」國者，無使為積威之所劫哉！	六國論
				非有以治其外，疾未易「為」也。	指喻
			築	即其廬之西南「為」亭。	黃州快哉亭記
				庭中始「為」籬，已「為」牆。	項脊軒志
			行、做	若有作奸犯科，及「為」忠善者。	前出師表
				亦不願汝曹「為」之。	廉恥
			擔任	孟嘗君「為」相數十年。	馮諼客孟嘗君
			養	長鋏歸來乎！無以「為」家！	馮諼客孟嘗君
			有	之推不得已而仕於亂世，猶「為」此言。	廉恥
			好像	歌吹「為」風，粉汗「為」雨。	晚遊六橋待月記
			安排	天實「為」之，謂之奈何！	與元微之書
			命	謂之巫山，蓋因山「為」名也。	水經江水注
			當作	捕魚「為」業。	桃花源記
			是	聖人之所以「為」聖。	師說
				臣之進退，實「為」狼狽。	陳情表

字形	字音	詞性	字義	原文	出處
為	ㄨㄟˊ	動詞	是	此不足「為」勇也。	留侯論
				楚王之所以「為」樂。	黃州快哉亭記
				西湖最盛，「為」春「為」月。	晚遊六橋待月記
		名詞	表現	或異二者之「為」。	岳陽樓記
施	ㄕ	動詞	安置	「施」薪若一，火就燥也。	勸學
			實行	仁義不「施」，而攻守之勢異也。	過秦論
				悉以諮之，然後「施」行。	前出師表
				雖有賁、育，無所復「施」。	留侯論
施	ㄧˋ	動詞	延及	使之西面事秦，功「施」到今。	諫逐客書
				「施」及孝文王。	過秦論
	ㄧˊ	形容詞	舒緩前進貌	其隙也，則「施施」而行。	始得西山宴遊記
故	ㄍㄨˋ	形容詞	原來的、以前的	以「故」相為上將軍。	馮諼客孟嘗君
				惠文、武、昭襄蒙「故」業。	過秦論
				凡在「故」老，猶蒙矜育。	陳情表
				平生「故」人，去我萬里。	與元微之書
				至於長洲之濱，「故」城之墟。	黃州快哉亭記
				張功甫玉照堂「故」物也。	晚遊六橋待月記
				几上肴核尚「故」。	勞山道士
			世代為官	行七，「故」家子。	勞山道士
		連接詞	因此	「故」君子居必擇鄉。	勸學
				「故」外戶而不閉。	大同與小康
				泰山不讓土壤，「故」能成其大。	諫逐客書
				今事有急，「故」幸來告良。	鴻門宴
				「故」臨崩寄臣以大事也。	前出師表
				「故」西伯幽而演易。	典論・論文

字形	字音	詞性	字義	原文	出處
故	ㄍㄨˋ	連接詞	因此	是「故」無貴無賤。	師說
				「故」捨汝而旅食京師。	祭十二郎文
				「故」爲之文以志。	始得西山宴遊記
				絲蘿非獨生，願托喬木，「故」來奔耳。	虬髯客傳
				「故」不隨俗靡者蓋鮮矣。	訓儉示康
			才	「故」知其盜不遠矣。	金石錄後序
		名詞	原因	何「故」至於斯？	漁父
				無「故」加之而不怒。	留侯論
				非一朝一夕之「故」。	廉恥
			舊識	君安與項伯有「故」？	鴻門宴
			意外之事	以爲變「故」無自而有。	教戰守策
		副詞	特地	今「故」錄三泰，以先奉報。	與元微之書
			從前	軒東「故」嘗爲廚。	項脊軒志
			本來	吾「故」所能致也。	虬髯客傳
卻	ㄑㄩㄝˋ	動詞	推辭、拒絕	向使四君「卻」客而不內。	諫逐客書
				王者不「卻」眾庶。	
				兼議從容，無前「卻」也。	虬髯客傳
			退	「卻」匈奴七百餘里。	過秦論
				取一人頭並心肝，「卻」頭囊中。	虬髯客傳
				李牧連「卻」之。	六國論
致	ㄓˋ	動詞	招引、延攬	以「致」天下之士。	過秦論
			獲取、達到	秦以區區之地，「致」萬乘之權。	過秦論
信	ㄒㄧㄣˋ	形容詞	誠實可靠的	此四君者，皆明智而忠「信」。	過秦論
				「信」者效其忠。	諫太宗十思疏
		副詞	確實	足以極視聽之娛，「信」可樂也。	蘭亭集序
			隨意	「信」手把筆，隨意亂書。	與元微之書

字形	字音	詞性	字義	原文	出處
信	ㄒㄧㄣˋ	動詞	聽從不懷疑	願陛下聽之「信」之。	前出師表
				公雖自「信」清約。	訓儉示康
			連住第二晚	流連「信」宿，不覺忘返。	水經江水注
		名詞	使者	丞相語郗「信」。	世說新語選
			誠實	選賢與能，講「信」修睦。	大同與小康
相	ㄒㄧㄤ	助詞	替代動詞受格	生不能「相」養以共居。	祭十二郎文
				歸告張氏，具禮「相」賀。	虬髯客傳
		副詞	互相	母孫二人，更「相」爲命。	陳情表
				夫人之「相」與。	蘭亭集序
				世與我而「相」違。	歸去來辭
				阡陌交通，雞犬「相」聞。	桃花源記
				巫醫、樂師、百工之人，不恥「相」師。	師說
				不得與汝「相」養以生。	祭十二郎文
				醉則更「相」枕以臥。	始得西山宴遊記
				當時士大夫家皆然，人不「相」非也。	訓儉示康
				「相」與枕藉乎舟中。	前赤壁賦
	ㄒㄧㄤˋ	動詞	審視	「相」彼鳥矣。	放鳥
			占斷吉凶禍福	有善「相」者思見郎君。	虬髯客傳
			輔佐、幫助	季文子「相」三君。	訓儉示康
				至於幽暗昏惑，而無物以「相」之。	遊褒禪山記
		名詞	輔佐國君治國者	孟嘗君爲「相」數十年。	馮諼客孟嘗君
				沛公欲王關中，使子嬰爲「相」。	鴻門宴
要	ㄧㄠˋ	副詞	總括	而「要」以不能免也。	教戰守策
	ㄧㄠ	動詞	邀請	便「要」還家，設酒殺雞作食。	桃花源記

■十劃

字形	字音	詞性	字義	原文	出處
素	ㄙㄨˋ	副詞	一向	「素」善留侯張良。	鴻門宴
				文靜「素」奇其人。	虯髯客傳
		形容詞	樸質無華、清淡	「素」面華衣而拜，靖驚答拜。	虯髯客傳
				淡屬「素」，敦古處。	勸和論
			白色的	「素」髮垂領，而神觀爽邁。	勞山道士
		名詞	本性	至於引氣不齊，巧拙有「素」。	典論・論文
			交情	非有平生之「素」。	留侯論
逆	ㄋㄧˋ	動詞	迎接	靖歸「逆」旅，其夜五更初。	虯髯客傳
				鄭伯肉袒牽羊以「逆」。	留侯論
		形容詞	違背的	「逆」閹防伺甚嚴。	左忠毅公軼事
		名詞	背叛者	林「逆」倡亂以來。	勸和論
		副詞	反、倒	當崩之日，水「逆」流百餘里。	水經江水注
冥	ㄇㄧㄥˊ	動詞	暗合	心凝形釋，與萬化「冥」合。	始得西山宴遊記
		形容詞	幽暗	薄暮「冥冥」，虎嘯猿啼。	岳陽樓記
				入於宕「冥」之山，不知其所終。	郁離子選
			靜默	「冥」然兀坐，萬籟有聲。	項脊軒志
			專注	無「冥冥」之志者，無昭昭之明。	勸學

■十一劃

字形	字音	詞性	字義	原文	出處
假	ㄐㄧㄚˇ	動詞	借	「假」輿馬者，非利足也，而致千里。	勸學
				不「假」良史之辭。	典論・論文
				於學無所遺，於辭無所「假」。	典論・論文
			依傍	然則吾何「假」於彼而爲之役乎？	郁離子選
假	ㄐㄧㄚˇ	動詞	提供	大塊「假」我以文章。	春夜宴從弟桃花園序
			代替	吾未晡食，請「假」設草具。	段太尉逸事狀
習	ㄒㄧˊ	動詞	熟悉	誰「習」計會，能爲文收責於薛者乎？	馮諼客孟嘗君
			看	仰矚俯映，彌「習」彌佳。	水經江水注
被	ㄅㄟˋ	動詞	蒙受、遭遇	寡人不祥，「被」於宗廟之祟。	馮諼客孟嘗君
			影響	「被」於來世者如何哉？	墨池記
		名詞	被子	外人頗有公孫布「被」之譏。	訓儉示康
族	ㄗㄨˊ	形容詞	一般的	「族」庖月更刀，折也。	莊子選
		名詞	筋骨肌肉糾結處	每至於「族」，吾見其難爲。	
			群類	遂並起而亡秦「族」矣。	過秦論
				士大夫之「族」，曰師曰弟子云者。	師說
			親屬	其詩以養父母、收「族」爲意。	傷仲永
		動詞	滅	「族」秦者，秦也。	阿房宮賦

■十二劃

字形	字音	詞性	字義	原文	出處
間	ㄐㄧㄢ	名詞	地方	與燕、趙「間」豪俊交游。	上樞密韓太尉書
				指茅廬後山麓「間」。	北投硫穴記
			兩者之中	到東、西二林「間」香鑪峰下。	與元微之書
	ㄐㄧㄢˋ	名詞	空隙	彼節者有「間」，而刀刃者無厚。	莊子選
		副詞	偶爾	「間」有佳者，豪飲能一斗。	東番記
		動詞	交雜	而驚濤與沸鼎聲「間」之。	北投硫穴記
			分隔	遂與外人「間」隔。	桃花源記
			挑撥	大抵爲其主遊「間」秦耳。	諫逐客書

字形	字音	詞性	字義	原文	出處
就	ㄐㄧㄡˋ	動詞	趨、親近	施薪若一，火「就」燥也。	勸學
			歸、返	孟嘗君「就」國於薛。	馮諼客孟嘗君
			開始進入	引觴滿酌，頹然「就」醉。	始得西山宴遊記
				精采驚人，長揖「就」坐。	虬髯客傳
			到	故「就」酒家觴之。	訓儉示康
				還「就」深林小憩。	北投硫穴記
			成功、完成	三窟已「就」，君姑高枕為樂矣。	馮諼客孟嘗君
				河海不擇細流，故能「就」其深。	諫逐客書
				自是指物作詩立「就」。	傷仲永
				然後可以「就」大事。	留侯論
				使之忍小忿而「就」大謀。	
				某業所「就」，孰與仲多。	原君
			就職	吾不以一日輟汝而「就」也。	祭十二郎文
			謀求	與汝「就」食江南。	
			接受	臣具以表聞，辭不「就」職。	陳情表
		副詞	將要發生	三徑「就」荒，松菊猶存。	歸去來辭
惡	ㄜˋ	形容詞	粗劣的	士志於道，而恥「惡」衣「惡」食者。	論語選
	ㄨ	代詞	怎麼	學「惡」乎始？「惡」乎終？	勸學
	ㄨˋ	動詞	討厭	貨「惡」其棄於地也。	大同與小康
				左右皆「惡」之，以為貪而不知足。	馮諼客孟嘗君
虛	ㄒㄩ	動詞	空出	梁王「虛」上位，以故相為上將軍。	馮諼客孟嘗君
		形容詞	空	內自「虛」而外樹怨於諸侯。	諫逐客書
				及牆，「虛」若無物。	勞山道士
			不自滿	慮壅蔽，則思「虛」心以納下。	諫太宗十思疏
			不眞實	我皇家垂福萬葉，豈「虛」然哉！	虬髯客傳

字形	字音	詞性	字義	原文	出處
進	ㄐㄧㄣˋ	動詞	呈獻、奉上	錦繡之飾，不「進」於前。	諫逐客書
				斟酌損益，「進」盡忠言。	前出師表
			前進	九國之師，逡巡遁逃而不敢「進」。	過秦論
				臣之「進」退，實為狼狽。	陳情表
景	ㄐㄧㄥˇ	形容詞	大	凡昔元首，承天「景」命。	諫太宗十思疏
		名詞	日光	「景」翳翳以將入。	歸去來辭
				至若春和「景」明。	岳陽樓記
			景色	四時之「景」不同，而樂亦無窮也。	醉翁亭記
				月「景」尤不可言。	晚遊六橋待月記
	ㄧㄥˇ	名詞	形影	贏糧而「景」從。	過秦論
揭	ㄐㄧㄝ	動詞	高舉	「揭」其劍過其友。	馮諼客孟嘗君
			懸掛	書晉王右軍墨池之六字於楹間以「揭」之。	墨池記

十三劃

字形	字音	詞性	字義	原文	出處
過	ㄍㄨㄛˋ	名詞	錯誤	日參省乎己，則知明而行無「過」矣。	勸學
				以考其信，著有「過」。	大同與小康
				聞大王有意督「過」之。	鴻門宴
				以為鬼物，亦已「過」矣。	留侯論
		動詞	超出	雖張、蔡不「過」也。	典論．論文
				「過」蒙拔擢，寵命優渥。	陳情表
				古之所謂豪傑之士者，必有「過」人之節。	留侯論
				此其中宜有以「過」人者。	黃州快哉亭記
			拜訪	揭其劍「過」其友。	馮諼客孟嘗君
				「過」秦、漢之故都。	上樞密韓太尉書
				一日，大母「過」余曰。	項脊軒志

字形	字音	詞性	字義	原文	出處
過	ㄍㄨㄛˋ	動詞	經、越	遂命僕人，「過」湘江。	始得西山宴遊記
				貴人「過」而見之。	郁離子選
會	ㄏㄨㄟˋ	介詞	適、值	「會」其怒，不敢獻。	鴻門宴
		動詞	聚合	「會」於會稽山陰之蘭亭。	蘭亭集序
				遷客騷人，多「會」於此。	岳陽樓記
			招待	器皿非滿案，不敢「會」賓友。	訓儉示康
	ㄎㄨㄞˋ	名詞	計算財務	誰習計「會」，能爲文收責於薛者乎？	馮諼客孟嘗君

十四劃

字形	字音	詞性	字義	原文	出處
蓋	ㄏㄜˊ	副詞	怎麼	技「蓋」至此乎？	莊子選
	ㄍㄞˋ	副詞	大概	仲尼之歎，「蓋」歎魯也。	大同與小康
				「蓋」追先帝之殊遇。	前出師表
				「蓋」東野之使者，不知問家人以日月。	祭十二郎文
				「蓋」其又深，則其至又加少矣。	遊褒禪山記
			實在	故不隨俗靡者「蓋」鮮矣！	訓儉示康
		名詞	傘	今已亭亭如「蓋」矣。	項脊軒志
		連接詞	發語詞無義	「蓋」君子審己以度人。	典論・論文
				「蓋」文章，經國之大業。	典論・論文
				「蓋」亭之所見，南北百里。	黃州快哉亭記
				「蓋」余所至，比好遊者尚不能十一。	遊褒禪山記
				「蓋」眾人之所可知者。	指喻
與	ㄩˋ	動詞	參加	仲尼「與」於蜡賓。	大同與小康
				此則人之變也，而風何「與」焉！	黃州快哉亭記
			親附	「與」嬴而不助五國也。	六國論

字形	字音	詞性	字義	原文	出處
與	ㄐㄩˇ	動詞	選舉	選賢「與」能，講信修睦。	大同與小康
	ㄩˇ	動詞	結交	合從締交，相「與」爲一。	過秦論
				夫人之相「與」。	蘭亭集序
			給予	東野「與」吾書。	祭十二郎文
				借旁近「與」之。	傷仲永
			親善	失其所「與」，不知。	燭之武退秦師
		連接詞	和	大道之行也，「與」三代之英。	大同與小康
				臣請入，「與」之同命。	鴻門宴
				外「與」天際，四望如一。	始得西山宴遊記
遠	ㄩㄢˋ	動詞	遠離	親賢臣，「遠」小人。	前出師表
				謹身節用，「遠」罪豐家。	訓儉示康
	ㄩㄢˇ	形容詞	時空距離大	「遠」者數世，近者及身。	原君
稱	ㄔㄥˋ	動詞	相符合	其狀貌乃如婦人女子，不「稱」其志氣。	留侯論
				不能「稱」前時之聞。	傷仲永
				充乎天地之間，「稱」其氣之小大。	上樞密韓太尉書
	ㄔㄥ	動詞	稱頌	沒世而名不「稱」。	放鳥
			述說	曾無「稱」有山水之美也。	水經江水注
漸	ㄐㄧㄢˋ	名詞	事物發展的開端	聖賢起陸之「漸」，際會如期。	虯髯客傳
		副詞	逐步	山行六七里，「漸」聞水聲潺潺。	醉翁亭記
				三人移席，「漸」入月中。	勞山道士
	ㄐㄧㄢ	動詞	浸濕	蘭槐之根是爲芷，其「漸」之滫。	勸學

十五劃

字形	字音	詞性	字義	原文	出處
適	ㄕˋ	副詞	僅、只	快意當前，「適」觀而已矣。	諫逐客書

字形	字音	詞性	字義	原文	出處
適	ㄕˋ	副詞	恰巧	靖位至左僕射平章事，「適」東南蠻入奏。	虯髯客傳
		形容詞	舒服、安閒	窮耳目之勝以自「適」也哉！	黃州快哉亭記
		動詞	往	將何「適」而非快？	黃州快哉亭記
				期年出之，抱以「適」市。	郁離子選
			享受	而吾與子所共「適」。	前赤壁賦
數	ㄕㄨˋ	名詞	數目、數量	此盡是寶貨泉貝之「數」。	虯髯客傳
			方法	其「數」則始乎誦經，終乎讀禮。	勸學
			命運	勝負之「數」，存亡之理。	六國論
		形容詞	幾	所見不過「數」百里之間。	上樞密韓太尉書
	ㄕㄨㄛˋ	副詞	屢次	范增「數」目項王。	鴻門宴
				會「數」而禮勤，物薄而情厚。	訓儉示康
				石簣「數」爲余言。	晚遊六橋待月記
	ㄕㄨˇ	動詞	計算	以侈自敗者多矣，不可遍「數」。	訓儉示康
				漁夫樵父之舍，皆可指「數」。	黃州快哉亭記
趣	ㄑㄩˋ	名詞	小路	園日涉以成「趣」。	歸去來辭
	ㄑㄩ	名詞	趨向	意有所極，夢亦同「趣」。	始得西山宴遊記

■十六劃

字形	字音	詞性	字義	原文	出處
興	ㄒㄧㄥ	動詞	舉辦、發動	猶不能不以之「興」懷。	蘭亭集序
				每覽昔人「興」感之由。	
				政通人和，百廢具「興」。	岳陽樓記
				天下有公利而莫或「興」之。	原君
			事物的發生	積土成山，風雨「興」焉。	勸學
				是故謀閉而不「興」。	大同與小康

字形	字音	詞性	字義	原文	出處
興	ㄒㄧㄥ	動詞	事物的發生	清風徐來，水波不「興」。	前赤壁賦
			建造	籌軍防，「興」土宜。	臺灣通史序
			發揚	若無「興」德之言，則責攸之、褘、允之。	前出師表
			盛行	自分類「興」，元氣剝削殆盡。	勸和論
		形容詞	昌盛	「興」復漢室，還於舊都。	前出師表
	ㄒㄧㄥˋ	名詞	情致	余適有觀海之「興」。	東番記

■十七劃

字形	字音	詞性	字義	原文	出處
舉	ㄐㄩˇ	形容詞	整個的	「舉」世皆濁我獨清。	漁父
				雖「舉」家錦衣玉食，何患不能？	訓儉示康
		副詞	全部、盡	秦王有虎狼之心，殺人如不能「舉」。	鴻門宴
				「舉」以予人，如棄草芥。	六國論
				遂謂天下之大，「舉」可以如是行矣。	勞山道士
		動詞	攻取、佔領	「舉」地千里，至今治強。	諫逐客書
				西「舉」巴、蜀。	過秦論
			推薦、推選	是以眾「舉」寵爲督。	前出師表
			提出	「舉」一隅不以三隅反。	論語選
				聊「舉」數人以訓汝。	訓儉示康
			抬起	「舉」頭但見山僧一、兩人。	與元微之書
				「舉」酒屬客，誦明月之詩。	前赤壁賦
				今乃得翫之几席之上，「舉」目而足。	黃州快哉亭記
隱	ㄧㄣˇ	動詞	隱匿	攢蹙累積，莫得遯「隱」。	始得西山宴遊記
				日星「隱」耀，山岳潛形。	岳陽樓記

字形	字音	詞性	字義	原文	出處
隱	ㄧㄣˇ	動詞	遮瞞	兄之問，則無「隱」耳。	虯髯客傳
				上以無「隱」，益重之。	訓儉示康
			不施行	大道既「隱」，天下為家。	大同與小康
		形容詞	深藏不露	行無「隱」而不形。	勸學
				擇一深「隱」處駐一妹。	虯髯客傳
				有「隱」君子者，出而試之？	留侯論
			窮困的	不以「隱」約而弗務。	典論‧論文
			突起	有地「隱」然而高。	墨池記
		名詞	痛苦	有以文人畫士孤癖之「隱」。	病梅館記
謝	ㄒㄧㄝˋ	動詞	賠罪、認錯	封書「謝」孟嘗君曰。	馮諼客孟嘗君
				旦日不可不蚤自來「謝」項王。	鴻門宴
			道謝	噲拜「謝」，起，立而飲之。	鴻門宴
				果在墻外矣。大喜，入「謝」。	勞山道士
			推辭	「謝」草木之榮華？	望玉山記
薄	ㄅㄛˊ	動詞	接近	但以劉日「薄」西山。	陳情表
				「薄」暮冥冥，虎嘯猿啼。	岳陽樓記
				其門人甚眾，「薄」暮畢集。	勞山道士
				炎日「薄」茅上。	北投硫穴記
		形容詞	不厚的	雲「薄」於紙。	望玉山記
			卑賤	不宜妄自菲「薄」。	前出師表
			稀疏	門衰祚「薄」，晚有兒息。	陳情表
			微不足道	會數而禮勤，物「薄」而情厚。	訓儉示康
矯	ㄐㄧㄠˇ	動詞	違背	不敢服垢弊以「矯」俗干名。	訓儉示康
			高舉	時「矯」首而遐觀。	歸去來辭

十八劃

字形	字音	詞性	字義	原文	出處
歸	ㄍㄨㄟ	動詞	女子出嫁	男有分，女有「歸」。	大同與小康
歸	ㄍㄨㄟ	動詞	女子出嫁	後五年，吾妻來「歸」。	項脊軒志
			返回	「歸」去來兮！田園將蕪胡不「歸」？	歸去來辭
				止一歲，請「歸」取其孥。	祭十二郎文
				覺而起，起而「歸」。	始得西山宴遊記
				靖「歸」逆旅，其夜五更初。	虯髯客傳
				將「歸」益治其文。	上樞密韓太尉書
				工之僑以「歸」，謀諸漆工。	郁離子選
				吾妻「歸」寧，述諸小妹語。	項脊軒志
				遂助資斧遣之「歸」。	勞山道士
			依附、趨從	微斯人，吾誰與「歸」？	岳陽樓記
				句踐之困於會稽，而「歸」臣妾於吳者。	留侯論
			聚攏、合併	雲「歸」而巖穴暝。	醉翁亭記
				我以天下之利盡「歸」於己。	原君
		名詞	回去	不堪其苦，陰有「歸」志。	勞山道士
簡	ㄐㄧㄢˇ	動詞	挑選	是以先帝「簡」拔以遺陛下。	前出師表
				「簡」能而任之。	諫太宗十思疏
		名詞	古代書寫用的竹片	斷「簡」殘編，蒐羅匪易。	臺灣通史序
		形容詞	不繁瑣	裸以出入，自以為易「簡」云。	東番記

二十一劃

字形	字音	詞性	字義	原文	出處
顧	ㄍㄨˋ	動詞	回頭看	孟嘗君「顧」謂馮諼。	馮諼客孟嘗君
				瞻「顧」遺跡，如在昨日。	項脊軒志
			看、張望	提刀而立，為之四「顧」。	莊子選
				滿坐風生，「顧」盼暐如也。	虯髯客傳
				其行若飛，回「顧」已失。	

字形	字音	詞性	字義	原文	出處
顧	ㄍㄨˋ	動詞	看、張望	北「顧」黃河之奔流。	上樞密韓太尉書
				每移案，「顧」視無可置者。	項脊軒志
				驚「顧」之間，已復爲箸。	勞山道士
			關注、掛念	願君「顧」先王之宗廟。	馮諼客孟嘗君
				大行不「顧」細謹。	鴻門宴
				忽之而不「顧」。	指喻
			拜訪	三「顧」臣於草廬之中。	前出師表
		連接詞	但是	「顧」人之常情。	訓儉示康
				「顧」分類之害，莫甚於臺灣。	勸和論
屬	ㄓㄨˇ	動詞	囑託	使人「屬」孟嘗君。	馮諼客孟嘗君
				「屬」予作文以記之。	岳陽樓記
			傾注	舉酒「屬」客，誦明月之詩。	前赤壁賦
			寫作	武仲以能「屬」文，爲蘭臺令史。	典論・論文
			連接	常有高猿長嘯，「屬」引凄異。	水經江水注
	ㄕㄨˇ	動詞	歸於	淡「屬」素敦古處。	勸和論
		名詞	類	蘇秦、杜赫之「屬」爲之謀。	過秦論
				若「屬」皆且爲所虜。	鴻門宴
				有良田、美池、桑竹之「屬」。	桃花源記

國家圖書館出版品預行編目資料

文言文制勝攻略 / 遲嘯川 編著 . --初版. --新北市： 典藏閣，采舍國際有限公司發行, 2018 面；公分 · -- (經典今點；06)

ISBN 978-986-271-801-8 （平裝）

835 106021262

典藏閣

文言文制勝攻略

出版者 ◤ 典藏閣
編著 ◤ 遲嘯川
總編輯 ◤ 歐綾纖
文字編輯 ◤ 范心瑜、孫琬鈞
品質總監 ◤ 王擎天
出版總監 ◤ 王寶玲
美術設計 ◤ 蔡瑪麗

台灣出版中心 ◤ 新北市中和區中山路2段366巷10號10樓
電話 ◤（02）2248-7896　傳真 ◤（02）2248-7758
ISBN ◤ 978-986-271-801-8
出版年度 ◤ 2022年度最新版

全球華文市場總代理/采舍國際
地址 ◤ 新北市中和區中山路2段366巷10號3樓
電話 ◤（02）8245-8786　傳真 ◤（02）8245-8718

全系列書系特約展示
新絲路網路書店
地址 ◤ 新北市中和區中山路2段366巷10號10樓
電話 ◤（02）8245-9896
網址 ◤ www.silkbook.com

線上pbook&ebook總代理：全球華文聯合出版平台
地址：新北市中和區中山路2段366巷10號10樓
主題討論區：www.silkbook.com/bookclub/　● 新絲路讀書會
紙本書平台：www. book4u.com.tw　● 華文網網路書店
電子書下載：www.book4u.com.tw　● 電子書中心（Acrobat Reader）

本書採減碳印製流程並使用優質中性紙（Acid & Alkali Free）通過綠色印刷認證，最符環保要求。

典藏風華，品悅智識

智慧，

不是死的默念，而是生的沉思。

——巴魯赫・斯賓諾莎（Baruch de Spinoza）

典藏風華，品悅智識

典藏閣

智慧，

不是死的默念，而是生的沉思。

——巴魯赫・斯賓諾莎（Baruch de Spinoza）